JN432837

# 피가 흐르는 강

임종욱 소설

# 피가 흐르는 강

보고사
BOGOSA

# 차례

## 짧은 소설

연작 단편

# 피가 흐르는 강

프롤로그

# 개벽하는 하늘 아래

그래. 먼저 내 이야기부터 하기로 하자. 138억 년 전 우주가 태동하고, 45억 년 전 태양계가 자리하면서 행성 지구도 생겨났다. 지구에 생명이 나타난 때는 38억 년 전. 한없는 수축과 팽창을 거치면서 생명체는 진화했고, 세포와 세포가 모여 많은 종(種)들이 물과 뭍에서 자기들만의 영역과 세력을 모아 군집을 이뤄 살았다. 먹고 먹히면서 생식을 하고 대사를 통해 몸집을 불렸고, 서로는 서로에게 적이자 친구였다. 생명체는 상대에게 호감도 없었지만 미움의 감정도 없었다. 그저 존재하면서 존재의 가치와 구실을 다할 뿐이었다.

그러다 700만 년 전 쯤 영장류에서 분리되어 원생 인류가 태어났다. 인류의 첫 개체가 누군지 지금 어찌 알겠는가? 그것이 하나인지 둘인지 그 이상인지 도무지 알 수는 없지만, 인류는 원래 혼자 살도록 설계되지는 않았다. 털을 벗고 뇌가 커지고 직립하면서 인류는 강해지기보다는 약화되었다. 그래서 모여야만 했다.

그것은 자연스런 일이었다. 자연이란 원래 하나를 주면 하나를 덜어낸다. 너희들에게 인지를 주고 두 손을 주었으니 발 빠른 짐승과 강한 턱을 가진 무리를 경계하라. 그들은 너희들의 부드러운 고기와 따뜻한 피를 원할 것이니, '내'가 준 도구를 써서 요령껏 피하며 살아라. 그것이 자연이 원생 인류에게 준 굴레이자 무기였다.

인류는 숨어 살아야 했다. 밤이 오면 어두운 동굴로 들어가 불침

번을 세우고 두려움에 오들오들 떨면서 새우잠을 잤다. 어디서 날카로운 발톱을 가진 굶주린 맹수가 습격해 자신들을 갈가리 찢어놓을지 두리번거리며 가슴을 졸여야 했다. 그 불면과 공포의 밤은 수백만 년 지속되었다.

마침내 인류는 자연이 준 지혜를 발휘해 돌을 쪼고 갈다가 불을 피워 올렸다. 겨울 추위가 덮치면 짐승의 털을 벗겨 입었고, 굶주림을 견딜 수 없으면 해가 더 높게 뜨는 땅을 찾아 움직였다. 야생에서 자란 풀과 열매를 뜯어 먹었고, 몸집이 작은 짐승을 잡아 구워 먹었다. 짐승의 뼈를 갈아 바늘을 만들어 물고기를 낚았다. 어미는 새끼에게 젖을 물렸고, 새끼는 모든 사내들의 자식이었다. 그렇게 구차하지만 단단한 군집(群集)의 삶을 이어갔다.

마침내 인류는 1만 3천 년 전 무렵 생존 전략을 바꾸었다. 소수의 무리로 단출한 도구를 등에 멘 채 떠돌던 수렵 채집의 습속을 버렸다. 물이 흐르고 햇볕이 잘 드는 야트막한 언덕을 골라 한 자리에 머물면서 야생 식물을 작물화했고, 숲과 들판을 어슬렁거리던 야생동물을 가축화했다. 그렇게 농사를 지었더니 나눠먹을 곡물이 늘어났다. 아이들에게 한 줌의 알곡이라도 더 먹이고자 돌과 나무로 만든, 투박한 농구를 메마른 흙에 꽂았고, 냇물을 길어와 움이 튼 싹에게 뿌렸다.

남아도는 낱알은 겨울을 나고 다음 해 농사를 위해 저장해야 했다. 가축이 살찌도록 꼴을 베어 먹였고, 먹다 남은 음식을 퍼주었다. 농경을 망쳐 허기가 지고 욕정을 채우고자, 우리의 곡식과 계집을 넘보는 이웃의 사나운 눈길과 약탈에서 내 식솔들도 지켜야 했다. 해가 어느 산봉우리에서 떠오르면 씨앗을 뿌리고 김을 매며 솎아내고 거둬야할지 가늠해주는 천사(天師)의 구실이 긴요해졌다.

또 틈입의 기회만 노리는 외적을 막아낼 용사와 용사를 이끌 군장(君長)을 찾아야 했고, 군장의 명령을 제때 전해줄 일꾼이 있어야 했다.

이렇게 무리는 점점 머릿수가 늘어나 마을을 이루더니 어느 새 경비가 삼엄한 요새가 되었다. 군장과 용사는 농사짓는 인민을 부리는 집단으로 탈바꿈했다. 그들의 손가락 움직임에 따라 호응했더니 손가락이 권력이 되었다. 한 번 움켜쥔 권력은 악력을 키운 이들의 손아귀에서 다시는 나오지 않았다. 그들은 더 많은 곡물을 원했고, 기름진 고기만 골라 가져갔다. 때로는 젊은 계집에게 눈독을 들여 독차지했다. 계집의 환심을 사고자 장신구를 구하고 치장을 하면서 우리들은 물속에 들어가 조개를 캐고 산에 올라가 반짝이는 광물을 찾아 품안에 안겨야 했다. 그것을 다듬고 녹여 원하는 형상으로 주조하는 일이란 얼마나 지난했던가!

누가 그들에게 권력을 주었는가? 누가 그들에게 쇠를 벼린 예리한 철제 무기를 안겼는가? 내 식솔과 곡물과 자식과 농토를 지켜 달라 맡긴 깃발과 병장기는 도척(盜跖)의 무리에게 향하지 않고 어느새 노동과 피로에 지쳐 신음하는 내 폐부와 심장을 겨냥하고 있었다. 피하고자 하면 칼날은 더 깊이 파고들었고, 꿈틀거리면 차꼬와 굴레가 내 손목과 발목을 아프게 옭아매었다. 그 소용돌이 속에서도 우리는 오래 전부터 석굴 속 판판한 공간이 보이면 우리들의 삶과 꿈을 담아 그림을 그렸다. 해변가 바위벽에도 다산과 풍요를 기원하는 동물과 고래를 새겨 넣었다. 먹이가 더욱 풍족해지기를, 삶이 위험에서 벗어날 수 있기를, 또 먹잇감들도 수태와 출산이 거듭 되어 번창하기를 염원했다. 내가 고통에 빠지고 싶지 않듯 남들도 고통에서 해방되어야 한다고 생각했다.

아득한 옛날 피를 찾던 짐승이 두려워 숨어들었던 동굴이 이제는 피난처가 아니라 형벌과 굴종의 나락으로 돌변했다. 살갗 썩은 냄새가 진동하고 매질에서 터져 나오는 비명이 울리는 생지옥이 되었다. 물론 인민의 안위를 염려하고 좋은 정책과 선정을 베풀어 한때의 안정과 번영을 구가한 때도 더러 있었다. 그럼에도 비바람과 먹구름, 천둥과 번개가 몰아치면 나는 다시 무력하고 나약해졌다. 업신여겨도 굽실거려야 했고, 등짝을 밟으면 버둥거리며 재롱을 피워야 했다.

한때 그런 압제에서 벗어나고자 저항하기도 했다. 때로는 등장(等狀)의 방식으로 어려움을 호소했고, 때로는 쇠스랑과 낫을 뽑아 반란의 기치를 세우기도 했다. 그러나 돌아오는 보상은 회유 뒤에 숨긴 압제의 형틀이었다. 구밀복검(口蜜腹劍)에 이골이 난 권력은 나를 두려워하지 않았다. 그들의 눈에 나는 뒷간에서 키우는 가축처럼 언제든 베어 먹을 수 있는 먹잇감이었고, 종이 한 장에 휘갈긴 법령과 호령, 태장(笞杖)과 창칼로 옥죄어 결박할 수 있는 노예일 뿐이었다. 그래서 나를 감싸고도는 어둠은 시간이 지날수록 더욱 짙어져 갔다.

나는 한 번도 살아 있은 적이 없었다. 나는 늘 죽음이었지만, 내 죽음의 이면에는 항상 삶이 요동쳤다. 죽음은 살아 있어서는 안 된다며 나의 목을 졸랐지만, 삶은 이 결박을 버려두지 않고 질식의 굴레를 푸는 힘을 실어 주었다. 삶과 죽음의 이 기나긴 등방(等方) 상태. 그 긴장 속에서 나는 한시도 편한 잠을 이루지 못했다. 불면하면서 나는 하늘과 세상에 숙면을 간구했지만 쳇바퀴 돌 듯 나는 생사의 수레바퀴 밖으로 벗어나지 못했다. 누가 나에게 이런 운명을 떠안겼는가?

나는 왜 가사(假死) 상태로 중유(中有)의 골짜기를 떠돌아야 하는가? 나는 왜 죽지도 못하고 살아 있어야만 하는가? 이 모호하고 불가역적인 질문에 대해 답하자면 긴 시간과 호흡이 필요할 듯하다. 어찌 보면 이런 숙명은 꼭 나 하나만의 시련이 아니라 허망무한한 우주와 영겁 속을 살아갔던 모든 생명체들이 겪었던, 죽어서도 살고 살아서도 죽음을 안아야 했던 이들의 끝없는 회로에서 오는 당연한 굴레일지도 모르겠다.

어떤 불의한 세력도 나를 겁박하지 못하나니, 나를 삶으로 이끌었던 원천은 무엇이었는가? 죽음을 보채 이를 잡 듯 솎아내어도 불사(不死)의 불씨는 꺼지지 않았고, 삶을 호소하면서 피와 숨을 달라고 발버둥을 쳐도 죽음은 언제나 악령처럼 내 등 뒤에 붙어 있었다.

옳은 것을 지키려는 사람들과 거짓에 복종하려는 무리들, 미래로 나가려는 사람들과 현재를 고수하려는 무리들, 정의가 승리한다는 믿음을 가진 사람들과 불의에 안주해 이득을 취하려는 무리들 간의 싸움을 나는 무수히, 그리고 긴 세월 동안 무력하게 목격했다. 악의 세력은 그 결말이 명징한 투쟁의 진창에서 늘 승리의 깃발을 쟁취했고 피 묻은 깃발에서 뜨거운 혈액을 빨아 먹었다. 불의하고 탐욕스러우며, 더구나 응징도 처벌도 속죄도 없었던 악의 족당(族黨)들은 세상을 휘저었고, 선량하면서 무력한 사람들은 통곡하면서 굴종의 세월을 지새웠다. 나는 그 절망의 시간을 묵언(默言)으로 저항하면서 그들과 함께 길을 걸었다. 불가석(不可釋, 풀 수 없고)이요 불가망(不可忘, 잊을 수도 없는)의 족쇄에 채인 우리들이 무슨 잘못을 저질렀냐고, 누가 우리들에게 이런 시련과 고통을 안기느냐고, 우리는 언제까지 해방의 날을 기다려야 하느냐고 누군가에게 피맺힌 항변을 토해내기도 했다.

아아! 나는 그 옥죄어 오는 피의 항의를 듣고서도 아무런 길항의 구실을 감당하지 못했다. 차라리 귀를 막고 눈을 막아 듣지도 말고 보지도 말기를 바라며 그들을 내버려두었다. 아니 둘 수밖에 없었다. 나의 항존(恒存)과 무뢰(無賴, 기댈 데 없음)를 스스로에게 꾸짖었다. 사람들은 나를 두고 불사신이라며 우러르기도 했지만, 그 지고한 복록과 행운을 추앙하는 시선으로 보면서도 무소조(無所措, 손 쓸 바 없음, 손쓰지 못함)함에 의구심을 버리지 못했다. 그 시선이 나를 더욱 끔찍한 부끄러움으로 몰고 갔다. 나는 무소불도(無所不睹, 보지 못하는 곳이 없음)했지만 눈 닿고 손닿는 곳마다 무력했으니, 진정한 죄인은 나였다. 연옥에 갇혀 그 어느 쪽에도 발을 딛지 못하며 광야에서 허덕였던 유랑인도 나였다. 그 굴압(屈壓)의 시간은 생명만큼이나 질겼다.

나는 그들이 겪었던 시련과 굴종, 억압과 압착의 시간들에 대해 이야기하고자 한다. 그런 참담함이 언제부터 시작되어 뿌리를 내렸는지 나는 알지 못한다. 내가 불사의 영역에 들기 전부터 그런 망령들은 이미 존재했었다. 눈을 떠서 사바 세상을 휘감아보니 곳곳에 피로 얼룩진 자취와 조각들이 굴러다니고 있었다. 핏물은 강물이 되고, 피를 머금은 구름은 붉게 비로 쏟아졌다. 나는 손을 댈 수도 없었고, 대어본들 그들의 고통을 희석시키거나 저항을 촉발시키지도 못했다. 안타깝게도 내게는 그런 권한이 없다. 해방은 누가 가져다주는 게 아니라 스스로 쟁취해야 하는 가치이기 때문이다.

하여 나의 기록은 무의미할 수도 무가치할 수도, 심지어 무익할 수도 있다. 나는 비적(匪賊)들의 창에 꽂힌 갓난아기의 머리였기도 했고, 귀 잃고 코 잃은 이총(耳塚) 속 한 사람이기도 했으며, 그

한 많은 거리에서 젖가슴이 잘린 채 끔찍한 비명을 지르며 죽어간 어여쁜 어머니이기도 했다. 어느 바다, 어느 하늘, 어느 섬, 어느 산골짜기, 어느 들판에서 이름 없이 죽어간 숱한 원혼이기도 했다. 그뿐이랴. 생사의 갈림길에서 죽음보다 삶을 따르고자 몸부림치다가 희생당한 무력한 인간이기도 했다.

그런 나의 이름은 무엇인가?

그것은 내가 짓는 것이 아니다. 많은 사람이 목놓아 부르는 이름이 합당한 명명일 것이다.

눈물을 거두고 한숨을 삼킨 채 나는 담담하게 이 기록들을 남기고자 한다. 내가 겪었거나 보았거나 들었거나 내게 다가온 방식은 사뭇 달랐지만, 그 이야기 속 주인공은 나이면서 우리들이다.

먹구름 너머 하늘이 늘 푸르듯 우리들은 항상 푸른빛이다.

# 우리가 다시 만나는 날

## 1

한 아이가 있었습니다.

이름은 중봉(重峰)이라 했습니다. 할아버지가 세상을 떠받히는 묵직한 봉우리가 되라 해서 그렇게 지었다고 합니다.

이 아이가 태어나 살던 시대는, 후세에 조선의 26대 국왕으로 고종이라 불리는 왕이 다스리던 때였습니다. 아이가 살던 곳은 국왕의 윤음(綸音)이 가장 더디게 전해지는 남해 바닷가에 있는 섬이었죠. 나라 안 큰 섬으로 다섯 손가락 안에 드는 이 섬은 '남해군'이라 불렸습니다.

아이는 명색이라도 양반 출신이었습니다. 그의 가문인 여씨(余氏) 집안이 언제 남해 섬에 들어와 정착했는지 명확하지는 않지만 임진왜란을 전후한 시기였다고 알려져 있었습니다. 할아버지인 여장협(余將協, 1844~1894) 옹은 의령 여씨 29대손인데, 자는 장명(將命)이었습니다. '천명을 받들어 따른다'는 뜻이 담겼으니 그가 남긴 언행으로 보건대 아주 적절한 자였지요.

조손(祖孫)이 뿌리를 내리고 살던 터는 '진목'이라 불렸습니다. 남해 섬이 빙 둘러 그물처럼 가둔 강진만 왼편 육지 허리 부분에 해당했습니다. 아이는 태어날 때부터 파도가 밀려오면서 들려주는 물결 소리를 들었고, 높이 홰를 치며 나는 갈매기의 날갯짓을 보았습니다. 바다는 언제나 달려가 뛰어다닐 수 있는 놀이터였습니다.

썰물 때 물결이 잦아져 넓은 갯벌이 드러나면 아이는 친구들과 함께 소쿠리를 들고 나가 온갖 해물과 조개류를 따와 한 끼 밥 때에 보탰습니다.

양반 가문이라 해도 대대로 쟁쟁한 벼슬아치가 나오거나 과거에 쑥쑥 급제하는 선비를 배출하지는 못했습니다. 변방 중의 변방 이곳에서 제대로 공부를 하고 과거에 응시하기에 여건이 녹록치 않았지요. 멸치 대가리처럼 널렸던 관내의 잔반(殘班)으로서 근근이 살아 그저 관아 구실아치들에게 수탈이나 당하지 않으면 다행이었습니다.

그렇다 해도 할아버지 여장협 옹은 입신양명이 아니라 수신제가를 위해 손에서 서책을 놓지 않았습니다. 글 읽는 선비가 사는 집안이란 명성에 흠집을 내는 일을 해서는 안 된다고 여겼습니다. 하여 농사를 짓는 틈틈이 고훈(古訓)을 헤아리는 주경야독의 삶에 매진했습니다.

아들이 글공부에 재미를 붙이지 못하자 여장협 옹은 손자에게 큰 기대를 걸었습니다. 늘 곁에 두고 〈천자문〉부터 〈동몽선습〉, 〈당음(唐音)〉 같은 책과 벗하도록 배려했습니다. 아이는 특별히 문재가 탁월하지는 않았지만, 글을 읽고 들으면서 그 뜻을 깨치고자 애쓰기는 했습니다. 영특하다기보다는 심지가 굳었지요.

살림이 조금 나아지자 할아버지는 내 집 자식만 가르쳐서는 안 된다고 역설하면서 마을에 서당을 차렸습니다. 세상의 변화에 뒤처지면 또 어떤 외환(外患)을 당할지 알 수 없는 노릇이라며 배움을 통해 대비하고자 했지요. 집 뒤편에 작은 방을 지어 '일신(日新)'이란 이름을 건 서당을 마련했답니다.

여장협 옹은 스스로 훈장을 자처하면서 동네 아이들을 불러 경전의 뜻을 새기고 시세(時勢)의 물결이 흐르는 향방에 대한 생각을 짚어 주었습니다. 이런 이유로 해서 서당에는 조무래기 애들만 아니라 인근의 사려분별을 갖춘 청장년 사내들도 찾아와 귀를 열었는데, 때로 아낙들이 문지방을 기웃거려도 할아버지는 멀리하지 않았습니다. 세상을 지탱하는 데 남녀의 차별이 없다는 것이었지요.

서당이 비좁아질 정도로 사람들이 오면 중봉이는 뒷전으로 밀려났습니다. 앞줄에 앉았노라면 앞 사람의 무릎이 엉덩이를 비벼댔고, 시나브로 자리를 양보하다 보니 결국 문간 자리에 이르렀습니다. 아예 거기에서도 눈치가 보여 밖으로 나올 때도 있었지요.

문 밖에서 귀를 쫑긋했지만 여러 어른들의 말들이 뒤엉켜 소리의 대강을 가늠하기 힘들었습니다. 할아버지의 말씀에 많은 이들이 경청하자 중봉이는 내심 우쭐거리는 마음이 생겨 어깨를 으쓱거렸습니다.

그러던 어느 날이었습니다. 할아버지가 며칠 진주를 다녀오시더니 이후 진주로의 출타가 잦아졌습니다. 나갈 때면 바다에서 잡은 씨알 좋은 물고기를 두릅으로 엮어 들거나 쌀섬을 지고 갔는데, 돌아올 때면 빈손 대신 서책이나 두루마리 문서 몇 권을 챙겨 오셨습니다. 농어물(農魚物)을 팔아 귀한 책을 구입하셨구나 여겼습니다.

그 책의 내용이 무엇인지는 곧 알게 되었습니다. 할아버지는 밤을 새워 책과 두루마리를 펼쳐놓고 정성스럽게 종이에 옮겨 적었는데, 챙겨두라고 하시기에 곁눈질로 보니 진서(眞書) 옆에 한글이 적혀 있었습니다. 한자가 여섯 자 아래 독음이 달린 뒤 그 뜻이 풀이되어 있었지요.

人乃天[1] 侍天主

인내천 시천주

사람이 곧 하늘이고, 우리들 마음에는 한울님이 계신다.

글은 간단했지만, 속내를 알기는 쉽지 않았습니다. '사람이 곧 하늘'인 것이야 '인심(人心)이 곧 천심(天心)'이라는 말씀이 있으니 어렵다 할 것까지는 없지만, '시천주'는 요령부득이었지요.

중봉이는 궁금한 것이 생기면 참지 못하는 성격이라 바로 여쭤 보았습니다.

"할배요. '시천주'가 무신 뜻인가예?"

서책을 갈무리하던 할아버지가 질문을 듣더니 벙긋 웃으며 대답했습니다.

"와, 중봉이 니도 그기 궁금허냐? 내도 처음에는 니코롬 뭔 소린가 했찮았더냐? 인차 곧 알게 될 거시다."

할아버지는 즉답은 않고 종이를 잘 포개 넣어 두라 다그치기만 했습니다. 할아버지가 물음을 피한 적이 없었기 때문에 아이는 더욱 의아했습니다. 뜻이 심오해서 에둘러 말씀하신 것 같지는 않았거든요. 그래서 아이는 때가 되면 어련히 말씀하실까 여기며 의문을 머리에서 지웠습니다.

그날 밤. 서당으로 사람들이 하나둘 모여 꽉 차자 할아버지가 종이 묶음을 푸시더니 사람들에게 나눠주었습니다.

"자, 다들 내 말로 단디 들으시오. 오늘은 내 좀 다른 말씀을

1) '인내천'은 손병희 때부터 사용한 명칭이지만, 소설의 흐름을 위해 빌려왔다.

올릴까 헙니다. 우리 조선은 태조께서 개국허신 이래 5백 년을 버텨 오지 않았소. 그 사이 영명하신 나랏님도 기셨고, 훌륭한 신하, 똑똑한 선비들도 줄로 이었지만서도 난세라 할 때가 더 많았던 것도 사실이지예. 더구나 지금 나라는 여기저기서 골빙이 들어가고 있어라. 밖에서는 외적들이 천지삐까리로 쳐들어와 나라의 물산을 뜯어먹는 중이고, 관리란 자들은 국익은 외면한 채 사리사욕을 채우는 데 여념이 없다 아입니꺼. 늘어나는 세금만으로도 허리가 뿐질라질 판인디, 더 토해내라 득달같이 쪼아대니 힘 없는 백성들은 어디에도 하소연헐 디가 없지 않소."

그간 들어왔던 명현들의 덕담이 아니라 시국 성토와 같은 질타가 터져 나오자 사람들은 잠시 술렁거렸습니다. 서로 얼굴을 쳐다보며 말의 속뜻을 살폈지요. 잠시 말을 접었던 할아버지는 다시 입을 열었습니다.

"이기 무신 소린가 싶을 것이지예. 다 압니더. 여기 기신 분 중에 지금 살기 편한 사램이 과연 있기나 합니꺼? 더구나 우리 남해는 사방이 바다로 맥힌 데다 농토가 적어 삿갓 논 한 배미라도 더 일구고자 뼈와 혼을 갈아 넣지 않십니꺼? 그래본들 가을이면 세금이다 이자다 뭐다 해서 이리저리 물산들을 다 뜯기고 있으니 사램이 어찌 살 수 있것십니꺼? 뭔가 세상이 크게 개백해야 우리 같은 가난한 백성들도 숨통을 트고 살 수 있지 않것십니꺼."

말이 힘겨운 삶의 문제로 다가오자 사람들이 비로소 고개를 끄덕이기 시작했습니다. 누군가 몸을 앞으로 빼더니 억눌렸던 속앓이를 털어놓았지요.

"어르신 말씸이 백 번 만 번 지당하지예. 추수라꼬 해놔봤자 세금 들라내고 종자 빼몬 뒤주 안에 나락이 몇 알이나 남십니꺼. 앉아 굶어 죽을 순 없시니 관청에다 곡식 빌리고 양반 집에다 돈 빌린다 카몬 또 빚만 쌓여가니 우짜 살 것십니꺼? 어르신께서는 무신 뾰족한 수라도 있는 갑네예?"

할아버지가 무릎을 탁 치며 말했습니다.

"사람이 바뀌어야 하고, 생각이 바뀌어야 합니다. 하늘이 내신 사람은 모두 평등한 기라예. 우째 벼슬아치 양반만 귀하고 무지렁이 농민들은 천하단 말입니꺼. 하늘이 보면 다 귀한 창조물인 거지예. 거 나눠드린 글을 좀 보시지예."

사람들이 미리 돌린 종이를 펼쳐 보았습니다.

"사램이 곧 하늘이고, 하늘은 사램을 차별해 내놓지 않았십니더. 누구나 이 땅에서 복되게 살 자격이 있는 기라예. 신분이 다르다 혀서, 남녀가 다르다 혀서, 노소가 다르다 혀서, 귀천이 다르다 혀서 차별을 당하고 설움을 당혀서는 안 된단 말씸입니더. 이거시 바로 하눌님의 말씸인 기라예."

그러자 누군가 울분을 토하며 말했습니다.

"그걸랑 어떤 시상이가 몰라 이러고 살것십니꺼. 뉘가 우리덜 말을 들어줄 끼며, 뉘가 우리 고생을 덜어줄 낀가 말이지예."

이러자 할아버지가 호통을 쳤습니다.

"그렇게 나약해서는 안 되지예. 우리덜이 찾으몬 그 길은 열리는 기라예. 자 지 말씸을 차분히 들어보시지예. 우리가 먼저 우리 자신을 하늘처럼 존귀하게 여겨야 한다 아입니꺼. 우리가 하늘이니 우리버텀 먼저 서로를 공경하자 이 말씸입니더. 이제버텀 우리덜은 다 한 종족인 기라예. 양반 상놈도 없고, 사내라 귀하고 아낙이라 천한 것도 없고, 어리다 얕보고 늙었다 떠받들려서도 안 되고, 잘 사는 치나 몬 사는 치나 다 고귀한 사램인 거라예. 이런 믿음과 가르침을 따른다면 거기서 길이 열리고, 새로운 세상이 시작되는 기라예. 미욱하나마 지가 앞장을 서것십니더."

그간 할아버지는 양반 집안이라 해서 남들을 괄시한 적도 없었고, 신분이 천하다 해서 하대한 적도 없었습니다. 그건 어린 중봉이도 잘 알고 있었습니다. 그래서 인근 마을 사람들도 할아버지를 존경하고 의지했던 것이지요.

할아버지가 이렇게 모범을 보인다고 나서자 많은 사람들이 손뼉을 치며 할아버지의 말씀과 가르침을 따르게 되었습니다.

나중에 들어보니 할아버지가 하신 말씀은 삼십여 년 전 선각자였던 최제우란 분의 깨달음에서 나왔다고 했습니다. 그리고 그 가르침은 우리 동방을 밝게 빛낼 배움이라 해서 '동학'이라 불리게 되었다고 아이는 들었습니다.

## 2

할아버지가 처음 개벽의 문을 열자 남해 곳곳에서 가르침에 찬동하고 귀의하는 사람들이 늘어갔습니다. 아이가 살던 진목은 남해 섬의 위쪽 끝자락에 있는 마을이었지만, 현실의 질곡에서 헤어나지 못하고 신음하는 사람들은 세상에 두루 퍼져 있었던 것이지요.

할아버지가 남해 섬에서 처음 동학의 가르침을 폈던 것은 아니었습니다. 그보다 몇 해 전 섬의 남쪽 끝자락 선구에서 김성재(金性在, 1870~1931)란 젊은이가 먼저 훈김을 받았습니다. 그 역시 진주에서 학문을 익히다가 동학에 들어가 선구에 와 포덕(布德)했던 것이지요. 그는 젊은이답게 의협심이 남달랐고, 정의감이 충만한 성격이었습니다.

아직 젊었던지라, 그는 편파적이고 부당한 시대를 살았지만 동학의 가르침을 밖으로 확장하기보다는 내적으로 마음 닦기에 힘썼습니다. 그러다 위로부터 들려오는 포덕의 바람을 맞아 할아버지를 만나러 찾아와 동학이 나가야 할 길에 대해 마음을 열고 귀를 기울였습니다.

할아버지의 손길이 직접 닿은 이로는 읍성 인근 야촌이라는 곳에 살던 정용태(鄭容泰, ?~?)가 있었습니다. 야촌은 진목에서 그리 멀리 떨어진 곳은 아니었는데, 풍문으로 들리는 할아버지의 소문을 듣고 입도(入道)해 섬에 동학의 뿌리가 뻗어나가는 데 힘을 쏟았습니다. 그는 하동으로 나가 하동접주를 맡았던 할아버지의 뒤를 이어 남해접주가 되었습니다.

정용태는 같은 마을에 사는 젊은이 이종묵(李鍾默, 1865~1940)을 교화해 가르침의 터전을 넓혔습니다. 이종묵 집안은 상당한 재력가여서 교세를 확장하는 데 큰 도움이 되기도 했습니다. 이종묵은 동학의 중요 직책 중 하나인 대정(大正)[2)]까지 올랐습니다.

여수가 멀리 보이는 서상 항구에서도 신도는 나왔습니다. 서상은 동학이 크게 영향력을 미치고 있던 여수와 교류가 활발했던 포구였지요. 자세한 사연은 알 수 없지만 이 마을 출신 박용필(朴容弼, 1853~?)이 동학에 입교해 지인들을 불러 모아 최제우 대신사의 가르침을 퍼뜨렸습니다. 그도 역시 대정의 직임에 올랐습니다. 또 서상에서 남쪽으로 내려간 마을 오리에서 살던 양익주(梁翼柱, 1859~1925)란 사람도 동학교도가 되어 신행 생활에 열심이었습니다.

초기 동학의 가르침은 주로 여수와 접한 남해 서부 지역을 발판

---

2) 동학의 일선조직. 교장(敎長)부터 교수(敎授) - 도집(都執) - 집강(執綱) - 대정 - 중정(中正)으로 짜여졌다.

으로 교세를 넓혔더랬습니다. 하지만 동부 지역인, 멀리 통영이 보이는 마을 물건에서도 김일문(金日文)이 신심을 발휘해 교세를 넓혔으니, 삽시간에 동학의 물결은 남해 섬 전체를 덮었다고 보아야겠지요.

동학을 믿는 신도들의 무리를 일컬어 포(包)라 했고, 모이는 장소는 접(接)으로 불렀습니다. 일정 장소에서 신행하는 이들을 이끄는 사람을 접주(接主)라 불렀답니다. 이런 사실들은 중봉이가 아주 뒷날 성장하여 할아버지와 동접(同接)들의 활동상을 찾아 정리하면서 알게 되었습니다.

지금도 중봉이의 귓전에는 그 옛날 신도들이 모여 일종의 예배 의식인 시일식을 가지면서 외던 13자 주문이 쟁쟁하게 울립니다.

> 侍天主造化定 永世不忘萬事知
> 시천주조화정 영세불망만사지

동학은 만민평등을 주장했기 때문에 신분이나 성별, 귀천, 노소를 모두 동등하게 대우했습니다. 양반일지라도 입교하면 천민을 만난다 해도 공경하며 존대했고, 어른이라 해서 아이들을 함부로 대하지 않았습니다 . 또 남녀차별도 없어 예배를 볼 때도 상하 구별없이 나란히 앉아 접주의 말을 경청했습니다. 이렇게 서로 허물없이 지내면서 유무상자(有無相資), 있는 사람이 없는 사람에게 서로 힘이 되는 울력을 베푸니 신도는 날로 늘어났고, 기도 소리며 주문 외는 소리가 마을 전체에 울려 퍼져 나갔습니다.

권세가, 재력가의 발굽 아래 억눌리고 짓밟히며 사는 것이 숙명이라 여겼던 남해 사람들은 '한울님'이라는 큰 그늘 아래서 함께 쉬고 함께 일했습니다. 그야말로 세상이 열린 이래 수모 받지 않고 천대 받지 않으면서 일한 만큼 보답을 받는 개벽 시대의 훈풍을 만끽했던 것이지요.

그러나 호사다마랄까. 세상은 좋은 일만 있는 것은 아니어서 이런 남해의 새로운 풍조를 흘겨보고 못마땅하게 여기는 부류들도 있었습니다. 가난하고 어려운 사람들이 힘을 모아 서로를 돌보게 되자 관아에서는 마음대로 과도한 징세(徵稅)와 부역(賦役)을 가하지 못하게 되었고, 돈 많고 땅 많은 토호들 역시 원하는 만큼 고리대금으로 수탈을 할 수 없게 되었습니다.

그리하여 곧 반동의 시간이 닥쳤습니다.

현령과 토호들은 드러내놓고 이들을 닥달할 수 없자 하나하나 나누어 때려잡는다는 전략을 세웠습니다. 교도 모두를 자극하지 않고, 지역별로 마을별로 흩어져 있어 응집력이 떨어지는 허점을 악용했지요. 또 동학의 발호를 눈엣가시처럼 여겼던, 토호 아래 호가호위하던 마름이나 불량배들을 부추겨 싸움을 걸기도 하고 이간질을 놓기도 했습니다.

이렇게 불화와 내분이 일어나 빈틈이 생겼을 때를 노려 갖은 수법으로 교도들을 유혹해 배교시키거나, 불법이라는 미명 아래 나포해 투옥하기도 했습니다. 교세가 커졌다지만 관아와 토호에 맞서기에는 한계가 있었던 사람들은 울분을 터뜨리면서도 토색질과 우격다짐에 허리를 굽힐 수밖에 없었습니다.

그러나 넘치는 물줄기를 마냥 힘으로 막는 것도 한계가 있는 법이지요. 결국 시대의 도도한 흐름을 읽지 못하고 사리사욕에 눈이 멀었던 세력들을 향한 군세고 조직적인 반발이 터지고야 말았습니다.

## 3

그때는 갑오년, 고종이 즉위한 지 31년째 되던 해(1894년)였습니다. 남해 섬은 지난해 기후가 좋지 못하고 풍랑이 잦아 수확이 바닥을 쳤고, 바다 물산의 어획량도 급감했습니다. 굶주려 구걸하는 사람이 길마다 넘쳐났습니다. 더러는 끝내 쓰러져 죽기도 했지요. 허나 관아는 백성들의 삶의 기반이 도탄에 빠졌는데도 구휼하거나 구제할 방안을 찾기는커녕 부족한 세수를 메우는 데만 눈멀었습니다. 또 재물과 곡식을 쌓아둔 토호들 역시 이때 그간의 손해를 봉창하자면서 가렴주구를 일삼았습니다.

남해 섬은 남쪽에 있는지라 겨울에도 추위가 심하지 않아 겨울 농사가 가능했습니다. 그러나 그해 겨울에는 한파가 몰아쳐 밭농사를 망치고 말았습니다. 해가 바뀔 무렵부터 집집마다 곳간과 쌀독은 텅 비어갔고, 봄이 와도 가뭄이 심해 들판에는 풀 한 포기 제대로 나지 않았습니다. 초근목피로 연명하기조차 어려워 굶어죽는 사람이 속출하는 참상이 벌어졌지요.

보통 이런 참극이 빚어지면 관아나 부잣집에서 창고를 열어 환난부터 봉합하는 데 앞장서지만, 말세의 풍조가 만연했던 당시에는 남의 고통에서 나의 이익을 뽑자는 악심(惡心)만 휘몰아쳤습니다.

"접주 어른. 이러다가 남해 사램 모다 물에 빠져 죽는 밖에 없것써라우. 우찌하면 좋것소?"

진즉에 하동으로 건너가 하동접주로 활동 중이던 할아버지가 귀향하자 남해접주 일을 맡아 하던 정용태가 찾아와 딱한 사정을 하소연했습니다. 할아버지도 별다른 수가 없어 곰방대를 빨면서 고심에 빠졌습니다.

"기다려 보세. 호남의 남접(南接) 쪽에서 조만간 결단을 내리지 않을까 싶으이. 탐관오리들의 토색질은 온전히 남해만의 일이 아니여. 게다가 교조신원운동도 말로만 오냐오냐 헐 뿐 별다른 진척이 없다잖은가. 이대로 가다가는 창생들 모두가 진흙탕 속을 뒹굴게 될 것인디 가만있지만은 않것제."

정용태가 방바닥을 치며 악다구니를 썼습니다.

"시방 옥에 갇힌 교도들이 한둘이 아니요. 털어도 먼지 하나 나오지 않는 사램들로 끌고 가 쥐 잡 듯하니 어찌 살것소."

할아버지도 대답이 궁색했습니다.

"아 글씨 기다려보자 빼기 무신 말을 더 하것노."

정용태는 부아를 참지 못해 애꿎은 하늘에 주먹질을 해대며 야촌으로 돌아갔습니다.

과연 할아버지의 말씀대로 갑오년 벽두가 되자 전라도 고부에서 사달이 나고 말았습니다. 전해 고부군수로 부임한 조병갑(趙秉甲, 1844~1912)이란 자는 그 악행이 여느 탐관오리를 찜쪄먹고도 남을 정도였습니다. 무상으로 주민들을 동원해 만석보를 만들더니 물값에 바가지를 씌웠고, 모친상을 당하자 부조금으로 2천 냥을 거둬 올리라며 생떼를 쓰기도 했습니다.

이로 말미암아 고부에서는 민란이 일어났고, 그 주동자는 전봉준이었습니다. 민요(民擾)는 이미 전부터 마른 들판의 불길처럼 전국에 퍼져 있었는데, 그 규모나 여파가 고부만큼 심하게 회오리친 적은 없었지요.

이 소식은 남해 섬에까지 전해졌습니다. 정용태가 아직 남해에 있던 할아버지에게로 득달같이 달려왔습니다. 이때는 서상에 살며 포덕에 힘쓰던 박용필도 동행했지요. 그만큼 기세가 거셌습니다.

"인자 때가 된 거 아입니꺼? 우리도 기포(起包)해서 관아를 때려 부수고 죄 없이 갇힌 사램들을 구해내야 허지 않것소?"

할아버지는 결심을 굳히면 불같이 일어났지만, 평시에는 아주 신중한 사람이었습니다. 할아버지는 정용태와 박용필의 손목을 붙잡고 만류했습니다.

"쪼매만 더 기둘리게. 허투루 일어났다가는 관아의 반격만 불러올 뿐이여. 자네들 맴이 오죽하것냐만 세력이 좀 더 커져야 되니께 화를 가라앉히소. 화약이란 한꺼번에 모아 터뜨려야제 찔끔찔끔 가지고 놀다가는 불장난 밖에 안 되여. 손이나 다치고 말제."

과연 할아버지의 예측은 적중해 고부에서의 분란은 신임군수 박원명이 부임해 난민들을 위로하며 무마해 일단 봉합되고 말았습니다. 남해 섬사람들의 고통이 풀리자면 좀 더 시세가 무르익어야 했던 것입니다.

갑오년 3월의 하순. 마침내 전라도 무장에서 창의문 포고와 함께 전봉준을 중심으로 기포가 일어났습니다. 보국안민(輔國安民)의 기치를 내세우고 탐관오리 숙청과 조정 간신배들의 축출을 주장하면서 조정에 정식으로 선전포고를 했던 것이지요.

이 기포는 무장 지역에만 국한되지 않고 바람을 탄 산불처럼 번져 삽시간에 전라도 전 지역이 동학 기포군의 호령 아래 놓이게 되었습니다. 여러 지역의 접주들이 교도들을 이끌고 합류하자 연합부대의 성격을 갖추었는데, 전봉준을 대장으로 옹립한 동학군은 세력을 넓히면서 관군과 전투를 벌여 대소(大小)할 것 없이 닥치는 대로 관군을 격파시켜 나갔습니다.

이 무장 기포 소식은 의외로 남해에는 바로 전해지지 않았습니다. 봉기의 함성이 남녘 바다보다는 북쪽 지역으로 뻗쳐 올라가는 기세다 보니 메아리가 섬진강과 바다를 건너지 못했던가 봅니다.

그러나 진격의 속도가 빨라지고 관할하는 구역이 넓어지자 당연히 남해 섬에도 기별이 당도했고, 사람들은 들썩였습니다. 그때는 할아버지가 남해에는 계시지 않았습니다. 그러자 정용태는 어디서 구했는지 화승총까지 마련해 노량 바다를 건너 하동 할아버지의 처소로 달려갔습니다.

"더는 기다릴 이유가 없지 않것소. 접주님 한 마디면 남해의 교도들은 다 들고 일어날 거시요. 하동도 권세가들의 포악 때문에 고생이 막심하다 들었는디, 두 고을 사람이 합심하모 세가 훨씬 더 커질 기 뻔하요. 실기(失期)허지 말고 들고 일어나입시더."

사실 경상 좌도 지역에서도 무장 기포가 일어나기는 했었지요. 4월 초에 진주 덕산(지금의 산청군 시천면)에서 백낙도(白樂道) 신사가 대접주 수십 명과 함께 거사를 꾸며 준비했는데, 무기를 제대로 준비하지 않고 서두른 감도 있는데다가 관아의 대응도 민첩해서 얼마 지나지 않은 13일 경에 백낙도는 무리 30여 명과 함께 체포되었고, 다음 날 모두 처형당하고 말았던 것이지요. 이 참극 소식을 들은 진주의 교도들이 들고 일어나 24, 25일 경 소란을 피웠는데, 우병사로 있던 민준호(閔俊鎬)가 동학도들과 타협을 보아 사태가 무마되었습니다.

진주 쪽에서 이런 변고가 일어나자 할아버지도 이젠 더 이상 시간을 끌 까닭은 없어졌습니다. 할아버지는 준비를 물샐 틈 없이 맞춰 나갔지요. 아이는, 할아버지는 아직 영남의 교세가 약하니 호남의 동학군과 힘을 합쳐 연합 전선을 펼쳐 영남 사람들의 고혈을 짜먹는 세력을 소탕할 요량이라 나중에 짐작했습니다.

"알것네. 호남의 전황이 파죽지세라 허니 더 없이 좋은 기회구면. 그라도 만사는 불여튼튼이니께 우리 하동 교도들과 연합허기로 허세. 저쪽 고성이나 진주 쪽 세력도 상당허니, 시간을 보아 기포 날짜를 알릴 것인께 가서 기둘리고 있소."

"하모 하모요. 접주님 기별만 학수고대허고 있것십니더."

오랜 만에 희소식을 듣자 정용태는 입이 귀 밑까지 찢어져 남해로 돌아갔습니다.

거사 계획은 확답했지만, 거사 날짜는 정하기가 쉽진 않았습니다. 경사 좌도는 지역이 넓은 데다 아직 교세가 확고하지 않은 면도 있었고, 그 많은 신도를 한데 모아 봉기하려면 조직과 명령 체계를 갖추어야 했기 때문이었습니다. 그렇게 뜸이 들기도 전에 시간은 야금야금 흘러가고 말았습니다.

그 사이 호남의 동학군은 4월 27일(양력 5월 31일) 마침내 전주성을 함락시키고 호남의 멱살을 쥐는 쾌거를 거두었습니다. 이 소식은 할아버지 귀에도 들어왔고, 지체 없이 호응해야겠다는 준비를 다졌습니다. 그런데 열흘이 지난 뒤 갑자기 조정과 화약(和約)이 이루어져 5월 7일 전주성에서 동학군이 철수했다는 소식이 들이닥쳤습니다.

- 아뿔싸! 또 기회를 놓치는개벼.

할아버지가 땅을 치며 통탄하는데, 정황이 꼭 그렇게만 흘러가지는 않았습니다. 동학농민군은 전주성에서 물러난 뒤 해산한 것이 아니었습니다. 조정의 묵인 아래 호남 전역에 집강소(執綱所)를 조직해 실질적으로 각 지역을 지배하는 개혁 세력이 되었던 것이지요. 관아마다 구실아치들이 있다고 해도 집강소에서 개혁안을 들고 나오면 꼼짝 못하고 시행해야 했던 것입니다.

양반들이라고 해도 동학군의 서슬 앞에서도 오금을 펴지 못했는데, 이 때문에 부작용이 나오기도 했지요. 동학군은 대개 농민이나 천민, 노예가 많아 평소 양반 토호들에게 설움과 박해를 많이 당해 이때를 노려 앙갚음하는 일이 비일비재 일어났습니다. 만민평등을 내세우는 동학에서 이런 일은 있어서는 안 되는 것이었지요. 몇몇 지도자들이 만류했지만 쉽게 단절되지는 않았습니다.

갑오년 5월과 6월 무렵 집강소는 호남에서만 50여 개 소가 넘게 설치되었습니다.

일이 이렇게 되자 기포할 명분이 약해졌습니다. 호남의 동학혁명군이 조정과 화약을 맺었는데, 이쪽에서 기포한다면 이는 남접(南接)의 강령에 배치되는 짓이었습니다. 좌도의 접주들을 다잡아 놓기는 했지만, 반기를 들라 강요할 수는 없었습니다.

하는 수 없이 할아버지는 남해에 통지를 보내 사세가 이리 되었으니 승리를 자축하면서 경상 좌도에도 집강소를 설치해 해원(解冤)하자고 다독였습니다. 남해의 교도들은 분기탱천했다가 사태가 역전되는 바람에 김이 새기는 했지만, 남접의 움직임을 일사불란 따르지 않을 수 없었습니다.

그러는 와중에 남해 섬의 사정은 이러시도 저리지도 못하는, 손발이 묶인 꼴이 되었습니다. 때는 한창 농번기라 비록 거두고 나면 다 수탈당한다고 해도 자라는 곡식을 나 몰라라 내팽개치면 그건 농민이 아니지요.

이후 벌어진 양상으로 볼 때 영남 지역에 집강소가 설치되지는 못한 듯합니다. 일부 지역에서 운영되었다고 해도 원활하게 조직적으로 꾸려졌는지는 알 수 없습니다.

중봉이 아는 바로 남해 섬에서는 평지풍파가 일어나지 않았습니다. 아니 역풍이 불었습니다. 관아에서는 호남의 분위기가 심상치 않자 예비단속 차원에서인지 검속과 탄압이 강화되었습니다. 섬을 둘러 여러 곳에 수군의 진(鎭)과 진성(鎭城)이 있어 병력이 적지 않아 여간한 세력을 모으지 않으면 선제공격은 어려웠습니다.

이를 안 관아와 토호들은 사람들이 흩어져 있거나 야음을 틈타 주민들을 나포하기도 했고, 검속을 펼치기도 해서 애꿎게 피해를 봐야 했습니다.

그렇게 또 남해는 속절없는 신음과 함원(含怨)의 시간을 보내야 했습니다.

## 4

그러다 마침내 최후의 결전을 벌일 시간이 닥쳤습니다.

동학혁명군의 집강소 활동으로 내정이 소강상태에 빠진 사이 제국주의 일본이 침략의 발톱을 드러내기 시작했던 것이지요.

동학혁명군과 조정이 화약을 맺기 직전인 5월 5일(음력)에 청나라가 조정의 요청에 따라 군대를 보냈고, 이에 질 새라 일본도 다음날인 6일에 군대를 파병했습니다. 이에 놀란 조정이 5월 7일 화약을 맺으며 철수를 요청했지만, 두 나라는 모두 거부했습니다. 일본은 조정에 대해 개혁을 거듭 요청했는데, 조정은 내정 간섭이라며 거부했지요.

그러자 일본은 6월 2일에 경복궁을 기습해 점령하고, 조선 군대도 해산시킵니다. 이렇게 수도 한양을 불법 점거한 뒤 흥선대원군을 꼭두각시로 앉히고, 김홍집을 수반으로 하는 친일내각을 출범시킵니다. 이어 6월 23일 일본이 청일전쟁을 일으키자 6월 25일 김홍집 내각은 군국기무처를 설치합니다. 이제 일본은 대놓고 조선 내정을 침탈하면서 조선을 식민지로 만들기 위한 야욕을 드러내고야 말지요.

물론 그 사이 농민군의 거병은 충청도 지역에서 폭포수처럼 쏟아졌고, 경상도 지역에서는 물론 일본군과 청나라 군대에게 피해를 당한 경기도에서도 소요가 연이어졌습니다. 이에 조정은 흥선대원군을 보내 이들을 회유했고, 약간의 효과는 거두었지만, 일본의 식민지 침탈을 거부하는 동학혁명군의 기세를 잠재울 수는 없었습니다.

9월에 들어서자 전봉준은 총기포령을 발동시켜 이 땅의 외세를 몰아낸다는 강령을 내걸고 관군이 합세한 일본군과의 피나는 투쟁을 전개합니다.

이때를 전후하여 남해 동학교도의 움직임도 심상치 않게 펼쳐집니다. 9월 10일 여수의 동학혁명군이 바다를 건너 서상 포구를 통해 남해로 들어옵니다. 이들을 맞이한 사람은 대정으로 임명된 서상의 교도 박용필이었습니다.

남해와 호남의 혁명군이 합세한 영호동학혁명군은 박용필의 안내로 임진성에 숙영(宿營)했습니다. 다음 날 죽전에 모인 혁명군은 남해 각 지역에서 합류한 교도들과 함께 영호동학혁명군 출정식을 갖고 수치산을 지나 남해접주의 동학도소가 있는 야촌에 이르렀고, 군세를 정비한 뒤 남해읍성으로 진격합니다. 죽전에서 남해읍성까지는 약 30리 길로, 걸어 서너 시간이 걸렸습니다.

당시 남해현령이었던 이규풍(李圭豊)은 형세에 눌려 순순히 성문을 열었고, 이 때문인지 남해 군속(軍屬)들의 피해는 보고된 바 없었습니다. 이때 남해동학혁명군의 활동상은 당시 경상도관찰사로 있던 조병호(趙秉鎬, 1847~1910)가 올린 장계에 잘 나타나 있습니다.

장계에 따르면 여수에서 건너온 혁명군은 19명인데, 남해의 혁명군과 함께 이청(吏廳)에 들어와 감옥의 형리와 옥쇄장(獄鎖匠)을 겁박해 갇혀 있던 죄수 16명을 풀어준 뒤 200여 명이 남해의 향촌을 다니면서 남해 곳곳에서 행패를 부리고 백성들을 수탈한 토호들을 징치했다고 합니다. 이는 관료의 보고이니 과장과 왜곡이 있어 보입니다. 짐작컨대 이때 남해에 일시적으로나마 남해 관아에 집강소를 설치했나 봅니다.

이어 16일에 이들은 바다를 건너 진주로 갔다는 것인데, 일부만 이동했고 나머지 혁명군은 9월 말까지 20여 일 활동하다가 일본군이 경상 좌도로 진압군을 파견하자 이에 응전하기 위해 전원 하동으로 이동한 것으로 보입니다. 짧은 기간이었지만 남해에는 영호동학혁명군이 진주했고, 이들은 남해에서 부정부패를 저질렀던 관리와 토호들에게 철퇴를 내렸던 것입니다.

이 무렵 나이가 어렸던 중봉이는 그 모든 과정을 다 보지는 못했습니다. 할아버지는 하동에 계셨기 때문에 아이는 부모의 손을 잡고 읍성에 가 불의가 바로잡히는 모습을 지켜봤습니다. 아이의 눈에 강한 인상을 남긴 일은 '우우통 징치'였습니다.

'우우통'은 남해 사람들이 만들어낸 징벌 도구입니다. 가마니를 둥글게 말아 아랫부분을 끈으로 묶어 사람이 들어갈 만한 통을 만드는데, 이것을 우우통이라 불렀습니다. 우우통 안에 토색질을 일삼은 악한을 집어넣은 뒤 배를 양쪽에 대고 끈을 매달아 바다에 넣으면 통 안으로 바닷물이 마구 들어오고, 악한은 바다에 빠져 죽을까봐 공포에 떨며 오줌을 지린답니다.

물론 실제로 익사시키는 것은 아니고, 위협과 공포를 주어 다시는 못된 짓을 하지 못하게 하는 것이었지요.

혁명군에게 끌려온 토호들은 배로 가면서 그 동안 곤욕을 당한 사람들의 원성과 야유를 태백이로 듣게 됩니다. 놈들의 얼굴은 허옇게 들뜨고 죽음의 공포에 질려 목숨을 구걸하면서 그간의 죄상을 자백하며 용서를 구하게 됩니다.

"어메. 저 사람을 진짜로 물에 빠뜨려 죽이는 기라예?"

중봉이는 그 과정이 살짝 무서워 어머니의 치맛자락을 잡고 얼굴을 감추며 묻습니다. 어머니는 짓궂게 아이에게 겁을 줍니다.

"하모. 못된 짓을 했시몬 벌로 받아야제. 중봉이도 어미 말 안 들으몬 저 꼴이 날 끼다."

덜컥 겁이 난 중봉이는 어머니의 품에 안기며 다짐합니다.

"어메. 난 어메 말 잘 들을 끼다. 우우통 안에는 절대 안 들어갈 끼다."

어머니가 중봉이의 머리를 쓰다듬으며 말하지요.

"하모 하모. 중봉이가 월매나 착한 아인디 우우통에 들어갈 일이 있실라꼬. 걱정할 끼 한 개도 없다."

토호들은 백성이 죽든 말든 고혈을 짜내기에 혈안이었지만, 남해 섬사람들은 순박하고 어질어 차마 해치지 못하고 이렇게 모양새로만 징치했던 것입니다.

그러나 남해 사람들이 순진했던 걸까요? 이렇게 목숨을 건진 토호들은 동학농민혁명이 끝난 뒤 동학이라면 치를 떨어 '동학당'이라 불렀고, 씨를 말려야 할 불구대천의 원수 취급을 하며 두고두고 괴롭혔습니다.

## 5

이제부터는 슬픈 사연을 들어야 합니다.

폭압을 없애고 백성을 구하자는 제폭구민(除暴救民), 서구 세력을 배척하고 왜놈을 몰아내자는 척양척왜(斥洋斥倭), 나라를 돕고 백성을 편안히 하자는 보국안민(輔國安民), 널리 백성들을 구제하자는 광제창생(廣濟蒼生)이라는 거룩한 명분을 내세우면서 펼쳐진 동학혁명군의 마지막 기포는 전국적인 지지를 받아 크게 기세를 떨쳤습니다. 부분적인 마찰이나 지연은 있었지만 남접과 북접 모두가 외세를 축출한 뒤 자력으로 나라를 반석 위에 올려놓자는 뜻에는 변함이 없었지요.

그러나 동학혁명군의 기포를 사전에 알고 면밀히 준비한 적들 앞에 단순히 숫자만의 힘으로 그들을 압도할 수는 없었습니다. 더구나 최신식 무기로 무장하고 고도의 훈련을 받은 일본군 앞에서 혁명군은 무력했습니다. 삼남 각지에서 벌어졌던 처절한 전투의 내력에 대해서는 여기서 말하지 않으렵니다. 다만 우리들은 이기지 못했을 뿐 진 것은 아니라는 점만은 밝히고 싶습니다.

진주와 하동 지역에서도 동학혁명군이 관군과 민보군(民步軍), 일본군을 상대로 벌인 전투는 치열하게 펼쳐졌습니다. 조정에서는 지석영(池錫永, 1855~1935)을 토포사로 뽑아 보냈고, 일본군은 200여 명의 정예군이 고성에 상륙했습니다.

할아버지 여장협 옹은 적군과의 대규모 전투가 벌어지기 직전 잠시 남해를 찾았습니다. 적들의 대응이 만만치 않음을 안 할아버지는 자신의 삶은 이번 기포를 끝으로 마감되리라는 예감을 하셨던 듯합니다. 마지막으로 자신이 나고 자란, 인내천의 개벽 정신을 실천하고 북돋았던 고향 산천을 마음에 담으려 했던 듯합니다.

떠나기 전날 식솔들을 모두 부른 할아버지의 얼굴은 차분하고 평온했습니다. 할아버지는 중봉이를 보더니 손짓으로 불렀습니다. 얼떨떨한 표정을 지으며 무릎걸음으로 할아버지 곁에 앉자 할아버지는 중봉의 머리를 쓰다듬으며 미소를 지으셨죠.

"우리 중봉이가 그간 많이 컸구마이. 엄마 젖 달라고 보채던 때가 엊그제 같은데 언지 이리 자랐누? 고마 우리 창생들의 미래는 너 같은 아이에게 달려있는 기라. 어떤 시련이 와도 잘 이겨내야 헌다. 알것제?"

할아버지의 목소리가 너무 비장해 중봉이는 눈물이 흐를 것 같았습니다. 대답은 못하고 그저 고개를 끄덕이면서 할아버지의 품에 안길 뿐이었습니다.

할아버지는 중봉이를 다독이면서 식솔들을 둘러보며 말씀을 꺼냈습니다. 그것은 어쩌면 유언과 같은 것이라 다들 침묵 속에 할아버지의 얼굴만 바라보았지요.

"너그들 그간 참으로 고생이 많었데이. 못난 가장을 만나 어깨 한 번 펴보지 못하고 노심초사 살게 했시니 내 헐 말을 없구마. 허나 나라가 누란(累卵)의 위기에 빠지고 동학의 가르침은 지엄하고 온당하니 내 어찌 한울님의 뜻을 거스를 수 있겠는가. 고마 내가 없더라도 너희들은 한울님의 보살핌이 있다는 걸 맹심하고 꿋꿋이 살아가야 헌데이. 바위가 단단해지기 위해서는 오랜 시련을 이겨내야 하듯이 결코 동학의 정신을 이자뿔면 안 되여.

날이 밝아 함께 하동으로 출정할 남해의 혁명 용사들이 모이모 당분간 내 못 돌아올 끼다. 이 농토, 이 바다를 잘 돌봄시로 사램 구실로 잊지 않고 살몬 언진가는 반다시 다시 만나게 되것제. 마음 단디 묵고 살몬 내 소원이 없것다."

이렇게 할아버지는 말씀을 맺으셨습니다. 울먹이면서 듣고 있던 식솔들은 말씀을 마치자 한 사람씩 일어나 할아버지에게 큰 절을 올렸습니다. 할아버지도 무릎을 꿇고 허리를 숙이며 반절로 예를 갖추었지요.

결별을 마친 식솔들은 이부자리를 봐 드린 뒤 하나 둘씩 자리를 빠져나갔습니다. 할아버지는 마음 깊이 새겨두려는 듯 그들의 뒷모습을 하나하나 살피며 빠짐없이 배웅했습니다. 끝으로 중봉이가 남자 할아버지는 묵묵히 아이를 응시하다가 꽉 쥔 손을 놓으셨습니다. 흐릿한 호롱불 아래서도 총총하고 형형한 할아버지의 눈에 눈물이 휘도는 것을 볼 수 있었습니다.

그것이 할아버지와의 마지막 만남인 줄 꿈에도 몰랐던 중봉이는 다시 큰절을 올리고 총총히 방문을 열고 나왔습니다. 그 날 밤 수런수런 들리는 말소리 때문에 단잠을 이루지는 못했지만, 가슴 한 구석에는 알 수 없는 벅찬 감동이 가득 찼습니다.

다음 날 아침 중봉이의 집 앞에는 수많은 사람들이 모였습니다. 얼굴을 아는 사람도 더러 있었지만, 대개 처음 보는 사람들이었습니다. 마당이 사람으로 가득 차 비좁아지자 타작을 하고 고추를 말리거나 물고기를 말릴 때 썼던 울력 마당 앞으로 자리를 옮겼습니다. 해가 중천까지 올라도 사람들의 행렬은 끊이지 않았지요.

남정네가 많았지만 아낙들도 눈에 띄었습니다. 아이를 포대기에 싸 업은 새댁도 보였습니다. 남정네들은 저마다 손에 낫이며 쇠스랑, 칼 따위를 들고 있었고, 누구는 남해에서 흔히 자라는 시퍼런 대나무 줄기를 깎아 만든 죽창을 들고 있기도 했습니다. 그 무리 안에는 자주 찾았던 정용태도 보였고, 이종묵, 김성재, 박용필, 정원섭(鄭元燮, 1873~1945) 같은 이들도 어깨를 나란히 하고 있었습니다.

이윽고 얼추 사람들이 찬 듯하자 할아버지가 나섰습니다.

"나라가 왜적들의 손에 짓밟히고, 이 땅의 창생들은 저들의 노비가 되거나 참살을 당할 지경에 놓이게 되었소이다. 그란데도 이 땅의 위정자라 하는 것들은 제 목숨과 이익을 챙기기에 정신이 팔려 이 백척간두의 위기로 외면하고 있어예. 나라가 망국의 지경에 이를 때마다 먼저 창칼로 들고 나섰던 이들이 뉘기였십니꺼? 인차 우리가 일어날 때입니더. 우리 다같이 한 마음 한뜻으로 온전히 궐기해서 정의가 버림받지 않고 의로움이 영원하다는 것을 보여 주입시더.

〈맹심보감〉에 보면 이런 말이 있십니더. '악행의 그릇이 가득차모 하늘이 반드시 갸를 죽인다.(惡鑵若滿 天必誅之)' 혔고, '하늘에 죄를 지으면 빌 곳이 없다.(獲罪於天 無所禱也)' 혔시며, '하늘의 그물은 넓고 넓어서 성글지만 새지 않는다.(天網恢恢 疎而不漏)'고 혔심더. 이기 다 무신 말이것십니꺼? 바로 한울님의 말씸인거라예. 한울님께 죄를 진 저들은 숨을 곳이 없십니더. 한 놈도 남기지 말고 처단해뿌립시더! 저놈들이 반성하고 물러난다면 뭐 땜시 싸우것소. 시방도 왜병들은 산지사방서 우리 백성들을 쥑이고 있으니 결코 용서할 수 없는기라예!

우리덜 뒤에는 한울님이 계십니더. 세상 만물 창생들을 차별 업시 어루만지고 지켜주시며 이끌어주시는 한울님이 계시니 무엇이 두렵고 무섭겠십니꺼. 충무공 이순신 장군께서 순국하신 노량 앞바다로 다들 가입시더!"

할아버지의 말씀이 끝나자 우렁찬 함성이 터져 나왔습니다. 가을의 푸른 하늘은 이들 창생들의 외침으로 가득 찼지요.

사람들은 행과 오를 지어 마당을 빠져 나갔습니다. 수백 명은 족히 되어 보였습니다. 이미 바다를 건너 하동으로 진출한 사람까지 합치면 천 명을 넘을 거라 했습니다. 씩씩한 발걸음을 옮기면서 용기와 기세를 부추기려는 듯 목청을 높여 주문을 외쳤습니다.

-시천주조화정 영세불망만사지-

아이 중봉이도 노량까지 따라갔습니다. 어머니의 치맛자락을 잡고 잰걸음으로 행렬의 뒤를 따랐습니다. 어떤 사람들은 지개에 쌀가마니를 지고 있었는데, 고현의 정원섭이 가져온 군량미라 했습니다.

많은 사람들이 노량에서 거룻배를 타고 바다를 건너 육지로 넘어갔습니다. 여러 척이 동원되었지만 워낙 사람이 많아 거듭거듭 왕복해야 했지요. 하늘도 그 뜻에 동참하는 듯 물결은 잔잔했고 푸르렀습니다. 하얀 갈매기 떼들이 날아다니며 목청껏 사람들의 앞날을 축원했습니다.

한 나절 내내 뱃사공 하노인(河老人)은 자식들과 함께 노를 저었습니다. 이마에는 땀방울이 소록소록 맺혔지만, 노인의 얼굴에는 함박웃음이 가득했습니다.

남해의 동학혁명군이 다 떠나고 난 뒤에도 남은 장정과 아낙들은 차마 발길을 돌리지 못했습니다. 중봉이는 바다 건너 깃발을 휘날리며 산어귀를 돌아가는 사람들을 끝까지 지켜봤습니다. 맨 앞에 서서 칼을 뽑아 진두지휘하는 할아버지의 모습이 먼저 소나무 숲 사이로 가려졌습니다. 그러고도 한참 동안 행렬은 꼬리가 끊어지지 않더니 이윽고 거짓말처럼 사람들이 모두 사라졌습니다.

"야야! 고마 가제이. 할배는 꼭 돌아오실 끼다."

우두망찰한 채 하동의 산야를 넋 놓고 보던 중봉이 머리를 어머니가 쓰다듬으며 말했습니다. 그제야 넋이 돌아온 중봉이는 어머니의 손을 잡고 집으로 돌아왔습니다. 그날 그 자리에서 보았던 그 많은 사람들의 모습은 그 후로도 오랫동안 중봉이의 머릿속에 남게 되었습니다.

## 6

이후 한동안 동학혁명군의 소식은 들려오지 않았습니다. 바람결에 진주와 하동 여러 곳에서 관군과 일본군을 맞아 장렬하고 처절한 전투가 벌어졌다고, 많은 혁명군이 다치거나 죽었다는 섬뜩한 소식을 건너왔지만, 사람들은 애써 외면하면서 정안수를 떠놓고 무사귀환을 빌었습니다.

10월도 중순을 지나 하순에 접어드는 어느 날 밤에 한 남자가 중봉이 집을 찾아왔습니다. 제법 찬 기운이 감도는 으스스한 저녁이었습니다. 소식이 끊긴 하동 할아버지의 안부를 염려하던 끝에 어머니가 저녁상을 차리러 정지깐으로 가던 중이었습니다.

그때 아버지는 하동 소식을 물을 겸 후발할 동학군이 집결한 읍에 나가 있었습니다.

"아지매요. 아지매요."

목청이 작고 낮아 처음엔 감나무 가지 끝을 스치는 바람소린가 싶었습니다. 어머니도 듣지 못해 솥뚜껑만 들추었지요.

"여기, 아지매요!"

약간 언성이 올라가자 그제야 어머니가 정지문 밖을 돌아보았습니다. 뭔가 시커먼 물체가 정지 안으로 들어오자 어머니가 얕은 비명을 질렀습니다.

아직 귀가 밝은 할머니가 정지문을 열며 물었지요.

"뉘기요? 영감이요?"

호롱불이 나오자 얼굴이 드러났습니다. 찢겨진 옷이 흙투성이고 헤어진데다 얼굴에도 검댕이 잔뜩 묻어 있는 젊은이였습니다.

"지는 선구에 사는 김성재라 캅니더. 전에 한번 뵀지예. 하동 고성산(고승당산, 해발 185미터) 전투에 참여했다가 패하고 피신해 있다 시방 집으로 돌아가는 길이지예. 접주님 댁에 들러 소식은 전해야겠다 싶어 이리 찾아 왔십니더."

그 말에 귀인이라도 만난 듯 할머니가 문을 박차고 나왔습니다.

"그려, 그려. 월매나 고상이 많았것소. 쌔이쌔이 들어오소."

물 한 잔을 들이켜고, 차려나온 밥상을 게 눈 감추듯 허겁지겁 먹은 김성재 청년이 전한 말은 이랬습니다.

"우리 영호동학혁명군은 전투 전날 밤에 산에 올라 진지를 단단히 구축했지예. 남해 사람들도 많엇지만 호남서 온 치들이나 하동, 진주, 고성 교도까지 수천 명은 넘었을끼구먼요. 고승산 꼭디기엔 바위가 많아 사이사이 진지를 다지면서 왜놈들이 올라오길 기둘렸지예. 놈들은 숫자는 적었지만 무시무시한 신식 장총을 가지고 있어 벌써 여러 차례 우리덜이 당했지 뭡니꺼. 접주 어른께서 최대한 접근시킨 다음 지근거리에서 화승총을 쏴야 승산이 있다켔지예.

해가 밝고 11일 날이 떠올랐십니더. 우리덜도 만반의 준비를 혔지만서도 놈들도 벅시는 아닌지라 사정거리 밖에서 총질을 해댔지예. 월매나 위력이 좋은지 동학군 여러 명이 맥없이 씨러지고 말았쓰예. 이러다 다 죽것다 싶었는디, 접주께서 흩어져 전후좌우에서 한꺼번에 돌격하자 카데예. 화승총은 장전하는 디 시간도 걸리니께 그저 가차이 접근햐 돌멩이든 죽창이든 낫이든 휘둘러 쥑이는 수밖에 없었지예.

근디 놈들은 총만 아니라 대포까정 끌고와 쏴대는 겁니더. 한 방 터지몬 수십 명이 날아갔지예. 그렇게 일진일퇴 공방전을 벌였지만 우리 측 피해만 말도 몬하게 늘어갔지예. 우리덜은 다시 산꼭디기로 올라가 숨었는디, 날이 어둑해지자 이놈들이 엎드린 채 하나둘 기어오르는 겁니더. 번갈아 총을 쏴대고 포탄이 날아드니 옴짝달싹 헐 수가 있써야지예. 결국 검무산(劍舞山, 280미터)으로 후퇴했는디, 이 무도한 잡것들이 우리덜 뒤에 대고 총질을 혀서 월매나 많이 죽었는지 모름미더. 지 여페서 픽픽 씨러지는디 고마 거름아 날 살려라 내빼는기 상수였지예. 지 친구 몇도 거기서 죽었지예."

김성재가 설움이 복받쳤는지 시커먼 옷소매도 아랑 곳 않고 눈물을 훔쳤습니다. 참상도 끔찍했지만, 정작 할머니가 듣고 싶은 건 할아버지 소식이었습니다.

"그랴. 월매나 원통했실꼬. 그런디 우리 접주 어른은 워찌 되셨는지 아는가?"

그제야 김성재는 찾은 목적이 떠올랐습니다.

"아 야. 접주 어른께서는 누구보다 용감하게 싸우셨지예. 총탄이 빗발치는 데도 칼을 뽑아들고 혁명군을 지휘하셨지예. 누군가 활을 가져 왔는디, 접주 어른께서 바위를 방패 삼아 적진으로 화살을 날리라 지시하셨지예. 놈들이 고개를 못 드는 사이에 몇 놈 요절을 냈지만서도 곧 총격을 받아 몰살했어예.

접주 어른께서는 검무산 후퇴를 지시하시고도 마지막까지 남아 왜놈의 진로를 막으려 했심니더. 한 사람이라도 더 살리시려고예.

지가 쓰러진 친구를 일으켜 세우려다가 접주 어른 기신 곳을 보게 되었는디, 음~~~~ 접주 어른께서는 끝내 적탄을 맞고야 마셨심니더. 칼을 뽑아 들고 서서 지휘를 하셨으니 놈들의 표적이 되셨던 것이지예. 지도 달아나기 바빠 더 보지는 못했어예. 총탄을 여러 발을 맞으셨고, 용케 사셨다 해도 저 잔폭한 왜놈들이 그냥 뒀겠나요. 아메도 거기서 돌아가셨을 끼라예……. 검무산으로 돌아오시지 못하셨으예……."

어머니는 비명이 터져 나오려는 입을 손으로 막으면서 할머니 안색을 살폈습니다. 할머니는 눈 한 번 깜짝이지 않고 김성재의 말을 끝까지 들으셨지요. 두 손을 꽉 쥐시고서 미동도 않으셨습니다.

한참이 지나 할머니가 두 눈을 돌리시면서 말씀하셨습니다.

"우리 영감. 참으로 참으로 장하시구나. 그 양반답게 최후를 맞으셨으야. 황천에 가셨어도 조상님 얼굴을 당당하니 보시겠어야. 자네도 고상이 많었네. 그려도 목심을 건졌시니 다행일세."

김성재가 숭늉을 벌컥 마시며 말했습니다.

"지도 산 목심이 아니었지예. 한밤중에 달아나다 본께 어디 앞이 보여야지예. 고마 발을 헛디뎠는디 그기 낭떠러지였지예. 죽었구나 싶었는디 한울님이 보우하사 중간에 나뭇가지에 걸렸지예. 엉금엉금 기어 나오는디 마침 기슭에 토굴이 하나 있어 몸을 숨겼지예. 다음 날 고성산엘 다시 갔는디, 왜놈들은 철수했는지 없고 여기저기 혁명군 시체만 널부러져 있었지예. 친구를 찾다가 아는 교도분을 만나 노량 나루를 건너 선구로 가다, 아무래도 접주 어른 소식은 알리디려야겠다시퍼 찾아뵌 기라예."

그렇게 참담한 소식을 전해준 뒤 김성재는 날 밝기 전에 가야 한다면서 떠나갔습니다. 그날 밤 중봉이 식구들은 한숨도 못 자고 밤을 밝혔습니다.

한 열흘 쯤 지난 뒤 중봉이 식구들은 할아버지의 시신이라도 찾아 묻어드려야 한다며 바다를 건너 큰 할아버지 두 분, 아버지와 함께 고성산엘 갔습니다. 거기서 죽어 소식이 끊긴 동네 사람도 한둘이 아니어서 마을 사람들도 여럿 함께 갔지요.

허나 시신은 이미 관군들이 다 치워버렸는지 산은 텅 비어 있었습니다. 을씨년스레 까마귀만 깍깍 울어댔습니다. 어디다 한꺼번에 매장했을 거라며 인근 동네 사람들에게 물어보았지만, 다들 피하기만 할 뿐 상대를 하려 들지 않았습니다.

며칠을 찾다 포기하고 할머니는 고성산에서 자란 나무 등거리 몇 개를 꺾어와 바다가 보이는 진목 산언저리에 묻고 가묘를 만들었습니다.

아이 중봉이는 고성산까지 가지는 못했지만, 할머니가 두 손으로 고이 받들고 온 등거리와 땅을 파 옷가지서껀 관에 넣어 모시는 모습은 모두 지켜봤습니다. 그때는 할아버지의 죽음이 실감나지 않았습니다. 그저 잠시 먼 길을 떠나셨다고만 여겼을 뿐이었죠. 할아버지를 모신 지 얼마 지나지 않아 할머니도 먼 길을 떠나고 마셨습니다.

그 뒤 기포에 가담했든 아니했든 동학교도라면 마을에서 동네에서 미움과 핍박을 받았습니다. 나라를 망쳐먹은 역적 무리라며 손가락질했고, 관아에서는 걸핏하면 잡아가 치도곤을 쳤습니다. 오랜 동안 사람들은 자신이 동학교도인 것을 숨기며 살아야 했습니다.

세월이 흘러 당시 동고동락했던 사람들은 늙고 병들어 하나둘면 길을 떠났습니다. 누구도 그때의 기억을 떠올리지 않았고, 입에 올리지도 않았습니다. 남해에서 동학은 금기어가 되었습니다. 그렇게 동학은, 갑오년의 일들은 조금씩 자취를 감춰버렸습니다.

그러나

아이는 어른이 됩니다.

남해라는 변방의 작은 섬에서 자란 아이는 비극의 현장에 있었습니다.

외세와 권력에 의해 저질러진 억압과 폭압. 그 칼날과 총탄 아래 희생된 이름 없는 백성들. 그러면서도 억압과 폭압을 이겨내고 끝까지 신념을 밀고 나간 사람들. 아이도 그중 한 명이었습니다.

아이는 죽지 않습니다. 다시 살아납니다.

그래서 그 날의 영령들을 다시 일깨워 못다 이룬 혁명의 춤을 춥니다.

아주 아주 오래 오래 동안…….

# 露西亞 女人

## 1

내 이름은 김용기(金龍紀). 나이는 35살이다.

서울에 있는 모 대학 역사교육과를 졸업했고, 군 복무를 마친 뒤 복학해 교사 임용시험에 합격했다. 지금은 고향인 남해군에 있는 어느 고등학교에서 한국사와 세계사를 가르치고 있다. 국어교사인 아내와 결혼해 딸 둘을 두고 있다.

우리 집안은 할아버지 때부터 남해에서 살아왔다. 일제 식민지 시대 때 태어난 할아버지는 태평양 전쟁 무렵 먹고 살기가 힘들어지자 먼 일가붙이가 사는 일본으로 건너가 지냈다고 한다. 농사와 어업으로 생계를 꾸리던 일가붙이 집에 기생하면서 허드렛일을 돕다가 전쟁이 끝난 뒤에도 귀국하지 않고 내쳐 일본에 뿌리를 내렸다고 들었다. 그러다 군사정권에 의해 한국과 일본 사이의 국교가 정상화되자 약간의 재산을 정리해 귀국했는데, 형님과 누나가 먼저 똬리를 튼 육지의 본가보다 그 동안 익숙했던 바다를 택해 남해에 터전을 잡았다는 것이다. 이후 할아버지는 고생과 노고를 마다하지 않고 열심히 일을 해 재산을 불렸고, 남해 여자와 결혼을 하고 자식들을 낳으면서 차츰 남해 사람이 되어갔다. 나는 이렇게 들었다.

학교에서 학생들에게 역사를 가르치고 있지만, 우리 집안의 유래나 활동상, 혈통의 계보 따위에는 크게 관심을 두지 않았다. 그렇다고 거시적으로 우리나라의 역사에 남달리 주목했는가 하면 딱히 그렇지도 않다. 삼국이 어떻게 통일했는지 고려 광종의 치적은 무엇인지 아관파천을 전후한 동아시아의 정세는 어떠했는지 이런 물음에 대해 교과서에 실린 정도로 읊조리며 설명하기는 하지만, 이것은 10여 년 한 우물만 판 덕분에 얻은 요령일 뿐이었다. 그저 옅은 지식을 팔아 입에 풀칠하며 살아가는 월급쟁이 이상이라고 스스로도 생각하지 않았다.

학구열이 높은 아내는 대학원이라도 다니면서 식견을 넓히라고 채근하지만, 솔직히 성가시다. 그저 주말이나 방학이 오면 좋아하는 낚시나 하면서 강태공의 후예로 사는 게 나한테는 제격이다.

그러니 내 이름자 앞에 붙은 김(金)이라는 성씨에 대해 흥미를 가진 적도 없다. 본관이 '경주'라는 것 정도는 알지만, 그 이상은 젬병이다. 보학(譜學)에 달통한 사람이 아무개 공(公)의 몇 대 손이라는 둥 조상과의 연줄을 줄줄 꿰고 항렬이나 돌림자만 듣고도 서로 고종사촌간이라느니 5촌 당숙모님의 아들이라느니 서열을 매겨나가는 것을 보면 신기롭다기보다는 섬뜩한 느낌을 받는다. 딸애들 이름 짓는 것도 귀찮아 친구한테 맡겼다가 지금도 두고두고 욕을 먹는 중이다.

나와는 달리 아버지는 문중의 대소사에 대한 관심과 열성이 지극하다. 남해군 안에서 열리는 문중 행사에도 바지런히 다니실 뿐만 아니라 경남 ○○군 어딘가에 있다는 종가에서 치러지는 문중행사에도 빠짐없이 참석한다. 일가붙이의 경조사에도 어지간하면 달려간다.

"강생이도 족보 따지는 시상에 지 핏줄의 뿌리도 모린다카몬 그기 사람이가? 짐승만도 못하제."

이것이 아버지의 지론이다.

명색이 나도 장남인지라 아버지는 문중과 관련된 일이 귓전을 스칠라 치면 함께 가자며 성화가 대단하다. 물론 나는 성의는 없어도 눈치는 빨라 아버지의 엉덩이나 입술이 달싹일 기미만 보여도 재빨리 낚시 도구를 챙겨 줄행랑을 친다. 핸드폰도 꺼버린다.

한동안은 호적에서 파버리겠다느니 날 때부터 사람 새끼 못 될 줄 알았다느니 악담을 퍼부으면서 흥분하셨지만, 시간 앞에 장사 없다고 결국 백기를 들고 말았다. 이제는 아예 입도 뻥긋 않고 혼자 때로는 어머니와 함께 동부인해 다녀오신다. 이런 꼴을 본 아내는, 사람이 어찌 그리 매정하냐 나중에 딸애들이 사위와 작당해 당신을 괄시하면 좋겠냐면서 아버지를 두둔하는데, 그리 좋으면 당신이나 따라 가라고 쏘아붙이니까 역시 혀를 끌끌 차면서 내놓은 남편 취급했다.

서두가 장황한데, 그럴 만한 사연이 있다.

얼마 전이었다. 우리 문중의 기제사나 기신제는 묘하게 가을에 몰려 있다. 여느 집안도 비슷하겠지만, 우리 김가들은 누가 왕손의 후예 아니랄까봐 추원보본(追遠報本)이라면 사족을 못 써 자다가도 벌떡 일어난다. 아버지도 어련해서 여름 끝물만 되어도 벌써 언제 어느 분 제사가 있고 뭐가 있고 하면서 쫙 일정을 꿰어나가신다. 환갑을 지낸 지 얼마 되지 않은 나이라 정정하시기도 하지만, 지방의 유명 중소기업체에서 오랜 기간 잔뼈가 굵었다가 막 퇴직해 무료가 극에 이른 탓인지 요즘 부쩍 바깥출입이 빈번하시다.

그러더니 웬걸! 한번은 문중 어른들과 읍에서 모여 거나하게 한잔 걸친 뒤 귀가하시다가 공사 중인 도랑에 빠져 그만 다리가 부러지는 재난을 당하셨다. 깁스를 한 채 두어 달 방구들 신세를 지게 생겼는데, 하필이면 그때가 문중 행사가 몰린 10월과 11월이었다.

아버지는 구급차에 실려서라도 행사에는 빠질 수 없다면서 기세가 등등했다. 그렇게 몇 차례 군 안 행사에 목발을 짚고 다녀오셨는데, 그예 무리가 겹쳐 몸살로 드러눕고 말았다. 그래도 인근 ○○군에서 있을 추원제에 불참하면 조상 볼 면목이 없다면서 날짜 오기만 목 빠지게 기다리는 것이었다. 요즘 60대면 시골에서는 늙은이 취급도 못 받는 나이인데, 아버지는 해마다 떡국을 댓 사발씩 드셨는지 구순 노인네보다 더 고리타분(?)하다.

어쨌거나 사태가 이 지경에 이르자 어머니가 나서셨다.

"야야. 저러다 니 아버지 지레 초상 치르것다. 이번 추원제는 니라도 가얄성 싶다 아이가."

어머니만 부지깽이 들고 나서면 나 몰라라 하겠는데, 아내까지 시어머니 역성을 들었다.

"보소. 난이 아빠. 내캉 이혼할 작정이면 또 낚싯대 들고 나가소. 아주 치가 떨린다 안 카나."

졸지에 애 둘 딸린 홀아비 신세가 되기 직전이니 주말 낚시는 포기하고 추원제에 갈 밖에 도리가 없지 않겠는가?

추원제가 열리는 문중 묘원(墓園)은 ○○군 ○○산 동쪽 사면 언저리에 있었다. 내비게이션을 누르니 편도만 200킬로미터가 넘었고, 시간도 두 시간 이상 걸렸다. 행사에 겉돌다가 온다 해도 좋이 왕복 다섯 시간은 걸릴 거리였다.

아들이 대신 간다니 입이 귀에 걸린 아버지는 이참에 조상님들께 인사도 드리고 참배도 할 겸 며느리와 손녀들까지 데려가라고 맞불을 놓았다. 아내와 딸 둘도 옳다구나 나서려 들었다. 문중 사람들 눈치도 봐야 하고, 날쌔게 빠져 나오려면 식솔이 붙어서는 안 되었다. 일이 커지는 걸 막으려고 나는 혼자 다녀오는 대신 내일 순천만 정원박람회 구경을 가자고 꼬드겨 겨우 세 사람이 신은 신발을 벗겼다.

나는 태어나 ○○군엘 가본 적이 없었다. ○○하면 옛날 가야시대 때 비화가야(非火伽倻)가 있었고, 진흥왕척경비가 세워져 있으며, 임진왜란 때는 의병장 곽재우 장군과 성천희 장군이 일대에서 혁혁한 전공을 거둔 곳 정도로 알았다. 찾아보니 국보로 지정된 술정리 동삼층석탑 등 문화재도 다양하게 소재해 있었다. 본색은 속일 수 없는지 온 김에 두루 다녀볼까 욕심이 일었는데, 완물상지(玩物喪志)하지 말자 싶어 애써 속내를 눌렀다.

오전 10시부터 시작된 추원제에는 전국 각지에서 내노라하는 종문(宗門) 사람들이 숨 가쁘게 모여 들었다. 제례에 따른 예복을 갖춘, 허연 수염을 휘날리는 노인부터 제상을 나르며 손님맞이에 분주한 중년의 사내와 음식상을 차리는 아낙, 구경거리 났다고 기웃거리는 애들까지 꽤나 시끌벅적했다. 나는 몇몇 종친들과 건성으로 인사를 나누고 꿔다놓은 보릿지루처럼 뒷전을 돌면서 빠져나갈 틈만 노렸다. 이런 군중(群衆)이면 나 하나쯤 새나가도 티도 안 날 듯했다.

종헌(終獻)이 가까울 즈음 슬금슬금 뒷걸음을 치는데 그만 덜미를 잡히고 말았다. 가끔 남해에 오면 들렀던 또래 쯤 되는 일가붙이에게 덜미를 잡힌 것이었다.

"어이 용기 씨. 어딜 가시나. 방계라도 장손인데, 선산 묘역도 둘러봐야지. 아재가 늘 혼자 오셔서 속상해 하시더니 아주 대견해 하시겠구먼. 다치신 데 빨리 나으셔야 할 텐데……. 머잖아 용기

씨도 거들어야 할 일이니 어여 올라들 가자고."

하는 수 없이 나는 산등성이로 끌려 올라갔다.

비스듬히 펼쳐진 묘역은 위로부터 아래로 송림(松林)이 펼쳐져 있었다. 그 사이로 돌난간과 혼유석(魂遊石), 장명등(長明燈), 망주석(望柱石), 문무석인(文武石人), 석수(石獸) 등이 갖춰진 무덤이 기세 좋게 진설되었다. 입향조부터 내려오며 참배하고 간소한 제상을 올리는데, 시간이 생각보다 많이 걸렸다. 이러다 음복까지 하고 술자리에 끼면 날 새겠다 싶었다.

나는 주변의 다른 묘소들을 참배하는 척하면서 무리에서 조금씩 몸을 빼냈다. 엄숙하고 간절한 분위기라 나 하나 신경 쓰는 이는 없어 보여 적이 안심이었다. 무작정 뒷걸음만 치기는 계면쩍어 끝자락에 놓인 무덤들에 눈길을 주었다. 변두리 쪽 무덤들은 비교적 단출해서 비석 정도만 덜렁 서 있는 게 많았다. 무덤에도 서열이 있는가 보았다. 이끼 낀 비문을 더듬으며 읽어가다 맨 끝자락 구석에서 아주 허름한 무덤 하나를 발견했다.

무덤은 우선 봉분부터 낮았다. 게다가 방향도 남향이라기보다는 거의 북향에 가까운 어둑한 구석에 감춘 듯 놓여 있었다. 설마 노비의 무덤을 휘뚜루마뚜루 쓴 것도 아닐 터인데 왜 저리 누추할까 싶어 호기심이 일었다. 멀리서 웅성거리는 일가들의 눈치를 보면서 무덤으로 다가갔다.

부끄러운 듯 키 작은 소나무 틈으로 무덤이 얼굴을 드러냈다. 처삼촌 묘 벌초한다는 말처럼 무덤은 그리 성의를 다해 다듬은 것처럼 보이지 않았다. 무덤 앞에는 땅 아래 누운 주인이 누군지 알려주는 묘비가 서 있었다. 성냥갑처럼 자그마한 비석은 세월의 잠식을 보여주듯 이끼가 누렇게 끼고 군데군데 이도 빠져 있었다. 비문조차 참 짤막했다.

거기에는 이렇게 새겨져 있었다.

露西亞 女人

내가 아무리 한글세대라 해도 역사 선생인데 이 정도 한자는 읽을 줄 안다.

'로서아 여인'

나는 한동안 골똘히 묘비를 응시했다.

'로서아'라면 옛날 '러시아(Russia)'를 음차한 한자어다. 그러니 '로서아 여인'이라면 이 무덤에 묻혀 있는 사람이 러시아 여성이란 말이다. 아니 이 무슨 뜬금없는 일인가? 유서 깊은 경주 김씨 문중 묘원에 한국 사람도 아닌 러시아 여자의 무덤이 있다니? 이곳이 명당자리여서 투장(偸葬)을 했다고 해도 언감생심 이렇게 대놓고 할 리 없고, 문중 사람들이 눈감아 줄 리도 없었다. 게다가 뚱딴지 같이 러시아 사람이라니? 앞뒤가 맞지 않는 일이었다.

나는 어리둥절해 연신 무덤 주변을 서성이며 감춰진 속사정을 궁리했다. 그때 누군가 풀숲을 헤치며 들어왔다.

"어허! 풀 방구리에 쥐 드나들 듯 또 딴 데로 샜구먼. 예서 뭘 하시오? 어른들께서 찾으시는구먼."

아까 그 치였다. 나하고 육촌인가 팔촌간이라 듣긴 했는데, 이름도 기억이 나지 않았다. 나는 어른이고 뭐고 그의 손목을 잡고 무덤 앞으로 끌었다.

"이건 뭡니까?"

그제야 그 사람도 내가 가리킨 비석을 보았다.

잠시 실눈을 뜨며 비석을 보던 그가 주변을 살피면서 말했다.

"아! 이거! 우리 동상도 이런 데 관심이 있소? 집안서는 다 쉬쉬하는데……."

그는 이 무덤에 대해 뭔가를 아는 눈치였다. 집안에서 쉬쉬한다면 얼토당토않은 물건은 아니었다. 나는 바로 찔러 들어갔다.

"이 러시아 여자가 누군데요?"

그가 다시 주변을 두리번거리다가 귓속말이라도 하듯 가까이 다가와 소곤거렸다.

"듣기에 증조할머니라 합디다. 저기 증조할배 곁에 묻힌 할매는 가라로 앉힌 후처고 직계 후손들은 다 이 분 자손이라 합디다. 동상만 알고 있으소."

나는 더욱 의문에 빠졌다. 누구에게서도, 심지어 아버지에게도 듣지 못한 희한한 소리였다. 나는 눈알을 굴리며 상세한 설명을 재촉했다.

그러나 그도 더는 아는 게 없어 보았다.

"어른들께서 당췌 말씀을 안 허시니 내도 더 깊인 모르오. 자 찾으시니께 어여 갑시다. 밖에선 함부로 발설해서도 안 되는 일이고."

이번에는 내가 그에게 손목이 잡혀 끌려 나갔다.

## 2

이야기는 지금으로부터 160여 년 전인 1860년대로 거슬러 올라간다.[3)] 1864년은 조선의 25대 임금 철종(哲宗, 1831년 출생, 1849년 즉위)이 14년을 통치한 뒤 향년 32살로 죽고 마지막 임금 고종이 즉위한 해였다. 고종은 12살 어린 나이로 즉위해 조대비가 1866년까지 수렴청정을 했고, 이후 친정(親政)했지만 실질적인 권력은 아버지인 흥선대원군 손아귀에 들어 있었다.

오랜 동안의 세도정치가 끝나고 권력이 왕실로 돌아왔지만, 이 시기를 전후한 조선의 상황은 환란의 연속이라고 해도 과언이 아니었다. 홍수가 일어나는가 하면 가뭄이 몰아쳐 해마다 흉년이 이어졌다. 이 때문에 가장 큰 피해를 입은 것은 백성들이었다.

끔찍한 기아와 과도한 징세에 뼛골이 휜 평민들은 살 길을 찾아 고향을 떠났는데, 그 대표적인 곳이 두만강 너머 만주 지역이었다. 만주는 당시 중국을 지배한 청나라 만주족의 연원이 있는 곳이라 성지(聖地)로 인식되었지만, 만주족은 개발보다는 방치를 통해 이 성지를 보존했다. 드넓은 중국 대륙을 지배하는 그들로서는 굳이 이 지역에 집착할 이유가 없었다.

그래서 공지(空地)나 다름없는 만주 땅은 헐벗은 조선 백성들에게는 약속의 땅이 되었다. 춥고 메말랐지만, 조선인들은 악착스런 근성과 뼈를 갈아 넣는 희생으로 땅을 옥토로 일구었고, 벼를 비롯한 곡물을 생산했다. 청나라의 행정력이 미치지 않아 세금도 없었

3) 내가 무덤의 주인공이 누구인지 알게 된 경위를 다 적자면 이야기가 너무 길어져 간략하게 소개만 하겠다. 종문 어른들 가운데 그녀의 이름이나 나이, 출신지 등을 기억하는 분은 아무도 없었다. 60년도 더 전에 있었던 일이고, 당시에도 워낙 쉬쉬하면서 넘어가 진실은 오리무중이었다. 가문의 자랑 족보에도 그녀에 대한 기록은 없었다. 육촌 형님의 말처럼 전혀 다른 여성이 우리들의 증조모로 올라 있었다. 그래도 한국에서 태어난 것이 아니라면 러시아로부터 한국으로 들어왔을 테니 출입국 기록은 있을 것이라 추측했다. 증조부의 존함과 이력을 바탕으로 이름도 모르는 이 러시아 여성 - 사실은 증조모 - 이 살아온 역정과 숨겨진 정황을 짐작해야 했다. 그러나 놀랍게도 출입국 기록도 먹통이었다. 집안 어른을 살살 얼러 겨우 몇 가지 정보, 막연한 전언이나 추측의 범위를 벗어나지 못한 사실들을 얻어낼 수 있었다. 앞으로의 기록은 이를 근거 삼아 추적한 결과를 바탕으로 삼았지만, 여전히 미궁 속에 숨어 있는 부분이 많아 합리적인 비약과 상상을 통해 연결시켰다.

으니 더 바랄 나위 없는 복지(福地)였다.

그렇게 하여 이 지역에 사는 조선인들의 인구는 꾸준히 늘어났다. 그러나 이런 안정은 오래 지속되지 못했다. 1894년 발발한 청일전쟁에서 청나라가 패하자 만주 일대에 일본의 영향력이 확대되었고, 1904년 러일전쟁에서 일본이 승리한 뒤부터 만주는 일본의 세력권 아래 놓이게 되었다. 1905년의 한일늑약과 1910년의 한일합방 이후 만주가 무장의병들의 주 활동무대가 되면서 일본의 통제와 탄압이 물밀 듯 가속화되었다. 이에 만주의 조선인들은 대안을 찾게 되었는데, 그곳이 연해주(沿海州, Приморскийкрай, 프리모스키 끄라이)였다.

연해주는 원래 청나라 영토였다. 제2차 아편전쟁을 마무리하는 과정에서 러시아 제국이 중재해준 대가로 청나라에 연해주를 양도할 것을 요구했다. 그 결과 1860년 베이징 조약이 체결되면서 청나라가 연해주의 영유권을 포기해 러시아의 영토가 되었다.

조선인이 연해주에 발을 디딘 것은 만주만큼이나 일렀다. 1863년 함경도에 살던 농민 13세대가 두만강 건너 연해주로 들어가 농토를 개간하면서 정착했다. 1869년에 조선에 대흉년이 들자 함경도 육진 지역의 농민들이 6월부터 12월까지 대거 이주하기도 했다. 이후 구한말과 일제강점기를 걸치면서 조선인들은 일제의 강압과 수탈을 피해 대규모로 이주해 한때 인구가 20여 만 명에까지 이르렀다. 또 독립운동의 중심지로도 주목을 받아 최재형 등 많은 독립운동가들이 활동하기도 했다. 일본을 견제하고 고려인들의 풍부한 농업생산물에 눈독을 들인 제정 러시아 정부는 이런 움직임을 눈감아 주었다.

그러다 러시아 혁명이 일어났다. 이때 연해주의 조선인(고려인)

들은 공산주의자들이 주축이 된 적군(赤軍)에 동조해 지원을 아끼지 않았다. 내전이 종료된 뒤 소련은 군사적으로 요충지인 연해주 개발을 위해 고려인들을 적극 활용했다. 태생적으로 부지런한 고려인들은 어느 민족보다 피나는 노력을 쏟아 부어 식량의 생산과 물자의 증산에 매진했고, 곳곳에 학교를 세워 2세들의 교육에도 힘을 쏟았다.

연해주의 중심 도시는 블라디보스토크인데, 당시에는 해삼위(海蔘威)로 불렸다. 독립운동과 생활 거점으로 성장하면서 조선 사람들이 모여들었다. 인구가 1000여 명에 이르자 통제가 시작되었는데, 1893년 한인들만 모여 사는 구역을 설정하니, 바로 개척리(開拓里)였다. 고려인들은 비교적 시내 중심가에 있던 이 지역을 중심으로 세력을 넓혀갔다.

그러던 중 1911년 페스트가 유행하자 러시아는 고려인들의 거주지를 시 서북면 외곽 지역으로 옮겼는데, 새롭게 개척한 곳이라 해서 신한촌(新韓村)으로 불렸다. 이 지역 고려인 인구는 꾸준히 늘어나 1915년경에는 1만여 명에 육박했다. 이 무렵을 전후해 홍범도를 비롯한 많은 독립지사들이 모여들어 독립군 활동과 애국계몽운동을 활발하게 전개했다.

신한촌의 고려인들에게 늘 발전과 희망만 있었던 것은 아니었다. 러시아 혁명이 일어나자 일본은 러시아 내 자국민을 보호한다는 구실로 군대를 출병시켰다. 그러던 중 적군과 백군의 내전에서 적군이 승리를 거두고 1920년 1월 블라디보스토크를 점령했는데, 위기를 느낀 일본군은 4월 신한촌을 습격해 고려인 300여 명을 학살했다. 이때 최재형을 비롯한 김이직, 엄주필, 황경섭 등 많은 애국지사들이 일본 헌병대에 검거돼 재판절차도 없이 죽음을 당했다. 이 학살은 '신한촌 사건' 또는 '4월 참변'이라 불린다.

비극은 여기서 끝나지 않았다. 1921년에 들어서자 소련 정부는 연해주를 점령한 일본군 철수를 두고 협상을 벌였다. 일본군은 연해주 내 독립군의 무장해제를 요구했고, 철수에 목이 맨 소련은 당시 알렉세예프스크(자유시) 마을에 주둔 중이었던 독립군에게 무장해제할 것을 요구했다. 신한촌 사건 이후 복수를 다짐하던 독립군으로서는 당연히 받아들일 수 없는 요구였다. 그러자 소련 정부는 1921년 6월 22일 적군을 진입시켜, 자유시에 주둔하면서 명령에 불응했던 독립군을 무차별 살해하고 포로로 잡았다. 이때 독립군은 피살자 272명 등 600명이 넘는 사람들이 피해를 입었다.

이 사건의 배경에는 이르쿠츠크파 고려공산당과 상하이 고려공산당 사이의 정치적 대립이 깔려 있기도 했지만, 연이어 독립군은 일본군에 이어 소련군에 의해 학살당하는 참변을 겪고 말았다. 이 사건은 '자유시 사변' 또는 '흑하(黑河) 사변'이라 불렸다.

조선 왕조 시대에는 탐관오리와 무능하고 부패한 조정의 탐학(貪虐)을 피해 만주로 숨어들었고, 일제 강점기에는 수탈에서 벗어나고 독립을 쟁취하기 위해 연해주로 거점을 옮겨 생존에 진력했던 조선의 백성들은 하루도 편할 날이 없었다.

이후 연해주의 고려인들은 큰 변고 없이 생업에 전념하는 나날이 이어졌다. 1931년까지만 해도 만주사변을 일으켜 중국 공략에 나선 일본은 서진정책을 펼쳐 연해주에 대해서는 상대적으로 방어와 현상 유지에만 전념했고, 소련 역시 일본을 적성국으로 간주하면서도 국경선을 경계로 대치하는 선에 머물며 도발은 삼갔다.

연해주의 고려인들은 척박한 황무지를 개간해 물길을 끌어와 벼농사를 지었다. 겨울이 길고 강수량이 부족한 연해주는 벼농사를 짓기에 최악의 조건이었지만, 품종을 개량하고 갓난아이 돌보듯 씨를 뿌리고 모를 내 기어이 쌀을 수확해내는 쾌거를 거두었다. 시간이 지나면서 수확량은 더욱 늘어났고, 덩달아 고려인 숫자도 증가했다. 농지를 확장해 생산량이 증폭하자 가뜩이나 식량이 부족했던 연해주 지역에서 고려인들은 자연의 한계를 이겨낸 성공 사례로 소련 정부의 주목을 받았다.

교육열이 높았던 고려인들은 곳곳에 학교를 세워 2세의 미래를 열어주기에 최선을 다했다. 또 한글 신문을 발행해 정보를 공유하고 애국계몽운동을 실천하는 일에도 박차를 가했다. 아울러 일제의 침략에 고통 받는 조국의 현실도 외면하지 않아 연해주를 기반으로 한 독립군들을 적극 지원했고, 군사시설과 군사학교를 세워 독립투쟁의 간성을 키워내는 데 앞장섰다.

이렇게 연해주 고려인들은 타고난 근면성과 불굴의 의지를 앞세워 지역 사회의 발전에 기여하면서 자신들의 입지를 굳건하게 다져나갔다. 그런 도정은 1937년 가을 스탈린(1878~1953)에 의해 연해주 거주 고려인들에 대한 강제 이주 명령이 떨어지기 전까지는 순탄하게 진행되었다.

나의 증조부 김익준(金益俊) 옹은 임인년인 1902년(광무 6년)에 경남 ○○군에 있던 경주 김씨 세거지에서 태어났다. 나라는 조선에서 대한제국으로 바뀐 뒤였는데, 국운은 나락으로 떨어지기 직전이어서 어수선한 먹구름이 온 세상을 검게 물들이고 있었다. 세 살 때 을사늑약이 있었고, 여덟 살 때 한일합방이 이뤄져 망국민(亡國民)이 되었다.

종가의 종손으로 태어난 김익준은 어려서부터 기골이 장대해

"문관 집안에 맹호(猛虎)가 태어났다"며 다들 기이하게 여겼다. 이런 강골 기질은 성장하자 더욱 단단한 기강을 보여 주었다. 열 살도 되기 전에 김익준은 제법 험준한 마을 뒷산을 다람쥐가 도토리나무 타듯 손쉽게 오르내렸다.

경주 김씨는 지역에서는 상당한 영향력을 가진 뼈대 있는 가문이었고, 재산도 상당했다. 특히 농토를 많이 가지고 있어 만석꾼이라는 명성이 자자했다. 고조부는 과거에 급제해 현령까지 지내다가 국세가 기울고 외세가 득세하면서 정치판이 뒤숭숭해지자 관직을 버리고 낙향해 후학을 키우는 일에 전념했다.

고조부는 케케묵은 성리학에만 파묻혀 골몰하다 나라가 결단이 났다면서 서양의 신문물을 받아들이는 일에도 열린 마음을 가졌다. 그 덕분에 김익준은 한학을 익히는 한편 신학문의 수혜도 입을 수 있었다. 한학은 고조부께서 직접 가르쳤고, 신학문은, 놀랍게도 인근 주민들에게 전도를 하던 서양 선교사를 모셔왔다. 야소교에 대해서는 입도 뻥끗하지 않겠다는 약조를 받았다지만, 명문가로 불린 경주 김씨 종가 집에 코쟁이 선교사가 출입하는 일은 파천황의 개벽이었다. 총기가 남달랐던 김익준은 석 달 가뭄 메마른 흙이 쏟아지는 빗줄기를 빨아들이듯 신학문의 세례에 몸을 맡겼다.

김익준의 신상에 변화가 찾아온 때는 1919년 삼일독립운동이 발발하고 난 뒤부터였다. 경주 김씨 종가가 앉은 ○○군에서도 고조부를 비롯한 많은 종문들이 태극기를 들고 읍내에 모여 목청껏 '대한독립만세'를 외쳤다. 경성에서 고보(高普)를 다니던 김익준도 고향으로 내려와 만세운동에 참여했다.

시위가 잦아들자 일제 경찰이 주동자와 가담자를 색출하기 시작했다. 집안의 어른들은 약간의 고충은 각오한 바였지만, 종손 김익준이 눈에 밟혔다. 고심 끝에 잠시 피신시키기로 했는데, 그곳이 만주 간도 지역이었다. 고조부와 친분이 있던 사람들 중 여럿이 간도에 있어 소동이 가라앉으면 데려올 요량이었다.

짧으면 몇 달이고, 길어도 한 해가 지나면 돌아올 줄 알았더니. 국내 사정이 그리 호락호락하지 않아 체류 기간이 길어졌다. 해를 넘기고 여름이 올 때까지도 김익준은 간도 지역에 머물렀는데, 혈기방장하고 독립의혈 정신에 불타던 김익준은 홍범도 장군 휘하 부대에 들어가 무장 훈련을 받게 되었다.

김익준은 1920년 6월 봉오동 전투에 참여했고, 다시 같은 해 10월 21일부터 10월 26일까지 이어진 청산리 전투에도 참전했다. 이제 막 전력화되어 기지개를 켠 독립군은 열악한 전력 속에서도 치열하고 헌신적인 전투를 치렀다. 이 두 전투에서 김익준은 크게 활약해 많은 적군을 참살(斬殺)했는데, 이후 일본군의 반격과 보복이 뒤따르자 독립군 부대는 근거지를 연해주로 옮겼다.

연해주에는 이미 많은 고려인들이 정착해 살았다. 대부분의 사람들은 주로 농사를 지으면서 삶의 터전을 꾸렸고, 일부 주민들은 소련 군대에 군수품을 납품하거나 관리직으로도 근무했다. 고보를 졸업한 김익준은 주변의 권유로 연해주에 세워진, 신한촌 안 학교에서 아이들을 가르치게 되었다. 일본군과의 전투에서 많은 동지들을 잃은 그로서는 적군을 사살할 수 있는 전선에서 활동하고 싶었지만, 독립군 지도자들의 생각은 달랐다.

"우리에게는 전투원 못지않게 미래를 이끌어 갈 지식인이 필요하네. 교육은 미래를 보장할 주춧돌이야. 왜 고려인들이 헐벗고 굶주리면서도 학교를 세우는 데 지원을 아끼지 않는 줄 아는가? 총을 들고 싸울 이들은 많아. 하지만 김 동지처럼 미래의 동량을 키울 사람은 부족해. 한 사람의 인재가 천 명의 독립군보다 더 큰 기여를 할 수도 있네. 이 점을 잊지 말게."

이때부터 김익준은 무기보다 백묵을 들고 학생들과 함께 지식의 샘물을 길렀다. 몇 년 만에 접하는 책이 어색했지만, 원래 머리가 좋았던 그는 금방 적응했다. 그 와중에 몇 차례 고려촌에 위기가 닥쳤지만, 고려인들은 침착하게 인내하며 극복했고, 많은 조선인들이 생명의 땅 연해주로 몰려들었다.

일본군이 연해주에서 물러나고 소련 정부가 차츰 행정 기반을 갖추면서 고려촌도 안정을 되찾았다. 그렇게 또 몇 년이 지난 뒤 어느 날 고향에서 사람이 찾아왔다. 집안의 종손이 간도로 피신한 뒤 소식이 끊기자 문중에서는 그의 안위를 확인하고자 여기저기 수소문했다. 아직 혼인도 하지 않은 종손이 실종되니 가문의 대가 끊길 위기감을 느꼈던 것이다.

밤늦게까지 생도들의 학업을 살펴본 뒤 귀가하니 집 주인이 문밖에 나와 서성이고 있었다. 그를 보더니 주인이 그를 끌어 잡고 으슥한 곳으로 몰고 갔다.

"김 선생. 어떤 사람이 자네를 찾아 왔네. 자네 향리에서 온 문중 사람이라 하던데, 왜놈들이 보낸 밀정이 아닌가 싶어서 말이야. 사령부 사람들이 와서 먼저 조사했는데, 괜찮다지만 그래도 찜찜하이."

'향리'란 말이 낯설게 다가왔다. 사령부에서 어련히 잘 단속했을까만 생소한 사람의 속내를 속속들이 알 수는 없었다.

"지금 어디 있습니까?"

"자네 방에서 기다리라 했네? 남들이 보면 안 될 문서는 없지?"

방 안에는 옷가지와 교과서, 몇 권의 서적들이 있었지만, 남의 눈을 피할 정도의 위험한 서적은 없었다.

"이름은 뭐라던데요?"

"김재준이라 했지, 아마? 자네보다 열댓 살은 많아 보이더만."

같은 항렬의 집안사람인 듯했지만, 들어본 이름은 아니었다. 문득 자신이 너무 오랫동안 고향에 안부를 전하지 않았구나, 다들 잘 계신지 마음이 아련해졌다. 일본군의 추적을 피해 가명으로 활동하다 보니 향리에도 소식을 전할 수 없기도 했다. 그런 자신의 행방을 찾아냈다니 그것도 대단한 일이었다.

"고향을 떠난 지도 벌써 5년이 지났으니 궁금해 사람을 보냈나 봅니다. 걱정 마시고 들어가 보세요."

방으로 들어서자 앉아서 방안을 둘러보던 사내가 벌떡 일어나 목례를 올렸다. 짧게 머리를 치고 한복을 입은 사내는 집 주인의 말처럼 큰 형님 뻘은 되어 보였다. 답례를 한 뒤 서로 마주앉았다.

만세운동 이후 아버님은 일경에 끌려가 옥고를 치렀고, 집안 전체가 요시찰 대상이 되어 부대끼지만, 그럭저럭 예전 모습을 되찾았다고 사내는 일러주었다. 그간 소식을 알려고 애쓰던 중 이제야 소재를 파악하게 되어 찾아왔다는 것이었다.

사내는 무작정 고향으로 돌아가자고 강권했다.

"아버님께서 여간 걱정이 아니시오. 내를 이을 종손이 생사불명 종무소식이니 어찌 애가 타지 않으시겠소. 멱살을 잡아서라도 보시고 오라는 엄명이 있었소이다."

학교도 어느 정도 제 궤도에 오른 데다 동고동락한 동지들을 두고 연해주를 떠날 수는 없었다. 그러나 사내의 고집도 만만치 않았다. 생각이 팽팽하게 맞서자 사내가 일단 귀향해 성혼한 뒤 후손을 보고 돌아오면 어떠냐고 떠보았다. 일단 고향 땅을 밟으면 쉽게 놓아주지 않을 건 분명했으니, 타협점은 아니었다. 결국 조만간 찾아뵙겠다는 약조를 다짐하는 선에서 마무리되었다.

떠나기 전날 아버님께 전할 편지를 가슴에 품은 사내가 거금의 루불화를 그에게 전했다.

"함께 국경을 넘어갈 때 쓸 생각이었는데, 형장께서 생각이 그러하시다니 맡기고 갑니다. 귀국하실 때 요긴하게 쓰일 것이니, 잘 간수하시오."

사내가 떠나고 며칠 뒤 사령부에서 그를 호출했다. 사령관이 직접 그를 맞았다.

"향리에서 사람이 찾아왔다는 소식은 들었네. 춘부장께서도 만세운동으로 옥고를 치르셨다지. 집안 종손을 만 리 타향 생사부지처(生死不知處)에 던져놓으셨으니 근심이 오죽하시겠는가? 더구나 끝까지 이곳을 지키겠다 귀향을 거절했다니, 고맙고 장한 일일세. 자네 같은 동지가 곁에 있어 귀감이 되니 든든하고 자랑스럽구먼."

길게 칭찬의 말을 이어가던 사령관이 곧 본론을 꺼냈다.

"자네는 우리 독립군과 고려인의 장래를 이어갈 대들보일세. 그동안 지역의 아이들 교육에 투신해 큰 성과를 거둔 점도 아주 고무적이지. 허나 자네 그릇으로 보면 이보다는 더 큰 일을 해야 한다고 우리들은 판단하고 있네. 어떤가? 자네 모스크바에 가서 공부할 생각 없는가? 모스크바국립대학교에서 수학할 고려인 인재를 추천하라는 공문이 왔는데, 우리는 자네를 염두에 두고 있네."

뜻밖의 제안이었다. 연해주에서 모스크바는 같은 소련 영토라 해도 지구 반대편이었다. 소련 공산당 총본부가 있는 그곳은 누구나 가고 싶어 하는 선망의 장소였다. 더구나 모스크바국립대학교에서 공부할 기회라니…….

그렇게 해서 김익준은 정들었던 연해주를 떠나 모스크바로 갔고, 그는 의학부를 지원했다. 전투 중에 부상을 당하고도 제대로 치료를 받지 못해 죽은 동지들 얼굴이 먼저 떠올랐지만, 연해주 고려인들의 의료 상황도 최악이었다.

김익준은 모스크바에서 10년 정도 머물렀다. 의학부에서 흉부외과를 전공했고, 전공의 자격을 획득했다. 그 무렵 김익준은 러시아 여성을 만났는데, 의학부 동기생인 것으로 보인다. 그 여성의 이름을 알아내고자 백방으로 수소문했지만, 확인하지 못했다. 모스크바대학 학적부는 상당 부분이 2차 세계대전을 겪으면서 소실되어 김익준이 재적하고 학위를 취득한 사실 정도만 파악되었다. 여기서는 임의로 그녀의 이름을 '올가'라 부르겠다.

올가는 김익준보다 몇 살 어렸다. 김익준이 조금 나이가 들어 의학부에 입학했으니 동기이거나 한두 해 후배일 수도 있겠다. 두 사람이 언제 결혼했는지는 불명이지만, 나중에 두 사람이 함께 귀국했다고 전해지는 것을 보면 사실혼을 넘어 법률혼 관계였음을 짐작할 수 있다. 김익준이 부인이 된 올가와 함께 연해주 고려촌으로 복귀한 해는 1935년 전후였다.

두 사람은 고려인들이 제공한 건물에 의료 시설을 갖추고 진료를 시작했는데, 국립의대를 졸업한 전공의가 귀했던 탓도 있겠지만, 그의 의술이 워낙 뛰어나 소련사람뿐만 아니라 공산당 간부와 그 가족들도 찾아와 진료를 받았다. 또 군부대 내 중요한 수술이 있으면 그를 초빙해 집도를 맡기기도 했다.

이 시기 두 사람 사이에서는 큰 아들과 큰 딸이 태어났다. 그 큰 아들이 나에게는 큰할아버지가 되시는데, 호적에서는 연해주 출생이 아니라 현재 종가가 있는 곳 주소로 올라가 있다. 나의 직계 할아버지가 태어나려면 몇 년을 더 기다려야 했다.

그렇게 평화롭다면 평화롭고 화목하다면 화목할 김익준의 가정은 고려촌 사람들과 함께 순탄한 시간을 보내고 있었다. 그러나 고려촌의 평온과 김익준 일가의 평탄한 시간은 오래 가지 못했다.

## 3

스탈린이 소련 공산당의 최고 권좌에 올랐던 해는 1922년이었다. 그는 이해부터 1952년까지 소련 공산당 중앙위원회 서기장을 맡으면서 30년 동안 레닌(1870~1924)의 뒤를 이어 소비에트 연방 제2대 최고지도자를 지냈다. 1946년부터 1953년까지는 직함을 달리해 소련 장관회의 주석 자리에 있었다.

비교적 부유했던 농노 출신의 제화공을 아버지로 둔 스탈린은 어려서는 아버지의 폭력에 시달리면서 반항심과 남을 의심하고 미워하는 성격을 키웠다. 한때는 독실한 러시아 정교회 신도였던 어머니의 권유로 신학교에 들어가 사제의 길을 걷기도 했다. 그러다 무신론에 빠져들면서 자퇴 비슷하게 학교를 나오고, 이후 공산주의 운동에 가담해 레닌의 수하가 되어 활동하다가 1922년 서기장이 된 뒤 권력을 잡고, 결국 최고 권력자의 자리에 올랐다.

스탈린은 공산주의 운동 기간 동안 여섯 차례나 시베리아 유형을 당하는 등 당원으로서 투철한 헌신을 하기도 했지만, 독재자들이 그렇듯 "가장 믿음이 가는 사람이 가장 의심해야 할 자"라는 자신의 말처럼 어느 누구도 믿지 않았다. 그 불신은 결국 폭력과 대량 살육으로 나타났다.

집권 기간 내내 무수한 사람들이 의심을 받아 숙청을 당해 뒤통수에 총알이 박혔다. 어제 총을 쏘았던 사람이 다음 날 총알받이가 되는 일이 비일비재했다. 그런 중독된 의심과 피 냄새에 취한 칼부림의 파고를 연해주에서 안온한 삶을 이어가던 고려인들이라고 비껴갈 수는 없었다.

1937년 8월 21일 소련 인민위원회 및 공산당 중앙위원회 결정 No. 1428-326cc에 따라 연해주 지역에 거주하던 모든 고려인들은 카자흐 공화국 및 우즈베크 공화국 등지로 이주하라는 명령이 떨어졌다. 1931년 만주 지역을 장악했고, 이해부터 중국 본토까지 침공하기 시작한 일본제국에 대한 사전 단속 차원이었다. 조선인과 일본인들의 외양이 비슷해 유사시 이들이 간첩 행위를 하거나 이적 행위를 할 위험을 미리 차단하자는 조치의 일환이었다.

한편 일찍부터 연해주에 뿌리를 내려 벼를 비롯한 농작물의 생산에 큰 성과를 보인 고려인들을 척박한 중앙아시아로 이주시켜 식량 증산의 도구로 활용하려는 흑심도 있었다.

노동력 착취의 대상이자 잠재적인 첩자일 수 있는 고려인들을 이전에도 몇 차례 강제 이주하려는 계획이 있었지만, 이 시기 들어 말살의 야욕은 붉은 발톱을 드러냈다. 스탈린의 사주를 받은 소련 비밀경찰은 먼저 강제 이주에 저항할 중심 세력부터 제거해 나갔다. 연해주 고려인들을 지도하던 중요 인물들이 하나둘 '반혁명분자'라는 불명예를 쓰고 체포되었고, 이들은 형식적인 재판을 거친 뒤 쥐도 새도 모르게 처형당했다. 그렇게 죽임을 당한 이들의 숫자는 6,500명을 웃돌았다. 그야말로 고려인 독립군 지도부를 멸절한 셈이었다.

평생 조국의 독립과 일본군을 섬멸해 원수를 갚는 일을 소명으로 여겼던 그들에게 '반혁명분자'라는 터무니없는 낙인은 씻을 수 없는 치욕이었다. 말도 안 되는 판결문을 들은 지도 세력은 항변의 기회도 갖지 못한 채 이렇게 외치면서 죽어갔다.

"차라리 나에게 다른 죄명을 씌워라. 한평생 조국 독립을 위해 피 흘린 우리들에게 '왜놈의 첩자'란 오명을 씌우다니, 치욕이자 수치다. 어찌 너희들이 우리들에게 이럴 수가 있는가!"

워낙 비밀리에 진행된 제거 작업이어서 연해주 고려인들은 강제 이주 명령서가 눈앞에 까발려질 때까지는 전혀 낌새를 차리지 못했다고 한다. 소련 공산당 지역 간부와 어느 정도 인맥을 가지고 있던 김익준에게조차 위기는 피부에 와 닿지 않았다. 친분이 있던 당 간부 중 여러 명이 이미 숙청의 피바다에 빠져 죽어 귀띔해 줄 사람이 없기도 했다. 그래도 걱정해주는 이가 전혀 없지는 않았다.

"떠바리시 킴. 중앙당의 움직임이 심상치 않소. 동지는 부인이 러시아 사람이니 일반 고려인들과는 대우가 다르겠지만, 미리 정치국 간부들을 구워삶아 두는 게 좋을 게요."

당국자들에게 뇌물을 주어 혹시나 모를 마수에서 벗어나라는 충고였다.

이런 말을 듣자 김익준도 예감이 좋지 않아 고려인 지도자들에게 조언을 구했다. 역시 지도부에서도 불안해하는 기색이 역력했다.

"공연히 말이 씨가 될까 조심은 하고 있지만, 근자 저쪽 사람들의 동태가 굉장히 미심쩍기는 하오. 우리 동지들만 해도 벌써 여러 분들의 행적이 묘연해졌소. 중앙위원회의 지시를 받아 재배치되었다고 하는데, 가족들과도 연락이 두절되었다고 합디다. 숙청의 피바람이 우리들에게도 불어 닥치는 듯하오. 그렇다 한들 김익준 동지에게까지야 마수가 뻗치겠소. 좌우간 다들 서로 조심합시다."

딱 부러지는 대답을 듣지 못한 채 시간은 흘러갔고, 결국 최후의 날은 닥쳐왔다.

짧은 여름이 끝나고 쌀쌀한 찬바람이 불어올 무렵 연해주 고려촌에서 살던 사람들에게 날벼락이 떨어졌다. 딸랑 종이 한 장으로 전달된 퇴거 및 이주 명령서는 천근의 쇠망치로 맞는 충격과 공포를 심어 주었다. 까마득히 동유럽으로 이어지는 시베리아 횡단철도의 극동 종착역이 그들이 집결해야 할 장소였다.

기한을 넉넉히 준 것도 아니었다. 소련 당국은 고려인들이 동요해 소요나 저항이라도 할까 두려웠다. 그들이 강제한 날짜는 9월 9일. 대개 사나흘을 앞둔 시점이었다.

병원에서 돌아와 보니 아내 올가가 사색이 된 채 그에게 문서 한 장을 건넸다. 아직 두 살밖에 되지 않은 큰애도 얼떨떨한 표정으로 한 살 터울의 여동생을 껴안은 채 아버지를 바라보았다.

음~~~~!

김익준의 입에서 깊은 신음이 흘러나왔다. 나흘 뒤면 옷가지나 간단한 세간 정도 챙길 수 있는 시간이었다. 병원의 의료기구나 중요한 장비는 다 버려두고 갈 수밖에 없었다. 돌아올 기약이 아예 없진 않겠지만 언제 저들의 지령 속에 내일에 대한 보장이 있었는가!

"어쩌지요? 우린 하루 일찍 받았나 봐요. 아직 아무도 몰라요."

올가는 러시아 사람이기도 했지만, 이 지역에서는 찾아보기 어려운 인텔리겐차였다. 모스크바에서도 유력한 집안의 자식이었으니, 의료 요원이란 점을 넘어 대우가 남달랐다. 올가가 그의 눈치를 살피며 말했다.

"모스크바에 계신 아빠에게 말씀 드려 볼까요? 듣도 보도 못한 우슈토베라니, 이럴 수는 없어요!"

올가의 표정은 불안하면서도 단호했다. 연해주로 간다고 했을 때도 길길이 격분했던 장인이었다. 장인은 누구보다 가정을 소중히 여기는 사람이었다. 다시 카자흐공화국으로 간다고 하면 당장 보따리를 싸 모스크바로 돌아오라 호통을 칠 터였다. 사위로서 체면이 말이 아니었다. 더구나 아직 핏덩이나 다름없는 애들을 저 척박한 땅으로 끌고 갈 수는 없었다.

김익준은 대꾸 없이 서재로 들어갔다. 당의 명령을 거역할 수는 없는 노릇이었다. 군말 없이 떠나든가 편법을 써 남든가 택일을 해야 했다.

김익준은 책장에 꽂힌 책들을 빼냈다. 그러자 벽에 작은 금고가 나왔다. 금고 안에는 10년도 훨씬 전에 고향에서 부모님이 귀국할 때 쓰라고 보낸 루블화와 아내 몰래 비상시를 대비해 마련해둔 금화가 들어 있었다. 이 정도 금액이라면 충분히 정치국 간부를 구워삶을 만했다. 이곳에도 유능한 의료진은 필요할 터였다. 저희들이 아프면 누가 치료하겠는가!

외투 속주머니에 돈 봉투와 금화를 챙겨 넣고 방을 나섰다.

"내 잠깐 다녀올 테니 먼저 저녁 먹구려."

"어딜 가시게요?"

"가만히 앉아 당할 수만은 없지 않소. 늦어질지도 모르니 기다리지 말구려."

밖으로 나오자 날씨가 더 추워진 듯했다. 외투 옷깃을 여미며 김익준은 발걸음을 재게 놀렸다. 병원으로 돌아가 정치국 간부에게 연락을 취할 심산이었다.

큰 도로 쪽으로 나서려는데, 길가에서 고려인 무리를 만났다. 한기를 쫓으려는지 모닥불을 피운 채 옹기종기 둘러 모여 불을 쬐고 있었다. 볼이 발갛게 상기된 꼬마 아이부터 중년의 노동자, 늙은 농부들 하며 아낙네들이 불티를 피하다 그와 눈이 마주쳤다.

"익준 동지. 오델 가심메까?"

허리가 굽은 노인이 등을 치면서 아는 체를 했다. 평소 같으면 겉치레 인사나 던지며 지나갈 터였는데, 누가 발목이라도 잡은 듯 옴짝달싹할 수 없었다.

"아, 예. 잘 지내십니까?"

영감이 오만상을 찌푸리며 대답했다.

"웬걸요. 몸은 찌뿌드드하니 아픈데 수확은 아직 태반이 남았지. 날래 끝내고 방구들에 등을 지지며 겨울 날 준빌 해야지비요. 내레 곧 병원 한 번 들르갔수다."

옆에서 진담 반 농담 반의 엄살을 듣던 사내가 빈정거렸다.

"일 끝나면 저 양반도 퇴근인데, 언제 쌍판데기 들이밀끼요. 밤에라도 찾아가 봬요. 그러다 골병들어 뒈짐메다."

그러자 노인이 슬금슬금 눈치를 보며 물었다.

"기렇기도 하것구만. 의사 동지, 오늘 시간 되갔시오?"

김익준은 영감을 뚫어져라 쏘아 보았다. 이 밤 정치국 간부를 만나면 집에서도 진료하긴 글렀다. 내일이면? 모래면? 그때는 될까? 명령서를 받고 짐 챙기기도 바쁠 텐데 언제 오겠는가? 보나마나 아픈 몸으로 찬바람 쌩쌩 부는 열차에 오르면 반도 못가 송장이 될 터였다. 지금 그가 보는 이 노인은 '산 송장'이었다.

열차 문이 열리고 내던져지는 영감의 시체가 눈에 어른거렸다.

- 안 되겠구나! 안 되겠어! -

김익준은 영감에게 다가갔다.

"되지요. 되고 말고요. 지금 같이 가시죠."

이런 반응에 되레 영감이 놀랐다.

"아니, 지금 오데 가는 길 아님메까?"

김익준이 고개를 절레절레 흔들었다.

"내일 가도 됩니다. 아니 꼭 갈 것도 없어요."

## 4

다음 날부터 김익준은 바빠졌다. 난데없는 이주 명령서를 받은 고려촌 사람들은 물벼락 맞은 개미굴처럼 발칵 뒤집혔다. 영문을 모른 채 명령서를 들고 여기저기 찾아다녔지만, 어디서도 신통한 대답은 돌아오지 않았다. 고려촌 대표가 지역 당 간부를 찾아가 항의조로 따져 물었지만 당의 명령에 토를 달면 재미없을 거란 으름장만 되돌아왔다.

김익준은 고려촌 원로를 찾아갔다.

"20만 명에 가까운 사람들을 단시일에 이주시킨다면 열차의 배차 상황이 좋을 리 없습니다. 돼지 몰아넣듯 때려 넣을 게 분명하죠. 목적지에 닿으면 주택부터 식량까지 다 갖춰져 있으니 몸만 갖고 오라는 게 말이 안 되는 소리 아닙니까. 우슈토베까지는 급행으로 달려도 한 주가 걸립니다. 그런 열차를 대기시켜 놓진 않았을 테니 부지하세월이지요. 미리 대책을 세워야 합니다."

원로가 탄식을 내뱉었다.

"몸뚱이만 달랑 오라는데 무슨 대책을 세울 수 있겠소?"

"마을 장정 몇 사람만 내 주십시오. 급한 대로 식료품과 의약품을 마련해 보겠습니다."

암시장에서 열량은 높으면서 부피는 작은 식료품을 최대한 확보했다. 의약품 입수는 병원 사람들과 상의해야 했다.

평소 친분이 있던 병원 관리과 직원에게 비용은 얼마든지 낼 테니 비상구급약품을 구해 달라 부탁했다.

직원이 눈이 휘둥그레져 물었다.

"과장 동지. 갑자기 왜 그러십니까?"

으슥한 곳으로 가 사정을 얘기했다.

"병원장 동지에게 말씀 드려보시지요. 과장 동지 같은 핵심 인력이 빠져나가면 병원도 큰 타격입니다."

동포들과 운명을 함께 하겠다는 그의 결심을 직원이 이해할 리 없었다. 돈이 설득을 대신했다. 소련 행정의 극심한 부패는 어제오늘의 일이 아니었다. 턱없이 부족할 물량이었지만, 많다고 다 실을 수도 없는 일이었다. 직원은 성의를 다해 의약품을 구해 주었다.

마지막으로 열차 할당을 맡은 총책임자를 찾아갔다. 세간을 실을 공간을 할당해달라고 부탁했다. 얼마 전 아버지가 그에게 수술을 받은 책임자는 딱해하면서도 난색을 표명했다.

비겁했지만 아내를 파는 수밖에 없었다. 사무실 밖에서 서성거리는 아내를 가리키며 말했다.

"내 아내 올가는 잘 알게요. 저 사람 아버지는 중앙당에서 요직에 계시오. 비좁은 열차를 타고가다 몸이라도 상한다면 장인이 가만 계실 것 같소? 당장 시베리아 유배형일 거요. 더 심하면 굴라그(Gulag) 행이지. 콜리마(Kolyma)[4]로 끌려간다면 최악일 거고. 물론

4) 스탈린시대 때 있었던 정치범 수용소. 러시아 극동 지역에 있으면서 북극해로 흘러가는 강 이름이었는데, 이 지역에서 금광 등이 개발되고, 이를 채굴하고자 정치범들을 동원하면서 수용소가 생겨 죽음의 땅이 되었다. 바를람 샬라모프(Varlaam Shalamov, 1907~1982)의 〈콜리마 이야기〉(을유세계문학전집 76)와 알렉산드르 솔제니친(Aleksandr Solzhenitsyn, 1918~2008)의 〈이반 데니소비치 수용소의 하루〉(민음사

그런 일은 없을 거요. 그러니 좀 도와주시오."

'콜리마'란 엄포를 듣자 책임자는 부들부들 떨면서 바짝 긴장했다.

"알았습니다. 고정하세요. 그 열차편이란 게 워낙 많은 인원을 수송해야 해서 빈 자리가 거의 없습니다. 다 화물차량이거든요. 태반은 가축 수송용이지요. 어쨌든 최대한 공간을 확보해 불편이 없도록 노력하겠습니다. 당일 날 조금 일찍 나오십시오."

준비된 열차가 모두 화물차량, 그것도 가축 수송용이란 말이 기가 막혔다. 설마 했는데, 마구잡이로 쑤셔 넣을 작정이었다. 화물차량이라면 밖에서 들어오는 찬바람을 그대로 맞아야 했다. 그렇게 한 달. 건장한 사람이라도 견디기 어려운 악조건이었다. 고려촌으로 돌아온 김익준은 마을 원로를 통해 다들 출발 전에 옷을 든든히 입고 나오라 전해달라고 당부했다.

출발 당일 아침 블라디보스토크 역은 그야말로 인산인해였다. 열차편 하나에 이 많은 인원을 다 실을 수는 없으니 간격을 두고 출발하기는 했지만, 도대체 몇 량이 달렸는지도 모를 긴 열차는 역 플랫폼 바깥까지 줄달음쳐 끝이 보이지 않았다.

짐은 휴대하지 말라 했는데도, 사람들은 다들 이것저것 쟁여들고 나왔다. 개찰하기 전 경찰에 의해 모든 소지품은 압수당했다. 빼앗으려는 자와 빼앗기지 않으려는 자의 몸싸움은 지옥도나 다름없었다.

"저렇게 깡그리 다 압수하면 그 먼 길을 무슨 수로 간단 말입

---

세계문학전집 13) 등에서 그 참상이 고발되어 있다.

니까?”

김익준을 열차 맨 끝 차량으로 안내하는 책임자에게 항의했지만, 그는 들은 척도 하지 않았다.

“20여만 명을 하루 동안 출발시켜야 합니다. 기관차 한 대에 최대 30량을 붙일 수 있습니다. 차량당 200명씩 때려 넣어도 6,000명이예요. 30회선의 열차가 움직여야 18만 명을 채웁니다. 그런 판에 어디 소지품을 챙겨 넣을 틈이 있겠나요.”

소나 돼지도 이렇게 운송하지는 않을 것 같았다. 화물칸이니 화장실은 없을 게 뻔했다. 용변은 어디서 보고 취사는 어떻게 한단 말인가? 더구나 잠은?

“가끔 정차합니다. 그때 용변도 보고 음식 배급도 한답니다.”

김익준 가족이 배당받은 열차의 마지막 칸은 일부가 객실로 개조되어 있었다. 조리 시설까지 갖춰져 있었고, 화물실과는 철창으로 구획해 놓았다. 책임자로서 할 수 있는 최대한의 배려였다. 김익준은 남의 눈을 피해 그에게 지폐가 든 봉투를 쓱 밀어 넣었다.

“무사히 잘 가시고요. 나중이라도 장인어른께 말씀 잘 드려 주십시오. 저도 모가지 걸고 하는 짓입니다.”

책임자는 등을 돌리면서 특별여객 증명서를 안겼다.

책임자가 사라지자 수신호를 보내니 장정 십여 명이 식료품과 의료품을 짊어지고 담을 넘어 들어왔다.

기관사가 제동 장치를 풀더니 발차 경적을 울렸다. 연해주 겨울의 살을 에는 바람이 기다렸다는 듯이 매섭게 불어왔다.

카자흐공화국 우슈토베까지 가는 길은 말 그대로 생지옥이었다. 삼십여 일 내내 뼈를 쪼갤 듯한 칼바람과 빗발 같은 하얀 폭설이 끝없이 쏟아졌다. 바람은 얼기설기 엮어놓은 차량 벽을 타고 매몰차게 휘몰아쳤다. 미리 경고를 들어 옷가지를 든든히 갖춰 입은 사람들도 견디기 어려운 추위였다. 차량마다 사람들의 비명소리와 신음소리가 얼어붙은 동토의 하늘을 가득 메웠다.

열차는 정지할 줄 몰랐다. 낮이고 밤이고 계속 달렸다. 어떤 때는 느려 터졌고, 어떤 때는 전복될까 두려울 만큼 폭주했다. 식사 배급을 한다더니 며칠 동안 멈추지도 않았다. 휴대했던 빵과 우유는 곧 동이 났다. 추위에 이어 굶주림과의 고투(苦鬪)가 시작되었다. 죽음의 그림자는 시시각각 사람들의 발목을 붙잡고 기어 올라왔다.

발차하고 하루가 지난 뒤부터 김익준은 올가와 함께 짐을 풀어 음식을 준비했다. 다행히 아이들 둘은 포대기 속에서 쌔근쌔근 잘 잤다. 쌀을 으깨고 육포를 풀고 옥수수가루를 넣어 죽을 만들었다. 책임자는 고맙게도 식수까지 충분히 넣어 놓았다. 최소한의 양으로 최대한 버틸 수 있어야 했다.

화물칸 사람들의 도움을 받을 수도 없었다. 열차가 정차하면 무슨 수를 써서라도 몇 사람 옮겨와야 했다. 그릇 주둥이가 넓어 철창을 빠져나가지 못해 하는 수 없이 국자로 떠 퍼 주었다. 음식 냄새를 맡은 사람들이 아우성을 쳤지만 앞 칸으로 음식을 보낼 방법은 없었다.

사흘이 지난 뒤 열차가 멈췄고, 차량 문이 열렸다. 동토의 벌판 한가운데였다. 이탈이나 도주를 막기 위해 고의로 궁벽한 곳을 고른 듯했다.

문이 열리자 사람들이 굶주린 이리떼처럼 밖으로 튀어나왔다. 소변이나 대변을 보는 사람도 있었는데, 바람이 너무 차가워 오래 용변을 보지 못했다. 바깥 추위가 문제가 아니었다. 용변을 참지 못한 사람들은 열차 안에 이미 볼 일을 보았다. 얼거나 짓이겨진 오물들이 열차 곳곳에서 밟혔다. 실내가 추워 돌덩이가 되었을 테니 악취는 풍기지 않겠거니 싶었지만, 좁아터진 열차 안에 비틀려 앉은 사람들의 열기 때문에 짓물러 구역질이 날 만큼 끔찍한 악취를 풍겼다. 자리가 비좁아 사람들은 그 위에 그대로 서 있어야 했다.

탈진한 사람도 열차마다 수두룩했다. 특히 노인들과 어린 아이들이 먼저 쓰러졌다. 이리저리 밀리면서 몸을 가누지 못하는 데다 한번 넘어지면 일으켜 세우지도 못했다.

김익준은 올가와 함께 약품을 챙겨들고 차량마다 환자를 찾아다녔다. 배치한다던 의료진은 당연히 없었다. 위중한 사람은 끝 차량으로 옮겼지만, 워낙 위급한 사람이 많아 포기했다. 이미 기력이 다해 축 늘어진 사람은 열차에 태울 수도 없었다. 저승길에 한 발을 들이민 노인을 보며 가족들이 눈물을 글썽였다. 앞으로 살아야 할 사람을 위해서는 어쩔 수 없이 버리고 가야 했다. 이불에 둘둘 말린 노인들이 들판에 버려졌다.

방한복을 든든히 입은 소련군 병사가 총부리를 겨누고 괴이하다는 듯이 올가를 쳐다보았다. 김익준이 책임자가 내준 여행증명서를 보이자 고개를 갸우뚱하면서 등을 돌렸다.

음식이 배급되었는데, 썩거나 얼어붙어 있어 씹기는커녕 깨물어 먹기도 어려웠다. 생쌀 채 삼켜야 했는데, 그나마 양이 턱없이 부족했다. 끓여놓은 죽을 나눠주었지만 곧 동이 났다. 마을 원로들이 차량별로 관리인을 배정했다. 고난과 배척, 억압과 수탈에 익숙해진 고려인들은 최악의 역경 속에서도 질서를 지키고자 애썼다.

얼마 뒤 뒤이어 출발한 열차가 꼬리를 물며 정차했다. 발차해 자리를 비켜줘야 했다. 고작 두어 시간 머문 열차는 다음 정차조차

기약하지 못한 채 출발했다.

이렇게 열차는 사나흘에 한 번씩 멈추었다. 역이라고 할 만한 곳은 석탄을 보충하거나 배급품을 받을 때 외에는 무정차 통과했다. 가장 으슥한 곳에서만 정차했는데, 멈출 때마다 수십 명씩 시체가 떠밀려 나왔다. 처음부터 인원이 많아 몇 사람을 솎아내도 숨이 막히기는 마찬가지였다. 열차는 부모를 잃은 사람들의 통곡 소리를 삼켰고, 고통과 굶주림, 강추위를 이기지 못한 신음소리로 진동했다.

출발한 지 보름이 지나자 김익준이 준비했던 물품도 바닥을 드러냈다. 굶주림에 지쳐 쓰러져 병든 이들에게는 약품도 소용없었다. 그나마 치료로 연명이 가능한 몇 사람만 김익준의 열차로 옮겨 눕혀 놓았다.

막힌 공간에 위생이 엉망인 상황이 지속되자 질병마저 돌았다. 설사와 발진, 고열로 고통 받는 사람이 하나둘 늘어났다. 정차할 때마다 약을 지급했지만, 다음 정차 때 보면 대개는 시신으로 버려졌다. 역병이 돌까 두려워 시신을 오래 두지 못해 차량벽에 가설한 나무판자를 뜯어내고 밖으로 내던져야 했다. 시신은 끈 떨어진 연처럼 허공을 떠돌다가 하얀 눈보라 속으로 스러져갔다.

연약한 아이들의 비참한 죽음. 고향 땅을 밟아 보는 것이 마지막 소원이었던 노인들의 최후. 어딘지도 모르는 곳에 매장도 하지 못한 채 버려지는 그들의 종말을 지켜보는 일은 끔찍했다. 나라 잃은 민족의 설움은 나라를 떠나서도 멈추지 않았다.

그렇게 하루가 백 년 같은 나날이라도 시간은 흘러 한 달여가 지나자 고려인들은 마침내 첫 기착지 우슈토베에 도착했다. 열차에서 내렸을 때 그들의 몰골은 더 이상 사람의 모습이 아니었다. 몸도 넋도 어디 하나 온전한 사람이 없었다.

도산지옥(刀山地獄), 화탕지옥(火湯地獄), 한빙지옥(寒氷地獄), 검수지옥(劍樹地獄), 발설지옥(拔舌地獄), 독사지옥(毒蛇地獄), 거해지옥(鋸骸地獄), 철상지옥(鐵床地獄), 풍도지옥(風途地獄), 흑암지옥(黑闇地獄). 저승에 온갖 지옥이 다 있다지만, 고려인들이 한 달여 겪은 고통과 참혹함은 어떤 지옥과도 견줄 수 없었다.

가뭇없이 버려진 그 수많은 시신들. 들짐승들의 먹이가 되어 갈기갈기 찢겨졌을 원통함을 어떻게 말로 표현할 수 있겠는가? 누구도 책임지지 않았고, 어디서도 보상 받지 못했으며, 어떻게도 하소연할 길 없는 죽음은 동토의 얼음 속에 파묻히고 말았다.

훗날 확인한 바에 따르면 이때의 지옥 대장정, 고려인의 강제 이주로 말미암아 사망한 고려인들의 숫자는 2만 명에서 3만 명으로 추산되었다. 하루에 천 명에 이르는 사람들이 이유도 없이 의미도 없이 기억이나 애도도 받지 못한 채 죽음의 수렁으로 빠져들고 말았다.

## 5

우슈토베에 도착한 것으로 강제 이주의 역정은 끝나지 않았다. 고려인들의 노동력을 효과적으로 착취할 뿐만 아니라 대오를 흐트리고 단결 가능성도 분산시켜야 했고, 식량 증산에 필요한 농토 개간 영역도 넓었다. 중앙아시아에 흩어진 공화국들은 지대가 높은 데다 수자원이 충분하지 않고 무엇보다 척박해서 광범위하고 지속적인 개간이 필요했다. 고려인의 상당수는 우슈토베에서 다시 발차해 알마티로 향해야 했다.

김익준 일가는 우슈토베에 머물기로 했다. 아내 올가가 오랜 이동으로 지쳐 있었고, 어린 두 아이들에게도 더 이상의 여행은 무리였다.

우슈토베는 사방이 초원과 구릉으로 이어진 광막한 땅이었다. 알마티는 카자흐공화국의 수도였기 때문에 인구도 많고 기반 시설도 잘 갖추어져 있어 생활에는 편했지만, 김익준과 가깝게 지냈던 마을 사람들이 우슈토베에 머물게 되어, 함께 있자는 그들의 부탁을 외면할 수도 없었다.

원래 살던 주민들도 드문데다 거의 버려진 땅인 우슈토베에 이처럼 한꺼번에 밀려온 이주민을 수용할 시설이 있을 리 없었다. 건물이나 주택이 있어도 주인이 있었다. 행정 당국이 강압적으로 동거를 명령했지만, 극히 일부 고려인 외에는 수용이 불가능했다. 임시로 텐트를 치려고 해도 물자가 없자 결국 고려인들은 구릉을 찾아 토굴을 파거나 임시방편으로 돌을 쌓고 나뭇가지들을 엮어 거처를 마련할 수밖에 없었다. 이런 상황에서 생활에 필수불가결한 부대시설을 기대하기란 꿈도 꿀 수 없었다.

현지의 소련 당국자들은 이주 고려인들을 황무지에 던져놓은 것으로 자신들의 임무는 다한 것으로 치부했다. 그 이상의 협조는 거부했고, 또 그들이 감당하기엔 숫자가 너무 많았다. 황무지를 농토로 개간할 삽이나 곡괭이, 톱, 손수레 따위는 지급되었지만, 여타 문제는 알아서 하라는 식이었다.

당장 코앞에 닥친 겨울이 큰 문제였다. 추위를 피해야 했고, 내년 개간을 시작하고 수확할 때까지 먹을 양식도 필요했다. 당국의 배급량은 부족했고, 제때 지급해주지도 않았다. 외부의 도움 없이 스스로 지혜를 짜내 살아남아야 했다.

김익준 일가는 의료 인력인데다 러시아 여성이 있다는 이유로 비교적 특별대우를 받아 허름하고 협소해도 따로 주택을 배정받았다. 당장 장시간 이주로 누적된 피로와 그에 따른 질병, 또 상태가 위급한 환자들을 돌봐야 했다. 관리 상태도 부실하고 효과마저 의심스러운 의료품이 지급되었다. 그것도 당국자는 큰 선심을 쓴 것처럼 자화자찬을 늘어놓았다.

겨울을 나는 동안 또 많은 사람들이 죽어 나갔다. 대부분 굶주림에 따른 탈진과 영양부족이 원인이었다. 이별의 슬픔도 컸지만, 제대로 된 장례 절차를 밟아 매장할 수 없는 아픔이 유족들의 가슴에 큰 멍울을 새겨 놓았다. 양지 바른 언덕, 멀리 고향이 보이는 곳을 골라 매장했고, 아쉬운 대로 나무판자에 이름과 고향, 생몰연도를 써 묘비로 삼았다. 하나둘 늘어난 무덤은 해가 바뀌자 공동묘지가 되어버렸다. 망자를 지켜줄 나무 한 그루 없는 묘지는 을씨년스럽기 짝이 없었다.

강인한 정신력을 지닌 고려인들은 악착같이 겨울을 버텨냈다. 다음 해 봄이 오자 농사의 기지개가 켜졌다. 먼저 겨우내 이운 잡초들을 불태우거나 제거했고, 적당한 간격으로 구획을 지어 잡석들을 없앤 뒤 개토(開土)했다. 동시에 농사에 없어서는 안 될 농수를 확보하기 위한 수로를 팠다. 강수량이 절대 부족한 지역이라 한 방울의 물도 아껴야 했다. 수맥을 찾아 관정을 뚫었고, 샘물이라도 발견하면 식수로 쓰기 위해 소중히 간수했다.

그러는 사이 얼추 벼를 심을 만한 논이 갖추어졌다. 이런 고투 내내 뒷짐을 지고 외면하던 당국자들이 그제야 코빼기를 드러냈다. 잡초만 무성했던 땅이 두렁으로 이어지는 무논으로 탈바꿈되어 있자 다들 눈이 휘둥그레졌다. 고려인에 대한 인식이 바뀐 그들은 묻지 않았는데도 도울 일이 없는지 먼저 살폈다.

갈 수 있는 길은 없었지만, 한 걸음 한 걸음 내딛자 차츰 끝이 보이기 시작했다. 날은 조금씩 따뜻해졌고, 비도 때맞춰 내려주었다. 하늘은 스스로 돕는 자를 돕는다는 말을 실감했다.

개벽 이래 처음으로 모내기를 마친 농토를 보면서 고려인들은 만세를 불렀다. 이제 첫걸음이었지만, 파릇파릇한 모들이 바람에 살랑거리는 모습을 보며 감개무량에 젖었다. 바람과 햇볕에 그을린 얼굴로 김익준도 그들과 섞여 두 팔을 버쩍 들어올렸다.

가장 큰 과제를 마치자 고려인들은 학교부터 열었다. 돌과 흙벽돌, 널빤지로 얼기설기 짜 올린 교사가 마련되었다. 당국에서 파견할 교사를 기다릴 수 없어 결국 김익준이 다시 팔을 걷어붙였다. 의료와 교육을 병행하니 몸은 배로 지쳤지만, 사람의 구실을 한다는 기쁨이 모든 피로를 덮어주었다. 올가는 아이들에게 러시아어 문법을 가르쳤다.

첫 해 농사에서 거둔 수확량은 기대에 미치지 못했어도 처음 시도한 결과물로서는 만족할 만했다. 시행착오를 거울삼는다면 내년의 소출은 충분히 기대할 수 있었다.

시간이 흘렀고, 2차 세계대전이 터졌다. 전쟁의 여파가 당장 엄습하지는 않았지만, 1941년 여름부터 독일군의 전격전 기습으로 독소전쟁(1941.6.22~1945.5.9)이 발발하자 사태는 급변했다. 독일군은 삽시간에 소련의 서부 전선을 잠식해 들어왔고, 수도 모스크바가 함락될 위기에 직면했다. 고려촌도 덩달아 술렁였다. 그러나 그들의 우세는 거기까지였다. 고려인들도 힘들게 했던 어마어마한 위력의 겨울 추위가 닥치자 공세는 위축되었고, 쌍방은 무모한 소모전에 빠져들었다.

하루에도 수천 명씩 발생하는 사상자는 충원되어야 했고, 강제 징병의 마수는 고려인들이라고 해서 비껴가지 않았다. 한동안 고려인들은 적성민족(敵性民族)으로 분류되어 징병보다는 감시의 대상이었지만, 전선에서 소모할 병력이 절실했던 소련 당국은 비공개적으로 강제 동원령을 내려 고려인 젊은이들을 차출했다. 조국의 독립전쟁도 아닌 타국의 쟁투에 희생양이 된 고려인들은 울분과 분통을 삼키며 그들을 전별했다.

전쟁 기간 동안 김익준도 전장으로 끌려갈 뻔했다. 부상자들이 속출하자 이들을 치료할 인력이 절실했고, 외과수술이 가능한 김익준은 누구보다 긴요한 의료진이었다. 그가 끌려갈 수도 있다는 소문이 퍼지자 고려촌 사람뿐만 아니라 지역 러시아 사람들까지도 반대하고 나섰다. 김익준과 아내 올가는 지역에서 유일하다시피 한 의료 인력이었다. 병졸로서 사람을 내줄 수는 있어도 의사로서 일꾼을 내줄 수는 없다면서 강경하게 항의했다. 그 바람에 김익준은 징집은 면하고 가족들과 함께 지낼 수 있었다.

시간이 지나면서 카자흐공화국 고려촌도 안정을 되찾아갔다. 황무지에서 자란 잡초를 거둬 퇴비로 쓰면서 토질은 좋아졌고, 덩달아 수확량도 급증했다. 해마다 최고 수확량은 갱신되었는데, 속도마저 가팔랐다. 수많은 고려인들이 성과를 인성받아 '노력영웅' 칭호를 받았는데, 여타 민족과는 비교도 할 수 없는 수치였다.

전쟁이 끝난 뒤 조국도 해방되자 김익준은 조국의 부모님과 연락을 취할 방법을 찾았다. 연해주에 있을 때 소식을 전한 이후 고향의 문중 사람들과 접촉할 기회를 갖지 못했다. 모스크바 유학 시절에는 감시의 눈이 무서워 서신을 보낼 엄두를 내지 못했고, 연해주로 돌아온 뒤부터는 워낙 악재들이 연이어 터져 머리에서 떠오르지도 않았다.

몇 해가 더 지나자 이제 김익준의 나이도 사십을 훌쩍 넘어 중반 고개를 넘어갔다. 큰 애도 나이가 열두어 살 쯤 되니 제법 사내티가 났다. 고향에서 즐겨 놀았던 자치기며 팽이치기, 연날리기를 하는 아이를 보자 문득 고향 산천이 그리워졌다. 아버지의 연세도 회갑을 지나 칠순에 가까워질 터였다. 건강하신지 무탈하신지 구존(俱存)해 계신지 자신이 아는 게 아무 것도 없음을 깨달았다.

소련이 전쟁 말기에 일본에 선전포고를 해 조선 영토로 진입했고, 신탁통치를 명분 삼아 김일성이라는 인물을 내세워 대리 지배를 한다는 소식은 진즉에 들었다. 38선으로 나뉘긴 했지만, 경계가 성글어 충분히 넘어갈 수 있다는 말도 풍문으로 들었다. 대개 이북 출신이 많은 고려인들은 귀향할 기대에 설레 희망의 말을 주고받을 뿐 38선 이남의 정황에 대해서는 별 관심이 없었다.

김익준은 이 기회에 이북으로 건너가 38선을 넘어 고향으로 돌아갈 방법이 없을까 고심했다. 평양까지만 간다면 무슨 수가 날 듯도 했다. 그곳이라면 고향과도 쉽게 연락이 닿을 수도 있었다.

그러나 계획은 곧 거둬들였다. 우슈토베에서 연해주까지도 까마득한 길인데다 형식상이라도 국경을 넘어 조선 땅에 들어서기란 용이해 보이지 않았다. 더구나 홀몸도 아니고 식솔이 다섯이나 되었다. 그 사이 딸과 아들 한 명이 더 태어났다. 여섯 식구가 무사히 고향까지 닿을 것 같지가 않았다. 김익준은 사태를 조금 더 관망하기로 했다.

그러다 한국전쟁이 터졌다. 고국의 전쟁 소식은 모두의 주목을 받았다. 남한이 북침해 군사도발을 일으키자 응징 차원에서 반격해 홍수가 땅을 쓸 듯 남진해서 조국해방이 목전에 다가왔다고 다들 알았다. 통일이 되면 고향에 갈 수 있을 것이라며 들떴지만, 그것은 나이든 사람들에 국한되었다. 연해주나 중앙아시아 이주지에서 태어나고 자라 모국어보다는 러시아 말이 더 익숙한 세대들에게는 조선은 남의 나라는 아니더라도 그저 부모와 조부모들의 연고가 있는 지역일 뿐 큰 매력을 느끼지는 못했다.

스탈린의 횡포와 압제, 살육을 겪은 김익준을 비롯한 일부 지도층들은 생각이 조금 달랐다. 오래 살아 정든 곳이긴 했지만 이곳이 고향만큼 살가울 리는 없었다. 노년에 접어들자 고향 땅에 가 뼈를 묻고 싶다는 마음도 간절해져 갔다. 허망하게 죽어 낯선 땅에 묻힌 사람들을 생각하면 더욱 피가 말랐다. 가끔 술자리가 벌어지고 얼큰하게 취기가 오르면 노인들 입에서 자연스럽게 고향의 노랫가락과 함께 그런 한탄과 희망이 흘러나왔다.

"조심하시구려. 낮말은 까마귀가 듣고 밤 말은 쥐가 듣는다지 않소."

누군가 이렇게 구시렁거려도 산전수전 다 겪은 노인들은 꿈쩍도 하지 않았다.

"이제 무슨 부귀를 더 누리겠나? 늙어지니 그저 떠오르는 건 고향 산천뿐이구먼. 거기 피붙이들도 나처럼 늙었을끼고, 부모형제들도 몇이나 무고하실겜메? 다 부질없어. 한 생애 돌아보니 일장춘몽이로고. 허어 허어~~~"

고발이 무섭지도 않은 황혼녘 노인들의 푸념과 함께 세월은 또 무심하게 흘러갔다. 조국의 전황은 유엔군이 참전하고 엎치락뒤치락 공방전이 전개되다가 결국 휴전이 되어 남북이 갈렸다는 결말로 끝났다. 고려인들에게 반가운 일이라면 찢어죽이고 갈아 마셔도 시원찮을 원수 스탈린이 임종하는 이도 없이 쓸쓸하게 벌컥 죽었다는 소식이었다. 그렇게 분단 상황을 끝으로 조국에 대한 기억은 망각 속으로 스며들었다.

고향으로부터 다시 소식이 들려온 것은 한국전쟁이 끝나고 몇 년이 지난 1957년 가을 무렵이었다. 그 전해인 1956년 10월 19일 소련과 일본은 '일소공동선언'을 체결했고, 12월 12일 발효되어 두 나라의 국교가 정상화되었다. 쿠릴 열도 문제 등 분쟁의 소지가 없지는 않았지만, 외견상 두 나라의 적대적 관계는 청산되었다.

이런 소식을 접하기는 했지만, 김익준에게 특별한 감흥을 불러일으키지는 않았다. 여전히 고국의 가족들 소식을 애타게 수소문하기는 했지만, 이즈음 그는 평범한 소련 사람으로 사는 자신의 삶을 받아들이고 있었다. 러시아어가 모국어보다 먼저 귀에 들어왔고, 우슈토베의 광대하고 쓸쓸한 풍경이 처음부터 주어진 것처럼 느껴지고 있었다.

그를 비롯한 우슈토베 고려인들의 청원과 모금으로 개원한 우슈토베 민족병원 개원식에 참석하고 첫 진료를 마친 뒤 집으로 돌아오자 아내 올가가 상기된 표정으로 그를 맞았다. 그녀의 손에는 편지 한 장이 들려 있었다.

"뭐요?"

문서라면 지금도 20년 전의 강제 이주 망상이 떠오르는 김익준은 의혹의 눈빛으로 아내와 편지를 번갈아보며 물었다.

"낮에 인편으로 이런 연락이 왔어요. 당신 조국에 사는 친척들이 보냈다고 하네요."

잠깐 어지럼증이 일었다.

"그 사람은 지금 어디 있소?"

"바로 갔어요. 일본 사람인데, 여기 왔다는 사실이 알려지면 곤란하다더군요. 편지를 읽고 결심이 서면 모스크바의 자기 연락처로 알려 달라 했어요."

빼앗듯 편지를 받아들었다. 예상했던 것처럼 그것은 고국의 고향에서 보내온 전갈이었다. 편지를 보낸 사람은 자신을 사촌동생이라고 소개했다. 삼촌들이 결혼해 자식을 낳은 모양이었다.

편지의 내용은 다음과 같았다.

안녕하신지요?

저는 형님의 사촌동생 되는 김경준이라 합니다. 한 번도 뵌 적은 없지만, 이렇게나마 인사를 드리게 되어 기쁩니다. 형님은 우리 가문의 종손 되시는 분으로 누구보다 소중한 몸이니 잘 지내고 계시리라 믿습니다.

해방 전에 - 그때는 저도 태어나기 전입니다. - 일가 어른께서 연해주로 찾아뵈었다는 사실은 들었습니다만, 그 이후 여러 사정으로 오랫동안 소식이 돈절되었으니 서로 안타까울 뿐이었습니다. 소련 땅에서 무사히 계시리라 안심은 했지만, 큰아버님께서는 가문의 존망이 달린 일이라며 늘 노심초사하셨었지요.

그러다 작년에 소련과 일본 사이에 국교가 정상화되었다는 소식을 듣자 큰아버님께서는 일본에 사는 친지를 통해 형님의 안부를 수배하게 하셨습니다. 형님께서 연해주에 계시다가 멀리 카자흐공화국으로 강제 이주된 소식은 그제야 알게 되었습니다.

큰아버님께서는 무슨 수를 쓰든 형님의 소재를 파악하도록 이르셨고, 일본의 친지께서 조총련 쪽 사람들과 접촉해 마침내 이렇게 연락이 닿게 되었습니다. 모두 천지신명과 조상님들의 음덕이라 사료되옵니다.

자초지종을 아시게 되자 큰아버님은 당장 형님을 데리고 오라 엄명하셨지만, 말처럼 쉬운 일은 아니었지요. 일본과 소련의 국교가 회복되었다고 해서 무턱대고 민간인 교류가 가능하지도 않았고, 모시고 온들 한국으로 귀국시키기란 더욱 지난한 일이었습니다. 이런 사정 때문에 시간이 지체되었는데, 그 사이에 건강이 예전 같지 않으셨던 큰아버님의 환후가 더욱 나빠지고 말았습니다.

황송한 말씀이오나 큰아버님께서는 올봄에 세상을 등지시고 말았습니다. 숨을 거두시기 직전까지도 큰아버님은 형님을 찾으셨고, 무슨 일이 있어도 종손을 꼭 데려와 대를 잇게 하라는 지엄한 유언을 남기셨습니다. 다시 한 번 애도를 표하면서 고인의 명복을 기원합니다.

장례를 마친 뒤 문중의 어른들이 긴급히 모여 앞일을 상의하셨습니다. 우선 손을 써 일본으로 오시게 하자는 쪽으로 의견이 모여졌습니다. 소련과 일본 양국의 문제가 넘어야 할 산이지만, 북한이라는 복병이 있으니 산 넘어 산이라 할 밖에요. 정가에 우리 종친들로 힘을 쓸 만한 사람이 없지는 않으나 자칫 잘못 불똥이 튀면 될 일도 그르칠 수 있으니 최대한 물 밑에서 공작을 진행하고, 자금이 필요하다면 문중의 재산을 내어 지원한다고 결의했습니다.

문중 업무를 전담하는 변호사를 통해 일본 쪽 변호사와 교섭을 진행했고, 그가 러시아 대사관을 통해 형님의 안부와 거주지를 입수할 수 있었습니다. 형님은 1937년 이후 현재까지 우슈토베에 계시면서 의사로 활동하시고, 부인과 슬하에 자제 네 명을 두고 있다는 것이었습니다. 부인이 러시아 여성이라는 사실에 문중 어른들이 잠시 동요하시기는 했지만, 형님과 정식으로 혼인하셨고, 또 가문의 혈맥을 이을 후손까지 낳은 종부(宗婦)이시니 집안의 어른으로 깍듯이 모셔야 한다고 합의했습니다.

그러면 어떻게 일본으로 모실까 궁리하다가 종부께서 러시아 사람이란 점을 활용하자고 변호사가 제안했습니다. 소련과 우호 관계에 있는 단체의 초청을 받는다면 소련 당국도 큰 의심 없이 출국을 허락할 것이란 전망이었습니다. 물론 미비하거나 애로가 있는 부분은 다른 방편을 써서 잘 마무리할 것입니다.

드리고 싶은 말씀은 이런 저희들의 복안을 어떻게 생각하시는지 가부를 알려주시고, 허락하신다면 이 편지를 전달한 변호사를 통해 블라디보스토크로 가족이 오실 수 있도록 조처해 보도록 하겠습니다.

거의 전 생애를 보낸 정든 러시아를 떠나고 각별한 우의를 쌓았던 이웃들과 결별하기란 쉬운 일이 아닌 줄 아옵니다. 그러나 역시 평생 형님의 안부를 근심하셨던 큰아버님과 아직 생존해 계신 큰어머님의 애처로운 형편을 양지하시고, 늦게나마 큰아버님 영전에 문후를 여쭈면서 종손의 무사 귀환을 간절히 염원하는 종문들의 애끓는 마음도 헤아려주시길 간곡히 부탁드립니다.

그러면 좋고 기쁜 소식 전해올 날만 기다리면서 이만 줄입니다.

단기 4290년 가을을 앞두고
사촌동생 김경준이 올립니다.

추신 - 이 편지는 읽은 보신 뒤 파기하거나 소거하셔도 됩니다.

편지를 다 읽자 김익준의 가슴에 기묘한 감정들이 교차했다. 아버지가 돌아가셨다는 소식은 충격이었지만, 어머님은 건강하시다니 반가웠다. 다시 고향 땅을 밟을 수 있다는 기대감도 솟았지만, 그 과정이 결코 순탄치 않을뿐더러 위험할 수도 있다는 사실도 분명했다. 더구나 소련은 남한 입장에서 철천지원수의 나라였다. 거기서 살다온 사람을 과연 곱게 봐줄 것인지 두렵기도 했다. 게다가 아내는 러시아 사람이질 않은가?

김익준은 아내 올가와 이 문제를 두고 상의했다. 올가는 친척들의 희망대로 가족이 무사히 일본으로 갈 수 있을지부터 염려했다. 만약 일본으로 간다면 다시는 러시아 땅에 발을 디디지 못할 테고, 그러면 아내는 자신의 가족들과 생이별을 해야 했다. 그럼에도 올가는 남편의 결정에 따르겠다고 결심했다.

며칠을 더 고심한 김익준은 마침내 모스크바의 일본인 변호사에게 연락해 일본으로 귀환하는 일에 동의한다는 뜻을 전했다.

김익준 일가가 어떤 방법으로 언제 연해주를 거쳐 일본으로 입국했는지는 확인할 길이 없었다. 소련 측 인사들에게 적지 않은 뇌물이 전달되었을 것이고, 일본 측 인사들에게도 모종의 약속이나 이권이 넘어갔을 것으로 추측된다.

이렇게 해서 김익준과 아내 올가, 슬하의 이남이녀는 일본에 안착했다. 일본에 도착한 김익준은 물론 바로 한국으로 귀환하지는 못했다. 한국과 일본은 외교 관계가 단절된 상황이었고, 일본에 대해 민족적 적대감과 강경한 자세로 일관한 이승만 정권 아래 정상적인 복귀는 어려웠을 것이다. 김익준 일가는 1965년 12월 18일 최종적으로 한일국교 정상화가 이뤄져 귀국이 가능해질 때까지 일본 모처에서 러시아 국적 외국인 신분으로 머물렀다.

김익준이 언제 어떤 루트로 귀국해 종손으로서 권리를 행사했는지도 정확하게 알 수는 없었다. 호적을 비롯해 문중 재산 관련 여러 문서에 상징적이면서 모호한 날짜와 장소가 기재되어 있기는 하지만, 그 확실성은 담보하기 어렵다. 부패와 비리가 만연했던 그 당시 상황으로 미루어 짐작했을 때 편의와 편법이 배후에 깔려 있을 것이다. 김익준 역시 러시아에서의 생활과 혼인, 귀국과 관련한 어떤 개인 문서도 남기지 않아 이 점을 더욱 모호하게 만들었다. 한 가문의 현재와 미래를 책임져야 할 종손으로서의 역할이나 위상에 손상이 갈 위험을 자초하지 않겠다는 결의로 보인다.

증조부 김익준은 1972년 고희의 나이에 지병으로 세상을 떠났다. 유택은 현재 묘소가 있는 곳이다. 아내이자 나의 증조모 올가 여사가 언제 돌아가셨는지도 명확하지 않다. 일가 유로(遺老) 중 한 분의 기억으로는 종손께서 일본에 계실 때 그곳에서 먼저 별세하셨고, 귀국할 당시에는 유골만 가지고 들어와 현재의 묘소에 안장했다 안다고 전해주었는데, 직접 본 사실은 아니라 명확하지는 않다.

## 6

이상으로 내 나름대로 연해주와 모스크바, 카자흐스탄 현지를 방문하고 답사한 뒤 얻은 소략한 경험과 지식을 바탕으로, 끊어지거나 사라진 고리는 제한적인 상상과 합리적인 유추를 통해 연결한, 내 증조부 김익준의 삶을 재구해 보았다.

집안의 추원재 행사에 떠밀리다시피 참석해 우연히 '露西亞 女

人'이란 비문이 새겨진 묘비를 보게 되고, 개인적인 호기심이 발동되어 한 여성의 생애를 추적하게 되었다. 그 결과 나는 전혀 엉뚱한 사건, 1937년 겨울 스탈린이란 한 파렴치한 독재자에 의해 자행된 '고려인 강제 이주 사건'의 전모를 알게 되었다. 스탈린의 개인적인 의심병과 소수민족의 노동력을 착취해 자국의 이익을 극대화하려 한 추악한 욕망은 20만 명에 이르는 고려인을 죽음의 지옥 열차에 탑승시켜 3만여 명을 굶주림과 질병 속에 죽게 만들었다. 스탈린은 고사하고 소련 당국자, 소련이 해체된 뒤 들어선 러시아 정부 누구도 이 문제를 거론하거나 공식적으로 사과하지 않았다. 그들에게는 그저 어느 시기 어느 장소 불특정인들에게 일어난 '사건' 이상도 이하도 아니었다.

우리 정부 역시 이 비극과 참상에 대해 외교적으로 사건을 규명하고 보상을 받으려는 구체적인 노력이나 요구를 하지 않고 있는 것으로 알고 있다. 지금도 많은 고려인들이 우즈베키스탄과 카자흐스탄, 우크라이나, 키르기스스탄 등 중앙아시아 각국에 흩어져 살고 있다. 그들 중 고려인 강제 이주를 경험한 1세대는 대부분 세상을 떠났고, 2세대, 3세대, 4세대까지 후손들이 조상의 전통과 역사를 이어오고 있다. 문득 나 역시 고려인 4세대 중 한 명이라는 사실을 깨닫게 된다.

여러 경로를 통해 듣고 본 바에 따르면 이들 고려인들은 각자 자신들의 연고지에서 핵심적인 인물로 성장해 고려인의 위상과 품격을 높이고 있었다. 그러나 우리는 이런 사실에만 만족하고 문제의 본질은 접어야 하는 것일까? 어쩌면 이 문제는 이제야 결말을 맺은 것이 아니라 아예 시작조차 되지 않은 것을 아닐까?

글을 마무리하면서 그런 의구심을 지울 길 없다.

# 나비가 되어 훨훨[5)]

## 꿈

그날은 5월 단오였었어. 봄철 내내 숨 가쁘게 달려온 모내기를 끝내고 다들 한시름 놓을 때였지. 풍년이 들라 산신령께 치성도 드리고 비 많은 달이라 근심 걱정 없이 무양무탈(無恙無頉)하기를 빌면서 정성을 올리는 날이야. 추위도 멀리 달아났고 더위가 오기엔 이른, 한 해 가운데 가장 양기(陽氣)가 고르게 퍼져 더도 덜도 아니게 촉촉이 흐를 무렵이었지.

우리 동네는 섬에서 가장 높은 망운산 산줄기가 서북쪽으로 흘러내리며 낮아지다 바다로 스며드는, 따뜻하고 아늑한 곳에 깃들여 있었어. 사람들은 이곳을 '갈곶이'라 불렀는데, 바다로 날렵하게 삐져나온 곶[串]이 있어 그렇게 불리나 봐.

그런 예쁜 이름이었는데, 일본사람들에게 나라를 빼앗긴 뒤부터 우리 마을 이름은 갈화(葛花)가 되어버렸어. '칡꽃'이란 뜻이라는데, 왠지 좀 칙칙하다는 느낌이야. 순사들이 갈화라 안 부르면 눈을 부라리면서 으름장을 놓아 할 수 없이 말하기도 어렵게 갈화라 부르지. 어서 빨리 원래 이름 갈곶이를 편하게 썼으면 좋겠어.

---

5) 이 이야기는 1939년 전쟁 위안부로 납치되어 1945년까지 6년 동안 상해 인근에서 위안부로 고통을 당했던 고 박숙이(1922~2016) 여사의 고초를 바탕으로 쓰였다. 소설의 전개를 위해 개연성 있는 묘사와 상황이 일부 포함되었지만, 대부분은 역사적 사실임이 분명하다. 나레이터는 같이 납치되었다가 해방 직전 일본군에게 총살당한 '장쌍가매'이다.

사람들은 주로 바다로 나가 고기를 잡아. 짬짬이 농사도 짓고 더러 약초도 캐는데, 물이 빠지면 훤하게 드러나는 갯벌을 막아 '소금밭'을 만들었지. 옛날부터 갈곶이 염전은 유명했다더라.

우리 마을은 바다에 치우쳐 있지만 고현면에서는 제법 큰 마을에 속해. 조선시대 때까지는 이곳에 현치(縣治)가 있었는데, 세종대왕께서 지금 읍으로 옮기셨다고 해. 그래서 여기는 고현(古縣)이 되었지. 읍에는 아빠 따라 몇 번 가본 적이 있는데, 읍성이 엄청 웅장하더라. 성을 두른 돌 하나가 내 몸만 하더라고.

우리 마을에는 아주 큰 느티나무도 있어. 높이가 내 키의 스무 배는 되는 것 같은데, 어른 대여섯 명이 손을 잡고 둘러도 남을 정도로 밑동도 넓어. 느티나무에는 이런 전설이 전해져.

지금으로부터 500여 년 전 일이래. 마을에 유동지란 분이 살았는데, 부자인 데다 늘 마을 일에는 앞장서 나섰다네. 염전 말고도 논밭도 꽤 가졌는데, 논 한가운데 이 나무를 심어 여름에는 더위를 피하는 시원한 놀이터로도 쓰고 마을회의를 열기도 했데. 가끔 마을 잔치를 베풀기도 했다는 거야. 그러니 그늘이 얼마나 넓은지 짐작이 가지.[6)]

바보 소리처럼 들리겠지만 나는 내 이름을 몰라. 아버지가 장(張)씨니 나도 장씨겠지. 분명 내가 태어났을 때 우리 아빠, 엄마가 예쁘고 아름답게 자라라고 고운 이름으로 나를 불렀을 텐데, 미안하고 아쉽게도 나는 내 이름을 잊어버렸어. 그래서 서운해.

그래도 별명은 있어서 다행이지 뭐야. 나와 함께 고생했던 한 살 어린 사촌동생이 날 '쌍가매'라 불러줬거든. 정수리에 가마가

6) 이 느티나무는 이후로도 마을을 지키다가 2003년 태풍 매미의 강풍에 피해를 입어 결국 고사했다.

둘 있다고 그렇게 불렀어. 가마가 둘이면 꽃가마를 두 번 탄다 해서 시집을 두 번 갈 팔자라던데, 난 한 번도 가보지 못하고 그만 죽어야 했지. 어쨌거나 그래서 내 별명은 '장쌍가매'가 되었어. 그러니 너희들도 날 장쌍가매로 기억해줘야 해.

누구나 그렇겠지만 난 어릴 때부터 참 꿈이 많은 계집애였어. 맏이로 태어나 아들을 기대했던 어른들에게 실망을 안겼긴 했지만, 내가 태어난 뒤로 집안 일이 술술 잘 풀렸고, 동생들은 줄줄이 사내들이라 "어구구, 우리 복덩이!"하면서 칭찬을 듣고 살았지. 그래서 내 성격이 좀 도도한가봐. 계집애 주제에 골목대장 노릇도 했고, 소학교에 들어가서도 공부를 곧잘 했거든. 일본 말도 잘하고 글도 제법 써 읍에서 열린 일본어 글짓기 대회에 나가 일등상도 받았다니까. 다들 커서 크게 될 거라 추켜 주었지.

하지만 소학교를 마친 뒤 더는 공부를 못했어. 계집이 글이나 읽으면 됐지 무슨 공부를 더 하냐는 핀잔도 있었지만, 동생들 공부를 시켜야 하니 난 뒷전으로 밀려날 수밖에 없었거든. 아쉽긴 했지만 동생들이 잘 돼야 하니까 기꺼이 양보했지. 난 집에서 고기잡이와 농사를 도우면서 길쌈에 바느질, 가마니 짜기 같은 일들로 보탬이 되려고 애썼어.

그러다 보니 세월은 하염없이 흘러 어느 덧 내 나이도 열일곱 살이 되었지. 정말 꽃다운 나이잖아. 제법 젖가슴도 볼록해지고 허리가 잘록해지면서 처녀티를 풍겼어. 그 쯤 되자 집안에서도 시집보내야겠다는 말이 나왔겠지. 할아버지 앞을 지나가면 내 엉덩이를 탕! 치시면서 이런 말씀을 하셨지.

"어허! 쌍가매야. 엉덩이가 이리도 복스러우니 시집가도 사랑받겠구나! 애도 쑥쑥 잘 낳고."

그러면 난 슬쩍 눈을 흘기면서 이렇게 쫑알댔지.

"할아버지. 전 시집 안 가고 소나 키우면서 평생 살 건데요."

짓궂은 할아버지도 지지 않으셨지.

"어휴! 저런 년이 나중엔 먼저 보내달라 성화더라니깐. 허허허!"

속으론 나도 시집가면 떡두꺼비 같은 애 낳아 남보란 듯 키워야지. 이런 야무진 생각을 키웠거든.

그런데 일은 뜻대로 되지 않았어.

그 무렵 일본은 여기저기서 전쟁을 일으켜 사방이 전쟁터였어. 그러자 일손이 부족했는지 공장이나 병원에서 일할 여자들을 모집하러 다녔거든. 이 외진 시골 섬마을에도 모집꾼들이 들락거렸지. 어느 날 이장 아저씨의 안내를 받은 일본인이 소학교 강당에 와서 우리들을 불러놓고 일장 연설을 했어.

"우리 영용한 황군들은 지금도 지나 땅 곳곳에서 천황폐하의 고귀하신 명령을 받들어 제국의 영토를 넓히는 데 신명을 바치고 있다. 그들의 거룩한 희생에 우리 충직한 신민(臣民)들도 당연히 보답을 해야 한다. 지금 전쟁 때문에 물자가 부족해 너희들도 먹고 살기가 쉽지 않다고 알고 있다.

그런데 말이다. 너희들이 지금 당장이라도 공장에 자원해 나가 일한다면 배불러 먹여줄 것이고, 또 돈도 벌어 집에 보낼 수도 있을 것이다. 모두 기숙사에서 살기 때문에 그냥 몸만 가면 된다. 또 병원에 가 간호 기술을 배우면 천황폐하의 황은(皇恩)도 갚고 두고두고 돈을 벌 수 있는 기술도 익히게 될 것이다.

지금 나눠주는 이 지원서에 너희들의 인적 사항을 써서 제출하면 내일이라도 당장 서상항으로 가 배를 타고 부산으로 갈 수 있다. 며칠 시간을 줄 테니 집안사람들과 상의해 결정해라. 이런 기회는 두 번 다시 오지 않는다는 점을 명심하기 바란다."

나도 귀가 솔깃해지긴 하더라. 그 사람의 말처럼 먹고살기가 쉽지 않았기 때문이지. 아무리 뼈 빠지게 일해도 그 놈의 공출이 뭔지 관청에서 나와 다 앗아가 배를 곯는 게 예삿일이었거든.

게다가 집에 가려는데 이장 아저씨가 꾸러미를 한 아름 안기더라고. 이런 걸 매일 매일 먹을 수 있다는 거야. 집에 와 풀어보니 건빵이며 사탕, 비스킷, 과일, 요런 저런 노리개 따위가 알뜰히도 들어 있지 뭐야. 먹을 건 다 동생들 차지가 되었는데, 동생들이 매일 맛난 걸 먹게 할 수 있다니 마음이 동하는 게 사실이었어.

하지만 할아버지는 한칼에 반대하셨어.

"저게 다 사탕발림이다. 전쟁한다고 수저며 밥그릇까지 빼앗아 가는 놈들이 너희들을 호의호식시켜? 등골이나 빼먹지 않으면 다행이지. 엉뚱한 생각 하지들 말고 조신하게 있다가 시집 갈 궁리나 해라!"

아쉽긴 했지만 할아버지 말씀을 거역할 순 없었지.

다음 날 애들 몇이 지원서를 써 뭍으로 나가는 걸 보니 얼마나 부럽던지. 이장 아저씨는 이렇게 투덜거렸어.

"아니 이런 좋은 기회를 놓치다니 다들 벅시들일세. 열 명만 채웠으면 포상금도 짭짤했을 텐데……, 조선 놈들은 남 잘 되는 꼴을 못 봐요."

지원했으면 기술도 배우고 돈도 벌고, 아저씨도 포상금을 받았을 텐데, 이래저래 속이 많이 상하더라니까.

## 납치

다시 돌아와 1939년 단오날이야. 날씨가 그렇게 청명할 수가 없었어. 여느 때 같았으면 단오에는 동무들과 그네도 타고 창포물에 머리도 감고 맛난 음식도 먹고 한 바탕 신나게 놀았겠지. 하지만 전쟁 때문에 곡기도 끊어진 판인데 무슨 힘이 남아돌아 놀이겠어. 아침에 물 한 그릇 퍼마시고 맥이 빠져 잠이나 자자며 뒷방에 들어가 벌렁 드러누웠더랬지.

헌데 배가 고프니 잠이 통 안 오지 뭐야. 말똥말똥 두 눈을 뜨고 천장에 처진 거미줄을 따라 가다 벌레를 잡은 거미가 진물을 빨아 먹는 꼴을 보았지. 그러니까 배만 더 고파 오더라. 배가 고프니까 전번에 왔던 일본사람이 한 말이 떠올랐어.

- 잘 먹여주고 기술도 가르쳐주고, 돈까지 벌 수 있다 했는데. 할아버지 때문에 이게 뭐야.

살짝 화가 난 나는 벌떡 일어나 호미와 바구닐 들고 대문을 나섰어. 어딜 가느냐고? 물이 빠지면 갯벌이 넓게 펼쳐지거든. 한 십리는 될 거야. 아무리 관리들이 탁탁 털어가도 갯벌에서 잡은 조개며 문어, 멍게, 해삼, 파래까지 쓸어가진 못하지. 그걸로 곯은 배를 채울 수도 있고, 운이 좋으면 팔아 보리라도 몇 줌 살 수 있고. 이걸 우리 동네에서는 '바래'라 불러.

바다로 나가보니 해안이 시원하게 열려 있었어. 하늘도 맑고 바람이 살랑살랑 부는데다가 날씨까지 따뜻했지. 역시 사람들이 여기저기 흩어져 해산물을 따기에 분주하대. 휘 둘러보니 아는 동무들도 보였고, 동네 아지매들도 옹기종기 모여 있었어. 한데 몰리면 서로 불편하니까 난 부러 좀 멀찍이 떨어져 엉덩이를 낮췄지.

멀리서 날 본 동무들은 손을 흔들어 인사했고, 아지매들도 허리를 펴 한 말 하더라.

"니도 나왔더나? 올개는 천지삐까리로 물이 좋네. 쎄이쎄이 따 가거래이."

그날따라 어찌 그리 잘 잡히던지. 물때 낀 돌을 들춰낼 때마다 해물들이 떡 나 잡숴봐 하더라니까. 금방 바구닐 다 채우겠더라구. 그래 열심히 호미를 놀리는데 누가 내 어깨를 치대. 돌아보니 저기 안쪽 마을 관당에 사는 '숙이'였어. 나와는 이종사촌간인데, 성은 박씨지. 이모가 관당으로 시집 가 낳은 딸인데, 나보다 한 살 어렸지만 아주 절친했지. 얌전하고 착한데다가 남 돕기를 좋아하는 애였어.

"니는 우얀 일이고?"

숙이가 새침하게 대꾸했어.

"놀면 뭐 하겠노. 날도 좋고 해서 바래하러 왔지 않나?"

관당에서 갈곶이까지는 가까운 거리는 아니야. 해안을 따라 재게 걸어도 한 시간은 좋이 걸리는 길이었는데, 그렇게 가끔 숙이는 이모랑 아니면 혼자 놀러오곤 했어. 우리는 어깨를 비비며 앉아 바래를 하면서 이야기꽃을 피웠지.

해가 정수리를 따갑게 비칠 즈음 바구니가 그득 찼어. 얼추 숙이 바구니도 한 가득 되어갔지. 숙이 몫을 다 채운 뒤 우린 일어났지.

점심때가 막 지났지만 집에 가본들 뭐 먹을 게 있을까. 오랜만에 만난 숙이하고도 헤어지기 싫었어.

난 숙이에게 저기 골짝 어귀에 가 놀자고 했지. 거긴 산딸기나 다래, 머루 같은 게 많이 나거든. 아직 요것들이 익기엔 때가 이르지만 배고픈데 익었는지 설었는지 가릴 게 아니잖아. 숙이도 좋다고 해서 내처 걸음을 옮겼지.

다른 건 안 보이고 빨간 뱀딸기가 보여 족족 따먹으며 골짜기를 헤맸어. 개울에서는 가재라도 있나 돌을 들췄고, 도룡뇽알이든 뭐든 좀 나와 줬으면 싶었지. 그렇게 별 소득 없이 돌아다니다 길가로 내려왔지.

여기서 서로 헤어져야 해.

또 보자며 막 손 인사를 나누는데, 웬 트럭 한 대가 갈고지 쪽에서 달려오더라. 달구지도 아니고 뭔 일인가 싶어 우린 길가로 비켰지. 트럭은 우리들 앞에서 멈췄어. 짐칸에는 천막 같은 게 쳐 있었지. 천막 뒷문이 열렸고, 이장 아저씨가 안에서 얼굴을 내밀었어.

"니들 집에 가나?"

"야!"

"잘 됐다카이. 오늘이 단오라 읍에서 마츠리가 있다길래 구경 가거든. 볼거리가 하나 가득이라 카던데 같이 가몬 어떻겠노? 내 맛있는 것도 사주고, 올 때도 태워다 줄끼구마."

가뜩이나 배도 고팠는데 귀가 솔깃하대. 나는 숙이 옆구리를 찔렀어.

"어떻노? 함 가 보재이."

숙이는 엄마가 걱정한다며 살짝 주저했어. 그때 그냥 거절할 것을, 그게 지금도 천추의 한이야.

"걱정말래이. 내가 잘 말해 줄틴께."

이장 아저씨가 재촉하자 나도 힘을 내 숙이를 부추겼지.

"집에 가면 뭘 하노. 읍에 가 놀다가자 응."

숙이가 물었어.

"바래한 이건 어떻하고?"

이장 아저씨가 거들었어.

"읍에 가몬 얼음 많테이. 상하지 않게 채워줄 테니 걱정말래이."

그래서 결국 나와 숙이는 트럭에 올라탔어.

안은 눈이 익지 않아 어둑하대. 보니 이장 아저씨 말고도 사람이 더 있었어. 군인인 듯해 의아했지. 이장 아저씨가 우릴 트럭 안쪽으로 들이밀었고, 사내 둘이 우리 팔을 잡더니 뒤로 비틀고는 수건으로 입을 틀어막았어.

정신이 아득해졌어. 비명 한 번 지르지 못하고 우린 꽁꽁 묶였어. 그 결에도 나는 숙이를 찾았어. 숙이 눈은 화등잔처럼 동그래졌고, 공포와 경악으로 요동쳤어. 뒤로 결박을 당해 전혀 움직일 수 없었지만 그 눈빛은 많은 것을 말하고 있었어.

- 이게 무슨 일이지?

이장 아저씨를 찾았지. 그는 고개를 밖으로 돌린 채 우릴 외면했어. 경황이 없는 와중에도 난 아저씨가 장난을 치는 줄 알았지 뭐야. 곧 풀어주려니 가슴을 쓸어내렸어.

그런데 그게 아닌 것 같았어.

이장 아저씨가 낯선 사내에게 이렇게 말했거든.

"자 나까무라 상. 저 두 년으로 열 명 채웠으니 포상금 나오는 거지예?"

일본말이었지만 그 정도는 충분히 알아들었지.

그제야 난 진짜 공포에 질렸어.

- 우릴 납치한 거구나. 기술 가르쳐주고 잘 먹여준다는 건 다 거짓말이었어!

우리를 내팽개친 곳은 노량 포구였어. 마을에서 좀 떨어진 으슥한 곳이었지. 재갈이 물려 말은 못했지만 눈은 볼 수 있었어. 우리 말고도 네 명이 더 잡혀와 있었어. ○○마을 순이, ◎◎마을 진옥이, ◇◇마을 두레기, ◈◈마을 홍옥이……다들 얼굴이 파랗게 질려 있었지.

주변에는 처음 본 남정네들이 눈을 부라리며 우리를 쏘아보고 있었어. 저희들끼리 일본말을 하는 것으로 보아 조선인은 아니었어.

잠시 후 이장 아저씨가 트럭에서 뛰어내리더군. 아저씨가 우릴 둘러보더니 말했어.

“각중에 욕봤제. 할당량을 채우니라 이리 모진 꼴을 보였다만 가보면 잘 왔다 싶을끼다. 낸중엔 내헌테 고맙다 할끼고마. 다들 잘 다녀오래이.”

이장 아저씨는 무슨 문서에 서명을 받더니 털레털레 숲길로 사라져버렸어. 그게 아저씨를 마지막으로 본 거였어.

노량 앞바다에서 결박당한 채 무릎을 꿇고 있던 우리들은 곧 배에 실렸어. 엔진 소리가 큰 발동선이었는데, 눈이 가려져 있었기 때문에 크기는 알 수 없었지만 굉장히 큰 건 분명해.

우악스런 남자들이 목 뒤를 잡고 우릴 한 사람씩 배에 태웠고, 좁은 계단을 내려가 배 안으로 들어갔지. 그러자 눈을 가렸던 헝겊을 풀어주었어. 배 안은 감옥소 같았어. 쇠창살로 나눠진 방이 배 양편으로 가설되어 있었는데, 또 칸이 나눠져 있었지.

거기에는 우리들 말고도 많은 여자애들이 잡혀와 있었어. 재갈이 물려져 말들은 못했지만, 발을 동동 구르고 창살에 머리를 찧으며 몸을 뒤트는 애도 보였지. 아픈 개가 끙끙대는 듯한 울음소리가 흉흉하게 울렸어. 나는 다리에 힘이 빠져 그냥 주저앉았어. 아! 부디 이게 꿈이기를, 나는 눈을 감고 빌었어. 내가 돌아오기를 눈이 빠지게 기다릴 아빠, 엄마와 할아버지, 할머니, 어린 동생들 얼굴이 구름처럼 스쳐 지나갔어.

남해에서 같이 잡혀온 애들은 다른 방에 가뒀지만, 다행이 숙이하고는 같은 방에 들어갔어.

배 안은 캄캄했어. 작은 동그란 선창(船窓)이 달렸지만 어둠을 지울 수는 없었지. 바닥에는 다다미 같은 게 깔려 있었는데, 물에 젖어 있어 버선발이 자꾸 미끈거렸어. 곧 치마가 축축하게 젖어버렸지. 속곳까지 젖을까봐 다리를 모으고 엉덩이를 들어 올렸어.

숙이가 무릎걸음으로 내 쪽으로 다가왔어. 말은 하지 않았지만 얼굴은 눈물범벅이었어. 나는 숙이 얼굴을 제대로 쳐다보지 못했어. 숙이에게 너무 미안했거든. 내가 골짝에 가자고만 하지 않았더라면, 조금 더 빨리 골짝을 내려왔더라면, 헤어질 때 머뭇거리지 말고 바로 보냈더라면 아무 일이 없었을 텐데, 지금은 식구들하고 방에 앉아 도란도란 정담을 나누고 있을 텐데……. 모든 게 다 내 잘못 때문이었어.

나는 어깨를 열어 숙이를 안으려고 했지. 숙이도 내게 바짝 다가왔어. 조그만 애가 바들바들 떨었어. 그러자 철창 밖에서 감시하던 사람이 일본말로 버럭 소리를 질렀어.

"빠가야로! 떨어져 앉아. 지금 놀러온 줄 아나? 조금이라도 허튼짓 하면 바다에 던져 물귀신을 만들겠다. 다들 머리 박고 꼼짝도 마."

무시무시한 협박소리가 배 안을 울렸지. 그 서슬에 애들 울음소리는 더 커졌어. 잔칫날 도살당하기 직전의 소가 우는 소리처럼 슬프고 고통스러웠어.

죽음 같은 침묵이 흘렀고, 멀리서 뱃고동 소리가 들렸어. 어둡고 무서워 뒤척이다 얼핏 잠이 들었던 나는 번쩍 눈을 떴지. 배가 어딘가 닿으려나 보다 싶었거든. 누군갈 본다면 무조건 소리를 질러 도와 달라야겠다고 다짐했지. 가당찮게 느껴졌지만, 그때로서는 그게 나와 숙이 목숨을 구할 유일한 희망이었어. 하지만 기대와 달리 배는 멈추지 않았어.

얼마나 더 갔을까? 선창 밖은 어두워졌고, 배 안에 불이 켜지대. 공기가 안 통하는지 숨이 컥컥 막혔어. 둘러보니 나 같은 처지의 계집애가 한 삼십여 명 되는 듯했어.

이렇게 많은 애들을 잡아채 가두다니. 그러고도 아무 탈이 없을 거라 믿는 걸까? 사람들 눈이 있는데, 어떻게 백주대낮에 여자를 납치해 끌고 간단 말이지? 식구들이 주재소에 신고할 거고, 그러면 이놈들은 곧 잡히고 우리도 집에 돌아갈 수 있을 거라고 생각했어. 그러면 저 미친 이장 아저씨는 꼭 내 손으로 때려죽일 거야.

부질없는 주먹질도 속절없이 배는 어둠을 가르며 나갔지. 얼마 뒤 바깥 큰 문이 열리더니 사람 몇이 들어왔어.

"저녁 식사다. 황은에 감사하면서 맛있게 먹도록!"

너무 놀라 배고픈 줄도 몰랐어. 그 말을 듣자 갑자기 허기가 지대. 그래 배가 든든해야 달아날 힘도 생기지. 잘 받아먹어야 돼.

"너! 이리 나와!"

배식하는 사람이 나를 지목하더니 끌어냈어. 나는 엉겁결에 창살 앞으로 기어갔지. 남자가 내 결박을 풀더니 벌어진 틈으로 주먹밥과 된장국이 담긴 식판을 하나씩 넘겼어.

"나머지 애들 풀어줘라. 식판은 머릿수만큼 돌린다. 식사 시간은 5분이다. 다 먹었으면 식판을 챙겨온다. 알았나?"

나는 무조건 고개를 끄덕였어.

주먹밥은 보리와 조를 섞어 소금으로 간을 한 것이었어. 된장국도 그냥 밍밍했지. 그래도 허기졌던 우리들은 한 알이라도 흘릴까 두 손으로 잡은 채 허겁지겁 먹었지.

식판을 넘기자 담요를 넣어주었어. 덮고 자라는 거야. 축축하고 얇은데다 배 안은 답답하고 후텁지근해 둘둘 말아 베개로 삼았지. 다들 놀란 데다 피곤했는지 세상모르게 곯아 떨어졌어.

다음 날 눈을 떠보니 배가 항구로 들어가는 중이었어. 남자들이 바쁘게 움직여 쇠창살 방을 하나씩 열더니 한 명씩 끌고 나가대. 결박은 하지 않았지만 팔로 목을 틀어쥐어 옴짝달싹할 수 없었어. 나는 눈짓으로 숙이에게 내 뒤에서 떨어지지 말라고 신호를 주었어. 다행히 우리는 앞뒤로 나가 바깥세상을 다시 보았지.

항구는 엄청나게 큰 곳이었어. 부두에는 회색 건물들이 줄지었고, 배 양편엔 군함 같이 생긴 배들이 몇 대 정박 중이었지. 보니 주변을 오가는 사람들도 군복차림이었어.

우린 스무 명 정도가 한 반이 되어 교실 같은 방에 들어갔어. 색깔이 다른 군복을 입은 남자가 우릴 하나씩 부르더니 서류를 내밀었어. 이건 또 뭘까 호기심 반 두려움 반이 섞인 눈으로 남자를 보자 그가 귀찮은 듯 설명했어.

"근로계약서다. 황군은 너희들에게 숙식을 제공하고, 너희들은 황군의 명령에 절대복종한다는 서약을 하는 거다. 여기에 이름을 써."

누군가 울면서 집에 보내달라며 소리치며 벌떡 일어났어. 잔뜩 겁에 질린 목소리였지. 그러자 우락부락한 군인 하나가 달려들더니 그 애의 단발머리를 잡아채고 바닥에 패대기를 쳤어. 바닥에 머리가 부딪힌 아이는 피를 토하며 숨을 컥컥거리더니 그대로 혼절했어. 눈은 뒤집혀 하얘졌고, 입에서는 핏물이 섞인 밥 국물이

주르륵 흘러나왔지. 이마 쪽에서도 피가 흘러나왔어. 몇몇이 비명을 질렀지.

콧수염을 기른 늙수그레한 사내가 뒤에서 걸어와 애를 살피더니 턱짓을 하대.

"죽었다. 끌고 나가 묻어버려."

그리고는 애를 패대기친 군인의 뺨을 후려쳤어.

"황군을 위해 헌신할 소중한 자원을 훼손하다니! 천황폐하에 대한 불충이다!"

그러자 군인이 엎드려 바닥에 코를 박고 거듭거듭 사죄했어.

"죽을죄를 졌습니다. 용서해 주십시오."

들것에 얹혀 시체가 나갔지만, 아무도 보진 않았어. 모두 고개를 돌려 외면했지. 그걸 보면 나도 죽을까 싶었던 거야.

서명이 끝나자 우리들은 다른 방으로 옮겨졌어. 동무의 죽음을 본 우리는 제정신이 아니었지. 달아나듯 방을 빠져 나왔어. 옷을 벗게 하더니 욕탕으로 들여보내 씻게 했어. 물은 왜 그렇게 차갑던지. 우리는 오들오들 떨면서 몸을 헹궜어.

몸을 씻고나오자 속옷 한 벌과 다 낡아 헤진 군복을 입으라고 줬어. 그때부터 남자 군인 대신 여군이 우리를 맡았어. 여군이 비교적 나긋나긋한 목소리로 말했어.

"너무 긴장할 것 없어. 군기를 잡느라 훈육이 심했겠지만, 이제부턴 편해질 거다. 오늘은 배편이 없어 하루 자고 내일 아침에 훈련소로 항행할 거야. 식사부터 한다. 자유롭게 행동해도 좋지만 대화는 금물이다. 조금이라도 이상한 언동을 하면 용서받지 못할 거야. 알겠지?"

우린 대답도 못하고 연신 고개만 끄덕였어. 이 여군은 아까 머리가 깨져 죽은 동무 소식은 모르는가봐.

밥은 배 안에서 준 것보다 더 좋았지만, 밥맛은 전혀 느낄 수 없었어. 피를 흘린 채 죽어나간 아이 생각이 머리에서 떠나지 않았어. 나는 숙이가 내 곁에서 떨어지지 않도록 살폈어. 내가 책임져야 한다는 생각도 간절했지만, 얘마저 없어지면 천애고아가 된다는 공포감도 컸어.

밥을 먹고 해가 저물자 다들 침상에 누웠지. 곁에 숙이를 눕히고 나는 가만히 속삭였어.

"숙이야. 내 옆에서 한시도 떨어지면 안 돼. 우린 자매니까 어딜 가도 같이 가는 거야. 응?"

숙이는 소리 죽여 울먹이면서도 몰래 고개를 끄덕였어. 다들 뒤척이다 잠들었지만, 나는 숙이 손을 잡은 채 온갖 망상에 시달리며 밤을 꼬박 새웠어.

아침에 밥을 먹고 배를 탔어. 어제 여군이 우릴 인솔했어. 군함이 아닌 배는 아주 컸어. 거기에는 우리와 처지가 비슷한 애들이 많았는데, 서로 눈은 피했어. 남해에서 같이 잡혀온 친구들이 있나 가재미눈을 뜨고 살폈지만, 보이지 않았어. 다른 배를 탔든가 배가 커서 못 봤나봐.

배가 출발해 항구를 벗어날 때쯤에야 그곳이 '부산'인 걸 알았지. 멀리 공장 굴뚝에 '釜山○○'라고 쓰인 글자가 보였거든.

배는 닷새 넘게 바다를 가르며 나갔어. 우리들은 배 안에 갇혀 바깥으론 한 걸음도 못 나갔지. 아마 바다에 몸을 던져 죽기라도 할까봐 그랬던 것 같아. 갑갑했지만, 그래도 부산에서 한 방을 쓴 애들이랑 같이 가게 되어 한시름 놓았지. 바깥으로 나가진 못했지만 대신 말은 나누게 해 주었어.

정말 많은 곳에서도 잡혀왔더라고. 전라도 바닷가에 살던 아이부터 경상도 산골짜기 두메 출신도 있었고, 부산이나 대구, 경주, 광주에서 끌려온 애도 있었거든. 하지만 모두 가난한 집 출신이었고, 소학교도 제대로 못 나온 애도 수두룩했지. 다들 자기 걱정보다는 집에서 애태울 부모 걱정이 더 컸어.

잡혀온 사연은 엇비슷했어. 동네 이장 꼬임에 넘어가 트럭을 탔더니 우격다짐으로 끌려왔다느니, 길을 가는데 군인들이 내리더니 다짜고짜 태웠다고도 했지. 더 기가 막힌 건 친척들 손에 이끌려 잡혀온 경우였어. 애는 눈치 채지 못했지만, 친척이 애를 팔아넘긴 것 같았지. 아! 지옥 불구덩이도 아까운 망종들이라니.

우린 서로 손을 잡고 어디를 가든 서로 의지하며 살자며 약조했지. 이렇게 오래 배를 탄다면 조선 땅은 아니고 일본일 게 분명했어. 전에 우리를 꼬드길 때도 일본에 있는 공장이나 병원에 보내준다고 했으니까.

현해탄을 둥실둥실 떠가던 배는 며칠 뒤 뭍이 보이는 곳까지 왔어. 이제 내리나보다 싶었더니 배는 하염없이 흘러가대. 양편으로 멀리 땅이 보이는 뱃길이 또 여러 날 이어졌어. 고향에서 점점 멀어진다는 생각이 들자 외로움과 공포가 온몸을 옭죄어 왔어. 다시 고향 땅을 밟을 수 있을까? 동무들과 손잡고 바래하고, 나물 캐고, 소 여물죽 쑤고, 그물 손질하던 내 고향. 같이 지짐이 부쳐 먹던 엄마와 아빠, 동생들. 언제 다시 볼 수 있을까? 아니 다시 볼 날이 오기나 할까? 불길한 예감이 먼저 꼬리를 물어 눈물이 쏟아졌어.

시간은 마음과는 아랑곳없이 흘러갔고, 마침내 배는 어느 항구에 닿았지. 우리들은 남들이 보지 않을 때를 맞춘 듯 해가 진 뒤 후미진 부두에서 땅을 밟았어. 그들은 우리를 마치 짐짝 부리 듯 쏟아내더니 창고 안에 집어넣었지. 물고기를 보관하던 곳으로 쓰던 창고인지 안에서는 온통 비린내와 썩은 내가 진동했어. 우린 코를 막고 입으로 숨을 쉬면서 토할 것 같은 냄새를 피하려고 했지.

딱 한 번 여군이 인원확인을 한다며 들리더군. 누군가 용기를 내 여기가 어디냐고 물었지. 여군이 선심 쓰듯 대꾸해줬어.

"나고야야. 길어야 사나흘 머물 거고, 다시 올 일은 없을 테니 잊어버려. 여길 거쳐 간 사람이 너희들만은 아니야. 잘 들어. 거기 가거든 시키는 대로만 해. 묻지도 말고 알려고도 말고, 그냥 죽었다 여기고 복종해. 행운을 빈다."

그 말을 남기고 여군은 나갔지. 뭐랄까. 그 여군은 우리가 그곳에 가면 어떤 일을 당할지 알았던 것 같아. 불쌍했던 걸까? 아니면 실오라기만한 양심이 남아 있었던 걸까? 그것도 아니면 충격을 덜어주려던 걸까? 다시 만난다면 꼭 물어보고 싶어. 당신은 어디까지 알고 있었느냐고. 왜 미리 알려주지 않았냐고…….

거기서 우리들은 며칠 버려져 있었어. 벽돌로 쌓아올린 창고 바닥은 시멘트로 포장되어 딱딱했어. 볏짚으로 짠 자투리 방석에 앉아 잠을 자고 배식된 밥을 먹었지. 하루 두 끼 나오는 밥은 돼지들이나 먹을 곤죽이었어. 처음엔 욕지기가 나오더니 배가 고프니까 좀 더 줬으면 싶었어.

우리들은 다시 배에 실렸어. 처음 며칠 동안엔 오른쪽으로 뭍이 보이다가 이윽고 망망대해로 나왔어. 땅이 사라지니 파도가 거칠어 지대. 고향에서도 여름철이면 태풍이 불긴 했지만, 거기 견줄 게 아니었어. 바람은 배를 날릴 듯 불어댔고, 파도는 집어삼킬 듯 밀려왔지. 선실 안에서 우리는 뭐든 붙잡고 쓰러지지 않기 위해 자지러졌어.

많은 애들이 멀미로 고생했지. 섬에서 살아 배를 타는 데 이골이 난 나도 견디기 힘들었으니 다른 애들이야 말할 나위 있겠어. 구역질을 하다가 붙잡은 걸 놓치면 쓰러져 사방으로 뒹굴었어. 몸이 떠 천장에 부딪쳤다 다시 바닥으로 떨어지는 애도 있었어. 갈비뼈가 나가고 다리나 팔이 골절된 애들도 나왔어. 이러다 배가 가라앉으면 다 죽겠구나 싶었지.

그래도 죽으라는 법은 없는지 마침내 파도도 바람도 잠잠해졌어. 하지만 선실 안은 아수라장 그대로였지. 선실에는 백여 명 정도 탔었는데, 몸이 온전한 애가 거의 없었어. 죽은 듯 쓰러진 애들부터 단말마의 신음을 내는 애들, 끙끙 대는 애들. 성한 애들은 몇 되지 않았어.

선실 문이 열리고 의사 옷을 입은 사람들이 들어왔어. 뒤따라 들것을 들은 군인들도 보이대. 의사가 애들을 하나하나 살펴보더니 실신해 쓰러진 애들 몇을 툭툭 쳤어. 손이 닿을 때마다 옅은 비명이 터졌지. 의사가 고개를 젓더니 들것을 들은 군인에게 손짓을 하더라. 군인이 쓰러진 애를 싣고 나갔어. 우리 선실에서만도 네다섯 명 되었어. 그 애들은 다시는 선실로 돌아오지 않았고 보지도 못했지. 산 채로 바다에 던져졌을 것 같아. 그들은 우릴 폐기할 물건 취급했어.

나와 숙이는 서로를 위로하고 의지하면서 그 괴로운 선상 생활을 견뎌냈어. 이미 사람의 몰골은 아니었지만 버티면 살 수 있을 거라며 서로를 다독였지. 그런 희망마저 잃는다면 우린 죽었을 거야.

그런 천신만고 끝에 닿은 곳. 그곳은 우리들이 앞으로 6년 동안 살아야 할 땅, 상해(上海)였어. 바로 지옥이었지.

### 지옥굴

부두에 내리자마자 조선말도 아니고 일본말도 아닌 기괴한 말들이 왁자지껄하게 쏟아져 나왔어. 오가는 사람들이 입은 복색도 신기했지. 몸이 달라붙은 치마 같은 옷을 입고 있었는데, 색상은 꽤 화려했어. 남녀 가리지 않고 비슷한 옷을 입었대.

물론 그런 옷을 입은 이들은 행세깨나 하는 사람으로 보였어. '쿨리(苦力)'라 불린 막일 노동자들은 머리는 빡빡 밀고 일본사람들이 입는 훈도시보다 조금 긴 하의를 걸치고 벌거벗은 채 돌아다녔어. 어깨에 걸친 긴 장대 앞뒤로 물건을 묶고 날듯이 뛰어다녔지. 새카만 피부는 땀으로 번들거려 마치 햇볕에 그을린 원숭이 같았지.

그 힘겹고 허기지고 탈진한 와중에도 우리들은 그들을 보며 킬킬 웃었어. 저들보다 훨씬 더럽고 가혹한 똥구덩이에 버려져 개만도 못한 대우를 받으며 살지도 모르고 말이지. 그래. 우리는 그때 고작 나이 열여섯, 일곱 밖에 안 된 어린 소녀였던 거야.

배에서 내리자마자 우리는 트럭에 실려 어딘가로 옮겨졌지. 시골길이 나왔고, 숲속을 한참 달리더니 군인들이 보초를 서고 있는 문을 통과했어. 군인들이 제식훈련을 받고 있는 연병장을 지나는데, 그들은 행진하면서 고향서도 들어본 적 있는 군가를 불렀어. 그렇게 많은 군인들을 본 적이 없던 우리들은 그게 또 신기해 천막을 살짝 걷고 구경했지. 그들이 우릴 봤다면 돼지우리에서 살다 나온, 땟국물 꾀죄죄한 들짐승이라며 배꼽을 잡고 웃었을 거야.

그때까지 우린 순진하고 멍청해서 "야, 멋지다"라거나 "씩씩하네"하면서 웃음보를 터뜨릴 수 있었지.

트럭 다섯 대에 나누어 탄 우리들은 곧 하얀 페인트로 칠해진 긴 막사 같은 건물 앞에 부려졌어. 거기엔 군복 차림의 남자들과 흰 가운을 입은 의사들이 진을 치고 서 있었지. 우린 20명씩 대오를 맞춰 섰어.

나이가 든 군의관이 우리를 한번 휘둘러보더니 옆에서 따라오던 장교를 보며 말했다.

"이거 너무 지저분하군. 우선 목욕부터 시키고 난 뒤 처치에 들어간다. 저 거지 누더기 옷도 모두 벗기고. 위생이 얼마나 중요한지 모르나?"

나고야에서 배를 탄 뒤 겨우 한 차례 건성으로 몸을 씻은 우리들은 그 말이 너무 기뻤어. 군부대 안이니 그래도 목간 시설이 제대로 되어 있을 거라 기대했거든. 아닌 게 아니라 생각만큼 깨끗하진 않았지만, 욕실은 물이 맑았고 비누도 있었어. 날이 더우니 뜨거운 물까지는 바라지 않았지만, 그래도 미지근한 물을 뿌리며 짧은 시간만이라도 묵은 피로가 씻겨나가는 기분이었지.

몸을 씻은 뒤 우리는 발가벗긴 채 병사들의 숙소인 듯한 곳으로 쓸려갔어. 나이가 좀 든, 중국사람 같은 아지매가 인솔했는데, 누가 보지나 않을까 얼굴을 붉히며 우리는 달렸지. 그때 우리는 목간한 뒤라 조금 들떠 있었나봐. 나는 숙이를 뒤에 두고 힘껏 뛰었거든.

숙소 안에는 옷이 준비되어 있었지만, 모양은 조금 괴상했어. 흰 색 천으로 만들어졌는데, 가슴부터 무릎까지 끈으로 묶을 수 있게 트여 있었어. 그것만 입고 있으라는 것이었어. 세탁은 했지만 누리끼리한 데다 군데군데 붉은 핏자국이 배어 있어 기분이 찜찜했지. 생전 처음 입어보는 희한한 옷이었어.

그 옷을 입고 나서도 한동안 적막 외에 아무 일도 일어나지 않았어. 우리는 방안을 두리번거리며 살폈지. 이 어색한 침묵은 무슨 뜻일까? 서로 어색하게 눈치를 살피면서 우리는 출입문에서 누가 들어오나 궁금해 했지.

잠시 후 얼굴에 마스크를 하고 손에 하얀 고무장갑을 낀 군인들이 우수수 들어왔어. 군복 앞쪽에 검은 고무판이 붙어 있어 정말 괴이한 모습이었어. 그 동안 스러진 줄 알았던 공포가 다시 스멀스멀 기어올라 왔어. 우리들은 입술이 파래져서 서로의 손을 잡으며 구석으로 모여들었어. 그러면 못 덤빌 줄 알고 말이야.

그중 한 사람이 말했어.

"놀라지 말라. 이곳은 무더운 곳이라 너희들의 건강을 위해 건강검진과 예방접종이 있을 것이다. 열 명이 한 조가 되어 위생실로 이동할 것이니 앞줄부터 순서대로 나와라. 검사가 끝나면 저녁 식사가 제공될 예정이다. 여러분들을 위해 천황폐하와 부대장님께서 특식을 준비해 주셨다."

말투가 조용하고 친절해 우리는 적이 안심이 되었어. 우리는 고개를 주억이면서 열 명씩 짝을 맞췄지. 그때도 나는 숙이와 떨어지지 않으려고 무척 애썼어.

병사들은 각각 계집애를 한 명씩 앞장서게 하면서 뒤에 따라붙었어. 나는 슬쩍 병사와 눈을 마주쳤는데, 마스크 안에 얼굴을 숨겨 아무런 표정도 읽을 수 없었어.

그러다 어느 방 문 앞까지 왔고, 병사가 문을 열더니 내 어깨를 꽉 잡았어. 너무 아팠지만, 먼저 숙이부터 찾았어. 숙이는 옆옆 칸 문 앞에 서 있었어. 눈이 마주칠 짬도 없이 나는 방 안으로 떠밀렸고, 안은 땅속처럼 어두웠어. 안에 있던 사람이 내 팔과 다리를 잡더니 침대 위에 강제로 눕혔어. 뭔가 아주 나쁜 일이 일어날 것 같은 무서운 예감이 스쳤어. 발버둥을 쳤지만 나를 붙잡은 사내들의 악력을 이겨낼 순 없었어.

남자들은 나를 침대에 눕히더니 팔을 묶었고, 다리를 벌린 뒤 발목도 묶었어. 한 사람이 목을 누르고 있어 나는 꼼짝도 할 수 없었어. 너무 무서우니까 울음도 비명도 나오지 않더라.

위에서 불이 켜졌어. 불빛은 내 다리와 배 중간쯤으로 쏟아졌어. 옷을 입고는 있었지만 너무 무섭고 부끄러웠어. 남자가 내 입에 재갈을 물려 소리를 칠 수도 없었어.

누군가 옷을 벗기더니 음부 근처에 주사기로 뭔가를 주사했지. 아프다기보다는 따끔거렸어. 얼마 뒤 그곳에서 묵직한 무감각이 돋아났어. 처음 느껴보는 이상한 기분이었지.

이 사람들이 내게 무슨 짓을 하려는 거지? 나는 하얗게 질려 몸을 뒤틀려고 했지만 꼼짝도 할 수 없었어.

잠시 후 누군가 들어오더니 내 음부를 봤어. 고개를 끄덕이자 옆에서 뭔가를 건네는데, 그것은 시퍼런 칼빛이 서린 예리하고 긴 칼이었어. 다른 손에는 긴 쇠꼬챙이 같은 게 들렸어.

남자가 쇠꼬챙이를 음부에 밀어 넣었어. 생전 겪어보지 못한 엄청난 통증이 음부에서 시작해 배 위로 다리 아래로 퍼져 나갔어. 내 몸이 두 쪽으로 쪼개지는 것 같아 힘을 줘 막으려 했지만, 이상하게 기운이 하나도 없었어. 몸이 후들후들 떨려왔어.

아 그 고통! 뼈를 도려내는 것 같은 통증. 뜨거운 유황불이 내 몸 위로 쏟아져 들어오는 것 같았어. 그것은 죽음보다 더 큰 고통이었어. 나는 기절했어.

정신의 끈이 희미해지면서 마지막으로 든 생각은 숙이도 똑같은 고통을 당하는 건가 하는 것이었어. 내 잘못으로 어린 숙이가 그런 참혹한 꼴을 당하다니, 어린 것이 끔찍한 고통에 얼마나 몸부림칠까! 기억이 희미해지면서도 나는 나 자신을 용서할 수 없었어.

다시 깨어났을 때 몇 시간이 지났는지 며칠이 지났는지 나는 알 수 없었어. 흐린 불빛이 비치는 방에 누워 있었는데, 얇은 이불이 덮여 있었어. 몸을 일으키려 하자 배에서 그 지긋지긋한 엄청난 통증이 올라왔어. 나는 시든 꽃잎처럼 바닥으로 쓰러졌지. 입술을 꾹 깨물고 이 통증이 사라지기만 기다렸어.

시간이 지나 통증은 줄어들었지. 나는 이제 배에 힘이 안 들어가도록 팔을 버팀목 삼아 짚고 일어나 주위를 살폈어. 지금이야말로 숙이와 떨어져서는 안 된다는 집념이 나를 사로잡았거든. 숙이는 건너 건너 편 자리에 누워 있었어. 까맣고 윤기가 나서 찰랑였던, 고운 단발을 자랑하던 우리 숙이. 숙이는 송장처럼 핏기 하나 없이 두 눈을 감은 채 꼼짝도 하지 않았어. 그 애를 보고 있자니 또 눈물이 펑펑 쏟아졌어.

내가 전생에 무슨 나쁜 짓을 저질렀기에 이런 모진 짓을 숙이에게 씌우는 것일까?

또 시간은 흘러갔어. 수술한 환부가 아물 때까지 우리를 방 안에 가두어졌어. 날씨가 습하고 더워 자칫 잘못하면 염증이 생길 수 있었지. 우리는 눈물을 훔치면서 음부 주변에 그들이 준 연고를 열심히 발랐어.

그렇게 조심했지만, 몇몇 애들은 결국 염증이 생겼고, 다른 약을 발라도 몇몇은 더 악화되었어. 굵고 무딘 집게를 가진 벌레가 몸속에 들어와 창자와 심장을 뜯어내는 것 같다며 비명을 내질렀고, 눈이 까뒤집혀졌어. 우리는 아이 몸을 주무르고 땀을 닦아주며 돌봤지만, 상태는 나아지지 않았지. 상태가 나빠지면 어떤 일이 생길지 알았기에 우리는 천지신명에게 제발 이 아이의 고통이 없어지게 해달라고 빌고 또 빌었어.

하지만 아무 소용없었지.

다음 날 들것이 들어왔고, 군인은 아이를 꽁꽁 묶은 뒤 밖으로 끄집어냈어. 아이들의 비명소리, 몸부림치는 소리가 지옥의 악귀들이 내지르는 괴성처럼 이어졌어. 우리들은 이불을 뒤집어 쓴 채 아이들의 비명소리가 완전히 지워질 때까지 귀를 막고 눈을 감았어. 하지만 누구도 죽을 때까지 그 소리를 지우지 못했지. 그건 바로 내가 내는 소리이기도 했으니까.

며칠이 지나자 상처는 아물었어. 하지만 그때 이미 우리들의 넋은 몸뚱어리를 떠났을 거야. 사람 가죽만 덮여 있지 스스로 사람처럼 느껴지지 않았거든. 숙이는 실성한 사람처럼 눈동자가 풀려 버렸어. 나는 숙이의 뺨을 세차게 때려 정신을 잃지 말라고 흔들어댔지. 미안하다, 숙이야. 이 죄 많은 언니를 용서하렴.

얼마 뒤 우리 숙소로 트럭이 왔어. 그들은 우리를 열 명씩 나누더니 트럭에 타라고 했어. 해가 저물녘이라 트럭 불빛이 우리 눈을 멀게 만들었지.

그때 자칫 잘못했으면 나는 숙이와 떨어질 뻔했어. 그만 숙이 챙기는 걸 깜빡 잊었던 거야. 끔찍한 일을 당한 뒤부터 나는 - 모두가 마찬가지였지만 - 혼돈과 공포의 허방에 빠져 헤어 나오지 못했거든. 끔찍한 수술을 당한 아이 하나는 충격과 수치를 견디지 못하고 스스로 목을 매고 말았어.

트럭 앞까지 와서야 옆에 숙이가 없는 걸 눈치챘지. 깜짝 놀라 숙이를 찾았어. 바로 옆 트럭 줄에서 숙이를 보았고, 나는 달려갔어. 군인이 나를 가로막더니 소총 개머리판으로 나를 찍으려 위협하며 윽박질렀지.

“네 자리로 돌아가!”

나는 얼굴을 가리면서 소리쳤어.

“저 애와 함께 가야 해요.”

군인이 개머리판으로 나를 밀쳤고, 나는 땅에 쓰러졌어. 숨이 컥 막혀와 움직일 수 없었어. 이제 나도 죽는구나 싶었지. 하지만 숙이를 두고 죽어서는 안 된다는 생각에 고개를 들고 울부짖었어.

“제발 같이 가게 해 주세요.”

다시 그 군인이 나를 치려고 할 때 장교가 막아섰어.

“뭔가?”

나는 장교의 다리를 붙잡고 애원했지.

“재는 제 동생이에요. 같이 가게 해 주세요.”

장교가 나와 숙이를 번갈아보더니 말했어.

“함께 태워라. 더 이상 마루타[7]를 소모할 순 없다.”

그래서 겨우 우린 같은 트럭을 타게 되었지. 나와 숙이는 서로 얼싸안고 엉엉 울었지. 나는 숙이를 다독이며 말했어.

“걱정 마. 걱정 마. 우린 안 죽어. 꼭 살아서 고향에 돌아갈 거야. 그럼! 돌아갈 거야. 내가 약속할게.”

---

7) 마루타(丸太)는 태평양전쟁 때 생체 실험을 자행한 일본군 731부대가 살아 있는 실험 대상을 가리켰던 말이다. 여기서는 납치한 위안부들에게도 사용했을 법해 빌려 썼다.

트럭은 숲길을 한참 달리더니 어느 부대로 들어갔어. 멀리서 포성이 들려왔지. 우리를 부려놓고 트럭은 사라졌고, 병사 몇이 우리를 막사와 판자로 허름하게 엮어 놓은 건물 안으로 몰아넣었지.

건물의 구조는 아주 이상했어. 칸막이 쳐진 쪽방이 줄지어 있었는데, 벽은 키보다 조금 높았고, 위는 휑하니 뚫려 있었어. 넓은 지붕이 방 전체를 덮었지. 방 안에는 베개와 이불이 깔렸고, 물동이와 수건이 놓여 있었어. 험악하게 생긴 병사가 우리를 줄맞춰 서게 하더니 뇌까렸지.

"이곳이 너희들이 기거할 막사다. 오늘부터 너희들은, 천황폐하를 위해 죽음을 무릅쓰고 싸우는 황군에게 봉사해야 한다. 물론 그에 따른 보상은 따른다. 숙식뿐만 아니라 충분한 봉사료와 함께 기본적인 생활용품들이 지급된다. 하나하나가 충용한 황국신민들이 소중히 모아 보낸 것이니 아껴 써라. 매일매일 신명을 다해 보은해야 한다. 알겠나?"

그 자는 싸늘한 눈빛으로 우리를 훑어보았지. 그때 귀청을 찢을 듯한 포성이 덮쳤어. 겁에 질린 우리는 누구랄 것도 없이 목을 움츠리고 큰 소리로 복창했어.

그때부터 지옥보다 못한 끔찍하고 참혹한 삶은 시작되었어.

우리들이 겪은 참상을 미주알고주알 말하고 싶지는 않아. 누구도 원하지 않은 일이었고, 누구도 시켜서는 안 될 일이었어. 우리는 매일매일 부끄럽고 아프고 잔인한 일들을 견뎌내야 했지. 사람이라면 그런 짓을 해서는 안 되었고, 시켜서도 안 될 잔인한 짓들을 말이야.

처음엔 저항도 했어. 악귀처럼 덮쳐오는 놈들을 피하려고 발버둥을 쳤어. 손으로 밀치고 다리에 힘을 줘 버둥거리며 막으려 했지. 그러면 놈들은 사정없이 우리 뺨을 후려쳤고, 주먹으로 배를 강타해. 머리를 쥐어뜯고 손톱으로 긁으면서 우리를 상처냈어. 결국 우리는 그 지옥불 속에서 모든 걸 포기하고 말았지.

하루에도 수십 명씩 놈들은 한손에 콘돔을 들고 음경을 가리고 벌거벗은 채 들어와 우리를 겁탈했어. 괴상하게도 놈들은 꼭 군모는 쓰고 들어왔어. 얼굴을 가리려고 하면 거침없이 팔을 꺾었지. 짐승만도 못한 놈들은 더러운 웃음을 뱉으며 우리를 욕보였어. 욕정을 채우면 뒤도 돌아보지 않고 나가버렸어. 숨 돌릴 틈도 없이 또 다른 짐승이 들어왔어.

나는 엄마와 아빠, 동생들 얼굴을 떠올리며 끔찍한 순간이 지나기만 기다렸어. 내 얼굴과 몸뚱어리를 깨끗하게 씻겨 주었던, 고향 언덕에서 불던 바람을 떠올렸지. 매일 밤마다 별을 보며 이 고통은 결코 오래 가지 않을 거라 스스로 채찍질했고, 어서 빨리 이 재앙이 지나가게 해달라고 천지신명에게 빌었어.

하지만 하늘은 초롱초롱 빛나는 별빛만 흩뿌릴 뿐 우리 애원은 들어주지 않았지. 그나마 밤에 꿀맛 같은 휴식시간이 찾아올 때야 함께 모여 서로를 위로할 수 있었지. 하루 두 끼씩 주는, 돼지죽 같은 밥을 먹으면서 우리는 소리도 내지 못하고 울먹였어. 굴욕의 시간이 없는 날이면 배식도 끊어졌지. 하지만 쉴 순 없었어. 숙소 옆에 놈들이 일궈놓은 밭에서 푸성귀들을 가꿔야 했지. 우리들의 눈물과 한숨을 먹고 자란 파릇파릇한 채소들은 우리들의 식판에는 올라오지 않았어.

## 폭로

지옥 같은 나날이라도 시간은 흘러갔어. 날개 꺾인 천사들이 내동댕이쳐진 그곳이 중국의 남쪽 지방 상해(上海)인 줄은 나중에야 알았지. 거기엔 민간인은 하나도 없었어. 처음 왔을 때 잠시 본 중국 사람들은 얼씬도 하지 못했거든.

우리가 왔을 때는 한여름이었는데, 곧 가을이 왔고 겨울이 닥쳤어. 남쪽이라 겨울이 아주 춥지는 않았지만, 우리들에겐 언제나 바람이 살을 에는, 북풍한설 몰아치는 고통의 땅이었지. 우리는 종이에 달력을 그려놓고 매일매일 지워나갔어. 하루가 지워지면 하루만큼 고통이 덜어졌다고 믿었어.

사병보다는 장교란 인간들이 더 잔인했어. 사병들은 억지로 끌려온 부류도 많았고, 우리들처럼 고향의 부모형제를 그리워했지. 전세가 불리하지는 않았지만, 전쟁터에서 죽음은 하찮은 일상이었거든. 염주를 돌리면서 기도하는 병사도 있었고, 그 짓을 하면서도 불경을 외는 병사도 있었지. 우리를 보니 고향에 있는 여자 친구가 생각난다며 흐느끼는 병사도 있었어. 그땐 전쟁이 끝나면 다시 만날 거라고 우리가 그들을 위로해야 했지.

하지만 장교란 인간들은 전혀 달랐어. 놈들은 전쟁을 승진하고 출세하는 기회라 여겼고, 심지어 살육과 잔학을 즐기는 사악한 작자들도 있었지. 적군을 하나라도 더 죽여야 훈장을 타고 우월한 존재가 된다고 믿었거든. 그들은 항복을 치욕으로 여겼어. 때문에 항복한 적군은 도륙해야 할 짐승으로 간주했어. 포로를 수용할 곳도 먹일 식량도 아까운 놈들은 사로잡는 족족 다 죽여 버렸어. 그것도 아주 잔인하게 말이야.

일주일에 한두 차례 놈들은 숲속 공터에 병사들을 모아놓고 '소제(掃除)하는 날'이란 명목으로 피의 잔치를 벌였지. 어떤 때는 중국 민간인들도 불러 놓더군. 거기다 우리들까지 끌고 가 잔학의 현장을 보도록 했지. 너희들의 정성어린 봉사로 황군들이 얼마나 충용하게 싸우는지, 쓸데없는 찌꺼기를 없애고 소각하는 현장을 보면서 자랑스러워하라며 상장이라도 받은 듯 어깨를 으쓱거렸어.

불쌍한 중국군인들. 얼마나 모진 학대와 고문을 당했는지 몸이 온전한 사람들이 거의 없었거든. 피투성이가 된 채 질질 끌려나오는 사람이 있는가 하면 다리를 절룩거리고 머리에 붕대를 칭칭 감은 사람도 있었어. 팔이 잘려 피가 뚝뚝 떨어지는 병사는 소름이 끼쳤지. 멀쩡하다 싶은 치들은 두릅 엮듯 뒤로 두 팔이 묶여 끌려나왔고. 보통 수십 명이었는데, 많을 때는 백 명도 더 되는 것 같았어. 그들이 죽으면 파묻힐 구덩이는 중국인 노무자, 쿨리들이 불려와 파 두었지.

숫자가 적을 때는 장교들이 일본도로 하나하나 목을 쳐 죽였어. 삶의 의욕을 잃었는지 대개는 순순히 죽임을 받아들였어. 목이 베일 때마다 잘린 몸뚱이에서 핏줄기가 뿜어졌어. 사병들은 구덩이로 목을 잃은 병사가 굴러 떨어질 때마다 "히토츠, 후타리, 미츠, 요츠, 이츠, 무츠……" 숫자를 우렁차게 외쳐댔지. 핏대를 세우고 목을 치는 장교나 구령소리에 빠진 사병이나 얼굴에 광기가 돌았어. 구경 온 중국 사람들은 억지로 박수를 쳐야 했지.

숫자가 많아 장교들의 힘이 부칠 때는 사병들이 나와 총검으로 찔러 죽였어. 등을 찌르기도 했고, 가슴을 쑤시기도 했어. 적을 죽이는 훈련을 해야 한다는 명목이었지. 포로와 눈이 마주쳐 차마 총검으로 찌르지 못하면 장교가 달려와 사정없이 구타하대. 그런 배짱도 없이 어떻게 황은에 보답하겠냐는 거였어. 황군에 겁쟁이는 없다며 말이야.

피의 잔치가 끝나고 죽은 사람들이 흙더미 속으로 사라지면 우리들은 숙소로 돌아와. 다들 반쯤은 넋이 나갔지. 우리들 삶도 엉망이었지만 사람 목숨이 파리만도 못한 세상은 너무 무서웠어.

물론 일본 군인들도 전사하거나 부상을 입어. 그럴 때 그들은 어찌나 슬퍼하고 우울해하는지……. 저희들도 사람인데 친한 전우가 죽었으니 마음이 편할 리 없겠지. 어제 같이 밥도 먹고 장난도 치던 사람이 오늘은 싸늘한 시신이 되어 누워 있잖아. 중국군도 적 부상자를 보면 아주 잔인하게 죽였어. 피가 피를 불렀지.

전우의 죽음을 보면 자신의 죽음도 멀지 않았음을 피부로 느끼게 되나봐. 어떤 병사는 공포에 질려 눈물을 훔치면서 엄마를 찾기도 해. 위안소에 와서는 너희들은 전투가 없어 죽을 걱정을 않으니 얼마나 행복하냐며 성질을 부리는 못난이도 있어. 어떤 병사는 더 잔인하게 포로들을 죽이기도 해. 살육을 통해 자신이 살아 있음을 확인하는 거지.

남들에게는 눈도 깜짝 않고 모진 짓을 다 하면서 지들한테 던져진 죽음과 상처에는 경기를 하고 원한이라며 앙갚음을 하니, 대체 어떻게 된 정신머린거지?

한번은 어떤 장교에게 이런 얘기를 들었어. 사병은 위로 시간이 짧지만 장교는 더 많은 시간이 주어지거든. 하세가와 중위란 장교였는데, 보기 드물게 착한 심성을 가진 사람이었지. 위안소에 오면 그건 하지 않고 이런저런 얘기만 늘어놓다가 가. 군부대 안에 이런 게 있는 건 옳지 못하다고 진짜 가슴 아파했지. 별별 악종들한테 시달리다 이런 사람을 만나면 한편으론 고맙기도 해.

그 사람은 중국에 온 지 3년 쯤 되었대. 대학을 졸업하고 전시

기업체에서 근무하다가 소집 명령을 받고 훈련을 마친 뒤 소위로 임관되어 첫 부임지가 중국이었다는 거야. 처음엔 북경(北京)과 천진(天津) 지역에서 전투를 벌이다가 상해로 옮겼다더군.

일본군이 승승장구해서 몇 달 뒤면 중국 전역을 장악하겠구나 낙관했는데, 상해 전투에서는 고전을 면치 못했대. 악전고투 끝에 상해를 점령했지만 중국군의 저항이 거세 일본군의 피해도 상당했었나봐. 독이 오른 일본군 지휘부는 중국 정부의 수도였던 남경(南京)으로 바로 진군해 적군을 섬멸하기로 결심했지.

남경을 포위한 일본군은 피해를 줄이고 손쉽게 점령하려고 항복을 종용했지만, 중국은 결사항전을 선언했대. 그러자 바로 공격에 나서 며칠 만에 남경은 함락되었어. 이때 일본군 사령부는 천인공노할 작전을 고안했지. 상해에서의 피해에 보복하고, 저항 의지도 꺾겠다면서 남경에서 사로잡은 중국군 포로와 잔류한 민간인을 도륙하라는 지시를 내렸다는 거야.

자신은 부당하고 불의한 명령이라 생각했었대. 포로로 잡힌 중국군이 너무 많았고, 쫓겨 들어온 피난민하며 민간인 숫자도 엄청나 선무에 아무런 도움이 되지 않는다고 판단했다는 거야. 그러나 악에 받친 데다가 피에 굶주렸던 일본군들은 기다렸다는 듯이 살육만행을 전 도시에서 벌였지. 포로들은 분산시켜 양자강 강변으로 끌고 가 기관총으로 쏴 죽였는데, 자신도 그 임무를 맡아 수행했었다더군.

처음 한두 차례 학살할 때는 괴로웠지만, 횟수가 쌓이자 무감각해지더래. 볏짚을 베듯 오이를 자르듯 아무렇지도 않게 소대원들을 인솔해 가서 기관총 세례를 퍼붓게 되더라는 거야. 사격이 끝나면 뚝 아래로 내려가 권총으로 확인 사실을 했는데, 그것도 지겨워

수류탄을 던져 시늉만 냈대. 밀물 때가 되어 바닷물이 올라오면 시체가 둥둥 떠내려가는 걸 지켜봤었대. 강물은 온통 핏빛으로 바뀌지.

굶주린 개들이 몰려와 시체를 뜯어먹으면 시체더미 속에 살아 있던 적병들이 벌떡 일어나 뚝 위로 달려들어. 그러면 총을 쏴 사살하기도 하고, 총검으로 찔러 죽였대. 병사들은 이걸 아주 재미있어 했대. 끔찍한 아수라장이었지. 이게 아니다 생각하면 괴롭고 무기력감만 들어 그냥 일과처럼, 빨리 임무를 마치고 복귀해 저녁을 먹어야지 그 생각만 했대. 오늘은 카레일까 우동일까?

그나마 총에 맞아 죽은 이들은 복 받은 사람들이었어. 시내 안에서 학살당한 민간인들은 금수만도 못한 죽음을 맞았지. 그 장교는 이렇게 비유했어.

"어렸을 때 학교를 마치고 집으로 올 때 언덕을 지났거든. 심심한 애들이 풀밭을 헤치다가 개미굴을 발견해. 수천 마리 개미들이 먹이를 나르며 오종종 행렬을 지어 지나가지. 그러면 우르르 몰려가 발로 개미들을 마구 짓밟는 거야. 운동화에 찍혀 개미들은 뭉개지지. 목이 떨어져나가고 팔다리가 잘려 형체도 남기지 못해. 영문을 모르는 개미들은 놀라 사방팔방으로 달아나. 그 꼴을 보고 애들은 더욱 신이 나 쫓아다니며 짓뭉개버리지. 땀을 뻘뻘 흘리면서 말이야.

그러다 지치면 책가방을 챙기면서 이렇게 말해. '야! 정말 재밌다. 내일 또 와서 밟아죽이자.' 민간인 학살이 바로 그 개미굴 밟기의 재현이었어. 그때 애들이 이제 어른이 되어 중국 땅에 와 사람들에게 똑같은 짓을 되풀이하는 거지.

그래도 애들 때는 밟아 죽이기만 했는데, 지금 여기서는 부녀자들을 강간하고도 모자라 칼로 찌르거나 톱으로 썰어 죽여. 열 살 난 계집애부터 늙은 여자까지 가리지 않아. 무력한 인간을 보면 사람이란 게 더 잔인해지는가봐. 그 자리에서는 한 마디 말도 못하고, 여기에서 이런 넋두리나 늘어놓는 나도 그 짓에 가담했으니, 얼마나 위선적이고 가증스러운가. 빨리 전쟁이 끝나 집에 갔으면 좋겠어. 내게도 너 만한 누이동생이 있거든. 동생이 전쟁터에서 어떻게 싸웠냐고 물으면 난 무슨 말을 해야 하지."

그 장교는 줄창 담배를 피워대면서 혼자 떠들었어. 그렇게 한참 떠들다가는 질질 짜는 거야. 소리도 내지 못하고 이불에 머리를 박고 흑흑거려. 내가 뭐라 말하겠어. 남경에서 강간당해 죽은 열 살 계집애나 지금 우리들이나 뭐가 처지가 다를까? 강간은 당하지만 죽지는 않으니 나은 인생이라 해야 할까?

어깨가 축 쳐져 나가는 장교의 뒷모습을 보면서 혼자 말하지. 당신은 꼭 살아 고향으로 돌아가 속죄하고 살라고 말이야. 그런 양심이면 나쁜 짓은 않겠다고. 그 뒤로 그 장교는 오지 않았어. 전사한건지 자살했는지 모르겠지만, 죽지만 말았으면 좋겠어. 그나마 여기서 내가 만난, 그중 괜찮은 사람이었거든.

그런 소리를 들으면 하루 온종일 심란해.

숙이에게 그 장교 얘기를 했더니 큭큭 웃더군. 그래서 이 험악한 세상을 어떻게 살겠냐면서 말이야. 그러게. 나도 웃으며 맞장구를 쳤지. 그 참혹했던 시절에 그 사람 얘기로 우린 잠시 우리의 현실을 잊을 수 있었어. 그렇지만 우리도 결국 서로 얼싸안고 울었어.

"언니. 나도 꼭 집에 가고 싶어. 엄마 아빠도 보고 싶고, 동생도 보고 싶어. 우리 그럴 수 있겠지?"

"하모! 우린 꼭 돌아갈 거야. 이 일을 생각하면서 웃는 날이 꼭

올 거야. 하모! 하모!"

웃는 날은 없었어. 내일 무슨 일이 생길지 너무나 잘 알았던 거지.

우리들 중 누군가 죽는 일도 나왔어. 누구는 병을 앓다가 죽기도 했고, 누구는 밤에 나가 초병의 암구호에 머뭇거리다가 총에 맞아 죽기도 했어. 성질 더러운 장교의 이상한 요구를 거절했다가 맞아 죽기도 했고, 아픈 몸을 견디지 못해 쓰러지면 밤에 끌려 나가 산속에 산 채로 묻히기도 했지. 총이라도 쏴서 죽여주는 배려도 없었어. 우리들의 고통보다는 총알이 아까웠던 거야. 우리들은 애도할 겨를도 없이 그 애들을 떠나보내고, 빨리 잊으려고 애썼지.

가장 끔찍한 것은 그 짓이 죽도록 하기 싫어 달아났다가 잡힐 때였어. 도망치면 놈들은 기어이 잡아끌고 왔어. 요행의 여지를 주면 안 된다는 거지. 놈들은 우리들을 불러내 빙 둘러서게 하고, 한가운데 도망친 애를 끌어낸 뒤 발가벗기고 매질을 했어. 매질은 죽어야 끝나. 끔찍한 비명소리를 듣지 않으려 귀라도 막거나 고개를 돌리면 사정없이 뺨을 갈겼어. 그 애는 너무나 고통스럽게 죽었어.

죽은 애는 위안소 뒤 나무에 목을 매 걸어두었어. 까마귀들이 날아와 그 애의 몸을 파먹었지. 밤새도록 새들이 시체를 파먹으며 깍깍 울어대는 소리를 우리는 들어야 했어. 그 사나운 소리가 그치고 가보면 앙상한 해골만 걸려 있지. 해골을 치우지도 못했어. 그 꼴을 보고도 달아나는 애는 나왔어. 전쟁이 끝날 때까지 우리들은 네 개의 걸린 해골을 보아야 했어.

그 뒤부터 우리는 일본군들이 싸우다가 다 죽기를 바랐어. 언젠가부터 우리는 중국군을 응원하게 되었지.

마침내 지긋지긋한 전쟁도 끝나는 날이 왔어. 일본에 원자폭탄이 떨어지고 놈들의 왕이 무조건 항복을 선언해 조선이 해방된 줄 그때 우리는 몰랐어. 다만 자꾸 부대가 이동하고, 우리들 방에 있던 물건, 특히 글이 적힌 종이 따위를 수거해 이상한 낌새는 느꼈지. 위안소를 여는 횟수도 줄었고, 특히 장교의 표정이 잔뜩 굳어 있어 더욱 눈치를 살피게 되었지. 설마 그 잘난 일본군이 항복한 줄이야 짐작이나 했겠어.

어느 날부터 배식이 끊겼어. 보초 한두 명 외에는 아무도 얼씬거리지 않았지. 편해졌지만 배가 너무 고팠어. 우리들은 몰래 숨겨둔 음식들을 꺼내 나눠 먹었어.

소문이란 건 샘물과 같아서 아무리 막아도 샘솟고 흐르기 마련이잖아. 일본이 망해 철수할 거란 말이 우리들 귀에도 들어왔어. 반신반의하면서도 기쁨을 감출 수는 없었지.

숙이가 귓속말로 소곤거렸어.

"언니. 이제 우리 살아 돌아갈 수 있는 거야?"

"응. 조금만 참으면 모든 게 끝나. 조금만 더 참아보자."

나는 말은 그렇게 했지만 왠지 불안했어. 놈들은 어떻하든 우리들의 흔적을 지우려고 했거든. 서류를 없앴고, 해골도 내려 불태웠지. 위안소도 철거하더니 우리를 한 방에 몰아넣었어. 감시도 전보다 삼엄해졌지. 달아난 애들을 잡아와 매질까지 해 죽인 놈들이 우릴 멀쩡하게 살려 보낼까? 우린 분명히 놈들의 치부잖아.

옛날 그 장교의 말처럼 이건 사람이 해서는 안 될 짓이었어. 그런 짓을 중국 곳곳에서 저질렀고, 잡혀오고 죽은 사람은 수천 명도 넘겠지. 남경에서 수많은 포로와 중국 사람들을 일말의 가책도 없이 죽인 놈들이 우리들의 목숨쯤이야 얼마나 하찮을까?

아니라는 판단이 들었어. 여기 방에 있는 여자애 열 몇 명쯤이야 수류탄 두어 발 까 던지고 석유를 뿌려 태우면 깨끗이 사라질 텐데, 그 손쉬운 일을 놈들이 주저할까?

하루하루 우리 목을 조이는 것 같았고, 숨이 막혀왔어. 밤이 되어도 잠은 오지 않았어. 아무 것도 모른 채 쌔근쌔근 내 무릎을 베고 자는 숙이의 머리를 쓰다듬으며, 무슨 일이 일어나든 숙이만은 살려야 한다는 다짐을 곱씹었지. 어느 날 나는 숙이의 손목을 잡고 뒷마당으로 데려가 말했어.

"숙이야. 내 말 잘 들어. 일본군들이 우릴 불러내면 넌 내 뒤편에 꼭꼭 숨어 있어야 해. 내가 먼저 나가고 바깥이 시끄러워지면 방 뒤쪽 벽에 있는 구멍 알지. 내가 주는 보따리를 들고 구멍을 빠져나가 뒤도 돌아보지 말고 달아나. 중국 사람들이 보이는 곳까지 무조건 달려. 알겠니?"

숙이가 두려운 눈빛으로 물었어.

"언니는 어쩌려고? 같이 달아나야지."

"걱정마. 나도 곧 뒤따라 갈 테니까. 돌아와서는 절대로 안 돼."

숙이는 눈물이 반쯤 고인 눈으로 고개를 끄덕였어. 방으로 돌아오면서 제발 아무 일 없기를 하늘에 빌었지.

그리고 며칠 뒤 걱정했던 일은 닥쳤어. 해가 뜨고 아침이 밝아오자 바깥이 웅성거렸어. 창틈으로 보니 일본군 대여섯 명이 장교와 함께 마당을 서성거리고 있었지. 기어이 올 것이 왔구나 싶었어.

장교가 방으로 들어오더니 부대가 철수한다면서 짐을 싸 나오라는 거였어. 장교는 나갔고, 우리는 주섬주섬 짐을 챙겼지. 나는 숙이에게 눈짓으로 뒤로 물러나라 신호를 보냈어. 나는 애들 중간쯤에 섞였지. 문을 열고 나가자 놈들이 먼저 나온 애들을 총검으로 위협하면서 구석으로 몰아넣고 있더라. 총검이 다가오자 애들이 비명을 지르며 한쪽으로 우르르 몰렸지.

그때를 놓치지 않고 나는 병사에게 달려들어 총을 빼앗았어. 허를 찔린 병사가 총을 놓쳤지. 총은 땅에 떨어졌고, 일순 정적이 흘렀어. 나는 반대쪽으로 뛰면서 소리쳤지.

"숙이야! 달아나!"

몇 발자국 뛰기도 전에 총성이 울렸지. 첫 발은 빗나갔지만, 두 번째 탄환은 등을 꿰뚫었어. 허걱! 숨이 콱 막혀왔지만 멈출 수는 없었어. 숙이를 살려야 하니까. 다시 또 한 발이 울렸고, 총알은 정확하게 내 심장을 뚫고 지나갔어. 땅이 보이다가 하늘이 보이다가 그리곤 아무 것도 보이지 않았어. 얼굴이 땅바닥에 찢기는 아픔이 내가 마지막으로 느낀 감촉이었지.

그렇게 나는 죽었어.

가마가 둘이라서 두 번 시집갈 팔자라던 나는 조선 남자의 품에 안겨보지도 못하고 이름도 모를 남방의 어느 숲길에서 최후를 맞았지. 세상에 태어나 딱 스물 세 해를 살고 숨을 거뒀어.

장쌍가매.

이름도 없이 남겨진 내 별명.

얘들아, 너희들은 내 별명을 꼭 기억해 줘야 해.

안녕.

## 나비

가끔 그런 생각을 해. 만약 내가 그때 날 욕보였던 일본 군인들을 전쟁터에서 만나지 않았더라면 전혀 다른 사람으로 만났을 거라고 말이야. 가장 나쁜 상황에서 인간은 가장 나쁜 짓을 하지. 사람은 원래 착하게 태어난다고 나는 믿거든. 그들은 우리들에게 말도 못할 몹쓸 짓을 했지만, 한때의 미친 물결에 휩쓸려 그랬다고 나는 믿고 싶어. 그래서 저들이 진심으로 반성하고 후회하고 사과하고 책임을 져줬으면 좋겠어.

그런데 왜 저들은 죄악을 인정하고 사과를 하지 않는 거지? 없던 일이라 부정한다고 잘못이 없어지진 않잖아. 사과했을 때야 비로소 잘못은 없어지는 거지. 용서해주니까. 용서를 받으니까. 스물세 살에 죽은 나도 아는데 일본사람들은 그 간단한 이치를 모르는 것 같아. 언젠가 천벌을 받을 거야.

나는 죽어 나비가 되었어. 고향 산과 들에 피어난 꽃처럼 노란 나비가 되었어. 나비가 되어 나는 태평양을 건너 남해 내 고향으로 돌아왔어. 나는 샛노란 예쁜 나비지만 아무도 볼 수는 없지. 하지만 나는 엄마도 보았고 아빠도 보았고 할아버지와 할머니도 보았고 동생들도 보았어. 그들의 머리 위에 사뿐히 앉았지만, 그분들은 나를 느끼지 못했지. 그래도 나는 그분들을 다시 봐 너무나 기뻤어. 나는 이제 내 고향 갈곶이에서 영원히 날갯짓을 하며 살게 되었지. 진달래처럼. 개나리처럼.

비가 오고 눈이 오고 바람이 불고 어둠이 드리워도 내 날개는 젖지 않고 흔들리지 않아.

나 말고도 함께 잡혀 갔던 동무들 몇도 나비가 되어 날아왔어. 다행히 숙이는 나비가 되지 않았어. 우리들은 함께 고향 하늘을 날면서 세상이 축복으로 가득하기를 빌었지.

세월이 얼마나 지났을까?

어느 해 나는 남해에서 다시 숙이를 만났어. 중국 땅에서 살아 돌아와 숨죽이며 살던 숙이는 용기를 냈지. 2012년 숙이는 잔혹하고 끔찍했던 위안부의 삶을 폭로하면서 236번째로 '일본군 위안부 피해자'로 이름을 올렸어. 너는 조금도 부끄러울 게 없다고 나는 숙이에게 속삭였지.

- 나쁜 짓을 저지르고 속죄도 않는 일본사람들이 부끄러워해야지 왜 죄 없이 고통당했던 네가 부끄러워해야 하니?

숙이는 그때부터 세상을 다니면서 일본군의 만행을 알리고 사죄를 요구하면서 세상의 어둠을 밝히는 등불이 되었지.

숙이야!

네가 너무나 자랑스럽구나.

너를 살리려고 애썼던 내 노력은 헛되지 않은 거야.

숙이는 2016년 12월 6일 밤 8시 30분 나비가 되었어.

갓 돋은 날개를 펄럭이며 날아오르는 숙이를 마중 나갔지. 숙이가 나를 보더니 반갑게 손짓하며 인사했어.

"언니, 오래 기다렸지. 늦어서 미안해."

"아니야. 네가 행복했다면 그것으로 만족이야."

숙이가 나비가 되고난 뒤 우리들의 고향 남해에서는 숙이와 위안부들의 넋을 기리기 위해 '숙이나래문화제'가 해마다 열려. 남해읍에는 '평화의소녀상'이 세워졌어. 숙이를 닮았고 나를 닮았고, 우리들은 꼭 닮은 예쁜 소녀상이야.

얘들아.

그 앞을 지나갈 때가 있으면 소녀상을 자세히 살펴봐줘.

거기에는 수많은 나비들이 소녀상을 휘감으면서 날고 있을 거야.
나는 짧은 인생을 살았지만, 결코 헛된 삶을 살지 않았어.
그렇지?

# 동상을 쪼는 까마귀

## 1

동상은 멀리 바다를 바라보는 언덕 뒤편에 세워져 있었다. 남해 사람들은 바다를 앵강만이라 불렀다. 언덕을 오르면서 눈길을 주니 바다는 큰 원을 그리면서 오목하게 자리했고, 잔잔하게 펼쳐진 해면에는 오후의 윤슬이 은어의 비늘처럼 반짝였다. 둥글고 붉은 해가 하늘을 갈랐다. 오후 두 시를 지나가는 저 해를 따라가면 양인주 여사가 사는 제주도가 나올 터였다.

동상 맞은 편 숲 어딘가에서 까마귀가 한 마리 날아와 깍깍 울어댔다. 양인주 여사는 눈살을 찌푸렸다.

동상이 취한 포즈는 평범했지만, 함의를 생각해보면 섬뜩했고 아찔했다. 철모를 쓴 채 정면을 응시하는 표정만으로는 뭘 생각하는지 잡아내기는 어려웠다. 철모 아래 드리운 그늘에 숨어 있는, 날렵하게 찢어진 두 눈. 쌍안경을 잡은 오른손은 가슴께에 머물렀고, 지휘봉을 든 왼손은 땅 밑을 가리켰다. 툭 불거진 광대뼈가 투박하게 꽉 다물어진, 어색한 입술의 선을 살려냈다. 혁대 왼쪽 허리춤에 찬 권총은, 언제든 발사할 준비가 되었다는 듯 삐져나온 총구가 위협적으로 느껴졌다. 그리고 바닥에 군화가 보였다.

저 사람의 군화는 꽤 오래 전 제주 땅을 디디고 다녔다. 아니 디뎠다기보다는 밟았고, 짓밟았다는 게 더 정확했다. 군화는 무언가를 움켜쥐면 절대 놓지 않을, 죽어서 대령 계급장을 단 군인의 그것답게 위압적이고 권위적으로 포개졌다. 저 사람은 제주도를 두 번 다녀갔는데, 제주도 사람 누구도 그를 오라거나 반기지는 않았다. 두 번째 찾았을 때는 한 달 보름 정도 머물렀지만, 살아 제주를 떠나지는 못했다.

동상은 전체가 짙은 국방색 빛깔로 뒤덮였고, 양 어깨에는 금빛 찬란한 대령 계급장이 빛났다. 금빛은 아마 양인주 여사의 착시겠지만, 죽은 지 벌써 70년이 훌쩍 지났음에도 여전히 그가 나고 자란 이곳에서는 많은 사람들에게 존경과 흠모의 대상이었기에 헛것만은 아니었다.

지금 그의 군화는 고향 땅의 황토 흙이 감싸고 있겠건만, 양인주 여사에게는 핏빛으로 물들어 지워지지 않는 제주의 땅이라 느껴졌다. 여기서 제주까지는 바다 건너 정수리도 보이지 않는 먼 거리임에도 저 군인은 제주의 땅과 사람들 위에 아직도 혹독하게 군림 중이었다. 그악한 모습으로 자신을 덮칠 것만 같아 양인주 여사는 휘청거리면서 몸을 부르르 떨었다.

- 무얼 보자고 여길 왔누. 결국 난 청맹과니였어.

양인주 여사는 제주에서 태어나 이 나이가 되도록 한 번도 제주 밖을 나가보지 않은, 제주 토박이였다. 열 살 언저리 때 그 사달을 겪고도 그녀는 죽지 않았고, 악착스레 살아 온갖 꼴을 다 보며 버텼다. 바다 건너 있을 뭍 쪽은 결코 보지 말자며 늘 등 뒤에 두었고, 관광객이든 귀촌한 사람이든 객지 사람과는 마주치지 않을 일만 골라서 했다.

기쁨은 나누면 곱이 되고 슬픔은 나누면 반으로 준다면서 누군가 그만 나가보자 등을 떠밀어도 그녀는 손사래를 쳤다. 모두 부질없고 기껏 아문 상처를 도지게 할 뿐, 세상이 바뀌면 벼락이나 맞을 불쏘시개라 간주했다.

그랬건만 그녀는 오늘 여기 이곳에 와 있었다. 주변 사람들에게 같이 가자 하니, 팔을 걷어붙이면서 "그래, 그 원수 놈의 새끼 화상을 내가 도리깨로 쳐 박살을 낼 끼구마."하던 늙은이들이 막상 멍석이 깔리자 다들 손사래를 치며 시치미를 떼 혼자 나선 육지 발걸음이었다. 70년 세월도 그들 가슴에 진하게 새겨진 공포의 멍울을 도려내지는 못했다.

이곳 읍에는 모텔이 가장 괜찮은 숙박시설이었다. 혼자 왔다 갈 거면서 펜션은 사치인데다 번잡했다. 초청한 측에서 숙소를 물색하겠다고 한 제안도 거절하고 복지센터 직원의 손을 빌려 모텔을 이틀 예약했다.

예정된 행사 날짜보다 하루 일찍 이곳에 왔다. 남의 이목을 끌지 않으면서 홀가분하게 저 군인과 얽힌 옛 기억을 돌이켜보고 응어리진 마음을 추스르기 위해서였다.

그녀가 듣기에 동상은 지금 위치보다 도로 쪽에 붙어 세워졌다고 했다. 그때가 1990년이었다. 군민공원 부지 일부를 도려내 동상을 안치했는데, 입구에서 동상까지는 제법 긴 진입로가 나 있었다. 동상 건립에 들어간 비용이 어디서 나왔는지, 군유지일 게 분명한 땅에 누구의 동의나 승인을 받아 동상이 들어섰는지 아는 사람은 없다고 했다. 사람이란 불편한 일은 잘 잊기 마련이다.

처음 동상을 조성했을 때 눈에 띈 특이점은 동상 입구 양편에 돌하르방 두 개가 호위하고 있다는 것이었다. 이곳 사람들은 그가 제주4·3사건 때 국방경비대 9연대장으로 발령을 받아 제주에 들어가 제주도민의 생명을 지키고 공산반란군의 주력을 섬멸하다 '적의 흉탄에 장렬히 전사했다'고 알았을 테니 제주의 상징인 돌하르방이 놓여도 전혀 이상하다 여기지는 않았을 터였다.

지금 동상은 공원 경내 정비 공사가 있으면서 약간 후미진 안쪽으로 옮겨졌다. 동상 양편으로 나무 두 그루가 서 있는데, 밑에 놓인 표석을 보니 오른쪽 나무는 1997년 9월 4일에 '육군74장군동지회 회원 일동'이 '고 육군대령 박진경공 순국추모기념'으로 심었고, 왼쪽 나무도 역시 같은 날 '고 육군대령 박진경공 순국추모기념'으로 '대한민국재향군인회장 장태완'이 심은 것이었다.

'장태완(張泰玩, 1931~2010)'하면 1979년 12월 12일 전두환 일당의 군사반란 때 "마, 너거한테 선전포고다 인마! 난 죽기로 결심한 놈이야!"라 일갈하면서 저항했던 군인이 아니던가? 그런 결기와 정의감에 넘치던 군인이 어쩌다 이곳에 와 제주도민을 마구 체포하다가 부하 장교의 총에 죽은, 불명예스럽고 불충한 군인을 위해 기념식수까지 하게 되었을까? 이런 생각들이 여사의 머리 갈피를 스치고 지나갔다.

동상 뒤로 돌아가자 추모문이 새겨져 있었다. 양인주 여사는 흐릿한 눈을 가늘게 뜨면서 촘촘히 새겨진 글귀를 읽어나갔다.

고(故) 박진경 대령 추모문

공(公)은 신라 시조이신 박혁거세 후손으로 영명(英明)하신 혈통을 이어받아 1918년[8](戊午) 12월 22일 남해군 남면 홍현(虹峴) 벽처(僻處)[9]에서 탄생. 유시(幼時)부터 총명호학함에 진주고교와 일본 대판(大阪, 오사카) 외국어학교를 수석 졸업하셨다. 일본 유학 시절 일본 경찰의 의기(疑忌, 의심받아 감시를 당함) 인물로 지목받기

---

8) 나무위키에는 1920년 생으로 나온다.

9) 나무위키에는 남해군 이동면 무림리 출생으로 나온다.

도 했다.[10] 조국 광복과 더불어 의기 상투(相投) 국군 창설에 참여 1947년 9월 육군 중령으로서 국방경비대(國防警備隊) 총사령부 초대 인사국장으로 발탁 중전(重箭, 무거운 화살, 중책 또는 두터운 신임)을 한 몸에 받으면서 탁연(卓然)하게 창군(創軍)에 공헌하셨다. 북괴는 호시탐탐 남침 적화통일을 목표로 제주도를 공산기지화 설정 1948년 4월 3일 무장폭동을 야기, 양민 학살 만행을 감행하자 현지에 급거(急據)한 당시 미군정장관(美軍政長官) 딘 소장은 보병 제11연대 신편(新編, 새로 편성함)과 동시 공을 연대장으로 보임(補任)하였다. 제주도민의 생명과 재산 보호와 사태 수습 명을 받은 공은[11] 춘치자명(春雉自鳴)[12] 삼단 전술을 구사, 불과 2개월 내 소위 공산반란 해방군 주력을 섬멸한 전공에 감탄한 딘 소장은 동년 6월 1일부 육군대령으로 특진시켰다. 그 후 산발적(으로) 준동(하는) 공비 잔당 소탕 작전 중 동년 6월 18일 미명(未明, 새벽) 불행히도 적의 흉탄에 장렬히 전사하였다.[13] 공은 창군 최초 연대장 전사

---

10) 박진경의 아버지는 대정익찬회(大政翼贊會)에서 간부로 활동한 친일파 인물이었다고 한다. 대정익찬회는 1940년 제2차 고노에 후미마로(近衛文麿) 내각 당시 신체제 운동의 추진을 목표로 하여 결성된 전체주의적 국민 통합 조직이다. 기성 정당과 군인뿐 아니라 광범위한 국민 통합을 목표로 삼았는데, 실상은 군부에 이용되어 국민을 전쟁에 동원하는 핵심 기구 노릇을 했다. 1945년 3월 해산했다. 박진경은 진주고등보통학교(지금의 진주고등학교)를 졸업한 뒤 일본으로 유학을 가 오사카외국어대학 영문과에서 공부했다. 그러던 중 징집되어 일본육군공병학교를 졸업하고, 제주도에서 일본군 38군단 소속으로 복무했다. 그런 박진경이 일본 경찰의 요주의 인물로 감시를 받았다는 것은 터무니없는 과장 또는 미화로 여겨진다.

11) 박진경은 〈선선무 후토벌〉을 주장하면서 주민들의 생명과 재산을 보호하려 해 무장대와 평화협상을 벌이다가 의심으로 받아 해임된 김익렬(金益烈, 1921~1988, 경남 하동 출생) 후임으로 왔다. 그런 자가 주민의 안전을 우선하고 재산을 보호하려 했다는 것은 앞뒤가 맞지 않는다. 부임한 지 한 달도 되지 않아 대령으로 승진한 것은 미군정의 입맛대로 무자비한 진압을 했기 때문으로 여겨진다.

12) 봄철에 꿩이 스스로 운다는 뜻으로, 남이 충동하지 않아도 스스로 제 속내를 드러냄을 이르는 말. 여기서는 문맥상 부정적인 뜻이기보다는 자발적으로 행동했다는 의미로 쓰인 듯하다.

로 육군장(陸軍葬)을 거행 정부는 을지무공훈장을 추서하였다. 오호(嗚呼) 공의 짧은 생애는 국가 민족을 위해 살신성인 충성을 바쳤으니 그 위훈(偉勳)은 영원히 민족사에 찬연할 것이다. 백씨(伯氏) 박진용(朴珍鎔)의 차자(次子, 둘째아들) 익주(翊柱)를 입양, 공의 유지를 받들어 군문(軍門)에 투신, 장군으로 예편 제11, 12대 국회의원으로서 국정과 지역 발전에 헌신하였으며, 공의 손(孫, 양손자) 철균(哲均)도 육사 42기를 졸업, 군복무 중이니 공의 3대를 이은 유업승계(遺業承繼)에 흔위(欣慰, 기뻐하며 위로를 받음)하시고 고이 잠드소서. 공의 애국 애족 정신과 비범 출중하였던 행적을 추모하면서 남해 군민의 따뜻한 정성과 제5연대 창설 동지와 창군동우회(創軍同友會) 일동의 뜻으로 엄연동상(嚴然銅像)으로서 영세수범(永世垂範, 영원히 모범으로 삼음)하고자 한다.

1990년 4월 7일

육군대장 백선엽 5연대창설동지 일동

육군대장 정일권 창군동우회 일동

짧지 않은 글을 다 읽자니 허리가 결려왔다. 그 시절 다쳤던 몸은 팔순을 지난 나이까지 그녀를 괴롭혔다. 그 시절 경찰 기마대의 말발굽과 국방경비대 군인들의 총칼, 서북청년단들의 악독한 죽창

---

13) 박진경은 가혹한 토벌 작전에 반감을 품은 부하 문상길 중위의 지시를 받은 손선호 하사에게 두 발의 총탄을 맞고 죽은 것으로 알려져 있다. 군인이 부하의 총에 암살당했다는 것은 여러 모로 큰 수치다. 추모문에서 이렇게 쓴 것은 사실을 감추기 위한 의도와 함께 재판에서 문상길 중위가 무장대의 사주를 받아 암살하려 했다는 검찰측 주장을 근거로 삼았다고 볼 수도 있을 것이다. 그러나 이것은 주변 사람들에 의해 부정되고, 검찰측 주장 외에 다른 증거가 없는 만큼 신빙성은 없어 보인다. 결국 박진경의 죽음을 합리화하려는 의도가 깔렸다고 생각할 수 있다. 손선호의 본명은 손순호로 확인되었다.(나무위키)

세례와 군홧발에 시달리지 않은 이가 없겠지만, 어린 나이에 남겨진 상흔은 전생의 업보처럼 그녀를 갈아놓았다.

이 추모문과 관련해 그릇 전해진 사실들과 그 근거에 대해서는 이곳에서 향토사학자로 활동하는 젊은 학자를 통해 전해 들었다. 사실 오늘 저녁에 있을 학술회의 때 발표할 중요한 의제이기도 했다.

양인주 여사는 이 수상쩍은 추모문을 읽으면서, 내용이 그녀가 그 당시 겪었던 체험이나 사실과 상당히 어긋나 놀랐다. 어떻게 알았는지 주최측은 초청하면서 당시의 생생한 경험을 들려 달라고 부탁했다. 오늘 저녁 양인주 여사는 남해읍에 있는 모처에 가 자신이 알고 있는 사실을 들려줄 것이다.

남해 사람들은 결코 듣고 싶어 하지도 않을 것이고, 외려 일부 사람들은 그녀를 보며 왜곡과 날조를 저질렀으며 늙어 망령이 들었다고 헐뜯거나, 심지어 '늙은 빨갱이'라고 매도할 수도 있었다. 그런 끔찍한 꼴을 잊을 만하면 겪은 할아방, 할망들이니 제주의 늙은 이들도 오기를 꺼렸을 것이다.

그러나 어쩌겠는가. 지금 맞는 돌팔매질이 어린 시절 당했던 구타와 욕설, 저주, 심지어 총알 세례에 비한다면 따끔한 주삿바늘에 지나지 않을 터였다. 자신의 말에 누구라도 귀기울여주고, 더구나 그릇된 주장에 눈먼 사람이 몇 명이라도 개안(開眼)한다면 그보다 더 큰 보람과 기쁨은 없으리라.

양인주 여사는 멀찍이 물러나 다시 한 번 동상을 바라보았다. 추모문의 생년이 맞다면 나이 서른에 세상을 떠난 저 사내를 양인주 여사는 직접 보았었다. 서슬 퍼렇던 저 군인은 한때 제주도민들의 생사여탈권을 쥐고 사람들을 손바닥 위에 올려놓은 채 자신이 획득한 권력의 유연성을 마음껏 즐겼다.

한 번은 대일본제국 육군 장교의 신분이었고, 또 한 번은 해방된 조선에서 국방경비대 제9연대 연대장의 신분으로서였다. 그도 인정하지 않을 것이고, 그 후손과 고향 사람 상당수도 부인하겠지만, 여사가 생각하기에 이 자는 권력과 출세의 틈새에서 능란하게 줄을 탄 곡예사였다. 그 역시 가혹하게 진행된 역사의 희생자라 볼 수도 있겠지만, 스스로 승차했으니 억울하다 호소하기는 힘들어 보였다.

## 2

그가 처음 제주에 모습을 드러낸 때는 해방 전이었다. 1944년 가을 무렵이었을 것이다.

그때 일본은 중국대륙과 태평양 전역에서 전쟁을 벌이는 중이었다. 그들이 벌였던 전쟁이 늘 그랬듯이 처음에는 가는 곳마다 승전보를 울렸다. 제주에서도 주재소나 면사무소의 확성기들이 아침마다 저들 황군들의 전과를 요란한 행진곡조의 음악을 깔면서 전파하기 바빴다. 많은 제주 사람들이 일본 본토나 전쟁터에 끌려가 소식이 끊긴 상태였기에 누구나 저들의 선전처럼 빨리 전쟁이 끝나 핏줄들이 무사히 가족이나 이웃들의 품으로 돌아오기를 빌었다.

그러나 시간이 흐르면서 기대는 시들어 버렸다. 대신 공출이 극심해졌고, 사람들은 더 빨리 더 자주 사라졌다. 확성기에서는 여전히 풍성한 전과를 떠벌렸지만, 어딘가 목청은 타성에 젖었고 격정은 오간 데 없었다.

줄어든 사람 대신 일본 군인이 자리를 메꿨다. 해안가를 따라 곳곳에 군부대가 들어서 철조망을 둘렀다. 아이들 몸체만한 포탄이 쌓이고 하늘을 뚫을 듯 대포들이 그물망 안에 포신을 감추었다. 비행장 공사가 요란하더니 전투기까지 드나들었다. 회색 군복 차림에 꽉 끼는 군모, 긴 총검을 꽂은 총을 든 얍삽한 일본군은 삼삼오오 짝을 지어 마을 골목까지 서성거렸다.

그 무렵 일본은 제주 전역을 최후의 항전 기지로 구축할 태세로 각종 군사 시설을 채워 넣었다. 해안을 따라 굴을 파 무기와 대포, 병력을 증강했는데, 공사에는 제주 사람들이 강제로 동원되었다. 며칠 째 집에 못 들어오는 일은 다반사였고, 때로는 사고로 여러 명이 죽거나 다치기도 했다. 그에 따른 보상은 없었고, 손실된 인원까지 마을에서 감당해야 해 고통만 커졌다.

군인들은 제주 말을 전혀 알아듣지 못했다. 주민들 대다수가 일본말을 할 줄 알았기에 통역 따위는 필요 없었지만, 일본군이 들으면 안 될 이야기를 나눌 때면 제주 사투리로 주고받았다. 그런데 어떤 장교들은 그 사투리를 알아들어 사람들은 당황하게 만들었다. 몇 번 된서리를 맞고 난 뒤에야 그들이 조선 사람인 줄 알았다. 사병 중에는 징병된 제주 청년들이 간혹 섞였지만, 그 위세 당당한 장교가 반도인 출신이었다니…….

반도인 출신 장교라 해도 이름만으로는 구분이 가지 않았다. 진즉에 창씨개명을 한 그들은 카야미 미츠로(香山光郞)[14]나 이토 치코(伊東致昊)[15]처럼 알 듯 모를 듯한 이름을 썼는데, 어떤 소위는 이를테면 다카키 마사오(高木正雄)[16]라 자신을 소개했다. 애들은 으레 일본인 장교라 여겼고, 본인이 굳이 밝히지 않으면 알아채기도 어

14) 이광수(李光洙)가 창씨개명한 이름.
15) 윤치호(尹致昊)가 창씨개명한 이름.
16) 박정희(朴正熙)가 창씨개명한 이름.

려웠는데, 장교들은 반도인 출신임을 숨기지 않았다. 그중 한 사람의 본명은 박진경(朴珍景)이었다. 박진경이 남해군 출신임은 해방이 되고 나서야 알았다. 그리고 한동안 잊혔다가, 아니 영원히 망각하고 싶었던 그는 몇 해 뒤 다시 제주도에 모습을 드러냈다.

수많은 반도 출신 장교들은 내지 출신들과는 달리 웃음을 거의 보이지 않아 외양은 무척 차갑게 느껴졌다. 조선인 특유의 광대뼈 위로 군모의 그림자에 가려진 눈빛은 상대를 조롱하거나 경멸하는 듯해 불쾌감을 주었다. 자연히 사람들은 그들 앞에 서면 사지와 오금이 움츠려들었다.

그들은 입만 열면 자기 아버지가 합방된 뒤 자작 작위를 받은 충신이며 조선총독부 중추원 간부임을 자랑스럽게 까발렸다. 대개 조선인 장교들은 친일파 집안 출신이어서 유복했고, 학벌이 좋은 경우가 많았다. 대개 그들은 내지로 유학을 갔다가 징집되어 장교가 되었음을 자랑스레 말했다.

"이등국민인 조선인들은 더욱 견결하고 충용하게 천황폐하께 충성을 다해서 그 열등성에서 벗어나야 한다. 조선이 발전하고 먹고 살기에 불편이 없게 된 것이 다 누구 덕인가? 위대한 천황폐하와 내지인들의 하해 같은 은혜와 배려가 있었기 때문이다. 우리들은 그 은덕을 흠뻑 받아 조선인으로서 누릴 수 있는 광영은 모두 누렸다. 그러니 이 전쟁에서도 우리 조선인들은 신명을 바쳐 보은함이 마땅하다. 자, 따라 복창한다. 덴노헤이카 반자이! 덴노헤이카 반자이!"

죽창을 들고 하는 전투 훈련에 어린 소학교 학생이라 해서 예외일 수는 없었다. 보통 그런 훈련은 학교 선생님이나 병졸들이 와서 지휘하는데, 반도 출신 장교들은 제주군[17] 전 지역을 다니면서 훈련을 독려했다. 뒷짐을 지고 뒤편에서 어슬렁거리면 아이들은 공연히 꺼림칙해 목청을 높여 우렁차게 구호를 외쳤고, 교사들도 기합이 들어 몸이 굳어졌다. 그만큼 그들의 눈빛은 불쾌하고 위압적이었다.

훈련을 마치면 반도 출신 장교들의 일장 연설이 학생들을 기다렸다.

"우리들을 봐라. 할아버지 때부터 아버지, 우리들까지 삼대가 황국신민으로서 조국 대일본제국을 위해 충성을 다하고 있다. 왜냐. 그만큼 받은 은혜가 크기 때문이다. 황공하옵게도 천황폐하께서는 제국의 군인이 되는 광영을 허락하신 것만으로도 부족해 장교로 복무할 수 있는 특전을 내려 주셨다. 우리 식구 모두는 저 악랄한 미귀(米鬼)를 축출하고 무도한 지나(支那) 놈들을 도륙하는 일에 한 목숨 바칠 각오가 되어 있다. - 이 대목에서 그들은 하늘을 우러르며 눈물까지 흘렸다 - 천황폐하를 위해 죽는 데 어찌 목숨 따위가 아깝겠는가! 너희들 역시 최후의 일인까지 황은을 갚는 데 조금도 주저함이 없어야 할 것이다. 알겠는가?"

아이들은 목젖이 빠져라 복창했다. 그들이 올 낌새가 보이면 교사들이 먼저 훈련을 채근하면서 그들의 눈 밖에 나서는 안 된다고 닦달했다.

시찰을 나오면 장교들은 곱게 돌아가지 않았다. 친일파 애비, 에미를 둔 덕분에 고향 땅에서 잘 먹고 잘 살았던 그들은 고급 음식이나 반찬이 아니면 입에 대지 않았다. 그들이 오면 마을에서는 귀한 씨암탉을 잡아 대접했고, 전복과 해삼, 멍게를 상납했는데,

17) 제주도는 조선시대부터 일제 식민지 시대까지는 전라도에 속했다. 1946년 8월 전라남도에서 분리되어 제주도로 승격되었다.

싱싱한 횟감이 없으면 음식상을 걷어찼다. 사람들은 천황폐하보다 더 귀한 분이 오셨다며 혀를 내둘렀다.

공출을 털어가는 일에도 장교들은 능력을 발휘했다. 마을마다 할당량이 적지 않아 사람들은 이를 줄이거나 숨기고자 필사적이었다. 전쟁의 골이 깊어지면서 수량은 늘었는데, 달라는 대로 다 내주면 앉아 굶어죽을 판이었다.

공출 담당이 오면 읍소하기도 하고 위협하기도 했다. 안 되면 빼 째라는 식으로 막무가내 버티기도 했다. 그게 별 소득은 없었지만, 가끔 먹힐 때도 있었다. 담당 직원이 같은 제주 사람이라 약간은 융통성이 있기도 했다.

그래서 두리뭉실 넘어가기도 했는데, 장교들이 들이닥칠 때면 국물도 없었다. 장교들이 쓸어가는 공출은 군부대 몫이라 규정에도 없는 것이었다. 본인의 자부심과는 달리 반도 출신에게는 은연중 불이익이 있던 터라 상관에게 잘 보여야 승진할 수 있었다. 그들은 하나 둘이 아니라 셋, 넷을 덧붙여 바쳤다.

마을로 오면 일단 마을 원로부터 조졌다. 황군이 왔는데 냉큼 달려 나와 인사부터 해야지 늦었다면서 불호령이 떨어졌다. 손에 든 지휘봉으로 노인의 어깨를 매섭게 내리쳤는데, 피둥피둥 살이 찌고 덩치가 좋아 왜소한 사람이면 피식 고꾸라졌다. 기선부터 제압당한 마을 사람들은 주눅이 들어 대거리도 하지 못했다.

장교들은 마을 공터에 둥근 선을 그어놓고 유창한 일본말로 말했다.

"영감. 좋은 말로 할 때 이 안에다 고구마, 감자, 쌀 다 채워 놓으라. 허리까지 안 차면 각오해야 할 것이야. 이깟 거지같은 집 다 태워버려도 그만이거든."

대개 이 쯤 되면 무슨 수를 쓰든 곡물이 나왔는데, 그래도 없다고 버티는 무리가 있으면 불벼락이 떨어졌다. 으름장이 아니고 장교들은 진짜 농가를 불태웠다. 한두 집 본보기가 아니라 곡물이 다 찰 때까지 방화는 이어졌다. 보다 못한 일본인 부관이 말려도 콧방귀도 뀌지 않았다.

"이것들이 우리 황군을 굶겨 죽이려고 하는 거다. 황국신민의 자격이 없는 놈들이지. 불태워 죽여도 시원찮은데 집만 불 지르는 것 쯤은 감지덕지해야지."

더 내줄 게 없는 마을은 말미를 달라 손금이 닳도록 빌면서 사정했다. 그러면 마지못한 듯 날짜를 지정했고, 사람들은 훔쳐서라도 양을 채워놓았다. 사람들은 그들을 '물 건너온 승냥이'라면서 이를 갈았지만, 횡포에 대놓고 불만을 토하지는 못했다.

장교들은 황은을 저버리고 독립투쟁에 나선 사람들을 특히 증오했다. 제주도는 일본과 가까워 이전부터 많은 사람들이 내지로 가 노동을 하거나 사업을 일으켜 재산을 모은 사람이 많았다. 그 과정에서 일본인들로부터 갖은 수모와 차별을 겪었기 때문에 드러내진 못하지만 일본에 대한 적대감이 컸다. 자산가들은 독립운동 자금을 모아 몰래 임시정부나 독립군에게 전했다.

또 일본에서 공부한 사람들은 사회주의나 공산주의 사상의 영향을 받아 민족 자주와 독립에 대한 열의가 컸고, 실천에도 앞장섰다. 섬에 잠입해 독립운동에 참여하기도 했고, 만주로 건너가 무장투쟁을 전개했다.

장교들은 그런 사람들의 동태를 늘 주시했고, 냄새도 기가 막히게 잘 맡았다. 자금의 흐름을 추적해 차단하고 관련자들을 잡아들여 족치고 고문하는 일은 그들이 도맡았다. 고문 방식이 얼마나 잔혹했는지 그들이 심문을 맡으면 실토하지 않는 이가 없었다. 실토했어도 그들은 죽을 때까지 고문을 멈추지 않았다. 일본군 장교들조차 구역질하면서 고문실에서 뛰쳐나왔다.

"이 후테이센진(不逞鮮人)들은 씨를 말려야 해. 어디서 감히 대일본제국에 반기를 드나? 한 놈이 살아 있으면 열 놈이 물드는 법이다. 잔당이 있을 테니 마저 다 불어라. 이 섬 것들은 근본이 없는 잡놈들이야. 어디 써먹을 데가 있어야 말이지. 골수를 다 빼고 바다에 수장시켜도 과분하지."

그들은 여느 친일파들처럼 근본도 기억하지 못했다. 사람들은 장교들의 그림자가 지나가도 꼬리를 감추고 피해갔다.

그 일을 양인주 여사는 잊을 수 없었다.

새해가 되어 봄나물이 지천으로 돋아날 때였다. 오후 느지막이 쑥을 캐러 나가려는데 마을사람들에게 소집령이 떨어졌다. 나 하나 빠진다고 티가 나나 칭얼대니 인근 마을 사람은 한 사람도 빠짐없이 나오라는 엄명이라며 팔을 꼬집었다.

그렇게 성산 일출봉 앞 너른 공터에 모인 사람은 수백 명에 이르렀다. 주재소에서 나온 순사 몇 명이 사람들의 웅성거림을 정리했다. 무슨 일이냐 물어도 순사는 아무 대꾸도 없었다. 아는지 모르는지 순사는 사람들의 시선을 피했다.

누군가 수군거렸다.

"저기 저거 말뚝 아녀? 열 개는 되것네. 왜 세운 거여?"

키가 작은 양인주 여사에게는 보이지 않아 깨금발을 들었다. 그래도 보이지 않기는 매한가지였다.

잠시 후 인파를 가르며 군용 트럭 두 대가 들어왔다.

앞 트럭에서 일본군 장교들이 내렸다. 일본도 칼집이 빛났다.

사람들의 웅성거림은 삽시간에 사라졌다.

군복의 먼지를 툭툭 털어낸 장교들은 군중을 휘 둘러보더니 휴대용 확성기를 들고 말했다.

“군내의 질서를 어지럽히고 무장봉기를 획책하던 불경한 악질분자들이 이번에 일망타진되었다. 미귀들이 신성한 조국강토를 노리고 있는 이때 대동단결하여 천황폐하를 옹위하고 신국(神國)을 지켜도 부족한데 이런 불순분자들이 횡행하니 개탄스럽기 그지없다. 그래서 이런 적도들의 뿌리를 뽑고 너희들에게 경종을 울리기 위해 이 비도(匪徒)들을 공개 처형한다. 우리 황국(皇國)에 항거하면 어떻게 되는지 똑똑히 지켜보기 바란다. 어이!”

일본군 장교가 손짓하자 트럭에서 독립투사들이 끌려 나왔다. 팔은 뒤로 결박되어 있었고, 눈은 하얀 천으로 가려졌다. 봉두난발에 턱과 뺨에는 피 떡이 묻어 있었다. 찢겨진 옷도 피로 칠갑했다.

사람들 틈새로 빼꼼이 얼굴을 내밀었던 어린 양인주 여사는 금방 얼굴이 사색이 되었다. 사람들도 덩달아 침묵을 이어갔다. 강제로 끌려간 공사장에서 다친 사람들을 여럿 봤지만, 저렇게 끔찍하게 망가진 몰골은 처음이었다.

군인들이 그들을 하나씩 꿰어 잡고 양편으로 갈라진 군중들 사이를 지나갔다. 저 끝에 과연 사람 키보다 큰 말뚝이 열을 지어서 있었다. 군인들이 그들을 묶었다.

눈이 가려진데다 피딱지 때문에 누군지 알기 어려웠다. 사람들 누구도 그들에 대해 말하지 않았다. 결박 상태를 확인한 군인들이 옆으로 빠지자 일본군 장교가 다시 중앙으로 나왔다.

“이 불순분자들은 죄질로 보자면 일본도로 목을 쳐 처단해야 하나, 너희들이 받을 충격을 감안해 총살형으로 대신한다. 반항하면 최후가 어떤지 직시하여 절대 경거망동이 없어야 할 것이다."

장교가 뒷걸음치자 소총을 든 군인들이 뛰걸음으로 달려 나왔다. 말뚝이 열 개나 되니 집행자의 숫자도 많았다. 한 열은 거총한 채 꿇어앉았고, 뒷줄은 섰다.

옆에 선 일본군 장교가 권총을 뽑더니 하늘로 들었다.

"요이, 핫샤(發射)!"

권총 발포음에 이어 소총이 콩 볶듯이 불을 뿜었다.

그렇게 열 명의 사람들은 총성을 따라 고개를 꺾었다. 가슴께에서 피가 뿜어져 나와 튀고 흘러내렸다.

결박이 풀린 주검들은 말뚝 뒤에 파 놓은 구덩이 속으로 던져졌다. 불려나온 동네 남자들이 삽을 들어 구덩이를 메웠다. 땅이 판판하게 다져지자 장교와 군인들은 트럭을 타고 돌아갔다. 침묵을 털어내지 못한 주민들도 묵묵히 등을 돌려 집으로 돌아갔다.

한 달 쯤 지났을까? 어린 양인주 여사는 학살이 있었던 그 들판을 지나가게 되었다. 처음에는 그곳이 지난날의 악몽이 벌어졌던 곳인 줄 몰랐다. 그렇게 공간은 변해 있었다.

아스라한 일출봉이 콧부리를 매섭게 세우며 하늘을 찔렀고, 멀리 바다에서 밀려오는 파도 소리가 눈물인 듯 흐느꼈다. 그녀가 걷고 있는 길목마다 온통 노란 꽃이 피어 있었다. 키가 작은 계집애는 꽃무리에 파묻혔다. 나비와 벌이 무릎 사이로 머리 위로 맴맴 날아 다녔다. 꽃향기가 달아 쓰러질 것처럼 어지러웠다.

꽃무리를 빠져나와 약간 높은 구릉에 올라 뒤돌아보았다.

계집애가 지나왔던 그곳은 온통 유채꽃이 춤을 추었다.

꽃밭 으슥한 곳에 도무지 쓸모를 알 수 없는 말뚝이 줄지어 서 있었다. 열 개였다.

계집애는 깜짝 놀라 급히 몸을 틀어 구릉을 내달렸다.

짧았지만 천 년 같았던 시간이었다.

1945년 8월 15일.

지옥 같았던 전쟁이 끝나는 시간도 어느 날 도둑처럼 찾아왔다.

해방의 소식이 전해지자 사람들이 모두 떼를 지어 거리로 뛰어나왔다. 어디에 숨겨 두었던가? 다들 손에 태극기를 들고 흔들었다. '대한독립만세' 소리가 한라산을 휘감았다.

군부대 앞으로 달려간 무리들은 한 목소리로 외쳤다.

"장교들을 내놓아라. 충용한 황군 장교가 할복하는 장관을 보고 싶다."

장교들은 나오지 않았다. 닫힌 정문 너머 총구를 겨눈 일본군 사병이 겁먹은 표정으로 사람들의 동태를 살폈다. 사람들의 기세는 높았지만 총을 겨눈 군인을 짓밟고 부대 안으로 난입하지는 못했다.

제주에 미군이 진주한 것은 해방이 되고도 한 달이 지나서였다. 한반도 본토에 상륙해 일본군을 무장해제하기도 빠듯했던 미군에게 제주는 버려두어도 괜찮은 섬이었다.

제주의 정황은 아주 어정쩡했다. 인민위원회가 만들어져 치안을 감당했는데, 기다리는 미군은 꼴도 뵈지 않았고, 일본군 역시 지들이 파놓은 요새 안에서 꼼짝도 하지 않았다. 어른들은 술을 한 잔 거칠 때마다 장교들을 안주로 씹었다.

"그 개자식은 꼭 찢어죽이고 싶은데, 코빼기도 안 비치는구먼. 씨암탉을 잡아야 냄새 맡고 나오려나. 요시와라(吉原)[18] 갈보하고 사는 친일파 윤서방과 덕수 아재라도 보내야 하나."

그럭저럭 시간이 지나자 미군이 진주했다. 그제야 일본군은 철조망이 쳐진 부대 문을 열었다. 관덕정(觀德亭) 앞마당에서 일본군은 정식으로 항복했다. 일본군 장교들이 모두 나와 도열했는데, 반도 출신 장교들은 보이지 않았다. 일본군으로 할복한 인간은 한 사람도 없었다.

배를 타고 제주를 떠나면서 일본군 장교들은 이런 말을 남겼다고 전해졌다.

"제주 놈들 다 못 죽이고 떠나는 게 유한(遺恨)이다. 다시 오는 날 반드시 뜻을 이룰 것이다."

누구도 귀담아 듣지 않았지만, 세 해 뒤 다른 탈을 쓰고, 반도 출신 장교가 나타날 줄은 아무도 짐작하지 못했다. 그렇게 반도 출신 일본군 장교들은 악독했다.

## 3

어쩌면 4·3의 비극은 해방이 되고부터 잉태되었는지도 몰랐다. 탐라라는 독자적인 나라와 역사, 문화, 전통에 신화까지 공유했던 제주 사람들은 자부심과 생명력이 강했고, 척박한 화산도에 발을 딛고 살면서 휘감기는 태풍과 솟구치는 바람을 이겨낸 불굴의 투지도 갖추었다. 오랜 세월 뭍에서 온 사람들에게 지배되고 수탈당한 경험은 외지인들을 믿지 못하는 불신과 우리끼리 똘똘 뭉쳐야 생존할 수 있다는 목표의식을 심어 주었다.

긴 시간 일본제국주의의 강탈을 버텨내고 해방이 되었을 때 제

---

18) 일본 에도 시대 에도 교외에 세워진, 막부가 공인한 매춘 업소.

주는 참된 자유와 민주가 자라나리라 믿었다. 전라도에 딸린 군에서 독자적인 행정이 꾸려지는 도로 승격되었을 때만 해도 그런 꿈에 부풀었다.

그러나 꿈은 여물지 않았다. 제주는 지배되었고 감시와 압제에서 피해가지 못하는 숙명이 반복되었다. 권력의 꿀맛을 만끽했던 친일세력은 잔존했고, 미군정은 그들의 권익을 보장해 주었다. 여전히 제주의 민중들은 소외당했다.

제주의 치안과 생존은 외지인들에 의해 좌우되었다. '응원경찰'이라는 허울을 쓴 친일 무리들이 활보했고, 소수의 친일 잔당들이 '코쟁이'에 아부해 권력을 독점했다. 제주 사람들의 마음속에는 불만과 불안의 응어리가 쌓여갔다. 화산은 1947년 3월 1일 있었던, 어쩌면 가벼운 사고로 끝날 일에서 폭발되었다. 어린아이가 응원경찰이 탄 말발굽에 채였고, 경찰은 사과하지 않았다.

이럴 수 있냐고 따지던 군중들에게 경찰은 해명 대신 총탄으로 응수했다. 주민 6명이 죽고, 8명이 다쳤다. 경찰은 폭도에 대한 정당한 진압이었다고 주장했다. 열흘 뒤 제주에서는 이 사건에 항의하는 총파업이 전개되었다. 미군은 사건의 본질을 규명할 생각은 않고 제주도민 7할이 좌익단체에 동조하는 세력이라는 그릇된 답안을 내놓았다. 이후 빌어지는 사태는 이 왜곡된 보고를 맹신한 데서 싹텄고 꽃피었다. 그해 겨울 미군은 필요한 조치를 취하지 않는다면 주민들에 의해 유혈사태가 벌어질 것이라고 상부에 경고했다.

해가 바뀌어 1948년이 되어도 상황은 악화일로를 걸었다.

3월 6일 조천지소에서 취조를 받던 중학생 김용철이 고문 끝에 사망했다. 이어 3월 14일에는 모슬포지소에서 청년 양은하가 고문을 당하다가 죽었다. 제주 사람들의 목숨은 소중하지 않았다. 경찰은 폭력과 위협을 동원하면 제주의 숨통을 조일 수 있다고 믿었고, 믿음에서 한 치도 벗어나지 않았다.

그리하여 4월 3일 한라산을 거점으로 삼은 무장대들이 무장봉기를 일으켜 경찰 4명과 민간인 8명이 죽고, 무장대 2명이 사살되었다. 결국 제주는 피와 피가 맞부딪치는 죽음과 살육의 현장이 되었다. 미군정은 해상로와 해안을 봉쇄해 제주를 고립시켰다. 충돌은 그치지 않았고, 사상자는 계속 늘어났다.

경찰은 강경 진압으로 일관했지만, 1946년 11월 16일 창설된 국군경비대 제9연대는 제주에 주둔하면서 최대한 중립을 지키면서 상황 변화를 주시했다.

당시 제9연대의 연대장은 김익렬 중령이었다. 경남 하동 출신으로, 전해 9월 부연대장으로 부임했다가 해가 바뀐 2월 연대장으로 진급했다. 그는 진압에 개입하라는 명령에 신중하게 접근했다. 제주와 하등 연고가 없던 그였지만 해방된 조국에서 동족끼리 피를 흘리는 일은 피해야 할 죄악으로 보았다. 그는 자신이 가진 권한을 최대한 활용해 사태를 호전시키고자 노력했다.

4월 28일 김익렬 중령은 무장대 총책이었던 김달삼(金達三, 1923~1950)과 접촉해 구억국민학교(추정)에서 만나 사태를 평화적으로 해결하자 협의했다. 그렇게 긍정적인 결론을 얻었지만, 5월 1일 터진, 진실이 모호한 '오라리 방화사건'이 벌어지고, 귀순하려는 무장대에 경찰이 총격을 가하는 일이 일어나 협상은 물거품으로 돌아갔다. 경찰은 무장대의 자작극이라 우겼다.

5월 5일 미군정 당국과 제주 경찰, 행정당국, 경비대 등이 모여 회담을 열었다. 여기서 지독한 반공주의자였던 경무국장 조병옥(趙炳玉, 1894~1960)이 김익렬을 '빨갱이'에 우호적이라 매도하면서 드잡이가 벌어져 회담은 결렬되었다. 강경 진압 쪽으로 방향을 튼 미군정이 반공에 눈이 먼 조병옥을 부추겨 회담을 뒤틀었던 것으로 보인다.

결국 김익렬 연대장은 사태 해결에 미온적이며 사상이 의심스럽다 하여 해임되었다. 그러면서 제주도민으로서는 결코 잊을 수 없는 인물, 일제 때 제국의 장교였던 박진경이 그해 5월 다시 얼굴을 들이밀었다.

박진경은 일본군 장교로 패전의 고배를 마시고 제주를 떠난 지 2년 8개여 월만에 제주 땅을 다시 밟았다. 이제 그는 대일본제국 황군의 육군 장교가 아니라 군복 명찰에 자신의 본명을 새기고, 국군경비대 9연대장, 중령 계급장을 달았다.

그 무렵 양인주 여사는 열두어 살 나이를 먹은 말괄량이 계집애였다. 동무들과 함께 9연대가 주둔했던 부대 근처에서 놀았던 그녀는 누구보다 김익렬 중령을 잘 기억했다.

그 분은 크지도 작지도 않은 키에 목에 쌍안경을 걸었고, 표정은 늘 차분하면서 온화했다. 군복은 정갈했고, 발걸음은 무게감을 실으면서도 가벼웠다. 부인과 아들도 함께 부임해 와 관사에서 지냈는데, 아들은 그녀보다는 어렸다. 육지사람 사는 모습이 궁금해 관사 앞을 서성거리노라면 김익렬 중령은 어떻게 알았는지 아들의 손을 잡고 나와 손을 흔들었다.

"너희들, 이 동네 애들인가 보구나. 학교는 잘 다니지?"

그때는 주변 분위기가 워낙 험악해서 학교 문은 열렸어도 부모님이 말려 얼씬도 못하고 있었다. 쪼금만 사내애가 아빠의 군복 자락을 잡고 고개만 내민 채 이편을 엿보았다.

애들은 병아리처럼 합창했다.

"예!"

김익렬 중령이 아들의 머리를 쓰다듬으며 말했다.

"그래. 이럴 때일수록 더 열심히 공부해야 한다. 나라의 미래가 너희들 어깨에 달려 있어요. 밥들은 먹었고?"

해가 뉘엿뉘엿 저물 무렵이었다. 예전처럼 공출은 없었지만, 다들 살림이 넉넉하지는 않았다. 애들은 입을 꾹 다물고 고개를 저었다.

"저런. 한창 클 나인데 잘 먹어야지. 흠. - 중령님은 눈대중으로 애들의 숫자를 셌다. - 여섯이구나. 밥을 먹였으면 좋겠다만 애 엄마가 지금 없구나. 대신 다른 걸 주마."

김익렬 중령은 아들을 두고 집 안으로 들어갔다.

기회를 잡자 애들이 싸움을 걸 듯 사내애에게 질문을 내쏟았다.

"너, 몇 살이니?"

"학교는 다니니?"

"아빠가 군인인데 안 무섭니?"

"아빠가 연대장님이니 넌 배는 곯지 않겠구나?"

"여기서 놀아도 괜찮지?"

질문이 쏟아지자 아이는 적잖이 당황했다. 연신 뒤를 돌아보며 곧 울음이라도 터뜨릴 기세였다. 여차하면 달아날 궁리를 하는데, 다행히 중령님이 나왔다. 그의 양 손에는 건빵 봉지가 들려 있었다. 미군부대에서 나온 건지 영어가 쓰여 있었고, 꽤 두툼했다.

"자, 이거 하나씩 나눠 먹어라."

중령님은 애들 앞으로 나가 건빵을 건네주었다.

다들 눈이 휘둥그레져 건빵 봉지를 받았다.

"고맙습니다. 잘 먹겠습니다."

중령님이 그중 한 아이의 머리를 쓰다듬었다.

"그래. 가져가서 동생들이랑 나눠먹어라."

먹을 걸 손에 든 애들은 누가 빼앗아갈까 가슴 졸이며 후다닥 집으로 달려갔다. 며칠 동안 건빵은 애들의 요긴한 끼니가 되었다. 그렇게 관사를 찾아갈 때마다 중령님은 건빵이나 초콜릿, 사탕 등을 준비했다가 나눠주었다.

그러니 중령님이 연대장에서 해임되었다는 소식을 들었을 때 애들 속이 얼마나 상했을까?

애들은 우르르 관사로 달려갔다.

짐을 정리하던 중령님이 애들을 보더니 장갑을 벗으며 나왔다. 부인과 사내애도 같이 나왔다.

"너희들을 더 이상 보지 못하게 되었으니 섭섭해 어떻하니."

애들이 서운한 표정을 감추지 못한 채 목을 길게 빼고 쫑알거렸다.

"안 가시면 안 되요?"

중령님도 아쉽다는 듯 입맛을 다시며 대답했다.

"벌써 순천에 있는 14연대 연대장으로 발령이 났구나. 애들아. 너희들 진짜 몸조심해야 한다. 밖이 시끄러우면 집 밖엔 얼씬도 말고, 총소리라도 나면 어디든 꼭꼭 숨어야 한다."

중령님의 얼굴은 몹시 어둡고 걱정으로 가득했다. 그날 중령님은 애들에게 건빵을 두 봉지씩이나 나눠주었다. 어쩌면 그는 이후 벌어질 끔찍한 재앙을 예감했는지도 몰랐다.

아주 시간이 많이 지나 양인주 여사는 김익렬 연대장이 쓴 회고록을 읽었다. 『제주4·3의 진실』이라 이름한 이 책을 읽으며 여사는 지난 날 늠름했고 자상했던 김익렬 연대장을 떠올렸다. 학살을 숨기느라 별다른 기록을 남기지 않거나 소각해 만행의 증거가 희귀한 시절 연대장님의 수기는 귀중한 자료가 되었다.

김익렬 연대장이 세상을 떠난 1988년 이후 유언대로 수기는 공개되었고, 이 기록은 4·3을 재평가하고 조사하는 데 기폭제가 되었다.

구속자들을 총살하라는 지시가 부당하다 해서 거부하고 자수시킨 뒤 석방한 경찰 간부 문형순(文亨淳, 1897~1966) 모슬포지서장과 함께 의인(義人)으로서 길이 기억되어야 할 분이라고 양인주 여사는 생각했다.

그를 대신해 관사에 들어온 박진경 중령은 태도가 사뭇 달랐다. 우선 관사 앞에 보초가 떡 버티고 서서 접근을 막았다. 창문에도 두터운 커튼이 쳐져 안을 볼 수 없었다. 건빵은 고사하고 깨진 눈깔사탕 한 알도 나오지 않았다. 3년 전 제주 사람들의 야유와 원망을 들으며 떠났던 그는 제주 사람들을 좋아하지 않았다.

뒷날 그가 연대장으로 오면서 했던 훈시가 사람들을 섬뜩하게 만들었다.

"우리나라의 독립을 방해한다면 제주도민 30만 명을 다 죽이더라도 진압해야 한다!"[19)]

이 말에 화답이라도 하듯 제주 주둔 미군사령관인 브라운 대령은 "제주도의 서쪽부터 동쪽까지 모조리 쓸어버리는 작전을 진행하고 있다"고 공개적으로 밝혔다. 제주에 드리워진 암울한 먹구름

---

19) 나무위키에 보면 그를 사살한 손선호(손순호) 하사가 재판정에서 박진경이 "우리나라 독립을 방해하는 제주도 폭동사건을 진압하기 위해서는 제주도민 30만 명을 희생시켜도 무방하다'고 말했다는 기록이 나온다.

은 제주 사람들의 숨통을 틀어쥐면서 집요하고 잔인하게 옥죄여 들어왔다.

9연대의 진압 작전은 경찰과 서북청년단을 앞장세워 가혹하게 진행되었다. 조금이라도 의심스러우면 일단 체포했고, 불응하면 무자비한 발포가 이어졌다. 죽음이 두려운 사람들은 경찰이나 군인이 오면 벌벌 떨며 두 손을 든 채 마당으로 나갔다. 너무 많은 사람들이 체포되자 학살에 지친 경찰은 죄질이 나쁘다고 생각되는 인원은 서북청년단에게 넘겼다.

서북청년단에게 제주사람들은 마음껏 학대하고 고문하다가 죽여도 되는 제물이었다. 북한에서 친일파로 떵떵거리며 살다 공산당에게 집과 농지를 빼앗기고 남하한 이들에게 '빨갱이'는 부모형제를 죽인 원수나 다를 바 없었다. 우리가 북쪽에서 당했으니 너희들에게 앙갚음하겠다는 것이었다. 그들 손에 넘어가면 그는 이미 산송장이었다. 경찰과 군대는 이를 묵인하거나 부추겼다.

서북청년단 사람들에게는 묘한 습속이 있었다. 밤낮 그렇게 제주 사람들을 고문하고 죽이고 칼로 찌르고 멱을 따면서도 때가 되면 저희들끼리 모여 성경책을 읽으며 예배를 드렸고, 풍금 소리에 맞춰 찬송가를 불렀다. 그때 그들의 표정은 그렇게 엄숙하고 성스러울 수 없었다고, 풍금을 쳐주러 갔던 이웃집 누나가 고개를 절레절레 흔들었다.

양인주 여사는 지금도 그때 들은 찬송가 구절을 기억했다.

그들이 십자가를 둘러싼 채 노래하면서 간구했던 간절함은 양인주 여사의 가슴도 뜨겁게 만들었다. 제주 사람들의 피는 그들의 마음에 평화를 가져다주는 보혈이었다.

그들은 한 명이라도 더 빨갱이 제주 사람을 죽여야 천사가 자신을 부르고 주께로 나가는 길이라고 믿었다. 예수가 갈파했던, 인류애적인 사랑과 포용은 침묵하면서 끈질기게 제주 사람을 비껴가고 있었다. 그들 몸속에는 예수 대신 악마가 똬리를 틀었다.

그 날 양인주 여사는 밭일을 마친 부모와 함께 늦은 저녁을 먹었다. 나이 어린 남동생은 엄마 곁에 앉아 엄마가 떠주는 밥을 오물오물 씹어 넘겼다.

"해가 진 뒤에는 아무 데도 나가지 말아요. 어제 이웃마을이 갑자기 들이닥친 군경들에게 요절이 났다잖아요. 왜정이 끝난 지 얼마나 되었다고, 그땐 순사였던 놈이 독립군을 어디 숨겼냐며 고문하고 잡아 족치더니 이젠 그놈들이 빨갱이 아니냐고 고문질을 한답디다. 어찌 당하는 놈은 이때나 저때나 당하고, 족치는 놈은 이때나 저때나 족치는지. 어휴!"

엄마의 한숨 소리는 길었지만, 아빠는 아무 대꾸도 하지 않고 두 남매에게만 눈길을 주었다. 수저가 밥그릇을 긁는 소리가 기분 나쁘게 방 안을 울렸다.

그때 밖에서 인기척이 들렸다. 누군가 살금살금 마당으로 들어오는 중이었다. 여러 사람이 내는 단화 소리가 스산하면서 음침했다. 양인주 여사 가족이 살던 집은 마을에서 외곽이었다.

아빠는 움직이던 숟가락질을 멈추고 손가락을 들더니 입에 갖다 댔다. 낌새는 엄마도 알아 차렸다. 황급히 엄마가 양인주 여사와 남동생을 부둥켜안았다. 네 사람의 눈은 모두 방문으로 향했다. 달빛이 없는 문밖은 어둠이 짙었다. 골짜기를 훑고 지나는 바람마저 잠들어 신새벽보다 더 고요했다.

마침내 발소리는 문 앞에서 멈추었다. 호롱불을 켰으니 안에 사람이 있는 줄 눈치 챘을 게 분명했다.

"안에 누구 있으면 나오라."

얼음장보다 차가운 목소리였다. 아빠가 자기가 나갈 테니 여차하면 셋은 뒷문으로 달아나라고 눈짓을 보냈다. 엄마가 불안한 눈빛으로 고개를 끄덕였다.

"뉘시오?"

아빠가 엉덩이를 들면서 물었다.

"나와 보면 알지 않갔니. 날래 나오라우."

아빠가 시간을 끌었다.

"잠깐 계슈. 옷 좀 입고 나가리다."

그러나 바깥에 있는 사람에게 그런 아량은 없었다.

"허튼 수작 말라우. 날래 안 나오면 문을 때려 부수갔어."

하는 수 없어 아빠가 일어나 문을 열었다. 문 밖은 어두웠지만 사람의 면면은 얼추 다 보였다. 바로 앞에 터벅머리에 모자를 쓴 서북청년단 사람이 섰고, 뒤로 경찰 몇이 총을 들었다. 그리고 맨 뒤로 장교 계급장이 빛나는 누군가가 아빠를 노려보았다. 그들 너머는 어둠이 깔렸지만 누군가 더 어깨를 낮추고 있었다. 그들은 옆집을 향해 자세를 낮추어 접근했다. 아빠가 그들은 알아먹지도 못하는 사투리는 접고 말했다.

"무슨 일입니까?"

"어제 옆 마을에서 무징폭도 빨갱이들을 소탕했는데, 몇 놈이 뵈지 않더구만. 필시 이쪽으로 도주하지 않았갔어? 어디 숨겼는지 불라우. 협조하면 곱게 물러갈 거이고, 발뺌하면 다 죽여버릴 끼야."

양인주 여사로서는 처음 듣는 말이었다. 눈만 마주쳐도 내통했다며 몽둥이찜질이 날아오는 판에 간이 배 밖으로 나오지 않은 이상 숨겨줄 리 만무였다.

"그런 일 없습니다. 그 마을과는 발길 끊은 지 오랩니다."

아빠가 다급히 말했지만 귀 기울일 그들이 아니었다.

"기래? 이거 좋은 말로 안 되갔구나야. 좀 나오라우."

아빠가 머뭇거리자 목청이 커졌다.

"토낄 생각은 꿈도 꾸지 말라우. 뒷담 쪽에도 우리 요원들이 쫙 깔렸지 에이요."

아빠가 나가자 그자는 멱살부터 쥐었다.

"우릴 좀 따라가 줘야갔어."

아빠가 버둥거렸다. 그들을 따라가면 어떤 결과가 오는지 제주 사람들은 다 알았다.

"정말 몰라요. 알면 다 말씀 드리지 뭘 숨기겠습니까?"

"개수작 부리지 말라우. 그칸다구 우리가 모를 줄 알간."

아빠가 끌려가자 엄마가 달려 나와 사정했다.

"애 아빤 아무 것도 몰라요. 애먼 사람 잡지 마세요."

그 자의 눈알이 확 뒤집어졌다.

"애먼 사람이라 하네? 야, 이거 우리가 아주 나쁜 놈이로구나. 에미나이 니 죽고 싶네?"

엄마가 그 말은 한 귀로 흘리고 달려가 멱살부터 풀려고 했다. 그러자 경찰의 구둣발이 날아와 옆구리를 걷어찼다. 흑! 하더니 엄마는 그대로 주저앉았다. 아빠가 엄마를 안으며 소리쳤다.

"이게 무슨 짓입니까? 우린 아무 죄도 없어요."

말이 끝나기도 전에 경찰이 개머리판으로 아빠의 턱을 후려쳤다. 핏덩이가 튀면서 아빠는 내동댕이쳐졌다.

양인주 여사가 달려가 아빠를 흔들었다. 아빠는 죽은 듯 고개를 떨구고 피를 토해냈다. 공포에 질려 울음조차 나오지 않았다. 앞마루에서 동생의 발악하는 울음소리가 귀를 때렸다.

"아빠, 아빠, 정신차려."

눈물을 훔치면서 아빠의 팔을 흔드는데, 뭔가 시커먼 그림자가 다가왔다.

"요 쌍년도 여지없는 새끼 빨갱이로구나."

그 자가 군홧발로 양인주 여사를 걷어찼다. 그 서슬에 몸이 하늘로 떠올랐다. 군홧발을 휘두른, 카랑카랑 갈라진 목소리는 너무나 귀에 익었다. 땅에 떨어지기도 전에 엄청난 고통을 느끼며 양인주 여사는 기절했다.

그 날 밤 동네에서 끌려간 사람은 열댓 명이 넘었다. 그들의 소식은 며칠째 끊겼고, 나흘 뒤 고문을 당한 뒤 총살된 시체가 뒷산 감자밭 돌담 사이에서 발견되었다.

소식을 듣자 엄마는 허겁지겁 산기슭 언덕을 기다시피 올랐다. 아빠의 시체를 찾은 엄마는 실성한 사람처럼 흐느끼며 울었다. 양인주 여사는 따라가지 못했다. 그 군인에게 걷어차인 뒤 허리가 찢어지는 듯 아파 옴짝달싹할 수 없었다.

반쯤 실성해서 돌아온 엄마는 손에 까마귀 사체를 쥐고 있었다.

"이놈이, 이놈이 니 아빠 눈깔을 파먹고 있지 뭐니."

이후 엄마의 정신은 되돌아오지 않았다. 어느 날 아빠 시신을 까마귀가 파먹고 있다며 달려 나간 엄마는 돌아오지 않았고, 한참 지나 해안에서 물고기에 다 뜯긴 시체를 건져 올렸다. 엄마의 손에는 여전히 까마귀가 쥐여져 있었다.

양인주 여사는 평생 허리통증에 시달렸다.

악착같이 제주 사람들을 죽음의 구렁으로 몰아넣던 박진경 중령은 이후 승승장구했다. 부임하고 한 달 만에 무장대이거나 부역자 혐의로 체포한 인원은 5천 명이 넘었다. 그중 생사가 확인된 사람은 몇 되지 않았다. 5월 15일 새로 배속된 11연대장에 취임했고, 공적을 인정받아 6월 1일 대령으로 승진했다.

일제 때 일본군 황군의 군인으로서 천황폐하의 용안을 우러러 받들고 '기미가요'를 목청껏 부르며 충성을 맹세했던, 유창하게 일본어를 구사했던 많은 친일파 장교들처럼 새로운 탈을 쓴 사람들은 이제 더 유창하게 영어를 구사했다. 입 안을 구르는 혀처럼 미군정 관리의 입맛에 맞춰 승진에 목말라 할 때 동족의 안위는 친일파 후예들의 안중에 없었다. 빠른 시일 내 토벌을 끝낸다면 승진하는 것도 시간문제라며 장담했다고 들었다. 김익렬 중령은 애들에게 초콜릿을 나눠주었는데, 박진경 대령은 스스로 초콜릿이 되어 미군의 품안에서 녹았다.

그러나 그의 승승장구는 오래 가지 못했다.

6월 18일 새벽 전날 옥성정 요릿집에서 축하연을 치르고 거나하게 취해 관사로 돌아와 자다가 부하 문상길 중위의 지시를 받은 손선호 하사가 쏜 총알을 받고 그는 죽었다. 1920년 태어났다면 28살, 1918년 태어났다면 30살 젊은 나이로, 비단이 깔린 승진길을 밟아보지 못하고 분루를 삼키며 세상과 작별을 했다.

이후 군대와 경찰, 서북청년단이 주축이 된 토벌작전은 더욱 치밀하고 촘촘하게 전개되었다. 9연대장으로 발령을 받아 온 송요찬(宋堯讚, 1918~1980)은 해안에서 5km 이상 떨어진 중산간 지역에 통행금지를 명령했다. 지시를 어기고 발견이 될 시엔 이유 여하를 불문하고 재판 없이 총살한다는 포고문도 발표했다.

이후 마구잡이 체포와 처형으로 죽어나간 제주 사람이 몇 명인지는 아무도 기록을 남기지 않아 헤아릴 수도 없었다. 공식적인 피해자는 14,028명이지만 실제 사망자는 3만 명을 넘어 10만 명에 이를 수도 있다고 보고 있다.

제주4·3주민학살사건은 한국전쟁이 끝나고도 지속되어 1954년 9월 한라산 금족령이 해제되고서야 마침표를 찍었다.

## 4

그 날 이후 양인주 여사와 남동생이 겪은 수난은 말로 다할 수 없을 정도로 끔찍했고 길고 길었다. 빨갱이의 자식이란 멍에는 30년이 지나도록 벗겨지지 않았다. 제대로 배울 수도, 번듯한 취직자리도 다 그림 속 떡이었다. 동생만은 여봐란 듯 키워 부모님의 원한을 갚겠다 다짐하고 죽는 일 말고는 다했다.

중학교를 마치자 동생은 서울로 올려 보냈다. 제주는 그들에게 약속이 없는 저주의 땅이었다. 동생은 대학을 마치고 직장을 갖고 결혼해서 애를 낳아 또 결혼시키고 손자까지 본 지금까지 한 번도 제주에 오지 않았다. 제사 때 한번 들리라면 양인주 여사에게 그 땅이 지긋지긋하지도 않냐며, 서울로 오라 채근했다.

그녀는 그럴 수 없었다.

부모님의 넋과 뼈가 묻힌 이곳을 버릴 수는 없었다. 그녀마저 떠난다면 아빠, 엄마는 지하에서 얼마나 서럽게 우실까? 그 생각만 해도 가슴이 저려왔다.

누군가는 항변할지도 모른다. 한라산 무장대의 손에 죽임을 당한 사람들도 많았다고. 물론이다. 좌익 사상에 물든 남로당 무장대들도 불시에 내려와 군경에 협조하거나 군경 가족들을 납치, 살해하는 만행을 저질렀다. 그들의 범죄도 잔인했다. 하지만 그런 범죄자들 중 단죄의 법망을 빠져나간 이들은 없었다. 모두 사살되거나 체포되어 징벌을 받았다. 그러나 무고한 양민을 무장대, 폭도로 몰아 학살했던 이들은 어떤가? 박진경 외에 대부분은 크게 피해를 입지 않고 천수를 누린 뒤 죽었다.

군민공원 벤치에 앉아 저 멀리 고향의 자랑으로 서 있는 박진경 대령의 동상을 바라보며 양인주 여사는 이마에서 흐르는 땀을 닦았다. 벌써 70년도 훌쩍 지난 옛날에 제주에서 벌어졌던 참상과 고통은 저 동상이 버젓이 서 있는 한 아물지 않을 것 같았다. 제주 사람들이 주검들을 거두어 흙 아래 묻었듯이 저 동상도 그만 흙 속에 묻고 서로 용서를 빌고 용서하면 얼마나 좋을까 싶었다.

오늘 저녁 읍에서 열리는 자리가 그런 참회와 용서, 기억과 화해의 자리가 되기를 그녀는 바랐고, 주최측의 뜻도 그럴 것이다.

해가 많이 기울었다.

그만 자리에서 일어나야지 하며 몸을 일으키는데, 가방에서 뭔가가 흘러나왔다. 아침에 넣었던 초청장과 발표문이었다.

자신이 겪었던 4·3사건 때의 참상을 증언하고, 특히 박진경 대령과 관련한 사실을 말해주기를 바라는 초청장과 함께 온 이곳 지역학자가 쓴 발표문을 어제 밤에야 비로소 읽었다. 그 시절의 아픈 기억들이 활자가 되어 지면에서 광란의 춤을 추는 광경이 보기 싫어 그간 들춰보지 않았다.

그 글 속에서 양인주 여사는 제주4·3 비극의 현장에 있었던, 또 한 사람의 남해 출신도 만났다.

- 그가 제주에서 했던 일들을 이곳 사람들은 얼마나 알고 있을

까?

양인주 여사는 그 날 그곳에서 그도 보았다. 그가 무엇을 했는지 무슨 말을 했는지 어슴푸레 떠올랐다. 희미해도 결코 지워지지 않는 그 얼룩들.

이제는 그만 접어두자고 다짐하면서 발걸음을 떼었을 때 저쪽에서 까마귀가 울었다.

고개를 돌려 까마귀를 보았다.

까마귀는 동상의 어깨에 앉아 열심히 얼굴을 쪼아댔다.

양인주 여사는 눈살을 찌푸렸다.[20][21]

---

20) 이 소설의 서술과 대비되는 글로 나종삼·박철균 공저, 『제주 4·3사건과 박진경 대령』(2024년, 오색필통)이 있으니, 참고하기 바란다.

21) 박진경 대령은 이승만 정권하에서 무공훈장을 받았다는 이유로 2025년 11월 4일 이재명 정권 국가보훈부(장관: 권오을, 1957년 경북 안동生. 나무위키에 보면 그의 정치 이력이 자세하게 나온다)로부터 국가유공자로 인정받았다.

# 가시는 걸음걸음 놓인 그 꽃을

## 1

처음 제안을 들었을 때 박광석은 의외라는 느낌보다는 의아하다는 기분이 먼저 찾아와 고개를 갸우뚱거렸다. 여수에서 왔다고 하는 사내는 그보다 몇 살 어려 보였는데, 그를 잘 안다는 듯 반가운 기색이 완연했다. 물론 박광석으로서는 초면이었다. 그는 박광석이 남해에서 무슨 일을 하는지에 대해서도 꽤 상세히 알았다.

"그러니까 그 행사를 남해와 여수가 함께 치르자 이 말씀이지예?"

박광석은 확인하듯 다시 물었다. 그 친구는 다소 비장하고 감개어린 눈빛으로 고개를 끄덕였다. 진지함을 숨기지 못한 표정이었다.

"야. 봄부터 행사가 기획되어 남해측에서 동참해 주실 만한 분을 수배했더랬지라. 사실 몇 분에게 먼저 의사를 전달 드렸는디, 다들 손사래를 치더구만이라. 여수에서야 반기겠지만 남해에서는 어림도 없는 일이라더구만요. 더구나 선거 정국 아닙니까?"

그의 말을 들으며 그제야 박광석은 그가 건넨 명함으로 눈길을 떨구었다.

-여수지역문제연구소 사무국장 정태민-

로고와 주소, 홈페이지와 이메일 주소, 전화번호 등등이 깨알처럼 적혀 있었지만, 큰 글자로 박힌 소속과 직함, 이름만 선명하게 들어왔다.

정태민은 자신을 찾게 되기까지 역정을 자질구레 덧붙였지만, 그의 귀에는 잘 들어오지 않았다. 고개를 들어 그의 눈을 보았다. 그의 말마따나 취지는 충분히 공감한다 해도 선뜻 맡겠다고 나설 사람이 없을 일이었다. 남해에서 그런 일을 주동했다가는 바로 '빨갱이!'라는 낙인이 찍힐 터였다. 아직 남해는 그랬다. 세월이 많이 흘렀고 진보정권이 들어섰지만, 남해의 정치 풍토는 해방 정국의 기상도를 거의 판박이처럼 유지하고 있었다. 혈연의 끈이 강하게 작용하긴 해도, 그것은 지역 안 유대였다. 대놓고 하는 정치 얘기는 애써 피했어도, 골목에서나 술집에서나 입에 올리기 힘든 막말 듣기는 예삿일이었다. 그런 사람들이 적지 않은 이곳에서 그런 행사를 공동 주최한다면, 울고 싶은 사람 뺨 때려주는 꼴일 게 뻔했다.

갑자기 박광석은 스스럼없이 속내를 드러내는 정태민이 부러워졌다.

"처음엔 수월할 줄 알았던 일이 난관에 부딪친께 막막해지더랑께요. 비용을 지원해 달라거나 사람을 동원해 달라 - 물론 많은 분들이 동참하면 금상첨화긴 하지라 - 는 것도 아니고 명의만 함께하자는 건데도 앗 뜨거라 하니 말입니다. 전혀 예상 못한 건 아니지만 그래도 이 정도일 줄은 뜻밖이었지라. 그러다 문득 '행님'이 떠오르는 거 아니겠습니까!"

이따금 사투리가 섞이긴 했지만, 그는 전라도 내기면서도 표준어를 쓰고자 애썼다. 여기가 남해 땅, 영남 지역이라 그런 걸까?

"행사 때 먼발치에서 몇 번 뵙기도 했고, 뒷풀이 때 인사도 나눴더랬지라."

그로서는 전혀 기억에 없었다. 하긴 인사치레로 나눈 악수와

통성명을 다 기억한다면 머리가 들끓어 버티기도 힘들 노릇이긴 했다.

여하간 이 행사에 그가 주체가 되어 참여하기는 어렵다는 판단은 금방 스쳐지나갔다. 그가 접촉했다는 인물이 누군지는 모를 일이지만, 다들 발을 뺐다면 아직 풋내기인 그가 끼어들어 주선할 여지는 거의 없었다. 갑자기 암울한 기분이 들어 입맛이 떨떠름해졌다.

남해에서 태어나 잔뼈가 굵었고, 대학과 군복무 때 외지 생활한 것 외에는 지금까지 고향에 남아 이런저런 일을 하는 그는, 남해에서 벌어진 일이라면 시간과 장소를 가릴 것 없이 손금 보듯 안다고 자부했었다. 그러나 소치도 앞바다에서 여순민중항쟁과 보도연맹 희생자를 수장했다는 소문은, 그것도 몇 차례나 이뤄졌다는 얘기는 들어본 적조차 없었다. 소치도가 오래 전부터 무인도였고, 갈매기가 쉬거나 낚시꾼들이 가끔 들어가는 옹색한 섬이니, 그 험악했던 시절 야밤에 있었던 일이라면 알기도 전하기도 어려웠을 건 수이 짐작은 갔다. 그래도 그렇게까지 조용히 지나갈 수 있었던가? 남해에서도 보도연맹사건으로 백 명이 넘는 희생자가 나왔는데 말이다.

박광석은 마른 입술을 적시고자 자리에 놓인 커피 잔을 들었다. 널찍한 통유리 너머로 유배문학관이 보였다. 햇빛 아래 탁 트인 전면이 볕을 받아 눈부셨다. 죄를 짓고 끌려왔다가 죽거나 떠난 사람들도 기리는 판에 이웃 동네에서 벌어진 참사에는 귀를 막는 처사는 납득이 가지 않았다.

그의 착잡한 심정은 아랑곳없이 정태민은 말문을 닫지 않았다.

"이게 어려운 부탁이란 건 지도 잘 아지라. 알다 뿐이것소. 괜시리 욕 처먹을 분란에 빠질 수도 있지라. 허나 대의란 게 있지 않습니까? 역사의 회오리에 휩쓸려 억울하게 죽어간 원혼을 보내드리려는 게 무슨 욕 들어먹을 일이것습니까? 올해가 여순항쟁이 터진 지 일흔 돌 되는 해이지라. 얼마 남지도 않은 유족분들이 위령제라도 제대로 올리지 못한다캄 죽어 무신 낯짝으로 넋들을 뵙겠냐며 하소연하는디, 이를 외면하면 어찌 사람이라 하것소. 유족 한 분이 함께 오시것다는 걸 내 간신히 막았당께요. 그러니 행님께서 힘 좀 보태주씨요."

머리라도 박고 절을 할 기세였다. 일이 점점 더 난감해졌다. 세상일에 닳고 닳은 노친네들처럼 발뺌을 한다면 남해에 변화의 바람을 일으키겠다며 기염을 토한 그로서는 면목이 서지 않는 일이었다. 전화만 몇 통화 돌려도 무망한 일로 판가름 날 건 뻔했지만, 두어 시간 길을 돌아 온 사람에게 처음 만난 자리에서 거절의 실망을 끼칠 순 없었다.

"알았으니 우선 그 섬에나 한번 가봅시다."

박광석은 뒤숭숭한 뇌 머리를 씻어낼 듯 자리에서 일어섰다. 탯줄 끊고 처음 들어본 그 사달이 난 곳을 직접 보고픈 마음을 거두기 힘들었다. 과연 그 잔잔한 바다에서 그런 끔찍한 사건이 있었단 말인가?

일이 성사가 된 건지 확답을 듣지 못한 정태민은 애매한 시선을 보내며 어정쩡 잉딩이를 뗐다. 지금 보니 그는 박광석보다 키가 작아 어깨춤에 닿을 정도였다.

"여수에서도 애기섬이 어렴풋이 보이긴 했싸도, 코앞에선 보지 못했지라. 근디 뱃편이 있을랑가 모르것네요."

사람도 살지 않는 외딴 섬으로 갈 배가 있을 리 만무였다. 예전엔 섬 중턱에 세운 등대를 돋보는 관리인이 있었지만, 무인등대로 바뀐 지도 오래였다. 그렇다고 몇 십 만 원 돈을 들여 배를 내 갈 일도 아니었다.

"갈 수는 없고, 멀리서 지켜볼 만한 장소가 있긴 하지예."

소치도를 가까운 데서 볼 수 있는 곳은 노도가 안성맞춤이었다. 벽련마을에서 노도로 들어가는 도선의 시간이 어찌되는지 머릿속으로 헤아려 보았다. 읍에서 가는데 30분 정도 잡는다면 오후에 들어가는 배 시간에 얼추 맞출 수 있을 듯했다.

"그런데 여기서는 소치도라 부르는데, 여수서는 '애기섬'이라 부르나 보지예?"

박광석은 처음 정태민이 '애기섬'이라 불렀을 때 떠올랐던 궁금증을 에둘러 물어보았다.

"하모요. 여수서는 소치도를 '모자(母子)섬'이라 합니다. 어미와 애기 섬이란 말이지요. 그 섬을 자세히 보면 말이지라, 큰 섬 옆에 쬐깐한 섬이 하나 달라붙어 있지 않은갑소. 그라서 큰 섬은 '어미섬'이고 작은 섬은 '애기섬'이라 부른당깨요."

"그라예! 처음 듣는 말이네예."

커피숍을 나온 박광석은 주차장에서 졸고 있는 차에 리모컨으로 시동을 걸었다. 아직 덥지는 않았지만, 뙤약볕은 따갑게 내리쪼였다.

시동만큼 일이 잘 풀리기를 기대했다.

## 2

여수의 불행은 그 뿌리가 아주 멀리까지 거슬러 오른다. 그 고난과 시련의 아귀는 '삼복삼파(三復三罷)'란 말로 요약된다. 원래 어엿

한 현(縣)으로 자리매김해야 할 여수는 고려 말 나라가 조선으로 넘어가자 현령으로 있던 오흔인(吳欣仁)이란 사람이 정권의 찬탈을 부정하면서 사직한 뒤 산야로 은거하면서부터 권력과 척을 지게 되었다. 여수를 눈엣가시로 보았던 조선 조정은 여수를 역향(逆鄕)으로 단죄하고 반골의 무리가 똬리를 튼 고장으로 말뚝을 박았다. 그 뒤 여수는 세 차례나 파현(罷縣)과 복현(復縣)되는 풍파를 겪어야 했다. 이웃한 순천부와 내부에 들어앉은 전라좌수영 양쪽으로부터 수조(收租)와 과납(課納)의 책임이 들이닥쳤다.

이런 이중고 속에서 여수 사람들은 조선조 내내 과중한 수탈에 시달렸다. 부당함을 호소하면서 복현되기 위한 피눈물 나는 몸부림과 울부짖음은 끊임없이 이어졌다. 복현되는가 싶다가도 수탈에 재미를 들인 이웃 관아의 간섭과 압력 때문에 번번이 수포로 돌아갔다. 여수가 다시 옛 위상을 되찾은 것은 조선의 몰락이 뻔히 보이던 1897년, 고종 34년이었다.

식민지시대가 되자 여수는 또 다른 수탈의 희생양이 되었다. 남해 바다의 한가운데 위치해 수운(水運)의 요지였던 여수는 호남의 풍부한 물산이 일본으로 공출되는 중요 항구였다. 약탈의 상흔은 물자만 아니라 사람에게도 잔인한 흔적을 남겼다. 압제를 견디지 못하고 떠나는 사람이 있는가 하면 압제를 피해 몰려드는 사람도 있었다. 나가는 사람이나 들어오는 사람이나 상처 입은 야수처럼 웅크리기는 마찬가지였다.

그리고 맞이한 해방. 여수 사람들에게 해방은 속박의 사슬에서 풀려난 것이 아니라 아이러니하게도 새로운 차꼬로 들씌워졌다. 일본제국의 패망 소식을 접하자마자 여수 사람들도 몽양(夢陽) 여운형(呂運亨, 1887~1947)의 선도 아래 건국준비위원회를 결성했고,

미군이 진주하기 직전 '조선인민공화국'을 출범시켜 진정한 조국의 해방을 마무리하고자 했다.

그러나 군정을 실시하면서 저희들의 괴뢰로 이승만을 세우려 했던 미군은 여운형과 그가 지휘하는 단체의 존재를 부정했다. 미군정과의 충돌을 피하지 못했던 여운형은 결국 그의 예언처럼 1947년 7월 19일 서울 종로구 혜화동 로터리에서 피습을 당해 생애를 마쳤다. 정적을 제거하려는 이승만의 마수에 걸린 첫 번째 희생자였다. 여수의 해방 물결은 위축되었다.

미군정은 남한만의 단독정부가 들어서기 전 1946년 1월 15일부터 11월 16일까지 각도별로 남조선국방경비대(이후 조선경비대가 되고, 정부가 수립되자 '국군'이 되었다)를 창설했다. 1연대는 경기도 태릉에 주둔했고, 9연대는 제주도 모슬포에 주둔했다. 각 연대의 병력 수자는 2500여 명 안팎이었는데, 지원자의 상황에 따라 편차는 벌어지거나 줄어들었다.

여수에는 원래 경찰만 있을 뿐 군인은 없었다. 그러다가 정부 수립 직전인 1948년 5월 1일부터 4일 사이에(이해 4월 3일 제주 4·3항쟁이 발발했다) 6개 연대가 추가되었고, 14연대의 주둔지는 여수였다. 얼마 뒤 제주도의 9연대와 여수의 14연대는 해방 이후 벌어진 거대한 비극의 소용돌이 한가운데 떨어지게 된다.

여수와 제주는 지근거리에 있지는 않았지만, 오래 전부터 물자와 인력 양면에서 왕래가 잦았다. 제주에서 살기 어려워지면 많은 사람들이 일거리를 찾아 여수로 몰려들었다. 자연스럽게 연대감이 싹텄고, 애증으로 얽히는 처지로 묶였다. 제주가 대대로 반역의 땅으로 핍박을 받았다면 여수는 역향으로 소외되거나 압제로 움츠러들었다.

해방 직후 세상이 권력암투로 들끓어오를 때 제주와 여수를 한 광주리 안에 담은 사람은 여수 사람도 아니었고, 제주 사람도 아니었다. 그들은 여수 옆 동네 하동에서 태어나고 자란 사람과 여수에서 바다 건너 눈앞에 보이는 섬 남해에 태를 묻은 사람이었다. 제주 9연대 연대장으로 있다가 빨갱이로 몰려 해임된 뒤 여수 14연대로 전출한 김익렬(金益烈, 1921~1988) 중령과 그의 후임으로 제주에 발을 들인 박진경(朴珍景, 1918~1948) 대령이었다. 제주와 여수와는 별 인연이 없었던 두 사람 - 박진경은 해방 전 일본군 장교로 제주에 주둔하기는 했다 - 이 두 지역을 이인삼각으로 동행하도록 만들었다.

안창범 노인은 올해로 여든네 살이 되었다. 일제의 서슬이 시퍼렇게 칼날을 벼리던 1934년에 여수에서 태어났다. 부유한 집안은 아니었지만, 가솔들은 열 마지기 남짓의 논밭에 벼와 푸성귀를 심어 끼니를 때우고, 작은 쪽배 한 척으로 바다에 나가 어물을 낚아 가용(家用)으로 쓰던, 반농반어하면서 큰 근심 없이 살았다. 막내였던 안창범 노인 위로 형이 둘 누나가 한 사람 있었다.

열한 살 때 해방을 맞았다. 형 둘은 학병으로 끌려갔다가 둘째 형은 불귀의 객이 되었고, 큰 형만 살아 돌아왔다. 누나는 종군위안부로 잡혀가는 꼴을 피하려고 부모가 일찍 시집을 보내 좀 멀리 떨어진 마을에서 살고 있었다. 큰 형과 매형은 알고 지내는 사이였다. 매형은 읍사무소 서기였다.

"그 난리통에 애들 넷 중 셋은 건졌으니 그것만도 천운이지라."

아버지는 시신도 챙기지 못한 둘째의 죽음을 속으로만 되씹으면서 그렇게 위안을 삼았다. 어머니의 심경은 아버지처럼 삭아질 수 없었다.

"그기 무신 천운이요. 그 놈이 제일 똑똑했는디, 하늘도 무심하시지. 우짜 생때 같은 내 자식을 그리 모질게 잡알갔씰꼬."

서울서 전문학교를 다니다 학병으로 잡혀간 큰 형도 똑똑했지만, 둘째 형은 그가 봐도 비상한 머리를 지니고 있었다. 소학교를 마친 뒤 광주에 가 공부한 둘째 형은 거기서도 수재로 인정을 받았다. 방학 때 고향으로 내려온 둘째 형의 공책을 본 적이 있는데, 그로서는 생전 듣도 보도 못한 기괴한 수학 기호들로 뒤덮여 있었다. 이게 뭐냐고 물어보니 둘째 형은 씩 웃으며 미분과 적분을 풀어 해를 구하는 거라고 대답했다. 안창범 노인은 둘째 형이 부러워 몰래 풀이를 베껴 답을 찾아보려고 씨름했다.

형이 그 꼴을 보더니 웃으며 말했다.

"뚫어져라 쳐다본다고 답이 나오는 거 아니다. 때가 되면 알게 되니께 소학교 공부나 열심히 혀. 뱁새가 황새 따라잡으라카이 되것나."

안달이 난 안창범 노인이 당장 가르쳐달라며 징징거리자 형이 그의 머리를 쓰다듬으며 말했다.

"알것다. 내 겨울방학 때 오면 가르쳐주마."

그렇게 돌아간 둘째 형은 바로 학병으로 끌려가 다시는 고향 땅을 밟지 못했다. 형이 남겨두고 갔던 책 몇 권을 챙겨두려 했더니 어머니가 보면 속만 뒤집힌다며 빼앗아 옷가지와 함께 태워버렸다. 둘째 형을 기억할 수 있는 유일한 유품을 지키지 못한 일은 노인의 가슴에 두고두고 회한을 남겼다.

소학교를 마친 소년 안창범은 공립중학교에 진학했다. 해방의 어우선한 환경 속에서도 어머니는 악착같이 소년의 학업의 길이 끊어지지 않게 힘썼다. 둘째에게 베풀지 못했던 배움의 꿈을 남은 자식에게 잇겠다는 단호한 고집이었다. 소년은 형이 마무리하지 못한 미분과 적분 방정식을 스스로 깨치겠다고 단단히 다짐했다.

전문학교에서 학업을 마치겠다고 서울로 올라간 큰 형 안창국은 다음 해 봄에 군인이 되어 나타났다. 졸업장을 받기도 전에 형은 2월 15일 창설된 국방경비대 제4연대에 입대했다. 4연대는 둘째 형이 공부했던 광주가 주둔지였다. 어느 날 형은 회색빛이 감도는 군복과 군모를 갖추고 여수 집을 찾아왔다. 놀란 건 소년만 아니라 부모도 마찬가지였다.

"니 창국이 맞냐? 이기 무신 꼴이랑가?"

아버지는 국을 떠서 마시던 손가락을 허공에 멈춘 채 벌린 입을 다물지 못했다. 학교를 마치면 4년제 대학으로 편입할 줄 알았던 아들이 뜬금없이 군복 차림으로 나타났으니 놀라는 건 당연했다. 더구나 그 복장은 해방 전 일본군이 입었던 입성과 다를 바 없었다.

"다시 일정 때가 되었나베?"

어머니도 어이없다는 듯 혀를 끌끌 찼다.

"학병으로 끌려 다니면서 해방된 나라를 지키려면 무엇보다 강력한 군대를 가져야 한다고 절감했지라. 지금은 부실하지만 군정이 끝나고 정식으로 정부가 들어서면 모양새를 제대로 갖출 거랑께요."

형은 부모님의 삐딱한 시선은 아랑 곳 않고 밥부터 한 그릇 비우더니 건넌방으로 들어갔다. 두 분은 더 이상 말을 얹지 않으셨다. 소년은 눈치를 보다가 슬그머니 자리에서 일어나 주섬거리는 소리가 들리는 방문을 열었다. 형은 옷가지며 몇몇 물품을 꺼내놓고 이리저리 간추리는 중이었다. 소년이 물었다.

"군대에서도 이런 옷이 필요한갑소?"

형은 소년을 흘낏 보더니 말없이 일에만 몰두했다. 옷은 옷대로 필기구는 필기구대로 책은 책대로 방바닥에 차곡차곡 쌓였다.

잠깐 숨을 돌리려는지 가볍게 한숨을 쉬며 형이 말했다.

"창설된 지 일천해서 아직 보급품이 많이 부족혀. 숙식이야 영내에서 해결한다지만 불비한 물품은 스스로 해결해야 되지라. 38선 너머 진주한 소련군들도 지역 청년들을 뽑아 군대를 조직한다더라. 사태가 어떻게 전개될지 모르는디, 성에 안 찬다고 손 놓고 있어서야 쓰것냐."

"경찰이 되제 그러나? 본께 경찰은 잘 나가는 거 같던디?"

나이는 어렸어도 보는 눈은 멀쩡했던 소년이었다. 왜놈 순사가 사라지자 한동안은 '건준' 사람들이 치안을 대체했다. 하지만 미군이 건준을 인정하지 않고 해산을 명령하자 치안에 공백이 생겼다. 이를 메꾸는 묘안으로 미군은 일정 때 왜놈 밑에서 순사로 있었던 조선인들을 발탁했다.

목구멍이 포도청이고 여차하면 징용으로 내몰릴 판에 가장 안전한 도피처는 경찰의 그늘 아래 숨는 것이었다. 물론 아무나 뽑힐 수 있는 건 아니어서 평소 '황국신민'으로 충성심이 높고 일경의 업무를 잘 보좌할 눈썰미도 갖춰야 했다. 보좌란 게 별 거 아니었다. 전황이 수세로 몰리자 왜놈들은 불령선인과 독립지사들을 검속하고 전쟁물자를 공출하면서 온갖 부정과 불법을 다 저질렀다. 납치하다시피 동네 처녀들을 끌고 가 위인부로 보냈고, 멀쩡한 사람에게 혐의를 씌워 금품을 갈취하기는 예사였다. 조금이라도 반항하면 경찰서로 끌고 가 고문했는데, 취조가 도를 넘어 물고가 나도 문제될 게 없었다. 그때 더 못된 짓을 잘 하는 게 훌륭한 보좌였다.

해방이 되자 일경의 충실한 개 노릇을 하던 잡놈들이 일순간에 안개가 걷히듯 사라졌다. 그 동안 고문을 당하고 형제를 잃은 사람들이 원수를 갚겠다며 이 잡듯 뒤졌지만 연기처럼 자취를 감추었다. 어설픈 친일 행각을 벌였던 잡것 몇이 물정 모르고 돌아다니다가 구타를 당해 병신이 되었다. 그래도 분은 풀리지 않았다.

"개새끼들. 쪽발이 따라 깡그리 바다를 건넌겨?"

그랬던 자들이 스멀스멀 기어 나오기 시작했다. 당장 요절을 내겠다며 사람들이 팔을 걷어붙이고 달려갔지만, 그들 주변에는 어느새가 미군이 얼쩡거렸고, 경찰 견장과 제복을 갖추었다. 일경의 폭압에 치도곤을 당한 적이 있던 사람들은 그 제복의 위력 앞에 꽁무니를 내렸다. 예전 겪었던 트라우마가 되살아났다. 그렇게 슬쩍 일제 때 폭주했던 부역 경찰은 해방된 조선에서도 굳건한 권력을 되차지했다.

상인이든 관리든, 농민이든 어민이든, 경찰 앞에만 서면 설설 기는 모습을 봤던 소년은 형이 왜 경찰이 되지 않고 군인이 되었는지 이해가 되지 않았다. 더구나 형은 대학까지 나왔다. 저 꼬질꼬질한 앞잡이 경찰은 소학교도 제대로 나오지 못한 이들이 수두룩했다.

형이 소년의 어깨를 툭툭 치면서 말했다.

"일본의 개 노릇을 했던 망종들과 어깨동무하고 다닐 순 없잖여? 이제는 미군의 개가 되어 뼈다귀 국물이라도 얻어먹으려는 짓거리가 너무 역겹더라."

다음 날 형은 정리한 물건들을 보자기에 싸들고 기차역으로 나갔다.

자주는 아니지만 형은 잊힐 만하면 집을 찾아왔다. 처음엔 아버지 몰래 엄마에게 주머니를 벌리더니 시간이 지나자 식료품이나 과자 따위를 들고 왔다. 초콜릿이며 캔디, 비스킷, 음료수 병이 든 박스를 가져와 안방에서 개봉했다. 소년은 입이 쩍 벌어졌고, 부모님은 흥분해 얼굴이 붉어졌다. 병에 든 커피가루는 돈을 주고도 구하기 힘든 값진 상품이었다.

어느 날 형의 어깨에는 이전에는 볼 수 없었던 계급장이 걸려 있었다. 미군이 설치한 군사영어학교를 수료한 뒤 장교로 임관했다는 것이었다. 형에게 특별한 군사 경력은 없었지만, 대학을 졸업했고 학병으로 일본군대에 있었다는 점, 그리고 기본적인 영어 회화가 된다는 점 등이 작용해 입학할 수 있었다고 말했다.

소대장을 맡으면 책임이 무거워져 고향엔 자주 못 올 것 같다는 인사를 남기고 형은 부대로 복귀했는데, 말 그대로 형은 겨울이 지나고 봄이 올 때까지 코빼기도 비추지 않았다. 그래도 군사우편으로 미군 보급품들을 보내줘 살림에 크게 보탬이 되기는 했다.

소년 안창범은 그리 숫기가 있는 성격은 아니었다. 수줍어하는 편이었고, 앞에 나서기는 몸서리 칠 만큼 싫어했다. 운동신경도 둔한 편이라 동무들이 무리지어 축구를 한다거나 딱지치기, 술래잡기 따위를 할 때도 핑계를 대어 피했다. 그 무엇도 수학 공부만큼 재미있는 것은 없었다. 다들 하교해서 텅 빈 교실에 앉아 수학문제를 풀다 보면 어느 새 날은 저물었고, 그제야 책보를 꾸려 터벅터벅 귀갓길에 올랐다. 처음에는 어딜 갔다 이제 오냐며 타박하던 엄마도 소년이 오후 내내 푼 수학문제집을 보여주자 입을 꾹 다물었다. 수학이 뭔지는 몰랐지만, 엄마는 소년이 죽은 둘째처럼 수재가 될 거란 환상을 품었는지도 모를 일이었다.

소년이 살던 집에서 골목을 몇 바퀴 지나면 제법 널찍한 공터가 나왔다. 팽나무 군락이 공터를 둘렀는데, 동네 노인들이 짬이 나면 나와 평상을 펴놓고 그늘 아래 낮잠을 자거나 장기판을 펼쳐놓고 승부에 열중했다. 가끔 삿대질과 욕설이 오가기도 했지만, 대개는 탁주를 받아와 값싼 물고기로 회를 쳐 안주 삼아 마시며 시간을 보냈다.

군락을 지나면 장기판처럼 조각난 밭들이 옹기종기 모여 있었는데, 구역마다 주인이 달랐다. 거기서 주민들은 채소 농사를 지어 뜯어 먹었다. 그 밭 너머 작은 마을이 자리했는데, 사람들은 그 마을을 '남해촌(南海村)'이라 불렀다. 동쪽 바다 건너 있는 섬 남해에서 건너온 사람들이 모여 산다고 들었다. 들리는 소문에 그런 남해촌은 여수 변두리를 따라 세 군데 있다고 했다.

토박이 여수 사람들이 아닌 남해촌 사람들은 주변 사람들과 도란도란 어울리며 살지는 않았다. 소년이 듣기로 마을이 생긴 건 오래되지 않았다. 일제 말기 일본인들은 압록강과 두만강 건너 있는 땅 - 넓게 보면 만주였고, 좁게 보면 간도였는데 - 을 개간해 군량을 확보하려 했다. 간도는 주인 없는 땅이라 조선시대 말부터 가난한 빈민들이 건너가 농지를 일구고 살았다. 일제는 그곳을 대대적으로 개척해 곡물을 생산할 계획을 세웠다. 그러자니 인력이 부족했고, 조선 땅에 살던 사람들을 징발해 보내는 것으로 대책을 삼았다. 그런 촉수가 남해까지 미쳤는데, 황폐하고 건조한데다 한겨울엔 입술을 터질 만큼 추워 얼어 죽은 시체가 즐비하다는 소문이 흉흉하게 퍼졌다. 끌려가 피똥을 싸다 죽느니 달아나는 게 낫다는 요량에 남해 사람들은 섬을 빠져 나왔다. 그들 중 일부가 여수로 스며들었고, 해방된 뒤에도 섬으로 돌아가지 않고 남아 지금의 남해촌이 되었다고 들었다.

어느 날 소년은 학교에서 일찍 돌아와 팽나무 군락지로 갔다. 그늘에 기대 좀체 답을 찾지 못하는 수학 문제를 풀어볼 생각이었다. 후텁지근한 교실에 앉아 머리를 쥐어짜자니 눈알이 빠질 것 같았다.

그늘 아래 부는 바람이 시원했다. 귀청이 터져라 울어대는 매미 소리가 오히려 졸음과 무료함을 쫓아냈다. 몽당연필에 침을 묻혀가며 약분하고 루트를 씌우고 로그함수를 적용시키면서 시간 가는 줄 모르고 해답 찾기에 열중했다. 수학도 좋지만 상급학교 진학을 위해서는 다른 학과 공부도 등한히 해서는 안 된다는 담임선생님의 꾸중은 귓전만 맴돌다 사라졌다.

그때 그늘 뒤에서 뭔가 인기척이 느껴졌다.

노인들이 장기 놀이터를 독차지한다고 면박을 주는 게 아닌가 싶어 목을 잔뜩 움츠리며 뒤를 돌아보았다. 뜻밖에 거기에 웬 계집애가 소년을 빤히 쳐다보고 있는 게 아닌가! 햇빛을 등지고 있어 단발머리 계집애는 시커먼 실루엣으로만 가늠이 되었다.

소년은 남의 물건을 훔치다가 들키기라도 한 것처럼 화들짝 놀라 공책을 덮었다. 그 서슬에 몽당연필의 심이 똑 부러졌다.

"뭐여?"

소년은 경계심과 적대감이 서린 무뚝뚝한 소리로 계집애를 다그쳤다. 계집애는 조금도 당황하지 않았다. 마을 어귀 지하여장군처럼 우뚝 선 채 소년만 응시했다.

"사람이 물으면 뭐라꼬 대답을 해야제. 귀신인갑제."

겸연쩍어 괜히 흰소리를 늘어놓았다.

"오빠야! 지금 뭐 하는기고?"

계집애는 다짜고짜 반말조였다. 얼결에 벌떡 일어섰다. 키는 한참 작았지만, 소년을 바라보는 눈빛만은 반짝거렸다. 약간 비껴서자 비로소 계집애의 얼굴 윤곽이 햇빛을 받아 드러났다.

이마가 넓었고, 콧날은 꽤 오뚝했다. 동그란 얼굴선이 자연스럽게 묶인 머릿결을 따라 뒤로 감싸였다. 살결은 검은 편이었는데, 눈이 크고 흰자위가 맑아 귀엽게 느껴졌다. 마음과는 다른 대꾸가 나왔다.

"수학 문제 풀고 있지라. 니는 학교 숙제도 없어부냐?"

그러자 계집애가 나풀거리는 원피스 뒤로 숨기고 있던 두 손을 앞으로 내밀었다. 책이 들려 있었다.

"있제. 내일까지 이 책을 다 읽어가야지 않나."

계집애가 책 표지를 소년의 얼굴로 들이밀었다. 거기엔 '파브르 곤충기'란 책 제목이 쓰여 있었다. 처음 들어보는 이름이었다.

"허천나게 재미업시 생겼고마."

계집애가 팩 토라지더니 쏘아붙였다.

"그 꼬부랑 수학 문제보단 백 배 재미있다 아이가."

수학의 묘미가 뭔지도 모르는 얼치기 계집애와 실랑이를 벌이고 싶지는 않았다. 한창 문제가 술술 풀리는 중이었는데, 열기에 찬물을 끼얹은 애와 아웅다웅할 일은 없었다.

"됐다. 난 집에 갈팅께 그 곤충긴지 된장찌갠지 많이 읽으랑께."

조곤조곤 살갑게 말을 건네는 재주가 없었던 소년은 이 불편한 대화에서 빠져나가고 싶었다. 그러자 계집애가 고함을 질러댔다.

"말을 중간에 자르고 그냥 가몬 우짜노!"

소년은 왠지 그냥 물러서고 싶지 않아졌다.

"이런 쉬운 문제도 모르는 얼라하고는 말 섞고 싶지 않당께."

몸을 돌리자 계집애가 소년의 옷자락을 잡았다.

"갈차주면 될 일 가지고 뭔 바보짓이고."

그렇게 옷자락이 잡혔을 때 소년의 뇌리로 죽은 둘째 형과의 오래 전 약속이 떠올랐다. 둘째 형은 다음 방학 때 와서 가르쳐 주겠다고 다짐했었다. 하지만 형은 영영 돌아오지 못했다. 몸이 갑자기 굳어졌다.

소년은 숨을 가볍게 몰아쉰 뒤 등을 돌렸다.

"니 갈차줬는데도 모르면 쎄기 혼줄 날 줄 알랑께!"

### 3

정태민과 함께 노도에 가서 외롭게 떠 있는 소치도를 보고온 뒤부터 박광석의 일상은 바빠졌다. 남해 사람들은 이 섬을 문필봉(文筆峰)이라고도 불렀다. 바다에서 불쑥 솟아 사면이 위로 뻗어 한 정점에 이른 모습이 붓끝처럼 보인다는 데서 연유했다.

또 소치도는 한자로 '小雉島'라고도 썼다. '연약한 꿩의 섬'쯤 될 것이다. 외양과는 별개의 호칭이기는 한데, 멀리 남해 본섬 남면 끝자락에 자리한 응봉산(鷹峰山, 427미터) 이름에 '매'가 들어 있어 유추된 이름이었다. 70년 전 여순항쟁과 보도연맹사건에 희생된 시신들이 소치도 앞바다에 수장되었다면, 마치 피에 굶주린 사나운 매가 매서운 부리로 무고한 꿩을 갈기갈기 찢어발기는 장면을 연상시켰다. 수긍할 만한 논리나 이유도 없이, 정당한 재판과 변호를 받을 기회도 없이 이 땅의 민초들은 그렇게 그 시절 야만의 발톱에 몸을 내맡겼다.

노도에서 여수 쪽은 본섬에 가려 잘 보이지 않았다. 다만 여수와 광양만으로 향하는 크고 작은 유조선, 화물선 들이 유유히 입항 순서를 기다리며 꼬리를 물고 있었다. 한때 벌어졌던 살육과 억압의 어두운 역사는 지금의 풍경 어디에서도 느껴지지 않았다.

정태민의 간청이 아니더라도 그 현장을 목도한 순간 박광석은, 의례적인 행사일지 몰라도 뭔가 구실은 해야 한다는 소명 같은 것을 느꼈다. 120여 년 전 동학농민혁명이 발발했을 때 남해 사람들은 여수에서 건너온 혁명군과 함께 시폐(時弊)를 규탄하고, 구국의 일념으로 바다를 건너 하동 고성산에서 일본군과 전투를 벌여 수많은 사람들이 참혹하게 희생되었었다. 여수에서 건너와 동참을 호소하는 정태민이 그 옛날 바다를 건너온 여수 동학군과 겹쳐졌다.

이런 행사는 여수 사람들만의 몫으로 팽개치면 안 되는 것이었다. 오랜 동안 여수와 운명 공동체로 삶을 함께 해온 남해 사람들도 그 몫의 일부를 맡아야 옳았다.

섬을 나온 정태민은 거듭 머리를 조아리며 여수로 돌아갔다. 굳어진 결의와 반비례하는 성사의 가능성에 일말의 불안감이 없는 것은 아니었지만, 박광석은 정태민과 굳게 악수를 나눴다.

사무실로 들어오자 지역의 원로라 할 분들에게 전화를 돌렸다. 꽉 막혀 씨도 안 먹힐 분들은 아예 제외했다. 이 지역은 워낙 보수세가 강해 취지나 의도가 좋든 나쁘든 자신들이 못박아놓은 울타리에 이의를 제기하면 '좌빨'이라는 굴레가 씌워져 성토를 받아야 했다. 그러니 잘못 입을 뗐다가는 도움은 고사하고 건수를 잡은 듯 소문을 퍼뜨려 분란만 일으킬 수도 있었다.

박광석은 나름대로 전략을 짰다. 먼저 이 일을 상의할 만한 인사부터 추렸다. 평소 언행을 상기해보면 이런 행사에 어떤 반응을 보일지 짐작이 가능했다. 또 지역 정가에 발을 얹은 사람도 열외로 돌렸다. 여순항쟁과 보도연맹사건은 딱히 정치적인 접근을 해야 할 이유가 없는 민족 전체가 겪은 고통이자 수난이었지만, 가뜩이나 여론에 민감한 사람들의 몸 사리기가 부산한데 부싯돌을 켤 필요는 없었다. 정태민이 사전에 접촉했다는 사람들의 이름을 귀띔하고 갔기에 선별은 자연스럽게 이뤄졌다.

환경이나 복지, 예술 운동을 하는 사람들에게 자연스럽게 눈길이 갔다. 반응은 예상대로였다. 운동가들 중 연륜이 있어 남의 눈치를 보는 인사들은 성을 내기도 하고 조심스럽게(아니 대놓고) 회피하려는 기세였다.

"야! 니 미쳤나? 그런 문제 끌어들여 좋을 거 한 개도 없다 아이가. 싸잡아 비난할 사람 천지삐까리다. 선거 결과가 나올 때까정은 죽어 지내고 있으라마."

"자네 심정이야 내로 우째 모리것노. 내처럼 나만은(늙은) 사람도 혈기는 살아 있다 아이가. 하모 하모! 그려도 무르익는 분위기에 찬물 끼얹는 일은 삼가는 기 어떻겠노."

"내는 일 없네. 우리캉 하는 일이 정치와는 아무 상관없이 나가야 할 과제인기라. '빨갱이' 소리 들어서 좋을 기 뭐 있것노. 취지야 좋지만서도 내맨치로 애시당초 접근을 마소."

결국 지역의 원로 운동가들을 설득하는 일은 무망한 것으로 드러났다. 나름대로 의식 있는 분들이었지만 세상 물정의 파고를 거스를 만큼 무모하지는 않았다. 행정의 금전적 지원을 받고 지역민들의 지지를 등에 업어야 하는 그들의 입장을 모르는 바 아니었지만, 섭섭한 마음은 지워지지 않았다. 구더기 무서워 장 못 담궈서야 되겠는가!

사무실에 앉아 부채질을 하면서 다음 대책을 궁리했다. 올해는 여름 초입인데도 무더위가 일찍 찾아와 사람을 괴롭혔다. 어쩌다 쏟아지는 빗줄기마저 뜨거웠다. 에어컨을 틀고 싶은 마음이야 굴뚝 같았지만 전기세가 무서워 엄두가 나지 않았다. 그때 사무실 문이 열리는 소리가 났다. 문 앞에 쳐 있는 차양막 때문에 누군지 가늠이 되지 않았다.

그는 얼른 사람들의 명단을 쓰고 지우던 컴퓨터 모니터를 내리고 자리에서 일어났다. 아버지였다.

그의 아버지는 무뚝뚝한 사람이었다. 군내 중학교에서 역사를 가르치다 얼마 전 퇴임했다. '역사는 원캉 말이 없는 벱이제.' 이게 아버지의 삶의 철학으로 이어졌다. 남의 일에 관심을 갖지도 않았고, 웬만한 일에는 끼어들지 않았다. 밖에서만 그런 것도 아니고 집에서도 과묵했다. 어지간한 경상도 사내라면 원래 말수가 적긴 하지만, 아버지는 묵언수행승이나 다름없었다. 그것은 박광석이 보기에 세상사를 관조한다기보다는 은둔하는 태도였다. 꼭 저래야 하나 싶었지만, 그가 관여할 문제는 아니었다.

그런 아버지가 그의 사무실에 발걸음을 한 것은 파격이었다. 어떻게 사무실 위치를 알았나 싶을 정도였다.

"무신 일이라예?"

뜨악한 표정으로 물었지만, 아버지는 대꾸 없이 소파에 앉았다. 이마에 송골송골 땀에 맺혀 있었다. 냉장고에서 냉차를 꺼내 탁자에 놓고 마주 앉았다.

아버지는 냉차를 쭉 들이키고도 한동안 말없이 그만 지켜보았다. 할 말이 없어서인지 어떻게 말을 꺼내야 할지 갈피가 서지 않는다는 표정이었다. 마침내 아버지가 입을 뗐다.

"니 요즘 무신 일 혀고 다니는 기고?"

뜻밖이었다. 아버지 눈에 그가 하는 일이란 게 무위도식이었다. 아주 밥벌이를 못하는 건 아니지만, 아내가 요양병원 간호사로 일하면서 돈을 벌지 않는다면 애가 둘인 처지에 곤궁한 생활을 면하긴 어려웠을 터였다. 그런 아들의 꼴이 아버지로서는 못마땅했고, 며느리에게 미안해했다. 그런 단순한 핀잔의 말 같지는 않았다.

"돈 벌 궁리하지 제가 뭘 하겠어요."

조금 자조적으로 대답했다.

"돈 벌 궁리가 아니라 욕 들어먹을 궁리하는 거 아이가?"

박광석이 의문의 눈빛을 담아 아버지를 보았다. 아버지가 말을 이었다.

"하도 중학교 동창 놈들이 한번 보자고 지랄해 나갔더이 선배들까지 자리를 꿰차고 있더구나. 보아 하니 작정하고 부른 거였더만. 아들놈이 요즘 읍내를 쏘다니며 어림도 없는 분탕질을 친다더구나. 뭔 소린가 들었더니 무신 위령제 준비를 하자 닦달이라며? 필요하면 누군간 해야겠지만, 왜 굳이 너라야 하는 게냐?"

아버지로서는 정말 길게 뱉은 말씀이었다. 뒤에서 손가락질하는 사람이 있을 줄 알았지만, 화살이 아버지에게까지 갈 줄은 몰랐다. 세상사에 오불관언하던 양반이니 알 턱이 없다고 여겼다.

"아버지 말씀처럼 누군가 해야 할 일이고, 기왕이면 제가 총대를 메고 싶었심니더. 이웃이 힘들 때 어깨를 내주는 게 도리 아니것십니꺼?"

평범한 변명이었다. 그래서인지 아버지는 아무 반응도 보이지 않았다. 한참 노려보더니 나온 대답이 놀라웠다.

"담배 하나 도고."

잠깐 귀를 의심했다. 아버지는 아주 오래 전 담배를 끊었다. 기관지가 약한데도 피더니 어느 날 딱 담뱃갑을 내던졌다. 자신만의 결단이었는지 아들이 흡연하는 줄쯤은 알았을 텐데도 별다른 말은 없었다. 그런 아버지의 담배 청탁은 당황보다는 신선한 느낌을 주었다. 남방 윗주머니에서 담배를 꺼내 전했다. 설마 피랴 싶어 말리지 않았는데, 아버지는 입에 물더니 그를 빤히 쳐다보았다. 하는 수 없이 불을 붙여 드렸다.

아버지는 기침 한 번 하지 않고 여러 모금 빨아 넘겼다. 까딱도 하지 않아 정말 금연을 했는지 의심스러울 지경이었다. 반쯤 타들어간 담배를 재떨이에 미련 없이 비벼 껐다.

잠시 침을 삼키던 아버지가 다시 말문을 열었다.

"우리는 밀양 박씨데이. 자랑할 집안도 아니지만 부끄러운 가문도 아니지. 대학에서 역사를 배웠고, 고향서 애들에게 역사를 가르치면서 살았으니 내 몫은 다했다 남부끄럽진 않다 여겨도 괜찮았제. 내 딴엔 학생들에게 바른 역사관을 심어주었고, 그것으로 책임은 다했다 위안했더랬다. 다른 사람은 몰라도 나는 교과서에만 실린 사실이 역사 교육의 다가 아니라 생각은 했더랬다. 가끔 사실이 얼마나 쉽게 뭉그러지고 꾸며지는지 알았기 때문이제. 그려 니가 뭔가 세상에 좋은 일로 한답시고 나대 매눌아기가 고생을 혀도 대견스럽게 여겼제. 그란디 이번 일은 내로서도 심사가 쪼께 불편하다. 니는 진혀 모리것지만 어순사건은 - 아버지는 굳이 '사건'이란 말에 힘을 주었다 - 우리 집안과도 무관하지는 않거든. 어쩌면 원인제공자가 우리 집안사람일 수도 있은께 말이다."

거기까지 말한 아버지는 잠시 숨을 골랐다. 박광석으로서는 아버지 말씀의 골자가 뭔지 몰라 숨 죽여 듣고만 있었다. 원인제공자라니?

"1990년 무렵이었을 게다. 그때까정도 난 그저 흔한 역사 선생일 뿐이었제. 그런데 학교에서 같이 근무하던 국어 선생이 있었는데, 어느 날 술 한 잔을 하자면서 묘한 얘길 꺼내더구나. 자네 집안 사람인데 '박진경'이라고 아냐 묻데. 생소한 이름이었지. 모리것소 했더이 남면사람인데, 1948년 터진 제주4·3사건 때 공비를 토벌한답시고 제주에 파견된 육군 중령이라더군. 4·3사건이라니. 그런 현대사를 수업 시간에 가르칠 일은 없었지. 그 선생 말로는 이 사람이 파견되자마자 무자비하게 제주도 사람들을 잡아넣어 부임 한 달 만에 대령으로 승진까지 했다더구나.

이 사람 부임해서 일성이 '우리나라의 독립을 방해하는 제주도 폭동사건을 진압하기 위해서라면 제주도민 30만 명쯤 다 희생시켜도 무방하다'는 거였다니 어처구니가 없더구나. 결국 참다못한 부하들이 새벽에 관사로 들어가 총살시켜 버렸다는 게야. 부하들은 두어 달 뒤 군사재판을 받아 사형당했는데, 박진경은 육군장 제1호로 성대한 장례식까지 치렀다는구나.

그 선생 말만 듣고서야 진위를 알 수 없어 가만히 술잔만 기울이자니 지금 그 박진경 동상을 남해 군민공원 안에 세운 데서 말이 많대나. 집안사람이니 나서기는 뭐 하겠지만, 제막식 때 함 가 보자더군. 양자로 들어가 육사를 나오고 육군 준장으로 예편한 인사가 주동이래. 난 거절했지. 40년도 전에 있었던 일에 휘말릴 생각은 전혀 없었지. 이제 와 무슨 얼어죽을 일가친척이냐고 쏘아붙였지. 실망스럽다는 듯 흘겨보더니 그 선생은 자리를 떴어.

말로는 나 몰라라 했지만 궁금은 하더라. 종친회 일에 열성인 아버지에게 물어볼까 싶었지만, 들을 소리가 뻔할 것 같아 관뒀지. 혼자 좀 뒤져봤다. 대학에서 현대사를 가르치는 동기놈에게 부탁했더니, 이런저런 자료를 보내주더라. 박진경이 죽은 뒤부터 강경진압으로 돌아선 이승만 정권은 당시 여수에 주둔했던 육군 14연대에게 토벌을 위해 제주도 전출을 명령했고, 그게 기화가 되어 여순반란사건이 터졌다는 게야."

아버지는 반 동강 난 담배꽁초를 주워들더니 성냥불을 켜 불을 붙였다. 길고 뿌연 담배연기가 천장을 휘감았다.

"얼마 뒤 제막식인지 나발인지가 끝난 뒤 군민동산에 가봤다. 아주 가관이더구나. 화강암 반석으로 치장한 동상 앞에 떡 하니 돌하르방이 호위를 하고 있지 뭐냐. 닥치는 대로 제주도민을 잡도리해 놓고는 돌하르방이라니, 제주도 사람이 봤으면 염장이 터질 일이지. 대체 어떤 놈 대가리에서 나온 발상인지…….

동상 뒤에 붙여놓은 추도문도 놀랍기 그지없더구나. 그 자 아버지가 대정익찬회 간부로 일한 친일파인 건 공공연한 비밀인데, 독립투사 집안으로 둔갑시켜 놓았더라. 부하도 아니고 공비의 흉탄에 장렬히 전사했다니……. 내 국어 선생 앞에서 얼굴을 들 수 없더라. 학생들 앞에선 어떻고. 그래 내 좋아하던 담배도 끊었지. 죽은 듯 살자고 작정했다."

다시 한동안 아버지는 말씀이 없었다. 박광석으로서는 모두 처음 듣는 이야기였다. 그제야 그는 비로소 등잔 밑이 어두웠다는 사실을 깨달았다.

- 나는 여순항쟁과 불가분의 연관이 있었구나. -

"역사는 반복된다더니, 그 말 한 개도 안 틀리더구나. 내 아들이 그 위령제에 휘말릴 줄 또 어찌 알았것냐……. 어쨌거나 니 하는 일 내 말리지는 않것다. 말려서 될 일도 아니고……. 적어도 애비 된 도리로 이런 사실만은 네게 알려야 되것다 싶어 이리 찾아왔다.

우리 짝에야 먼 친척이지만, 박진경 친가 사람들이 이 일을 알면 잠자코 있을지 걱정도 된다. 단디 대비하는 게 좋을 것 같다. 분명 좀 외로울 끼다."

그 말까지 남기고 아버지는 자리를 떴다. 담배 연기가 더 매캐해졌다.

박광석은 멍하니 앉아 있다가 다급하게 윗주머니를 더듬어 담배에 불을 붙였다. 약간 손이 떨렸다.

## 4

불은 잘 붙지 않았다. 어렵게 주워 모은 삭정이를 바닥에 깔고 낡은 종이에 불을 지펴 불씨가 오를 만할 때 삭정이 아래 깔았다. 그 위로 관솔을 쌓아 아궁이 전체로 불길이 옮겨가게 하면 되었다. 그런데 관솔이 충분히 마르지 않았는지 불씨는 미약했고 연기만 뿌옇게 부엌을 채웠다. 물이 끓어야 공터로 나갈 수 있는데, 연기를 삼킨 소년의 머리 위로 다급함 때문에 짜증만 모락모락 피어올랐다. 오늘따라 유독 아궁이가 말썽을 부렸다.

안창범 소년은 어중간하게 열린 부엌 문 사이로 해가 얼마나 남았는지 곁눈질했다. 해는 서산 봉우리를 향해 시나브로 행보를 재촉하는 중이었다. 하필 오늘 엄마는 이런 성가신 일을 맡겼는지 부아가 치밀었다.

그래본들 아궁이 불이 활활 타오를 리 없었다. 흐르는 눈물을 훔치면서 소년은 삭정이를 더 긁어 와야 하나 마음이 뒤숭숭해졌다. 5월 숲속에서 마른 나무 찾기는 하늘의 별 따기였다. 팽나무 군락 그늘 아래서 소녀가 자기를 기다리고 있을 것을 생각하니 마음이 더욱 부대꼈다.

옆집으로 달려가 잉걸불이라도 빌려 달라 보채볼까 하는 생각이 퍼뜩 스쳐갔다. 불심이 좋은 장작 몇 개만 넣는다면 화력이 살아날 것은 틀림없었다. 이가 없으면 잇몸으로라도 때워야 했다. 소녀가 셈 놀이에 한창 재미를 붙여가는 중인데 흐름이 끊어지면 다시 잇기가 쉽지 않을 터였다. 없을 가능성이 높았지만 혹시나 싶어 옆집 아줌마에게 사정하러 쪼그린 몸을 일으키는데 부엌문이 삐거덕 열렸다. 엄마가 벌써 돌아왔나 싶어 다시 주저앉으려 했다.

햇빛을 등지고 시커먼 사내가 성큼 안으로 들어왔다. 연기가 돌돌 말려 올라가 사내는 마치 하늘에서 내려오는 듯 보였다. 귀신이라도 덮치는 듯 모골이 송연해졌다. 엉겁결에 부지깽이를 집어 들어 휘두를 기세로 꼬나잡았다. 사내가 두 손을 위로 치켜 올렸다.

"워워워. 뭐 땀시 이런다냐? 나여 나. 형이랑께."

부엌문을 활짝 열리고 저녁 햇살이 쏟아져 들어왔다. 그제야 형의 얼굴이 눈에 들어왔다. 오랜 만에 본 형은 덩치가 더 커진 듯했고, 얼굴도 구릿빛으로 타 있었다.

"햄님아. 여긴 어쩐 일이당가?"

형이 씩 웃었다.

"와, 내가 못 올 데 왔능가? 어메 아배는 일 나갔는가?"

지금은 모내기철이라 부모님은 이웃으로 품앗이 일꾼을 나가 거의 매일 밤이 이슥해서야 돌아왔다. 그래서 동네 소들 먹일 여물 쑤는 일이 소년의 몫으로 떨어졌다.

"아랫녘 모내기 도우러 갔제. 그라야 보리기울이라도 얻지 않것나."

형이 군모를 벗어 바깥을 내다보면서 말했다.

“그려. 춘궁기라 다들 어렵제. 연대 보충병 충원이 있어 바쁘다 본께 신경을 못썼구마이.

형이 손에 든 봉투를 들어올렸다.

“이거 빵하고 우유다. 마루에서 요기라도 하랑께.”

그 말을 듣자 세상 근심이 모두 사라졌다. 봉투를 낚아채듯 받아 들고 문지방을 넘어 마루로 달려갔다. 안창범은 걸신들린 사람처럼 통짜 빵을 뜯어 입안으로 밀어 넣었다. 씹다 힘이 부치면 우유병을 따 마셨다. 그런 꼬라지를 형이 물끄러미 바라보았다. 숨을 고르며 소년이 물었다.

“행님은 안 먹어도 되나?”

“난 부대서 먹고 나왔다. 어메 아배도 드시게코롬 좀 남겨둬라이. 니만 배여 뭐여.”

그때 토담 너머로 누군가 얼굴을 불쑥 내밀었다. 역시 해를 등져 어두컴컴한 윤곽만 드러났다. 형이 앞에서 서성거려 머리는 보였다가 사라지더니 다시 나타났다.

안창범 소년의 눈에는 그림자처럼 검었지만, 상대 눈에는 소년의 모습이 짱짱하게 비췄다.

“오빠야. 니는 사람 쌔빠지게 기다리고 해놓고 혼자 배 채우고 있나? 너무 하데이.”

잔뜩 삐친 얼굴로 소녀가 눈을 흘겼다.

“쟈는 누구여?”

형이 호기심이 가득 찬 눈으로 소녀를 쳐다보더니 손짓으로 불렀다. 소녀는 조금도 주저하지 않고 사립문을 밀며 들어왔다. 오른손에 든 공책이 손의 움직임을 따라 팔락거렸다. 소녀는 꽃무늬가 곱게 찍힌 분홍색 웃옷에 긴 치마를 입고 있었다. 평소 입던 한복

치마저고리가 아닌 소녀의 옷매무새는 전보다 훨씬 귀엽고 어른스러워 보였다. 형을 보더니 소녀가 먼저 고개를 숙이며 인사했다.

"군인 아저씨. 안녕하세요. 저는 저 너머 남해촌에서 사는 하상미라고 합니다. 저 오빠야와 친구라예. 오늘 만나기로 약속해놓고 빵꾸를 냈지 뭐예요. 군인 아저씨가 혼내 주세요. 야?"

형이 신기하다는 표정으로 소녀 하상미를 아래위로 훑어보았다. 어깨에서는 중위 계급장이 반짝였고, 가죽집에 든 권총은 묵직해 보였다. 소녀 하상미가 빤히 쳐다보자 형이 먼저 시선을 소년 안창범에게도 돌렸다.

"넌 인마, 사대 대장부가 약속을 했으면 하늘이 두 쪽 나도 지켜야지. 이렇게 동무를 속상하게 만들어서야 어디 쓰겄냐. 연병장을 열 바퀴 돌려도 징벌이 부족하것다. 후딱 사과혀."

눈썹을 바짝 세운 채 웃음기를 띠며 말해 꾸중인지 야유인지 모를 어세였다. 사정은 있었지만 약속을 지키지 못한 것은 사실이니 변명할 여지가 없었다.

"그려. 미안쿠만. 내 나중에 벌충해줄 거구만."

떠듬떠듬 사과를 하자 형의 표정이 풀리면서 소녀를 보았다.

"자, 됐자? 진심으로 사과를 혀면 받아주는 기 숙녀의 미덕이지라."

하상미가 웃음기를 띠며 고개를 끄덕였다.

형이 둘을 번갈아보다가 손뼉을 탁 치면서 말했다.

"자! 원만하니 화해를 혔쓰니 우리 아가씨도 빵 좀 먹어라. 어메 아배 묷은 다음 외출 나올 때 드리도 쓰것지 않것냐?"

안창범 소년이 마루에 놓인 방 조각과 우윳병을 앞으로 내밀자 하상미 소녀의 눈이 동그랗게 떠졌다.

"이런 귀한 물건이 어디서 났대?"

형이 젠 체하며 어깨에 힘을 넣고 말했다.

"부대에는 이런 빵이 굴러다니지 않겄냐. 개도 물고 다닌당께. 다음엔 초콜릿하며 사탕, 카라멜도 갖다 줄끼구마."

하상미는 벌써 빵을 한 움큼 입에 물었다. 목이 메자 하상미는 우유 대신 우물물을 길어 마셨다.

"나머진 지가 가져가도 되지예? 집에 동생도 있고 오빠도 있는데, 빵 아주 좋아 하거든예."

애원조의 목소리가 가늘게 떨렸다.

형이 힘차게 고개를 끄덕였다.

"하모, 하모. 다음 외출 나올 땐 기별할팅께 모다 델꼬 오더라고잉. 소시지랑 베이컨으로 내 대접하마."

형은 그렇게 말하면서 안창범 소년을 보며 눈을 찡긋 감았다.

형은 약속을 지켰다. 보름 뒤 하사관인 듯한 병사가 박스 하나를 들고 나타났고, 형이 내일 외박을 나오니 하상미 소녀에게 기별해 두라는 것이었다. 병사가 사라지자마자 안창범 소년을 쏜살같이 달려가 소녀에게 소식을 전했다.

다음날 해가 저물녘 형은 나타났다. 오후에 도착할 거라 했는데 꽤 많이 지체되었다. 부모님이야 일을 마치는 시간이 있으니 늦은 줄 몰랐지만, 소녀와 함께 눈 빠지게 기다린 안창범 소년은 조금 자존심이 상했다. 형이 14연대 소대장으로 부하들이 꼼짝도 못한다고 잔뜩 떠벌렸는데, 오는 시간이 늦어지니 머쓱해졌다. 소녀와 그녀의 오빠는 별 말 없이 마루에 앉아 박스가 개봉되기만 기다리는 눈치였다.

해가 뉘엿뉘엿 넘어갈 무렵 형은 도착했다. 형을 내려준 군용 지프차는 부리나케 방향을 틀더니 흙먼지를 남기며 사라졌다. 형은 조금 지쳐보였다. 매일 훈련이 있어 쉴 틈도 없는데다가 신병들 모집에 대민 홍보를 나가야 했고, 신병들 기본 교육까지 맡아 하루가 어떻게 지나가는지 모르겠다며 투덜거렸다.

"힘든 것보다는 방향성이 없어. 북조선에 창설된 정규군을 상대한다면 거기에 맞는 교범이 있어야 하는디, 각개전투나 총검술, 산악 행군이나 기습전 대응 훈련 따위만 새빠지게 해대니 기운이 빠지지 않겠냐고잉. 주어진 훈련이니 군말 없이 따르긴 하는디, 어설프기도 하고 졸가리가 없어 보인당께."

형은 불만을 토로하면서도 병영 생활은 해볼 만한 일이라면서 추임새도 넣었다. 아직은 미군정 관할이라 시시콜콜 지시를 받는 게 성가시기는 하지만, 머잖아 창군될 국군의 요람이 될 거라는 데 긍지도 느낀다고 힘주어 말했다.

하상미의 오빠 하인준은 형의 말을 부처님 말씀이라도 되는 양 무릎에 두 손을 얹고 귀를 쫑긋 세웠다. 고등보통학교를 봄에 졸업한 하인준은 앞으로의 진로를 두고 고민하는 눈치였다. 그러던 중 장교 계급장을 단 형을 보자 진로가 잡힌다는 표정이었다.

"소대장님예. 지도 이참에 군에 입대할까 싶습니더. 부모님도 시국이 어수선하니 서울에는 보내고 싶지 않은가 보데예. 지도 공부는 더 하고 싶지만 군대에 들어가 포부를 펼쳐보는 것도 해볼 만한 사업일 듯 싶십니더. 아부지도 일제에 부역한 놈들이 장악한 경찰 놈들보다는 독립군 출신이 많은 군대가 더 떳떳한 선택이라 말씀하시고예. 아부지가 남해에 살다 여수로 도망치 듯 넘어오신 것도 일본 순사 놈들 가랑이 밑이나 기어 다니며 조선사람 등쳐먹던 친일 매국노 경찰 끄나풀들 때문이었어예."

형이 베이컨 고기를 굽고 소주잔을 채워주더니 하인준의 손을 꽉 잡았다.

"하인준 군. 생각이 참 건전하고 반듯하구먼. 자네맨치름 패기 있고 성실한 사람이 우리 군대에는 꼭 필요하당께. 고보까지 나왔다면 우리로서는 대환영이지. 부모님 허락부터 받게나. 그럼 언제든지 입대할 수 있당께."

형과 하인준은 목탄으로 불을 피워놓고 권커니 잣거니 하면서 술잔을 주고받았다. 소년과 소녀는 그 곁에 앉아 땅바닥에 도형을 그려 놓고 수학 문제를 풀어주고 경청하는 데 열중했다. 어머니가 가끔 나와 보더니 그 모습을 보고는 한숨을 쉬었다.

"썩을 놈들! 이 먼 청승이당가. 군대도 좋고 나라도 좋지만 창국아 니는 빨리 혼사부터 치러야 혀. 그 나이에 사지 멀쩡한 놈치고 혼자 사는 놈 내 못 봤당께. 인자 내도 손자 재롱도 보고 싶당께. 고런 사정도 고려했으면 쓰것다."

형이 기분 좋게 웃으며 대답했다.

"어메. 걱정 붙들어 매소. 아쉽지만 곧 남한 단독정부가 수립되고 정식으로 국군이 발족하면 말려도 각시를 맞을라 안캅디요. 내도 혼자 사는 재미 한 개도 없소. 어여 들어가 보씨요."

어머니는 혀를 끌끌 차며 방안으로 들어갔다.

형은 꾸벅꾸벅 조는 소년의 머리를 쓰다듬다가 하인준을 보면서 말을 이어나갔다.

"이번에 13연대가 창설되면서 부임하신 연대장이 김익렬 중령인디, 이분은 원래 제주도 모슬포 주둔 9연대 연대장으로 기셨다더만. 근디 갑작스레 해직되고 이짝으로 전출된 거여. 다들 좀 쑤군거렸지. 새로 창설되는 연대니 경험 많고 노련한 연대장이 필요한 건 사실이제. 내도 광주 4연대에서 한 대대가 이짝으로 배속되는 바람에 합류한 거잖여. 새로 소집된 연대라 미비한 점이야 많제. 그러다 봉께 훈련도 빡새 사기를 올리는 차원에서 간부들 회식이 잦은 편이지라.

연대장님은 술을 무척 즐기시더만. 조금 취하면 전에 근무하셨던 제주도 야그를 많이 하시는디, 그짝 상황이 엄청 심각한개벼. 작년 삼일절 기념식 때 기마경찰 놈이 말을 타고 지나다가 어린 애를 치었다대. 그란디 이 화상이 괜찮냐 미안타 사과는 않고 그냥 홱 무시하고 지나쳤다잖여. 그랑께 화가 난 군중이 경찰서로 몰려가 엄중 항의했어야. 그라몬 서장이 나와 자초지종을 들어보고 잘못한 경찰을 꾸짖어 합당한 처벌과 보상을 해야제. 그란디 뭐시여, 좌익분자들이 군중을 선동해 경찰서를 습격한다며 총질을 해대 민간인 8명을 죽였다잖여.

그때부터 제주 전체에 소요 사태가 벌어지고 경찰이 좌익이 선동했다며 무조건 체포혀고 구금혀고 고문혀고 죽이고 했다지 않혀. 그러다 결국 올해 4월 3일에 한라산으로 도주했던 무장대들이 일거에 내려와 경찰과 우익인사 10여 명을 쏴죽여버렸다대. 일이 이렇게 되니 미군정에서 경찰에 토벌혀라 지시하고 9연대에도 토벌에 앞장서라 명령했다더만.

그란디 연대장님께서 무작정 토벌했다가는 양측에 피해만 늘어날뿐더러 감정만 나빠져 충돌이 격화되니 평화적으로 타협을 보는 것맨치름 좋은 게 없다고 보신 거여. 백번 맞는 말씀이제. 같은 제주 사람끼리 총부리를 겨눠서야 쓰것는가. 해방된 지 몇 해나 되었다고 동족끼리 총질하고 죽인다면, 뭐 하러 그 피 흘려 독립투쟁을 했쓰까이. 안 될 일이제. 그래 무장대 대장이라는 김달삼인가를 만나 잘 합의가 되었는디, 경무부장 조병옥이란 놈이 미군정장관 윌리암 딘 소장을 등에 업고 연대장님을 빨갱이와 내통한 불순분자라 하면서 해임시켰다네. 그 뒤를 이어온 자가 박진경 중령이란 사람인디, 들리는 말로 제주도 사람이라면 다 빨갱이로 간주해 닥치는 대로 체포혀고, 조금이라도 저항하면 쏴 죽였다 하더라고잉. 게다가 북조선에서 쫓겨난 서북청년단이란 개잡놈들을 보내 학살에 앞장서게 한 모양이여. 그 공적으로 대령으로 승진했다더구만."

형이 잠시 말을 끊더니 소주에 잔을 채워 한입에 털어 넣었다. 상미 오빠인 하인준이나 잠에서 깬 안창범 소년이나 흥미진진하면서도 피 냄새가 진동해 몸을 떨면서 형의 다음 말을 기다렸다.

형은 두 사람을 번갈아보다가 말을 이었다.

"간간히 연대장님의 옛 부하들이 소식을 전해주는 모양인디, 들리는 소식마다 소름이 끼쳐 걱정이 태산인개벼. 더구나 박진경 이자는 일정 때 일본군 장교로 벌써 제주도에 주둔한 적이 있다는 기라. 해방 되자 간신히 목심을 건져 쫓겨났다가 다시 복귀했으니 제주도 사람들을 한 하늘을 이고 살 수 없는 원수로 보는 거제.

이런저런 점 때문에 자칫 제주도가 애국 시민과 친일 경찰이 충돌혀서 피바다가 되지 않을까 걱정이 많으시더라고잉. 들어보니 남의 일 같지 않어. 이럴 때일수록 우리 군대가 정신을 똑바로 차려야 쓰지 않것는가. 인민을 보호하고 친일 경찰의 횡포를 사전에 차단해야제. 하모."

그런저런 얘기로 밤은 점점 깊어갔다. 시간이 지날수록 유쾌했던 분위기가 점점 침울하게 바뀌었다. 잠에 골아 떨어진 소녀를 업고 하상준은 달빛과 별빛을 길동무 삼아 밤길을 걸어갔다. 소년이 팽나무 군락까지 배웅해 주었다.

다음날 날이 새자마자 형은 언제 술을 마셨냐는 듯 멀쩡하게 일어나 부대로 돌아갔다. 멀어지는 형의 등 위로 어두운 장막이 드리워져 있었다.

병영 일이 바빠 한동안 보지 못할 줄 알았던 형이 열흘도 되지 않아 다시 나타났다. 그러나 표정은 상기된 정도가 아니라 비장하게 굳어 있었다. 미리 연락이 되었는지 하인준과 그들 가족들도 집을 찾아왔다.

하인준의 아버지가 형을 보더니 두 손을 잡으며 힘주어 말했다.

"내 중위님만 믿고 내 자식을 입대시키기로 결심했소. 부디 동생이라 생각하고 잘 지도편달해 주이소."

하인준은 부모와 소녀, 그리고 어린 동생을 하나하나 껴안으면서 작별했다. 형이 분위기를 바꾸려는 듯 억지 미소를 지으면서 말했다.

"이 친구가 도살장 끌려가는 겁니까. 창군의 동량이 되려는 장도에 오르는 거랑께요. 박수를 치면서 축원해야지라."

그 말에 가라앉은 분위기가 조금은 풀어졌지만, 어딘지 모르는 불길한 여운은 쉽게 떨쳐지지 않았다.

하인준과 함께 군용 지프차에 오르기 직전 형은 아버지에게 다가와 귓속말을 속삭였다.

"아버지. 지난 6월 19일 새벽에 제주도 9연대장 박진경 대령이 부하 장교와 하사관의 총에 맞아 피살되었다네여. 아무래도 파장이 적지 않겄다 싶으요. 부대의 동향도 수상쩍고요. 지도 당분간 못

올 듯싶으니 다들 몸조심혀고 잘 지내씨요. 그라몬 지는 갈라요."

## 5

아버지의 경고대로 새로운 길을 여는 과정은 순조롭지 않았다. 호응하는 사람은 찾기 어려웠고, 문제아로 지목되어 눈치를 보며 피하는 사람만 늘어났다. 그깟 위령제가 뭐라고 나병환자 취급을 하는지 이해가 되지 않았다. 누군가 뒤에서 압력을 가한다는 소문까지 돌았다.

정태민이 알려준 위령제 날짜는 9월 18일이었다. 7월이니 아직 시간은 넉넉해 보였지만, 시계는 멈춰 있지 않았다. 성과 없이 하루를 보내면 활용할 수 있는 날은 하루만큼 줄어들었다. 동반자 없이 혼자 위령제 배를 탄다는 건 남해의 자존심이 구겨지는 문제였다.

그렇게 고민이 깊어지던 때 구원의 손길은 뜻밖의 방향에서 내려왔다.

새벽에 일어나 컴퓨터를 켜 놓고 출구 없는 고민에 빠져 있는데, 아내가 방문을 열었다. 요양병원 출근시간은 오전 9시지만, 거기 맞춰 오는 간호사는 거의 없었다. 대개 몸이 불편하거나 치매나 중증 장애를 앓는 분들이 많아 항상 도움의 손길이 필요했다. 당직이 순번대로 돌아갔지만, 일손이 딸려 일찍 병원에 가야 했다.

애들 등교를 챙긴 뒤 남편 건사까지 해야 하는 아내는 늘 바빴고 시간에 쫓겼다. 모니터는 보호화면으로 넘어가 빙빙 동심원을 그리고 있었다.

"잘 하면 모니터에 빨려 들어가것소. 무슨 명상에 잠겨 궁상이요?"

아내의 손이 박광석 어깨를 감쌌다.

"어! 아직 안 갔어?"

"이제 가려구. 일이 잘 안 풀려?"

눈치 빠른 아내가 넘겨짚으며 물었다.

남 앞에서 구질하게 넋두리나 늘어놓는 일은 질색이었지만, 궁지에 몰리니 아내의 손이라도 잡고 싶어졌다.

박광석은 그간 있었던 일들, 아버지의 우려, 꼬여 있는 심정 따위를 두서없이 풀어놓았다.

아내는 자못 심각한 표정으로 남편의 말에 귀를 기울였다. 넋두리가 끝나자 아내가 손을 비비며 말했다.

"의외로 이런 일에는 간단한 해결책이 있을 수도 있어. 우리 요양병원에 간호사들 모임이 있거든. 평소야 잡담이나 주고받으며 스트레스를 풀곤 하지만, 때로는 잘못된 의료정책이나 수급 상의 불합리한 점 등을 토론하고 개선책을 찾아 건의하기도 해. 게다가 업무상 각 읍면에서 활동하는 요양보호사들과도 연계해서 움직이기도 하지. 비교적 젊은 사람들이라 생각도 열려 있고, 의사 표현도 남들 눈치 따위는 보지 않거든. 그 치들에게 도움을 청해보면 어떨까? 모두 수긍하진 않겠지만, 답답한 노친네들 붙잡고 소화불량에 시달리는 일은 없을걸."

들어보니 그럴 듯했다. 귀가 솔깃해졌다. 작은 물방울이 폭포를 만들지 않는가. 취약 계층들의 애로를 돌보는 사람들이니 이런 일에 적극적일 수도 있어 보였다.

"괜찮은 방법일 것 같네. 말이 통할 만한 분들과 다리 좀 놔줄 수 있을까?"

아내가 다시 어깨를 툭 쳤다.

"알았어. 오늘 출근하면 쉬는 시간에 말해볼게. 다람쥐 쳇바퀴 도는 일상에 따분해 하는 직업군이니 호응이 좋을지도 모르지."

한편으로 노파심이 들지 않는 것도 아니었다.

"여자들만 모여서 무슨 파워가 있을지 걱정도 되네. 남자들의 목소리도 필요한데 말이야."

아내가 박광석의 뒷머리를 움켜쥐었다.

"참, 세상을 바꿔보겠다는 운동가라면서 말본새가 딱하다. 세상을 움직이는 건 남자일지 모르지만, 남자를 움직이는 건 여자야. 그분들 다 잘 나가는 남편 뒀고, 애들 중엔 대학생들도 많아. 여자들 한 마디에 줄 서는 못난 남자들 못 봤나보네."

아내가 문을 닫고 나갔다. 잠시 후 창밖으로 자동차 시동 거는 소리가 들렸다. 박광석의 뇌리로 활동가로 활약하는 여성들의 이야기들이 스쳐지나갔다. 이곳 남해라고 해서 여성들의 사회 참여가 무딜 까닭은 없었다. 눈에 보이는 현실에만 위축되어 세상을 향해 할 수 있는 일이 없을까 눈독을 들이며 길을 찾는 사람들의 존재를 자신이 도외시했다는 반성이 일었다.

심기일전해 사무실로 나갔다. 한나절 몇몇 사람들과 접촉했지만, 별 수확 없이 지친 몸을 안고 집으로 돌아왔다. 아이들은 학원에 갔고, 아내는 아직 들어오지 않았다. 냉장고 문을 열어 맥주 한 캔을 따 마셨다. 갈증이 시원하게 목을 타고 넘어갔다.

아내는 오늘따라 더 늦는 것 같았다. 요양병원에는 위급한 응급상황은 잘 없었다. 연로하고 병약한 분들이 많아 병환의 진행 상황을 미리 예측할 수 있어 대비가 가능했다. 몇 년을 살든 인생의 황혼에는 우울한 풍경이 깔릴 수밖에 없었다. 언젠가 의사인 친구가 이런 말을 했다.

"사람이 병이 들면 왜 아픈지 알아?"

"글쎄, 아파야 병이 난 줄 알 거 아냐?"

"그럴 수도 있지만, 삶의 미련을 포기하라는 조물주의 배려라는 생각이 들어."

"거 무슨 쉰 소리냐?"

"아프면 안 아프고 싶잖아? 그래서 수술도 하고 약도 먹지. 하지만 진짜 중병에는 약도 없어. 마약성 모르핀을 써도 소용없을 때가 오지. 오죽하면 통증이 전달되는 신경을 제거하겠냐구? 그런데 죽으면 통증도 같이 사라져. 아니 못 느끼는 거겠지. 그런 일을 노상 겪다 보니까, 살겠다는 미련, 집착을 버리고 평온한 죽음의 길로 가라고 아픈 게 아닐까 하는 생각이 들더라고."

박광석은 그때 살짝 비웃었다.

"사람 살리겠다는 의사씩이나 돼서 무슨 개똥철학이냐!"

이제 돌이켜보니 고통과 죽음, 이 둘은 결코 뗄 수 없는, 순환하는 고리라는 생각이 들었다. 노인의 죽음이 머리를 맴돌자, 소치도 앞바다에서 수장된, 칠십 년 전 억울하게 죽어간 영혼들이 살아 겪어야 했던 공포와 고통이 되살아났다. 제주4·3사건의 희생자들에게는 법령이 마련되고 대통령도 사과했는데, 그가 알기로 여순항쟁에 대해서는 그런 특단의 적절한 조치가 아직은 취해지지 않았다.

착잡한 심정에 맥주를 한 캔 더 마시려 일어서는데, 핸드폰 벨이 울렸다. 아내였다.

"어디야?"

"집."

"그럼 나와. 군청 앞에 있는 '데일리' 알지?"

박광석이 사는 주상복합 아파트에서 10여 분 거리였다.

"알았어. 아침에 말했던 일이 잘 풀린 거야?"

"와서 보시면 아시겠지."

아내가 능청맞게 눙치면서 전화를 끊었다.

"저희들 네트워크가 의외로 좋아요. 송 간호사 말을 들으니 의미 있는 행사더군요. 세상에 애먼 사람을 죽여 놓고 시신을 바다에 갖다 버리다니……. 인두겁을 쓴 사람이 할 짓이 아니죠. 좌우간 남해 남자들은 맥아리가 없어. 눈치는 구단인데, 배짱은 쩌리라니까. 저희들이 발 벗고 나서 볼게요. 이런 뜻 깊고 보람 있는 사회봉사 활동이 어디 있겠어요."

남해가 시댁이라 내려와 산 지 30년이 넘었다는 간호사는 성격도 행동도 막힘이 없이 시원했다. 그밖에도 몇 분이 더 나와 있었는데, 남편들도 나름대로 남해에서 요직에 있었다.

"첫 술 밥에 배부르진 않겠지만, 남해에도 변화의 바람이 불어야 해요. 그 나물에 그 밥인 사람들만 행세하니 물이 썩죠. 이번 일을 기폭제로 삼아 뭔갈 일궈내 봅시다."

의기투합은 일단 된 것 같았다. 남해가 전혀 변화의 무풍지대가 아님은 박광석도 잘 알았다. 이러다 남해가 다 죽는다는 위기의식은 고조되는 중이었다. 이런 호응까지 더해진다면 작은 발걸음일지라도 큰 발자취를 새길 거라는 희망이 돋아났다.

## 6

형이 불길한 언질을 남기고 떠난 뒤 여수에 당장 눈에 띄는 위험

신호는 감지되지 않았다. 제주도에서 일어났다는 항쟁에 대한 상세한 소식은 신문지상에는 나오지 않아 알 길이 없었다. 대신 경찰과 군대, 미군정과 이승만 정권에서 발표하는 전황만 접할 수 있었다.

그들은 처음에는 "4·3의 근본 원인은 조선의 소련연방화 내지 위성국화를 기도하는 공산당의 남조선 파괴공작에 가담한 자들의 총선거 방해공작에 불과하다"며 의미를 축소, 왜곡했다. 5월 10일 실시된 남한만의 단독총선거에서 선출된 국회의원이 7월 12일 대한민국헌법을 통과시켰고, 17일 제헌국회가 열려 헌법과 정부조직법을 공포했다. 이어 20일 제헌국회는 이승만을 대통령으로, 이시영을 부통령으로 선출해 취임식을 가졌다.

8월 15일 대한민국 정부가 수립되면서 광복 3주년 기념식도 열렸다. 이로서 미군정은 종식되고, 제1공화국이 출범했다. 다음날인 16일에는 반민족행위처벌법이 상정되어 9월 1일 통과되었다. 5일에는 조선경비대가 '대한민국국군'으로 개명되었다. 북한도 선거를 거쳐 9월 8일에 조선민주주의인민공화국을 선포했다.

23일 박진경 대령을 사살한 군인들이 군사재판을 통해 사형선고를 받았고, 이 날 총살형이 집행되었다. 군대는 피살사건 이후 숙군작업에 돌입해 이른 바 '좌익'의 뿌리를 뽑겠다고 나섰다. 10월 11일에는 제주도경비사령부가 설치되어 초토화 작전에 돌입하더니 송요찬 제9연대장이 포고령을 발표해 "해안선에서 5km 이상 지역에 허가 없이 출입하는 자는 무조건 사살한다"고 경고했다. 이 엄포는 경고에 그치지 않고 실제 실행되어 수많은 제주도민들이 체포되거나 처형당했다. 그 토벌의 실체는 무자비한 학살극이나 다름없었다. 18일 군경은 제주 해안을 봉쇄했다. 그리고 마침내 10월 19일이 닥쳤다.

이미 미군정은 7월 2일, 부족한 병력을 보충하고자 제5연대(부산 주둔)과 6연대(대구 주둔)에서 1개 대대를 빼내 제주도로 출동시켰다. 이들 병력으로서는 초토화에 한계가 닥치자 여수 주둔 14연대에게도 1개 대대 병력의 차출을 명령했다. 차출은 급조된 것이 아니라 이미 오래 전부터 기획된 것이었다.

14연대를 구성한 병력은 앞선 연대와는 정황이 달랐다. 제주도의 실상을 생생히 목격하고 14연대장으로 들어온 김익렬 중령은 부하 병사들에게 동족을 무참히 살육하는 끔찍한 실상에 대해 충분히 주지시켰다. 다만 김익렬 중령은 박진경 피살을 사주했다는 혐의를 받아 8월에 연대장에서 해임되어 여수에는 있지 않았다.

제주도 출동을 목전에 둔 14연대의 일부 장교와 병사들은 명령을 단호하게 거부하고 '애국시민에게 호소함'이라는 성명문을 발표했다. 여기서 그들은 "우리는 제주도 애국인민을 무차별 학살하기 위하여 우리들을 출동시키려는 작전에 조선사람의 아들로서 조선동포를 학살하는 것을 거부하고 조선인민의 복지를 위하여 총궐기하였다"고 분명히 밝혔다.

다음날 새벽 봉기군은 여수경찰서를 접수하고 낮에 수천 명이 모인 가운데 여수인민대회를 여는 등 기세를 올렸지만, 이승만 정권은 숨 고를 틈도 주지 않고 21일 반군토벌전투사령부를 조직해 반란을 대대적으로 보도하면서 법에도 없는 계엄령을 선포했다. 23일 이승만은 여수의 모든 시민들을 한 하늘 아래 함께 할 수 없는 원수라 규정하면서 철저히 진압하라는 지령을 내렸다. 그자들은 이 항명을 민중과 학생들이 대거 참여한 반란으로 과장 왜곡하여 이후 벌어질 대량 학살의 근거를 마련했다. 곧이어 14연대는 해산되었다. 11월 1일 계엄령은 전라도 전 지역으로 확대되었고,

누군가가 저 자가 부역자라고 손가락으로 가리키면 바로 끌어내 사살해버렸다. 이른바 악명 높은 '손가락총'의 시발점이었다.

11월 4일 이승만은 여순사건이 진압되었음을 공식 선언하면서 남녀 아동까지도 철저하게 조사해 불순분자는 모조리 제거하라는 잔인한 명령을 내렸다. 출동거부를 주동하고 참여한 군인들 중 상당수는 교전 중에 전사했지만, 일부는 살아남아 지리산으로 들어가 빨치산이 되었다. 이 일은 훗날 여순사건이 '민중항쟁'으로 자리매김하는 데 피할 수 없는 장애 요소가 되었다. 하지만 제주4·3도 한라산 무장대가 개입했지만, 그 역사적 의의는 인정받았다.

14연대 군인 일부가 출동을 거부한 그날 밤의 상황이 당장 여수 시민들에게 알려지지는 않았다. 연대 내부와 연통을 넣을 수 있는 사람이라면 정보를 입수했겠지만, 여수경찰서를 접수하고 여수인민대회가 개최된 뒤에야 사실은 삽시간에 여수 전역으로 퍼졌다. 둑을 넘은 저수지 물이 벌판을 휩쓸 듯 소식은 순천과 벌교, 광양, 구례, 곡성, 보성 등지로 확장되어 나갔다. 그러나 말이 좋아 확산이지 일반 시민이 적극적으로 무장 투쟁에 나선 것은 결코 아니었다. 그러나 소요가 인근 지역으로 확대되자 진압군은 모든 시민을 먹잇감으로 삼아 대대적인 토벌 작전을 펼쳤고, 이는 끔찍한 학살의 회오리로 번져 나갔다.

출동 거부를 선언한 다음 날이 되자 소년 안창범의 집에도 14연대의 항명 소식은 전해졌다. 부모와 안창범 소년 모두 형이 가담했는지, 안전한지부터 알고자 애썼다. 부대와의 통신은 두절 상태였고, 누가 와서 알려주는 사람도 없었다. 소년은 부모님이 막아 등교하지 않았다. 학교는 이미 휴교령이 내려진 뒤였다.

"이기 당췌 무신 변고고? 야가 설마 반란에 끼어든 건 아니것제. 김익렬 중령이니 제주도 학살이니 씨부릴 제 알아봤어야 하는디, 내가 알량한 미군 보급품에 눈이 멀어 자식놈 속내를 읽지 못했어야. 이를 워쩌면 좋을라나!"

부모님은 발을 동동 굴렀지만, 할 수 있는 방책은 아무 것도 없었다. 안창범 소년은 부모의 눈치를 살피다가 슬쩍 집을 나섰다. 신작로로 나가보면 무슨 소식이든 듣지 않을까 싶었다.

골목을 따라 큰길 가로 걸음을 옮기는데, 맞은편에서 황급하게 이쪽으로 오는 하상미 가족과 부딪쳤다. 모두 얼굴이 사색이 되어 있었다. 그러고 보니 하상미의 오빠 하인준도 14연대에 입대한 참이었다. 형을 따르던 하상준이었으니 운명도 형과 같이 했을 터였다.

"오빠야, 오데 가노?"

하상미가 허둥대며 오는 소년을 보자 먼저 달려와 손을 잡았다. 마치 열명길에서 관음보살이라도 만난 듯 반가워했다. 뒤이어 부모와 동생도 달려와 소년을 에워쌌다.

"니네 집은 별 일 없나? 소대장님 소식은 들었고?"

하상미 아버지는 소년의 멱살이라도 잡을 듯 눈이 붉어져 흥분했다. 어머니의 눈에서는 연신 눈물이 흘러 나왔다. 아직 물정을 모르는 동생만 아빠와 엄마, 누나를 번갈아보면서 눈길을 고정하지 못했다. 그들이 뭐라고 주문해도 소년 역시 아는 것은 아무 것도 없었다. 외려 무슨 소식 못 들었냐고 따져 묻고 싶었다.

아버지의 눈가로 희망 대신 불안과 공포가 들어차기 시작했다.

"그렇제. 넌들 뭘 알것노. 오다 보니 항명한 군인들이 호소문을 뿌리더라. 읽어보니 틀린 말은 아니지만서도 세상 일이 지 맘대로 되는 건 아니지 않은개벼. 몇 맹이나 궐기했는지 모리것다만 곧 진압군이 들이닥칠 텐디 이를 어쩌면 좋을꼬. 혹여라도 이 녀석이 반란에 가담했시몬 우린 다 죽은 목심이여. 그 잔혹한 일본군도 도륙낸 미군들이 한 줌도 안 되는 항명 군인들을 살려 두것는가!"

하상미 아버지가 품에서 호소문을 꺼내 깃발을 날리듯 휘저었다. 소년은 그 종이 짝을 받아들었다.

마분지 안에 철필로 긁은 글자가 빽빽이 들어차 있었다. 그 끝단에 오늘 15시(오후 3시)에 중앙동 삼거리광장에서 여수인민대회가 있으니 모든 시민들은 총집결하라는 공지가 붙어 있었다. 보아 하니 상미 아버지는 그 공지까지 읽어보지 못한 것 같았다.

"아재요. 이걸 좀 보랑깨요. 오늘 오후 3시에 인민대회가 있다지 않는개비요. 여게 가 보면 분명 군인들도 솔찬이 나오지 않것소. 가담했다면 형님이나 상미 오빠도 나와 있것지라. 시방 몇 신가?"

소년은 소녀에게 재촉하듯 애타는 눈길을 보냈다. 소녀에게 시계가 있을 리 없었다. 부모 역시 마찬가지였다. 그들은 일단 소년의 집으로 가기로 했다.

아버지와 어머니가 사립문 앞까지 나와 서성거리고 있었다. 몰려오는 그들을 보더니 화들짝 놀라 달려왔다.

"상미 부모님이신가 보오. 아드님 걱정이 되어 오셨쓰라. 우선 집안으로 드시랑깨요."

사립문을 닫고 마루에 걸터앉았다. 네 사람은 아직도 숨을 헐떡거렸다. 어머니가 부엌으로 들어가 샘물에 설탕가루를 부어 가져왔다. 미군 보급품 중 유일하게 남은 물건이었다.

네 사람은 염치불구하고 대접을 받아 돌려가며 마셨다. 마지막으로 마신 하상미가 계면쩍게 웃으며 빈 대접을 돌려주었다.

"시방 몇 신지 아시남요? 3시에 인민대횐가 뭔가가 있다는디요."

상미 아버지가 소년의 아버지에게 물었다. 아버지가 안방 문을 열고 들어가더니 시간을 보고 나왔다.

"안즉 뭐 시간 남았당께요. 중앙동 삼거리 광장이라 카면 한 30분 걸으면 나옵니다. 점심 요기나 하지라."

형이나 하인준의 가담 여부는 몰랐지만, 두 가족은 마치 범죄의 공범들처럼 서로 연대의식을 느꼈다. 그간 둘의 행태를 볼 때 빠지면 다 빠졌고, 가담했으면 다 가담했을 터였다. 누구도 입에 올리지 않았지만, 십중팔구 두 사람은 모두 항명군인 편에 서 있을 소지가 컸다.

어머니가 부엌에서 삶은 감자와 소금을 가지고 나왔다. 종지엔 짠지가 소복했다. 물 주전자도 들려나왔다.

"그라몬 염치없지만 요기 좀 하겠십니더."

일곱 식구들은 한동안 감자 까먹기에 분주해 조용했다. 긴장 탓인지 감자 맛도 느껴지지 않았다. 그저 곧 무슨 일이 있을지 모르니 배는 채워야 한다는 일념으로 소쿠리에 담긴 감자를 바닥냈다. 꼬마 놈이 목이 매는지 캑캑거렸다. 하상미가 대접에 물을 따라주면서 동생의 등을 두드렸다.

오후 세 시를 향해 가자 바깥 공기가 들뜨기 시작했다. 주변 동네 사람들이 삼삼오오 짝을 지어 큰 도로로 걸어 내려갔다. 웅성거리는 소리는 마치 너구리 떼들이 무리지어 밤길을 갈 때 내는 소리 같았다. 몇몇은 어디서 났는지 태극기를 들고 나왔다. 누군가 멋도 모르고 미국 깃발을 펄럭였는데, 핀잔을 듣더니 슬그머니 감추었다.

"그라모 우덜도 가보잖께요. 만약 창국이 놈이 있시몬 다리 몽뎅이를 뿔라서라도 끌고 와야제!"

아버지는 식식거렸지만, 요동치는 속마음을 들키지 않으려는 몸부림일 뿐이었다. 어머니는 말없이 아버지의 팔목을 잡은 채 앞만 바라보며 걸었다.

뒤를 돌아보니 남해촌 네 식구도 둘씩 손을 잡고 열심히 걸음을 옮겼다. 어머니는 상미의 손을, 아버지는 동생의 손을 잡았다. 그러고 보니 동생은 아직 이름도 알지 못했다. 여즉까지 젖살도 빠지지 않은 동생은 10월 하순 가을날인데도 숨을 쌕쌕 내쉬며 콧등에 맺힌 땀을 닦았다.

두 식구의 앞과 뒤, 양 옆으로 헤아릴 수 없이 많은 인파들이 밀물 들이치듯 한 지점을 향해 발을 대디뎠다. 소년은 그들의 얼굴에서 표정을 읽으려고 애썼다. 저들도 식구 중 누군가가 군대에 있어 안부가 궁금해 길을 나선 것일까? 아니라면 고향인 제주로 가 그곳 사람을 죽이라는 명령을 거부한 군인들이 대견해 격려라도 하려는 것일까? 좌익과 우익이 제대로 붙었으니 어떻게 판가름날지 귀추가 궁금해 무작정 나선 것일까? 그도 저도 아니면 사람 구경하러 심심풀이로 몰려가는 것일까?

소년은 이렇게 몰려가는 길이 산 자의 길인지 죽은 자의 길인지 문득 궁금해졌다. 바다 건너 제주에서는 총에 맞아 칼에 찔려 둔기에 머리가 터져 죽은 사람들이 긴 행렬을 짓고 있을 듯했다. 그들도 한때는 살아 웃고 노래하던 사람이었다. 지금 여기 여수에서 사는 우리들은 죽지 않았다. 그러나 과연 언제까지? 제주에서는 죄 없는 민간인이라도 의심스러우면 막무가내 발포했다고 형에게 들었다. 거기서 벌어졌던 무법이 여기라고 없을까?

길을 걷는 사람들을 보자 온갖 상념들이 우박처럼 머릿속으로 떨어졌다. 그때 저편으로 총을 든 군인들이 보였다. 붉은 깃발을 들고 호루라기를 불며 방향을 지시하는 품이 밀려오는 인파에 사고라도 날까 염려하는 눈치였다.

소년이 군인들을 보느라 머뭇거리자 아버지가 등을 밀었다.

"한눈팔지 말랑깨."

소녀가 지나가면서 소년을 보았다. 약간 겁을 먹은 표정이었지만, 한편으로 이런 소란이 신기하고 즐거운 일인 듯 흥미로워하고 있었다. 소녀가 한손을 들어 따라오라 재촉했다.

"오빠야, 뭐 하노? 굼벵이 걸음하다 뒤쳐진데이."

소녀의 하얀 팔에 살짝 소름이 돋아 있었다. 파란 핏줄이 도드라져 보였다. 핏줄은 손등에서 시작해 팔꿈치를 타고 올라가 어깨쪽으로 사라졌다. 굵은 동맥과 가는 실핏줄이 서로 꼬여가며 소녀의 목을 향해 치달렸다. 하얀 피부와 파란 핏줄의 대비가 소년에게는 이상하게 섬뜩하게 다가왔다.

중앙동은 여수에서 번화한 장소 중 한 군데였다. 남쪽으로 조금만 걸어 내려가면 바로 부두가 나왔다. 그리고 북쪽 방향에는 여수의 명물 진남관이 바다를 보며 위용을 자랑했다. 진남관 뒤로 종고산이 솟았고, 왼편으로는 위압하듯 장군산이 어깨를 겨루었다.

여수의 민가는 대개 초가집을 벗어나지 못했는데, 중앙동 삼거리에는 벽돌로 지은 집들이 길을 타고 이어졌다. 2층, 3층 건물이 도로를 따라 줄달음쳤다. 목재로 지은 적산가옥도 듬성듬성 골목길 너머로 숨어 있었다.

삼거리는 벌써 사람들로 미어터지는 중이었다. 저편에 군용 트럭이 한 대 보였다. 짐칸에서 군인 몇이 올라가 마이크를 들고 뭐라 외쳤다. 스피커의 성능이 안 좋은지 군중들이 웅성거리는 소리가 너무 커서 그런지 말을 알아듣기가 쉽지 않았다. 그나마도 어른들이 앞을 가리자 아무 것도 보이지 않았다. 덩달아 소리도 죽었다. 소년은 깨금발을 들며 주변을 살피려 했지만 그의 키로는 택도 없었다. 소년보다 더 작은 소녀와 동생이 그의 곁으로 다가왔다.

"오빠야, 뭐 좀 보이나? 어른들 등짝만 볼 줄 알았으면 내는 안 나왔다카이."

제법 어른스럽게 투덜거렸다.

"내가 무등 태워주랴?"

소년이 소녀의 손을 덥석 잡으며 당기자 소녀가 기겁을 했다.

"왜 이카노? 미쳤나? 오데 감히 여자 손을 잡을라카노!"

그러자 옆에서 누나의 치맛자락을 잡고 있던 동생이 성화를 부렸다.

"누난 싫은가보네. 행님아, 난 괜찮데이."

아버지가 애들과 여편네들을 돌아보며 말했다.

"요개서는 뭔가 뭔지 한 개도 모리것다. 내 인준 군 아버지하고 앞으로 나갔다 올팅깨 자네들은 이 전봇대 주변에서 꼼짝 말고 있어여. 알았능가?"

어머니가 고개를 끄덕이며 대답했다.

"후딱 오씨요. 너무 느자뿔면 우덜일랑 그냥 집에 갈팅깨 퍼뜩 돌아오소. 알았쓰라?"

아버지는 듣는 둥 마는 둥하며 상미 아비에게 눈짓을 보냈다. 두 사람은 인파들 사이를 비집고 사라졌다.

군인 몇몇이 군중들 틈을 돌아다니며 삐라를 나눠주었다. 소년도 한 장 주워들었다. 아까 봤던 것과 같은 내용에 밑에 "오늘 새벽 저희 부대는 여수경찰서를 접수하고 순천역까지 진군했으며, 2개 중대가 더 합류했습니다. 봉기의 여파는 더욱 커져 애국시민을 지키고 미군을 이 땅에서 몰아낼 것입니다. 결사항쟁만이 살 길입니다." 어쩌고저쩌고 하는 등사된 문구가 흐릿하게 찍혀 있었다.

"뭐라 써 있는 거여?"

엄마가 물었다. 엄마는 한글을 읽지 못했다.

"별 거 아니지라. 동요하들 말고 자기 일에 충실하라는 소린데여."

소년은 어머니를 안심시키려고 대충 뭉개고 알려 주었다. 옆에서 흘낏 삐라를 보던 소녀가 소년의 팔을 꼬집었다. 소녀도 글을 읽을 수 있었다.

트럭에 타고 있던 누군가가 목청을 높여 외치는 소리도 들려왔다. 거기에 호응이라도 하듯 우레 같은 박수와 함성소리가 사방에서 터져 나왔다. 열기는 뜨거웠지만, 군중들이 이리저리 꿈틀거려 몸을 가누기가 쉽지 않았다. 그 와중에 동생이 발등을 밟혔고, 앙! 소리를 내며 쓰러졌다. 소년이 급히 손을 내밀어 자빠지는 불상사는 면했다. 자칫 엎어졌다가는 몸이 성치 않을 혼잡이었다.

다섯 사람은 아버지가 못 박은 전봇대를 지키고자 애썼지만, 뒤에서 밀치고 앞에서 당기는 통에 버텨내기가 쉽지 않았다. 누군가 성미 어머니의 어깨를 세게 치고 지나갔고, 비명소리가 터졌다. 어머니가 몸으로 사람들을 밀어냈다.

"안 되것다. 이러다 크게 다치제. 고마 자리를 뜨는 기 상책일성 싶네. 집으로 돌아가잖깨. 남정네들이사 알아서들 돌아오것제. 현준 어메 그라제요?"

어머니가 결단을 내렸다. 다섯 사람은 슬금슬금 몸을 빼내 뒤로 물러났다. 아이들 셋을 가운데 세우고 두 어머니가 앞뒤로 버텨 앞길은 트고 뒷길은 막았다. 집에 오자 어머니가 상미 어머니에게 당부했다.

“시방은 따로 흩어지지 않는 기 상책이것지라. 남해댁도 남정네들 올 때꺼정 여그 계시소.”

두 남정네는 밤이 으슥해서야 귀가했다. 형과 하인준을 만났냐는 말에 두 사람은 모두 고개를 절레절레 흔들었다. 두 사람의 표정은 몹시 어두웠다.

## 7

요양병원 간호사들의 협조까지 얻었으니 일이 순조롭게 진행될 줄 알았지만, 여건이 그리 호락호락하지만은 않았다. 간호사들은 친목 모임이라 단체 이름도 없는데다가 정작 후원단체로 참여하겠냐고 물었더니 난색을 표명했다.

“저희는 뒤치다꺼리는 도울 수 있어도 앞장서기는 어려워요. 병원에서 좋아할 리도 없고, 입원 중인 어르신들 귀에 잘못 들어가면 가족들이 들고 일어나 항의할 수도 있거든요. 생계가 걸린 일이라 너무 티 나게 눈 밖에 나서기는 곤란하거든요. 개인적으로는 얼마든지 도울 수 있지만, 단체로 활동하기에는 아직 여건이 수월치 않아요. 이해해 주시다.”

지난 번 만났을 때보다는 약간 풀이 죽은 여성분이 머리를 조아리며 미안함을 표시했다. 뭐라 탓할 수 없는 일이었다. 아예 외면하거나 억하심정으로 대거리만 하는 사람들이 대부분인데, 이렇게 관심과 성의를 보여준 것만도 그만큼 일할 여지가 넓어졌다는 증거였다.

더구나 요양병원 간호사나 요양보호사들은 다시 만나기 어려운 훌륭한 홍보대사였다. 가뜩이나 보수적인 동네에서 살았던 주민들인지라 처음 보는 사람은 경계했다. 오랜 시간 외지에서 들어온 관리나 양반계층들에게 천대받고 수탈당했던 역사는 사람들을 어쩔 수 없이 배타적이게 만들었다. 그리고 지역민들끼리 똘똘 뭉쳤다. 공연히 바깥일에 관심을 주고 기웃대다가는 엄한 날벼락을 맞기 일쑤였다. 그런 사람들에게 바깥세상(육지)에서 생긴 일은 피해야 할 터부로 치부되었다.

그런 분위기에서 오지랖이 넓어 늙고 병들어 돌보는 이 없는 노인들을 챙겨주는 간호사나 보호사는 멀리 있는 혈육이나 친척보다 소중하고 고마운 존재였다. 그런 이들이 던지는 말이라면, 그게 비록 토막말이라도 귀담아 듣고 마음에 새겨 두는 게 인지상정이다. 뒷날 사람들이 더 큰 일에 관심을 가지고, 그 일에 대해 편견이나 선입견을 덜어내게 하는 데 이런 분들의 역할은 큰 자양분이 될 터였다.

지성이면 감천이라 했던가. 구원의 손길은 다른 데서도 또 왔다.

남해는 농사짓고 고기 잡는 농어업이 주된 산업이지만, 노년층이 많아지면서 사양길로 접어드는 중이었다. 이를 대체할 무한 자원으로 관광만큼 가치 있고 지속가능한 산업은 없었다.

남해는 산과 바다가 복잡한 리아스식 해안으로 굽이굽이 이어진, 하늘이 내린 명승지다. 또 유배와 전쟁, 왜구와 외적의 침략사, 대장경 판각지 등 역사적 유물과 사적도 곳곳에 뿌려져 있다.

이런 명승과 역사를 관광객들에게 안내하면서 알려주고 다시 찾게 만드는 모임이 있었다. 이름하여 '남해역사사랑회'였다.

박광석은 하는 일의 성격상 이 모임에 가입하지는 않았다. 하지만 30여 명 되는 회원들과는 친하게 지냈다. 대부분이 여성들인데,(앞서 간호사 분도 말했지만 남해 여성들은 참 억척스럽고 질긴 생명력을 지녔다) 말이 통하는 사람들이 많았다.

어느 날 행사장에 들렀다가 모임을 이끄는 분을 만났다. 그녀는 이순신 광팬이었다. 남해 토박이로 식당을 했는데, 우연히 남해가 이순신 장군의 순국지라는 말을 듣고 완전히 꽂혀 버렸다. 『난중일기』부터 생애, 업적, 학자들의 연구서와 전적지 답사까지 찾아다니며 좌충우돌하더니 급기야 생업은 때려치우고 이순신 전도사가 되었다. 모임이 결성될 때도 주도한 사람 중 하나였다.

남해를 찾는 인사나 단체가 있다면 이순신 강연은 그녀의 몫이 되었다. 이런 일이 거듭되자 제법 입소문도 나서 외부로 강연까지 나가기에 이르렀다. 마음에서 우러나 쌓인 지식에다 입담도 좋고, 사람 됨됨이도 흠잡을 데가 없어 만나면 유쾌해지는 누님이었다.

누님이 먼저 그를 알아보았다.

"광석이 아이가? 근자 우찌 지내노? 아이고, 얼굴 이자뿔겠구마."

그도 맞장구를 친다.

"누님 오랜만이네예."

"이런 행사에도 오나? 한가한가배?"

"어데예. 누구 좀 만나러 왔어예."

"그랴? 오랜 안 걸리면 밥이나 묵자."

말이 씨가 되었는지 면담은 빨리 끝나 근처 식당으로 갔다.

멸치쌈밥에 소주 한 병이 곁들여졌다.

"니 각시는 가끔 보는데, 갸도 니 얼굴 보기 힘들다카대?"

박광석은 상추에 보글보글 끓인 멸치와 마늘, 깻잎, 쌈장을 얹어 한 입 베어 물었다. 소주가 들어가니 묵은 근심이 다 쓸려 내려갔다.

"글쎄 여수 쪽 사람들하고 좋은 일 좀 하려니까 세상이 좀체 협조를 안 하네예."

아무래도 요즘 머릿속을 맴도는 일이 입에서 먼저 튀어나왔다.

"와? 여수 사람들이 우쨌는데? 누구캉 싸웠나?"

공연한 말을 꺼냈나 싶었지만 기왕 나왔으니 위령제 얘기를 털어놓았다. 누님은 쌈밥도 먹지 않고 박광석의 푸념에 귀를 기울였다.

"그런 일이 있었는가배. 내사마 전혀 몰랐다 아이가."

"간호사 분들의 지지는 받았지만, 실제로 함께 할 단체는 오리무중 아인교."

누님이 숟가락으로 식탁을 치면서 목청을 높였다.

"니 오늘 내 만난 기 용왕님께서 도운기라. 소치도에 그런 슬픈 역사가 있었다캄 우리 문화사랑 동지들이 모른 척 할 수 없는 일이제. 내가 남해역사사랑회의 중요 멤바 아이가. 더구나 여수는 전라좌수영이 있던 곳이고, 바로 충무공께서 임진란 내내 활동하신 지역 아이가. 그런 지역에서 벌어진 비극을 동병상련하는 우리가 모린 척하몬 안되제. 마 물론 아직 좀 삐딱한 생각 가진 인간들이 있기는 하제. 남해에 남아있는 그딴 찌끄래기들하고는 말도 섞지 말아야제. 그 시산이들이 무신 용기고 신념, 역사의식이란 게 있것노. 똑똑하고 딱 부러진 사람들하고 손을 잡아야제. 겸손해 숨어싸 말이지 그런 사람 남해에 많데이."

누님은 강장제 주사라도 맞은 사람처럼 흥분해 엉덩이를 들썩였다. 아닌 말로 이분들이 나서준다면 천군만마를 얻는 거나 다를 바 없었다. 이들은 남해의 역사와 문화에 산소를 넣어주는 분들이었다.

"그카모 누님께서 좀 나서 줄라요?"

쇠뿔도 단 김에 빼라고 했다. 누님도 불이 붙었으니 한 명이라도 우군을 더 확보하고 싶었다.

"그라지 마. 잘 됐구마. 다음 주 주말에 정기모임이 있거든. 이런 일에 반대할 사람 있것나? 돈만 밝히던 놈이 하나 있었는디, 인자 그런 허랑말코 역적 놈들은 다 사라졌다 아이가!"

일이란 게 고비만 넘기면 물 흐르듯 풀리는 게 아닌가 싶었다. 박광석은 오랜 만에 허리띠를 풀고 쌈밥과 소주를 한껏 즐겼다.

## 8

항명군이 동족학살을 거부하며 여수와 순천, 광양 지역 일부를 점령해 기세를 올린 시간은 그리 길지 못했다. 거사한 지 이틀 만에 정부는 토벌군을 조직했다. 이승만 정권은 자신들의 적법성을 내세우고자 제주와 여수의 항쟁을 철저하게 물고 늘어졌다. 민중들은 선량한 시민을 죽이는 악마들로 지목되었고, 지역은 악성 돌림병이 도는 저주의 땅으로 몰아붙였다. 사람들은 한동안, 역사상 수많았던 의로운 거사가 그랬던 것처럼, 그 흑색선전을 진실이라 믿었다. 한번 들씌워진 광기는 사람들의 영혼을 마비시켰고, 생각을 타락하게 만들었다.

연대 일부 병력의 항명에서 촉발한 불씨는 여건이 불리해져 주모자들이 죽거나 달아나자 군사항명에서 민중과 학생들의 폭거로 탈바꿈되었다. 이런 기만 술책은 곧 여순 지역 민간인과 학생들에 대한 무차별적인 학살을 정당화시켰다.

사건의 성격이 바뀌자 단순한 가담자나 방관자들조차 주동자이거나 적극 가담자로 혐의가 격상했다. 진압군과 경찰은 최초 항명했던 장교와 병사들의 가족들을 찾아내 처단했고, 나머지 시민과 학생들도 여수인민대회에 참여해 현 정부를 부정하고 적도(敵徒)들을 비호하면서 장차 저항세력이 될 것이라면서 발본색원 뿌리를 뽑아야 한다고 성토했다.

이제 여수 시민과 학생들은 진압군과 경찰의 사냥감으로 전락했고, 그 결과는 끔찍했다.

인민대회를 다녀오고 난 뒤부터 소년과 소녀의 가족들은 한 지붕 아래서 지내게 되었다. 형과 하인준의 소재나 생사를 알 수 없는 상황에서 뿔뿔이 흩어지는 건 좋은 선택이 아니었다. 한 자리에서 같이 있어야 소식을 듣고 대책을 강구하는 데도 도움이 되었다.

"허벌나게 답답하구마이. 이 자슥은 지 부모가 걱정하는 줄 번연히 알 터인디 어째 연통 한 줄 띠우질 않는거여."

아버지가 좀이 쑤시는지 가만히 앉아 있지 못했다. 그러면서도 하인준 아버지가 혹시 모르니 남해촌 집에라도 다녀오겠다는 건 극구 말렸다. 사병보다는 장교가 연락하기 더 좋다는 게 이유였다.

22일 여수와 순천 전역에 계엄령이 선포되었고, 저녁 7시부터 다음날 오전 7시까지 12시간 통행금지령이 내려졌다. 금지령이 아니더라도 도로를 활보할 만큼 간이 부은 사람은 없었다. 멀리서 가까이서 총탄 발포하는 소리가 들리고 전투기가 낮게 비행하는데 바깥출입을 하는 건 자살행위나 다름없었다.

하루하루가 지나면서 집안 분위기는 점점 절망의 기운으로 덮여 갔다. 발포소리는 멀어져만 갔고, 대신 간간히 군인들이 길가를 지나가는 낌새가 느껴졌다. 문틈으로 보니 14연대 소속 같아 보이지는 않았다. 그들은 철모에 흰 헝겊을 둘렀는데, 사주경계와 수색이 삼엄한 것으로 보아 반란군을 색출하는 것처럼 보였다. 왼쪽 팔에도 흰 완장을 묶었는데, 무슨 글자가 쓰여 있었지만, 잘 보이지는 않았다. 군인을 잔뜩 실은 군용 트럭도 꼬리를 물고 지나갔다. 때로 트럭에는 머리를 푹 숙인 민간인들이 실려 있었다. 구타를 당한 흔적이 완연했고, 손은 꽁꽁 묶여 있었다.

어느 날 밤이었다. 하상미와 동생은 설핏 잠이 들었지만, 소년은 두 눈이 말똥말똥해질 뿐 잠은 저만치 달아나 있었다. 부모님들은 밖에서 조금만 부스럭거리는 소리가 나도 벌떡 일어나 숨을 죽였다. 살아도 산 게 아니었다.

그때 누군가 야음을 등에 업고 사립문을 열고 마당으로 들어왔다. 통금이 해제되려면 한참 남은 시간이었다. 아버지가 옆에 두었던 홍두깨를 들어 손에 꽉 쥐었다. 누구라도 문을 열면 내리칠 기세였다.

문밖에서 소리가 들렸다.

"안창국 중위님 가족들 계십니까?"

아버지의 홍두깨가 내려갔다.

"뉘기요? 난 개 아비되는 사람인디요."

"저 잠깐 들어갑니다."

문이 천천히 열리더니 민간인 복장을 한 젊은 사내가 스며들 듯 들어왔다. 머리가 짧고 소총을 들고 있어 변복한 군인처럼 보였다.

사내는 잠시 바깥 동태를 살피더니 앉아쏴 자세를 한 채 주변을 둘러보았다. 보름이 지난 달빛은 어둠을 밝히는 데 큰 도움은 되지 않았지만, 사람은 얼추 구분할 만했다.

"저기 네 분은 누구입니까?"

밤눈이 밝은지 사내는 누워 잠든 두 아이와 어른 둘을 인지했다.

대답은 않고 아버지가 질문을 던졌다.

"먼저 그 짝은 누군지부텀 알아야 쓰것소."

사내는 총을 방바닥에 놓았다.

"저는 안창국 소대장님이 보낸 전령입니다. 제 말 잘 들으십시오. 소대장님은 상황이 여의치 못해 여수 경계 밖으로 후퇴하셨습니다. 아마 지리산으로 들어가실 겁니다. 저도 뒤따를 텐데, 소대장님이 가족들에게 빨리 피신하라는 급보를 전하라 하셨습니다. 진압군은 분명 관련자들의 가족들부터 체포하려 들 겁니다. 더구나 여수는 우익 세력이 강한 지역이에요. 저희도 극우 세력 일부를 처형했거든요. 분명 보복이 뒤따를 겁니다. 그러니 여기 계시면 위험합니다. 어디든지 안전한 곳으로 대피하셔야 합니다. 순천 쪽으로 피신해 여수를 빠져 나가셔야 합니다."

아버지가 어이가 없다는 듯 혀를 차며 말했다.

"반란군 가족들이 어딜 간들 안전하것소. 차라리 우리도 그 지리산인지로 데려가쑈잉."

사내는 아무 대꾸도 하지 못했다. 아버지도 진짜 데려가 달란 뜻은 아니었다. 잠시 침묵을 지키던 사내가 다시 소총을 들더니 바깥 동태를 살폈다.

"어쨌거나 저는 소대장님의 경고를 전해 드렸습니다. 지금 당장이라도 거처를 옮기세요. 그럼 저는 갑니다."

사내가 몸을 밖으로 움직이려 하자 하인준 아버지가 소매를 잡았다.

"군인 양반. 혹시 하인준이란 병사의 소식은 아는 거 없소? 안 중위 휘하의 소대원이었을 텐데……? 나는 갸 애비요."

사내가 고개를 돌려 가족들을 응시했다.

"그러십니까? 안 그래도 남해촌으로 갈 참이었는데, 잘 됐네요.

하인준 일병 역시 입산했습니다. 그러니 함께 피신하세요. 그나저나 일곱 분이 함께 움직이면 금새 덜미가 잡힐 텐데……."

사내는 누워 자고 있는 두 아이와 공포에 젖어 깨어 있는 어른들을 번갈아보다가 포기한 듯 고개를 절레절레 흔들면서 방문을 열고 나갔다. 사내는 올 때처럼 소리 없이 어두운 골목으로 사라졌다.

어른들은 놀란 눈으로 서로를 쳐다보았다. 들은 소식이 너무 갑작스러워 충분히 납득이 되지 않은 표정이었다. 소년은 빨리 하상미와 동생을 깨워야 한다는 생각밖에는 들지 않았다. 언제 진압군이 들이닥칠지 몰랐다. 소년이 무릎걸음으로 하상미에게 향했다. 아버지가 손짓으로 소년을 막았다.

"잠깐 기다리래이."

아버지는 어머니와 하상미 부모님을 보며 말했다.

"시방이 새벽 한 시니께 다섯 시간 지나면 동이 틀 거요. 놈들은 벌써 여그 주소를 파악했을지도 모르제. 자동차가 있는 것도 아니고 걸어 움직여 봐야 진압군 손바닥 안 아니것소. 더구나 쬐깐한 애들 델꼬 뛰어봤자 배룩이제. 우덜 목심도 소중하지만 것보다 애덜부터 지켜야 쓰것다 생각하요. 어떠신지라?"

당연히 고개를 끄덕였다.

"그렇기는 헌디 애덜 보낼 데가 어디 있것소. 아는 친척이라고는 다 남해에 있는디, 이미 찻길 뱃길 다 끊겼을 거고, 걸어갈 일이라면 까바득하기 그지없소. 노량 가봤자 거기선 배를 안 타요?"

아버지가 머리를 쥐어짰다.

"큰 놈은 이제 죽은 목심이나 매한가지제. 산속에 들어가 공비가 된다고 총알이 피해가남? 긍께 이놈 창범이는 꼭 살려야 혀. 그라야 대를 잇제. 인준 군 아버지도 마찬가지 아니것소. 큰 놈이 죽어뻔지면 어린 막내밖에 없지라."

하인준 아버지가 몸을 틀어 자는 막내를 보더니 고개를 끄덕였다.

"그렇긴 합니다만 재라도 살릴 방법이 오데 있십니꺼?"

아버지가 몸을 잔뜩 숙이며 속삭이듯 말했다.

"내겐 딸이 하나 있는디 일찌감치 결혼해 산 너머 민가에 살고 있지라. 사위 놈은 읍사무소 서기로 있응께 신원은 확실하니 반란군도 의심하진 않을 꺼요. 우선 그리로 가 숨어 지내며 지역을 벗어날 방법을 찾아봅시다. 사위는 빽이 든든헌께 우덜을 죽게 내버려 두지는 않을 거랑께. 여북하면 배 한 척 마련해 남해로 갈 수도 있지 않것소."

계획은 그럴 듯했지만, 아버지는 이미 토벌대가 해상 봉쇄까지 한 줄은 모르고 있었다. 그러나 그때는 그게 최선이었다. 그래서 일곱 가족은 함께 길을 나섰다.

소년과 소녀가 척후병이 되었다. 한꺼번에 일곱 명이 움직이면 아무리 밤이라도 눈에 띄지 않을 수 없었다. 누나 집은 전에도 몇 번 가본 적이 있어 찾아갈 만하니 둘이 먼저 앞길을 열도록 했다. 둘 다 어려 몸집이 작으니 남의 눈에 잘 띄지 않을 터였고, 급할 경우 숨기도 좋았다. 전방이 안전하면 뒤따르는 가족들에게 신호를 보내 합류하는 방식이었다. 동생은 잠에서 깨지 않아 상미 어머니가 들춰 업었다.

어머니는 그냥 집에 있자고 버텼다.

"우덜이 바다 안 건너겠다 항명했소, 반란을 일으켜 사람을 죽였소. 그놈들 시선이 곱진 않것지만 죄 없는 우덜을 설마 죽이기야 하것소. 괜히 통금에 나섰다가 잽히기라도 하믄 정말 벼락을 맞을 끼요. 죽으나 사나 그냥 집에 있습시다. 그래야 창국이가 와도 숨겨

줄 거 아니겄소."

어머니 말도 틀린 것은 없었지만, 아버지는 단호했다.

"거 헛소리덜 말랑께. 창국이가 헐 일이 없어서 사람까지 보내 피하라 했겠냐고잉. 정말 위험하니께 그런거제. 자긴 죽어도 가족덜은 살리것단 마음이것지. 무조건 여긴 떠야 혀. 아님 콱 혀 깨물고 당장 죽던가!"

그래서 결국 길을 나서게 되었다. 몸 하나 빠져나가기도 빠듯했으니 양식도 세간도 가져갈 형편은 못 되었다. 곧 닥칠 겨울에 대비할 옷가지만 주섬주섬 보따리에 챙겨 밤길에 숨어들었다.

산을 넘어가야 했으니 대낮에 걸어가도 한 시간은 조이 걸릴 거리였다. 이런 밤길에 더구나 경찰과 군인들의 눈을 피해 가려면 새벽까지 닿을지도 의심스러웠다. 소년의 역할이 중요했다.

"상미야. 넌 내 뒤에 꼭 붙어 있어야 한당께. 가다 누굴 보면 무조건 어둠 속에 들어가 납작 엎드려야 혀. 숨도 쉬면 안 된당께, 알것제?"

하상미는 저고리 고름을 꼭 쥔 채 고개를 끄덕였다. 표정이 야무져 보여 안심이었다. 사실 떨리고 두렵기는 소년이 더했다.

골목 어느 집에도 불빛이 나오는 곳은 한 군데도 없었다. 개마저도 지레 겁을 먹었는지 잠잠했다. 이름 모를 밤새의 울음소리만 이따금 정적을 깼다. 소년은 머리 위로 까마귀 한 마리가 지나간다고 느꼈다.

소년은 자신의 기억이 정확하다고 믿었다. 여수는 남북으로 길고 동서가 좁은 반도 위에 세워진 도시였다. 바다와 산, 골짜기가 서로 엉키고 그 비좁고 가파르면서 완만한 구릉을 이룬 사이로 촌락이 발달했다. 복잡하게 얽힌 지형만큼 사람살이도 부침이 심했다. 오늘 가족들과 이웃들이 겪는 이 환란 역시 그런 지정학이 만들어낸 삶의 흔적이라는 생각이 들었다.

어두운 골목을 해쳐갈수록 미래도 함께 암울해지려는 것을 간신히 거둬내면서 발걸음을 옮겼다. 뒤에서 상미의 바스락거리는 소리가 등을 타고 귓전을 맴돌았다. 자신의 눈과 귀, 판단이 이들의 안전을 지킨다는 사실이 문득 두려워졌다. 남방의 땅 어딘가에서 죽었을 둘째형, 우리들과 마찬가지로 한 치 앞도 내다볼 수 없는 산길을 걷고 있을 큰 형, 두려움과 기대감이 섞인 채 그 뒤를 따르고 있을 하인준 형. 그들이 얹어준 짐이 고스란히 소년의 어깨를 짓눌렀다.

- 해내야 혀. 우덜은 살아남아야 혀. 형들과 이 여수 땅이 우덜을 지켜줄 거여.

이런 막연한 희망의 온기가 소년의 발에 힘을 실어 주었다.

그때 저쪽 골목에서 뭔가가 얼씬 지나갔다. 까만 암흑의 장막 사이로 뭔가 허연 것이 휙 나타났다가 숨어버렸다. 소년은 걸음을 멈추었고, 소녀의 가슴이 소년의 등을 안았다.

"오빠야, 와 그라노?"

모기소리보다 작게 떨림을 숨기지 못하면서 하상미가 속삭였다.

"가만 있으랑께."

보이지도 않겠지만 소년은 손가락으로 입을 막는 시늉을 했다. 뒤편 골목에 있을 가족들로부터는 숨소리도 들리지 않았다.

소년은 소녀를 담장 틈으로 밀어 넣었다. 진압군이라면 잡혀도 혼자 잡혀야 했다. 그게 자신의 몫이라고 믿었다.

담장 틈에 소녀가 숨은 것을 확인한 소년은 살금살금 앞으로 기어갔다. 흙길을 단단히 디디며 걸었지만, 마치 구름 위를 걷는 것처럼 현실감은 없었다. 허연 물체가 출몰했던 곳은 작은 십자 골목 너머였다. 세 발짝만 걸어도 닿을 거리였다. 거기에 누군가 도사리고 있다면 분명 소년의 움직임을 느꼈을 터였다.

침이 꼴깍 넘어갔다.

돌아가야 할까? 아니면 넘어가야 할까? 어떤 판단도 서지 않았다.

한 몸 추스르기도 힘든데, 이 세상과 가족들은 소년이 감당하기엔 너무 벅찬 무게였다. 새벽바람이 서늘한데도 이마에서 땀이 한 줄기 흘러내렸다.

바닥을 더듬었다. 혹시 돌맹이라도 있으면 쥐고 싶었다. 그러나 흙은 차갑기만 할 뿐 어떤 물질도 허락하지 않았다.

더 이상 머뭇거릴 순 없었다. 소년은 눈을 질끈 감고 건너 골목길로 잰 걸음을 옮겼다. 잡혀도 혼자 잡혀야 했다.

장막에는 아무 것도 없었다. 그저 허공만 장막 안을 채우고 있었다.

- 내가 뭘 듣고 본 거고?

귀신에 홀린 게 아닌가 여겨졌다.

머리를 부르르 흔들어 이물감을 털어냈다.

그때 누군가 뒤에서 다가왔다. 등골이 서늘해졌다.

이젠 죽었구나 싶었다.

"오빠야, 와 그리 놀라노? 내다."

하상미였다. 소년은 소녀의 손을 잡아당겨 확 끌어안았다.

"귀신이 나타난 줄 알았당께."

하상미가 피식 웃었다.

"정신줄 놓지 마라. 여기 우리만 있나?"

퍼뜩 정신이 들었다.

"그래, 부모님이 계시제. 얼른 건너오시라 신호해야 것제?"

소녀를 뒤로 물린 소년은 다시 십자 골목을 지나가려 했다.

그때 저쪽에서 소리가 들렸다.

- 어메. 여기가 어디고?

동생의 목소리였다. 엄마 등에서 잠자다가 깬 모양이었다. 모두가 죽어 있는 이 밤에 그 소리는 천둥처럼 크고 무섭게 들렸다.

"조용해. 큰일 난다."

입을 막는 몸짓이 느껴졌지만, 이미 때는 늦었다.

"너희들 뭐야?"

군화발소리가 뒤엉켰고, 땀 냄새에 절은 사람들이 가족들을 둘러쌌다.

"집에, 집에 가는 중인디요. 토토토, 통금인 줄 알지만, 애가 너무 아프당께요."

아버지의 더듬거리는 소리가 들렸다. 군용 전등이 확 켜지면서 가족들의 모습이 불빛을 받아 환하게 드러났다. 공포에 질린 표정들이 석고상처럼 굳어 있었다.

"이 새끼가 무슨 얼빠진 개소리야. 어라, 이거 한두 놈이 아니네. 꼼짝 말고 손들엇!"

소년과 소녀는 부둥켜안고 꼼짝도 못했다.

소녀가 달려가려고 몸을 뒤챘다. 소년은 한 손으론 소녀의 입을 막고 한 손으론 소녀의 몸을 옥죄었다. 소녀의 몸은 뜨거웠다.

"예. 중대장님. 신원미상의 불순분자 다섯 명을 체포했습니다. 어떻게 할까요?"

무전을 보내 처리 여부를 묻는가 보았다.

뭔가 잡음이 섞인 소리가 이어졌다.

"알겠습니다. 소학교 말이죠? 그곳으로 끌고 가겠습니다."

군인들은 가족 하나하나를 포승줄로 묶었다. 가족들은 저항하지 않았다. 어린 동생만 울먹일 뿐이었다.

- 어메. 뭐꼬?

가족들은 입도 뻥끗 못하고 그대로 끌려갔다.

타오르는 불덩어리 화염이 꿈틀대는 데도 주변 집들은 쥐죽은 듯 조용했다. 불을 켜는 사람도 담장 너머 기웃대는 사람도 없었다. 여수 전체가 죽은 도시였다.

군용 전등의 불빛은 멀어졌고, 다시 어둠이 깃들었다.

놈들이 주변을 수색했다면 둘도 꼼짝없이 잡혔을 터였다. 천운이 따른 걸까?

소란이 멈추자 소년은 땅바닥에 주저앉았다. 오줌을 지렸는지 바지가 축축했다. 앞에서 소녀가 울먹이는 기척이 들렸다.

잠시 후 소녀가 소년의 어깨를 잡더니 부릅뜬 눈으로 쳐다보았다.

"오빠야. 잘 들으래이. 오빠는 달아나 꼭 살거라. 난 어메, 아배, 동생을 지킬란다. 다시 보재이."

뭐라 대꾸도 하기 전에 하상미, 소녀는 어둠 속으로 줄달음쳤다. 치맛자락 펄럭이는 소리만 밤공기를 가르더니, 이내 사라졌다.

주저앉은 소년은 오금이 저려 일어나지도 못하고 손만 쳐들어 흔들었다. 말소리조차 제대로 나오지 못했다.

- 상미야! 상미야!

그렇게 소년은 맥없이 어둠을 바라보면서 넋을 놓아버렸다.

## 9

남해역사사랑회의 참여도 불발로 끝나고 말았다.

누님이 만나자는 연락을 받은 박광석은 읍내 커피숍으로 나갔다.

"합의가 생각만큼 쉽지 않네. 다들 동의하는데 몇 사람이 반론을 제기했어. 꼭 우리가 나서야 하느냐는 거여. 취지는 좋은데 남해에서 있었던 일도 아니고, 자칫 불필요한 오해를 불러올 수도 있다는 거지. 비겁한 개소리제. 대승적으로 동참하자고 거듭 말했지만, 안타깝게도 설득이 되질 않았어. 표결에 붙일 일도 아니고, 만장일치가 아니라면 내부 갈등을 일으킬 소지도 있고 말이여. 그래서 하는 수 없이 내가 뜻을 굽혔지. 미안하게 됐구마. 대신 몇몇 분들이 행사에 필요한 조화(弔花) 비용은 부담하자고 하시더마. 그렇게 이해해 줬으면 고맙겠구마. 참말로 부끄럽고 답답하데이."

첫 술에 배부를 수는 없는 일이었다. 박광석은 씁쓸한 기분을 삼키면서 괜찮다고 고맙다고 누님을 위로했다.

세상의 변화가 이뤄지는 데는 아직 시간이 필요한가 보았다.

## 10

노인 안창범은 주최측에서 제공한 버스에 몸을 실었다. 유족들을 비롯해 행사를 준비한 사람들과 인사를 나누었다. 누구 하나 밝은 얼굴은 아니었다. 떠난 사람들이야 이승의 일은 훌훌 털어버렸을지 모르지만, 보내야 하는 사람들은 모두 지난 시절의 아픈 기억을 더듬으면서 착잡한 심경을 감추지 못했다.

짐칸에 제수와 행사 용품 등속이 실리자 버스는 남해를 향해 출발했다.

안창범 노인은 버스 맨 뒷자리에 몸을 앉혔다. 두어 시간 조용히 추모의 시간을 갖고 싶었다.

가는 내내 버스 안은 깊은 침묵에 잠겼다.

쏟아지는 아침 햇살에 눈이 따갑게 아려왔다.

그러거나 말거나 안창범 노인은 모자챙을 내리고 두 눈을 감았다.

그때 그 시절 그 사람들……, 칠십 년이 지난 지금도 기억은 여전히 그의 뇌리를 맴돌았다.

눈을 뜨자 아침이었고, 소년은 자신이 공부하던 학교 운동장에 와 있었다. 휴교령이 내려진 학교에는 아무도 보이지 않았다. 그래서 적막강산이었다.

몹시 배가 고팠다. 아니 아려왔다.

남의 눈에 띌까 나무 그림자를 밟으며 교실로 들어갔다. 인적은 끊겼는데도 건물 문은 잠겨 있지 않았다. 경찰도 군인도 없었다. 2층에서 바라본 시내는 을씨년스러웠다. 군용트럭이 군인들을 실은 채 내달렸고, 완장을 찬 사내들이 소총을 들고 무리지어 뛰어다녔지만, 주민들의 흔적은 찾아볼 수 없었다. 간간히 총소리가 들려 몸을 떨게 만들었다.

주전자에 물이 들어 있어 벌컥 들이켰다.

이제 어디로 가야할지는 몰라도, 부모를 찾아야 하는 거 분명했다. 상미 가족들의 안부도 확인해야 했다. 혼자 밤길을 달려간 상미는 부모를 만났을까? 만났다고 해도 진압군에게 체포되었을 터였다. 반란군에 가담한 군인의 가족이란 건 금방 들통났으리라. 저들이 가족들을 순순히 풀어주었을 리는 없었다. 끔찍한 상상이 온몸을 파고들었다.

당장 갈 곳이라고는 누나 집밖에는 없었다. 매형이 공무원이라지만 반란을 일으킨 군인의 혈족을 가만 두었을까? 총칼로 무장한 군인들이 득시글한 거리를 지나 누나가 사는 집까지 갈 엄두가 나지 않았다.

일단 여기서 밤이 되기를 기다리기로 했다. 어둠의 방어를 받지 않고는 꼼짝달싹할 수 없었다. 교실 구석 어두운 곳으로 가 몸을 웅크리고 벽에 기댔더니 졸음이 솔솔 쏟아졌다. 굶주리고 공포에 떨어도 잠은 밀려오다니 신기했다. 차라리 잠들어 잠시만이라도 이 환란에서 빠져나가고 싶었다.

잠깐 잠들었나 싶었는데, 육중한 기차 바퀴가 그의 머리를 가르고 지나가는 듯한 소리가 들렸다. 바퀴가 구르더니 소년을 짓이길 듯 굴러왔다. 두 손을 들어 막으면서 소년은 비명을 질렀다.

"야야! 정신 차리그라. 너 창범이지? 휴교령 내린 것도 몰랐냐?"

누군가 그를 흔들었다. 감긴 눈두덩 너머로 시커먼 그림자 하나가 그를 덮칠 듯 내려 보았다.

- 기어이 진압군이 나를 찾아냈구나.

모든 게 끝장났다는 절망과 함께 식구들과 같이 있을 수 있을 테니 잘 되었다는 안도감이 뒤엉켰다.

"잘못 했어요."

쥐어짠 듯한 목소리가 신음처럼 흘러나왔다.

"잘못은 무슨 빌어먹을! 나도 못 알아보니?"

목소리가 익숙했다. 살그머니 눈을 떠보니 수학 선생님이었다.

"선생님……."

아는 사람을 보자 몸 속 피가 다 빠져나갈 듯 무력감이 찾아왔다.

"아, 맞긴 맞구나. 지금 온 천지가 빨갱이 잡아 죽여부리것다

난린디, 여긴 워찌코롬 왔다냐? 부모님은 어데 가시고?"

선생님은 수업 때마다 수학 문제를 들고 온 학생으로 기억할 뿐 소년의 처지는 잘 몰랐다.

"아부지, 어무이가 모두 군인들헌티 잡혀가 부렀쓰라. 지만 간신히 빠져 나왔당께요."

그제야 선생님이 의혹의 눈초리로 소년을 훑어보았다.

"그기 뭔 소리고? 와 잡혀 가셨쓰야?"

소년은 속내를 밝혀야 할지 잠시 주저했다. 평소 잘 아는 선생님이었지만, 어디까지 믿어야 할지 알 수 없었다. 자칫 스스로 호랑이 굴에 발을 들여놓을 수도 있었다. 그런 고민을 눈치 챘는지 선생님이 먼저 의향을 드러냈다.

"너 반란군 가족이여?"

소년은 대답 대신 고개를 끄덕였다.

선생님의 반응은 바로 왔다.

"그랬구만. 어째 좀 이상시럽긴 했제. 여그 있으면 안 되여. 곧 진압군이 들이닥친당께. 내도 소식을 듣고 서류를 치우려고 온 거여. 어서 나가자꾸나."

선생님이 소년의 겨드랑이를 잡아 일으켰다.

"정문은 위험헌께 후문으로 가야 쓰것다. 일단 우덜 집으로 가자. 거기도 오래 있진 못하것지만 시방은 제일 안전헌께."

선생님은 서류를 챙겨 가방에 넣은 뒤 둘러메고 소년을 앞장세웠다. 골목길을 돌고 돌아 두 사람은 산 중턱에 있는 선생님 집에 도착했다.

선생님은 좌익은 아니었지만, 남한만의 단독선거에는 부정적이었고, 친일 경찰과 일본군 출신 군인을 대거 기용한 이승만 정권에 대해서는 치를 떨었다. 그러다 보니 자연스럽게 좌익들 모임에 나갔고, 남로당과도 어설프나마 인맥을 쌓았다.

소년은 선생님과 함께 모종의 아지트로 거처를 옮겼다. 선생님 예상으로는 소년의 가족은 여수교도소에 감금 중이었다. 반란군을 토벌할 때 인질로 쓰려고 처형은 하지 않았다고 전했다.

하인준 일병 가족은 어찌 되었는지 아냐고 물었다. 생사 여부는 확인되지 않지만 살아 있을 가능성이 높다고 선생님은 점쳤다. 반란군이나 주동자 중 이미 죽은 사람의 가족들부터 진압군과 경찰은 처형한다는 거였다. 소년 말대로 두 사람이 모두 지리산으로 입산했다면 가족은 살려둘 여지가 높다고 했다.

"하지만 어찌 안심하것냐. 자기 쪽에서 피해자가 나오면 열 배 백 배 보복하는 게 놈들이랑께. 수틀리면 언제 죽일지 알 수 없지라. 살려뒀어도 멀쩡하지는 않을 것이여."

눈앞이 캄캄해져왔다. 부모님 얼굴이 쓸려 지나갔고, 상미와 동생, 그들의 부모 얼굴도 스쳤다. 상상속 그분들은 모두 뼈마디가 부러지고 온몸이 피투성이였다. 상미와 동생은 어린애들이니 먼저 처형했을 것 같았다.

"구해낼 수는 없나여?"

지푸라기라도 짚는 심정으로 선생님에게 매달렸지만, 선생님은 침통한 표정으로 고개를 저었다.

"진압군이나 경찰 안에 여직도 좌익이나 남로당 세포들이 남아 있긴 혀지. 지금은 그들도 죽지 않고 살아남는 데 전전긍긍이여. 여수는 거진 수복혔고, 작전 지역이 순천과 광양, 구례, 벌교 등지로 넓혀 나간다는디, 조금이라도 수상쩍으면 닥치는대로 학살한다잖여. 아무도 못 말리제. 여수에서는 20일 인민대회 참여한 사람들을 이잡 듯 뒤진다더라. 그랑께, 요행이나 바랄밖에 별 도리가 없당께."

소년은 자신이라도 총을 들고 나가 식구들을 구하고 싶었다. 부모와 상미 가족을 해쳤다면 그놈들부터 쏴죽이고 자신도 죽을 각오였다. 총을 구해 달라고 하자 선생님은 실소를 터뜨렸다.

"니 덩치면 총을 끌고 다녀야 할껴. 심정이야 내가 워찌 모르겄냐. 허지만서도 위선 니 목심부터 건져야 혀. 그러다 개죽음하면 살아생전 워치키 부모님을 뵙것냐? 아무 생각 말고 살아남을 궁리부터 혀는 기 상책이랑께. 니가 살면 부모님도 사실거여."

아무 위로가 되지 않는 말이었지만, 현실은 말보다 더 가혹했다.

하루하루 아슬아슬한 줄타기를 하며 시간을 보내던 중 아지트도 더 이상 머물 수 없는 때가 왔다. 전선이 위로 올라가면서 악질 경찰과 서북청년단들이 가가호호 찾아다니며 좌익 잔당들을 소탕해 나가기 시작했다.

"니는 워대 갈 디가 없냐? 우덜은 지리산으로 들어갈 낀데, 따라오겠다면 말리진 않것다만, 결정은 스스로 내리랑께."

가족들의 생사도 모르는데 저들 없이 몸을 지키기란 불가능했다. 따라 입산하면 형을 만날 수 있을지도 몰랐다. 어쩌면 하인준 형도 있을 것이다. 그들과 함께 군대를 모아 반격해 부모와 상미 가족을 구할 수 있을지도 몰랐다. 그런 생각을 하니 희망이 솟구쳤다.

소년의 생각을 읽었는지 선생님이 고개를 저으며 말했다.

"니가 무신 요량인진 알 것다만 산사람 생활이 그리 호락호락하지 않여. 곧 겨울이 닥칠 텐디, 총 맞아 죽지 않으면 얼어죽제. 형이 살아 있단 보장도 없고 말이여. 여그 남는 걸 내는 권한당께. 부모님 외엔 연고가 그렇게도 없어야?"

그러자 누나와 매형이 떠올랐다. 누나 집으로 가겠다고 나선 지도 벌써 두 주가 지났다. 누나가 살아 있다면 분명 부모와 나를 애타게 찾고 있을 터였다. 대책 없이 입산하는 것보다는 누나를 찾는 게 가족과 합류할 기회가 더 많을 듯했다.

“저짝 소라면에 누나가 사는디요.”

“그려? 우덜도 입산하려면 소라면을 지나야 헌깨 거기까정은 같이 움직이면 되것네. 내일 떠날 팅께 새비잠이라도 자둬라.”

그래서 소년은 누나 집에 의탁하게 되었다.

선생님과 그 동료들과도 헤어져야 했다.

“우덜은 이미 죽은 목심이라 여기고 살제. 그려도 창범이 니는 우리 공화국의 미래 동량이여. 악착같이 버티고 살아 좋은 세상 만들어야 헌다.”

이후 소년은 선생님이든 동료들이든 아무도 다시 만나지 못했다. 1955년 4월 1일 지리산 입산 금지령은 해제되었다. 이승만 정권은 공식적으로 지리산 빨치산은 소멸되었다고 선언했다. 창국 형도 하인준 형도 선생님도 동료들도 지리산 이름 모를 골짜기에서 싸늘한 죽음이 되어 스러져 버렸다.

누나 역시 반란군 가족이라 해서 조사를 받았다. 식구들이 밤을 도와 가려던 바로 그 다음날 일이었다. 결과는 같았겠지만, 자칫하면 두릅 꿰듯 한꺼번에 다 끌려갈 뻔했다. 그러나 매형이 뒷배가 든든했다. 사돈댁은 일제 때부터 권력층과 돈독한 관계를 유지했다. 지주나 사업가는 아니었지만, 학맥과 인맥, 지연 등을 잘 이용해 무시하지 못할 위치에 올랐다. 매형이 징병에 끌려가지 않은 것도 그 덕분이라고 했다.

새삼 아버지의 대처가 놀랍게 다가왔다. 그 날 아버지가 굳이 딸네 집으로 가자 고집한 것도 다 까닭이 있었다.

매형은 그런 집안의 후광을 잘 이용했다. 애까지 둘이나 낳았고, 누나와 매형은 금슬도 좋았다. 잡혀가면 빼내긴 힘들지만 미리 차단하기란 한결 수월했다.

"처남은 걱정하덜 말어. 처갓집에서 유일하게 남은 혈육인디, 사위가 되야 대를 끊기게 해서야 쓰것는가! 잽혀가뻔진 장인 장모님을 빼내기는 어렵지만, 처남은 내가 지켜야제. 안 그럼 아내 볼 면목도 없어지고 말여."

그렇게 매형은 호언장담했다.

소년은 이 어이없는 현실에 얼이 빠졌다. 그때 무사히 매형 집에 왔더라면 모두 목숨을 부지할 수 있었을까? 상미와 동생, 부모님들까지도? 사지에 내몰린 일곱 사람의 목숨도 건질 만큼 친일 부역자의 힘은 해방된 조국에서도 강하게 작동하는 것일까?

물론 이런 생각은 좀 더 어른이 되어 든 것이지만, 죽은 뒤에야 다시 볼 수 있는, 기약 없는 생이별은 참아내기 힘들었다.

매형은 나름대로 필사의 노력을 쏟기는 했다. 본가에 가서 구명 얘기를 꺼냈는데, 사돈어른도 거기까지는 역량이 미치지 못했다. 반란의 주모자로 우익인사를 살해하는 데 앞장 선 사람의 부모를 두둔했다가는 같은 빨갱이로 몰리기 십상이었다.

부모님 구명에도 손을 쓰기 어려운데, 상미 부모님을 돕기란 불가항력이었다. 그날 상미를 붙잡았어야 하는데, 두고두고 철천의 한이 되었다.

"어메 아배가 어디 기신지나 좀 압시다. 면회라도 가 봐야제."

누나가 울면서 남편에게 애걸했지만, 처형은 질색을 했다.

"그러다 바로 잽혀가뻔져. 지금도 경찰이 눈엣가시처럼 여기는디 형무소에 나타나면 나 잡아잡숴 하는 짓이여. 더구나 난 처형하고 친구잖은가? 허튼 수작 부렸다간 뼈도 못 추리는 세상이여. 말도 꺼내지 말어."

이미 무수히 많은 사람이 이유 불문하고 총살을 당하거나 죽창에 찔려 죽어나갔다. 뒤처리 때문에 이곳저곳 학살터를 불려 다니는 매형은 집에 올 때마다 괴로워했다.

"이러다 내가 먼저 죽어뻔지제. 워찌 사람을 그렇게 무잡시리 죽이는가. 왜놈들도 저러지는 않았을 거여. 시신을 찾기라도 하면 다행이제. 땅에 묻고 동굴에 처넣어 입구를 막아버리면 오데 가 찾노. 그냥 옷가지 놓고 제사 지낼 판이랑께."

매형이 술을 마시면서 털어놓는 경찰과 군인들의 학살극은 듣는 것만으로도 소름이 끼쳤다. 그들은 자신들의 만행이 목격되거나 촬영되는 것도 꺼리지 않았다. 전직 일제 경찰이라는 자는 일본도를 뽑아들고 사람들의 목을 치고 다녔다. 그러다 지치면 권총을 뽑아 쐈고, 소총을 갈겨 또 도륙을 냈다. 잘린 목만 자루에 담아 미군 고문관에게 주어 경악하게 만들기도 했다는 것이다.

남정네들은 이미 달아나거나 살기 위해 입산해 노인과 부녀자, 아이들만 있는 마을에 들어가서도 그들을 운동장으로 불러내 부역자의 가족이라 하여 마구잡이로 사살했다. 누나가 역겨워하면서 외쳤다.

"그런 말 좀 이젠 그만혀. 애도 있는디, 무신 들을 소리라고."

그런 말을 들을 때마다 소년은 경기를 일으켰다. 그 일은 머지않아 자신의 부모와 상미 부모에게도 닥칠 비극이었기 때문이었다. 어린아이 노인 할 것 없이 죽이는 자들이 반란군의 피붙이인 상미와 동생을 그냥 둘 리 없었다.

그저 이 고통의 시간이 빨리 지나가고, 모든 사람들이 무사히 집으로 돌아오기만 기도할 뿐이었다.

그러나 마구니 같은 잔혹한 시간은 마지막 재앙을 피해가게 두지 않았다.

어느 날 매형이 들어왔는데, 표정이 너무 어두웠다.

"오늘도 또 무슨 못 볼 꼴을 본거여?"

누나가 수저질을 멈추더니 물었다.

매형은 애써 눈길을 피했는데, 문득 끔찍한 예감에 사로잡힌 누나가 두 손을 떨면서 다그쳤다.

"어메 아배헌티 무신 변고가 생긴 거제?"

몇 번을 피하다가 매형이 더듬거리며 말을 꺼냈다.

"며칠 안에 반란군 직계 가족들을 처형한다는 소문이 돌아서 말이여. 여기저기 흩어져 있는 죄수들을 한 곳으로 모은다잖여. 명단이라도 알아보려 했는디 기밀이라면서 입도 뻥긋 안혀더라고잉."

누나가 숟가락을 떨어뜨리고 엎드려 통곡했다.

"불쌍한 우리 어메 아배. 둘째 오빤 징용 보내 잃고, 큰 오빠는 군대 보내 산 송장 되더니 기어이 비명에 돌아가시게 되얏뿌렀소. 불쌍혀서 어쩌나. 원통혀서 어쩌나."

매형이 누나를 붙잡고 달랬다.

"조용하더라고. 밖에서 누가 들으면 큰 일나여."

누나가 손길을 뿌리쳤다.

"남이 듣는 게 내수요. 내 부모 죽게 생겼는디. 내 그놈들 가만두지 않을 거여. 내 부모 죽인 원수들 지옥 끝까지 쫓아가서라도 갈가리 찢어죽일 텐께 두고보더라고잉."

매형은 누나의 발악을 막지도 못하고 담배만 뻑뻑 피워댔다.

직계 가족들을 모은다면 상미네 식구들도 끌려올 건 분명했다.

상미가 그때 잡혔는지 달아났는지는 알 길은 없었다. 하지만 그렇게 소리 지르며 달려 나간 상미를 군인들이 못 볼 리 없었다. 네 식구는 지금 함께 있는 걸까? 우리 부모와는 다시 만났을까?

너무 두렵고 무서워 소년은 그날부터 잠에 들지 못했다.

며칠 동안 누나는 말이 없어졌고, 소년은 잠이 없어졌다.

어느 날 매형이 들어오더니 아내와 소년을 불러냈다.

매형의 눈은 퀭했고, 하루 만에 핏기를 다 잃어버린 사람처럼 보였다. 집 밖으로 나가니 어디서 수배했는지 차가 한 대 정차해 있었다. 매형이 직접 운전대를 잡았다.

차가 출발하자 매형이 말했다.

"그 뒷자리에 옷이 있을 거구만. 걸쳐 입으소."

보자기를 끄르니 하얀 소복 두 벌이 들어 있었다.

"이기 뭐다요?"

누나가 두려움에 떨면서 말했다.

"어제 반란군 직계 가족들을 모두 처형했다더구만. 나도 오늘 출근해서야 알았당깨."

누나가 올 것이 왔다는 듯 목소리를 죽이며 물었다.

"시신은 찾을 수 있것지라?"

매형이 쓰게 입맛을 다셨다.

"시신은 아무도 찾아가지 못하게 하라는 지시가 있었다잖여. 그랴서 부두가로 가져 가 배에 실어 애기섬에 수장했다는구먼. 그짝 해류는 여수로 안 들어오고 쩌기 대마도 쪽으로 빠진디야. 부두에서 마지막 작별 인사나 드립시다. 오래 머물진 못혀."

누나가 설움에 복받쳐 목 놓아 울었다. 잠시 후 울음을 그친 누나가 소복으로 갈아입더니 소년에게도 옷을 입혔다.

"어쩌것냐. 우덜은 부모며 오빠며 시신 보고 제상 차리기는 틀린 팔잔가 보네. 싸게 보내드리고 오자꾸나."

그날 남쪽 바다 하늘은 유난히 맑았다. 그믐인지 하늘에는 초롱초롱 별이 빛났고, 별빛 아래 희미하게 애기섬이 잠들어 있었다. 그렇게 누나 매형과 함께 소년은 부모님과 이승에서의 작별 인사를 올렸다.

소년은 마음속으로 상미를 생각했다. 이제 여덟 살인 동생도 생각했다. 그리고 그 부모들도 생각했다. 자식들과 생사를 함께 했으니 두 분은 기뻤을까? 절통했을까?

여쭤보고 싶었지만, 두 분도 세상에는 없었다.

소년은 자신이 갑자기 훌쩍 커버렸다고 생각했다.

두모마을 부두에서 박광석은 유족을 실은 버스가 오기를 기다렸다. 오늘 날짜는 2018년 9월 18일. 곧 아침 9시가 가까울 시간이었다. 정태민이 좀 전에 원천마을을 지나는 중이라고 했으니 10분 이내에 만나볼 터였다.

남해에서도 애도하기 위해 몇 사람이 나왔다. 종이 박스에는 행사 중 영령들을 기리며 바다에 뿌릴 국화꽃들이 채워져 있었다. 미리 정태민에게 사정은 말했고, 정태민은 고맙다고 인사했다.

유족들을 소치도까지 실어 나를 배는 두모마을 이장님이 모는 어선이었다. 소치도까지 다녀오기에 두모마을 포구가 가장 가깝고 안전했다. 혹시라도 이장이 꺼릴까 싶어 행선지와 배 삯만 흥정했는데, 이미 말을 들었는지 이장님은 더 말을 얹지 않았다. 정원 때문에 함께 온 남해 분들은 타지 못하고 박광석 한 사람만 승선하게 되었다. 이 또한 서운한 일이었다.

간간히 구름이 오갔지만, 날은 화창하고 바람도 없어 파도는 잔잔했다. 혼령들이야 모두 해탈해 저 우주의 먼지로 돌아갔겠지만, 산 사람들에게는 위로하고 위안 받기 좋은 날씨였다.

멀리서 버스의 엔진소리가 들려왔다. 버스는 다랭이 논길 사이 도로를 타고 내려왔다. 앞 유리가 햇빛에 반사되어 번쩍거렸다.

선착장 바로 앞까지 버스는 들어올 수 있었다. 둘러보니 유족들을 맞이하는 인원은 다섯 명밖에 되지 않았다. 이른 시간인지 동네 사람도 눈에 띠지 않았다. 좀 더 많은 사람들이 저 혼령들의 죽음을 위로했다면 좋았겠다는 생각을 지울 수 없었다.

문이 열리자 먼저 정태민 국장이 내렸다. 박광석과 정태민은 굳게 악수했다.

"어서오시다. 먼 길 수고시러웠지예. 욕봤네예."

"행님께서 애써 주셔서 무사히 행사를 치르게 되었당께요."

이어 주최측 관계자들과 마지막으로 유족분이 남해 땅을 밟았다.

몇 분 되지 않았다.

그중 마지막에 내린 노인분이 유독 눈에 띠었다. 키가 크고 백발이 성성했지만, 기력은 있어 보였다. 모든 분들처럼 눈에는 슬픔과 허망함이 서려 있었다.

독경을 맡은 스님도 한 분 계셨다.

시동이 걸리고, 유족과 인원, 물품이 다 실리자 길게 뱃고동이 울리면서 배는 선착장을 벗어났다. 바다로 나서 바로 남쪽으로 내려가면 소치도였다.

오른쪽으로 노도가 보이더니 금방 난바다로 나왔다.

소치도는 파도를 타고 점점 가까워졌다.

유족들의 호곡소리가 차츰 커졌다.

이윽고 배는 소치도, 여수 사람들은 모자도라 부르는 섬 코앞까지 이르렀다. 배가 천천히 시계방향으로 섬을 한 바퀴 돌았다.

제사상이 차려졌고, 유족부터 한 사람씩 해후의 시간을 가졌다.

간단한 추모사가 있었고, 스님이 섬을 일주하는 동안 〈천수경〉을 외웠다.

위없이 심히 깊은 미묘한 법을
백천만겁 지난들 어찌 만나리
제가 이제 보고 듣고 받아지니니
부처님의 진실한 뜻 알아지이다……

독경소리는 구슬펐고, 유족들의 흐느끼는 소리는 더욱 구슬펐다.

사람들은 너나없이 국화꽃을 들어 바다에 던졌다. 푸른 물결 위로 하얀 꽃들이 나비처럼 춤을 추었다.

꽃은 바다 흐름을 따라 저 멀리 길을 떠나갔다.

누군가 부르는 고즈넉한 노래가 가늘게 바다 위에 뿌려졌다.

여수는 항구였다 아-
철썩철썩 파도치는 꽃피는 항구
안개속의 기적소리 옛님을 싣고
어디로 흘러가나 어디로 흘러가나
재만 남은 이 거리에
부슬부슬 궂은 비만 내리네

여수는 항구였다 아-

마도로스 꿈을 꾸는 남쪽의 항구
어-버이 혼이 우는 빈터에 서서
옛날을 불러 봐도 옛날을 불러 봐도
재만 남은 이 거리에
부슬부슬 궂은비만 내리네

박광석은 노인분을 부축하면서 국화꽃을 송이송이 바다와 만나게 했다. 노인이 뱃전에 기대 조용히 흐느꼈다.

이승에서 겪었던 아픔들이 바다를 따라 꽃들을 따라 독경과 노래를 따라 저 멀리 아득한 곳을 향해 발걸음을 재촉했다.

멀어지는 꽃 위로 혼령들이 떠올라 한 분 한 분 몸을 실었다.

혼령들이 몸을 돌려 배에 있는 사람들을 보았다.

다들 손을 흔들며 미소 짓고 있었다.

꽃보다 아름다웠던 사람들.

가시는 그 걸음이 꽃으로 하여 가벼워지는 것처럼 보였다.

누군가 했던 말이 떠올랐다.

-안녕이라고 말하지 않겠다.
다시 만날 때까지, 다시 만날 때까지…….

# 자수는 개에게나 줘라

## 1

멀리서 가늠했을 때 그 건물은 헛간인 것처럼 보였다. 어스름이 깔리는 이 시간 이렇게 외진 곳이라면 사람은 나타나지 않을 터였다.

안필주는 털모자가 날아가지 않도록 손을 들어 누르며 바늘로 찌르듯 건물 주변을 촘촘히 살폈다. 간간히 훑고 지나가는 눈발이 시야를 가로막았다. 밭과 밭을 가르는 돌무더기는 자신을 가려주기도 했지만, 오르막 경사진 길 가운데를 갈라버려 꽤 먼 거리를 돌아야 하는 불편도 가져왔다.

겨울의 끝자락이라 어둠은 금방 사위를 덮었고, 칼바람은 더욱 세차졌다. 며칠 째 골짜기 으슥한 바위틈에서 추위에 떨며 지냈다. 지난 번 낮은 산을 넘어 오다 만난 텅 빈 농가에서 긁어모은 감자알도 슬슬 바닥을 드러내는 중인데다가 세상이 어떻게 돌아가고 있는지 궁금해 견딜 수 없었다. 마냥 은닉해 있는 것은 문제의 답으로부터 멀어진다는 자각도 들었다. 앞으로의 행보도 결정하려면 정보가 있어야 했다.

그래서 자리를 털고 골짜기 음지를 따라 평지로 향했다. 지금은 들짐승보다 더 무서운 게 사람이었다. 그게 누구든 지금 눈에 띄는 이라면 모두 적이었다. 그것은 숙영지를 빠져나올 때부터 각오한 일이었지만, 막상 사람을 피하는 일이 쉽지만은 않았다. 사람을 피한다는 것은 동시에 그들의 도움으로부터도 멀어지는 일이었다.

지금처럼 사람의 도움이 절실할 때 그것은 가혹했다.

헛간은 인가에서 꽤 떨어져 있었고, 지붕이 낮긴 했지만 상한 데 없이 멀쩡했다. 안에 마른 짚단이나 검불도 있을 법해 보였다. 골짜기를 내려오는 동안 맞은 칼바람에 몸은 완전히 오그라들어버렸다. 발각날 것도 두려웠지만, 불기운을 쬐지 않는다면 얼어 죽기 직전이었다.

다시 한 번 고개를 들어 주변을 살폈다. 눈발 때문에 먼 곳까지 시야가 이르지는 못하지만, 주변에 인적은 느껴지지 않았다. 하긴 이 전쟁 통에 누가 이런 추위를 덮어쓰고 오갈 데 없는 후미진 곳까지 오겠는가?

안필주는 일부러 헛간으로 바로 향하지 않고 산을 등진 맞은편 트인 곳까지 멀리 돌아 접근했다. 능선 사이 덤불 너머 아득히 인가가 한두 채 흐릿하게 보였다. 이 겨울에 이곳으로 올라올 사람은 없어 보였다. 그제야 안필주는 마음을 가라앉히고 헛간으로 발걸음을 돌렸다.

조심조심 열어본 헛간 안은 예상처럼 비어 있었다. 흙벽돌로 다져 올린 벽도 그런대로 튼실했다. 농사일을 하다 잠시 쉬거나 쟁기 같은 덩치 있는 농기구를 갈무리기 위해 지어둔 모양이었다. 창문이 없는데다 날도 저물어 안은 꽤 어두컴컴했다.

뭐라 뭐라 해도 바람이 잦아지니 살 만 했다. 앉기 전에 혹시 먹을 거라도 없나 뒤졌지만, 별무소득이었다. 새참 준비를 위해 썼는지 작은 아궁이가 있었고, 빠짝 마른 푸성귀 조각과 땔나무도 몇 동가리 굴러다녔다.

벽에 기대자마자 안필주는 먼저 주머니에서 담배부터 꺼냈다. 행군 중에 운 좋게 지급 받았던 화랑이었다. 담배가 몸에 좋지 않다는 것은 알지만, 그에게는 유일하게 의지할 친구였다. 위쪽을 열어 보니 담배는 고작 세 개비가 남았다. 골초 동료들이 많이 뽑아갔다. 지금 딱 한 대가 절실했다.

독한 담배 연기가 목구멍을 타고 폐부 깊숙이 스며들었다. 기분 탓이겠지만 온몸이 스스로 녹으면서 눈이 저절로 감겼다.

안필주는 눈을 감은 채로 몇 차례 더 빨아들였다. 약간의 기침과 함께 열기가 몸을 감쌌다. 앉으면 눕고 싶다 했던가? 바닥에 뿌려진 볏짚을 쓸어 모으면서 엉덩이를 도톰하게 감쌌다. 남은 짚으로 다리를 덮었다.

발각을 각오하고 나무 동가리와 볏짚을 모아 불을 지폈다. 아궁이에는 연기를 빼는 굴뚝이 나 있었다. 불길까지는 몰라도 연기 속에 섞인 불티는 멀리서도 눈에 띌 터였다. 잠깐 고민하다 머리를 벽에 붙였다.

갑자기 두려울 게 하나도 없어졌다. 자신이 지금 누구를 무엇을 피해 다니고 있는지 의아하기도 했다. 세상이 아무리 달라진다 한들 흑돌이 백돌이 될 수는 없는데, 흰옷을 뒤집어 쓴 흑돌들이 세상을 호령하고 있었다.

문득 아버지가 생각났다.

- 아버지는 괜찮으신 걸까?

그가 집을 나섰을 때만 해도 아버지는 여전히 이부지리 속에서 꼼짝도 못하고 있었다. 어디 한 군데 특별히 아픈 데가 있어서가 아니었다. 모든 부위가 아프고 저렸다. 그냥 온몸이 쑤셨고, 뼛골 마디마디가 저리면서 조금만 움직여도 찌릿찌릿한 통증이 전신을 휘저었다. 구타를 당해 부러진 갈비뼈 등은 그럭저럭 아물었지만, 시커멓게 썩어 들어가는 피부와 움푹 들어간 두 볼, 퀭하게 뚫린 두 눈. 누가 봐도 오래 살기는 틀린 몰골이었다. 말을 해도 발음이 흩날려서 알아들을 수 없었다. 아버지는 오랜 기간 당한 모진 고문으로 골병이 들어 있었다. 골병이 아버지의 죽음을 재촉했다.

소집에 응해 출발했을 때도 날씨는 여전히 음산했고 차가웠다. 소집통지서에는 집결장소와 날짜 등만 간단히 기재되어 있었다. 통상의 서류 크기만 한 통지서는 뭘 준비해 오라는지 어디로 어떻게 가는지 언제 돌아올지 아무런 정보도 담겨 있지 않았다.

어머니는 걱정이 태산 같았다. 어렵게 낳은 외동아들인데다 몸도 부실했다.

"도무지 이해할 수가 없구나. 현역 장병으로 징집도 못한 너를 데려다가 어디다 쓴다니?"

안필주 자신도 똑같은 의문을 가졌지만, 어머니에게 실토할 수는 없었다. 인민군도 포기한 몸인데 국방군에게는 쓸모가 있을까 의아했다.

"어딘가 필요한 구석이 있는가 보죠. 중공군 놈들이 물밀 듯 내려온다는데, 앉아 벼락을 맞는 것보단 군대에 들어가 있는 게 더 안전할 거예요."

어머니도 그 점에 대해서는 수긍했다.

"그래. 이 엄동설한에 군대라면 옷이나 음식, 무기까지 다 잘 대주겠지. 설마 데려가 산 입에 거미줄 칠까."

그도 그럴 것이라 믿었다. 다만 들리는 말에 소집 장정의 숫자가 수백만 명에 가깝다던데, 그 많은 인원을 어떻게 단속하고 관리할 수 있을까? 이런 의혹까지 감출 수는 없었다. 춥고 굶주리기는 집안이나 집 밖을 떠도나 별반 차이가 없었다. 뭐 하나라도 군대 안이 나을 터였다.

"그렇겠죠. 걱정은 아버지와 어머닌데……."

안필주는 안방을 보며 걱정스런 눈길을 보냈다. 어머니가 곧 손사래를 쳤다.

"필주야. 그런 걱정은 마라. 올 겨울 날 만큼 쌀도 있고, 땔감도 아껴 쓰면 충분히 버틸 거다. 일정 때 이보다 더 모진 일들도 잘 견뎌왔잖니. 공산 치하 석 달은 또 어떻고. 그저 난 네가 걱정이구나. 집 나가면 고생이라는데, 어디 기별이나 제때 보낼 수 있겠니?"

안필주는 어머니를 다독였다.

"군대니까 편지는 자주 쓸 수 있을 거예요. 교육대까지 가서 훈련을 마치면 부대에 배치되겠죠. 전선인지 어딘지 투입되려면 또 몇 달 걸릴 테니까 그새 꼬박꼬박 소식 전할 게요."

손 안에 아무런 물증도 없는데 맹랑한 소리만 늘어놓는다는 헛헛함이 올라왔어도 어쩔 수 없었다. 아버지까지 저 지경인데 자식 걱정 때문에 골머리를 썩혀드리게 할 수는 없었다.

대문 쪽으로 몸을 돌리면서 안필주는 외투를 여몄다. 두텁기는 했지만 낡고 허름한 데다 쪼그라들어 몸에 맞지도 않았다. 좀 더 나은 입성을 보일 옷이 있었지만, 그건 나중에 급할 때면 암시장에 내다 팔아야 할 것이니 허투루 입을 수는 없었다.

어깨를 조이는 외투가 빡빡한 것을 본 어머니가 부리나케 그를 붙잡았다.

"얘야. 꼴이 아무래도 사납구나. 잠시 기다려라."

방안으로 들어간 어머니는 작은 가방과 함께 두꺼운 양털가죽 외투를 들고 나왔다. 다른 손에는 털모자가 쥐여 있었다.

"이것으로 갈아입어라. 어디로 가는 줄도 모르는데 입성이 부실하면 몸 상한다. 가방엔 겨울 내의하고 양말 등속을 넣었어. 군대가면 다 주겠지만, 갈 때까지라도 잘 입고 있어야지. 아무래도 군대 물건보다 이게 더 쓸 만할 게다."

"뭘 할려고요. 금방 다 지급받을 거예요."

애써 거절하는데, 어머니는 언성을 낮추며 말했다.

"귀동냥해 들으니 군대 안도 그리 사정이 좋진 않은가 보더라. 최전선에서 싸우는 군인들에게도 보급이 원활치 않다는데, 후방에 있는 군대야 말해 뭐 하겠니."

굳이 우겨넣으면서 어머니는 치마 춤을 열어 뭔가를 꺼냈다.

"이거 금반지다. 한 석 돈은 될 거야. 가운데 박힌 건 사파이어란다. 이런 시국엔 돈보다 금붙이가 든든하지. 또 이거는 돈이다. 비상금이라 생각하고 긴요할 때 쓰거라."

어머니는 집안 재산을 다 내놓았다. 돌려주려 했지만, 어머니는 한사코 그를 대문 밖으로 밀어내더니 문을 걸어 닫았다.

"몸조심하고. 시간 날 때마다 편지 쓰는 거 잊으면 안 된다."

그렇게 안필주는 부모와 생이별을 하고 집을 떠났다. 그때 준 외투와 금붙이, 돈이 결국 그를 살린 셈이었다.

## 2

안필주가 집결하라 지시받은 최종 장소는 창덕궁 비원 후정(後庭)이었다. 다만 그 많은 인원이 한꺼번에 몰리면 통제가 불가능하니 지역별로 나뉘어 경찰의 인솔을 받아 순차적으로 모이라고 사령부에서 유도했다. 안필주는 자신이 살던 신촌에서 가까운 경찰서를 찾아갔다.

경찰서 앞에는 몇몇 사람들이 모여 서성거렸다. 그와 또래이거나 어려보이는 친구도 있었고, 꽤나 나이를 먹은 듯한 사람도 보였다. 때가 때인지라 서로 눈길을 마주치려 하지 않았다. 전혀 모르는 사람도 있었지만, 어디선가 본 듯한 치도 있었다. 한 동네 사는 사람들이니 그러려니 하면서 경찰서 문을 열려는데 뒤에서 목소리가 들렸다.

"아니, 이게 누구신가?"

뭔가 비비꼬인 말투에 고개를 돌렸다. 덩치가 상당한 남자였는데, 경찰 간부 복장이었다. 40대 중반 쯤 되어 보였는데, 심통 가득한 웃음을 짓는 얼굴에 개기름이 넘쳐흘렀다. 뒤에 부하로 보이는 경찰 둘이 두 손을 공손히 모은 채 서 있었다. 그는 안필주를 아는 모양인데, 그로서는 쉽게 짐작이 가지 않았다.

대꾸를 못하고 머뭇거리자 그 자가 다가와 어깨를 툭 쳤다.

"어허! 시절이 하수상하다지만 나를 못 알아보면 섭섭하지. 아, 내가 너무 변했나? 킬킬킬!"

하이에나가 먹잇감을 앞에 두고 군침을 흘리는 듯한 웃음소리를 듣자 안필주는 그가 누구인지 깨달았다. 안필주의 안색이 하얗게 변했다.

"오호! 이제야 기억이 되살아났구먼. 사람 팔자 뒤웅박 팔자라지만, 굴러도 놀던 나와바리는 안 벗어나는 법이거든. 꼴을 보니 넌 벗어난 건가?"

흔들리는 안필주의 눈빛을 보더니 게걸스럽게 뇌까렸다. 그러면서 양털 외투를 매만졌다.

뭐라 대거리를 해야 하는데, 말문이 열리지 않았다. 어떻게 이 자가 버젓이 경찰 간부 복장을 하고 여기 서 있을 수 있는가?

조종태. 안필주로서는 죽어도 잊을 수는 없는 인물이었다. 아버지를 지금 이 지경으로 만든 장본인이 조종태였다.

일제 때 조종태는 일경 끄나풀로 행세했었다. 아버지와는 같은 동네에서 자란 죽마고우여서 서로 친하게 지냈다. 학교도 함께 다녔는데, 두 사람 사이에 틈이 생긴 것은 대학에 진학하고부터였다. 부유한 집안 출신인 아버지는 일본으로 유학을 갔지만, 찢어지게 가난한 품팔이 부모를 둔 조종태에게는 꿈도 꿀 수 없는 일이었다.

유학을 떠나기 전날 아버지는 조종태를 만나 술을 마시면서, 지금은 가는 길이 다르지만 다시 만나면 힘을 모아 일하자며 위로했다. 조종태는 고개를 주억거리며 장도를 축원했다.

그렇게 바다를 두고 떨어졌어도 서신을 주고받거나 귀국하면 재회해 회포를 풀기도 했는데, 조종태의 본심은 이미 어긋나고 있었다. 나름대로 학력이 높았던 그는 총독부에 들어가 일하려고 했는데, 워낙 뒷배가 없어 번번이 좌절했다. 가도사벽(家徒四壁)의 극빈 상태였던 집안은 그에게 아무 도움도 되지 못한 정도가 아니라 앞길을 막았다.

뒷골목의 불량한 사내들과 어울려 다니며 소소한 사고를 치더니 결국 순사의 눈에 띄어 잡혀 들어갔다. 빽이 없으면 깡패 노릇도 쉽지 않았다. 아들과 절친했던 사이인 걸 잘 알았던 할아버지가 손을 써 빼내려 했는데, 뜻밖에 조종태는 별 탈 없이 경찰서 문을 나섰다. 따귀 한 대 안 맞고 나온 그를 보고 다들 수완 좋다며 혀를 내둘렀지만, 그때 이미 조종태는 일경 끄나풀의 길을 걷고 있었다.

이를 알지 못했던 아버지는 귀국한 뒤 사업을 벌이면서 친구인 그에게 함께 일하자면서 손을 내밀었다. 아버지는 사업을 통해 벌어들인 이익금을 모아 상해 임시정부에 필요한 자금을 보내던 중이었다. 아버지는 조종태를 믿고 모든 사실을 공유했다.

큰 건만 걸리기를 기다리던 조종태는 경성에 있던 지하조직이 비밀회합을 갖자 본색을 드러냈다. 회합 장소에 일경이 들이닥쳤고, 아버지를 포함한 간부들이 모두 체포당했다. 물론 현장에 조종태는 모습을 드러내지 않았다.

이후 안필주의 집안은 몰락의 길을 걸었다. 친구를 구하는 데 쓰겠다면서 조종태는 할아버지의 재산을 야금야금 앗아갔다. 아버지는 모진 고문을 당하면서도 혐의를 부인했지만, 조종태가 나타나 서류를 비롯한 물증을 들이대자 고개를 떨구었다.

아버지는 해방이 되어 풀려날 때까지 감옥에서 나오지 못했지만, 조종태는 승승장구했다. 일제의 정식 경찰이 된 조종태는 독립지사를 잡아 고문하고 죽이는 데 혈안이 되었다. 그는 자신과 부모가 가난하게 살았던 데 대한 앙갚음이라도 하는 양 독립지사와 가족들을 악랄하게 괴롭혔다. 할아버지와 할머니는 조종태의 손에 죽임을 당한 것이나 마찬가지였다.

해방이 오기 직전 패망의 냄새를 기가 막히게 맡은 조종태가 자취를 감추었다. 이미 전황이 어떻게 돌아가는지 낌새를 알아차렸던 놈은 몰래 재산을 다 정리하고 식솔들과 함께 야반도주했다. 놈을 죽이겠다며 동네 청년들이 달려갔을 때 그의 집은 쥐새끼 한 마리 없었다. 이후 안필주는 그의 소식을 알지 못했다.

해방되고 얼마 뒤 아버지는 석방되었다. 어머니와 함께 아버지를 모시러 서대문형무소로 갔을 때 아버지는 형문을 열고 나오지도 못했다. 허울 좋은 병동에 누워 있는 아버지를 지게꾼을 사 집으로 모셔왔다. 예전의 그 당당하고 건강했던 모습은 흔적조차 찾아볼 수 없었다. 목숨만 붙어있을 뿐 이미 한 발은 열명길에 들여놓고 있었다.

목숨은 끈질긴 것인지 바로 망극한 일을 당할 줄 알았던 아버지는 끝내 명줄을 놓지 않았다. 약으로 소생할 수 있는 단계를 넘어섰으면서도 숨을 헐떡이면서 아버지는 생명의 끝을 악착같이 버텨나갔다. 어머니의 지극한 병구완도 큰 힘이 되었지만, 세상을 쉽게 버리기에 아버지의 원한은 뼈에 사무친 것이었나 보다고 안필주는 생각했다.

대부분의 시간을 혼수상태로 지내다가 가끔 눈을 뜨면 아버지는 한 사람의 이름만 불렀다.

- 조~종~태, 네 이~놈~.

그렇게 역설적이게도 조종태는 아버지를 이승에 머물게 하는 힘이 되기도 했다. 안필주는 기회가 닿을 때마다 놈을 수배했지만, 어디서도 놈의 행적은 발견되지 않았다. 정부가 출범하고 반민특위가 발진했을 때는 친일 부역자들이 처단될 줄 알았더니 그것도 곧 흐지부지되었다. 안필주는 아버지가 독립운동 자금을 대다가 체포되어 모진 고문을 당한 뒤 석방된 사실을 들어 원흉 조종태를 찾아 처벌해 달라고 탄원했다. 경찰은 처음에는 관심을 보이더니 얼마 지나지 않아 아예 그를 문전박대했다.

담당 경찰이 그를 보더니 벌레 씹은 표정으로 말했다.

"아버지가 독립운동을 했고 아픈 건 알겠는데, 멀쩡한 사람한테 터무니없는 누명을 씌우려다가 큰 코 다칠 거요. 더 문젤 삼진 않을 테니 가 보슈!"

그렇게 세월이 흐르면서 놈의 이름도 흐려질 즈음 전쟁이 터졌다. 안필주는 아버지 때문에 피난을 가지 못하고 어머니와 함께 서울에 남아 석 달을 버텼다. 인민군으로 끌려갈 뻔도 했지만, 천성적으로 몸이 약하고 폐병 기운까지 있었던 그는 인민군에게도 쓸모 있어 보이지 않아 목숨을 건졌다.

서울이 수복되고 국군이 삼팔선을 넘어 계속 북진하자 세상은 통일 분위기로 가득 찼다. 적 치하 석 달 동안 끔찍한 일들이 자행되었지만, 그의 집은 비교적 평온했다. 아버지가 독립운동 끝에 폐인이 되었다는 사실을 안 그들은 크게 위해를 가하지는 않았다. 오히려 약간의 의약품과 식재료까지 배급해 주었다. 이런 걸 받았다가는 큰 일 난다며 어머니는 한사코 거절해 돌려보냈다.

국군이 압록강까지 이르러 외친 환호성도 잠시 중공군의 개입으로 전세는 뒤집혔다. 놈들의 인해전술에 국군과 유엔군은 사정없이 밀렸고, 다시 수도 서울의 함락이 목전에 닥쳤을 때인 12월 21일 국민방위군설치법이 통과되었다. 방위군 편입 연령은 공무원이 아닌 만 17살 이상부터 40살 이하의 제2국민병 장정이 대상이었는데, 이 중 학생이 아닌 사람은 자원하여 국민방위군에 포함되어야 했다.

그때 안필주는 몸이 안 좋아 학교를 휴학 중이었다. 어머니는 꼼짝 없이 군대에 끌려가 총알받이가 되어야 한다며 자식이 휴학한 것을 두고 통탄하며 후회했다. 그러나 이미 엎질러진 물이었고, 수복 전 참상을 목격했던 두 사람은 차라리 군대가 안전할 것이라며 위안을 삼았다.

자원을 결심한 안필주는 어머니에게 이번에는 무슨 일이 있어도 피난을 가라고 다그쳤다. 하지만 어머니는 한겨울에 거동은 고사하고 정신마저 온전치 못한 아버지를 데리고 나갔다가는 굶어죽거나 얼어 죽을 것이라면서, 차라리 살던 집에서 죽겠다며 고집을 꺾지 않았다.

그렇게 눈물의 이별을 하고 집을 나왔는데, 간 곳이 늑대의 아가리 속이었다. 일제 때의 더러운 행각을 참회하기는커녕 자취를 감췄던 조종태가 지금 경찰 간부가 되어 그의 앞에 모습을 드러낸 것이었다.

잠시 안필주는 이 자가 최소한의 양심이 있다면 가족들에게 또 악심을 품고 해코지를 않을 것이라는 희망도 품었다. 그러나 그의 눈빛에 도사린 냉혹하고 싸늘한 적개심을 읽자 얼마나 어리석은 기대인지 알아차렸다. 경찰서 서장 자리에 앉아 침을 묻혀가며 서류를 훑어보던 조종태가 그를 꼬나보았다. 경찰서 안은 장작 난로가 활활 타올라 땀이 흐를 지경이었다.

"방위군에 편입되셨구먼. 그래 애비 놈도 독립운동했는데 자식도 나라를 위해 총탄을 맞으셔야지……. 엉? 빨갱이 치하 때 서울에 남아 있었다고? 그런데도 멀쩡했어? 징발도 면했고? 이게 뭔가 냄새가 폴폴 나는구먼."

안필주는 몸이 안 좋아 징병을 면했다고 해명했지만, 조종태는 콧등으로도 듣지 않았다. 주먹으로 서류를 내려치더니 독설을 퍼부었다.

"웃기는 소리 하고 있구나. 그 새끼들이 어떤 놈들인데 몸 좀 안 좋다고 봐줘? 너 밀정으로 남은 거지? 네 놈 애비도 빨갱이 사상에 물들어 개판 치더니 자식새끼들 오죽하겠냐? 이 새끼 방위군에 들어가 좌익 사상 퍼뜨려 반란이라도 일으키려는 심산 아냐? 입은 옷도 보니 아주 그 동안 호의호식 잘 먹고 잘 살았구나. 뒈지기 싫으면 다 불어, 이 새끼야!"

정말 어이없는 힐난이었다. 조종태가 노골적으로 혐의를 까발기자 안필주는 할 말을 잃어버린 채 우물쭈물했다. 그러자 꼬투리를 잡은 매처럼 조종태가 길길이 날뛰었다.

"틀림없구나. 여순반란사건 때도 빨갱이 새끼들이 섞여 그 난동을 피웠지. 4·3 때도 마찬가지였고. 좌우간 빨갱이 새끼들은 씨를 다 말려야 돼. 이 새끼 그냥 두면 안 되겠는데."

서슬이 퍼렇게 살아난 조종태가 몸까지 부르르 떨면서 그의 앞으로 다가왔다. 당장 멱살이라도 잡아 내팽개칠 기세였다. 그때 옆에서 꼴을 지켜보던 경찰관이 제지를 했다.

"경감님. 저희 서에서 이 자에 대한 사찰을 다 해봤는데요. 염려하시는 정도까지는 아닌 것으로 판단해 보고까지 올렸습니다. 부친이 독립지사였고, 일경 밀정의 고발 때문에 옥고를 치른 건 분명한 사실이었습니다. 일단은 넘어가시고 요주의인물 정도로 방위군 사령부에 귀띔하시죠."

그는 이 지역 담당 경찰관이어서 전에 몇 차례 집으로 찾아오기도 했었다. 조사차 왔다가 아버지의 몰골을 본 그는 혀를 끌끌 차며 등을 돌렸다.

옆에서 그를 두둔하는 경찰이 나오자 조종태가 잠시 주춤거렸다. 그 고발 주체가 자신이었으니 가슴 한 구석이 뜨끔했을 수도 있었다. 잠깐 경찰을 아니꼬운 표정으로 보던 조종태가 꼬리를 내렸다.

"흠! 그런가? 철저하게 조사했을 테니 자네 말을 믿어보시. 대신 여기 방위군 자원들은 내가 직접 인솔해 집설시로 가겠네. 제대로 사령부에 경고해야 뒤끝이 없겠지." 놈이 안필주에게로 눈길을 돌리더니 큰 목소리로 떠들었다. "너 지금은 그냥 넘어가는데, 이게 끝인 줄 알면 큰 코 다친다. 방위군 장교들이 네 놈 일거수일투족 하나도 놓치지 않고 감시할 거야. 똑바로 행동해! 알았어?"

한 바탕 엄포를 놓더니 조종태는 의자를 뒤로 밀치며 서장실로 들어갔다. 닫히는 문소리가 자신의 분노를 대신했다. 놈이 들어간 것을 본 경찰이 안필주에게로 와 어깨를 툭툭 치면서 말했다.

"저 자가 일제 때 순사들 끄나풀이 되어 부친 잡아 처넣은 거 아는 사람 다 압니다. 계속 괴롭힐 테니 조심하세요."

## 3

창덕궁 비원 후정에 닿으니 사람들로 넘쳐났다. 경찰과 군인들이 장정들을 끌고 다니며 부산하게 오와 열을 맞추는 중이었다. 아직 젖내도 가시지 않은 어린 아이들부터 늙수그레한 중년까지 나이 차도 들쭉날쭉했다. 다만 그들의 얼굴에서 활기는 찾을 수 없었고, 추운 날 어디로 어떻게 가야 하는지에 대한 불안감만 다양한 표정으로 떠돌았다.

조종태가 신촌 방면에서 끌고 온 인원은 30여 명 정도 되었다. 경찰관복에 두툼한 외투를 걸친 그는 하얀 입김을 뿌리면서 사람들을 소몰이하듯 끌고 갔다. 특히 놈은 안필주 곁을 거의 떠나지 않고 맴돌았다.

"너 튈 생각은 마라. 등만 보여도 바로 쏴버릴 거니까. 생각 같아서는 당장 쏴버리고 싶다만 내가 참는 거다."

조종태는 허리에 찬 권총을 툭툭 치며 을렀다. 주변 눈이 거슬려 그랬지 언제든 방아쇠를 당길 품새였다. 함께 따라온 경찰관에게 감시를 지시한 뒤 조종태는 어디론가 사라졌다.

유난히 차가운 날씨에 바람까지 기승을 부렸다. 무리들은 무슨 생각이었는지 월동 방한 준비가 단단해 보이지 않았다. 명색이 방위군이니 군복과 군화, 방한복 등이 지급될 것이라 짐작했던가 보았다. 기다리는 동안 안필주는 외투의 매무새를 더욱 여몄다. 옷가지가 든 가방을 밀착해 둘러매고, 돈과 금반지가 든 속주머니를 더듬었다. 바투 나오는 기침을 손으로 막았다.

잠시 후 인수인계가 끝났는지 조종태가 얼굴을 비추었다. 옆에 대위 계급장을 단 장교가 붙어 있었다. 조종태는 안필주를 지목하면서 소곤거렸다.

"이 새끼 반동 불온분자 후테이센진이요. 행군 도중 무슨 짓을 할지 모르니 여차하면 처단해도 좋소."

조종태는 일정 때 버릇을 버리지 못했는지 후테이센진(不逞鮮人)이란 말을 아무렇지도 않게 썼다. 그 말을 들은 장교가 힐끔 조종태를 한 번 보고는 모른 척했다.

"알겠으니 그만 가보시요."

조종태가 그를 흘겨보더니 몸을 홱 틀어 시야에서 사라졌다.

후정에 모인 사람들은 명령에 따라 2, 300명 씩 재편성되었다. 누가 어떻게 조정했는지 알 수 없지만 사령부에서 나온 사람이 명단을 부르면 그 쪽으로 우르르 몰려갔다. 안필주는 좀 전에 봤던 대위 휘하에 배속되었다. 외형은 인상이 나쁘진 않았지만, 사람은 겪어봐야 알 일이었다. 더구나 조종태의 사주까지 받았으니 행군이 편할 것 같지는 않았다.

안필주가 속한 부대가 몇 명인지는 그도 알지 못했다. 대위가 명단을 들고 한 사람 한 사람 확인했는데, 행렬이 길어 어림잡기가 어려웠다. 사실 몇 명인들 그게 뭐 중요할까 생각했다. 이 추위에 차량도 없이 도보로 최종 집결지까지 간다는 일이 아무리 봐도 황당무계했다. 미리 옷을 든든히 챙겨준 어머니가 새삼 고마웠다.

인원 점검을 끝낸 대위가 일장 훈시를 했다.

"나는 육군 소속 오종구 대위다. 앞으로 제군들을 이끌고 교육대가 있는 곳까지 인솔하는 책임을 맡게 되었다. 보아하니 나보다 나이가 많은 장정도 있는 듯한데, 여기는 군대다. 여러분들은 훈련병이고, 아직 계급도 없다. 다들 귀관의 지시를 잘 이행해 한 사람의 사고나 낙오 없이 교육대에 이르도록 노력해주길 바란다. 각자 소지품들이 다양한데……, 따로 수거하지는 않겠다. 잘 챙겨서 분실하는 일이 없도록 할 것. 이상."

오종구 대위는 이 많은 인원을 혼자 통제할 수는 없다면서 50명 단위로 끊은 뒤 장정 안에서 분소별 책임자를 선출하도록 했다. 물론 인솔 지휘부에 대위 한 사람만 있지는 않았다. 하사관들과 기간사병들도 여럿 배치되었는데, 어찌 된 일인지 대오를 유지하거나 질서를 유지하고 행군을 감독하는 데 별 관심을 보이지 않았다. 그들은 앞뒤로 몰려 대열과는 조금 떨어져 걸었다.

출발할 때 날렸던 눈발은 한강 다리를 건널 때부터 매서운 눈발로 바뀌었다. 오후에 출발했고, 눈까지 날리자 날은 일찍 저물어 어두워졌다. 한강다리를 넘고 얼마 걷지 않아 국민학교 건물이 나왔다. 교사나 학생도 없었고, 학교는 텅 비어 있었다. 각 분임별로 교실로 들어가 일박할 차비를 하라는 명령이 내려왔다. 그러면서 던져준 것이 한 사람 당 가마니 한두 장이었다. 그러자 사람들이 수런거리기 시작했다.

"이 추위에 이걸 덮고 자라니, 얼어 죽으란 말이여 뭐여? 그리고 석식(夕食)은 언제 주는 거요?"

사람들을 교실에 밀어 넣더니 장교와 하사관, 사병들은 코빼기도 비치지 않았다. 분임별로 통솔을 맡은 사람들이 모였는데, 하필이면 안필주가 들어 있던 교실이었다.

"이러다 얼어 죽겠습니다. 일단 불부터 피우고 봅시다."

"목재로 지은 건물이니 뽀개면 다 땔감이 되것지요. 근데 먹어야 살 것 아닙니까? 피복비나 난방비, 식비 따위 예산이 책정되었다고 들었는데, 그건 다 어디로 간 겁니까?"

"가마니 두 장이 뭐야? 우리가 거지요? 엄연히 국가 방위의 한 축을 맡을 병력 자원 아닙니까? 이거 뭔가 이상합니다."

"장교와 하사관들은 다 어딜 간 겁니까? 짐짝처럼 내던져놓고는 알아서 먹고 자라는 소린가요?"

모여서 다들 한 마디씩 불만을 늘어놓았지만, 메아리 없는 함성일 뿐이었다. 그날 밤 장교와 하사관들은 끝까지 꼴을 보이지 않았다. 기간사병들만 이따금 밖에서 서성거렸다.

사람들은 할 수 없이 교실 바닥을 뜯어낸 나무로 운동장에 불을 밝혔다. 3백 명에 가까운 사람들이 모였으니 화톳불 몇 개로는 냉기를 털어낼 순 없었다. 교실에 불을 피우자니 화재가 날까 겁나 엄두를 내지 못했다. 사병들은 몇 번 제지하다 호통이 날아오자 저만치 떨어져 외면했다.

몇 사람이 작당해 학교를 벗어났다. 얼마 뒤 그들은 어디서 구했는지 보리쌀과 짠지, 소금, 솥 따위를 들고 왔다. 누군가는 장닭 몇 마리의 목을 쥐고 오기도 했다. 사람이 모이니 별별 희한한 재주를 가진 사람들도 많았다.

"재주도 좋구먼. 어디 술은 없던가? 헛헛헛!"

행군 첫 기숙이라는 것이 사람들을 묘하게 흥분시켰다. 넉넉하지는 않았지만 그럭저럭 허기를 채운 사람들은 하나둘 교실로 들어가 쓰러져 잠들었다.

다음 날 새벽에야 장교와 하사관들이 나타났다. 하룻밤 노숙으로 사람들은 벌써 꾀죄죄한 모습이 역력했는데, 그들은 말끔했다. 어디선가 잘 먹고 편히 잔 것 같았지만 누구도 따져묻지 않았다. 그래도 용기 있는 사람은 있어 장교에게 질문을 던졌다.

"장정들을 놔두고 어딜 다녀오신 겁니까? 식사나 군복, 방한복은 지급되지 않는 겁니까? 혹한에 이런 복장으로는 행군이 무립니다."

장교가 별 감정 없는 표정으로 그 자를 잠시 보다가 지나가듯 대답했다.

"급량비나 연료비 등은 아직 상부에서 배당되지 않았소. 당분간은 숙소는 제공하지만 기타 문제는 분임별로 알아서 해결해야 할 거요. 당장 우리들로서도 지원할 방책이 없습니다. 오전 09시에 출발할 것이니, 그때까지 한 사람도 빠짐없이 운동장에 집결하시오. 낙오하거나 탈영한다면 응분의 대가를 치를 거요."

말도 안 되는 답변이었지만, 따져 묻기도 전에 장교와 하사관은 바람처럼 사라져버렸다. 사람들은 주인을 잃어버린 개처럼 허탈한 표정을 감추지 못했다. 야유와 탄성이 곳곳에서 터져 나왔다.

이런 전란 속에서도 금전은 여전히 유용한 생존도구였다. 안필주는 다른 사람들을 따라 허기를 채우기 위해 학교 밖으로 나왔다. 상점이 보여 안으로 들어갔더니 주인이 손에 부지깽이를 든 채 불안한 눈빛을 띠며 나왔다. 건빵과 사탕, 음료수를 집어 들고 값을 물었다. 터무니없이 비쌌지만, 값의 고하를 따질 겨를은 없었다. 안필주는 골목 구석 눈에 안 띄는 곳에서 허겁지겁 건빵을 씹어 먹었다. 남은 것은 가방 안에 쑤셔 넣었다.

9시 경 사람들이 운동장에 집결했다. 다들 요령껏 끼니를 해결했고, 어디선가 방한을 위한 의복을 마련한 사람도 보였다. 바람은 여전히 세찼고 눈발도 걷히지 않았지만, 허연 콧김을 내뿜으면서도 장교와 하사관들이 나타나자 군말 없이 대오를 갖추었다. 그들의 표정에서는 이미 기대를 접은 듯한 분위기가 느껴졌다. 각자도생만이 살 길이었다.

하사관들이 인원 점검을 했다. 벌써 장정 몇 명이 사라졌다. 장교가 수첩을 탁탁 치면서 목소리를 높였다.

“이 새끼들이 죽으려고 환장을 했구나. 탈주한 사람의 명단은 즉시 사령부에 보고될 것이고, 군 당국과 경찰이 반드시 잡아낼 것이다. 탈주는 바로 이적 행위야. 잡히면 바로 즉결처분할 것이요. 이 겨울에 어딜 가겠다고 내빼.”

그러면서 장교가 허리에 찬 권총을 꺼내 휘둘렀다. 그러면서도 하사관을 보내 탈주한 사람을 찾을 시도는 하지 않았다.

이후 풍찬노숙 고난의 행군은 계속 이어졌다. 안필주 부대가 최종적으로 집결할 교육대 위치는 경상북도 청도인 모양이었다. 아무도 알려주지 않았지만 사람들의 입에서 입으로 청도란 말이 맴돌았다.

그 날 부대는 수원까지 행군해야 했었는데, 작전 지역에 있는 중요도로로는 접근이 금지되어 있어 주로 우회도로나 간선 도로, 심지어 좁은 마을길을 따라 움직여야 했다. 마을에는 더러 주민들이 눈에 띄었지만, 안필주 무리들을 보자 굶주린 들짐승이라도 본 듯 집 안으로 들어가 문을 닫아걸었다. 방위군은 어디에서도 환영받지 못하는 존재였다.

수원의 반도 가지 못해 해가 떨어졌다. 추위에 떨며 점심도 굶은 채 걷는 사람들에게 강행군은 힘겨웠다. 장교의 얼굴이 일그러졌지만, 원성이 점점 높아지는 마당에 무작정 강요만 할 수는 없었다.

장교는 하는 수 없이 휴식 명령을 전달하더니 하사관들에게 인근에 기숙할 장소가 있는지 찾아보도록 했다. 휴대한 지도에 학교는 없는 모양이었다.

행군을 시작한 지 이틀 만에 사람들의 거동에는 지친 낌새가 완연해졌다. 식량 배급은 여전히 없었고, 가마니는 눈에 젖어 점점 무거워갔다. 하사관의 눈을 피해 슬그머니 가마니를 버리는 사람도 나왔다. 제 한 몸 챙기기도 버거운 마당에 어깨를 짓누르는 가마니를 들 만한 체력을 가진 사람은 많지 않았다.

안필주는 자신에게 배당된 가마니를 버리지는 않았다. 다시 한데서 자야 할 텐데 그나마 이것마저 없으면 동사할 가능성이 높았다. 등에 진 가마니는 시체라도 짊어진 것처럼 무게감을 더해갔다.

마침 주변에 곡물 창고가 있어 그곳으로 이동했다. 썰렁한 창고 안에는, 곡물 창고라는 이름에 걸맞지 않게 곡물은 보리알 한 톨도 없었다.

"오늘도 배급은 없는 겁니까?"

울분에 찬 목소리로 누군가 따져 물었다. 목소리는 하나였지만, 핏발이 선 눈동자는 수백 개였다. 살기가 느껴지자 하사관들의 손이 어깨에 멘 소총으로 움직였다. 장교가 목소리를 깔더니 매몰차게 말했다.

"경거망동하지 말라. 수원에 집결하면 양곡권이 배급될 것이다. 오늘 수원에 도착했다면 편안히 식사를 먹었을 것인데, 제군들이 늑장을 부려 하루 지체된 것이다. 하루만 더 참으라. 수원에 도착하면 기본적인 군용 물품이 지급될 것이다."

이런 설득에 동요는 가라앉았지만, 크게 믿는 눈치는 아니었다.

"그거야 가 봐야 알지. 출발부터 허술한데, 수원 가면 별 수가 있을라구."

장정들의 동태가 심상치 않자 장교가 하사관들을 부르더니 뭔가 지시를 내렸다. 하사관들은 어디론가 사라졌고, 얼마 뒤 큰 솥과 장작, 부식인 듯한 물품을 지고 나타났다.

사람들의 눈이 휘둥그레지자 장교가 생색을 냈다.

"이것들은 본관이 사비를 내서 마련한 것이다. 넉넉하지는 않겠지만, 밥과 국을 끓여 나눠 먹기 바란다. 내일 밤부터는 배식과 취침에 어려움이 없을 터이니 잠시만 참고 견디기 바란다. 본관은 관내 경찰서에 부대 이동 보고를 할 것이니, 그 동안 식사를 마치기 바란다."

장교와 하사관들은 또 약속이나 한 듯 사라졌다. 허기에 지친 사람들은 이에는 아랑 곳 않고 솥을 걸고 불을 피워 밥과 국을 끓이는 데 정신이 팔렸다. 수저나 그릇이 있을 리 없었다. 다들 흩어지더니 인근 빈 집에 들어가 닥치는 대로 식기를 들고 나왔다. 그들은 거지도 아니었고 도둑도 아니었는데, 차츰 행색은 장돌뱅이 걸립패에 가까워져갔다. 서로 더 많이 먹겠다며 다퉈 창고 안에서는 삽시간에 아귀다툼이 벌어졌다.

한 번 남의 집 물건에 손을 대더니 이번에는 이부자리 등속을 들고 나왔다. 창고는 대식구가 다 자기에는 비좁았다. 두 다리를 뻗고 자는 건 불가능했고, 서로 등을 기대며 새우잠을 자도 빈틈은 없었다. 안필주는 창고 한 귀퉁이 벽에 기대 외투로 얼굴까지 덮고 잠을 청했다. 장작불 곁에 두었더니 젖은 가마니도 어느 정도 말랐다.

다음 날 아침 인원 점검 때 줄어든 인원은 없었다. 반신반의하면서도 수원에 닿으면 배급이 원활할 것이라는 사탕발림이 효과가 있는가 보았다. 사실 도주해 탈영병이 되느니 함께 움직이며 십시일반 기대는 것이 낫기도 했다.

행군 고작 사흘째. 그 과정은 지난 이틀과 별반 다름이 없었다. 장교와 하사관의 지시대로 걷다가 지치면 애걸해 쉬었다. 점심은 굶었다. 마냥 걸었다. 사람들에게 수원은 약속의 땅이자 구원이 땅이었다. 한 걸음을 움직이면 한 걸음 더 수원에 가까워졌다. 희망이 보이자 사람들은 힘을 냈다.

그렇게 천신만고 끝에 수원에 닿았다. 생각보다 행군 속도가 빨라 해는 아직 넘어가지 않았다. 구름이 낮게 낀 도착지는 터가 넓은 것이 공설운동장인 듯 보였다. 개활지라 칼바람이 거셌다. 사람들은 손을 비비고 귀를 막으면서 실눈을 뜨고 주변을 살폈다. 당장 먹을 것과 잠잘 곳, 입을 옷가지가 눈앞에 나타나야 했다.

그러나 그 넓은 지역에 사람들은 별반 눈에 띄지 않았다. 저쪽 구석에 한 무리 사람들이 옹기종기 모여 있었는데, 행색으로 보아 방위군 부대로 보였다. 그들의 웅성거림이 바람을 타고 들려왔다. 어디에도 음식을 끓이는 불꽃이나 연기는 없었다.

장교가 멀리 보이는 막사로 달려갔다. 사람들의 눈이 연 날리기를 하듯 그 방향으로 향했다. 푸짐한 행군 선물이 있을 거라는 기대감으로 눈이 번득였다. 막사 안으로 들어간 장교는 한 동안 나오지 않았다.

막사 출입막을 들추고 나오는 장교는 빈손이었다. 멀리서도 씩씩거리는 표정이 완연하게 드러났다. 동냥줄에 선 거지처럼 애타게 바라보는 장정들 앞을 장교는 눈길 한 번 주지 않고 지나쳤다. 장교가 외진 곳으로 가더니 손짓으로 하사관들을 소집했다. 뭐라 저희들끼리 구시렁거리는데 소리는 들리지 않았다.

그렇게 시간이 흐른 뒤 장교가 도살장을 향하는 황소처럼 느릿느릿 부대 앞으로 걸어왔다. 헛기침을 몇 번 한 뒤 장교가 입을 열었다.

"제군들. 뭔가 행정 착오가 있는 듯하다. 양곡권 지급은 오늘 없다. 경찰이 그런 명령을 받은 적이 없다고 한다. 아무래도 다음 집결지까지는 자체 내에서 숙식을 해결해야 할 것 같다. 빨갱이 축출과 국토수호를 위해 자원한 여러분들에게 면목이 없고, 불편을 초래해 유감이다. 우선 이곳을 벗어나 쉴 곳부터 찾도록 한다."

말은 번드르르했지만 알아서 먹고 자라는 소리였다. 이쯤 되자 사람들의 불만이 터져 나왔다.

"아니 씨팔! 국민방위군은 왜 만든 거요? 이 엄동설한에 군인으로 쓰겠다고 사람들을 불렀으면 제대로 먹여주고 입혀야지. 우리가 놀러왔나? 처음부터 꼬라지가 이런 줄 알았으면 오지도 않았다고. 우릴 다 얼려죽이고 굶겨죽일 작정인 거요?"

한 사람의 원망이 터져 나오자 여기저기서 무리들이 웅성거렸다. 희망의 둑이 무너지자 사람들의 이성도 함께 붕괴되는 듯싶었다. 분위기를 눈치 챈 장교가 권총을 뽑아들더니 외쳤다.

"지금은 전시다. 전시에는 우선순위가 있고, 손발이 맞지 않는 경우도 나온다. 조국이 백척간두 위기에 놓여 있는데, 어찌 일신의 안위와 평안만 누리려 하는가? 너희들은 군인이다. 군인은 군대의 명령에 따라야 한다. 전시에 명령불복종은 총살이다. 지금 중공군 놈들이 처내려오는데, 한시 바삐 대열을 정비하고 훈련에 임해 적과 싸울 준비를 갖춰야 한다. 여기서 불순분자의 사주에 빠져 이적 행위를 벌인다면 한 놈도 용서하지 않을 것이다. 본관은 이미 우리 부대 안에 빨갱이들이 암약하고 있다는 첩보를 들어 알고 있다.

야! 하사관, 저 새끼 끌고 와."

장교가 갑자기 안필주를 지목하더니 하사관에게 명령했다. 멍청히 듣고 있던 안필주는 설마 자신인 줄은 모르고 주변을 두리번거렸다. 그러나 장교의 손가락 끝은 딱 그에게 고정되어 있었다. 하사관 하나가 소총을 겨누면서 그에게 다가오더니 끌고 나갔다. 장교가 안필주의 멱살을 쥐더니 말했다.

"이 자는 안필주라는 놈인데, 공산 치하 석 달 동안 서울에 있으면서 빨갱이들과 내통했다는 의심을 받고 있다. 본관은 출발 바로 전에 이 사실을 알았다. 당장 즉결처분해야 했으나 방위군으로서 그간의 죄과를 씻을 기회를 주기 위해 선처해 데리고 왔다. 너희들 중 누구든 우리 방위군의 행정 집행과 명령에 불만을 드러낸다면 그건 바로 빨갱이다. 개소리 말고 조용히 따라오라. 지금은 행정 착오 때문에 다소 불편이 있지만, 사령부와 정부는 귀관들을 결코 내버려두지 않는다. 곧 개선될 터이니 취침할 장소부터 물색한다."

사람들의 시선이 안필주에게로 몰렸다. 마치 이 모든 불합리와 불편이 그 때문에 나온 듯한 적개심이 느껴졌다. 뭐라도 변명을 해야 하는데 말문이 열리지 않았다. 공산 치하에서 고통을 당한 사람들이 한둘이 아닐 것이다. 지금 저들의 무리에 섞인다면 안전을 보장하기 어려웠다.

그때 누군가 나서더니 말했다. 나이가 꽤 들어 보이는 사내였다. 그는 장교와 무리들을 둘러본 뒤 입을 열었다.

"이건 뭔가 오해가 있는 듯합니다. 나는 저 안필주와 한 동네에 사는 사람이올씨다. 이 사람의 부친되는 안성욱 씨는 나와도 친분이 두터운데, 일제 때 독립운동을 하다 조선인 일경 끄나풀의 밀고로 옥고를 치러 몸져누워 계셔서 지난 공산 치하 때도 빠져나오지 못했지요. 그때 이 친구는 부친을 돌보느라 서울에 남았던 것이지 결코 빨갱이와 작당하지 않은 것은 내가 잘 압니다. 여러분들도 오해는 마시고, 부대장님도 곡절을 잘 살펴주셨으면 고맙겠습니다."

남자가 장정들과 장교를 번갈아보며 안필주를 두둔하자 장교는 머쓱해하며 한 발 뒤로 물러섰다.

"알겠다. 뭔가 전갈이 와전된 듯하다. 안성욱 선생은 나도 잘 아는 분이다. 이 사람아! 그럼 진즉에 말했어야지."

부대원을 을러 기강을 잡는다는 소기의 목적은 달성했는지 장교는 군소리를 더 붙이지 않고 안필주를 놓아주었다. 안필주는 눈치를 살피며 제 위치로 돌아왔다. 그를 두둔했던 중년 남자가 위로하듯 어깨를 쳤다.

그의 집안은 신촌 일대에서는 명문가로 알려져 있었다. 또 아버지가 옥고를 치르고 온전하지 못한 상태로 누워 있는 것도 알 만한 사람은 다 알았다. 그렇다고 해도 이런 상황에서 빨갱이로 몰린다면, 더구나 첩자로 찍힌다면 온전히 몸을 건사하기 어려웠을 것이다. 안필주는 남자에게 고개를 숙여 고마운 뜻을 전했다.

부대원들의 소요를 안필주를 방패삼아 막기는 했지만 일시적인 처방일 뿐이었다. 운동장 건너편에 있는 학교를 찾아 숙소로 삼았는데, 식사나 취침 대책이 막막하기는 마찬가지였다. 장교는 다시 하사관을 보내 음식거리를 챙겨오도록 했다. 지난번보다는 양이나 질적인 면에서 풍성했다. 무슨 속셈인지 장교는 막소주와 막걸리도 상당량 마련해 주었다. 배부르고 등 따시면 천하의 시름도 사라진다더니 뜨끈한 국물과 술이 눈앞에 어른거리자 부대원들의 불만은 잠시 소강상태로 접어들었다.

그렇게 또 하루가 지났다.

이후 부대는 용인과 장호원을 거쳐 충주까지 이르렀다. 평지를 걷는 데도 힘이 부치는데 산길이 소백산맥으로 접어들자 악전고투는 이루 말할 수 없었다. 당연히 장교가 다짐했던 양곡과 숙소 따위의 처우는 개선되지 않았다.

서울서 멀어질수록 부대원들의 절망감을 커졌고, 덩달아 행군 속도도 더뎌졌다. 산길로 들어서면서 촌락과 주민은 뜸해졌고, 숙식을 해결하기는 더욱 어려워졌다. 이미 행군한 지도 보름을 넘겼고, 해도 바뀌었다. 서서히 사람들은 탈진해갔다.

처음에는 고분고분 대해주던 장교는 시간이 지나면서 장정들의 불만이 고조되자 위협적인 자세로 바뀌었다. 언제 배급이 되는지는 일언반구도 없었고, 뭐라 불만을 내비치면 하사관과 기간사병을 동원해 끄집어내거나 구타를 일삼았다. 그러면서 선동분자는 빨갱이와 다름없다며 일고의 용서도 없다고 선언했다. 그 서슬에 다들 몸을 움츠렸다.

아무리 위협하고 엄포를 놓아도 사람이 추위와 굶주림을 버티는 데는 한계가 있었다. 밤을 새고 아침에 일어나면 그새 여러 명이 동사한 채 발견되었다. 얼어죽진 않았어도 허기와 행군으로 탈진해 거동이 불가능한 인원은 자꾸 늘어났다. 최악을 맞기 전에 달아난 사람들도 숫자를 헤아릴 수 없었다. 악조건 속의 행군이 몸에 익은 사람은 거의 없어 드러눕는 이들이 속출했다. 한번 주저앉으면 다시 일어날 수 없었고, 얼마 뒤 대개 죽음을 맞았다. 탈주한 사람, 낙오한 사람, 굶거나 얼어 죽은 사람을 합치면 어느 새 인원은 반가까이 줄어들었다.

탈주한 사람을 추격하기는 불가능했고, 죽은 이를 매장할 인원도 여력도 없었다. 쓰러지면 그냥 버리고 길을 떠났다. 남아 있는 사람은 달아날 배짱조차 없거나 차라리 한데 모여 있는 것이 더 안전하다는, 요행을 바라는 마음 때문에 버티는 것이었다.

장교와 하사관들도 부대를 행군시키는 데 큰 열의를 보이지 않았다. 오히려 사람이 죽는 것을 반기는 기색이었다. 사망진단서를 떼 줄 의사도 없으니 그들은 장부상으로 현역 장정이었다.

기숙하는 곳마다 장교는 가까운 관공서나 군부대, 경찰관서를 찾아 다녀왔다. 돌아와도 성과에 대해 묻는 이는 없었다. 그런 기대는 이제 사치일 뿐이었다. 돌아오면 장교는 하사관들에게 뭔가를 나눠주었다. 누군가 지나가다 얼핏 보니 군표라 했다.

"군표가 뭐요?"

누가 묻자 누가 대답했다.

"돈이지 뭐요. 월급이라도 받는 모양이지. 우린 굶기고 지들은 배불러 먹은 게 다 까닭이 있었네. 씨발!"

사람들은 이제 '거지 중의 상거지'가 되었다. 가진 돈도 다 떨어진 그들은 지나가는 사람만 보면 달려들어 적선을 애걸했다. 그것이 통하지 않으면 협박하기도 했고, 심지어 강탈하기까지 했다. 처음에는 하사관들이 뜯어말렸지만, 차츰 될 대로 되라는 식으로 내버려두었다. 힘없는 그들은 강탈하다 외려 얻어맞기 일쑤였다. 피식 쓰러지면 장교는 버려두고 길을 떠났다.

그런 악조건 속에서 안필주가 살아남은 것은 기적에 가까웠다. 약골이면서도 그는 꿋꿋이 버텨냈다. 그러나 언제까지 버텨낼지는 스스로도 장담하지 못했다. 남들처럼 몇 차례 도주할 기회를 노렸지만, 장교와 하사관이 감시하는 낌새가 느껴졌고, 빨갱이라면서 수군거리는 소리도 들려 달아났다가는 덜미를 잡힐 것도 같아 주저했다.

그런 가운데 결심을 굳히게 만든 것은 돌림병이 돌았기 때문이었다. 무리지어 제대로 씻지도 못한 채 길바닥의 오물들을 쓸고 다니자 발진티푸스 같은 전염병이 순식간에 부대 안을 휩쓸었다. 몸이 더러우니 온몸에 이가 들끓었고, 이의 배설물 때문에 가려움증이 전신을 파고들었다. 무모하게 긁어대면 상처가 나 피가 흘렀고, 감염균이 몸 안으로 들어갔다. 그라면 얼마 뒤 고열과 두통이 뒤따르고, 바로 오한과 구토가 그치지 않았는데, 고열은 41도를 넘어섰다. 결국엔 온몸이 저리고 쑤시는 근육통에 시달렸다. 이후 증세는 폐렴으로 이어진 뒤 몸의 여기저기에 괴사가 일어났다. 그러다 죽었다.

처음에는 그것이 뭔지도 몰랐다. 하사관에게 하소연하지만, 그들에게도 별다른 대책이 있을 리 없었다. 한두 명이 발병하자 손을 쓸 수도 없어 번져나갔다. 환자는 잘 걷지 못했고, 사람들은 자신에게도 옮길까봐 아예 외면했다. 이들을 진단하고 치료할 의료진은 당연히 없었다. 결국 그들은 뒤처졌고, 얼마 뒤 시야에서 사라졌다.

오종구 대위는 이제 인원 점검에도 관심을 두지 않았다. 한 명이라도 더 붙잡아두기 위해 악착을 떨던 태도가 시들어갔다. 그는 뒤도 돌아보지 않고 묵묵히 최후의 도착지 청도를 향해 발걸음을 옮겼다. 군용 더블백 속에서는 군표가 늘어갔다.

빨갱이로 몰렸을 때 두둔해준 동네 남자는 안필주에게 큰 힘이 되었다. 의외로 강단과 담력이 있었던 남자는 안필주가 곤경에 빠지거나 동료들로부터 질타를 당할라치면 앞장서서 막아주었다. 구걸을 나갈 때도 함께 움직였고, 음식이 생기면 서로 챙겨주었다. 의지가지없는 절박한 상황에 서로 기댈 언덕이 되는 사람이 있는 것은 삶을 지탱해주는 불꽃이었다.

그랬던 그가 발진티푸스에 전염되었다. 건장하고 혈색도 좋았던 그였지만, 한 번 증세가 나타나자 걷잡을 수 없이 악화일로를 걸었다. 고열에 시달리며 부들부들 떨었다. 먹은 것도 없는데 계속 토하더니 금방 몸이 수척해졌다.

안필주는 전염을 각오하고 그를 돌보았다. 제대로 걷지를 못하자 업다시피 하며 부대와 떨어지지 않으려고 애썼다. 사내의 병세를 본 하사관이 포기하라고 그러다 너도 죽는다고 다그쳤지만, 안필주는 그럴 수 없었다. 그러나 결국 남자는 견디지 못하고 자신의 삶을 포기했다. 자신은 버려두고 가라고 하더니 유언처럼 말을 남겼다.

"이보게, 필주. 난 이제 틀렸어. 저 인간들 따라가다가는 자네도 죽어. 상황 보다가 적당한 때 달아나게. 잡으려고 쫓아오지도 않을 거야. 내 보기엔 이 국민방위군 배후에는 엄청난 비리가 숨겨져 있어. 장정을 수십 만 명이나 모아놓고 관리 감독을 이리 허술하게 할 수 있나? 분명 어떤 놈들이 예산을 빼돌렸을 거고, 들통이 날 걸세. 달아나 목숨을 부지했다가 적당히 눈치 봐서 자수하게. 그러면 별 일 없을 거야. 알았지. 꼭 탈주해야 해."

안필주는 그에게 자신이 입고 있던 양털 외투를 벗어주었다. 그러나 그는 한사코 거절했다. 죽을 날만 남은 놈에게는 호사일 뿐이니 산 사람 몸이나 잘 보전하라고 일렀다. 바람이 덜 부는 언덕 후미진 곳에 그를 앉혀두고 안필주는 차마 떨어지지 않는 발길을 옮겼다.

그리고 행군 중 조금씩 뒤편으로 처지다가 비탈지고 언덕을 돌아가는 산등성이에서 등을 돌려 달아났다. 남자의 말대로 그를 추적하는 이는 없었다. 총에 맞아 죽는다고 해도 별 수 없다고 그는 생각했다.

## 4

국민방위군 사령부는 출범할 무렵에는 서울 창경궁 안에 있었다. 사령관은 육군준장 김윤근이었고, 부사령관은 육군대령 윤익헌, 참모장은 박경구였다. 이들 휘하에 일반참모부로 인사와 정보, 작전, 군수처를 두었고, 특별참모부에는 휼병실과 재무실(실장 육군중령 강석한), 후생실, 조달과(과장 박창원), 보급과(과장 박기환), 정훈실이 있었다.

뒷날 이들의 군수물자 운영상 비리와 예산 횡령이 들통 났을 때 고등군사재판에 회부되어 김윤근과 윤익헌, 강석한, 박창원, 박기환 다섯 명은 사형을 선고받고 공개총살 당했다.

중공군이 공세를 펼쳐 밀리다가 결국 1951년 1월 4일 수도 서울이 다시 함락되면서 국민방위군 사령부도 후퇴하는 전선을 따라 졸가리 없이 이동했다. 이들 사령부 임원들은 대개 대한청년단(청년방위대) 간부 출신으로, 제대로 된 군사교육이나 전투 경험이 전혀 없는 작자들이었다.

국민방위군 소집 동기는 예비 전력을 적에게 넘길 수 있으니 미리 확보하자는 취지였지만, 이들 사령부 임원들은 그런 취지보다는 적당히 허위 서류를 날조해 예산이나 양곡을 훑어 먹자는 심산이었다. 그들 뒤에 이승만 대통령과 신성모 국방장관의 신임이 있었음을 말할 필요도 없었다. 전쟁이 터지면 "아침은 해주에서 먹고, 점심은 평양에서, 저녁은 신의주에서 먹는다"고 설레발을 치던 그 국방장관이었다.

처음 국회에 신청한 예산은 이것저것 합해 3개월분 209억 830만 원이었다. 이 중 사실상 규정대로 집행된 예산은 거의 없었고, 상당액이 윗선에 상납하거나 장래 있을지도 모르는 말썽을 무마하는 비용으로 챙겨졌다. 심지어 지휘와 인솔을 맡은 간부 장교와 하사관, 기간병사들을 위한 급여도 책정하지 않아 알아서 착복해 먹으라는 암묵적인 합의마저 있었다.

시작부터 착복과 횡령을 염두에 두고 꾸려진 방위군 사령부가 기민하게 효율적으로 움직일 리 없었다. 서류상 인원을 통제하고 필요한 물자를 조달하는 시늉에만 열을 올렸다. 추운 겨울에 행군이 이뤄졌음에도 난방비와 피복비조차 책정하지 않았다. 엄청난 숫자의 동사자와 아사자가 나올 것은 불문가지였지만, 사령부의 누구도 신경을 쓰지 않았다.

여하간 경상도 각지에 마련될 예정인 52개 교육대를 향한 행군이 시작되었고, 숱한 장정들이 탈영하거나 얼어 죽고 굶어죽었다. 방위군의 병력 규모는 어차피 서류상 숫자였기에 몇 명인지는 중요하지 않았고, 알려거나 알 필요도 없었다. 정부의 공식 사망자는 2천 명 안팎이었지만, 실제 피해자는 5만에서 20만 명까지 가늠도 되지 않을 정도로 피해는 가혹하고 잔인했다.

신원 미상의 동사자, 아사자들이 속출하고, 탈영해 갈 곳 없는 장정들이 '거지 중의 상거지'가 되어 유리걸식하며 떠돌자 헌병대 등의 눈에 띄기 시작했다. 그들은 군복 차림은 아니었지만, 검문을 통해 방위군 소속임이 알려지자 상부에 보고되면서 문제가 커지기 시작했다. 미리 뿌려 놓은 횡령 자금으로 무마할 수 있는 단계를 넘어서자 대책 마련을 위해 사령부 임원들은 골머리를 앓았다.

조종태는 그새 경찰직을 그만두고 방위군 간부로 자리를 옮겼다. 급조된 대책 회의 자리에서 그는 수장 자리를 맡았다.

회의 자리에서는 온갖 방안이 다 나왔지만, 사실상 사후약방문일 뿐이었다. 이미 집행된 예산의 대부분은 흔적도 없이 사라졌고, 죽거나 달아난 인원을 채울 뾰족한 수도 없었다. 장작불 난로는 활활 타올라 회의장을 후끈 달구었다. 뜨거운 커피와 달콤한 크림이 듬뿍 든 빵은 테이블 위에서 넘쳐 났지만, 아무도 손을 대지 않았다.

두서없이 나오는 대책을 묵묵히 듣던 조종태가 짜증 섞인 표정으로 책상을 어루만지더니 벌떡 일어나면서 말했다.

"우리가 따귀를 맞을 수는 없으니 대신 맞아줄 희생양이 필요해. 군의 협조를 얻어 최대한 예비 병력을 징발하도록 해 보시오. 상거지로 떠도는 놈들은 보이는 족족 잡아들입시다. 예산 집행 내역은 적당히 항목을 만들어 눈가림해놓고, 다시 예산을 신청해 보도록 하지. 다행히 대통령각하께서 우리 국민방위군에 각별한 애정을 갖고 계시니 눈 감아 주실 거요. 이번엔 적당히들 좀 해먹어. 어째 이렇게 티를 내며 말썽을 일으키나 원!"

조종태가 엉덩이를 털더니 장교용 방한 외투를 걸치며 나갈 준비를 서둘렀다. 그때 장교 한 사람이 질문을 던졌다.

"요즘 가끔 탈영했던 장정들이 자수를 해오기도 하는데요. 다 집 나가면 개고생인 거지요. 이자들을 그냥 받아들일 순 없고, 경미하더라도 처벌이 있어야 하지 않을까 싶습니다."

이 말에 군침이 도는지 조종태가 번쩍번쩍 빛나는 군홧발을 멈추었다.

"그래? 그거 흥미롭구먼. 안 그래도 자원이 필요한데 자수해 온다면 마다할 이유가 없지. 정훈실에 연락해서 앞으로 일주일 뒤(조종태는 묵직한 금장 시계를 들여다보았다.) 오전 09시까지 자수하는 장정들은 이유를 불문하고 처벌하지 않고 수용한다는 포고문을 내도록 하게. 하지만 일벌백계는 필요한 법이니까 그 시각 이후 자수하러 오는 놈이 있거든 몇 놈 본보기로 군법회의에 넘겨 바로 총살시켜 버리라고. 빨갱이 잔당들이 섞였다고 옭아매면 님도 보고 뽕도 따고 금상첨화 아니겠나."

## 5

추위를 덜어내고자 엎치락뒤치락 하루를 보냈다. 눈을 뜨니 벽과 지붕 사이 틈으로 희부윰하니 빛이 스며들었다. 몸이 몽둥이에 두드려 맞은 듯 뻐근했다. 잠시 뒤척이면서 안필주는 천장 사이 흐릿한 빛을 응시했다.

밤새 계속 발진티푸스로 죽은 남자의 말이 뇌리를 떠나지 않았다. 부대를 빠져나온 지도 어느 덧 엿새째였다. 하루가 더 지나면 일주일이 흐른다. 지나다 만난 암시장에서 어머니가 준 금반지를 팔아 음식을 샀다. 물가는 부르는 게 값이라 시가의 반도 받지 못했다. 사흘이 지나지 않아 음식은 바닥났고, 다시 구걸하거나 훔쳐야 했다.

도망자의 몸으로 인중(人衆) 속을 떠도는 것은 위험했다. 어디선가 불심검문에 걸린다면 무슨 일을 당할지 몰랐다. 전쟁이 당장 끝나지도 않을 테니 결국 때를 보아 자수는 해야 했다. 목이 칼칼해져 왔다.

헛간을 빠져나온 안필주는 마을이 있을 만한 방향으로 무작정 걸었다. 쪽불은 이미 꺼졌고, 헛간에는 자투리 헝겊 조각들이 노끈에 묶여 있었다. 그는 이 중 방한에 쓸 만한 것들을 골라냈다. 감발처럼 발을 동여맸고, 외투 속 목을 보온하기 위해 둘둘 말아 둘렀다.

바람은 조금 잦아들었다. 굽이치는 등성이를 따라 옮기는 발걸음이 무거웠다. 가방 속에 든 겨울용 옷가지는 부대에 있을 때부터 갈아입었는데, 땟국이 흘러 하나둘씩 버렸다. 달라는 사람이 있으면 줘버렸다. 가방은 베개 삼아 썼지만, 탈영할 때 두고 나왔다.

어머니 생각이 났다. 목숨만은 지켜야 한다면서 눈물을 글썽이며 울음을 참던 어머니 때문이라도 살아남아야 했다. 행군하면서 길바닥에 널린 시체들을 떠올리자 진저리가 쳐졌다. 하사관들에게 구타를 당해 쓰러진 사람을 누구도 챙기지 않았다. 다들 지쳐 자기 몸 건사가 우선이었고, 남의 고통은 안중에도 없었다.

아버지가 이런 자신을 보면 무슨 말을 하실까? 해방된 조국에서도 아버지는 조국의 보호를 받지 못했다. 외려 성가신 짐짝 취급을 당했다. 일제 때 행세하던 사람들이 마치 독립투사였던 것처럼 큰소리를 치며 목청을 높였다. 질곡에 찌든 사람들은 항변하지 못했다. 썩은 내 나는 까마귀들만 활개 치는 세상이었다.

아버지 못지않게 자신도 짐짝 취급을 당한다는 데 생각이 미치자 서글펴졌다. 눈이 쌓여 있어 발을 헛디뎠다. 겹질린 발목이 쑤셨지만, 곧 추위가 통증을 덮어 버렸다.

산속 길이 끝날 즈음 지대가 낮아진 것을 알려주는 듯 기온이 조금 오른 느낌이 들었다. 눈발도 완전히 사라졌고, 하늘 한 구석이 손바닥만 하게 열려갔다. 손바닥은 손수건이 되고, 다시 문짝만 해졌다. 오랜 만에 보는 푸른 하늘빛이었다. 햇빛과 함께 사람들도 나타났다.

비좁은 소로(小路)를 어린 아이 둘을 싣고 손수레를 끌고 가는 부부가 지나갔다. 안필주는 용기를 내어 말을 걸었다.

"선생님. 여기가 어딘가요?"

부부와 아이 할 것 없이 모두 털모자와 목도리를 두르고 있어 눈언저리만 보였다. 사내의 나이는 짐작이 되지 않았다. 사내는 의심 가득한 눈초리로 그를 보다가 대답했다.

"장호원에서 충주 사이 어딜 거요."

엿새 동안 헤맸지만 제 자리를 뱅뱅 돈 모양이었다.

"이쪽으로 가면 장호원인가요?"

안필주는 부부가 내려오던 길 위쪽을 가리켰다.

"그렇기는 한데, 장호원까지 가려면 한참 걸려요. 거긴 경기돈걸. 오늘 중엔 어림도 없지."

사내가 고개를 가로저으며 대답했다.

"지금 전세는 어떻습니까?"

사내가 그를 위아래로 훑어보았다.

"참. 어디서 신선놀음을 하다 오셨나? 한동안 소강사태였다가 최근에는 미군과 한국군이 진격 중이랍디다. 조만간 서울도 다시 수복될 거라더구만요." 잠시 그를 더 살펴보던 사내가 말을 이었다. "학생인지 뭔지 모르겠지만, 혹여 탈영병이라면 빨리 자수하슈. 곳곳에 헌병들이 깔려 있더구먼. 잡혀 운이 나쁘면 바로 총살이요. 사람이 싸우다 죽어야지 도망쳐 아군에게 죽으면 그게 될 말이요."

안필주는 고개를 숙인 채 아무 대꾸도 못했다. 포성이 들리지 않는 것으로 보아 전선은 상당히 위쪽이었다. 사내의 말대로 자수가 상책이었다. 죽을지 살지는 알 수 없지만, 아버지와 어머니를 위해서라도 목적도 없이 떠돌다 잡혀 개죽음은 당해서는 안 되었다.

사내는 안필주가 아무 말도 없자 고개를 젓더니 다시 손수레를 몰아 제 갈 길을 갔다.

부부와 반대로 가면 그쪽이 서울이었다. 조금이라도 더 부모님이 계신 서울 쪽으로 가고 싶었다. 가다가 헌병을 만나든, 군부대를 만나든, 경찰을 만나든, 방위군 부대를 만나든 바로 자수를 하겠다고 결심했다.

그러나 정작 결심을 하자 군인들이 눈에 보이지 않았다. 간혹 피난민인지 행인인지 몇몇이 홀로 또는 짝을 지어 내려왔지만, 제복 차림의 인물은 없었다. 산속에 있는 외통길이라 그럴지도 몰랐다. 일단 국도 쪽으로 나가야 했고, 언젠가 나올 것이었다.

마침내 제법 넓은 논밭이 나타났다. 논둑길을 넘어가자 가운데 왕복 2차선 넓이의 도로가 아래위로 뻗어 있었다. 안필주는 내처 위로 걸어갔다. 군용 트럭은 가끔 지나갔는데, 행군하거나 검문하는 군인은 보이지 않았다. 해가 떨어질 즈음 작은 소읍 외곽이 눈에 들어왔다.

사람들이 무리지어 왕래했고, 거리에는 행상이 좌판을 벌려놓고 손님을 불러댔다. 네거리 끝자락에 국밥집이 보였다. 문 밖에는 덜컥이는 뚜껑 사이로 뜨거운 김이 솟아올랐다. 허기가 확 몰려왔다.

안필주는 주머니에 든 돈을 헤아리며 국밥집 문을 열었다.

국밥집에는 사람이 제법 모여 있었다. 저녁 무렵이라 술추렴을 벌이는 치들도 있었고, 나그네 차림의 사람 몇은 국밥 그릇에 코를 박은 채 국물을 들이켰다. 그도 국밥 한 그릇을 주문했다. 뜨거운 국물이 목구멍으로 넘어가자 재채기가 터져 나왔다.

얼마 만에 느껴보는 국물 맛인가? 지난 두어 달 동안 꽁꽁 얼었던 몸이 다 녹아내리는 기분이었다.

"이 근처에 경찰서나 군부대 없나요?"

국밥집 아주머니가 그릇을 씻으며 대답했다.

"군부대는 모르것고, 갱찰서야 있지유." 여자가 눈치를 보더니 다시 말했다. "뭔 일인지 모르것지만, 밤엔 안 가는 게 좋아유. 귀찮게 한다고 눈총이나 받을 걸. 오늘 하루 자고 내일 아침에 날 밝거든 가셔유."

그러면서 자기 집은 여인숙도 겸하니 하루 푹 쉬며 목욕도 한 뒤 말끔한 차림으로 가보라고 권했다. 맑은 정신으로 자수하는 것도 괜찮겠다는 생각도 들었지만, 뜨거운 욕탕에 몸을 담그고 피로를 씻고 싶은 욕망이 더 일었다. 까짓 어차피 망가진 몸 하루 늦는다고 세상이 뒤집히지는 않을 것이었다.

안필주는 국물을 다 비운 뒤 일어나 주인과 흥정을 벌였다.

다음날 아침, 마지막으로 꼬리를 치던 구름까지 흩어지고 하늘은 창창하게 맑은 모습을 드러냈다.

소읍 중앙에 자리한 경찰서는 이런저런 일로 분주했다. 전화가 연신 울렸고, 군부대에서 온 연락병들이 들이닥쳐 문서를 전한 뒤 사라졌다. 가끔 군용 지프차 소음도 창문을 넘어 들려왔다.

벽에 붙은 괘종시계가 판사가 선고를 내리는 듯 땅땅 아홉 번 울렸다.

서장실 문이 열리더니 서장이 밖으로 나왔다.

"아홉 시가 지났군. 방위군 사령부에서 정한 마지막 시한이 지났어. 이제부터 자수하러 오는 방위군 탈영병이 있다면 무조건 체포해 유치장에 쳐 넣게. 한 치의 유도리도 없어야 해!"

서장의 엄포에 경찰관들이 일어나 거수경례를 붙였다. 경관이 자리에 앉자마자 경찰서 문이 삐그덕 소리를 내며 열렸다.

말쑥하게 세면을 마친 안필주가 얼굴을 들이 밀었다.

# 4 : 03 ~ 12 : 03

## 4 : 03

해는 정오를 훨씬 지나 으스름 쪽으로 가까워지고 있었다. 아침부터 일어나 청색 테이프를 발라놓은, 책이 가득 찬 라면 박스를 뜯었는데, 스무 박스를 넘지 못했다. 뜯기만 하는 거라면 뭐 그리 더딜까. 안에 든 책을 하나하나 꺼내 내용을 살피고 견주어 적당한 자리에 꽂아야 하니 이 정도도 속도가 빠르다고 해야 할 판이었다. 정만규 교수는 의자에 앉아 몸을 뒤로 제꼈다.

빠근한 기운이 저 아래 엉덩이뼈에서 경추(頸椎)를 타고 올라왔다. 박스가 주차장을 겸한 마당에 있어 들고 올라와야 했다. 몸이 고되니 몇 년 전 먼저 훌쩍 곁을 떠나간 아내가 그리워졌다. 이럴 때면 앞장서 도왔을 것이다.

- 원 참 뭐가 그리 급해 서둘러 내뺐나 몰라.

책이란 게 꽂혀 있을 때는 딱 알맞은 공간을 찾아 있는데, 한 번 위치를 벗어나면 심하게 헝클어지기 마련이다. 그래서 다시 제 위치와 구실을 맞추려면 힘이 몇 배 늘었다. 대학에 있을 때 단 한 번 연구실을 바꿨는데, 책의 배치를 마음에 들게 꽂는 데 한 학기를 다 보냈었다.

지금 와서야 그렇게까지 정성을 쏟지 않아도 그만이지만 가지런히 자리하지 않으면 잠이 오지 않을 것 같아 계속 박스와 책꽂이를 오가면 눈대중을 맞추었다.

- 아니 그냥 도서관에 다 기증하고 오지 뭐 하러 싸들고 와요. 누가 보면 대단한 학자 납셨네 하겠어요. 호호호!

아내가 살아 이 꼴을 봤다면 이런 핀잔을 주었을 것이다. 정만규 교수도 그럴 요량이었다. 대단한 장서도 아니고, 더구나 공학 관련 서적이 대부분이라 받겠나 싶었는데 도서관 사서가 아주 송구한 듯 머리를 주억거리며 대답했다.

"교수님. 요즘엔 귀중본이 아니면 기증을 받지 않습니다. 신간 정렬하기에도 공간이 빠듯하거든요. 그나마 E-Book이 나와 견딘답니다."

교수실을 비우면서 어지간한 책은 다 버렸다. 이삿짐이 단출하려니 싶었는데, 그렇게 버려도 책은 넘쳐났다. 전지공학 전공자답지 않게 인문계통 서적도 적지 않았다. 전공서적 훑기에도 벅찬 제자들에겐 아예 권할 염도 내지 않았다. 이젠 시간도 많을 테니 짬이 날 때마다 교양이나 넓혀야겠다 챙겼는데 분량이 상당했다.

말년에 몸을 맡길 우거는 고향 땅 바닷가에 마련했다. 아버님이 돌아가시면서 물려준 땅에 주황색 벽돌 단층집을 지었다. 거실과 공부방, 주방에 침실, 여분의 방 하나를 두었다. 코앞에 물결 잔잔한 바다가 있으니 잠은 잘 올 듯싶었다.

대학에 입학하면서 떠난 고향이었다. 한 해 서너 차례 내려가긴 했는데, 부모님 떠나시고 아내마저 이승을 버리니 찾는 일이 급감했다. 자식들이 다 서울에 살아 내처 서울내기가 될까 하다가 수구초심(首丘初心)이라고 여생은 고향 친구들과 어울리며 술추렴하는 것도 좋겠다 싶어 마음을 고쳐먹었다. 정년은 작년에 했지만, 집이 완공될 때를 기다려 따뜻한 봄날을 잡아 옮겼다. 그간 책들은 대여 창고에 들어가 먼지를 뒤집어썼다.

뜯긴 박스는 광에 넣고 다시 몇 짐 들고 왔다. 커터 칼로 테이프를 자르고 아가리를 벌렸다. 책들은 두세 겹으로 쌓여 쌔근쌔근 잠들어 있었다. 이번 박스는 인문학 관련 서적이 차지했다.

손때까지 묻은 것은 아니지만 나름 부지런히 읽은 책들이었다. 한 권씩 뽑을 때마다 구입하거나 읽었을 때의 추억이 새삼스러웠다. 그러다 사이즈는 국판 크기지만 외양이 야릇한 책을 발견했다. 제목이 없었고, 표지가 짙은 군청색 비닐이었다.

- 이게 뭐지?

포장할 때는 학생들의 손을 빌렸기 때문에 어디 어떤 책이 들어갔는지 정만규 교수는 전혀 몰랐다. 꺼내 앞뒤를 살펴보다가 첫 장을 열었다.

사진첩이었다.

아예 흑백인 것부터 빛바랜 컬러 사진까지 페이지마다 두 장씩 아래위로 끼워져 있었다. 낯설었다. 자신이 찍어 보관한 것은 아니었다. 더구나 앞부분에 실린 사진은 자신과 연고도 없을 뿐만 아니라 피사체의 정황이 섬뜩하기까지 했다.

군인과 경찰이 등을 지고 고개를 숙인 양민을 향해 총을 겨누거나 구덩이에 썩은 생선을 버린 듯 엉킨 시체를 향해 확인사살을 하는 장면, 낡은 구식 트럭에서 뛰어내리는 젊은 사람들, 황량한 산기슭에서 눈을 가린, 수십을 헤아릴 듯한 사내들을 말뚝에 묶는 광경, 시신을 앞에 두고 통곡하는 아낙네와 멀뚱멀뚱 이를 지켜보는 꼬마아이. 불타는 집과 건물들…….

이런 끔찍한 참상을 담은 사진들이라니. 정만규 교수로서는 보지도 듣지도 못한 상황들이었다. 그렇게 사진첩을 반쯤 넘기니 익숙한 풍경들이 나왔다. 색상도 흑백이 아니고 컬러 색이 오래되어 번진 풍경 사진들이었다. 그의 고향을 담았는데, 특정 지역이 집중되어 있었다.

저기는 분명 복곡 저수지 인근일 듯했고, 이것은 그가 어릴 때 살았고 지금 이사와 짐을 부리고 있는 강진만 주변이었다. 멀리 바다 건너 창선의 산 능선이 흐릿했다. 또 몇 군데 더 있었는데, 골짜기나 낮은 언덕이라 특정하기가 어려웠다. 어렴풋한 짐작만 왔다.

흔들의자에 몸을 기댄 정만규 교수는 책상을 더듬어 담뱃갑을 찾았다. 정년한 뒤부터 다시 피게 된 담배였다. 아내가 알면 기겁을 하겠지만, 퇴직까지 하자 인생의 낙이랄 게 아무 것도 없어 손이 가고 말았다.

담배를 재떨이에 얹고 등을 기대며 사진첩을 몇 장 넘겼다. 역시 그랬다. 거기에는 형님의 얼굴이 있었다. 고교 때 체육이나 교련 끝나고 난장판이 된 얼굴로 우르르 몰려 찍은 사진부터 대학 시절 친구들과 M.T.나 야유회 가서 찍은 것, 술집에서 얼큰하게 취해 벗들과 어깨동무를 하며 찍은 것, 역사 유적을 담은 것, 발굴 현장 사진 등등. 장소와 시간은 달랐지만 중심에는 형님이 머물러 있었다.

사진첩은 맨 뒷장 언저리까지 이르렀다.

거기에는 예감했던 사진들이 자리하고 있었다.

형님과 여자 친구였다. 약혼까지 가지 못하고 헤어졌지만, 어쩌면 형님이 유일하게 사랑했던 여자와 함께했던 기억들이 차곡차곡 접혀 있었다.

정만규 교수도 형님의 여자 친구를 본 적이 있었다. 너무 오래전이라 퇴화된 생체 기관처럼 기억에서 희미해졌지만, 사진이 그녀를 다시 불러냈다. 형님이 죽고 장례를 치를 때 얼핏 본 게 마지막이었으니 벌써 40여 년 전이었다. 그녀는 형님 친구나 집안 어른의 논총을 받으면서도 꿋꿋하게 자리를 지키다 떠났다.

정만규 교수 자신도 그때 그 일은 잊으려고 애썼다. 30대 초반 학위논문 준비에 교수 임용 문제 따위로 앞가림하기 바빴으니 절로 지워지긴 했지만, 이렇게 그 상흔이 다시 덧날 줄은 몰랐다.

창밖을 내다보았다. 이미 해는 대국산과 녹두산을 넘어가 사위는 제법 어둑해졌다. 동향을 보며 집을 지었으니 봄날 저녁의 냉기야 어쩔 수 없다지만, 이 선뜩한 기분은 꼭 날씨 탓만은 아니었다.

## 4 : 19

형님과 정만규 교수는 남해군 설천면 문항마을에서 태어났다. 형님이 장남이었고, 그는 다섯 살 아래로 태어났으니 아주 친근하기도 그렇고 썩 범접하기 어렵지도 않은, 어정쩡한 터울이었다. 밑으로는 여동생이 둘 있어 사남매였다.

문항마을은 옛날부터 '학자 마을'로 유명했다. 어디까지 거슬러 올라가야 할지는 모르지만 해방 이후만 따져도 박사가 수십 명이 넘게 배출되었다고 했다. 그 박사에 정만규 교수는 끼었지만, 형님은 이름을 올리지 못했다.

형님은 어릴 때부터 수재로 유명했다. 가학이라 할 한학(漢學)을 익혀 초등학교(그때는 국민학교였지만)에 입학하기도 전에 사서(四書)를 좔좔 외었을 정도였다. 설천중학교에 들어가서도 줄곧 일등을 놓치지 않았다. 고등학교는 읍에 있는 남해종고에 들어갔는데, 그때부터는 학업보다 역사나 문화유산 등에 관심을 둬 싸돌아다니느라 성적은 다소 뒤처졌는데, 그렇다고 명문대 역사학과에 입학하지 못할 수준은 아니었다.

정만규 교수가 형님과 한 학교를 다닌 것은 국민학교 때뿐이었다. 그것도 신입생으로 입학하니 벌써 졸업반이라 상대할 깜냥이 못 되었다. 중학교 때부터 형님은 읍에서 하숙을 해서 보기 어려웠고, 그 역시 종고에 들어갔지만, 형님은 대학생이어서 방학 때 집에 와도 말벗이 되기 어려웠다.

형님이 입대해 제대하자 그도 대학생이 되었지만, 장만규 교수는 공과대 전기공학과에 들어가 역시 형님에게 무시를 당했다.

"공돌이하고 무슨 고담준론을 나누겠냐고."

자존심이 상했지만 어차피 역사는 그에게도 눈 밖에 있는 학문이라 대거리하지는 않았다.

대학을 마치자마자 형님은 바로 대학원에 들어갔다. 살림이 아주 넉넉한 것은 아니었지만, 장손이 학자의 길을 걷겠다는데 어깃장을 놓을 집안사람은 없었다. 대학원 등록금으로 논마지기 깨나 날렸지만, 형님은 아버님의 절대 지지를 받았다.

"우리 집안은 원캉 문과니께, 요새야 장원급제는 읎지만 박사 되고 교수 되모 그기 장원 아이것나."

한문도 잘 읽고 아버님께서 장원급제 노래를 불러대니 정만규 교수는 형님이야 당연히 '조선시대 사상사' 쯤을 전공하리라 내심 생각했다. 형님에게 '도라이바'는 잘 돌리느냐 타박을 받았어도 그 정도 눈썰미는 있었다. 허나 뜻밖에도 형님은 현대사를 전공으로 택했다. 그것도 항일독립운동사였다. 형님이 석사과정을 이수한 시기는 박정희 정권 말기 때여서 이런 전공이 환영받을 리 만무였다.

정만규 교수는 형님의 속내를 이렇게 짐작했다.

남해 설천은 식민지 때 삼일만세운동의 시발지였다. 서울보다야 늦었지만, 첫 독립만세의 함성이 바로 문항마을에서 시작되었다. 그해 4월 2일 많은 설천면민들이 모여 길가에서 〈독립선언서〉를 낭독한 뒤 태극기를 흔들며 대한독립만세를 외쳤다. 이어 4월 4일에는 남해읍 장터로 행진해 천여 명에 이르는 군중들이 일본경찰 주재소를 점거하는 등 만세운동을 펼쳤다. 그때 주도한 인물은 대개 설천 사람들이었다. 그런 이유로 설천 문항 일대는 남해 삼일운동의 발상지로 손꼽혔다. 집안 어른 중에도 이때 앞장섰다가 나중에 일경에 체포되어 옥고를 치른 분도 있었다. 1985년에는 도로변에 '남해 3.1독립운동 발상기념비'가 세워지기도 했다.

형님은 분명 학창시절 집안 어른이나 동리 분들에게 이와 관련된 이야기를 무용담처럼 들었을 것이다. 그것이 씨앗처럼 뇌리에 남았다가 학문적 과제로 싹을 틔웠다고 정만규 교수는 헤아려보았다.

물론 형님이 남해 독립운동을 주제로 삼아 석사학위를 제출하지는 않았지만, 졸업한 뒤 학위논문이 도착하자 집안에서는 선조의 기상과 얼을 쏙 빼닮았다고 자화자찬했다.

그 무렵 정만규 교수도 형님만큼 드라마틱하지는 않았지만 학업에 전념 중이었다. 학부를 마친 뒤 입대하지 않고 바로 대학원에 들어갔다. 공대 쪽이라 장학금도 많아 학비 걱정은 덜했지만, 생활비가 부족해 과외 알바를 하며 버텼고, 산업체 대체복무로 군문제도 해결했다. 박사 과정에 입학하고 얼마 뒤 정만규 교수는 서울에 있는 모 대학에 전임강사로 임용되었다.

집안의 주목과 성원을 받던 형님은 박사과정에 입학한 뒤에도 어딘가 빌빌 싸고 있는데, 동생이 덜컥 교수가 되니 집안 분위기가 뜨악해졌다. 듣자하니 형님은 지방대학으로 내려가기보다는 한방에 모교 교수로 골인하겠다는 야심이 있는가 보았다. 그런 복잡한 내막까진 알 리 없는 집안사람들은 걱정과 푸념이 늘어갔다. 아무리 요순시절이라 해도 문과는 이과보다 임용이 어렵고 더뎠다.

석사 때는 독립운동사를 전공하더니 박사 과정에 들어오자 형님은 돌연 테마를 바꾸었다. 4.19혁명과 5.16군사 쿠데타를 전후한 시기의 정치변혁사를 살펴보겠다는 것이었다. 독립운동사에서 정치변혁사까지의 거리가 얼마나 먼지는 정만규 교수가 재볼 수 있는 간극이 아니었지만, 주변 사학과 교수에게 물어보니 석박사 과정 논문 주제는 일관성이 있는 게 나중에 임용될 때도 유리하다는 유권 해석을 내려주었다.

그때부터 형님은 어딘가 시대와 불화하는 삐딱선을 탄 것 같았다.

어느 날 정만규 교수는 자료를 찾을 게 있어 국회도서관에 갔는데, 거기서 형님과 조우했다. 논문대출실에서 책을 기다리고 있으려니 형님이 쓱 들어왔다. 반가워 손을 들려는데, 형님은 혼자가 아니었다. 뒤따라온 동행은 여자였다. 단발머리에 다소 가냘픈 외모였고, 인상이 차가워 붙임성보다는 도도한 느낌을 주었다. 그로서는 썩 내키진 않았지만, 형님은 멀리서 봐도 그녀에게 아주 지극정성이었다. 딱 봐도 갑을이 그어졌다.

"형님. 웬일이세요?"

인사치레로 안부를 전하자 형님은 살짝 당황하면서 곁에 붙은 여자를 소개했다.

"아, 인사해라. 오은주 씨라고 이번에 사학과 박사과정에 입학했지. 은주 씨. 여긴 내 동생입니다. 공돌인데, 운이 좋은지 실력이 좋은지 D대학 전기공학과 전임강사로 벌써 나갔어요."

처음엔 심드렁하더니 동생이 전임강사라 하자 반응이 달라졌다.

"아, 그러세요? 반갑네요. 제 동생도 공대생인데 미리 잘 부탁드려야겠는걸요."

참기름이 좌르르 흐르는 서울 말씨가 간드러지면서도 어색하게 다가왔다. 형님에게는 사실 집안에서 점찍어놓은 배필이 있었다. 남해 사람들은 대개 같은 남해 사람끼리 사돈 관계를 맺곤 했다. 특히 장남이라면 같은 동네나 이웃 마을에서 짝을 찾아 연을 맺어주었다. 그 짝은 정만규 교수의 고향 친구이기도 해서 고향에 가면 동창들끼리 모일 때 가끔 만나기도 했다. 나중에 형수 될 사람이라 생각하니 짓궂은 장난도 치지 못했다. 그녀는 사대를 나와 고향에서 교사로 근무했다.

그런데 형님의 여자 친구라니…….

여하간 용건을 마친 뒤 세 사람은 고기 집에 들어가 저녁을 먹었다. 들어보니 여자의 아버지가 경찰 요직을 지내고 정치에 관심이 많다면서 자신도 정치사 쪽으로 공부를 할 계획이라고 털어놓았다. 형님이 독립운동사에서 정치변혁사로 급선회한 까닭이 여기에 있었구나, 그런 생각이 들었다. 그러면서도 찜찜한 기분은 가시지 않았다.

그날은 돈 버는 전임이 계산하라고 형님이 너스레를 떨어 그가 음식 값을 계산했다.

형님의 첫 학문적 관심사는 4.19혁명기 정치변동에 관한 것이었다. 기상천외한 3.15 부정선거가 야기한 전국적 분노와 저항을 거쳐 이승만 정권의 폭력 사주가 뒤따랐고, 학생들에 의해 4.19혁명이 발발했다. 경찰의 발포와 다수 시민, 학생들의 죽음, 계엄령의 발동에 이은 이승만의 회유책과 그에 따른 반작용, 결국 전방위적인 압박을 받은 이승만이 하야하고 이기붕 일가가 몰락하기까지 과정에서 이뤄졌던 정파나 계파 사이의 암투와 담합 등에 대해 추적하려고 했다.

형님은 당시 발간된 신문이나 방송, 기타 유인물 등을 광범위하게 체계적으로 읽어나가며 분석하는 한편, 그때까지 생존했던 혁명 관련자들을 만나 인터뷰를 진행했다. 형님은 혁명에 우호적으로 참여한 인물뿐만 아니라 경찰 내의 발포 책임자 및 실행자가 누구인지 규명해보려고 했고, 구체제에 안주하면서 변화에 묻어가려고 했던 세력에 대해서도 실체를 드러내 보일 심산이었다.

어느 날 형님은 그가 재직한 학교 도서관이 소장한 귀중 자료를 열람하기 위해 정만규 교수에게 협조를 부탁했다. 그때 만나 논문 작성과 관련한 복안을 들은 정만규 교수는 의구심을 감추지 않고 드러내며 물었다.

"형님. 그건 논문이 아니라 저술에 가까운 것 같은데, 그렇게 써도 심사에서 통과될 수 있는 겁니까? 실체나 증거가 잘 드러날지 궁금한데요?"

정만규 교수는 이미 박사학위를 취득한 이후였는데, 인문계 쪽 학위 논문에서는 어느 정도의 수준이 요구되는지 잘 알지 못했다. 그는 학위란 학문 행위의 절차이지 완성은 아니라고 생각하는 편이었다. 따라서 그로서는 형님의 집필 계획은 범위를 넘어 허황되다는 의혹을 떨칠 수 없었다.

그러나 형님은 자신감만큼은 박사감이었다. 60년대 초기의 정치사 연구에 한 획을 긋는 연구가 될 것이라며, 다만 시간과 노력이 필요할 뿐이라고 장담했다. 의욕이 넘치는데다가 자신이 학문적 조언을 할 위치에 있지도 않은 사실을 깨달은 정만규 교수는 화제를 다른 곳으로 돌렸다.

"형님. 전에 국회도서관에서 만났던 분하고는 일이 잘 진행되어 갑니까?"

고향에서 형님의 결정만 기다리고 있을 정혼녀 얘기는 아예 꺼내지도 않았다. 그 문제에 대해 형님은 '정혼녀'는 반시대적이고 봉건적인 악습이라며 선을 딱 그었기 때문이었다.

이야기가 여자 문제로 들어가자 형님의 기세는 다소 주춤거렸다. 소주잔을 들이키고 삼겹살 한 지름을 입에 넣고 씹으면서 말했다.

"은주 말이구나. 어디 하나 뚫릴 데 없이 철통 진행 중이지. 학위논문 제출하면 결혼하기로 약속했거든. 우리 아버지 동의를 구하기야 어렵지 않을 게고, 은주 아버님만 오케이하면 일사천리지."

고향에 계신 아버지라면 설득에 난관은 없을 것이라고 정만규 교수도 생각했다. 정혼녀가 걸리긴 했지만, 사돈될 집안도 그 정도라면 과분까지는 몰라도 윗길임은 분명했다. 다만 형님의 어세가 뒷자락에서 맥이 빠지는 것이 꺼림칙했다.

"왜? 저쪽에서 달가워하시질 않나?"

정만규 교수도 그 즈음 만나는 사람이 있었다. 어찌 되었든 형님의 혼사가 먼저 성사되어야 자신의 거취도 결정이 날 일이었다. 아래 두 여동생은 벌써 동향의 남자들을 만나 시집을 간 데다 외손까지 안겨주었다. 말씀은 하지 않으셔도 아버님도 애가 탈 노릇일 것이다.

형님은 여전히 자신만만했다.

"그럴 리가 있나? 요즘 논문 준비 하느라 바빠 따로 뵐 시간을 못 낼 뿐이지. 은주 씨도 자기 일이 많고……. 그런 재미없는 얘기는 나중에 하자."

담배를 태우고 들어온 형님은 20년 전 역사 속으로 빠져 들었다. 헤어지면서 정만규 교수는 연구도 좋지만 '인륜지대사'에도 관심을 두시라고 넌지시 압박을 주었다.

그 뒤 한동안 연락이 뜸하다가 형님을 다시 만난 것은 방학이 되어 고향에 왔을 때였다. 명절 때 마지못해 내려오던 형님이 제 발로 고향에 오다니, 놀라운 일이었다.

뜻밖에 형님은 활기에 차 있었다. 저녁을 먹고 설천 해변으로 산책을 나갔다. 묵묵히 바다를 보며 걷던 형님이 도래섬이 보이는 해변도로를 지날 때 입을 열었다.

"4.19혁명 이후 신문을 열람하다가 흥미로운 사실을 발견했어."

도래섬은 넓이가 서른 평이나 될까 한 작은 섬이었다. 평소엔 섬이지만 물이 빠지면 길이 열려 걸어 다닐 수 있을 만큼 육지에서 가까웠다. 섬에는 희한하게도 무덤이 하나 있었다. 믿거나 말거나 한 전설이 전해왔다. 옛날 가난한 어부가 살았다. 꿈에 도사가 나타나 저 섬에 무덤을 쓰면 발복(發福)하게 된다고 점지했다. 뒷날 아버지가 돌아가시자 말대로 무덤을 썼더니 거부가 되었지만, 오만해진 어부가 제사를 제대로 모시지 않자 다시 거지가 되었다는 전설이었다.

"혁명 뒤 비리가 드러나 패가망신한 관료라도 찾았어?"

도래섬 전설 때문에 떠오른 상상을 건넨 것인데, 형님의 대답은 엉뚱했다.

"너 국민보도연맹사건 들어봤니?"

뜬금없는 질문이어서 고개를 저었다. 하늘 위로 까마귀가 떼를 지어 날아갔다.

"자식. 아무리 공돌이라지만 역사에 관심 좀 가져라."

지청구를 놓더니 말을 이었다.

"끔찍한 학살이었지. 국가권력이 그릇 작동하면 어떤 참상이 빚어지는지 이 사건만큼 생생하게 알려주는 경우도 드물 거야. 제주 4·3도 국가권력이 잔인하게 발동한 예이긴 하지만, 그나마 그건 쌍방의 공방은 있었거든. 그런데 이건 피해자만 있고 가해자는 없는 케이스지."

형님은 기침을 한 번 해 뜸을 들인 뒤 말했다.

"보도연맹(保導聯盟)은 일종의 관변단체였어. 1949년에 해방 정국에서 악명이 자자했던 오제도(吳制道, 1917~2001, 창씨명 쿠레야마 세이도[吳山制道]) 검사의 발의로 만들어졌지. 오제도는 첫 번째 공안 검사로 유명했지만, 말년에는 보도연맹 학살사건을 인정하고 연맹원들의 무고함도 밝혔다더군.

보도연맹은 이전까지 좌익 활동을 했거나 그런 사상을 가진 사람들을 자수시켜 교육과 감시를 통해 전향시키겠다는 목적으로 만들어졌어. 당시 남한에 워낙 좌익계 인사들이 많았기 때문에 이승만 정권으로서는 피치 못할 조치였지. 조직은 성공적으로 꾸려져 한때 조직원이 33만 명에 육박했는데, 내 생각엔 이보다 더 많았을 것 같아. 전쟁 통에 관련 자료들이 없어지기도 했고, 이승만 정부가 의도적으로 파기해서 전해지는 게 거의 없거든.

문제는 연맹원 숫자를 늘리려고 지역별로 모집 인원을 할당한 데 있었지. 아무 관련도 없는 사람을 동의도 없이 끼워 넣거나 악의적으로 가입시키기도 했어. 그것으로도 안 되니 쌀이나 비료, 고무신 등 물품을 준다고 현혹해서 가입시켰거든. 가난한 사람들이 공짜로 쌀을 준다니 얼씨구나 하고 이름을 올렸지. 이게 자신을 죽음의 길로 재촉할 줄은 꿈에도 모르고 말이야.

다음 해 한국전쟁이 터지자 급히 철수하던 이승만 정권은 경찰과 군부대에 좌익 재소자와 보도연맹원들을 체포해 모조리 처형하라는 지시를 내렸지. 북한군이 내려오면 부역할 거란 아주 단순한 우려 때문에 말이야. 그래서 전쟁 직후 짧은 시간에 전국에서 수많은 보도연맹원들이 애꿎게 도살되고 말았던 거야. 공식적인 피해자는 4,934명에 불과하지만, 이건 빙산의 일각일 뿐이지. 적어도 30만 명 이상이 처형되어 매장되었다고 봐. 100만 명에 가깝다고 주장하는 사람까지 있어. 마구 매장해서 시신이 확인되지 않은 사람이 너무 많기 때문이지.

명색이 역사를 전공했다는 나도 그저 대량 학살이 있었다는 풍문만 들었지, 이렇게 끔찍하고 조직적이면서 대규모로 학살이 자행되고, 철저하게 진실을 은폐한 줄은 몰랐거든."

형님은 이마에 흐르는 땀을 닦아내면서 긴 이야기를 마무리했다. 들으니 절로 눈살이 찌푸려지긴 했지만, 한편 의아하기도 했다.

"그래 알겠는데, 그거랑 4.19혁명이랑 무슨 관계가 있다는 거야?"

형님은 좋은 질문이라는 듯 손가락을 튕겼다.

"그때 피해자의 유족들은 전쟁이 끝나고도 '빨갱이' 떨거지란 소릴 들을까봐 찍소리도 못했어. 그렇게 억울한 죽음과 억울한 유족들이 전국을 뒤덮었지. 그러다 혁명이 터져 이승만 정권과 그 주구들이 사라지자 유족들이 제 목소리를 내기 시작한 거야. 탄원을 올리고 발굴을 청원하면서 유족회를 조직했지. 그래서 국회 차원의 조사가 진행되어 유해 발굴과 함께 진실을 규명하고 책임자를 색출해 처벌하려는 움직임이 일기 시작했다는 거야. 곳곳에서 위령제도 엄수되었지. 진실을 영원히 묻어둘 수는 없는 법이지."

때로는 엉뚱한 사건을 계기로 진실이 드러나고 피해자가 누명을 벗는 경우는 과학 기술 분야에서도 가끔 벌어지는 일이었다. 정만규 교수는 상황의 극적인 변화를 반기면서 말했다.

"잘 됐군. 진실도 드러났고 피해자와 유족들의 원한도 씻었으니 학살의 책임자들을 처벌하는 일만 남았네. 학살이 벌어진 지 10년밖에 지나지 않았으니 가해자들도 대개 생존해 있었을 거 아냐?"

하지만 형님은 고개를 저었다.

"안타깝게도 일은 해피엔딩으로 마무리되지 못했어. 한 해 뒤에 5.16 군사 쿠데타가 일어났기 때문이지. 쿠데타 세력은 당장 이 움직임에 제동을 걸었어. 바로 저희들이 한 짓이었으니까. 더구나 놈들은 쿠데타의 강령에 '반공'을 넣었단 말이지. 그러니 이게 곱게 될 리 있겠냐? 어이없게도 학살 사실은 인정하면서, 진상 규명을 요구하는 것은 빨갱이 북한을 이롭게 하는 이적 행위라고 적반하장 칼을 들이민 거야. 그러면서 유족회 임원들을 체포해 징역형에 처했고, 발굴한 유골은 강제 수거해 폐기처분했어. 당연히 유족회는 해산되었고, 이후 연좌제를 적용해 지금까지도 가능한 모든 불이익을 주고 있는 거야. 결국 학살은 현재진행형인 셈이지."

정만규 교수도 개탄하지 않을 수 없었다. 한편으로 그때의 군사정권이 얼굴만 바꾸어 지속되는 현재, 형님이 그런 사실을 들추어내는 건 그리 현명한 행동으로 보이지 않았다.

"그래서 앞으로 뭘 어쩌려고? 형님의 연구 본령은 그쪽이 아니잖아요. 설마 옆길로 새는 건 아니겠지?"

그러나 정만규 교수의 우려대로 형님의 결심은 굳건했다.

"무슨 소리! 이건 그 시기 정치변동사의 맥락을 잡아내는 트리거야. 누가 왜 어떤 의도로 이를 차단했는지 반드시 밝혀야 한다고 생각해. 분명 그때의 유족들 중엔 생존한 사람도 있을 거야. 찾아내 만나봐야지.”

정만규 교수는 입을 꾹 다물었다. 왠지 수레가 길을 벗어나 산으로 올라가는 느낌을 지울 수 없었다. 정만규 교수는 어줍지 않은 충고를 건넸다.

“형님. 그런 건 나중에 학위 받고 교수가 되고나서 해도 되잖을까? 아버지나 그 여자분 입장도 생각해야지.”

하지만 형님의 복안은 더 멀리까지 나가는 중이었다.

“이 과제는 마냥 미룰 수 없는 거야. 유족들이 겪는 고통과 뻔뻔하기 짝이 없는 책임자들의 비양심을 떠올리면 잠도 오지 않는다니까.”

한번 이거다 싶어 연구에 뛰어들면 물불을 가리지 않는 게 형님의 성격이었다. 열정과 사명감도 좋지만 아무리 따져 봐도 그것이 급선무는 아니었다. 급발진은 차에도 운전자에게도 해로웠다.

“하지만 형님. 당장 할 수 있는 일은 없을 것 같은데. 그런 주제는 저널리즘의 몫인 것 같기도 하고 말이야. 사실은 있지만 실증할 근거가 너무 빈약해 보여.”

이 지적에 대해서는 형님도 고개를 끄덕였다.

“맞는 말이야. 전국에 흩어져 있는 피해 지역과 유족들을 한꺼번에 다 만날 순 없지. 그래서 생각했어. 나부터 시작하자고.”

“나부터? 그게 무슨 말이야?”

“생각해봐. 이 학살은 전국 규모로 벌어졌잖아. 그러면 당연히 여기 이곳 남해에서도 자행되었겠지. 뭐 그런 비슷한 얘기를 들은 것도 같아. 어느 골짜기에 밤이면 귀신불이 나부끼는데 그게 옛날 학살당한 장소여서 나타나는 사람의 원령이라는 둥, 어디는 원혼 때문에 거기서 장사를 하면 족족 망한다는 둥, 주인이 악몽을 꾸고 가위에 눌려 죽었다는 둥, 이런 얘기 너는 못 들었니?"

듣고 못 듣고의 문제가 아니었다. 형님은 역사를 전공하지 전설이나 민담을 수집하러 다니는 민속학자가 아니었다.

"그런 얘기야 전국 어디서나 찾을 수 있잖아. 여기만 그런 것도 아닌데 견강부회해서는 안 되지. 뭐 진혼굿이라 지낼 참이야?"

정만규 교수의 일침과는 달리 형님은 몸이 달아 적극적이었다.

"쇼펜하우어도 의식이 현상을 유도한다고 했어. 거기서 벌어진 일을 아니까 상관없는 일도 유의미하게 상상해내는 거지. 보도연맹 학살과 직접 관련은 없더라도 뒤지다보면 뭔가 구체적으로 드러날 거야. 30여 년 전에 있었던 일이니 노인네 중엔 봤거나 들은 사람이 나올지도 몰라. 토크빌이 이런 말을 했다더라. '해보기 전에는 자신이 무슨 일을 할 수 있는지 모른다'고 말이야."

"그래서 생전 코배기도 안 비치던 남해엘 내려온 거야. 그 조사를 하려고?"

형님은 자신감과 의욕이 서린 눈빛으로 고개를 끄덕였다.

## 5 : 16

정만규 교수는 책 정리는 잠시 접고 저녁 준비를 했다. 읍에는 도시가스가 들어왔지만, 이곳 설천은 아직 계획 단계였다. 내려오기 전에 집안사람에게 부탁해 가스통을 들였고, 가스레인지를 설치했다. 수도도 연결되지 않아 관정을 파 생활용수로 썼다. 식수는 가까운 하나로 마트에 갈 때마다 생수를 한 박스씩 사 들였다. 밥은 전기밥솥에 며칠 분 지어 두었다.

물이 끓자 건조 포장된 소고기미역국을 넣었다. 뜨거운 물속에서 분말이 녹았고 미역이 퍼졌다. 냉장고에서 밑반찬 몇 개와 파김치가 든 찬통을 꺼냈다.

깨작거리며 끼니를 해결하는 식탁 옆엔 사진첩이 나란히 놓였다. 애써 외면했지만, 시선은 계속 언저리를 맴돌았다. 이후 벌어진 사건들이 물귀신처럼 뇌리를 떠나지 않았다.

결국 정만규 교수는 냉장고를 열어 소주병을 꺼냈다.

머그잔에 소주를 반쯤 따랐다. 소고기미역국이 안주 구실을 맡았다. 이럴 땐 옆에 누가 있었으면 좋겠다는 생각이 간절해졌다. 어떤 때는 성가실 만큼 북적이다가도 필요하면 없는 게 사람이었다. 다시 아내 생각이 났다. 형님의 혼사가 대책 없이 길어져 기약 없이 기다리다 결국 형님이 돌아가신 뒤에야 결혼식을 올렸다. 그때까지 아내는 원망 한 마디 하지 않았다.

어느 날 어찌 그럴 수 있느냐고 물었더니 대답이 걸작이었다.

"몇 년 늦는 게 대순가요. 당신이 딴 짓 하면 제대로 쥐고 흔들 수 있는 급소인데."

말 그대로 정만규 교수는 가끔 외도의 유혹이 들어와도 급소 눌리기 싫어 접어 두기는 했다.

암으로 죽기 전에 아내는 이렇게 말했다.

"귀신 되어 나타나 급소 안 누를 테니 좋은 여자 만나면 바람피우세요."

아무리 찾아봐도 아내만한 여자는 보이지 않았다.

다시 머그잔에 술을 따랐다.

국으론 부족해 고추참치 캔을 땄다.

담배 한 대를 입에 물었다.

아내의 꾸짖는 얼굴이 연기 사이로 얽히다 사라졌다.

자신의 장담처럼 형님은 방학 내내 고향에 머물며 카메라와 녹음기, 수첩 등으로 채워진 가방을 메고 여기저기 싸돌아 다녔다. 물론 정만규 교수는 동행하지 않았다. 말리다 먼저 지치거나 열불이 나 악다구니를 쓸 것 같아서였다. 남해는 보수적인 동네였다. 그 시절 '빨갱이'로 지목되는 것은 사형선고까지는 아니더라도 치명적이었는데, 남해라고 별 다르지 않았다. 보도연맹의 불길이 남해까지 태웠을지 알 순 없지만, 그 사실을 대놓고 밝힐 유족도 없을 것이고, 내가 했소 하며 나설 가해자는 더더구나 없을 터였다. 이런저런 연고로 얽힌 촌 지역, 특히 남해처럼 해안선이 타 지역과의 확실한 경계를 만들어주는 곳이라면 까놓고 비난하거나 적극적으로 협조하지 않기 때문에 더 서먹서먹했고 소외당하기 십상이었다.

그래서 형님이 이것저것 묻고 다녀도 다 외면할 줄 알았다. 굳이 아문 상처를 덧내려는 이는 없을 터였다. 찾다가 지치면 포기하려니 짐작했다.

그랬는데 일이 정만규 교수의 짐작처럼 진행되지 않았다.

보름 쯤 지났나, 전기공학회 심포지엄을 끝내고 집으로 돌아와 한 숨 돌리려는데 전화가 왔다.

"니 성 인자 무신 짓 힘시롱 돌아댕기는 거냐?"

아버지였다. 예감이 좋지 않았다.

"왜요?"

"아 글씨 이웃 동네 노친네가 찾아와 자네 자슥이 빨갱이 같다고, 집 밖 못 댕기게 가둬두지 않으면 갱찰에 신고하겠다지 뭐여. 마참 들어왔기에 우찌된 심판이냐 물어도 대답도 없이 짐을 챙기더니 서울 간다고 쒹 나가버렸잖냐."

더 들어보지 않아도 그림이 쫙 그려졌다.

진실을 찾겠다는 마음만 간절했을 형님은 상대의 처지나 심정은 고려하지 않고 따져 물었을 게 분명했다. 이미 30년도 훨씬 지난 과거 일인데, 겪었다고 해도 당사자의 기억은 가물가물했을 터였다. 더구나 보도연맹원들은 그들이 '빨갱이' 짓을 했다는 이유로 처형당했다. 공식적으로야 1980년 8월 22일 연좌제(連坐制)는 폐기되었다. 하지만 수십 년 그 굴레에서 살아온 사람들의 의식에서까지 자유로워지지는 않았을 테니 그런 질문을 받는 사실만으로도 사정 당국의 시퍼런 서슬이 느껴졌을 것이다. 그들에게는 형님이 올가미를 씌우려 공안기관에서 나온 인물로 보였을 수도 있었다.

정만규 교수는 내일 통화해서 자초지종을 물어보겠다고 안심시킨 뒤 전화를 끊었다.

다음 날 오후 뜸을 들이다가 전화를 했더니 선뜻 받았다.

"와 아버지가 전화하셨더나?"

"잘 아네."

전화상으로 나눌 수 있는 용건이 아니어서 저녁이나 먹자고 했더니 역시 순순히 응했다. 한남오거리 근처에 있는 식당에서 만나기로 했다.

정만규 교수가 먼저 나가 미리 형님이 좋아하는 돼지갈비를 주문했다. 소주도 한 병 까놓았다.

"야, 대접이 융숭하구나. 아버지 당부가 곡진했나 보네."

형님은 정만규 교수가 뒤집는 돼지갈비 냄새를 맡으며 말했다. 주눅이 들어 있을 줄 알았는데 목소리가 유쾌해 뜻밖이었다.

"남해에서 푸대접 받고 쫓겨났다며?"

정만규 교수가 넘겨짚으며 물었다.

"무슨 소리야?"

"아버지 말씀이 이웃 영감님이 달려와 경찰에 신고하겠다 하셨다던데요. 그 정도면 보도연맹인지 뭔지 조사하러 다니다가 멱살이라도 잡힌 거 아니겠어?"

형님이 씁쓸하게 입맛을 다셨다.

"뭐 환대를 받은 건 아니지. 다들 잘 모르기도 하고, 알아도 말을 하지 않으려 하더라. 끔찍했던 기억 떠올리기 좋은 사람이 누가 있겠냐."

정만규 교수가 형님의 빈 술잔에 소주를 채우며 위로했다.

"처음부터 무리였어. 어떻게 어디까지 연루되었는지도 모르면서 단도직입 들이밀면 경계하는 게 당연하잖아."

소주를 한숨에 마신 형님은 돼지갈비를 뒤척이며 말을 아끼다가 입을 열었다.

"에둘러가기보다 정공법이 효과적이라 여겼는데……. 의외로 피해의식이 상당하더라. 분명 뭔갈 아는 눈친데도 모른다며 딱 잡아떼는 거야. 술 한 잔 대접할 테니 가자 했다가 주먹으로 한 대 맞는 줄 알았다."

형님이 쓴 웃음을 지었다.

"그래도 성과가 전혀 없는 건 아냐. 죽을 날 가까웠는데 뭐가 무섭겠냐며 한두 사람은 털어놓더라. 원통하게 죽은 사람들에게 평생 미안했는데, 이 참에 털어놓으니 속이 후련하다는 거야."

"총살에 가담한 사람을 만난 거야?"

형님은 고개를 저었다.

"아니. 총살 집행은 경찰이 했었나봐. 당시 남해에는 군대가 주둔하지 않아 경찰이 동원되었나 본데, 남해 사람은 없었고 다 외지에서 온 사람이었다네. 하긴 이 동네 사람이 어떻게 나서겠냐."

형님이 다시 소주잔을 기울였다.

"몇 사람이나 희생되었다는데?"

정만규 교수가 더 몸이 달았다. 형님이 조심스럽게 말했다.

"보도연맹 명단이 있었던 건 분명해. 상부의 처형 지시는 꽤 늦게 내려왔어. 경기도나 충청도 등지에서는 전쟁 터지고 며칠 만에 처형이 이뤄졌는데, 남해는 7월하고도 중순이나 되어 왔나봐. 하긴 한반도 맨 끝자락이니. 그때 명부에 오른 사람은 150여 명 되었대. 남해경찰서로 출두하라고 했을 때 그 정도 모였다니까.

영문도 모른 채 오라니까 나왔겠지. 전쟁이 터졌어도 그때까진 남해에 인민군은 들어오지 않았거든. 나와 보니 분위기가 심상찮으니까 불안해서 물어봤겠지. 남해 출신 경찰은 연고 있는 사람에겐 귀띔했을 테고. 그래 돈 쓰고 빽 써서 빠져나간 사람이 80여 명 되고, 얼뜨거나 느긋했던 사람 70여 명만 남았어. 그 사람들이 끌려가 총살당한 거지."

"명부만 확보하면 누가 희생되었는지는 알겠군."

"아니. 그 명부는 벌써 없어졌고, 살아남은 사람들은 뿔뿔이 흩어진 데다 전쟁 뒤에도 입 꾹 다물며 살다 죽었으니 확인할 길이 막연해. 가족들 중 억울하게 죽은 이가 있다고 말하는 사람이 서너 명 만났는데, 신원은 밝히지 말아달라고 신신당부하더라. 이제 와서 치도곤당하기는 싫다면서 말이야."

"그럼 몇 명이나 죽었는지는 알 수 없네?"

"꼭 그렇진 않아. 내가 만난 한 분은 총살 끝나고 끌려가 시신

매장하는 걸 도왔다는데, 자기가 헤아린 걸로는 33명이었대. 삼일 독립선언서 서명자 숫자하고 같아 지금도 뚜렷이 기억한다네."

"거기가 어딘데?"

"이동 복곡 골짜기야. 금산에서 내려온 개천이 앵강만으로 빠지기 한참 전 어디였대. 날짜는 7월 27일이고."

정만규 교수가 기억을 더듬으며 물었다.

"복곡이면 저수지 공사하던 그곳인가? 재작년쯤이지 아마."

"그래. 사진 찍으려고 가봤는데, 대단하더군. 남해에서 가장 저수량이 많을 거야. 총살 현장은 아마 수몰되었겠지."

"거기서만 있었던 걸까?"

정만규 교수는 점점 형님의 말에 빨려 들어갔다.

"아니, 한 군데 더 있어. 남해 출신으로 경찰로 재직하다 퇴직한 나만은 사람을 만났는데, 그 양반 말씀이 처음 연맹원을 끌고나간 다음날인 7월 28일에 나머지 38명을 트럭에 태워 나갔다더군. 전날 복곡에서 총살한 줄은 자신도 몰랐다더라. 끌려간 사람이 누군 줄은 아실 텐데 이름이라도 말해달라니깐 한사코 거절이야. 아니 기억이 나지 않는대. 그 양반도 후환이 두려운 게지."

정만규 교수는 맥이 빠졌다.

"어디로 끌고 가 죽였는지 아는 사람이 없는 거야?"

"그 전직 경찰 노인 말이 설천 쪽에서 배에 태운다는 말은 들었다는군. 마산이나 부산으로 후송하려나보다 짐작했대."

"그럼 목숨은 건졌겠구나."

형님은 입술을 꽉 깨물었다.

"그렇지는 않아. 설천 해안가 마을을 다니면서 물어봤어. 그때 끌려온 사람들 보지 못했냐고. 노인 몇 분이 기억하더라고. 그 배

떠나고 얼마 뒤 인민군이 들이닥쳐 식겁했다더라. 사람마다 기억이 조금씩 다른데, 배 태우기 전에 해안에서 총살했다는 사람도 있고, 강진만 한가운데서 쏴 죽이고는 바다에 던져버렸다는 사람도 있고, 죽이는 건 못 보고 총소리만 들은 사람도 있고. 말이 제각각이야. 그러다 그 노인네를 만난 거지. 어디서 얘길 듣고 왔나봐. 말을 꺼내기도 전에, 너 뭐하는 놈이냐, 빨갱이냐, 그딴 걸 알아서 뭐 하려는 거냐, 경찰이 보내 꼬투리 잡으려는 거냐, 꺼지지 않으면 경찰에 고발한다, 앞뒤 대중없이 속사포처럼 쏴 대더라. 아무래도 더 있다가는 아버지나 동네 분들에게 폐만 끼칠 것 같아 바로 보따리 싸고 올라왔지 뭐냐."

형님이 아쉬운 듯 돼지갈비를 꾹꾹 눌렀다.

"또 내려갈 생각이야?"

"글쎄. 보도연맹 명부나 관련 서류가 남해경찰서엔 없는 것 같고 - 오랜 문서들은 경남경찰청으로 이관했다는데, 그쪽에선 그런 건 비공개원칙이란 모호한 답변뿐이야. - 보름 남짓 뒤졌으니 특별히 더 나올 것 같진 않아. 괜히 경찰에 신고라도 하면 그것도 골치 아프고. 이제부턴 문서와의 전쟁이지. '정부기록보존소'라든가 국회도서관, 국립도서관, 각 대학도서관, 개인 소장자 등 발길 닿는 대로 뒤지고 만나봐야지."

말을 끝낸 형님이 소주잔을 비웠다. 정만규 교수가 눈치를 살피며 물었다.

"당분간 학위 논문 제출은 물 건너 간 거야? 아버지는 그것만 목 빠지게 기다리시는 것 같은데……?"

형님이 어깨를 으쓱했다.

"이게 더 우선인 걸 어떻하냐? 학위논문은 그 다음에 써도 늦진 않아."

속이 편한 건지 체념한 건지 정만규 교수로서는 알 길이 없었다. 밑질 건 없으니 한 번 더 찔러보기로 했다.

"오은주 씨는 뭐라는데? 학위가 미뤄져도 좋대?"

그제야 형님이 찜찜한 표정을 지었다.

"은주 씨는 몰라. 열심히 학위논문 준비 중인 걸로 알고 있지. 말해 봤자 좋은 소리 못 들을 텐데, 긁어 부스럼 만들 필요는 없잖냐."

그 정도로 해서 보도연맹과 관련된 이야기는 덮어두었다. 권커니 잣거니 하면서 사는 이야기, 정만규 교수가 사귀는 여자 이야기 - 형님은 자기 때문에 내 혼사가 늦어지는 것에 대해 몹시 미안해했다. 아버지한테 얘기하겠다는 걸 정만규 교수가 극구 말렸다. 씨알도 안 먹힐 얘기였다 -, 학교 이야기 등을 나누다가 헤어졌다.

방향이 달라 식당 앞에서 헤어지려는데, 형님이 곁 이야기 비슷하게 말을 던졌다.

"이번에 조사하면서 남해에서 총살 지시한 사람이 누군지 알아냈어. 그 경찰이 말해주더라. 아직 정확하진 않으니까 좀 더 뒤져봐야겠지만, 경찰이니 자료 찾기가 까다롭진 않을 거야. 다음에 만나면 말해주마."

그러면서 형님은 버스가 오는 걸 보더니 손을 흔들면서 달려갔다. 형님이 탄 버스 꽁무니를 쫓다가 정만규 교수는 횡단보도를 건너 맞은 편 정거장으로 갔다.

10:26

밤이 벌써 꽤 깊어졌다. 창밖으로 이르게 날아온 뻐꾸기의 울음소리가 구성지게 들려왔다. 뻐꾹, 뻐꾹, 단조롭지만 물리지 않는 울음소리. 도시에 살 때는 잊고 지냈던 추억이랄까 애상의 희미한 울림을 되새기게 해주었다.

형님은 '탁란(托卵)'이라 말했다. 정만규 교수는 처음에는 '탁란(濁亂)'으로 알아들었다. 형님이 우연한 계기로 실마리를 좇아 들어가 본 그 끝은 '흐리고 어지러운' 혼돈의 세상이었던 걸까? 진실을 밝혀내서 억울하게 죽음으로 내몰리고도 누구 하나 감싸주지 않았던 넋들에게 형님은 나름의 빛을 비추려고 했다. 그런데 형님은 아무래도 그 안에서 더 큰 혼돈의 그림자를 본 모양이었다. 그리고 자신의 허물을 뉘우치고 반성하기는커녕 남이 남긴 빛을 되비쳐 자신의 오점을 지우려는 몸짓을 읽고 말았다.

형님이 너무 순수한 학자였던 것인지 물정을 몰랐던 어중치기 샌님이었는지 정만규 교수로서는 가늠할 수 없었다. 그래서 오래 잊고 살았고, 끄집어내지 않았을 것이다.

그 뒤 한동안 형님과의 소식은 끊겼다. 개학이 되어 강의준비에도 바빴고, 전기공학회 간사를 맡아 뒤치다꺼리를 하느라 정신이 없기도 했다. 가끔 형님 조사인지 논문인지는 잘 돼 가나 궁금하기도 했는데, 무소식이 희소식이라 치부하며 궁금증을 눌러 담았다.

나중에 생각하니 좀 더 일찍 연락을 못한 것이 후회스럽고 미안했다.

가을이 지나고 겨울이 시작될 무렵이었다. 기말고사를 치르고 채점을 마치면 겨울방학이 시작될 터였다. 겨울방학에는 입시가 있어 호들갑을 떨다보면 금방 새 학기가 닥쳤다.

그럴 줄 알았더니 서울에 첫 눈이 내리던 날 형님이 뜬금없이 정만규 교수의 집 문을 두드렸다. 액정화면 속에서 형님의 모습이 뜨자 당혹보다는 걱정부터 들었다. 이렇게 불쑥 남의 집을 찾아오는 형님이 아니었다.

"무슨 일이야? 해가 서쪽에서 뜨겠어."

형님은 대꾸 없이 머리에 쌓인 눈을 털어내면서 거실로 들어와 소파에 앉았다. 불쾌한 기색이었다.

"커피 한 잔 할래?"

그랬더니 형님은 손에 들고 있던 검은 봉지를 내밀면서 말했다.

"소주나 한 잔 마시자. 안주로 삼겹살 사왔다."

자세히 보니 형님의 얼굴은 불쾌한 게 아니라 부석부석했다. 머리도 단정하지 않았고, 면도한 지 며칠 되었는지 빰이 거무스름했다. 갸름한 편인데다 눈동자도 맑아 대갓집 도련님 같은 인상은 찾아보기 어려웠다.

정만규 교수는 아무 말 없이 봉지를 들고 가 삼겹살을 꺼냈다. 가스레인지에 불을 켜고 프라이팬을 올렸다. 살짝 식용유를 두른 뒤 열기가 뜨거워지자 두 지름을 올렸다. 냉장고에서 상추와 마늘, 쌈장 등을 꺼내 식탁에 놓았고, 소수도 한 병 땄다.

"나 올 줄 알고 다 준비해둔 모양이네."

형님이 식탁 의자에 앉으며 넉살 좋게 말했다.

이런 게 왜 다 갖춰졌는지 그도 알 길이 없었다.

"목부터 먼저 축이시죠."

형님은 소주잔을 길게 기울이더니 직접 한 잔 더 따라 마셨다.

정만규 교수가 농반 진반으로 한 마디 던졌다.

"실연당한 사람 같습니다. 채였어요?"

형님은 배짱을 부렸다.

"채이다니? 내가 찼다!"

"어허! 그 분은 차이느니 찰 분 같던데?"

형님이 손사래를 쳤다.

"그걸 따져 뭘 하겠냐. 서로 안 보는 게 좋을 것 같아 내가 그만 보자고 했지."

말투에서 진심이 느껴졌다. 정만규 교수도 한 잔 따라 마신 뒤 정색을 하며 물었다.

"제가 공돌이라 연애 상담은 젬병이지만, 한 번 사연이나 들어봅시다. 뭐에서 꼬인 겁니까?"

형님은 한동안 말이 없다가 입을 열었다.

"망할 보도연맹이 문제였어. 나는 분명 이 길로 가려고 차를 몰았는데, 닿아보면 전혀 엉뚱한 곳인 경우 있잖아. 딱 그 꼴이다."

"좀 쉽게 풀어 봐요."

몇 잔 술에 형님은 벌써 취기가 돌았다. 어쩌면 그래야 본심이 나올 것 같아 정만규 교수는 가만히 있었다.

"얼마 전에 오은주 씨 부친을 만났어. 아마 은주 씨가 말을 꺼냈나봐. 그래서 집으로 오라기에 갔지. 나도 벼르고 있던 참이어서 양주 한 병 사들고 갔지.

풍채도 좋고 사람도 좋아 보이긴 하더라. 역시 정치에 뛰어들려는 사람답게 호탕하고 시원시원하던데. 어머님도 같이 계셨는데, 전기공학 한다는 남동생은 보이지 않더군.

밥을 먹은 뒤 거실에 앉아 술자리를 가졌지. 먼저 대뜸 고향이 어디냐고 묻더라. 경남 남해라고 하니까 시큰둥한 표정으로 한참 바라보더니 좋은 곳에서 태어났다고 덕담을 하더군. 그 양반이 서울 사람인 것은 이미 알았기에 되묻진 않았지.

잠시 대화가 끊어졌어. 그러니까 어머니란 분이 학위는 곧 받냐고 묻더군. 잘 진행되고 있어 내년쯤에는 제출할 수 있겠다고 대답했지. 그러자 이 양반이 자신은 공부에 영 취미가 없었고, 사회를 좀먹는 범죄자를 잡아들이고 시민의 안전을 지키는 일을 천직으로 알고 살아왔다며 너스레를 떨더라.

다음 순서로 아버님은 뭘 하시느냐 묻기에 농사를 주로 짓고 자그마하게 꼬막 양식장을 꾸리신다고 했지. 그리 풍족한 집안은 아닌가 보다기에 일제 때 조부께서 만세운동에 참여하셨다가 옥고를 치른 뒤부터 가세가 기울었다고 대답했거든. 그러니까 이 양반 갑자기 관심을 가지더라구. 아 그럼 독립운동가 집안이신가?

솔직히 그런 반열까지 올릴 정도는 아니지만, 아예 터무니없는 말도 아니잖아? 그래서 집안 어른 중엔 윤동주 시인의 자필 시집을 잘 보관하셔서 해방 뒤 시집으로 발간할 수 있게 하신 분도 있다고 했지. 그랬더니 윤동주 시인 하면 해방 직전 독립운동을 하시다가 체포되어 후쿠오카 형무소에서 순국하신 그 분 아닌가? 라고 묻는 거야. 그래 맞다고 했지. 아, 그러니까 대단한 집안이라면서 자신도 적수공권(赤手空拳)으로 빈한한 집안에서 태어나 오로지 노력과 헌신으로 치안감까지 올랐다며 자화자찬이야. 이제 경찰관으로는 할 일을 다한 것 같아 정치에 뜻을 품었으니, 앞으로 많이 도와달라잖아. 교수되는 건 걱정도 말라면서 말이야. 허! 처음엔 시큰둥하다가 갑자기 귀한 사위 대접이라니, 표변도 그런 표변이 있을까."

형님의 말투가 야릇하게 바뀌어 불안감을 느끼면서 정만규 교수가 물었다.

"그럼 그 어른이 혼인을 승낙한 거잖아?"

형님이 언성을 높이며 대갈(大喝)했다.

"승낙? 그럼 승낙했지. 하지만 내가 거절했지. 그 자는 우리 집안의 독립운동 이력에 묻어 자신의 더러운 과거를 씻어내려는 신분 세탁을 꿈꾸는 거야. 그게 바로 '탁란'이지. 나는 박새 따위가 아니거든. 내가 그 작자의 과거를 번연히 알면서 어떻게 데릴사위가 되겠냐!"

정만규 교수는 뭔가 감이 잡히면서도 형님의 말을 종잡을 수 없었다.

"대체 무슨 소리야? 탁란이라니."

형님이 비틀거리며 일어났다. 전작이 있었던 건지 취기가 빨리 올라온 건지 다리가 많이 풀려 있었다.

"나 갈게. 넌 잘 살아라."

주저앉아 구두를 꿰신었다. 정만규 교수가 앉아 도와주려고 하자 형님이 몸을 기대면서 말했다.

"내가 전에 말했지. 남해에서 보도연맹원 총살을 지시한 경찰에 대해 알았다고. 전직 경찰은 '오 아무개 경위'라고만 기억하더라. 나이는 30대 안팎. 그래서 내가 경찰 쪽에서 일하는 친구에게 이런 사람 신원 좀 알 수 있겠냐 부탁했지. 기밀이라면서도 잘도 알려주더군. 오은주 씨 아버지가 그 인간이 맞아. 일제 때 경찰이었고, 남해 학살 이후 잘도 승진했다가 4.19혁명 때 전방위적인 조사가 있었을 때 모가지가 날아갈 위기를 맞았지. 하지만 운빨은 좋아서 5.16군사 쿠데타가 터지자 혐의는 유야무야되고, 지금까지 잘 살다가 이젠 정계에까지 발을 뻗치려는 거지. 그 피 묻은 더러운 손을 나를 사위 삼아서 씻으려는 거고. 참, 대단하지 않냐?"

긴 넋두리를 늘어놓은 뒤 형님은 비틀거리며 자리에서 일어났다.

"오은주 씨도 이걸 알고 있는 거야?"

형님이 고개를 저었다.

"그 말을 어떻게 하냐! 난 당신 남편감으로서는 빵점짜리다. 그러니 좋은 배필 찾아봐라 그랬지."

형님은 문을 열고 나갔고, 정만규 교수는 한동안 멍하게 닫힌 문만 바라보았다.

이후 형님은 공부를 작파했다. 당연히 논문은 나오지 않았고, 친구들 말로는 술로 세월을 보낸다고 했다. 그러지 말고 고향에 내려가 농사를 짓든 꼬막 양식을 하든 하라고 채근하기도 했고, 아버지도 제발 내려오라고 윽박질렀지만 형님은 꿈쩍도 하지 않았다.

그러다가 급성 간염에 이은 간암으로 형님은 세상을 떠났다. 여자를 떠나보낸 상처 때문인지 가해자를 앞에 두고도 원혼의 원한을 풀어주지 못하는 울분 때문인지 끝내 물어보지 못했다.

학살의 지휘자인 그 자는 이후 보수 정당의 공천을 받아 국회의원에 출마하려고 시도했다. 그러나 하늘이 내리는 처벌은 피할 수 없었는지 당내에서 그의 일제 때 경찰 이력과 보도연맹 관련 혐의 문제를 들추어내 공천을 받지 못했고, 무소속으로 나왔다가 고배를 마셨다. 그 뒤 은둔 생활을 하더니 언젠가 신문지상 부고란에 그의 이름과 얼굴이 난 것을 보고 정만규 교수는 그의 죽음을 알았다. 형님의 여자 친구 오은주 씨는 형님의 장례 때 마지막으로 보았다.

## 12 : 03

정만규 교수가 탄 승용차는 헤드라이트를 환하게 밝힌 채 숲길을 달려갔다. 녹두산 산림도로 위였다. 저녁 때 소주 두어 잔 마시긴 했지만, 여섯 시간도 전이니 문제될 건 없었다.

언덕 중턱쯤에 정씨 집안의 가족 묘원이 있었다. 그곳에는 몇 년 전 죽은 그의 아내도 묻혀 있었다. 애들은 경기도 인근에 있는 납골당에 모시자고 했지만 그가 거절했다.

아내 옆자리는 그가 와서 눕길 기다리며 비어 있었다. 그리고 그 윗자리가 형님의 유택이었다.

자동차 트렁크에서 플래시를 꺼내 들었다.

5월이라도 밤기운은 차가웠다. 점퍼의 지퍼를 목울대까지 끌어올렸다.

정만규 교수는 플래시를 한손에 들고 다른 손에는 소주병과 사진첩을 거머쥐었다.

먼저 아내의 유택에 앉았다.

야트막하게 누워 있는 아내의 비석을 쓰다듬었다.

"여보. 오랜만이구려. 이제 이사도 왔으니 앞으로는 자주 찾아오리다. 겸사겸사 형님도 뵙고. 어쩌면 금방 옆자리에 누울지도 모르지."

소주를 따 반쯤 뿌렸다.

그런 뒤 형님의 유택으로 옮겼다.

혈육을 남기지 못한 형님의 유택은 쓸쓸했다. 형님의 장례는 화장한 뒤 모교 뒷산 나무에 유골을 뿌려 수목장으로 치렀다. 그러다가 10여 년 전 아버지가 '애를 거기 버려두면 내가 죽어도 눈을 못 감겠다'며 나무 아래 흙을 퍼와 여기 묻고 비석을 세웠다. 비석

위에 눈물을 뿌리던 아버지도 몇 해 뒤 돌아가셨다.

비석에 흙물이 튀어 얼룩이 졌다. 앉아 얼룩을 닦으며 정만규 교수는 말했다.

"형님, 그간 너무 격조했습니다. 잘 계셨지요? 떠나시고 벌써 세월이 까마득히 지났습니다. 이제는 세상이 좋아지고 진실이 밝혀져 억울한 죽음들이 많이 해원(解冤)했어요. 보도연맹 학살사건도 실체가 드러나 아무도 쉬쉬하지 않아요. 처형자 명부도 공개가 되었습니다. 갈 길이 아직 멀긴 하지만, 형님처럼 누군가가 또 열심히 뒤따라 걷고 있을 테니 결국 결말이 날 겁니다. 앞으로는 자주 찾아뵐 테니 서운타 하지 마세요. 형님께서 소중히 간직하시다 제게 준 이 유품은 이제 형님께 돌려드립니다. 곧 이런 게 필요 없는 시대가 열릴 것 같거든요."

정만규 교수는 맨손으로 흙을 퍼냈다. 봄기운에 녹은 보드라운 흙이 손아귀에 쥐어졌다. 사진첩을 땅으로 들여놓은 뒤 곱게 덮고 뗏장도 몇 장 얹었다.

소주병을 숙이자 소주는 천천히 흙 속으로 스며들었다.

## 도청 밖, 도청 안

-K시 외곽 어느 숲

그 날 늦은 밤 중대장이 급히 소대장 박정훈 중위를 호출했다. 이미 완전군장을 갖추고 실탄까지 지급받은 상황에서 소대원들은 막사 안에 앉아 비상 대기 중이었다. 분대별로 병력을 실을 트럭은 진즉에 시동을 걸어놓았다. 음산한 엔진 소리가 귀에 영 거슬렸다. 진입 명령만 떨어지면 작전은 차질 없이 진행될 것이었다. 중대장 막사에는 이미 휘하 소대장들이 다 모여 있었다. 그들은 서로 눈길을 피했다.

이틀 전 부대를 출발할 때 준전시 상태라는 경고를 받고도 그러려니 했던 병사들은 여덟 시간을 달려 도착하자마자 M16 실탄 3백 발과 수류탄 4개, 기관총 탄창 6통, 예광탄과 조명탄, 박격포탄, 심지어 야광투시경까지 손에 쥐여지자 아연 긴장하는 표정을 감추지 못했다. 방향 감각을 잃은 그들은 기착지가 어딘 줄도 몰랐다. 누구도 최종 위치에 대해 지시해주지 않았다. 다들 시선이 북쪽으로 향했다.

"설마 쳐들어 온 거야? 이렇게 조용히?"

경험 많은 고참 병사조차 목소리가 떨려 나왔다.

"전역 일 주일 남겨두고 이게 무슨 개지랄이냐구! 접시 물도 조심했는데, 이렇게 가는 거냐?"

벌써 머리가 덥수룩한 병장이 방탄 화이바에 헬멧까지 덮어쓰며 투덜거렸다.

고참들이 이러니 갓 송충이 한 마리를 얹은 신입들은 사색이 되다 못해 얼어붙어 버렸다. 연신 사방을 두리번거리며 M16 총열을 쓰다듬었다.

“야, 이 새끼야! 총구 치워. 저 새끼가 미쳤나!”

탄창에 총알을 끼워 넣던 상병이 시퍼런 총구가 자신에게로 향하자 기겁을 했다. 화들짝 놀란 신병이 총구를 천장으로 들어올렸다. 다들 별 말은 없었지만 엄청난 상황이 전개되고 있음은 바보라도 짐작할 수 있었다.

“소대장님. 이거 무슨 일입니까?”

선임분대장이 그에게로 슬쩍 다가와 물었다. 중위는 분대장의 시선을 피하며 대꾸했다.

“나도 몰라. 바로 출동할 준비를 하라고만 하더군.”

불안해하는 소대원들에게 일장 훈시라도 해 긴장을 풀어주고 싶지만, 중위 역시 아무 것도 모르니 할 말이 없었다. 허리에 찬 권총이 기이할 정도로 무겁게 느껴졌다.

“야 씨팔, 집에 가 봤자 방구들만 짊어지고 살 팔자. 이참에 빨갱이 목이나 따 훈장 타고 말뚝 박아야겠다. 한 열 놈 죽이면 밥풀떼기 하나 안 달아 주겠냐?”

얼굴에 위장 크림을 바르며 한 놈이 허세를 부렸다. 뚜껑을 헐겁게 닫았는지 옆에 둔 수통이 쓰러져 물이 흘러나왔다. 불빛이 밖으로 새지 않도록 단속하고 있지만, 임시등이 깜빡이는 막사 안은 어둑했다.

“정 병장! 수통 똑바로 닫아라. 전시엔 식수가 젤 귀해!”

선임분대장이 소리치자 병장이 뜨끔해 하며 수통을 더듬었다.

급하게 얼기설기 세워둔 막사는 바람이 불 때마다 출렁거렸다. 아직 여름이 왔다고는 할 수 없어 밤은 제법 서늘했다. 그러나 병사들의 이마에는 식은땀이 흘렀고, 중앙에 박힌 두 개의 말뚝이 휘청거릴 때마다 그들의 사지도 움찔거렸다.

며칠 전 박정훈 중위는 진급에 따른 포상 휴가를 다녀왔었다. 소대원과의 회식이 있고난 다음 날 부대를 떠났다. 서울이 고향은 아니었지만 어릴 때 고향을 떠나 가족들은 모두 서울에서 살았다. 집에 가자 소식을 들은 약혼녀까지 와 있었다. 현관문을 여니 대학생인 둘째와 여고생 셋째가 폭죽을 터뜨리며 환호했다.

중위는 군모에 얽힌 가는 색종이 꼬리를 떨어내며 싱겁게 웃었다.

"어서 오거라. 거긴 별 일 없지?"

큰 절을 받은 아버지가 다소 얼굴이 굳은 채 조심스레 물었다.

"무슨 말씀이세요?"

그가 반문하자 아버지가 도리어 놀랬다.

"너 명색이 장교면서 소식이 어찌 그리 둔하냐? 지금 남쪽 어느 도시의 치안이 난리가 아니란다. TV에서는 폭도들이 총검으로 무장한 채 도시를 통째로 점령해 농성중이라더라. 소요 때문에 벌써 경찰 여럿이 죽었다던데……?"

뜬금없는 소리였다. 그가 있는 곳은 전방 사단은 아니었지만, 근자의 시국이 뒤숭숭하니 북괴의 도발이 우려된다며 경계를 강화하라는 지시는 있었다. 전방의 동태는 평시를 크게 벗어나지 않아 으레 있는 엄포 정도로 간주했었다. 그런데 느닷없이 후방 도시의 소요 사태라니?

"형. 학교도 꽤 시끄러워. 대자보 붙은 걸 보면 사달이 나도 크게 난 것 같던데? 다 믿을 건 못 되지만 시민들도 많이 죽었대. 경찰의 불심검문도 예사롭지 않고. 다짜고짜 가방을 마구 뒤지더라. 이건 뭐 무법천지야."

동생도 들뜬 목소리로 그의 옷깃을 잡아 당겼다. 어머니가 약혼녀 눈치를 살피며 조심스럽게 말했다.

"정부에서는 폭도들의 불법과 폭거에 단호히 대처할 터이니 국민들은 동요하지 말라고 뭐라 캐쌌는디, 당췌 야가 걱정되야서 말이씨."

약혼녀는 말없이 고개를 숙인 채 원피스 옷깃만 매만졌다.

아버지가 슬며시 담뱃갑으로 손이 가려다 어머니 눈치를 보더니 거둬들이며 말했다.

"신문이고 뭐고 제대로 된 보도가 없어 너라도 오면 뭘 알까 싶었더니, 외려 깜깜소식은 군대가 더한가 보구나."

중위가 안심시키듯 말했다.

"북쪽이 걱정이지 남쪽이 걱정인가요. 아직은 조용합니다."

"하긴 니 말이 맞다. 대통령 죽고 난 뒤부터 세상이 어찌 돌아가는지 모르겠구나. 나라 안이라도 편안해야지, 원."

중학교에서 교편을 잡고 있는 아버지는 생각이 보수적이었다.

그날 저녁을 함께 하고 집을 나와 약혼녀와 술 한 잔을 한 뒤 그녀가 혼자 사는 원룸 집으로 갔다. 원래 조용한 성격인 그녀는 그를 받아줄 때도 큰 신음소리는 내지 않았다. 여자의 단발머리를 안은 채 그는 자신의 힘을 힘껏 분출했다.

"그 도시, 너희 가족이 사는 데 맞지?"

방사를 마친 뒤 담배 연기를 길게 내뿜으면서 물었다.

"매일 전화를 하는데 통화가 안 돼요. 시간을 내 한번 내려가 볼까 싶어요."

반도 피우지 않은 담배를 비벼 끈 뒤 그녀를 껴안으며 박정훈 중위가 말했다.

"그냥 집에 있어. 복귀하면 내가 알아보고 연락할게."

그곳에는 장인, 장모될 분과 처형 내외, 약혼녀의 조카들이 살고 있었다.

복귀한 뒤 부대 내 정보과에 지나가는 말인 듯 물어보았다. 신통한 대답은 듣지 못했지만, 상황 전개를 심각하게 받아들이고 있는 것은 분명했다.

그리고 얼마 뒤 출동 명령이 내려졌고, 야음을 틈타 도착한 곳은 그에게도 생면부지의 땅이었다. 소총으로 무장한 소대원들도 어리둥절해하며 두리번거렸다. 어림짐작으로 소요가 있다는 도시 인근인 듯했지만, 더 이상의 정보는 들을 수 없었다. 지휘관들에게조차 이번 작전은 기밀 사항이었다. 약혼녀에게는 별 일 아니니 집에서 꼼짝 말고 있으라고 미리 귀띔해 두었지만, 그녀는 불안감에 떨며 안절부절못했다.

숲 주변은 풀벌레 소리나 간혹 들릴 뿐 느낌은 야영지와 별반 다르지 않았다. 초병들의 군화 소리가 유난히 크게 울렸다. 그럴 때마다 까마귀가 괴기한 소리를 내며 숲속을 가로질러 날았다.

상황판도 없는 썰렁한 막사 안에서 중대장은 소대장들을 둘러본 뒤 입을 열었다. 옆에서 정보장교와 작전장교가 열중쉬어 자세로 꼿꼿이 서 있었다.

"오늘 밤 영시부터 작전이 시작된다. 반란군들은 지금 수세에 몰려 P지점 안에 집결해 있다는 보고고, 시민들은 모두 두려움에 떤 채 폭도들이 섬멸되기를 기다리고 있다고 한다. 정보장교와 작전장교가 브리핑할 터이니, 지시받은 대로 움직이면 된다. 다시

한 번 강조하지만 폭도들은 지역 예비군 무기고를 털어 무장하고 있다. 기껏해야 M1이나 카빈 소총 정도라 해도 그 총이라고 맞으면 안 죽는 건 아니다. 각별히 경계를 삼엄하게 하고, 진입 루트를 잘 파악해 한 명의 인명 손실도 없게 하라. 그리고 진입 시 모두 대검을 착검한다. 지금 도시는 일부 지역이 정전이고, 전기가 들어오는 곳도 소등 사태에 있으니 지형지물 파악이 쉽지 않을 것이다. 눈이 보이는 생명체는 모두 적군이라 간주하고 경고 없이 모든 화력을 동원해 제압해야 한다. 개미 새끼 한 마리도 빠져나가게 해서는 안 된다. 알겠는가!"

복창은 우렁찼지만, 전의가 뜨겁게 느껴지지는 않았다. 잠시 시간이 지난 뒤 누군가 우물거리며 물었다.

"정말 민간인은 없는 겁니까? 만의 하나……."

중대장이 간이 책상을 내려치며 말을 막았다.

"아가리 닥쳐! 지금은 전시다. 폭도들 중에는 북한이 내려 보낸 정예부대도 있다는 첩보다. 어물쩍거리다가는 저 놈들한테 쥐도 새도 모르게 당한다. 놈들은 일당백이야. 선빵을 날리지 않으면 개죽음을 당할 수도 있어. 수상쩍으면 무조건 발포하라! 여의치 않으면 대검으로 제압하고. 그 동안 훈련은 이럴 때 써먹으라 한 거지 심심해서 한 게 아니다. 진입 도중 항복하는 폭도들도 있을 것이지만, 우리에게 포로는 필요 없다. 현장에서 사살해도 좋다. 이미 아군 사상자도 상당수 나왔다. 절대 자비를 베풀지 말라."

중대장의 말은 얼음처럼 차가웠다. 그나마 용기를 낸 소대장은 꼬리를 내렸고 얼굴은 굳어졌다.

일순 막사 안에 냉기가 흘렀다. 분위기를 풀 심산인지 중대장이 두 손을 책상 위로 얹고 나직이 말했다.

"내게는 병사들의 생명이 가장 소중하다. 손 끝 하나 다치게 하고 싶지 않다. 실탄은 충분히 지급될 것이고, 보급도 문제없다. 브리핑이 끝나면 병사들은 야식 시간을 가지게 될 것이다. 전투 식량도 지급되겠지만, 배가 든든해야 잘 싸우지. 충분히 먹이도록 하라. 이번 작전이 무사히 마무리되면 전원 훈장을 상신할 것이다. 경력을 위해서도 최선을 다해주길 바란다."

직업 군인의 길을 택한 소대장이라면 훈장만큼 달콤한 유혹은 없었다. 당장 중대장부터 침을 흘릴 게 뻔했다. 이번 작전이 얼마나 경직될지, 긴장 때문에 얼굴이 굳어졌다.

중대장이 나가자 작전 장교가 나서 둘둘 말린 상황판을 걸었다. 어느 도시의 중심가 일대로 보였다. 중앙의 한 지점을 향해 붉은 선들이 그어져 나갔다.

"우리 부대는 각 소대별로 산개해서 자신들의 루트를 따라 한 지역을 목표로 진입한다. 08시 방향에 보이는 능선을 넘으면 바로 시가지다. 지급 받은 작전 지도대로 소대원을 이끌고 진압 작전에 투입된다. 항상 무전을 열어두어 소대 간 혼선이나 오발 사고가 없도록 조심한다. 부대 위치가 노출되면 위험하니까 특별한 경우가 아니면 조명탄은 쓰지 말라. 지도대로 움직이면 진입은 어렵지 않을 것이지만, 폭도들은 이미 우리들의 작전을 예상하고 요소마다 게릴라를 심어 두었다고 한다. 놈들은 민간인 복장을 하고 있다. 선무대나 방첩대에서 일반 시민들은 거주지를 이탈하지 말 것을 통고했으니, 눈이 띄는 인간은 모두 적군이다. 정보 장교, 작전 지도를 배부하시오. 작전 시까지 지급받은 지도의 지형지물을 정확히 파악하기 바란다."

받은 지도 위로 후레시를 켜 비쳤다. 소대 식별 부호를 따라 진입

해야 하는 루트가 표시되어 있었다. 지도는 거리와 골목의 전개 위치와 방향만 그려져 있을 뿐 주소나 거리명은 기재되어 있지 않았다. 간혹 관공서나 학교 등에 대한 표시만 있었다. 지도에 그려진 붉은 선을 따라 마지막으로 닿는 곳은 도시의 가장 중요한 시설이라 할 건물이었다. 거기에는 P라는 알파벳이 붉고 굵은 고딕체로 박혀 있었다.

그에게는 지도 한 장이 더 배부되었다. 3층으로 이뤄진 건물의 내부 배치도였다.

"우리 중대에 편제된 세 개 소대 중 두 개 소대는 P지역까지가 최종 진입 지점이지만, 자네 소대에게는 지점 건물 안으로 진입한 뒤 남은 잔당들을 소탕하는 임무가 추가되었네. 잔당들을 사살하든 생포하든 그건 중위가 알아서 하게. 놈들이 발악할 테니 경계는 늦추지 말고."

세 개 소대 가운데 그의 복무 기간이 가장 길어 맡겨진 것으로 보였다. 박정훈 중위는 지도를 살피면서 자신이 과연 이 골목과 거리를 지나 P지점에 닿을 때까지 살아있을지 궁금해졌다. 복무하면서 아직 피탄된 적은 없지만, 수류탄 훈련 중 튄 파편이 왼쪽 어깨에 박힌 적은 있었다. 그것조차도 엄청난 고통과 열기를 유발했는데, 탄환이라면……. 중위의 뇌리로 서울에 있는 부모와 두 동생, 그리고 약혼녀의 얼굴이 스쳐 지나갔다. 그들은 자신이 이런 작전에 투입된 줄은 꿈에도 모르고 있었다. 설사 전사한다고 해도 자세한 사망 경위는 통보되지 않을 게 분명했다.

처음으로 중위는 죽음에 대한 두려움을 느꼈다.

지도를 전투 가방에 넣고 소대로 돌아오자 소대원들의 시선이 모두 그에게로 향했다. 선임분대장이 먼저 달려왔다.

"뭐랍니까?"

잠깐 선임분대장과 눈을 마주친 뒤 그는 돌아서서 소대원들을 둘러보았다.

ROTC로 졸업해 군사 훈련을 마친 뒤 그는 지금까지 이 부대 소대장으로만 근무했다. 아버지의 권유로 ROTC가 된 그는 군대에 특별한 애정이나 미련은 없었다. 의무 복무 기간을 마치면 바로 전역해 취업하고, 기반이 다져지면 지금 약혼녀와 결혼해 단란한 가정을 꾸리는 게 지금으로서는 가장 현실적인 목표였다. 그런 계획 위를 자신은 한 걸음 한 걸음 잘 지나가고 있다고 여겼었다. 그런데 지금 그는 생각지도 못했던 상황에 던져졌다. 지금이 분명 전면전이 벌어진 전시는 아닌데, 그와 소대원들은 생사를 건 전투 현장에 투입되었다.

소대원 중에는 자대 배치를 받을 때부터 함께 해 곧 전역할 병장도 있었고, 갓 일병을 달고 신고를 마친 신삥도 있었다. 총원 30명. 이곳에 투입되기 직전 휴가를 가 있던 소대원까지 모두 복귀 명령을 받고 귀대했다. 어떻게 보면 오랜 만에 소대원 전원이 한 자리에 있는 상황이었다. 그 60개의 눈이 그를 바라보고 있었다. 어두운 불빛 아래 그들의 눈은 유독 빛났다. 눈에는 전의보다 공포와 불안이 더 진하게 번져 있었다.

박정훈 중위는 야광 시계를 본 뒤 맞은 편 허공에 시선을 고정시키고 말하기 시작했다.

"00시 정각부터 작전이 시작된다. 너희들은 나의 지시만 따르면 된다. 분명히 명심해야 할 것은 이것은 전시 작전이다. 훈련 상황이 아니다. 대검은 착검할 것이고, 여차하면 발포가 가능하도록 총기 안전장치를 풀어놓은 상태에서 진입한다. 눈에 보이는 움직이는 물체는 모두 적군으로 간주해 사살한다. 적들도 총기를 파지하고 있으니 경계를 철저히 하면서 나간다. 소대원 전원이 일사불란하게 움직일 것이니, 쓸 데 없는 만용은 절대 금물이다"

여기까지 일사천리로 말한 뒤 중위는 잠깐 숨을 골랐다. 숨소리 하나 들리지 않았다. 흔들리는 눈빛에서 그들도 죽음이 코앞에서 어른거리고 있음을 느끼고 있었다. 이제 겨우 스물 한두 살 전후의 생명들인데, 죽음까지 종이 한 장 차이의 경계에서 아슬아슬하게 기우뚱거렸다.

긴 숨을 내쉰 뒤 중위가 다시 입을 열었다.

"아직 작전 개시까지는 시간이 있다. 지금부터 군장을 풀고 야식을 먹는다. 맞은 편 막사로 가면 부식이 준비되어 있을 것이다. 경계병 일부만 남기고 분대별로 식사를 실시한다. 알았나?"

말이 끝나기 무섭게 "예!"하는 외침이 쩌렁쩌렁 터져 나왔다. 그렇게 외쳐야 사신(死神)이 달아날 것처럼. 중위에게는 그 외침이 비명으로 들렸다. 경계병의 배치까지 마무리한 뒤 박정훈 중위는 장교 식사 막사로 발걸음을 옮겼다.

### -K시 도심지

소대는 능선까지는 트럭에 분승해 진출했다. 중무장 장갑차가 앞에서 호위했다. 완만한 경사가 난 숲길을 몇 분 걸어가 정상을 넘어가면 바로 주택지였다. 주택지 골목은 장갑차가 진입하기에는 비좁기도 했지만, 소음이 너무 커 행동에 제약이 될 수 있었다. 장갑차가 뒤로 빠지고 트럭에서 내린 소대 병력은 분산되었다.

중위는 1분대를 이끌고 앞장섰다. 사위는 쥐 죽은 듯 조용했다.

주택들은 등화관제 훈련이라도 하는 듯 소등 상태였다. 벽을 따라 분대는 나뉘어졌고, 중위는 왼편으로 붙었다. 식사를 하는 동안 지도를 열심히 숙지하기는 했지만 막상 현장에 오니 지형이 오락가락했다. 이 골목을 빠져나가면 조금 넓은 개활지가 나오는 것으로 기억했다.

분대장과 부분대장이 야간 투시경을 착용했다. 중위 뒤로 분대장, 오른편 전면에는 부분대장이 대오를 맞췄다. 분대원들의 일부는 처마나 지붕 주변을 지났고, 일부는 후면 쪽을 경계하면서 군화 소리를 죽이며 앞으로 나갔다. 1분대 뒤를 이어 열 보정도 간격을 두고 2분대와 3분대가 뒤따랐다. 뒤에서 누군가 비틀거렸다.

일찍 식사를 마치고 소대원들이 야식을 배급 받는 막사로 왔었다. 거기서 그는 해괴한 광경을 목격했다. 닭튀김이나 볶음밥, 소불고기 등속이 나온 건 이해가 되었다. 그런데 주류가 지급되고 있었다. 그것도 독주(毒酒)였다. 전투가 벌어질 야전을 나가는 군인에게 술이라니? 말도 안 되는 괴변이었다.[22)]

"이거 어떻게 된 거야?"

선임분대장도 황당한지 대답을 못했다.

"강제는 아닙니다. 급식대 옆에 포장이 없는 병들이 따져 있길래 냄새를 맡아보니 저 지경이었습니다. 마시면 안 된다고 말렸지만, 벌써 몇 놈은 병 째 마시는 중이었고, 교육 장교도 눈을 부라리며 제지하지 말라지 뭡니까."

병사 중에 술 싫어하는 치는 몇 되지 않았다. 피지 않던 담배도 군대서 배우는데 하물며 술은 없어서 못 마셨다. 지형도 숙지되지

---

22) 이 상황에 대해서는 그런 일은 없었다는 반론도 있으니 읽는 이는 감안하기 바란다.

않은 먼 길을 이동하는 데다, 괴괴한 숲속에서 언제 총탄이 날아올지 모르는 위기에 놓이면 술에 더욱 갈급해질 수밖에 없었다. 술기운에 젖으면 판단력이 흐려지고 당연히 오발 사고가 일어났다.

"당장 중지시켜!"

중위가 술병을 든 소대원에게 다가가자 뒤에서 누가 어깨를 움켜쥐었다. 돌아보니 좀 전의 작전 장교였다. 눈을 게슴츠레 뜨고 그를 꼬나보며 말했다.

"그냥 두게. 상부에서 허락한 일이니까."

더욱 어이가 없었다.

"상부에서요? 어떤 상부가 작전에 나가는 병사에게 술을 마시란 답니까?"

입술을 꽉 다물고 있던 장교가 한참을 노려보더니 마지못한 듯 그를 문 밖으로 끌어낸 뒤 윽박질렀다.

"쟤네들은 전쟁터로 나가는 거야. 언제 죽을지도 모르는데, 술 한 잔 마시는 게 뭐 대순가? 옛날 가미카제 조종사들도 떠나면서 술로 목을 축였다잖나? 눈감아주게."

"작전 중에 술을 마셔도 영창감인데, 전투를 앞두고요? 사고라도 나면 어쩌려고 그러십니까?"

장교가 딱한 듯 그를 흘겨보았다.

"사고는 이미 터졌어. 총탄이 날아오면 몇 놈이나 눈 뜨고 대응 사격을 하겠나? 술로 간덩이가 부어야 겁대가리 상실하고 총질을 하지. 잔말 말고 병사들 살리고 싶으면 지형지물이나 하나라도 더 숙지하라구!"

목을 잡은 장교는 그를 끌더니 소대 막사로 우겨넣었다. 졸고 있던 보초가 문이 열리자 벌떡 일어나 소총을 들이밀었다.

"나다! 이 새끼 여기가 어디라고 졸아. 대가리 날아가고 싶어?"

보초가 엉거주춤 거수경례를 붙였다.

식사가 끝나고 점호가 있을 때 벌써 소대원 중 여러 명이 취해 있었다. 싸늘한 야기(夜氣)에 노출되었던 몸에 알코올이 들어가자 불콰한 얼굴로 눈알을 희번득였다. 어떤 놈은 착검을 하면서 헛끼우는 뻘짓을 해댔다. 군가까지 불러대는 것을 분대장이 달려들어 간신히 말렸다.

"세상에! 완전히 콩가루 당나라 군대로구먼."

선임분대장이 혀를 끌끌 찼다.

그런 놈들을 이끌고 박정훈 중위는 골목길을 헤쳐 나갔다. 막 개활지가 나오는데 3분대를 맡은 선임분대장이 달려왔다.

"큰일인데요. 몇 놈은 아예 수통에 술을 채워 왔습니다. 저래 가지고 어떻게 싸웁니까?"

기가 찰 노릇이었다. 철수할 수도 열외를 시킬 수도 없었다.

"수통 빼앗고, 소총도 일단 수거해라. 반항하면 내가 쏴도 괜찮다고 말했다 해. 그러면 잠잠해지겠지."

"수류탄도 가졌는데요?"

"썅! 빼앗아. 가서 줘 패버리고 싶군."

30여 미터쯤 되는 개활지는 잡목과 잡초로 우거져 있었다. 어두워 적정을 확인할 수 없었다. 적들이 매복하기 딱 좋은 조건이었다. 소대를 일단 좌우로 전개시켰다. ㅅ자 모양으로 대오를 갖춰 전진하게 했다.

지도상으로는 멀리 흐릿하게 보이는 이면도로가 소대가 가로지를 지점이었다.

"사주경계 철저히 하고 뭐든 움직이는 게 있으면 사격해도 좋다."

음력 초승달이 떴을 텐데 그나마 구름에 가려져 아무 것도 비춰주지 못했다. 적군도 아군이 보이지 않겠지만, 먼저 노출되었다면 불리한 건 아군이었다. 사격한 뒤 튀어버리면 추격은커녕 응사도 어려웠다.

몸을 최대한 낮추게 한 뒤 천천히 한 발 한 발 내디뎠다. 앞과 뒤, 옆 어디도 암흑 천지였다. 옆에서 걸어오는 발자국 소리에 의지해 대오를 유지했다.

"강 병장! 뭐 보이는 거 없냐?"

야간 투시경을 낀 분대장에게 물었다. 강 병장이 투시경을 벗더니 투덜거렸다.

"씨발. 아무 것도 안 보입니다. 뭐 불빛이 있어야 증폭시키죠. 그래도 어느 정도는 보여야 하는데……, 군대 물건이 다 그렇죠 뭐."

다른 투시경도 마찬가지일 것이었다. 이제는 육안밖에 믿을 게 없었다.

다시 몇 걸음 더 움직였다. 그때 소대 오른쪽 끝에서 누군가 소총을 발사했다. 고막을 찢을 듯한 M16 연사 굉음이 진동했다.

"빨갱이다! 빨갱이. 저 새끼들 내가 다 죽인다!"

20발들이 스타나그 탄창은 순식간에 바닥났고, 대신 병사의 괴성만 춤을 추었다. 옆에서 놀란 병사가 덩달아 연발 사격을 이어받았다. 술 처먹은 새끼가 미쳐 날뛰는 것 같았다.

떨어져 있던 선임분대장이 쏜살같이 달려가더니 놈을 덮쳐눌렀다. 무릎으로 옆구리를 찼는지, 신음소리가 연달아 들렸다.

총소리에 엎드려 있던 소대원들의 시선이 모두 그곳으로 몰렸다. 뒹구는 소리가 잠잠해지자 박정훈 중위가 상체를 들어올렸다.

"오인 사격입니다~~~."

선임분대장의 목소리가 메아리처럼 전해왔다. 중위는 길게 호흡을 가다듬었다.

-뭐 이런 개 같은 작전이 다 있지. 우리가 중공군이냐.

무릎을 일으키며 전진 명령을 내리려는데 핑 하는 소리와 함께 귀볼 옆으로 뭔가가 지나갔다. 쇠가 갈리는 쨍하는 소리가 지나가자 다리에서 힘이 쭉 빠졌다. 맞은 건가?

뒤를 이어 카빈 소총 발사음이 몇 발 들렸다. 조준이 안 된 총알은 머리 위로 지나거나 땅에 박혔다.

비명 소리가 없는 것으로 보아 피탄된 병사는 없는 듯했다. 하지만 다들 땅에 머리를 처박은 채 철모를 한 손으로 감싸면서 시선을 땅에 두어 응사는 물 건너갔다. 사방이 사각지대였다. 적군이 들이닥치면 몰살이었다.

중위는 벌떡 일어나 어둠 속으로 자동소총을 갈겼다.

"일어나. 엎어져 있으면 다 죽는다."

그래도 짬밥 값 무시 못해 분대장과 고참들이 정신을 수습하고 응사했다. 보이지도 않는 적을 향해 쏘는 탄환들은 미친개처럼 이리저리 춤을 추었다. 카빈 총성은 간헐적으로 불규칙한 위치에서 날아왔다. 지형은 반란군들이 더 잘 알 터이니 형세는 엄청 불리했다. 시민군들이라지만 적어도 현역 복무한 예비군들이 다수였다. 무장은 허술해도 요령은 살아 있었다. 예전 관록이 발휘되면 안심할 수 없는 일이었다.

총성은 조금씩 잦아들더니 마침내 멈추었다. 잠시 간극을 둔 뒤 중위가 외쳤다.

"사격중지! 사격중지!"

구호에 따라 사병들의 사격 소리도 끊겼다. 분대 내 무전기로 분대장들에게 알렸다.

"각 분대 상황 점검하고 보고하라."

점검 결과 전사자 한 명이 나왔다. 총탄이 상병의 정수리를 뚫고 지나갔다. 포복하면서 철모가 떨어졌는데, 하필이면 그 머리를 관통한 것이었다. 상병은 얼굴을 알아볼 수 없을 정도로 피로 뒤덮여 있었다. 전우의 죽음을 목도한 소대원들은 동요보다는 알 수 없는 분노와 광기에 사로잡혀 갔다.

"시발, 개새끼들. 다 죽여 버릴 거다"

병장 하나가 술에 젖은 목소리로 이를 갈면서 뇌까렸다. 몇몇이 덩달아 고개를 끄덕였다.

전사자가 나왔어도 진입을 멈출 수는 없었다. 상병의 시신은 군용 판초를 풀어 덮었다. 본부로 무전을 보내 전사자 수습을 부탁한 뒤 상병 둘을 남겨두고 진입을 계속했다.

"전진 속도를 늦출 테니 인계가 끝나면 바로 따라붙어라."

무전기 하나를 넘겨주었다.

대원들의 독기가 오른 것은 그들의 몸놀림에서 바로 느껴졌다. 사지에 뛰어들었다는 절망감과 동료의 죽음에 대해 복수하겠다는 오기가 적개심을 끓어오르게 했나.

이제는 죽기 아니면 살기였다. 안이하게 대응했다가는 언제 총탄이 날아와 대가리를 날릴지 몰랐다. 시간이 지나면서 어둠에 익숙해진 시야가 점점 밝아왔다.

개활지가 끝나자 이면도로였다. 도로는 골목보다 넓었고, 어둡긴 했지만 장애물이 없어 시야 확보가 용이해졌다. 방아쇠걸이에 검지를 걸고 중위는 전방을 응시했다. 개활지와는 다르게 총탄은 훨씬 가까운 데서 발사될 것이고, 명중 확률은 높아졌다. 적은 아군의 움직임을 알지만 아군에게 적군은 보이지 않았다.

그때 앞쪽 전봇대 옆에서 무언가가 꿈틀거렸다. 실루엣이긴 했지만 분명 사람이었다. 중위가 수신호를 보내자 다들 엄폐물을 찾아 엎드리거나 몸을 숨겼다. 동태를 지켜보고 있는데, 병사 하나가 겁도 없이 상대를 향해 달려들었다. 총알 몇 발은 전봇대를 맞았고, 몇 발은 빗나갔다. 총소리에 겁을 먹었는지 상대가 두 손을 번쩍 쳐들었다.

병사 몇 명이 앞질러 나가 사방을 경계했고, 중위와 분대장은 총구를 겨눈 채 신원불명의 적군에게 다가갔다. 최대한 불빛을 죽이고 견착한 후레시를 비추었다. 두 손을 든 사내 옆에 카빈 소총 한 정이 놓여 있었다. 누워 있는 남자는 총상을 입은 듯 보였다. 개활지에서 교전했을 때 반란군 쪽에서도 부상자가 나왔던 모양이었다. 부상자를 끌고 여기까지 왔다가 응급 처치를 하던 중 따라잡힌 모양이었다. 부상당한 동료를 그는 버리지 않았다.

"이거 우리한테 총질한 새끼들이구나!"

술에서 덜 깬 병장이 분노에 차 뇌까리다가 개머리판으로 손을 든 놈의 턱을 내리찍었다. 놈은 흑! 소리와 함께 피를 토하면서 뒤로 나가자빠졌다. 중위가 제지했다.

"기다려. 일단 심문부터 해야 해."

"심문은 개뿔. 그냥 쏴버리고 다음 새끼들 잡으러 가야죠. 그새 다 튑니다."

적 동태가 어떤지 파악하는 일은 중요했다. 숫자며 도주로, 무장 상황 등은 유용한 정보였다. 저쯤 나가떨어진 놈에게 다가가 부상 상태를 살폈다.

얼마나 모질게 개머리판을 휘둘렀는지 왼쪽 턱이 다 날아갔고, 반쯤 기절한 상태였다. 상악과 하악이 모두 골절되어 심문은 불가능해 보였다. 목숨은 붙어있는지 놈은 와중에도 두 눈을 껌뻑이며 그를 쳐다보았다. 군용 파카를 입고 있었지만, 결코 적군이라 간주하기 어려운 선량한 눈빛이었다.

이미 죽음을 직감한 것일까? 그를 응시하는 두 눈에서 눈물이 번져 나왔다. 그 눈빛이 낯설지 않았다. 시내 거리를 걷다 보면 어디서나 볼 수 있는 그런 눈빛이었다. 중위는 언젠가 조우한 적이 있는 사람이라는 느낌을 떨쳐버리려 눈을 질끈 감았다.

"이놈들 어떠하죠?"

선임분대장이 상황을 간파하고 물었다. 두고 갈 순 없는데, 후송할 수도 없으니 처리 방법을 묻는 것이었다. 포로는 없다는 중대장의 단호한 목소리가 귓가를 맴돌았지만, 중위는 주저했다.

"뭘 어떡합니까? 죽여 버려야죠. 야, 정 병장. 거기 자빠진 놈은 네가 처리해."

개머리판을 휘두른 병장이 명령을 기다리지도 않고 총검으로 놈의 가슴을 찔렀다. 놈은 껙 소리를 내며 몸을 비틀더니 곧 굳어졌다. 뒤에 섰던 병장도 기다렸다는 듯 총검을 꽂았다. 총검을 뺀 둘이 대검에 묻은 피를 선투복 하의에 문질러 닦았다. 중위 옆에서 대검을 닦던 병장이 뒤로 고개를 돌리며 말했다.

"시팔, 좆도 아닌 것들이 어따 대고 총질이야. 북한에서 내려온 빨갱이 새끼들이라면 인식표가 있을지도 몰라. 뒤져봐라."

지갑에서는 대한민국 국민이라는 것을 증명이라도 하듯 주민등록증이 나왔다.

"두 놈 다 내부 폭도들이구만. 뭘 얻어 처먹겠다고 개수작들인지. 튓!"

그때 어디선가 또 총성이 울렸고, 혼자 서 있던 병장을 맥없이 고꾸라졌다. 다시 총성이 몇 발 더 울렸다. 응사는 고사하고 다들 엄폐물을 찾아 포복한 채 인도 쪽으로 기어갔다.

삽시간에 병사들이 시야에서 다 사라졌다. 전봇대 뒤로 몸을 숨긴 박정훈 중위는 몸을 낮추고 전방을 주시했다. 그의 뒤로 분대장이 바짝 붙었다.

쓰러진 병장을 눈으로 더듬었다. 병장은 자신이 찔러 죽인 주검 위에 엎어져 있었다. 꼼짝도 않는 것으로 보아 전사한 게 분명했다. 등을 보이고 있어 어딜 맞았는지 분간할 수 없었다.

중위는 손을 뻗어 병장의 소총을 끌고 왔다. 무기를 적에게 넘겨서는 곤란했다.

"하 병장, 죽었습니까?"

분대장이 얼굴을 내밀며 물었다. 시선을 앞으로 고정한 채 고개만 끄덕였다. 분대장이 안타까움과 짜증을 반반 섞으며 말했다.

"새끼. 왜 술 처먹고 까불어. 그러니 뒈지지."

여기서 머뭇거릴 수는 없었다. 지시받은 시간까지 P지점 건물에 닿으려면 계속 기동해야 했다. 그때 마침 개활지에 남겨둔 사병 둘이 허겁지겁 달려왔다. 몸을 낮추라고 지시했다.

"분대장은 이쪽 골목으로 가 흩어진 대원을 찾아 데려오고, 너희 둘은 저쪽 골목으로 들어가 대원들을 데려와라. 난 여기서 엄호할 테니까."

셋은 빠른 걸음으로 어둠 속으로 사라졌다.

꽤 오랜 시간이 흘렀을 텐데 소대원들은 돌아오지 않았다.

중위는 야광 시계를 보았다. 더 이상 지체하며 기다릴 순 없었다.

병장의 목에서 군번줄을 끊어 뗀 뒤 혼자 어둠 속으로 들어갔다. 자신이 보이지 않으면 뒤따라오리라 희망했다.

어둠을 더듬어 걸음을 내디디니 이상하게도 마음이 편해졌다. 안위를 살펴야 할 병사가 없는 것이 도리어 위안이 되었다. 자동소총과 병장의 M16을 양 어깨에 둘러매고 권총을 뽑아들었다. 탄창을 빼 여분을 확인했다. 근거리에서라면 권총이 대응하기에 편했다. 이면도로를 벗어나자 다시 골목길이 나왔다. 지도의 화살표는 골목길을 지시했다. 잠깐 뒤를 살폈지만, 대원들의 모습은 시야에 들어오지 않았다. 혼자 가야 했다.

지붕이 낮고 허름한 집들이 을씨년스럽게 이어졌다. 바람마저 스산하게 불었다. 바람도 어둠을 몰아내지는 못했다.

집들은 일직선으로 뻗어 있지 않아 굴곡이 심했다. 적들이 매복하기 딱 좋은 지형이었다. 잠시 숨을 고르며 벽에 기대 수통을 꺼내 물을 마셨다. 찬 식수가 목구멍을 서늘히 적시며 넘어갔다. 이것이 마지막 물 한 모금일 수도 있었다.

하늘을 보니 가는 눈썹처럼 초승달이 떴다. 그 흰 틈새로 어머니와 아버지, 두 동생, 약혼녀 얼굴이 번갈아 스쳐갔다. 멀리서 총소리가 연이어 들렸다. 아군이 쏘는 총성이었다. 곳곳에서 전투가 벌어지고 있었다.

다시 공포가 밀려들었다. 중위는 자신이 왔던 길을 돌아보았다. 그만 돌아가라는, 그래서 목숨이라도 지키라는 본능이 이성을 깔아뭉갰다.

이미 대원 둘을 잃었다. 저 총성 사이에서 또 다른 소대원이 죽었을 수도 있었다. 물러서기엔 너무 늦었다. 중위는 다리에 힘을 주며 벽을 등받이 삼아 일어났다.

적군은 유령처럼 골목을 비집고 출몰했다. 그들은 두 팔을 벌린 채 그에게로 다가왔다. 보이는 족족 중위는 권총을 쏘았고, 놈들은 힘없이 쓰러졌다. 재빨리 탄창을 갈아 끼웠다. 피를 토하는 얼굴만 뚜렷하게 보였는데, 중위에게는 그들이 여전히 낯설지 않았다. 어디선가 본, 함께 노래도 부르고 어깨동무도 했던 사람들처럼 느껴졌다. 방아쇠에 걸린 손가락에서는 점점 감각이 희미해지더니 기어이 사라졌다.

- 그만 좀 나타나라. 이 개새끼들아!

중위의 비원(悲願)을 비웃듯 적들은 끊임없이 나타났다. 탄창을 갈아 끼면서 중위는 제발 놈들의 총알이 자신의 몸을 뚫고 지나가기를 빌었다. 방아쇠에 걸린 손가락은 감각을 잃었다.

계속 이어지는 골목. 피를 흘리며 쓰러지는 낯익은 얼굴들. 총알로 상채기가 났으면서도 그들은 웃고 있었다. 자신도 그렇게 웃으며 죽었으면 싶었다.

마침내 골목이 끝났다. 이제 탄창은 여분이 없었다. 권총을 내던진 중위는 자동소총을 들고 점사(點射)로 레버를 돌렸다. 자동소총에는 착검이 불가능했다. 숫자도 모를 사람들의 피를 흥건히 묻힌 중위는 두려움이 사라졌다. 중위는 그가 쏜 수많은 사람들이 자신이 지금껏 살며 알고 지냈던 지인이라는 생각을 털어내지 못했다. 내가 그들을 안다면 그들도 나를 알았을 것이다. 그래서 그들은 내게 총구를 겨누지 않았던 것일까? 생각이 거기까지 다다르자 중위는 몸서리를 쳤다.

- 내 동생을, 내 친구를, 내 누이를 나는 쏴 죽였던 것일까?

중위는 중심을 잃고 터덜거리며 도로 한가운데를 걸었다. 도로 주변은 어두웠지만, 모가 바람에 흔들리는 것으로 보아 논인 듯싶었다. 총구가 아스팔트 위로 질질 끌렸다. 아주 멀리서 조명탄이 솟구쳤고, 불꽃놀이처럼 화염이 하늘을 뒤덮더니 사위가 환해졌다. 그 불빛 아래 시체들이 뒹굴고 있었다.

멀리서 누군가 어둠 속에서 나타나더니 자동소총을 발사했다. 강아지 울음 같은 비명소리가 이어졌다. 저들은 자신들이 잘 알고 지냈을 사람들을 도륙하면서 이곳을 휩쓸고 지나간 것일까? 그 사실을 알았다면 저들은 어떤 기분이 들까?

그걸 되새기기도 전에 불빛은 사라졌고, 시체들도 어둠이 갉아먹었다.

중위는 연신 손을 군복에 문질러 닦았다. 군복에서는 피비린내가 진동했다. 어둠이 짙어지자 암흑이 덮였다. 중위는 자신이 장님이 되었다고 여겼다. 방향 감각도 덩달아 사라졌다. 그는 무턱대고 걸었다.

- 차라리 잘 됐어. 소경인 나는 아무 것도 본 게 없으니까…….

그렇게 무방비 상태로 걷는데 갑자기 누군가 불쑥 나타났다. 마치 연극 무대 뒤에서 대기하다가 장막을 걷고 나오는 것처럼 그 출연은 느닷없었다.

한 손에 카빈 소총은 든 사내는 서슴없이 그에게 다가왔다. 본능처럼 중위는 자동소총의 총구를 들어 그를 겨눴다. 그가 겨누자 사내도 카빈 총구를 들어올렸다.

총구와 총구가 마주칠 때까지 중위는 방아쇠를 당기지 못했다. 더 이상 무모한 살인은 중지되어야 한다는 다짐이 그물처럼 자신을 옭아맸다.

총구가 엇갈리자 중위는 눈을 들어 사내를 보았다. 사내의 눈빛도 그를 향해 빛났다. 어둠 속에서 점점 밝아지는 그 얼굴은 마침내 하나의 형상이 되었다.

사내는 중위가 너무나 잘 아는 얼굴이었다.

-K시 P건물 외곽 어느 거리

봄이라 하기엔 더운 기운이 감돌고 여름이라 하기엔 새벽이 쌀쌀한 그런 날이었다. 새벽이 오려면 꽤 많은 시간이 남아 있는 거리는 한적했다. 아니 인적이 완전히 끊겨 적막하다고 해야 했다. 물정 모르는 개 한 마리가 꼬리를 흔들면서 이따금 길바닥에 코를 박고 킁킁 대면서 노란 중앙선 한복판을 서성거렸다. 털이 하얘 몸짓만 알아볼 수 있는 정도이기는 했지만, 그것이 개임은 분명했다. 혈통이 좋은 개는 아니었고, 꼬리와 두 귀가 축 처진, 그냥 익히 알려진 '똥개'였다.

정문탁은 건물 3층 옥상에서 개의 움직임을 지켜보면서 자신 역시 '똥개'라는 생각을 지우지 못했다. 이 시각에 하얀 색 건물 꼭대기에 앉아 반드시 나타날 사람들을 기다리면서 공기에 섞인 체취를 맡아 조짐을 느끼려는 자신은 어쩔 수 없이 '똥개'였다. 누가 가라고 해서 스스로 와야만 해서 여기 있는 것은 아니었다. 그러나 가라고 등을 떠밀어도 가지 말라고 한사코 말려도 그는 결국 이 시각, 이 장소, 이 상황에서 여기에 있어야만 했다.

거리의 가로등은 모두 꺼져 있었다. 긴 대로를 따라 적당한 간격으로 네거리의 흐름을 통제하던 신호등도 점멸을 멈추었다. 다만 200여 미터 쯤 될까? 가장 넓은 중앙통 네거리의 신호등만 붉은색 등이 점멸하는 중이었다. 위험신호인 듯 또는 위치와 방향을 알리려는 듯 신호등은 집요하게 자신의 빛깔을 유지했다. '더 이상 접근하지 말라'는 게 붉은색인데, 그에게 신호등 불빛은 마치 빨리 지나가라는 맹렬한 손짓처럼 다가왔다.

눈도 깜빡이지 않고 점멸등을 보고 있는데 누군가 옆에서 그의 어깨를 툭 쳤다. 정면의 동태에 넋을 빼앗겼던 그는 마치 옆구리를 칼로 찔린 듯 화들짝 놀라 몸을 움츠렸다.

"뭘 그리 놀라는감? 아직도 놀랄 게 남아 있쓰야. 배짱이 그려서야 어디 쓰것는감."

최 선배였다. 그는 김밥 한 줄과 김이 모락모락 오르는 어묵 탕 그릇을 정문탁에게 내밀었다.

"곧 난리 블루스가 시작될 것인디 뱃속이라도 든든해야지라. 어여 드씨오."

정문탁은 들고 있던 카빈 총을 난간에 기대 놓았다. 그러고 보니 낮부터 아무 것도 먹은 게 없었다. 지난 며칠 동안, 아니 보름 서껀 지나간 일들을 돌이켜보면 자신이 마치 딴 세상에서 살았다는 이질감이 느껴졌다. 개미무덤에 빠져 허우적대지만 결코 빠져나올 수 없는 허방 속으로 쓸려 들어간 듯했다. 그는 최 선배를 향해 고개를 까딱인 뒤 김밥과 어묵 그릇을 받았다. 김밥은 자르지 않고 말린 상태 그대로였다. 옆구리로 단무지와 시금치 무침, 오이조각, 햄 끄트머리가 고개를 숙이고 있었다. 기름때가 잔뜩 묻은 손가락을 대충 군복 소매에 닦아낸 뒤 김밥 허리를 잡아 우적우적 씹어 먹었다. 입안이 텁텁해 모래를 씹는 듯했다.

갑자기 목이 매여 캑캑거리자 최 선배가 등을 치면서 어묵 그릇을 받았다.

"뭐가 그리 급하당가? 김밥 먹는 동안 시상 안 바뀌네. 여유 있은 께 찬찬히 먹어여."

최 선배가 어묵 그릇을 들어 그의 입에 갖다 댔다. 뜨거운 국물이 목구멍으로 넘어오자 또 헛구역질이 터졌다. 정문탁은 반 쯤 넘어간 김밥을 국물 기운을 빌어 억지로 밀어 넣었다.

"가시나들이 차마 그냥은 못 가겄다 카믄서 싸들고 온 것인디 버리면 쓰것는가. 깨묵깨묵 잘 씹어드소. 우짜믄 이승에서의 마지막 식살 수도 있응께. 우째 죽기 참 더러운 날씨 아닌개벼."

최 선배가 하늘을 올려다보며 투덜거렸다. 하늘은 구름이 잔뜩 끼어 아무것도 보이지 않았다. 먹구름이었지만 습기가 없어 비가 올 것 같지는 않았다. 차라리 비가 오면 나을 성 싶었다. 그러면 적들의 진군 속도는 더뎌질 것이었다. 병력이나 무기 체계가 우리들보다 뛰어나더라도 우리들 대부분은 이미 현역을 복무한 예비군들이었다. 게다가 우리들은 이곳 지형이나 세세한 거리 상황 등 지도에서는 얻을 수 없는 사실과 경험을 통해 터득한 지식이 충분했다. 귀가하라고 끈질기게 다그쳐도 끝까지 함께 하겠다는 중고등학생이 없지는 않지만, 저들의 진입이 시작되면 어떤 수단을 쓰든 돌려보내야지 허망한 최후를 맞게 하지는 않을 터였다.

정문탁의 입에서 가벼운 한숨이 흘러나왔다. 분명 승산은 전혀 없는 싸움이었다. 기껏 몇 십 명의 인원으로, 이들이 비록 죽음을 결심했다지만, 수백이나 수천이 넘을 것 같은 정규군과 싸워 얼마나 버티겠는가? 적들은 이미 비무장에다 비폭력을 내세운 무고한 시민들을 충분히 살상해 넉넉히 피 맛을 본 상태였다. 이성과 합리를 요구하기엔 적들은 굶주린 야수였다.

그럼 나는 왜 여기서 죽음을 각오한 채 적들을 기다리고 있는 것일까?

정문탁은 이 도시에서 10년째 의료용품 및 의약품 도매상 일을 하고 있었다. 이 도시가 고향이기도 했지만, 화공과를 졸업한 뒤 잠시 회사에 들어갔다가 생각지도 않게 고향으로 돌아오게 되었다. 무엇보다 아버지가 일하는 도중 교통사고를 당한 탓이 컸다.

그가 맡고 있는 사업체는 아버지가 몇 십 년째 운영하던 것이었다. 가벼운 허리 부상이라 한두 주 쉬면 가라앉을 줄 알았더니 아버지의 부상은 예상 외로 심각한 것이었고, 아버지는 유일한 아들인 그를 불렀다. 한 1년은 휴양해야 하는데, 직원들에게만 일을 맡길 순 없으니 손을 빌려야겠다고 말했다. 어차피 나중에 네가 맡을 일 시간을 앞당긴다 생각하라며 채근했다. 그래서 누이동생만 남겨둔 채 고향으로 내려왔다.

사업체를 맡는 데 필요한 자격증은 대학 때 이미 따두었으니 큰 어려움은 없었다. 다만 아버지의 수완이 너무 좋아 대학병원과 대형 종합병원부터 동네 의원들까지 매일 배달해야 할 곳이 스무 곳도 넘었다. 단순히 의료용품이나 의약품을 공급하는 외에도 일종의 고객 관리도 해야 했고, 결제 처리와 리베이트 협상 등 생각보다 일은 고되었다. 대개 같은 고향 사람들이라 이러저러한 연줄로 이어져 민원이랄 것까지는 없어 그나마 다행이었다. 술 한 잔 마시면서 눙치면 서로 이해하고 넘어갔다.

눈코 뜰 새 없이 뛰어다니다 병원 간호사로 있던 아내도 만났고, 딸 한슬이와 아들 두슬이도 낳았다. 아버지는 허리가 다 낫고도 이 일 저 일 핑계를 대며 복귀를 미루더니 그예 일선에서 물러났다. 아들이 젊어 기운도 펄펄하고 이왕 영업 요령까지 터득했으니 손을 털 이유가 없다는 것이었다. 그 동안 일하느라 낭비한 시간 벌충하겠다면서 아버지는 어머니의 손을 잡고 국내외 여행으로 소일하셨다. 일이 이쯤 되자 허리가 안 좋다던 소리도 꾀병일 것이란 짐작이

들었다.

물품 창고도 확장하고, 직원도 열 명이 넘어 운영이 본궤도에 올라 활황일 즈음 서울에 있던 동생은 졸업한 뒤 유치원 교사로 취업했다. 추석 명절이던 2년 전 누이는 집으로 내려오면서 웬 남자를 하나 데리고 왔다. 양복 정장을 입고 있었지만, 한눈에 봐도 '군발이' 냄새가 풀풀 났다.

"사귄 지는 두 해 쯤 되었나? 지금은 대학 졸업하고 ROTC로 군사 훈련을 마치고, 전방 부대 소대장으로 복무 중이야."

누이는 뚜렷한 서울 말씨로 제 남자친구를 소개했다. 사람은 듬직하게 생겼지만, 생면부지의 얼굴이라 서먹했다. 특히 아버지는 섭섭한 내색을 숨기지 않았다.

"아니, 여게도 실팍한 사내들 많은디 굳이 그려야 쓰것는가?"

아버지는 딸 바보 아니랄까봐 술자리를 다니면서 누이동생 자랑을 많이 떠벌였다. 아버지의 인품이나 형편을 잘 아는 친구들은 은근히 사돈 맺자며 융숭한 술 접대까지 마다 않았다. 딸 자랑에 접대까지 받자 누구를 고를까 주판 튕기는 재미에 세월 가는 줄 몰랐는데, 느닷없이 사윗감을 꿰차고 내려온 것이었다. 하지만 애비 편하자고 딸의 의사를 막 대할 만큼 막무가내이지는 않았다.

"어구, 얻어먹은 술 값 갚자믄 지둥 몇 개는 뽑히것쓰야."

이런 너스레로 마감하면서 아버지는 장래 사위의 큰 절을 받았다.

그렇게 평온하게 흘러가던 세월에 갑자기 돌개바람이 불어 흐름을 뒤집어놓았다. 오랜 시간 장기 집권으로 천년 왕국을 꿈꾸던 교활한 늙은 독재자가 최측근이 쏜 총에 맞아 죽는 광풍이 불어닥쳤다. 진정한 자유의 시대가 왔다 좋아 하기는 잠깐 죽은 독재자의 수양아들을 자처했던 장군이 휘하 장병과 떨거지들을 데리고 하극상을 일으켜 정권을 쥐었다.

다시금 불어 닥친 군사독재 앞에서 많은 사람들이 궐기해 세상은 한 치 앞을 알 수 없는 칠흑 속으로 빠져 들어갔다. 학생과 시민, 노동자들이 손을 잡고 전국 각지에서 대규모 시위를 전개하자 군부 세력은 기어이 계엄령을 발동하고 이에 저항한 인물들을 무차별적으로 체포했다.

그 날 새벽 군부는 전방 지역에 있던 공수부대를 빼내 이 도시에도 진주시켰다. 휴학령이 내려졌어도 학생들은 학교 앞으로 모였고, 공수부대의 진압이 벌어지자 장소를 옮겨 시위를 펼쳤다. 작전상 후퇴를 했던 진압 부대는 무슨 지시를 받았는지 다시 진주했고, 이때부터 그들은 무차별 발포와 잔인한 진압 작전을 강행했다. 이로 인해 수많은 시민들은 끔찍한 죽음을 당했고, 심각한 부상을 입은 시민들은 시내 각급 병원으로 후송되었다.

이 무렵까지도 정문탁 일가는 불길하기는 했지만 시내에서 무슨 일이 있었는지 정확하게 알지는 못했다. 새벽에 울리는 전화소리에 잠을 깼다. 아내는 야간 당직이라 혼자 잠들어 있었는데, 애들이 깰까 봐 급히 거실로 나와 전화를 받았다.

전화를 건 사람은 시내 대학병원 원무과장이었다.

"문탁이냐. 딩징 수술용 의료용품하고 의약품, 트럭에 싣고 병원으로 와라!"

잘 아는 형님의 목소리는 다급했지만 다짜고짜 이 새벽에 의약품을 가져오라니 황당했다. 막연하게 시내에 대형 교통사고라도 났나 싶었다.

"행님. 뭘 얼마나 가져오라는 건디요?"

교통사고나 화재사고라면 대충 어떤 의약품이 필요할지 떠올리는데, 원무과장의 대답은 뜻밖이었다.

"뭐든 다 싣고 와. 수량은 많을수록 좋고, 트럭에 채울 수 있는 만큼 다 가져와라. 그걸로도 부족할 거 같은디. 좌우간 그럼 부탁헌다. 서둘랑께."

원무과장은 급히 전화를 끊었다. 잠결이라 해도 어처구니가 없었다. 평소 침착했던 과장이 이렇게 두서없이 물건을 독촉한 적은 없었다. 세수부터 해야겠다는 생각으로 욕실로 가려는데 또 전화가 울렸다. 이번에는 아내였다. 아내는 일반병원에서 근무했다.

"의약품이 급히 필요해요. 당장 가져다 줘요."

그녀 역시 대중없이 떠들더니 누군가 부르는 소리를 듣고 전화를 내팽개친 채 사라졌다. 수화기를 통해 발자국 소리, 비명 소리, 신음 소리, 의사가 외치는 소리, 구급차 소리가 어지럽게 뒤섞여 들려왔다.

심상치 않은 정도가 아니라 소름끼칠 만큼 불길한 예감이 그를 사로잡았다. 약품 담당 직원과 배송을 맡은 기사에게 전화를 걸었다. 다행스럽게도 며칠 전 재고조사를 마치고 의료용품과 의약품을 대량 입고해두어 창고에 물품은 충분히 확보되어 있었다.

배송 기사는 사태의 추이를 그보다 잘 알고 있었다.

"물품 창고로 가는 대로는 군인들이 장악하고 있지 않을랑가 싶소. 뒷길로 가야 된당께요."

옷을 갈아입고 준비를 하는 동안에도 전화는 계속 울렸다. 전부 의약품을 가져오라는 독촉 전화였다. 아니 독촉이라기보다는 애원에 가까웠다.

시내의 새벽 정적은 벌써 깨져 있었다. 구급차들이 비상등을 켠 채 질주했고, 겁먹은 사람들이 삼삼오오 모여 웅성이다가 총성이

들리자 선불 맞은 노루처럼 우왕좌왕 골목으로 숨어 들어갔다.

기사의 예측대로 시내에서 외곽으로 빠지는 길목 요소요소에는 검문이 삼엄했다. 트럭을 빼앗길 수도 있었다. 샛길로 운전대를 튼 트럭은 돌고 돌아 물품 창고에 닿았고, 세 사람은 닥치는 대로 의약품 등속을 때려 넣었다. 총상을 당한 부상자들에게 필요한 수술 용품과 마취제, 혈청 등을 먼저 집어넣었다. 담당 직원이 걱정했다.

"이거 막 실어도 되는 겁니까? 출납 장부가 부정확하면 나중에 큰일 날 텐디요?"

"넌 오다 못 봤냐? 시방 그걸 따질 계제가 아니여."

먼저 대학병원으로 향했다. 그새 날이 희끄무레 밝아왔다. 거리에는 차량의 이동이 거의 없었다. 하긴 이런 상황에 누가 차를 끌고 나오겠는가만.

병원 응급실은 아수라장, 아비규환의 지옥이 따로 없었다. 응급실은 입구에서부터 뒤쪽 출입문까지 부상자와 가족들, 의사와 간호사로 뒤죽박죽 엉켜 있었다. 모두 중상자였고, 부상의 정도는 차마 눈 뜨고 볼 수 없을 만큼 처참했다. 군에 있을 때 자살 사고로 죽은 병사를 본 적도 있고, 일의 성격상 병원에서 중환자들을 자주 본 그로서도 이런 참혹한 몰골은 처음이었다.

"도대체 어디서 이런 일이 빌어졌스라?"

물품을 받아 챙기는 과장의 옷소매를 잡으며 물었다.

"넌 어디 외출했다 왔다냐? 어제 저녁에 학생들하고 시민들이 계엄군은 철수하고, 발포 책임자를 처벌하라고 시위하는데 그냥 놈들이 총을 갈겨 댔잖냐. 수백 명이 죽거나 다쳐 부렀어야. 이 새끼들이 조준 사격한 거여. 장례식장 영현실 갖고는 어림도 없고,

대학 체육관에까지 시체가 쌓였당께. 수술 중에도 죽어나간 사람들이 무더기여. 오죽했으면 나가 그 새벽에 전활 했당가."

얘기를 다 듣고 있을 시간이 없었다. 약품을 요청한 병원이 한두 군데가 아니었다. 돌아나가는데 과장이 외쳤다.

"약품은 더 가져오랑께. 결제는 신경 끄고 다 실어오더라고."

정문탁은 시내 병원을 몇 바퀴 돌았고, 물품 창고에도 세 번 더 다녀왔다. 아는 사람 트럭까지 끌고 갔다. 당장은 요청이 없어도 참사로 볼 때 약품은 분명 부족해질 터였다. 검문이 이렇다면 앞으로는 더 삼엄해질 테니 미리 시내로 옮겨두는 게 능사였다.

창고는 곧 텅 비었다. 불법인 줄은 알지만, 정문탁은 옆 창고 자물통을 땄다. 인근 제약회사의 약품 저장소인 걸 그는 알고 있었다.

자체 긴급대책위원회에서 급히 찍어 돌리는 유인물 외에 방송에서는 아무 소식도 전해들을 수 없었다. 인근 시군도 계엄 상태긴 했지만, 총격전이 벌어진 지역은 그가 사는 도시만이었던 듯했다. 무차별 발포가 이어지자 일부 시민들이 시내 경찰서와 예비군 중대를 찾아가 총기를 입수했다. 이미 경찰이나 관리자들은 모두 철수하고 없었다.

저녁 무렵 집으로 돌아와 정신을 수습하고 있는데, 옆 집 건너 살던 최 선배가 찾아왔다. 표정이 몹시 어두웠고 잔뜩 상기되어 있었다.

"상황이 엄청 심각하구만이라. 저 새끼들 우릴 다 죽일라 장정한 갑네. 자네 집은 별 일 없는가? 우리 집은 큰 아버님이 변고를 당했구마이."

눈이 번쩍 뜨였다.

"거기 무신 소리당가요?"

최 선배가 길게 담배 연기를 내뿜더니 대답했다.

"큰 아버님이야 뭘 아시는 분이당가. 시위가 있다기에 워찌 된 심판인지 알아본다고 나가셨는디, 놈들이 쏜 총탄에 돌아가셨지 뭐여. 썰어 죽일 놈들. 시민들이 무신 죄가 있다고 마구 총질이여, 총질은. 자네 집은 무사하다니 다행이여. 내 또 드름세."

많은 사람들이 다치고 피탄된 것은 알았지만, 주변에서까지 피해자가 나온 줄은 몰랐다. 갑자기 아내의 신변이 걱정되어 전화를 넣었더니 자신은 무사하다고, 다친 사람이 너무 많아 집에는 못 들어간다며 전화를 끊었다.

"옷가지 좀 갖다 줘요. 올 때 조심하씨요."

그것이 아내에게서 들은 마지막 말이 될 줄은 그땐 몰랐었다.

서울 사는 누이동생에게 전화를 걸었지만 불통이었다. 전화선이 끊긴 모양이었다. 누이의 안위도 걱정이었지만, 혹시 무슨 소식이라도 알까 싶어서였는데 불안감은 더욱 커졌다.

아이들에게 집에서 꼼짝 말라고 단단히 단속한 뒤 아내의 옷가지를 챙겨 집을 나섰다. 아내가 근무하는 병원은 집에서 멀지 않아 걸어가기로 했다. 공연히 차를 몰고 대로로 나갔다가는 어디서 총탄이 날아올지 몰라 골목길을 택했다. 아내가 있는 병원은 중심가에서 좀 떨어진 곳이었지만, 그렇다고 안전할 것 같지는 않았다.

돌고 돌아 병원에 닿았더니 이곳도 혼란의 도가니 그 자체였다. 낮에 들렀을 때와 사정은 나아지지 않았다. 달라진 것은 아내가 없다는 것이었다.

"계엄군이 또 발포하기 시작했나 본디요. 응급 환자를 치료해야 하는디, 아무도 나서질 않응께 간호사님이 자청해 나가셨스라. 벌써 돌아오셨어야 하는디……."

해는 이미 저물었고, 어스름이 사위를 덮고 있었다. 불길한 예감이 온몸을 감싸고 흘렀다. 그때 구급차 한 대가 괴성을 지르며 응급실 쪽으로 폭주해 들어왔다. 의사와 간호사들이 달려갔고, 뒷문이 열렸고, 응급침대가 펼쳐진 뒤 핏물이 뚝뚝 떨어지는 부상자가 내려왔다. 정문탁은 눈도 깜빡이지 못하고 지켜보았다. 수술실로 들어가는 그 사람은 사내였다.

그렇게 구급차 몇 대를 보내자 머리가 어찔거리면서 어지럼증이 몰려왔다. 더 버틸 수 없었다.

정문탁은 문을 나와 소나무가 몇 그루 심어진 뒤뜰로 갔다. 그곳에는 몇몇 사람이 모여 담배를 피우고 있었다. 담배 한 가치를 빌렸다. 아내의 성화에 담배를 끊은 지 5년이 지났는데, 지금 그가 의지할 곳은 담배 밖에 없었다.

길게 한 모금 빤 뒤 내뱉자 머리가 핑 돌았다. 하지만 그것도 잠시 곧 이상한 안도감이 밀려들었다. 떨리던 손이 차츰 가라앉았다.

세 모금을 빨자 필터 타는 냄새가 코를 찔렀다.

"아따, 그러다 꽁초까지 씹어먹겄소. 이거 피우쇼. 난 한 갑 더 있응께."

옆에서 지켜보던 남자가 안쓰러운 표정을 짓더니 담배를 갑째 그에게 던졌다. 이어 라이터도 날아왔다.

그는 정신이 없어 고맙다는 말도 못했다. 담배 연기가 쓸리자 눈이 아렸고, 눈물이 흘렀다. 뭘 어떻게 해야 할지 몰랐다. 아내의 얼굴보다 한슬이와 두슬이 얼굴부터 먼저 떠올랐다. 자연분만이 아이들에게 좋다면서 한사코 수술을 거절하고 진통을 견디며 내놓은 자식들이었다.

공중전화를 찾아 집에 전화를 걸었다. 어머니가 받았다.

"아이들은 잘 있지라?"

"야가 무신 말을 했쌋노? 잘 있제코롬. 니는 오덴디?"

"아버지는요?"

"옆에 있다. 바꽈주랴?"

"아니, 됐쓰라. 집에 꼭 붙어 있쓰시오."

전화를 끊는데, 멀리서 어머니의 목소리가 메아리처럼 들렸다.

"니는 오데고? 야들 엄마는 잘 있제~~~?"

그날 밤 늦게까지 아내는 돌아오지 않았다. 정문탁은 아내의 옷가지가 든 가방을 연신 돌려 잡으면서 사방의 모든 문을 주시했다. 이미 얻은 담배는 바닥이 나 구내매점에 가 또 한 갑을 샀다. 그 담배도 얼마 남지 않았다. 목구멍이 아려왔다.

정문탁에게 있어 그 날 저녁은 일생 가장 길고 끔찍한 시간이었다. 시간이 지나자 다쳤어도 좋으니 살아만 달라고 빌었다. 그 다음에는 벽에 대고 욕을 해댔다. 마지막엔 벽에 기대 주저앉아 울었다. 몸에서 피가 다 빠져나가는 기분이었다.

자정이 지났을까? 누군가 그의 어깨를 건드렸다. 화들짝 놀라 고개를 쳐드니 얼굴을 아는 간호사였다. 그녀의 간호복은 피투성이였다.

"아, 안녕하세요."

간호사가 어렵게 말을 꺼냈다.

그는 아무 말도 하지 못했다.

"저, 언니 찾으신다고요."

그 말에 벌떡 일어났다.

"어디, 어디 있쓰라?"

간호사는 시선을 마주치지 못하면서 말했다.

"언니가 총에 맞은 사람을 구하러 달려갔는데, 누군가 건물에서 총을 쐈어요. 언니는 그 자리에서 고꾸라졌고, 몇 발 더 맞으셨어요. 의사 한 분이 달려갔지만, 똑같이 총에 맞으셨죠. 아무도 나갈 엄두를 내지 못했어요."

정문탁은 멱살이라도 잡을 듯 눈을 부라렸다.

"그곳이 어딥니까? 언제였죠? 살았나요?"

간호사가 고개를 가로저었다.

"돌아가셨을 거예요. 나중에 들으니 계엄군이 트럭을 몰고 와 죽은 사람들을 싣고 갔대요. 안 죽은 사람들은 확인 사살까지 했대요."

그 이후의 일을 정문탁은 기억하지 못했다.

-K시 외곽 어느 거리

바람이 머리카락을 빗겨 스쳐가자 정문탁은 잠시 머리를 휘저었다. 며칠 전 일인데도 마치 아주 오래 전부터 그를 옭아맸는 악몽처럼 느껴졌다. 그 날 이후 정문탁은 아내의 모습을 볼 수 없었다. 시신이라도 찾을 수 있다면 남편으로서 마지막 작별을 하겠건만 진압군의 손에 넘어간 아내의 시신이 다시 돌아올 리 없었다. 그 때의 전화통화가 아내와의 마지막 영결의 말이 되었다.

정문탁의 표정을 살핀 최 선배가 그의 어깨를 툭 쳤다.

"정신 차리랑께. 지난 일 되새겨봤자 돌이킬 수는 없스야."

그것을 왜 모르겠는가? 지금 그에게 남은 것은 결단뿐이었다. 아내의 죽음은 단지 가족의 불행만이 아니었다. 부상당한 이를 치료하고자 달려간 간호사에게 총질을 하는 집단이라면 누구에게라도 발포는 가능했다. 저들이 자발적으로 총구를 거두지 않는 한 사태는 더욱 끔찍한 국면으로 휘말려들 것이었다. 그러면 무엇을 할 것인가?

아내의 죽음 소식을 들은 뒤 정문탁은 바로 시민군 대열에 합류했다. 그것은 복수가 아니라 보호책이자 자구책이었다. 자신이 적들의 총알을 막아내지 못한다면 가족도 친구도 동료도, 그 누구도 지킬 수 없었다. 또 다른 불행과 참상이 사람들을 해치는 꼴을 지켜보아서는 안 된다고 판단했다. 자신의 몸으로 막아내야 했다.

그는 난간에 기대놓은 카빈 소총을 흘낏 보았다. 제대로 관리가 되지 않아 격발이 될지 의심스러운 무기였다. 군 복무 시절 민정경찰로 철책선 내부를 경계, 수색했던 그는 다양한 총기류를 접할 수 있었다. 이런 폐기 기한이 지난 카빈까지 보지는 않았지만, 예비군 훈련 때 대강 사전 교육도 받았고 발사도 해 보았다.

이제 그의 손에 유일하게 남은 방어수단은 이 소총 한 자루였다. 임시 처치를 통해 그나마 제 구실을 할 수 있도록 손을 보았다. 한슬이와 두슬이가, 아버지와 어머니가, 그 누구라도 위해를 당하지 않으려면 무기가 필요했다. 보잘것없는 총기일지라도 그 어떤 최신 총기보다 소중했다.

마지막 남은 어묵 국물을 마신 뒤 정문탁은 종이컵을 꽉 움켜쥐었다. 결단의 순간이 멀지 않았다. 앉아서 당할 수만은 없었다.

"최 선배. 지는 잠시 대열에서 이탈해야 할까 보요."

최 선배가 미심쩍은 눈길로 그를 보았다.

"우짤라고?"

"적들이 오기만 기다릴 수는 없쓰라. 나가 저들의 진입 루트를 살펴볼까 싶소. 나가 소식을 전할 팅께 최 선배가 적절하니 대비하소."

최 선배는 어둠에 묻힌 시가지를 슬며시 훑었다. 어둠보다 더 진한 암흑만 시선을 채웠다. 잠시 생각하더니 최 선배가 고개를 끄덕였다.

"혼자 가도 되것는가? 발각이라도 되면 고대로 죽는건디? 자식들도 생각해야제?"

정문탁이 고개를 저었다.

"나가 그리 맹탕은 아니요. 이 워키토키가 어디까지 카바할 지 모리것쏘만 항상 열어두씨오."

최 선배가 불안한 눈초리로 그를 보며 말했다.

"경거망동은 마소. 내도 피붙이를 잃었지만서도 자네만 하것는가? 복수를 하것다고 무작정 발포했다가는 목심만 재촉하는 꼴이 된께 알것제?"

"나는 지켜야 할 것들이 너무 많당께요. 개죽음하자고 섣부른 행동은 안 할 거구먼요."

정문탁은 카빈 소총과 총알을 장전한 탄창 몇 개를 집어 호주머니에 넣었다. 어떤 일이 벌어질지 모르겠지만, 탄알이 떨어진다면 진압군의 무기라도 탈취할 요량이었다.

계단을 밟으려는 그를 보면서 최 선배가 말했다.

"들리는 말에 시내 외곽 곳곳에 우덜 말고도 시민군이 매복해 진입을 저지할 준비를 혀고 있다 혀네. 상호 식별이 될랑가 모리것지만, 갸들과도 접촉해 보도록 허소."

정문탁은 잠깐 멈추었다가 대답 없이 계단을 내려갔다. 아래 있던 사람들이 의아한 눈길로 그를 보다가 심상찮은 눈빛을 느꼈는지 통로를 열어주었다.

어린 학생들이 눈에 밟혔다. 막내의 어깨에 손을 얹고 말했다.

"아즉은 괜찮다마는 곧 난리가 날꺼여. 응사하거나 대거리치지 말고 니들은 대가리 콱 처박고 꼼짝도 말어. 저항도 않는 니들을 어쩌지는 않을꺼구만. 적들이 접근해뿔면 무조건 뒤편 비상구로 빠져나가등가. 알것능가?"

아이들은 아무 대꾸가 없었다. 그들의 반짝이는 눈에서 핏빛 결의가 읽혀졌다. 정문탁은 고개를 절레절레 흔들었다.

건물을 빠져나오자 작은 광장이 나왔다. 마른 잔디가 밟히며 사각거렸다. 시야가 트인 대로는 피했다. 아직 진압군이 다다르진 않았겠지만, 만에 하나 있을지도 모를 저격병을 피하기 위해 사각지대를 찾아 엄폐했다. 위치가 탄로날 테니 놈들도 쉽게 사격은 못할 것이었다. 이럴 때 하나가 여럿보다 나았다. 어둠이 큰 힘이 되었다. 정문탁은 최대한 빠른 구보로 어둠을 따라 대로를 건너 주택가로 스며들었다.

주택가 역시 반딧불 한 점 깔려 있지 않았다. 전방과 좌우 측면을 주시하면서, 한편으로 적들의 진입로가 될 대로변도 경계하면서 시 외곽 쪽으로 다가갔다.

이따금 삼삼오오 경무장을 한 채 길목을 지키고 있는 시민군을 만나기도 했다. 그들은 살상범위가 형편없는 낡은 총기에 의지한 채 수류탄조차 없이 야음에 몸을 숨기고 있었다.

"적들이 보이더라도 가능하믄 발포는 마씨오. 놈들은 훈련이 잘된 정예병력이지라. 방탄복도 입엇쓸끼고, 야간투시경도 갖췄을끼 뻔하제."

누군가 투덜거렸다.

"그라몬 개지랄한다고 여기 있을까이. 내 동생이 길 가다 놈들이 총에 맞아 죽었쏘. 동생이 무신 죄가 있었으까이. 나는 결단코 용서 못하지라. 다 찍이삐도 시원찮쏘. 놈들 죽이고 나도 죽을끼구만."

그들의 정당한 분노와 적개심은 막을 길 없어 보였다. 설득할 시간도 없었고, 설득될 리도 없었다. 정문탁 자신도 바로 같은 심정이 아닌가?

"우쨌든 몸 조심하씨오. 쥑일려고만 들지 말고, 위험하면 피하는 게 상수요. 목심을 부지혀야 복수도 할 꺼 아이것쏘."

합류하라는 그들의 제안을 정문탁은 거절했다. 행동에 제약이 될 수도 있었고, 정찰 목적에 어긋나는 일이었다.

최 선배로부터는 아무런 무전도 없었다. 이쪽 상황을 알 수 없으니 무전이 열리기만 기다릴 터였다. 정문탁은 리시버를 챙기지 못한 것을 후회했지만, 이미 늦었다. 주변을 살피면서 무전을 열었다. 다행히 유효 거리를 벗어나진 않았는지 최 선배가 바로 응답했다.

"별 일 없제?"

중간 중간 무전이 끊겨 말이 잘 이어지지 않았다.

"오다 시민군 무리들을 일부 만났지라. 의욕만 앞서 걱정이요. 아매 곧 무전도 안 될 것 같으니 선배도 그저 몸조심하씨오."

그때 멀리서 총성이 들렸다. 이어 응사하는 총성이 길게 이어졌다. 마치 강 너머 먼 산에서 들려오는 메아리처럼 희미하고 간헐적이었지만, 어디선가 교전이 시작된 건 확실했다. 지역 사정은 시민군이 밝을 테니 후퇴는 용이하겠지만, 병력이나 산개 능력은 진압군을 따라잡기 어려울 터였다. 정문탁은 총성 잔영을 따라 그 쪽으로 이동했다.

먹구름으로 덮였던 하늘에서 구름이 조금씩 거둬졌다. 그래본들 초승달이라 어둠을 지우기엔 태부족이었지만, 적들의 시야는 조금이라도 더 확보될 터였다. 정문탁은 탄창을 뽑아 상태를 확인한 뒤 다시 전진했다.

얼마를 더 갔을까? 모내기를 마친 논이 나왔다. 폭이 좁은 논이 도로를 따라 이어졌다. 논과 도로 사이 개골창을 따라 조심조심 앞으로 접근했다. 그때 도로 위를 낮은 자세로 다가오는 무리들 인기척이 들렸다. 조심스레 머리를 내밀었다. 진압군이었다. 전방과 좌우, 후면을 경계하면서 전진하는 적은 소수 병력이었다. 척후거나 산개된 병력의 일부일 것이었다.

이들을 그냥 보낸다면 좀 전에 만났던 시민군들이 놈들의 밥이 될 터였다. 시민군은 산을 타고 내려올 진압군을 살피느라 뒤쪽에서 접근하는 병력이 있을 것이라곤 예측하지 못하고 있었다. 놈들의 교본에 위협사격은 없었고 생포도 없었다. 무장한 시민군이라면 무조건 발포와 확인 사살이 있을 뿐이었다.

헤아려보니 모두 여덟 명이었다. 가장 뒤편에 무전기를 진 병사가 뒤따랐다. 기본군장에 M16을 파지한 놈들의 뒷모습이 파노라마처럼 하나하나 눈에 들어왔다.

지원병 차단을 위해 먼저 통신병부터 조준했다. 아무리 엉성한 무기라지만 이 정도 거리라면 모두 실상 범위 안이었다. 탄창에 든 탄알은 여덟 발뿐이었다. 한 발이라도 빗나간다면 승산은 물 건너갔다. 아니 이미 승산은 없었다. 애꿎게 당할 시민군에게 경고하거나 달아날 기회를 주는 데 만족해야 했다.

겨냥 사격은 글렀다. 가늠쇠와 가늠자를 맞출 처지가 아니었다. 총성 한 발이면 다들 엄폐물을 찾아 튀든가 사격 원점을 향해 응사할 게 뻔했다. 감으로 사격해서 제압해야 하는데, 처음 지급 받은 뒤 한두 발 쏜 정도로는 수월찮은 일이었다. 후방에 뒤따르는 무리가 없음을 확인한 뒤 정문탁은 총구를 겨누었다.

적들의 발걸음은 빠르진 않았다. 군화가 움직일 때마다 어깨가 살짝 들썩였고, 몸피의 크기는 조금씩 줄어들었다. 방아쇠 안전핀을 풀었다. 왼쪽 가슴 방향으로 총구를 고정시켰다. 이제 발사하면 한 명의 생명은 사라질 터였다.

……

그렇게 응시를 하는데 정문탁은 쉽게 방아쇠를 당기지 못했다. 어둠 속에서 타깃이 선명해질수록 그의 시선에 든 병사의 뒷모습이 점점 눈에 익어갔다. 그는 누군가이겠지만, 남이 아닌 누군가로 다가왔다. 조금씩 흔들리는 어깨의 출렁임이 어디선가 분명히 본 적이 있는 몸놀림이었다.

- 누구지? 누구지?

그는 기억을 더듬었다. 기억을 헤집을수록 지금 내가 아는 누군가에게 총부리를 겨누고 있다는 각성만 짙어만 갔다. 그는 방아쇠에서 손가락을 풀고 눈가를 닦았다. 침을 삼키고 숨을 들이마신 뒤 다시 겨냥했다. 유해한 짐승을 살처분하 듯 침착하자고 자신을 다독였다.

그러나 방아쇠는 여전히 당겨지지 않았다. 아니 이제는 겨냥한 통신병만 아니라 앞에서 산개한 다른 병사들의 뒤태마저 점점 익숙한 사람으로 각인되었다. 환영이나 망상이 아니었다.

- 나는 지금 내가 아는 사람에게 총구를 겨눈 것인가?

알 수 없는 위화감이 엄습했다.

그렇게 어쩌지도 못하고 당황한 사이 발포는 진압군 쪽에서 먼저 이루어졌다. 그의 방향이 아닌 모내기가 끝난 논 쪽이었다. 아직

모의 높이가 어중간한 지점 어느 곳을 향해 병사 중 하나가 M16을 연사했다. 이에 놀란 다른 병사도 낮은 포복으로 엎어지더니 총알을 퍼부었다. 전염병처럼 발포가 병사들을 휘감았다.

정문탁은 카빈을 거두고 목을 움츠리면서 발포 방향을 보았다. 그가 막 지나온 곳이었다. 어둠 속이었지만, 아무런 움직임도 느껴지지 않았다.

– 발사 중지! 발사 중지해!

누군가 외쳤지만, 얼이 나간 병사 하나가 탄창이 빌 때까지 방아쇠를 당겼다. 옆에 있던 선임이 놈의 뒤통수를 주먹으로 쳤다.

"이 새끼가 미쳤나? 뭔지나 보고 쏘라구!"

배짱 좋은 한 놈이 논으로 뛰어들더니 논 끝자락으로 접근했다.

"사슴인가 봅니다."

"사슴은 씨팔! 고라니겠지. 다들 이쪽으로 집결해!"

선임으로 보이는 이가 씨불였다.

놈들이 선임들 주변으로 모였다. 한 놈이 고개를 들어 사방을 살피는 동안 낮게 속삭이는 소리가 들렸다.

"정신 차려. 우린 수색대라구! 여봐란 듯이 알려 다 죽을 일 있냐?"

그렇게 호들갑을 떠는데, 놀랍게도 그 목소리조차 정문탁에게는 너무나 익숙한 음성으로 들려왔다. 서울 표준말이었다.

그런 잠시의 웅성거림은 또 다른 총성으로 깨졌다. 10시 방향쯤에서 그들을 향해 탄알이 날아왔다. 좀 전에 만나 시민군이 이동하다가 난사 소리를 듣고 응사한 모양이었다. 몇 발의 총알이 대중없이 머리 위로 지나갔다. 정문탁이 머리를 도로 아래로 내리는 순간 진압군 쪽에서 비명소리가 터졌다.

- 윽!

겨냥해도 잘 안 맞는 총알이 있는가 하면 눈 먼 총알이 명중하는 경우도 있었다. 진압군들이 총에 맞은 병사를 끌어 정문탁이 숨은 개골창 안으로 뛰어들었다. 20여 미터 이상 떨어진 데다 총탄 소리에 넋이 나간 놈들에게 뒤를 살필 겨를은 없었다. 몇이 정신이 차리고 응사했다.

정문탁은 조금씩 엉덩이를 뒤로 빼다가 도로가 휘는 지점까지 오자 몸을 틀어 주택가 벽 틈으로 파고들었다.

- 휴!

길게 숨을 내쉬며 교전이 이뤄지는 지점을 응시했다. 차츰 총성이 멈추었다. 누군가 총상을 당한 병사를 응급처치하는지 신음소리가 그의 귀에도 뚜렷하게 들렸다.

얼마 뒤 통신을 접수했는지 소대 병력 정도 되는 진압군들이 도로 양측을 따라 교전 지점으로 잰 걸음을 옮기며 이동하는 모습이 눈에 들어왔다. 병력은 도로를 돌자 우르르 개골창 아래로 몸을 던졌다. 어느 측에서도 사격은 없었다.

총성이 들렸던 10시 방향을 경계하면서 그들은 정문탁의 시야에서 사라졌다. 아주 멀리서 기총소사 소리가 우레처럼 굉음을 내며 울렸다. 수류탄이 터졌는지 화염이 몇 차례 일었다.

주택가 골목으로 들어가는 것이 안전해 보였다. 그러나 그에게 안전한 곳은 진압군에게도 안전한 곳이었다. 다시 진압군과 마주쳤을 때 또 발사를 머뭇거리면 저들이 선제공격할 것은 자명했다. 이미 한 번 인지 부조화로 발포를 주저한 그로서는 피격을 당해서도 안 되었지만, 조우해서도 안 될 것 같았다. 비겁하다고 해도 어쩔 수 없었다. 내가 아는 사람에게 총구를 겨누는 짓을 그로서는 용납할 수 없었다.

워키토키를 찾았지만, 옆구리가 허전했다. 달려오는 도중 어딘가 떨어뜨린 모양이었다. 통신 거리를 벗어났겠지만, 그것도 확인 불가였다. 정문탁은 그가 왔던 길을 돌아보았다. 여기저기서 총알이 발사될 때 일어나는 섬광이 번쩍였다. 예광탄이나 조명탄이 터져 올랐다.

이대로 앞으로만 나갈 수는 없었다. 이미 상당수 진압군이 그를 제키거나 우회해 도청으로 향하고 있었다. 적들의 진군 속도가 빠르지는 않으니 요령껏 피해가면 도청에 먼저 닿을 수도 있을 것 같았다. 죽든 살든 시민군과 생사를 같이 해야 했다.

정문탁은 골목 대신 도로변을 따라 개골창 길을 은폐물로 삼아 도청으로 돌아가기로 했다. 이미 진압군 소대가 지나갔으니 다시 마주칠 일은 없을 것이고, 놈들이 보인다면 다른 길을 택하면 될 일이었다.

그렇게 어둠이 자욱한 개골창 길을 걸었다. 희미한 달빛 아래 걸음을 옮기면서 조금 더 지인의 품에 가까워진다는 후련한 마음이 들었다. 계속 가다보면 자신을 기다리고 있을 한슬이와 두슬이, 그리고 언젠가 만나길 기다리고 있을 아내도 볼 수 있을 것 같았다. 아내의 슬픈 죽음을 누군가의 슬픈 죽음으로 대상(代償)하지 않았다는 게 너무나 다행스럽게 느껴졌다.

그렇게 걷다가 정문탁은 발에 뭔가에 차여 앞으로 고꾸라졌다. 물이 흐르는 개골창은 어둡기는 했지만 굴곡이 있지는 않았다. 그는 저만치 날아간 카빈 소총을 더듬거리며 다가가 집어 들었다. 그를 자빠뜨린 것의 정체가 무엇인지, 정문탁은 무릎을 꿇고 고개를 숙이며 살폈다.

그러다 시선이 멈추어졌다.

그것은 줄지어 내던져진 시체들이었다. 엎어진 시체, 하늘을 보는 시체, 구부린 시체, 팔다리를 벌린 시체, 아이들 시체, 어른들 시체, 노인들 시체, 사내들 시체, 여자들 시체, 팔다리가 잘린 시체, 얼굴이 없는 시체……. 도대체 몇 구나 되는지도 알 수 없었다.

그들은 약속이나 한 듯 피투성이 속에서도 눈을 뜨고 있었다. 그 사이 끼어 있는 진압군의 시체도 보였는데, 그들 역시 눈을 뜬 채였다. 그 눈동자들은 모두 그를 향해 있었다.

그리고 웃고 있었다. 반갑다는 듯이. 어서 오라는 듯이…….

정문탁은 그들과 계속 눈을 마주치고 있을 수 없었다. 더럽고 후미진 개골창에서 피를 흘린 채 쓰러진 이들을 그는 수습할 수 없었다. 마냥 지켜볼 수도 없었다.

한동안 넋이 나가 주저앉아 있다가 그는 일어났다.

개골창을 기어올라 도로 위로 나왔다. 돌아보니 시체들은 마치 서로 팔을 잡고 빙 둘러 춤을 추고 있는 듯 보였다.

강강수월래~~

강강수월래~~

시민과 아이들이 있었고, 무장해제한 군인들도 보였다.

그 원무(圓舞)의 끝자락에 서서 정문탁은 넋을 놓은 채 길을 걸었다. 주변은 여전히 어두웠지만 이제는 어떤 소리도 들리지 않았다. 하늘과 땅 사이에 자신만 혼자 존재한다는 착각이 일었다.

그렇게 무방비 상태로 걷는데 갑자기 누군가 불쑥 나타났다. 마치 어둠의 연극 무대 뒤에서 대기하다가 장막을 걷고 나오는 것처럼 그 출연은 느닷없었다.

한 손에 자동소총을 든 사내는 서슴지 않고 그에게 다가왔다.

본능처럼 정문탁은 카빈 소총의 총구를 들어 그를 겨눴다. 그가 겨누자 사내도 M16 총구를 들어올렸다.

총구와 총구가 엇갈릴 때까지 정문탁은 방아쇠를 당기지 못했다. 더 이상 무모한 살인은 중지되어야 한다는 다짐이 들었다.

총구가 부딪치자 정문탁은 시선을 들어 사내를 보았다. 사내의 눈빛도 그를 향해 빛났다.

어둠 속에서 점점 밝아지는 그 얼굴은 마침내 하나의 형상이 되었다.

사내는 정문탁이 너무나 잘 아는 얼굴이었다.

## 딸들이여, 아들이여!

골목에는 아직 굿이 시작도 되지 않았는데 향불에서 오른 향내가 사위를 짙게 드리우고 있었다. 더없이 맑은 하루였다. 겨울도 초입이 지나 곧 해가 바뀔 즈음인데도 날은 포근했다. 골목은 빨리 어두워졌고, 하나둘 가로등의 불빛이 밝아지자 가게마다 설치된 장식 영업등도 기지개를 켰다.

굿 차림이 골목 한가운데 펼쳐지면서 지나가던 사람들이 고개를 돌리며 묘한 시선을 보냈다.

기자가 인터뷰를 위해 다가가니 K씨는 가볍게 목례를 한 뒤 덤덤한 표정으로 마이크에 시선을 주었다.

"몇 가지 여쭤 봐도 될까요?"

K씨는 눈빛으로 긍정의 의사를 전했다.

옆에서는 부인 A씨가 코를 훌쩍이며 눈물을 훔쳤다. K씨는 그런 아내를 물끄러미 보다가 그녀의 손을 잡았다. 지난 2년. 마음고생도 그랬지만 몸 고생은 아내가 몇 배 더 했다. 가혹한 현실을 만나야 하는 데도 아내는 꾸준히 유족들 모임과 행사에 나갔다. K씨도 모임이나 행사에 얼굴을 비추긴 했지만, 거의 모든 자리에 빼놓지 않고 나간 건 아내였다. 밤늦게 때로는 새벽에 집에 들어오면 아내는 늘 파김치였는데, 잠깐 눈을 붙이곤 다시 씩씩하게 거리로 나섰다. 언제 봐도 예쁜 얼굴이었더니, 지금 그의 눈에 보이는 아내는 수척했고 지쳐 있었다.

기자 역시 부인을 잘 알았다.

사고가 벌어진 직후 새벽녘 그 골목 주변에서 처음 봤을 때 부인 A씨는 거의 제정신이 아니었었다. 지나가는 사람이 보이면 다짜고짜 아무나 붙잡고 딸의 이름을 대며 봤냐고 어디 있냐고 물었다. 목소리가 갈라지고 높아 사람들이 놀라면서 피할 정도였다. 앙상한 손가락이 나뭇잎이 다 떨어진 겨울나무 같았다. 그렇게 행인이 등을 돌리면 경계를 서고 있던 경찰관에게로 달려들었다.

A씨는 딸의 사진을 들이대며 외쳤다.

"내 아이 좀 찾아줘요. 축제 구경 간다고 나갔는데, 아직도 돌아오질 않아요. 어디에도 없어요. 내 새끼, 내 새끼, 내 새끼~~~."

경찰은 내민 사진을 마지못해 보았다. 그러나 그가 할 수 있는 일은 없었다. 젊은 경찰은 눈을 멀리 두면서 말했다.

"저기 행정복지센터에 가 실종자 신고를 하시죠."

"누가 안 한 줄 알아요. 거기서도 모른대요."

원하는 답을 듣지 못하자 여자는 또 곁에서 서성이던 다른 경찰관에게 매달렸다. 그러다 그만 도로 가로수 보호대에 걸려 쓰러졌다. 몸이 공중으로 붕 뜨더니 얼굴부터 처박혔다. 사람들이 달려왔다.

근처에 있던 기자도 급히 달려가 겨드랑이를 잡고 끌어올렸다.

얼굴에 찰과상이 생겼고, 핏물이 고이고 있었다.

여자의 눈은 텅 비어 있었다. 기자는 섬뜩해 하마터면 잡은 손을 놓칠 뻔했다.

기자가 다가서자 여자는 기회를 놓치지 않았다. 몸을 벌떡 일으키더니 기자의 양팔을 움켜쥐었다.

"당신은 보았죠? 내 새끼 어디 있는지 아시죠? 이게, 이게 내 새끼 얼굴이에요. 빨리 찾아줘요. 빨리! 빨리!"

목소리가 너무나 다급해 앰뷸런스 비상 사이렌 소리처럼 고막을 찢었다. 기자는 이미 그 사진의 촬영 이미지를 가지고 있었다.

"예. 예. 우선 치료부터 받으세요."

기자가 경관에게 눈짓으로 의료진을 불러 달라 요청했다. 엉거주춤 있던 경관이 재빨리 어둠과 인파를 헤치고 앰뷸런스가 왱왱이는 차도로 뛰어갔다.

다시 부인을 보자 그녀는 혼절하기 직전이었다. 숨을 헐떡이면서 몸을 떨었다. 딸의 생사는 둘째 치고 부인부터 변을 당할 판이었다.

기자는 할 수 없이 뺨을 조금 세게 때렸다.

"정신 차리세요. 기절하시면 안 됩니다."

넘어가던 고개가 되돌아왔고, 여자는 눈을 떴다. 또 악다구니를 쓰려나 싶었는데, 여자는 기자를 붙잡더니 왈칵 울음을 터뜨리며 대성통곡했다. 그녀도, 기자도, 이미 알고 있었다. 그녀의 딸은 이미 죽었다. 다만 시신이 어디 있는지 확인이 되지 않을 뿐…….

그런 일이 있고 벌써 700일이 훌쩍 지나 곧 800일째에 접어드는 때였다.

기자는 그때의 A씨를 떠올리다가 다시 K씨에게 집중했다.

"끔찍한 참사가 있고 많은 시간이 흘렀습니다. 충격과 아픔이 줄어들 순 없겠지만, 감회가 남다를 것 같은데요. 지금 심경에 대해 한 말씀 해주시죠."

기자가 그렇게 묻는 데는 다 이유가 있었다. 그 참사 때 사고의 원인과 진실 규명, 책임자 처벌 등에 대해 애매모호한 태도를 취하거나 건성으로 덮으려던 권력자와 주변인들에게 최근 뜻밖의 변고가 불어 닥쳤다. 호통과 자기 자랑으로 사람들을 얕보며 세상을 농락하던 권력자는 자신이 뿌린 씨앗을 일찌감치 거둬 직무정지 상태에 빠졌다.[23)]

K씨가 그 말 '직무정지'를 들었을 때 그 소리는 마치 '식물정지'로 들렸었다. 진즉에 식물이 되어 뿌리까지 갈려야 할 사람이 살아 세상을 잘도 망쳐놓았다. 새삼 원망과 증오가 심장을 뚫고 솟구쳤다. 까마귀가 심장을 파 후비는 듯한 아픔이었다.

아내와 함께 피해자 유류품센터를 찾았을 때가 떠올랐다. 아침에 딸이 나갔을 때 K씨는 인사도 나누지 못했다. 그래서 딸이 무슨 옷을 입었는지 어떤 신발을 신었는지 눈빛이나 표정은 어땠는지 알지 못했다.

체육관 마루에는 온갖 유류품으로 그득했다. 신발부터 가방, 의류와 모자, 핸드폰, 목도리, 심지어 반지와 귀걸이도 보였다. 옷은 밟혀 먼지로 뒤덮였고, 신발도 깨끗한 게 없었다. 모든 것이 뒤엉켜 있었고, 내동댕이쳐져 있었다. 벌써 많은 사람들이 유류품 사이를 오가며 자기 피붙이의 흔적을 찾아 헤매고 있었다.

- 저렇게 많은 사람들이 죽거나 다쳤구나.

새삼 참사의 실상이 뼈를 파고들었다. 그 안으로 발을 들일 엄두가 나지 않았다. 아내 역시 주춤거리며 차마 걸음을 떼지 못했다. 그래도 아내가 더 용감했다. 마지막 배웅했을 때의 기억을 더듬으며 아내가 비슷하다 싶은 물품들을 매만졌다. 아내의 손은 연신 부들부들 떨렸다. 시간이 한참 흐른 지금도 아내의 손은 편안하지

23) 윤석열은 2024년 12월 3일 심야에 불법 비상계엄을 선포했다가 탄핵되었다. 2025년 4월 4일 탄핵 심판은 만장일치로 인용되어 파면되었다. 현재 윤석열은 재판 중에 있다. 혐의가 인정된다면 그는 최대 사형에 처해진다.

못했다.

무릎을 꿇고 바닥을 쓸며 오래 전 태평성대를 누리던 왕국의 폐허를 발굴하듯 하나하나 쓰다듬으며 딸애의 살 냄새와 분 냄새를 찾았다. 그리하여 선홍빛 외투를 발견했을 때 아내는 오열했다.

"니가 왜 여깃니! 니가 왜!"

아내가 외투를 안고 소리치자 멀리서 지켜보던 경관이 담당자와 함께 뛰어왔다. 다른 사람의 옷이길 천번만번 빌었지만, 지갑에서 딸애의 신분증이 나왔다. 신분증을 노려보며 벌벌 떨다 아내는 숨을 들이마시더니 컥! 쓰러졌다.

이번 사태와 관계없이 K씨는 얼마 전부터 아내의 동의를 얻어 굿을 할 준비를 했었다. 자꾸 죽은 딸을 이 세상으로 불러내면 미련 때문에 훌훌 왕생(往生)하지 못할 것 같았다. 세상의 임무는 남아 있는 우리들의 몫으로 두고 딸은 그만 보내자고 아내에게 말하니 아내도 고개를 끄덕였다.

"처음에는 우리 가족들의 조촐한 의식으로 준비했던 것입니다. 우리 곁을 떠나지 못하는 딸이 가여웠어요. 딸이 죽고 난 뒤 벌어진 일들이 우리 딸을 편히 쉬지 못하게 했습니다. 우리가 딸애가 편히 쉬지 못하도록 발목을 잡고 있다는 생각을 떨칠 수 없었죠. 살았을 때도 못난 부모였는데, 죽어서까지 못난 부모가 될 순 없었습니다."

기자는 새하얀 백지 위에 진설된 제수를 보면서 물었다.

"굳이 굿이란 형식을 택한 것은 까닭이 있을까요?"

K씨는 아내의 손을 놓지 않고 제상(祭床)을 보다가 대답했다.

"우리 집안은 대대로 독실한 기독교 신앙을 지니며 살았습니다. 저희 아버님 때부터 예수를 구세주로 받아들였고, 저나 아내 역시 하나님과 예수님의 가르침에 헌신했습니다. 늘 더불어 살아가는 삶을 잊지 않았지요. 공동체에서 유용한 일꾼으로 살 수 있도록 신께 은총을 빌었습니다. 세상을 선하게 바라보고 죄 많은 사람들을 긍휼히 여기라는 교리가 그저 교회 안에서만 유효한 것은 아니지 않습니까?

딸이 태어났을 때 우리 부부는 아이를 신의 가르침을 실천하고 성령의 축복 안에 행복을 누리고 남들에게 봉사하면서 살리라 의심하지 않았습니다. 돌잡이 때도 딸애는 십자가를 쥐었거든요. 그런데 아이는 자라면서 우리의 기대와는 조금 다른 길을 걸었어요. 교회 가기보다 사찰을 찾는 데 더 마음이 끌리는 것처럼 보였죠. 성경의 말씀에도 귀를 기울였지만, 부처님 설법과 독경소리가 마음을 울린다고 고백하기도 했습니다. 충격이 컸습니다. 아이가 다른 종교에 빠질 여지가 거의 없었는데, 어디서 그런 발심을 일으켰는지 갈피를 잡을 수 없었습니다. 할머님이 절에 다니셨다는 말은 들었지만, 설마 싶었죠.

처음에는 설득도 하고 목사님을 찾아뵙고 기도를 통해 바로잡으려고도 했습니다. 우리 교회 목사님은 외곬으로 신앙을 강요하는 분은 아니셨습니다. 구원의 길은 하나가 아니며 늘 열려 있다고 설교하셨죠. 아이와 긴 상담을 마친 뒤 목사님은 딸이 가려는 길을 막지 말라고 권하셨습니다. 그 뒤부터 우리들은 함께 교회도 가고 짬이 나면 사찰도 찾았습니다. 대웅전에 앉아 무릎을 꿇고 명상에 잠긴 딸을 보면서 하나님의 역사는 알 수 없는 방식으로 실현된다는 사실을 깨달았습니다.

딸이 이렇게 젊은 나이에 불귀의 객이 된 것을 두고 배교했기 때문에 받는 징벌이라는 사람도 있었습니다. 끔찍한 소리죠. 딸이 불교에 귀의한 것이 운명이라면 이런 뜻밖의 사고도 운명일 것이지요. 살아서도 딸의 선택을 존중했듯이 죽은 딸을 위한 선택도 딸의 뜻을 따르기도 했던 것입니다.

딸은 평소 굿놀음에 관심이 많았어요. 대학을 마치면 대학원에 들어가 토속신앙에 대해 공부하겠다고 입버릇처럼 말했었죠. 방학 때면 용한 무당이 굿판을 벌인다는 신당(神堂)을 찾아가곤 했습니다. 얘가 이러다 신내림을 받는 게 아닐까 걱정이 될 정도였습니다. 그래서 우리 고유의 천도 의례인 진오기 굿으로 딸을 보내주어야겠다 생각했습니다. 주변에서 만류하는 사람도 있었지만, 딸은 기뻐할 것이라 믿습니다."

K씨가 심경을 털어놓는 동안 아내 A씨는 오열을 그치지 못했다.

"따님의 사망 소식을 처음 접했을 때 심정은 어떠셨습니까?"

기사의 질문에 K씨의 시선은 경사가 진 골목 쪽으로 향했다. 경사래 봤자 완만하기 그지없어 공을 굴리면 천천히 데굴데굴 굴러갈 뿐 가속도도 없을 것 같았다. 이런 평탄한 길에서 그 짧은 시간에 수많은 사람들이 압사하다니! K씨는 새삼 믿기지 않았다.

"아내는 사고가 나자마자 이곳으로 달려왔습니다. 제 정신이 아니었지요. 저도 여기저기 다니면서 딸의 행방을 수소문했습니다. 아무도 딸의 생사를 모르기에 일말의 기대감도 가졌습니다. 아! 내 딸은 안 죽었구나. 내 착한 딸이 이렇게 죽을 순 없지. 어쩌면 집에 와 있을지도 몰라.

하지만 아무리 전화해도 딸애는 받지 않았어요. 속이 뒤집힐 노릇이었지요. 이 년이 부모 애간장을 다 녹일 작정이구나. 불효막심한 년! 살아 있다고 믿었기에 속으로 막 욕을 했습니다. 불효막심 아니라 더한 짓을 했어도 좋으니 살아만 있어다오. 그게 효도지.

그러다 몇 시간 뒤에 누군가 전화를 받았습니다. 딸애가 아니라 남자였어요. 가슴이 덜컥 내려앉았습니다. 그게 무슨 의민지 모를 수가 없었죠. 그저 눈물만 줄줄 흘러내렸습니다. 아내는 멀건 눈으로 저만 쳐다보았죠.

유류품센터에 가 딸애의 옷가지와 가방, 신발도 확인했습니다.

딸애의 시신은 참 멀리도 가 있더군요. 서울 한복판에서 죽었는데, 경기도 어느 대학병원의 영안실에 있다니요. 아무리 재난 상황이라도 그렇지. 누군가는 통제를 했어야 되잖아요?"

벌써 두 해도 더 지났건만 K씨는 그때의 울분이 다시 치밀어오는지 눈가에 핏발이 섰다.

"하늘이 무너지는 심정이었겠지요. 사실 참사가 터진 뒤 행정 당국의 대처는 두고두고 아쉬움이 남습니다. 사고 이전에 예방 조치만 제대로 되었어도 이런 참사로 이어지진 않았을 거란 의견도 나옵니다."

K씨는 잠깐 눈을 감았다가 떴다.

"사고는 하늘도 막지 못한다지만, 사고란 게 그냥 불쑥 일어나는 건 아니지 않습니까? 더구나 이런 대형 사고라면 더욱 그렇겠죠. 들어보니 이전에도 많은 사람들이 경고했다더군요. 처음 치러지는 행사도 아니었고, 전부터 크고 작은 사고가 일어나 대형 사고의 적신호가 커졌다고 전문가들이 말하지 않았나요? 코로나 이후 처음 마스크를 벗고 열리니 인파로 미어터질 것은 뻔했는데, 여느 축제 때 반의 반도 안 되는 안전요원만 배치하고 나몰라라 했다니, 재앙을 자초했습니다.

정말 어이가 없었던 일은 위로는 대통령부터 국무총리, 장관,

시장, 구청장, 경찰서장에 이르기까지 누구도 책임을 지려 하지 않은 거였습니다. 이 사람들은 국민들의 안전에 무한 책임이 있는 자들 아닙니까? 사전에 조치를 취했어도 어차피 일어날 일이었다던데 어떻게 유족들을 앞에 두고 그런 말이 나옵니까? 미리 교통을 통제하고 경찰을 배치했다면 이런 참사는 일어나지 않거나 경미했을 겁니다.

책임자는 반드시 엄벌하겠다 말하는데, 책임자가 특정되지 않으면 아무도 책임자가 아닌 거예요. 그 사람들을 처벌하라는 게 아니지 않습니까? 책임 소재를 분명히 가려 다시는 이런 참사가 없게 해달라는데, 그게 그렇게 어렵고 부당한 요구인가요?

저도 대기업에 들어가 30년 넘게 근무하다 퇴직한 사람입니다. 임원으로도 오래 있었어요. 일개 기업체에서도 사고 예방과 사후 처리에 이렇게 무성의하지는 않습니다.

피해자 유족들이 모여 작당해 터무니없는 요구라도 할까봐 분리시키기에 급급하고, 정체를 알 수 없는 이상한 사람들을 끼어 넣어 이간질시키고……, 이게 공권력이 할 짓은 아니죠. 다행히 몇몇 분들이 자발적으로 연락을 주고받아 모임을 주선해 갈등과 혼선을 막을 수 있었습니다."

기자가 수긍한다는 듯 고개를 끄덕이며 다시 물었다.

"선생님께서도 적극적으로 모임에 참여하셨나 보군요?"

K씨의 얼굴 위로 질감이 다른 감정이 떠올랐다.

"저보다는 아내가 발 벗고 나섰지요."

굿을 이끌어갈 무당이 신단 앞에 등장했다. 화려하기 그지없는 차림새였다. 울긋불긋 꽃술이 달린 관을 썼고, 치렁치렁 원색의 옷감으로 짠 무복(巫服)을 입었다. 왼손에는 여러 신장(神將)들의 몸체가 그려진 큰 부채를 들었고, 오른손에는 둘둘 만 색지 틈으로 금빛 방울 수십 개를 엮은 요령이 쩔렁였다. 쟁쟁 소리가 현란한, 놋쇠로 만든 자바라가 방울을 안에 품고 격하고 빠른 타음(打音)을 냈다.

어디서 굿을 해야 할지 처음에는 가늠이 되지 않았다. 남의 눈을 타고 싶지 않아 어디 조용한 신당을 빌릴까 했다. 숨겨야 할 일은 아니었지만 자랑할 일도 못 된다 여겼다. 그저 딸애가 안식을 취한다면 만족이었다. 그렇게 장소를 물색하던 중에 유가족 모임에 참석하게 되었다.

내 아픔도 큰데 남의 고통까지 볼 용기는 없어 K씨는 모임에 아내만 보내고 자신은 뒷전으로 물러나 있었다. 그들을 만나면 위안보다는 애써 덮어둔 상처가 도질 것 같았다. 그러다 뭔가를 결정해야 하는데, 희생자 부모님이 함께 지지해주길 바란다는 전갈이 왔다. 아내도 보채 마지못해 나갔다. 그게 얼마 전의 일이었다.

거기서 유족들과 이야기를 나누면서 가장 많이 들은 말이 '억울하다'는 것이었다. 자식들의 갑작스런 죽음도 억울하고, 죄인 취급을 받으며 따돌림을 당하는 자신들의 처지도 억울하고, 유족들의 목소리보다는 대통령과 관료들의 변명과 무죄를 알리기에만 촉수를 뻗치는 언론의 작태도 억울했다. 살아 있는 것 자체가 억울하다고 했다.

K씨는 '억울하다'는 것이 무엇일까 반추했다. 사전에는 "애매하거나 불공정하여 마음이 분하고 답답하다"고 나와 있었다. 일처리가 일방적인데다 상세히 알려주지도 않고 투명하지도 않으니 열불이 날 일이었다. 피해자와 유족의 입장과 요구는 무시하고 저희들의 논리와 대응만 정당하다 하니 불공정했다.

그러나 K씨에게는 그 '억울함'이 이 정도 선에서 그어지지 않았다. 이 감정은 우리 딸, 누군가의 아들, 어떤 이의 친구들에게서만 느껴지는 것일까? 과연 억울함은 이번 참사의 당사자에게로만 온전히 수렴되는 것일까? 그것은 아니라는 깨달음이, 생각을 곱씹을수록 K씨의 뇌리에서 구체화되었다. 죽어서도 진혼(鎭魂)의 제단에 그들이 없었기에 억울한 것이었다.

그 본질을 간파하는 일은 뒤로 미루었다. 억울한 죽음은 내 딸만의 몫이 아니었다. 모든 피해자, 모든 유족들이 공유해야 할 통곡이었다. 이 굿은 모든 피해자와 유족들을 위해 펼쳐져야 했다. 그래서 모임의 대표격인 사람을 만나 자신의 뜻을 전했다.

종교가 달라 꺼림칙해 할 유족도 있겠지만, '굿'이라는 우리 고유의 천도하는 다리를 건넘으로써 아이들의 넋을 위로하고 억울함을 풀어주자고 제안했다. 대표자는 수긍하면서 회의 의제로 올려보겠다고 약속했다.

이미 투사가 되어버린 유족들은 모두 이 '굿판'을 여는 데 동의했다. 신녀(神女)는 문 밖에 있는 이방인이 아니라 우리들이 믿고 의지하는 세상의 승려이자 목사이자 신부였다. 그들의 신을 대변해 목소리를 전하고 고통을 몸 받는 대리자였다.

유족 모임은 그 뜻을 행정 당국에 전했다. 막상 받아들여질지 염려했는데, 인근의 상인들이 동의한다면 문제 삼지 않겠다는 답변이 돌아왔다. 여전히 그들은 책임을 회피하는 데만 혈안이었다.

하는 수 없이 주변 가게를 찾아다니면서 양해를 구했다. 분명 영업에 방해가 될 텐데도 가게 주인들은 조금도 주저 하지 않고 동의했다.

"그렇지 않아도 우리 역시 죄스러워 뭔가를 해야 하지 않나 상의

하던 중이었습니다. 그렇게 해서 피해자분들이 영혼의 안식을 얻고 유족 분들께도 위로가 된다면 당연히 해야죠. 굿을 하는 동안은 저희들도 가게 문을 열지 않고 자숙하겠습니다. 참석할 거냐고요? 당연히 참석해야지요."

그렇게 해서 K씨는 생각지도 않게 모임 일에 깊이 참여하게 되었다.

긴 자초지종을 들은 기자는 이런 공적인 헌신의 이면에는 사적인 고충이 밑바탕에 깔려 있을 거란 짐작이 들었다.

"참사가 터진 지도 2년이 지났습니다. 개인적으로 가장 힘들었던 때는 언제셨습니까?"

K가 다시 아내 A에게로 눈길을 돌렸다. 그 힘든 여정의 한 가운데 있었던 이는 자신이 아니라 아내인 것을 잘 알기 때문이었다. 아내는 희망과 좌절이라는 교각 위에 세워진 다리에서 한시도 내려오지 못하고 허덕였다. 자신이 흘린 것이 눈물이라면 아내는 피고름을 흘렸다.

"사람들이 '시체팔이'한다고 손가락질을 할 때였죠. 지들끼리 놀러가 문란하게 놀다가 제 풀에 밀려 깔려 죽었는데, 그게 무슨 자랑이냐고 비아냥거렸습니다. 걔들이 나라 구하다 죽었냐고, 정말 나라 구하다 죽은 이들은 말이 없는데 왜 설치냐고 따졌습니다. 몇 푼이나 받아먹어야 아가리를 닥치겠냐고, 모금이라도 하라며 욕설도 서슴지 않았습니다.

내 귀에 송곳을 꽂고 싶었죠. 우리는 동정을 바라지도 돈을 바라지도 않습니다. 왜 어쩌다 이런 참사가 벌어졌는지 제대로 밝히고, 책임을 다하지 못한 사람이 있다면 처벌해 다시는 이런 끔찍한 일이 없기를 원하는 것인데 말이죠. 그 사람들은 이런 일을 당하면 먼저 금전적인 보상부터 바라는가 보죠? 과연 이 정부가 나라를 위해 죽은 분들에게 예우를 제대로 하긴 했습니까? 홍범도 장군상 이전 얘기 다 아시잖아요? 이러다 유관순 열사도 창고 속에 넣어버리겠어요.

아이들은 놀러간 것이 아니라 쉬러 간 겁니다. 그리고 축제를 즐기려던 것이에요. 그게 그렇게 나쁜 짓인가요? 욕을 먹을 일인가요? 내 딸이 마치 나쁜 짓을 하다 죽은 것처럼 말해요. 내 딸은 열심히 공부했고, 장학금도 꾸준히 받았습니다. 봉사활동에도 누구보다 앞장섰죠. 장담하건대 딸은 제 인생에 충실했어요. 축제를 찾은 것도 일상의 연속일 뿐이잖아요? 그날 축제에는 10만 명 이상이 참가했다더군요. 그 사람들 모두가 놀 줄밖에 모른다고 매도당해야 하는 겁니까? 여러분들은 밤낮 24시간 일만 합니까? 그런 악담을 하는 놈들이 눈에 보이면 당장 달려가 칼로 찔러버리고 싶었습니다.

그러다 문득 제가 잊고 있었던 옛날 기억이 떠올랐습니다. 딱 10년 전 봄날의 기억이었죠. 2014년 4월 16일 인천에서 제주로 가던 배가 진도 앞바다에서 침몰해 학생들을 비롯해 304명이 죽지 않았습니까? 얼마나 큰 참사였습니까? 그때 용케 목숨을 건졌던 애들이 이번 참사는 피하지 못하고 죽은 거나 마찬가지지요. 이렇게 푸릇푸릇한 젊은이들이 무책임한 어른들의 무관심과 무책임 때문에 죽고도 눈을 감지 못하고 있습니다.

그 당시 저는 회사의 간부 임원으로 재직 중이었습니다. TV로 생중계되는 끔찍한 참사 현장을 보고도 저는 사실 덤덤했어요. 엄청나게 큰 사고가 터졌구나 정도로밖에 인식하지 못했던 거죠. 그 뒤 유족들이 참사 원인을 규명해라 책임자를 처벌해라 배를 조속히 인양해라 왜 구조가 늦어졌는가 등등으로 정부에 대고 성토를 벌였죠. 저는 그때 눈살을 찌푸렸습니다. 수학여행이라며? 돈이 남아돌아 비싼 경비 내서 제주도로 놀러가다 죽었는데, 뭘 잘했다고 저렇게 큰소리를 치지? 차마 입 밖에 내지는 않았지만 제 머릿속에는 '시체팔이 오지게 한다'는 생각이 가득 찼더랬습니다.

그런데 제가 이제 그 욕을 먹고 있는 겁니다. 10년 전으로 되돌아간다면 절대 그런 말을 하지 않겠지만, 이 참사를 직접 겪지 않았다면 어쩌면 이번 참사에서도 똑같은 소리를 내고 똑같은 생각을 했을 겁니다.

이런 제가 참 무섭습니다. 왜 겪어봐야 깨닫는 걸까요? 베드로도 예수의 옆구리에 난 상처를 만지고야 예수의 부활을 믿었다지요? 거짓과 불의에 대해서, 인간이 정상적인 이성을 가졌다면 당연히 지적하고 분노해야 하는데 왜 당해보고 난 뒤에야 깨닫는 걸까요? 저렇게 악담을 하는 이들도 다 생떼 같은 자식들이 있을 텐데, 아이들이 당했어도 같은 말을 내뱉을 수 있을까요? 자기 손자가 자기 자식이 애꿎게 방치되어 죽었어도 시체팔이, 고통팔이란 말이 나올까요? 짐승도 그런 짓은 하지 않을 겁니다.

저야 사뭇 집에만 처박혀 있었으니 뉴스로나 그런 얘길 들었지만, 아내는 바로 눈앞에서 그런 소릴 들었습니다. 아니 아내만 아니라 대부분의 유족들이 이런 끔찍한 독설을 들었어요. 인두겁을 쓰고 어찌 그리 잔인할 수 있는 겁니까? 하긴 저도 그들을 규탄할 자격이 없지만 말입니다. 딸애 볼 면목이 없습니다."

K씨는 자조적인 목소리를 토해내며 고개를 숙였다. 자신이 뽑은 칼에 자신이 찔려 피 흘리고 고통 받는 K씨를 보며 기자는 한숨을 삼켰다. 자신 역시 K씨보다 나은 사람 같지 않았다.

"그래도 이제는 아셨으니 다행이 아니겠습니까? 이번 일로 많은 분들이 깊이 반성했을 겁니다. 선생님 말씀을 들으니 저도 그런 망상을 품진 않았는지 되짚어보게 됩니다."

그의 귀에 기자의 말이 들렸는지 모르겠지만, K는 계속 자신의 회한을 늘어놓았다.

"부끄럽지만 저는 지난 선거 때 잘못된 선택을 하고 말았습니다. 사는 데 별 지장이 없으니 아니 부유한 편이었으니 세상이 잘못되었다고 바로잡아야 한다고 떠드는 사람을 보면 정신에 문제가 있다고 여겼죠. 아무리 둘러봐도 아무 문제가 없는데, 사회를 혼란에 빠뜨려 이익이나 챙기려는 불순세력이라 치부했습니다. 당장 감옥에 처넣어야 한다 말했죠. 그런 내가 옳다고 믿어 의심치 않았습니다. 그런데 저의 교만과 위선, 가벼움을 신께서는 용서하시지 않으셨나 봅니다. 내게 죄가 있다면 저를 죽일 것이지 어떻게 제 딸을……."

K씨는 심하게 어깨를 들썩이며 울먹거렸다. 이번에는 아내 A씨가 남편을 다독이며 등을 쓸어내렸다. K씨는 눈가를 훔치면서 말을 이었다.

"이런 저를 보고 딸애는 마뜩해하지 않았어요. 그 사람들도 그럴 만한 이유가 있어 자기주장을 편다는 거였습니다. 힘없고 가난한 사람들을 누군가는 감싸고 보호해야 한답니다. 저 사람들이야말로 자신을 희생하면서 남을 돕고 있다며 저를 설득하려 들었죠. 저도 지지 않고 가난한 사람은 가난할 만한 이유가 있어 그런 것이라 다그쳤습니다. 열심히 살았다면 왜 가난하겠냐고, 일확천금이나 노리면서 남 탓이나 하니 언제 돈을 모으고 능력을 키우겠냐고 따져 물었죠. 제가 그때 미쳤었나 봅니다. 딸애는 저를 한심하다는 듯 쳐다봤습니다. 지금도 딸애의 표정을 잊을 수가 없습니다. 돌아서서 등을 보이면서도 딸애는 '그래도 난 아빠를 사랑해.'라 말했죠. 그 말이 더 가슴을 찌르더군요. 언젠가 내 뜻을 알 것이라 저는 생각했습니다. 딸애가 옳았다는 걸 이젠 알았는데, 미안하다고 내 생각이 틀렸다고 사과하고 싶어도 딸애는 제 곁에 없네요."

이번에는 아내 A씨가 울먹였다. 노년에 접어든 두 부부가 손가락 사이로 모래알이 빠져나가듯 떠나간 딸을 두고 오열하는 모습은 애처로웠다.

잠시 기자는 마음이 가라앉기를 기다렸다. 그런 뒤 화제를 조금 바꾸었다.

"이번 참사에서는 외국인 희생자도 적지 않았습니다. 그 분들도 만나 뵈셨겠죠?"

남편 대신 아내 A씨가 이 말에 반응을 보였다.

"그래요. 저희들도 깜짝 놀랐어요. 희생자 신원이 하나 둘 게시되는데, 외국 분들 이름이 나오더군요. 그 축제가 아무래도 외국인들도 흥미를 끌 요소가 있었으니 그럴 만하다 싶었지만, 당사자나 가족들이나 얼마나 어처구니없겠어요. 여행을 왔다가 공부하러 왔다가 일하러 왔다가 추억을 남기려고 참여했다 그런 참변을 당했으니까요. 다 바다 건너 먼 타향에서 와 벼락 맞듯 변을 당했잖아요.

저희들도 그 분들을 도우려고 무던히 애썼답니다. 유가족들은 황망 중에 들어와 시신을 수습하고 고국으로 돌아가셨죠. 물론 일부 외국인 희생자들은 지인이나 친구가 여기 있어 뒷일을 맡기도 했지만요. 말도 안 통하는 낯선 땅에 와서 금지옥엽 같은 자식을 잃었으니, 저희들은 미안하기도 하고 안타깝기도 해서 열심히 도왔어요.

그런데 나중에 알고 보니 정부에서는 그 정도 선에서 마무리되었다 여겼는지 이후 사건에 대한 진상이나 처리 과정, 심리 치료 지원 같은 도움이 거의 없었다는 거예요. 우리나라 희생자들보다 더는 아니더라도 동등하고 공평하게 아니 더 성의를 들여 연락을 취해야 했잖아요. 2주기 추모식 때 유가족들이 여러 분 오셨는데, 한동안 서로 손을 잡고 펑펑 울었답니다. 사정 때문에 못 오신 분들도 많으셨는데, 정부가 지원만 해줬어도 오셨을 텐데, 정말 부끄러웠어요. 자식의 넋이 이역만리 머나먼 땅에서 떠도는데 와서 추모도 못하니 가슴이 찢어지지 않을 수 있겠나요."

기자가 알기에 그때 참사로 희생된 외국인은 이란인(5명), 러시아인(4명), 중국인(4명), 미국인(2명), 일본인(2명), 그밖에 노르웨이와 호주, 베트남, 스리랑카, 오스트리아, 우즈베키스탄, 카자흐스탄, 태국, 프랑스인 등 14개 나라 26명이었다. 단일 사건에 이렇게 많은 외국인이 참변을 당한 사례도 없을 듯싶었다.

그럭저럭 시간이 많이 지났다. 어느 새 날은 완전히 저물었고, 상점가에서 켜둔 불빛과 가로등, 그리고 유심히 굿을 지켜보는 사람들의 핸드폰 불빛만 반짝거렸다.

희생자의 넋을 대신해 공수를 마친 무당은 땀에 흠뻑 젖어 있었다. 이제 꽃상여에 영가(靈駕)를 태워 천도한 뒤 지화(紙花)와 돈등, 길등을 태워 배웅할 일만 남았다. 화재 우려 때문에 태우는 절차는 시늉만 하는 정도로 간소하게 치렀다.

다시 무당의 공수가 시작되었다.

- 오호라! 오호라! 어찌 이 길 떠나갈꼬. 한 많고 서러워 어찌 황천 건너갈꼬. 이 세상 벗님네들 이제 훨훨 돌아가요. 나 보고파도 앨랑은 태우지 마소. 그 소리 저승까지 들릴 테니 내가 어찌 견디겠

소. 신장님네 우리를 지켜주고 염라대왕 우리를 먹이시리다. 내 보고파도 조금 참고 재우재우 부디 건강 잘 지키소. 세상의 그 많은 원혼, 억울하다면 강물이요 원통하다면 바닷물일세. 잊고 사세. 잊고 사세. 생사 유명(幽明)이 다르다지만 문턱 넘고 대문 나서면 그곳이 저승인 것을. 우리들 인사 여기서 나누리니 다시 볼 날 기다리며 길이길이 편히 사소. 애면글면 편히 사소…….

설움을 복받치게 하고 절규하듯 피울음을 토해내 혼령을 달래는 악대의 피리소리, 장구소리, 징소리, 나발소리가 골목을 감싼 채 메아리처럼 떠돌았다.

이제 인터뷰도 마칠 때가 되었다. 기자가 마지막으로 물었다.

"앞으로 어떻게 지내실 예정이신가요?"

K씨는 쉽게 말문을 열지 못했다. 억지로 입술을 움직이면서 K씨가 말했다.

"죽지 못해 사는 삶이 되겠지만, 이젠 일상으로 돌아가야죠. 살아 있는 게 죄인 것 같습니다. 다만 이 참사가 잊히지 않았으면 좋겠습니다. 누구나 사고는 당하게 마련인데, 그저 남의 일이라 여기고 외면하면 반드시 내게도 닥칩니다. 당하고 난 뒤 깨달으면 너무 늦어요. 함께 아픔을 나누면서 먼저 걱정하는 시민이 이 참사를 계기로 많아지기를 바랍니다.

다만 이 '지노귀굿'은 이번 참사를 당한 희생자들만을 위해 베푸는 일만은 아닙니다.

죽은 딸애가 지가 못한 공부를 제게 떠넘겼는지 이번 일을 겪으면서 역사에 대해 공부를 많이 했습니다.

살펴보니 억울하게 죄 없이 죽은 사람이 우리 역사에는 너무 많더군요. 조선시대 말부터 보더라도 동학농민혁명 때 순국하신

분들, 한말 의병들, 삼일독립만세 운동 때 학살당하신 분들, 간도대학살에서 죽은 분들, 징용에 끌려가 위안부로 끌려가 원통하게 세상을 떠나신 분들, 해방이 된 뒤에도 제주4·3사건 때 학살당한 무고한 분들, 여순민중항쟁 때 죽은 수많은 영령들, 보도연맹 사건과 국민방위군사건 때 죽은 분들, 4.19혁명 때 돌아가신 분들, 인혁당 사건 때 돌연 처형당한 원혼들, 5.18광주민주화운동 때 학살당한 시민들, 그리고 세월호 참사 때 불귀의 객이 된 학생과 시민들. 이 모든 분들을 모두 모두어 치르는 천도 굿이라고 저희들은 생각합니다.

그저 이 굿판이 끝나면 이 땅에 다시는 불행하고 억울한 죽음이 없기만 간절히 바랍니다."

이 말을 끝으로 K씨와 아내 A씨는 두 손을 꼭 잡고 골목 끝자락에서 마감되어 가는 굿판을 향해 걸어갔다.

부부의 등 위로 비치는 불빛이 기자의 눈에는 이 땅에서 스러져간 수많은 딸들과 아들들이 드리우는 따뜻한 위로의 손길처럼 느껴졌다.

누구랄 것도 없이 군중들 속에서 노래가 흘러 나왔다. 꽃잎 같은 촛불이 꽃밭처럼 만개했다.

얼어붙은 저 하늘
얼어붙은 저 벌판
태양도 빛을 잃어
아! 캄캄한 저 가난의 거리

어디에서 왔나

얼굴 여윈 사람들
무얼 찾아 헤매이나
저 눈 저 메마른 손길

오 주여, 이제는 여기에
오 주여, 이제는 여기에
- 고향도 없다네. 지쳐 몸 눕힐 무덤도 없이
겨울 한 복판
버림 받았네, 버림 받았네
우리와 함께 하소서

- 아, 거리여
외로운 거리여
거절당한 손길들에
아, 캄캄한 저 곤욕의 거리
어디에 있을까
천국은 어디에
죽음 저편 푸른 숲에
아, 거기에 있을까?

- 오 주여, 이제는 여기에
가리라 죽어
그리로 가리라
고된 삶을 버리고
죽어 거기로 가리라

끝없는 겨울
밑 모를 어둠

못 견디겠네 이 서러운 세월
못 견디겠네 이 기나긴 가난
못 견디겠네 차디찬 이 세상
더는 못 견디겠네

어디 계실까?
주님은 어디에
우릴 구원하실 그 분
어디에 계실까?

- 우리와 함께 하소서

기자는 카메라맨에게 조용한 손짓으로 두 사람과 굿판에 모인 사람들을 담으라고 지시했다.

거기에서는 시나브로 환한 불꽃이 자라나는 중이었다.

# Memory Shopping Company

-PREVIOUS TO

1

잠이 잘 오지 않는다.

물론 잠들지 못하는 것이 어제오늘의 일은 아니다.

아내가 증발한 이후 나는 계속 불면증에 시달렸다.

행성계의 질서가 갑자기 무너진 듯한 혼란이 닥쳤다.

증발은 반역에 가까운 중범죄자에게 가해지는 형벌이었다. 아내가 그런 범죄에 가담했거나 주도했을 리는 없었다. 그런데 왜? 이런 염려와 상상에 사로잡히니 제대로 잠이 올 리 없었다.

'신체기능조정센터'에 가 증상을 입력하니, 키오스크에서 빨간 알약 한 알이 튀어나왔다. 과다복용 방지를 위해 하루 1회 한 알만 제공된다는 빨간 문구가 깜빡거렸다.

'한 달 동안 매일 찾아와 서른 알을 모은 뒤 털어 넣으면 어쩔 건데?'

내 속을 꿰뚫어봤다는 듯 알약이 신체 내부에서 분해되었다는 정보가 수신되지 않으면 이후 지급은 중단된다는 경고 글귀가 다시 빨갛게 깜빡거렸다.

빨간 불빛은, 백 년 전쯤인가? 오래 전 해산되고 당원 전원이 실종 처리된 어떤 당의 로고를 떠올리게 했다. 그들은 '빨갱이'를 그렇게 싫어하고 악용하면서도 빨간 색은 죽으라고 사용했었다.

죽으라 사용하더니 정말 다 죽어버렸나? 나는 지금도 그런 무리들이 이 행성계에 암행한다고 생각한다. 세상은 정상보다는 비정상이 잘 작동되니까.

나는 얼른 그런 생각을 머리에서 지워버렸다. 뇌파 검색 CCTV가 골목마다 거리마다 운영 중이었다. 다행히 사각지대에서 떠올린 기억이었지만, 기억의 흔적은 어딘가 스페이스넷 중앙정보처리센터 서버에 저장되어 있을지도 몰랐다. 느닷없이 까마귀 한 마리가 울고 지나갔다.

나는 몸을 부르르 떨었다.

그날 밤 잠들기 전 빨간 알약을 입속에 털어 넣었다. 달짝지근한 졸음이 몰려와 '효과는 끝내주는군!' 감격하려는데 금방 다시 정신은 멀쩡해졌다. 여파로 머리만 찌근거렸다. 알약으론 효과가 1분도 지속되지 않는 지독한 불면증이었다.

다음 날 나는 다시 '신체기능조정센터'를 찾아 같은 증상을 호소했다. 다시 빨간 알약 한 알이 톡! 튀어나왔다. 재빨리 챙겨들고 나오려는데, 키오스크에서 경고음이 울렸다. 돌아보았다.

- 삼 회 이상 효과가 없으면 상담의 연락처가 귀하의 단말기로 송신됩니다.

아직 두 번째 알약을 복용하지도 않았는데 삼 회 이후 일어날 변수를 알려주다니? 왠지 불길했다. 이놈의 알고리즘은 벌써 내 미래까지 예측하고 있단 말인가?

알고리즘의 경고는 예측이 아니라 확신이었다.

이틀 뒤 나는 상담의 연락처를 받았고, 즉시 '신체기능조정센터' 상담실 건물의 첫 번째 계단을 밟았다. 모든 도로에는 단거리 워프(Warp) 장치가 가설되어 의지만 가지면 순간 이동이 가능했다.

상담의는 나보다 더 피곤해 보였다. 늙수그레한 데다 새치가 많은 머리는 까치집을 연상시켰다. 통통한 얼굴은 부스스했고, 게다가 두꺼운 뿔테 안경까지……

'요즘 누가 18세기 때나 끼던 저런 안경을 쓰나!'

속으로 나는 혀를 끌끌 찼다.

상담의보다 더 눈길을 끈 것은 그의 뒤 하얀 벽 한 가운데 걸려 있는 그림이었다. 내 기억이 맞다면 그 그림의 이름은 'KISS'였다. Gustav Klimt, 1862년 7월 14일 태어나 1918년 2월 6일 죽은 화가가 그린 그림이다. 당시 유행하던 스페인 독감에 걸렸고, 증상이 악화되어 뇌경색과 폐렴으로 세상을 떴다. 그 해 10월 31일에는 제자뻘이라고 할 수 있는 Egon Schiele도 스페인 독감으로 28살 나이로 죽었다. 그보다 사흘 전인 28일에는 임신 6개월이던 아내가 먼저 독감으로 사망했다.

내 아내의 증발은 독감 따위 때문은 아니었다. 우리 시대에 인간의 신체를 갉아먹어 죽게 만드는 모든 질병은 퇴치되었다. 아직 총통부 의료국에서 장악하지 못한 질병은 '심리기저질환'뿐이었다. 그중 하나가 불면증이다. 발병까지 제어는 안 되지만 빨간 알약 한 알이면 99.9999% 완치된다고 나는 알고 있다. 그런데 나는 재수가 없는 건지 그 0.0001% 환자였다.

물론 아내는 임신 상태도 아니었다.

그림 속 여자는 노곤하지만 쾌락에 홀린 표정을 흘리면서 눈을 감고 있었다. 여자의 몸은 축 처져 사내가 감아 올린 억센 팔 안에 안겨 있었다. 내 아내가 저런 표정을 지었던 게 언제인지 잘 기억나지 않았다. 분명 섹스를 마친 다음이었을 테지만, 아마도 '불법 과잉 성교 금지 조항'에 걸리는 행위를 마친 뒤였을 것이다.

총통부는 부부간의 과잉 성교를 철저하게 금지했다. 성교는 배란일을 전후한 일정 기간 안에만 허용되었다. 쾌락만을 위한 성교는 심각한 형사법 위반으로 처벌되었고, 발각되었을 때는 당사자들 모두 대기권 상공에 떠 있는 징벌캡슐에 갇히는 '추방형'을 선고받았다.

침실 안에서 벌어지는 부부간의 행위조차도 열상 감지 카메라가 장착된 인공위성에 의해 감시되지만, 아내는 그 '매의 눈'을 피할 줄 알았다. 그래서 한 번도 캡슐로 끌려가지 않았다. 그러면 무엇 때문에……?

상담의의 눈은 '매의 눈'은 아니었고, 오히려 흐리멍덩했다.

"언제부터 증세가 나타났습니까?"

내 유전자 정보 번호를 불러줬더니 상담의가 책상 앞에 놓인 모니터를 보면서 물었다.

"한 달 전부터요."

의사의 눈초리가 올라갔다.

"알약 처방 신청은 사흘 전부터던데……견딜 만했던 겁니까?"

견딜 만했다기보다는 무신경했다고 봐야 옳았다. 아내가 이유도 없이 통보도 없이 증발했는데 멀쩡할 남편이 얼마나 될까?

"사흘 전에야 인지했습니다."

"한 달 전에 무슨 일이 있었습니까?"

"아내가 증발했더랬죠."

모니터에서 눈을 뗀 의사가 몸을 뒤로 밀치더니 나를 노려보았다. 적개심이나 의혹보다는 호기심이 어린 눈빛이었다.

"이유가?"

"모릅니다."

의사가 손가락을 깍지 꼈다. 모니터는 투명해 깍지 낀 손이 다 보였다.

"지금 격리 상태겠군요?"

아내가 증발한 줄 안 것은 그날 내가 출근 금지 통지를 받았기 때문이었다. 내가 중대 범죄를 저지른 적이 없었기 때문에 - 불법 성교가 께름칙하긴 했지만 - 금지령은 뜻밖이었다. 금지령에 대해서는 어떤 항변도 할 수 없었다. 그것은 총통부의 불가역적인 명령이었다. 하지만 총통이 누군지는 아무도 모른다.

나는 그날 이후 주소지에서 두 블록 이상 벗어날 수 없었다. 식료품을 비롯한 일체 서비스는 배달로 대체되었다. '신체기능조정센터'를 찾을 수 있었던 것도 단말기에 용건을 입력한 뒤 승인을 받은 이후였다.

나는 대답 대신 고개를 끄덕였다.

"직업이 뭐였습니까?"

모니터에 다 뜰 텐데 왜 묻는지 모를 일이었다.

"교사입니다. 미술사를 가르치죠."

의사가 고개를 저었다.

"아니, 부인 말입니다."

그제야 수긍이 갔다. 과거형으로 묻는 것이 기분 나빴다.

"저널리스트입니다."

나는 현재형에 힘을 주었다.

"그런 직업이 지금도 있습니까?"

지구상에서 일어나는 모든 사건 사고나 통지, 행사에 대한 정보는 AI가 작성했고, 개인 단발기 액정을 통해 전달받았다. 그러니 어떤 방식이든 언론인은 필요하지 않았다. 대부분의 지구인들은

'언론인'이 존재한다는 사실을 알지 못했다.

총통부가 언론인을 둔 것은 그들에 따르면 '빌어먹을' 헌법 때문이었다. 헌법에는 모든 지구인에게는 '언론과 집회, 결사, 표현의 자유'가 보장되었다. 헌법에 보장된 행위를 실현할 인력이 배치되어야 총통부의 기능이 정상적으로 작동했다. 원래 아내도 교사였는데, 지구 시간 5년 전부터 '미디어통합센터'로 출근하라는 통보를 받았다. 나는 그 '미디어통합센터'가 어디에 있는지 몰랐고, 아내도 말해주지 않았다.

나는 다시 고개만 끄덕였다. 의사도 권한 밖 질문이라 판단했는지 화제를 돌렸다.

"어쨌거나 부인의 증발 이후 불면증이 발생한 것이로군요?"

"아내는 총통부가 금지한 어떤 행위도 한 적이 없습니다. 그런데 느닷없이 증발하고 저도 금지령을 받으니 갈피를 잡을 수 없더군요. 집에 앉아 그 생각에만 골몰하니 잠이 달아나버렸나 봅니다."

"생각이 너무 많으면 마귀에게 잡아먹히지요."

총통부는 규정 외 사고를 완강하게 통제했다. 모든 행위는 총통부에서 제작한 매뉴얼에 따라야 했다. 교육도 당연히 모니터에 뜬 교육안을 앵무새처럼 외어야 했다. 창의나 고안은 금기였다. 금기를 깨뜨리는 무리는 항상 있어 왔는데, 그들은 대개 증발되었다. 그래서 나는 아내의 증발이 더욱 두려웠다. 아내가 나도 모르게 모종의 생각에 빠졌던 게 아닐까? 아니 어쩌면 행동까지도?

의사가 한 말은 '생각에 집착하면 죽음이 문을 두드린다'는 총통부의 공리를 에둘러 표현한 것이었다.

"그래서 수면제 처방을 요청한 겁니다."

의사가 한숨을 쉬었다.

"그런데 효과가 없었군요. 그런 이유라면 알약의 강도를 높여도 큰 도움이 안 될 겁니다. 자칫 부작용 때문에 더 큰 위험이나 혼란이 올 수도 있지요. 그건 총통부에서도 원하지 않는 일입니다."

지구인들은 현재 '절대 수명'에 도달했다. 인간은 영생을 얻었다. 질병은 퇴치되었고, 노화도 차단되었으며, 생식과 대사 역시 완전 조화 단계에 이르렀다. 불행도 불안도 존재하지 않았다. 아니 존재해서는 아니 되었다. 지구인은 죽지 않았지만, 이따금 예상 못한 사고로 개체가 사라지기도 했다. 나는 아내라는 개체가 사라진 것은 아닌지 두려웠다.

영생을 얻은 지구인들이 생식을 중단하지 않은 까닭은 행성 밖 거주지역이 확장되기 때문이었다. 지구 거주 인구는 50억 명으로 제한되었고, 나머지 지구인들은 심사와 선별을 거쳐 행성 밖 거주지로 이동했다. AI는 엔트로피 조절을 위해 10년 주기로 거주지역을 확장해 나갔다. 그러니 적당량의 생식은 필요했다. 나와 아내는 고급 인력에 속했기 때문에 우수 유전자 보유체로 등록되어 있었다. 우리 부부에게 배당한 아이는 두 명이었지만, 아직 한 명도 태어나지 않았다. 배란 주기에 맞춰 교미를 하는데도 수정이 되질 않았다. 이 때문에 아내는 약간의 스트레스를 받았다. 알약을 처방받아 해소하기는 했지만, 그녀의 욕구가 사라진 것은 아니었다. 나는 그것을 느낄 수 있었지만, 도움을 줄 수는 없었다.

의사가 손뼉을 쳐 내 역상(逆想)을 중지시켰다.

"생각을 멈추세요. 생각은 상상력을 자극합니다. 아주 위험한 기작이지요."

나는 의사의 입술을 주목했다. 입술을 열고 혀가 나오더니 연신 입술을 빨았다. 생각이 멈추지 않아 찾아온 나에게 생각을 중지하라니! 그게 되면 내가 왜? 나는 갑자기 의사가 멍청한 종자가 아닌가 하는 의심이 들었다. 하긴 그러니 이런 골방에 앉아 상담이나 하고 있겠지. 질병이 없는 세상에서 의사는 무용지물이었다.

내 의혹을 아는지 모르는지 의사는 혀를 삼키더니 빙그레 웃었다.

"생각을 그칠 수 없다면 생각의 원천을 차단해야겠죠. 지금 보면 환자분의 생각은 기억에서 빚어진 겁니다. 옛 기억에서 벗어나지 못하고 도돌이표처럼 뱅뱅 도니 생각이 끊어질 리 없습니다. 뭔가 조치가 필요해 보이지요?"

나는 짜증이 났다. 그래서 필요한 조치를 해달라는 거 아닌가. 아내는 왜 증발되었는지, 지금 어디에 있는지, 건강한지, 언제 돌아올 수 있는지, 그런 통보가 정작 필요한 조치였다. 그런 걸 이 의사가 해줄 수는 없는 일. 알약도 효과가 없다면 나는 왜 여기서 아까운 시간을 낭비하고 있는가? 차라리 총통부에 선이 닿는 사람을 찾아보는 게 낫지 않을까?

나는 심드렁하게 말했다.

"건강을 유지해야 아내가 돌아와도 온전한 결합이 이뤄질 텐데, 효과적인 방법을 찾아봐야 하지 않겠습니까?"

그러자 의사가 검지를 치켜 올리며 대꾸했다.

"최근 고안된 치료법이 있는데, 한번 시도해 보시겠습니까? 확언하건대 불면의 근본 원인을 원천 차단해 줄 겁니다."

나는 최면에라도 걸린 듯 의사가 돌리는 손가락 끝을 따라갔다.

## 2

----- 뚜 뚜 뚜 뚜 뚜 -----

수면 부족으로 고통 받는 시간은 지나갔다.

의사가 제공한 방식은 확실히 효과가 있었다. 눈만 감아도 졸렸고, 누우면 바로 잠들었다. 보행 거리 제한은 여전했지만, 밖으로 나가 누군가를 만나야 한다는 압박감에서 풀려났다. 잠이 들면 바로 꿈을 꾸었다. 원래 깊은 잠에 들진 못해 때로 악몽에 시달리다 깨곤 했는데, 처방 이후 꿈은 내용부터 달라졌다.

처음 가보는 장소였다.

처방의 성격상 당연한 것이었지만, 생소하다는 이질감은 따로 없었다.

그곳은 바닷가였는데, 넓은 백사장이 가운데 펼쳐졌고, 양 끝에는 푸른 소나무가 울창한 곶이 길지만 완만하게 뻗어나가 만(灣)이 주는 안정감이 분위기를 가득 채웠다. 미세먼지가 전혀 없는 공기는 호흡하기 상쾌했다. 푸른 하늘과 높은 상공에서 흘러가는 흰 구름, 그 사이를 깍깍 거리며 날아다니는 갈매기 떼. 가끔 해오라기나 신천옹(信天翁, 알바트로스)이 갈매기 무리를 좇거나 엇갈리면서 날았다. 신천옹은 내 주변 아주 가까이 날아와 활강하면서 비껴갔는데, 노란 부리를 내 쪽으로 향하면서 까만 눈동자로 나를 살폈다.

백사장의 모래는 산호를 갈아놓은 것처럼 하얗다 못해 뽀얗다. 맨발바닥 아래로 밟히는 질감은 모래와는 달랐다. 촘촘히 박아놓은 가는 못 위를 걷는 것처럼 간지럼과 기분 좋은 경통(輕痛)이 발바닥을 타고 온몸으로 전해졌다.

백사장 뒤로는 적당히 경사진 숲이 펼쳐졌는데, 이름 모를 새들의 울음소리가 합창처럼 들려왔다. 뱃쫑뱃쫑 지저귀면서 날아가던 산새가 무심하게 내 어깨 위에 앉았다가 자리를 떴다. 손을 올려 앙증맞은 머리를 쓰다듬어도 고개만 까딱일 뿐 날아가진 않는다. 발가락이 따끔 거려 내려 봤더니 갓난아기의 발톱만한 앙증맞은 칠게[蟹]들이 발등을 타고 올라와 꼼지락거렸다.

숲과 하늘이 맞닿은 지점에는 노랗게 익어가는 감이 주렁주렁 걸린 감나무가 횡대로 늘어섰다. 높이가 열 길도 더 되어 보였지만, 손을 뻗으면 닿을 거리에도 감은 육즙을 자랑하면서 바람 따라 너울거렸다. 어렸을 때 시골 고향에 가면 할머니가 감을 말렸다가 건시(乾柿)를 만들어 내게 내주었다. 처음에 나는 곶감 겉에 묻은 하얀 가루가 곰팡이인줄 알고 후후 불었다. 할머니가 손을 저으며 맛보라고 했다. 설탕가루보다 더 달콤했다. 그런 회상을 하자니 침이 꿀꺽 넘어가면서 옅은 허기가 찾아왔다. 여기서는 상상도 추억도 자유로웠다.

나는 주변을 두리번거렸다. 아무도 없었다. 그제야 나는 이 넓은 해변에 외톨이로 있다는 사실을 깨달았다. 무섭기보다는 쓸쓸했다. 덥지도 춥지도 않은 날씨에 이렇게 덩그러니 혼자 해변을 걷다니, 청승맞기도 했다. 더구나 나는 벌거벗은 상태였다. 맥 빠진 남근이 움직일 때마다 덜렁거렸다.

부끄럽지는 않았다. 다만 여기 계속 머물 수는 없었다. 해가 지려면 아직 두어 시간 여유가 있어 보였지만, 누군가를 만나야 한다는 깨달음 같은 욕구가 귓전을 떠돌았다.

옷을 찾으려 두리번거렸다. 나뭇가지에 걸려 있을 법도 한데 아무리 눈에 힘을 주어도 바지든 셔츠든 내의든 팬티든 보이지 않았다. 신발도 양말도 없었다. 나는 아주 이상한 곳에 떨어졌다.

내가 여기서 누군가를 만난다면 분명 여자일 거라는 예감이 집요하게 엉겨 붙었다. 그 여자는 아내는 아니었다. 그러나 잘 아는 사이임은 분명했다.

이런 느낌과 상념들이 연신 뇌를 자극하는데, 나는 문득 당혹스러워졌다.

이것이 내가 원하던 기억이었나?

Company에서 Shopping한 Memory의 목록을 더듬었지만, 무엇이었는지 분명하게 떠오르지 않았다. 로빈슨 크루소의 '무인도' 아이템을 골랐던 걸까? '平常心是道'라 쓰인 버튼을 누른 기억은 어렴풋이 떠올랐다. 여자를 만날 것이라는 기대감이 떠오르는 것으로 볼 때 'NOT WIFE' 단서가 붙은 'FEMALE' 버튼을 눌렀을 수도 있었다.

그러나 이것은 모두 내 상상일 뿐이었다.

백사장을 서성이던 나는 녹음이 짙은 숲 사이로 난 소로(小路)를 발견했다. 길은 공기알보다 작은 하얀 자갈들이 깔려 있었다. 자갈들이 놓인 모양새가 '⇑' 형상으로 보였다. 나는 발바닥에 묻은 산호 가루를 떨어내고 소로로 접어들었다.

길은 한 사람이 걷기에 적당했다. 길가에는 허리춤까지 자란 코스모스가 하늘거렸다. 코스모스는 파란색, 빨간색, 노란색, 분홍색, 보라색, 적황색, 주홍색 등등 온갖 빛깔로 나를 맞았다. 호접(胡蝶)들이 꽃과 꽃 사이를 분주하게 날아다녔다. 노랑 바탕에 검은색 기하학적 무늬가 온몸에 수놓인 호랑나비들이었다. 아래날개 쪽에 에메랄드빛 청록색에 파란색이 가미된 귀족적 풍취의 모자이크가 아래위로 이어진 것으로 보아 '산호랑나비'였다.

감나무 사이로 행거라도 놓였으면 올라타고 한잠 늘어지게 자고 싶었다. 꿈을 꾸고 있으면서도 또 잠을 자겠다니, 우스웠다.

행거는 없었고, 대신 가지에 옷이 걸려 있었다.

하얀 러닝에 밴드가 둘린 진회색 팬티, 청바지에 계란빛 반소매 남방이 쇼윈도 안 마네킹이 입고 있는 듯한 구성으로 다소곳하게 나를 기다리고 있었다. 바닥에는 하늘색 슬리퍼가 놓였다. 나는 팬티부터 한 벌씩 내려 몸을 감쌌다. 맞춤옷처럼 몸에 딱 맞았다. 슬리퍼에 발가락을 끼우자 몸이 한 자 정도 떠오른 듯 상쾌한 느낌이 들었다. 옷에서는 박하향이 풍겼다.

나는 청바지 주머니에 두 손을 끼운 채 언덕길을 넘어갔다.

거기서 나는 여자를 만났다.

## 3

"여기서 투약하는 게 아닙니까?"

의사는 나를 일으켜 세우더니 따라오라고 손짓했다. 나는 그대로 앉아 있는데, 의사는 벌써 나를 지나 출입문 손잡이에 손을 대는 중이었다. Klimt의 'KISS'가 위에서 나를 내려 보았다. 여전히 사내는 초록색 머리통만 보였고, 여자는 달뜬 표정으로 남자의 손길에 몸을 맡겼다. 여자의 눈에는 기쁨을 이기지 못한 눈물이 맺힌 듯 보였다. 아내가 지었던 그 표정이 사무치게 보고 싶어졌다. 총통부는 도색(桃色)을 연상시키는 모든 미디어를 제거했다. 그러니 저런 그림은 불법이었다. 허락받지 못한 욕망은 제국의 적이었다.

"일어서지 않고 뭐 합니까?"

외모가 후줄근했던 의사는 언제 그랬냐는 듯 아연 활기를 띠었다. 그는 한 손은 손잡이로 향한 채 한손으로는 내가 앉은 의자의 등받이를 툭툭 쳤다.

"이 서비스는 투약이 아니라 시술에 가까우니 장비가 있는 곳으로 이동해야 합니다."

"자부담이 있는 시술인가요?"

"지원 프로그램이 끝나면 발생하겠지요."

자부담이 있건 없건 시술이란 말은 귀에 거슬렸다. 총통부에서 제공하는 '시술'은 어지간하면 거절하는 게 상책이란 말은 나도 들었다. 아내도 드라마 시청 중 무상 시술 정보를 제공하는 섹션이 나오면 슬쩍 던지는 투로 말한 바 있었다.

"누가 그러대. 앓느니 죽는 게 낫다고."

단순한 전언인지 우려의 표명인지 애매했지만, 신중한 아내가 허튼 소리를 하진 않았을 터였다.

"꼭 받아야 합니까? 저는 투약을 선호합니다."

한발 물러서 보았다.

의사가 손잡이를 놓고 돌아서더니 짓궂은 표정을 지으며 말했다.

"아내를 빨리 보고 싶다고 하지 않았습니까? 생각과 근심, 특히 불면증이 재회의 시간을 줄여주지는 않습니다. 항간에 도는 뜬소문 때문이라면 걱정할 필요 없습니다. 임상실험은 충분히 거쳤으니까요. - 의사는 씽끗 웃으며 작은 목소리로 '사람인지 말미잘인지는 나도 모릅니다'고 첨언했다. - 100% 안심 보장 시술입니다."

아내의 전직을 고민할 때 당국은 '100% 안심'할 수 있는 직장임을 유독 강조했다. 그런데 아내는 5년 만에 증발했다.

주저하는 낌새를 눈치 챘는지 목소리가 단호해졌다.

"굳이 강요하지는 않습니다. 이 시술은 환자의 적극적인 참여 의지가 효과를 배가하는 핵심 요소이니까요."

하지 말라면 더 하고 싶어지는 게 인간의 약점이었다.

나는 자리에서 일어났다.

같은 층인 줄 알았더니 지하로 내려갔다. 엘리베이터도 타지 않고 비상구 계단을 이용해야 했다.

"아직까지는 기밀 딱지가 붙은 부품이라 폐쇄 구간 안에 두고 있죠."

의사는 묻지도 않은 설명까지 덧붙였다.

지하 3층 구석방까지 이르니 알루미늄 막 같은 천이 출입구를 차단하고 있었다. 가운데 지퍼를 내리자 문이 나왔다. 나는 약간 으스스한 냉기를 느꼈다.

'아내도 이렇게 증발한 거 아닐까?'

불면증에 시달리다 자해로 끝장을 보나 불용품(不用品) 취급을 받아 모처로 끌려가 증발되나 피장파장이었다. 아니 증발되면 아내를 만날 수 있을지도 몰랐다.

의사가 엄지와 중지를 마주쳐 소리를 내자 불이 들어왔다.

오래 전 치과에서나 본 듯한 시술의자가 누워 있었다. 나는 날 때부터 치아 상태가 엉망이었는데, 지금은 '자가 성장 치아'로 교체해 누구보다 건치(健齒)를 자랑했다. 의자에 핏자국이나 몸부림을 친 흔적이 있는지 꼼꼼히 살폈다. 당연히, 없었다.

의사가 버튼을 누르자 누워 있던 의자가 등을 일으켰다.

나는 의사의 지시대로 의자에 앉았다. 환자 가운 따위는 없었다.

"벽에 걸린 헬멧을 쓰시죠. 다음으로 수정 바이저를 내려 얼굴을 가립니다."

곧 바이저에 전원이 들어왔고, 다양한 메뉴들이 등장했다.

내가 등받이에 편안하게 몸을 기대자 의사가 설명을 시작했다.

"이 시술은 환자분의 심리적 동요나 불안감, 내적 고민 등을 제거하고 오염되지 않은 청정한 기억을 제공하는 서비스입니다. 저희들은 일시적으로 환자분 뇌리를 떠도는 불편한 기억을 적출해내고 최상의 유쾌하고 안락하면서 긴장을 이완시켜 주는 기억을 이식합니다. 물론 항구적인 것은 아니고, 환자분이 원하는 대로 기간은 조절할 수 있습니다. 또 불편의 원인인 기억만 적출하지 다른 기억은 온전하게 유지하니까 생활에 아무런 장애를 일으키지도 않지요. 자 마지막으로 한 번 더 묻겠습니다. Memory Shopping을 시작하시겠습니까?"

잠깐 주저하는 감정이 떠올랐다. 오늘 처음 만난 의사-아무리 좋게 봐도 돌팔이 같은데-의 말만 믿고 이런 위험한 시술을 허락해야 하나? 완전히 다른 사람이 되는 것은 아닐까? 다시 원래 기억을 되찾지 못한다면 아내가 돌아와도 이번엔 내가 증발되는 것은 아닐까?

찰나의 순간 스쳐 지나가는 일말의 공포가 주는 텐션이 가볍지만은 않았다. 그러나 여기까지 와서 물러난다면 나는 다시 무기력증에 빠져 혼돈 상태를 벗어나지 못할 터였다.

나는 두 눈을 꾹 감고 말했다.

"시작합시다."

## 4

----- 뚜 뚜 뚜 뚜 뚜 -----

그녀는 나를 보더니 환하게 웃으며 두 손을 들어 흔들었다. 우윳빛 바탕에 색색의 꽃무늬 장식이 귀여운 원피스 차림이었다. 길지도 짧지도 않은 목선과 원피스 직물의 결 위로 돋을새김 된 젖가슴

의 융기선. 나보다 십 년은 더 젊어 보였는데, 더 차이가 날지도 몰랐다. 지는 해의 햇빛을 맞은 그녀는 잘 익은 홍시처럼 보였다.

나는 바로 그녀를 알아보지는 못했다. 낯익은 얼굴임은 분명했다. 더구나 그녀가 짓는 미소는 마치 어제 만난 사람의 그것처럼 뚜렷하고 친근했다. 아내가 행복했을 때 짓던 미소 역시 저랬다. 짧은 단발과 약간은 선이 굵은 턱, 부드럽게 흐르는 입술선, 그리고 왼쪽 눈 아래 가늘게 난 상처의 흔적. 아내는 어렸을 때 재봉틀 모서리에 부딪쳐 생긴 상흔이 남은 것이라 말했다. 나는 요즘의 성형 기술로는 차 한 잔 마실 사이에 지울 수 있으니 없애자 권했다. 아내는 상처에서 피가 났을 때 집에서 기르던 강아지가 핥아주던 기분 좋은 느낌까지 지워질 거라며 거절했다. 그때 이후 나는 아내와 허락되지 않은 섹스를 할 때마다 아내의 왼쪽 눈에 남은 상흔을 혀로 핥아주었다. 아내는 부르르 몸을 떨었다.

여자는 웃음을 그치지 않으면서 내게로 다가왔다. 그러나 다리가 움직이는 게 아니라 마치 땅에서 미끄러지듯이 접근했다. 마찰하는 바람을 따라 원피스 옷깃이 팔락였다. 여자는 웃었지만 나는 웃지 못했다. 웃으면 땅이 역류해 멀어질 것 같아서였다.

여자의 첫 마디부터 나를 당혹하게 만들었다.

"저를 몰라보시나 봐요?"

손을 뻗으면 닿을 만큼의 거리에 서서 여자는 조금 섭섭하다는 듯 눈살을 찡그렸다. 미안한 마음이 일었다.

"분명 뵌 분 같기는 합니다. 어디였을까요?"

여자는 살짝 슬픈 표정을 지었다.

"오래 되기는 했네요. 하지만 어제였을 수도 있는 시간인데……."

나는 이마를 찌푸리며 기억을 짜냈다. 영생을 얻고 난 이후 총통부는 생년월일을 모든 기록에서 삭제했다. 기록만이 아니라 기억에서도 삭제했다. 대신 유전자 정보 번호가 부여되었다. 우리들의 지난날 추억과 말들은 시간이 지워지면서 함께 기억에서 사라졌다. 다시는 돌아가지 못할 장소며 영원히 볼 수 없는 사람이 있다면 우리는 불행한 것이다.

누구도 생일을 모르니 나이가 몇 살인지 헤아리지 않는다. 영생은 시작도 없고 끝도 없는 무한히 뻗은 직선이었다. 관습적으로 연월일은 유지되었지만, 거주하는 행성에 따라 그 부피는 동일하지 않았다. 공전주기가 다르기 때문이다. 내가 알기로 1초는 세슘(Caesium)-133이 9,192,631,770번 진동하는 주기를 기준으로 정해졌다. 예술을 전공한 나는 대체 어떤 미친놈이 91억 번이나 진동하는 세슘의 왕복 운동을 셌는지 어처구니가 없었지만, 물리를 전공한 친구는 그림의 미묘한 색감 차이를 감지하는 나를 '별종' 취급했다. 그들에게 색이란 스펙트럼상의 파장 차이일 뿐이었다.

나는 주변을 둘러보았다.

여기는 지구인가?

바다가 있고, 하늘이 있고, 구름이 있고, 새와 나무, 꽃과 모래가 있으니 지구일 듯했지만, 사람이 걷지 않고 땅이 움직이는 이 여자의 세상은 지구일 리 없다는 생각이 들었다.

여자가 내 의구심을 풀어주었다.

"놀라지 마세요. 이곳은 당신이 쇼핑한 기억이 만들어낸 사이버-매트릭스 공간입니다. 아직 적응할 시간이 필요하겠지만, 곧 익숙해질 거예요. 그보다는 제가 누군지부터 기억해내셔야 해요. 저를 신뢰하지 못하면 저는 당신을 안내할 수 없습니다."

여자의 눈빛이 간절해졌다.

나는 기억을 짜냈다. 세슘의 진동수까지 기억하는 내가 여자의 신원을 모를 리 없었다. 여자의 말로 짐작하건대 내가 여자를 기억하는 일은 매우 중요한 절차로 보였다.

나의 두뇌는, 전공인 미술사와 관련된 기억은 한 치의 오차나 누락 없이 탑재하고 있다. 이제는 그게 몇 살 때의 일인지 알 수 없지만, 대학에 들어가고 대학원을 다니면서 학위를 받을 때까지 나는 미술과 관련된 모든 지식을 저장하고 활용하는 과정을 거쳤다. 물론 작품을 감상하고 분석하면서 의미를 재구하는 능력도 갖췄지만, 총통부 예술국이 규정하는 범위를 넘어서는 일탈이어서 삭제해야 했다. 하지만 아무리 바람이 없다고 물결이 사라지지 않는 것처럼 그 기억의 진동은 느린 사이클이기는 해도 박제되지는 않았다.

그렇게 희미해진 기억의 회로를 더듬거리다 보니 문득 그녀가 누구인지 떠올랐다. 왼쪽 눈 아래 남은 상흔 때문일지도 몰랐다.

그녀는 나와 함께 대학원에서 미술사학 박사과정을 함께 다녔다. 생년월일은 기억할 수 없지만 나와 동갑이었는데, 학부는 달랐다. 그녀는 여자대학 출신이었다. 마침 같은 프로젝트를 수행해서 중간 리포트를 쓰느라 연구실 밖에서도 자주 만났다. 그녀의 밝은 인상과 겹치는 관심사에 호감을 느낀 나는 흑심을 품고 추파(秋波)를 던졌다. 당연히 흔쾌하게 받아들일 줄 알았더니 기가 막히는 이유로 딱 잘라 거절했다.

"전 오래 못 살아요."

내가 대학에 다녔을 때는 아직 인간이 영생을 얻지 못한 때였다. 그때 사람들은 여러 가지 이유로 죽어 나갔다. 군인들이 휘두른 총검에 찔려 죽기도 했고, 헬기에서 난사한 캘리버50 총탄에 살점이 뜯겨나가 죽기도 했다. 수학여행을 가다가 여객선이 갑자기 침몰하는 바람에 선실에 갇혀 떼죽음을 당하기도 했고, 축제에 갔다가 경찰이 국가 최고 존엄인 여성의 경호를 위해 통제를 포기하고 철수하는 바람에 연쇄적으로 넘어져 무더기로 압사당하기도 했다. 최고 존엄이 세상 돌아가는 꼴이 마음에 들지 않는다며 계엄을 선포하고 '자유민주주의 전복 세력'을 뿌리 뽑겠다면서 '살처분명단' 수천 명을 작성해 바다에 수장시키려던 일도 있었다. 그렇게 그 시대에 강요된 죽음은 흔했다. 지금 '죽음'이란 단어는 사전에서 사라졌지만, 대신 그 자리는 '증발'이란 단어가 잠식하는 중이었다.

그러나 아직 젊은 나이인 여자가 교제를 거절하면서 내세우는 이유가 단명(短命)이라니, 나는 어이가 없어 실소를 터뜨렸다.

"사람에게 '마상' 주는 방법도 가지가집니다. 그냥 싫다고 하시지."

내 눈을 응시하면서 그녀는 차분히 말했다.

"당신이 싫다면 얼마나 좋겠어요. 그래본들 일찍 죽는다는 사실은 변하지 않겠지만……."

그녀가 주섬주섬 내세운 근거는 이랬다. 자기 집안은 저주받은 DNA를 타고났다. 부모님 모두 암으로 돌아가셨고, 삼촌 둘과 외삼촌도 암으로 죽었다. 언니도 암으로 투병중이니 곧 이 세상 사람이 아닐 것이다. 우리 집안은 어렸을 때부터 죽음에 익숙했다. 죽음이 두렵지는 않다. 하지만 죽고 난 뒤 남은 가족들의 고통은 끔찍하다. 죽은 이는 홀가분할지 모르지만 남은 사람은 사랑하는 사람을 떠나보낸 고통에서 헤어나지 못한다. 내가 그랬으니까. 나도 곧 암에 걸려 죽을 것이다. 죽고 난 뒤 사랑하는 사람이 고통 받게 하고 싫지 않다. 그래서 나는 당신의 제안을 받아들일 수 없다. 당신은 그 고통을 겪지 못했을 테니 내 말이 납득이 되지 않겠지만, 그래도 이해해 주기를 바란다.

그녀의 황당무계한 추론을 들은 나는 머리를 벅벅 긁었다. 약이 오른 나는 되는 대로 지껄였다.

"뭐 그렇다고 칩시다. 그렇다면 더 열심히 남은 인생을 즐겨야 하는 거 아니요? 내일 저승사자를 만나더라도 오늘은 지상의 쾌락을 만끽해야 억울한 죽음에 복수하는 거 아닙니까!"

그녀는 요지부동이었고, 경건하게 죽음을 기다리는 비구니나 수녀 같은 그녀 앞에서 세속의 욕망을 설파하기란 '쇠귀에 경 읽기'임을 간파한 나는 결국 가볍게 침을 뱉은 뒤 마음을 접었다.

그런데 그녀는 그로부터 얼마 뒤 진짜 암에 걸려 훌쩍 세상을 떠났다. 발병 소식을 들은 나는 혼비백산했다. 내가 그녀에게 저주라도 내려 암에 걸린 것 같은 죄책감이 나를 옭아맸다. 대학원 동료들이 문병이라도 가야지 않나며 웅성거렸다. 나는 그녀를 볼 자신이 없어 외면했다. 그녀도 문병을 거절했다. 세상에 미련을 남기지 않겠다는 그녀의 신념은 단호했다.

그녀가 죽고 몇 년 뒤 나는 박사학위를 받았다. 그녀의 유골이 잠든 납골당을 찾아 학위논문을 보여주며 나는 울었다.

그때도 그녀는 사진 속에서 해맑게 웃고 있었다.

그리고 세월은 무심하게 흘러 인간은 영생을 얻었다. 유효기간이 지난 장기를 교체할 때마다 나는 그녀를 생각했다. 그녀의 말마따나 생각한다는 것은 괴로운 일이었다. 2차대전 때 독일군의 영웅 롬멜 장군은 이런 말을 했다고 한다.

"죽은 자가 부럽다. 더 이상 고통스럽지 않을 테니."

죽지 않아 겪던 고통도 시간이 지나니 잊혀졌다. 지금은 증발한 아내를 만나 호감을 갖고 고백하고 결혼하고 행복한 시간이 이어지니 고통은 얇은 색종이처럼 바래져 자국조차 남기지 않았다.

그런 그녀가 내 앞에 나타났다.

어쩌자는 것이지?

내가 광란에 빠졌다고 해도 기억을 쇼핑하면서 내 기억 속에서 지워져버린 그녀를 소환하지는 않았을 터였다. 더구나 내가 왜 내 기억을 구매하겠는가! 그녀는 독심술사라도 되는 듯 곧 내 궁금증에 해답을 주었다. 그녀는 조금 부끄러운 듯한 표정을 지으며 말했다.

"저는 당신 기억 속에서만 남아 있던 건 아니에요."

"그럼 당신은 누구의 기억 속에 남아 있었던 거요? 내가 그 사람의 기억을 구매했던 건가?"

그녀가 반갑다는 듯 고개를 끄덕였다.

"그래요. 감 잡는 건 예나 지금이나 더디네요. 저는 당신 아내의 기억 속에 남아 있었어요."

"내 아내가? 어떻게 내 아내의 기억 속에 당신이……?"

나는 내 기억을 더듬었다. 내가 아내에게 대학원 시절 만난, 그리고 죽은 그녀에 대한 얘기를 했었던가? 그녀의 추억이 기피할 일은 아니었지만 유쾌할 수는 없어서 굳이 꺼냈을 것 같지는 않았다. 아내도 내 과거에 대해 묻지 않았다. 총통의 제국에서는 과거의 사건 중 상당 부분이 금제(禁制)된 영역이었다. 교과 과정에서 역사와 관련된 교육 커리큘럼이 모두 배제된 것도 그 때문이었고, 당연히 교수직은 사라졌으며, 나는 역사가 아닌 연대기로서 공백이 숭숭 뚫린 미술을 가르치는 초등 교과 교사가 되었다.

인간의 기억 회로에는 영생 이전과 이후 사이에 높고 두꺼운 장벽이 쳐졌다. 미술은 작가와 작품만 나열했지 언제 어디서 어떻게, 특히 왜 그려졌는가를 인지시켜서는 안 되었다. 나는 그런 무미건조한 미술 수업에 염증을 느꼈다. 영생 이후의 시간은 토막이 나질 않아 언제 끝날지도 몰랐으니 나는 다람쥐 쳇바퀴 돌 듯 같은 말만 뇌까려야 했다. 나는 감수성을 갖춘 인간이었지 키보드만 누르면 정보가 뜨는 모니터가 아니었다.

그런 갈증을 아내에게 속삭였을 수도 있었다. 저널리즘을 공부한 아내는 나보다 강했다. 아내는 내 머리카락 안으로 손가락을 넣으며 위로하듯 말했다.

"조금만 더 노력해 봐요."

나는 무슨 노력을 어떻게 해야 하는지 알 수 없었다. 아내 역시 묵묵부답이었고, 얼마 뒤 아내는 교직을 떠나 '미디어통합센터'로 옮겨갔다. 비밀은 더 촘촘해졌다.

그녀가 내 어깨를 두드렸다.

"제가 왜 당신 아내의 기억 속에 들게 되었는지 알려 하지 말아요. 언젠간 이해하게 될 겁니다. 지금 중요한 건 당신이에요. 그게 당신을 이곳으로 오게 한 이유니까."

그녀는 점점 더 이해할 수 없는 말을 늘어놓았다.

"나를 불러들였다고? 나는 아내의 증발 때문에 겪게 된 고통과 불면증을 덜어내고자 기억을 구매한 것뿐이야. 지금은 고통도 사라졌고, 불면증도 없어졌어. 아내가 돌아올 때까지 나는 이 무등(無等)의 평정 속에서 지내고 싶을 뿐이야."

그러자 문득 섬광처럼 한 가지 생각이 스쳐지나갔다. 나는 그녀의 두 손을 왈칵 잡으며 물었다. 그녀의 손은 아주 따뜻했다.

"당신은 내 아내의 행방을 알고 있는 거지? 그래서 날 여기 오게 한 거지?"

그녀는 잠시 대답은 않고 물끄러미 나만 바라보았다. 이 침묵은 긍정을 뜻하는 것일까? 아니면 부정의 다른 표현인 것인가?

## 5

이윽고 그녀가 입을 열었다.

"말을 놓아주니 너무 기뻐요. 저는 당신에게 낯선 타인이 아니니까요. 그래요. 나는 당신 아내가 어디 있는지 압니다. 하지만 당신 아내는 예전 모습으로 당신에게 돌아가지 못합니다. 증발이란 게 그렇듯이. 저를 따라오세요."

그녀는 내 손에서 자신의 손을 빼더니 등을 돌렸다. 그리고 천천히 앞으로 나갔다. 여전히 걷지 않고 미끄러졌다.

정신을 가다듬은 나는 급히 그녀 뒤를 좇아 걸었다.

아내는 어딘가 구금되었거나 유폐되었을지도 몰랐다. 총통부가 유해 생명체로 판정했다면 예전의 삶은 포기해야 할 터였다. 그곳이 무기 징벌형 캡슐이라 하더라도 아내와 함께 있을 수 있다면 두려울 건 없었다. 나는 총통부 심판국에 어떤 탄원도 하지 않을 것이다.

그녀는 내가 걷는 속도만큼 앞으로 미끄러지며 나갔다. 잠시 후 아름드리나무가 즐비한 울창한 숲길이 전개되었다. 가지와 잎이 무성한 틈새로 아주 맑고 밝은 빛이 소나기처럼 쏟아졌다. 바람 한 점 불지 않아 사위는 그림자 속처럼 고즈넉했다.

숲이 끝나자 수정처럼 투명한 물이 흐르는 개울이 펼쳐졌다. 햇별이 개울 사이 크고 작은 돌과 바위를 따뜻하게 비추었고, 개울물은 여울지고 소용돌이를 만들면서 굽이쳐 흘렀다. 그런 뒤 널찍한 너럭바위가 나타났다.

그녀가 너럭바위 위로 올라갔다. 아니 상승했다. 따라 올라가기엔 너럭바위는 크고 높았다. 나는 주춤거리며 너럭바위를 맴돌았다. 밟아 오를 만한 틈새는 보이지 않았다.

그녀가 나를 돌아보더니 무릎을 꿇고 팔을 내렸다. 햇살이 원피스 사이로 드리워진 그녀의 젖가슴을 비추었다. 손을 뻗어 그녀의 손을 잡자 나는 어느 샌가 너럭바위 위로 올랐다.

그녀가 손가락으로 너럭바위 매끈한 표면을 가리켰다. 거기에는 이런 글귀가 새겨져 있었다.

HERE LIES WHAT WAS MORTAL OF A HAPPIEST WARRIOR IN THE PLANET[24)]

나는 영문을 몰라 그녀를 멀뚱멀뚱 바라보았다.

그녀가 설명을 더했다.

"당신 아내는 이 바위 아래 잠들어 있습니다. 그래요. 아내는 증발한 것이 아니라 사망했습니다. 용감하게 맞서 싸우다 전사했죠. 지금 총통부는 영구 집권을 노리는 일부 세력이 AI와 손잡고 모든 행성에 거주하는 인간을 노예를 만들려 획책하고 있어요. 역사를 지우고 기억을 소거하며 저들이 원하는 정보만 주입해 좀비처

24) 웨스트민스터 사원에 묻힌 스티븐 호킹(Stephen Hawking, 1942~2018)의 묘비명 'HERE LIES WHAT WAS MORTAL OF STEPHEN HAWKING(스티븐 호킹의 영혼이 여기 잠들어 있다)에서 따온 말.

럼 만들려는 계획을 진행 중입니다. 창작이나 상상은 총통의 적이죠. 물론 영역 침범이니 AI도 싫어합니다. 누구든 조금이라도 총통의 비위를 거스르는 언행을 하면 사정없이 증발합니다. 우리 시대의 '입틀막'이죠. 그건 죽고 싶어도 죽지 못하는 불사, 불멸의 세상을 아무 희망도 없이 사는 것이나 다름없었죠.

당신 아내는 배운 지식과 상상한 내용을 마음대로 표현하고 가르치지 못하는 당신을 보며 안타까워했어요. 그렇게 방법을 찾던 중 '미디어통합센터'로 전근하면서 길이 보이기 시작했습니다. 그곳은 '언론과 집회, 결사, 표현의 자유'를 보장한다는 미명 아래 인간을 세뇌하고 불온한 사상과 정보를 통제하며 유해하고 통제 불능인 인간들을 숙청하기 위해 만들어졌지만, 엉뚱하게 깨어있는 시민들을 모은 아지트가 되어버렸던 거예요.

거기서 당신의 아내는 전사가 되어 총통부의 취약점과 불만인 사람, AI와의 담합 과정을 취재한 정보를 필요한 거점에 전달했습니다. AI는 이미 모든 행성상 정보망과 무기 체계를 장악하고 있기 때문에 무력을 사용해 저들을 저지하는 건 불가능합니다. 그래서 버그(bug)를 다발적으로 만들어 저들의 정보망을 교란하고 판단 착오를 일으키면서 착시와 환상을 불어넣어 스스로를 파괴하고 와해시키는 공작을 펼쳤습니다.

하지만 총통부와 AI는 그렇게 호락호락한 결속체가 아니었어요. 그들은 곧 교란 세력의 존재를 파악했고, 버그의 암호를 역추적해 역공을 퍼부었습니다. 전사들은 뿔뿔이 흩어져 최소한의 안전은 확보했지만, 문제는 당신의 아내였죠. 그녀는 독립 개체로 활동하던 전사들을 이어주는 접선자라 아내가 체포되면 모든 전사의 위치가 노출되어 버립니다. 그것은 공든 탑이 무너지는 파멸을 뜻했죠.

아내는 과감하게 죽음을 택했습니다. 영생을 한다면 접선 코드를 완벽하게 궤멸시킬 수 없기 때문이죠. 뉴런 단계까지 기억을 소멸시키자면 죽음 이외에 다른 방법이 없었어요. 아내는 죽으면서 접선 코드를 저게 주입했습니다. 저는 이미 죽었기 때문에 아무리 우주 범위적인 스캐닝 능력을 가진 AI라도 접근이 불가능했기 때문입니다. AI는 죽음의 영역에 무지하니까요.

하지만 저는 아이러니하게도 죽었기 때문에 추적은 피할 수 있지만 죽었기 때문에 영생하는 전사들에게 접속 코드를 넘길 수도 없답니다. 아내는 아주 쓸모없는 노력을 한 거죠. 그런 허점을 아내는 알지 못했습니다. 저는 이 사이버-매트릭스 공간에 살면서 어떻게 해야 이 접속 코드를 행성에 살고 있는 전사들에게 전달할 수 있을지 고민했습니다. 그러다 해결의 빛이 보이기 시작했어요.

아내는 죽으면서 당신의 안전을 걱정했습니다. 총통부 입장에서 가장 위험한 인물의 남편인 당신을 저들이 가만 두지 않을 거라 보았죠. 그래서 어떻게 하든 안전지대로 당신을 이동시키려 했고, 그 방법으로 고안한 것이 'Memory Shopping Company'였어요. 아직 총통부 의료국이 해결하지 못한 '심리기저질환'의 치료법이라 포장했지만 - 실제로도 효과적인 치료 성과를 보여준답니다.-, 당신을 이곳으로 오게 하려는 통로이기도 한 거지요.

눈치를 채셨겠지만, 이 Company의 고안자는 '신체기능조정센터'에서 만난 그 의사입니다. 그의 암호명은 '춘추(春秋, Spring & Autumn or Hisory)'입니다. 유전자 정보 번호를 확인한 그는 당신이 전사의 남편인 것을 알았고, 아내의 유언대로 당신을 이곳으로 보낸 거지요. 그래서 나는 당신이 오기만 기다렸고, 나를 알아보기를 갈망했죠. 그래야만 내 뉴런 속에 있는 접속 코드를 당신에게 넘길 수 있으니까요.

이제는 당신의 선택만 남았습니다. 당신은 접속 코드 이식을 거부하고 이 공간에서 안전하게 살 수도 있어요. 그게 당신 아내의 뜻이기도 하죠. 아니면 다시 행성계로 돌아가 접속 코드를 활성화시켜 인간의 멸절을 막는 데 기여할 수도 있습니다. 자, 당신은 어느 쪽을 택하실 건가요? 죽은 자의 행복에 안주하겠나요? 산 자들의 고통을 구제하겠나요?"

아주 길고긴 그녀의 넋두리는 내게는 '확정편향'에 사로잡힌 광녀(狂女)의 헛소리로 밖에는 들리지 않았다. 전체적으로 내가 겪은 일들을, 특히 아내의 증발 이유를 잘 설명했지만, 무엇보다 나는 아내의 죽음을 받아들일 수 없었다. 아주 오래 전 그녀가 암으로 죽었을 때 겪은 상실감을, 아내를 잃었다는 사실을 인정함으로써 다시 겪고 싶지 않았다. 내가 죽는 한이 있더라도 아내는 살아 있어야 했다. 아내의 죽음은 곧 나의 죽음이었다.

나는 고개를 절레절레 흔들면서 외쳤다.

"아내의 시신이 이 바위 아래 묻혀 있다는 말을 나는 믿지 못하겠어. 아내는 잠시 격리되었을 뿐이야. 곧 돌아올 거라구. 다시 돌아가서 아내를 기다릴 거야. 그러니 헛소리 작작하라구!"

그녀는 슬프디 슬픈 표정만 지을 뿐 아무 말도 하지 않다가 한마디 던졌다.

"아내가 죽은 줄은 당신도 알고 있어요. 저를 잘 봐요. 제가 바로 당신 아내입니다. 내 몸 안에 당신 아내가 있어요. 어떻게 아내 뉴런 속 접속 코드가 내 뉴런 안에 들어오겠어요. 둘 다 죽었기 때문이죠. 그걸 인정하세요. 그리고 내 뉴런 속 접속 코드를 받아 아내가 다시 살아나게 하세요. 접속 코드가 당신 뉴런 안에서 활성화되면 아내도 재생한답니다. 저도 함께 재생하겠죠."

나는 털썩 주저앉았다.

그녀는 내가 끝내 부정하고 싶은 사실을 무자비하게 폭로했다.

아내가 증발했을 때부터 나는 아내의 죽음을 직감했다. 사랑하는 사람을 잃고 난 뒤 겪어야 할 고통을 인정하기 싫었을 뿐이었다. 이제 나는 아내는 행복한 전사로 죽었음을 인정해야 했다.

내가 해야 할 일은 그녀를 되살리는 일이었다.

그녀 뉴런 속에 있던 접속 코드를 내 머리에 심어 그녀가 못다 이룬 과업을 마무리하게 만드는 것이었다.

나는 일어나 청바지에 묻었을지도 모를 먼지를 털어냈다.

그녀는 환한 미소를 지었다.

미소 안에서 나는 아내를 발견했다.

나는 물었다.

"접속 코드를 받고 내가 다시 행성계로 돌아간다고 치지. 하지만 그 의사든 다른 전사든 내가 접속 코드를 받아온 사실을 어떻게 입증하지? 내 말을 액면 그대로 믿어줄 것 같진 않은데?"

그녀가 씩 웃으며 말했다.

"걱정 말아요. 접속 코드를 활성화하려면 패스워드가 있어야죠. 패스워드를 전하면 입증됩니다."

"그게 뭔데?"

잠시 뜸을 들이던 그녀가 말했다.

KISS

-TO BE CONTINUED

에필로그

# 우리는 어디에 서 있는가?

지금 하늘에는 바람이 불고 구름이 흘러간다. 비가 내리면 곡식은 여물 것이고, 난만한 햇살 아래 나무들은 성장해 열매를 맺으리라. 들판에는 물기 머금은 풀들이 자라나 소와 말과 양떼들의 배를 채워 풍족한 고기와 우유를 전할 것이다. 저 푸른 하늘과 맑은 샘물을 보면서, 지저귀는 새들과 워낭 소리 울리는 소떼를 보면서 누가 내가 살았던 지고(至苦)한 환난의 시절들을 떠올릴 수 있겠는가? 고통도 순간이요 기쁨도 찰나라는 말은 진정 고통과 박해의 늪에 빠져보지 못한 자의 넋두리일 뿐이다.

생명을 가진 이후, 자연은 우리들에게 욕심 없이 탐욕 없이 살라, 베푼 뒤에 거두라고 창생극락의 길을 노래했다. 새는 몇 알 씨앗에 만족하고, 수달도 몇 마리 물고기로 배부름을 안다. 그런데 어찌하여 인간만은 소여(所與)한 것보다 더 많은 재물을, 소재(所在)한 것보다 더 눈부신 보화를 탐내는가? 그것을 얻고자 가난하고 지친 이들의 등짝을 후려치다 못해 죽음의 골짜기로 내모는가? 삶보다 소중하고 값진 것이 없음을 임종의 자리에 누워서야 깨닫는가?

갈리고 갈려져 가루로 뿌려진 나의 이야기는 이쯤에서 매듭을 짓는다. 불사의 시간을 살면서 내가 입은 상처들은 아물다가 다시 덧나고, 딱지가 질 만하면 누군가 날카롭고 더러운 손톱을 들이대 고통의 쓰린 소금을 뿌려댔다. 아래로는 한라산에서 위로는 백두산 너머 만주 벌판까지 나는 늘 존재했었고, 핍박을 당하며 피 흘리며 죽어갔다. 피는 강이 되어 흘러갔다. 나를 죽이려던 세력은 그렇게 반역의 무리들의 뿌리까지 뽑아냈다 여기겠지만, 이 풀뿌리는 그리 허약하게 사라지지 않는다.

멀리서 누군가가 치는 북소리가 들린다. 가슴을 때리는 징소리가 퍼진다. 휘모리장단 장구소리가 귀를 때린다. 꽹과리는 또 어쩌면 저렇게 나를 들뜨게 하는가! 징소리는 또 어찌 나의 생명의 불꽃을 활활 지피는가! 불꽃 속에 타올라 재가 되었다가 다시 기름이 되게 만드는 것은 누구의 조화런가!

하늘에서 첫 개벽의 닭울음소리가 들리고, 땅이 깨지고 하늘이 무너졌다가 다시 흙의 영험함으로 물의 신비함으로 돌의 완강함으로 온 누리가 숨결을 고르며 빚어졌을 때 나는 너희들과 함께 늘 거기 있었다. 너희들은 청맹과니가 아니기에 나를 볼 수 있을 것이고, 너희들은 귀머거리가 아니기에 내 숨소리를 들을 수 있을 것이며, 너희들은 언청이가 아니기에 너희의 영혼이 태워 올리는 납함(吶喊)을 외칠 수 있을 것이다.

참지 말라. 외면하지도 말라. 서운해 하지도 말며, 지쳐 쓰러지지도 말라. 수많은 형제와 자매, 겨레들이 대장정의 길목마다 순식(瞬息)의 고갱이를 길어 올리지 못하고 죄악의 손길 아래 먼지로 돌아가 버렸다. 그러나 그 먼지는 씻겨나가지 않았으니, 흩어졌다가 다시 응결되고 반죽되고 수축되어 빛의 무지개로 피어오른다.

나는 믿는다. 너희들은 산가지 한 줄기처럼 허약하고 허술하지만 한 움큼 주먹 안에 쥐어지면 금강석보다 굳세고 단단해진다. 나는 그 영겁의 불사 세월을 살면서 그 조화를 지켜보았다. 잠시 휘청거리거나 부러진다 한들 혈맥의 줄기는 결코 꺾이지 않는다.

아직도 나는 아프다.

너희들의 아픔이 나를 옭죄기 때문이다.

너희들이, 우리들이 서 있어야 할 곳에서 아픔의 비명을 지르고 비운에 통곡하며 탈선한다면 너와 나, 우리들은 계속 고통 속에서 살아야 한다.

나의 이야기를 읽으며 들으며 느꼈듯이 너희들은 항상 서 있어야 할 자리를 지켰다. 가야 할 방향으로 발걸음을 옮겼다. 열어야 할 세상을 열어냈다.

지금 서 있는 자리가 바로 그 자리다.

영혼이여! 신령이여!

비단길을 걸어가는 꽃신이여!

그 어여쁜 비단 꽃신을 곱게 신고 손을 바투 잡고 가는 길 위에서 나는 항상 서려 있을 것이다.

얼음으로 장벽을 친, 무지와 광포의 시대에

우리는 진정 뜨거운 횃불로 살아 있을 것이다.

# 단편소설

# 아들의 오토바이

## 1

구 씨는 어두운 방 안에서 몸을 기울여 손을 더듬었다. 이쯤 어딘가에서 재떨이가 잡혀야 하는데, 놈은 발이라도 달려 달아났는지 손끝에 채이지 않았다. 대신 담배곽이 걸려들었다. 곽에 부딪힌 라이터가 저만치 밀려나는 소리가 들렸다. 버려질 데를 잃어버린 먼지 뭉치가 구 씨의 엄지와 검지 사이에서 버석거렸다.

-벌써 밤인가? 해 떨어질 시간은 안 된 것 같은디…….

구 씨는 고개를 들어 천정을 올려봤다. 역시 먹물을 뿌린 듯 칠흑뿐이었다. 서울 아들 집을 다녀온 옆집 노 씨가 "서울 하늘은 어쩜 그리 어두워. 글씨 암것도 뵈지 않더라니께. 여기선 그리 흔한 별 하나 못 봤어." 호들갑을 떨었는데, 지금 구 씨가 보는 천정만큼이나 서울 밤하늘도 어두웠나 의아했다.

전등을 켜면 밤인지 낮인지 분간이 될까? 구 씨는 시선을 돌려 방문이 있는 벽 쪽을 향했다. 컴컴하기는 매한가지였다. 저쪽 벽으로 창문이 있을 텐데, 불빛 한 톨 스며들지 않았다. 시골하고도 뚝 떨어진 섬 안에 있는 작은 마을인데다, 등에 산을 둔 북향 구석에 자리해 마을은 대낮에도 늘 어두웠다. 구 씨의 집은 마을 골목 어귀에 달린 가로등에서도 사각지대여서 저물면 바로 토끼 굴처럼 분간이 서질 않았다.

다시 방바닥을 더듬었다. 담배곽은 이내 손아귀에 잡혔다. 저 너머 있을 라이터를 쥐자면 손가락에 집힌 먼지를 털어내야 했다.

- 이놈을 어쩔꼬?

결국 몸을 억지로 밀어 문께로 가 방문을 밀었다. 그러면 조금이라도 어둠이 밀려나겠지. 문 열리는 삐걱 소리가 났다. 그러나 어찌 된 심판인지 어둠은 요지부동이었다. 그제야 구 씨는 몇 달 전에 자신이 실명했음을 깨달았다.

늙은 탓일까? 어제 일도 까마득하기 일상이었지만, 어찌 눈이 먼 일조차 망각하는지 몸에서 힘이 쭉 빠졌다. 세상은 대명천지라도 자신의 세상은 어둠뿐이라는 사실이 믿기지 않았다.

문을 타고 불어온 바람이 서늘했다. 해가 저물기는 한 모양이었다.

자신이 장님이 되기 전에 죽은 남편 얼굴이 떠올랐다. 지금 살아 있다면 자신을 이렇게 버려두지는 않을 텐데, 평생 마누라는 뼛골 빠지게 부려먹고 밖을 나돌며 세상일은 모두 제가 감당했던 남편이 갑자기 눈물겹게 그리워졌다.

먼지를 털어내고 라이터를 찾아 입에 문 담배에 불을 붙였다. 남편은 말년에 그리 좋아하던 술과 담배를 모두 끊었다.

"임자와 백년해로하려면 이 수밖에 더 있것남?"

남편은 물에 빠져 지푸라기라도 잡는 사람처럼 허허하게 웃으며 구 씨를 바라봤었다. 젊어 몸을 함부로 굴리진 않았지만, 인생길이 고달팠던 남편은 부실한 몸에도 담배와 술을 달고 살았다. 남편 배에서 일하던, 한참 어린 이웃 중늙은이가 술, 담배에 절어 살다 환갑도 못 넘기고 죽자 그예 큰 결심을 했더랬다.

사람이 안 하던 짓을 하면 죽는다더니 금주 금연한 지 몇 해를 못 버티고 남편은 저승길로 가버렸다. 천수까지는 아니더라도 마을 남정네들보다는 십수 년을 더 살았다. 술에 취해 뿜어내던 담배 냄새 안 맡아 속이 후련하다고 좋아하던 구 씨였다. 하지만 남편을 선산에 묻고 돌아오자 남편의 빈자리가 유난히 크게 드러났다. 한탄보다는 후회로 가슴을 쳤다.

남편이 떠나고 얼마 뒤부터 구 씨는 담배를 배웠다. 볼썽사납다고 누가 뭐라 해도 담배를 피우면 답답한 심정도 가라앉고 남편 냄새를 맡는 듯해 멀리할 수 없었다.

코앞에서 환하게 살아 오른 라이터 불은 밤안개 속 먼 등배 불빛처럼 흐릿했다. 연기가 눈을 스치니 눈물이 흘렀다. 제 구실도 못하는 청맹과니 눈이라도 그나마 눈물샘은 살아 있는 모양이었다. 다리가 저려 한 손으로는 담배를 들고 한 손으로는 무릎을 주물렀다.

창 너머로 길고양이 울음소리가 들렸다. 사람이라고는 열댓 명밖에 되지 않는 마을에 길고양이는 얼추 서른 마리가 넘었다. 섬이라서 밖에서 들어오는 고양이가 있을 리 없는데, 이놈들은 저희끼리 열심히 번식해 해마다 머릿수가 늘어났다.

동네 사람들은 다 고양이를 싫어했다. 밤마다 폐가에 모여들어 우는 소리가 귀곡성(鬼哭聲)에 다름없다며 치를 떨었다. 누군가 고등어 대가리에 농약을 풀어 놈들 다니는 길목에 두었다. 몇 마리 나가자빠지긴 했지만, 영악한 놈들은 다음부턴 거들떠보지도 않았다. 통통배가 들어와 고기를 손질할라치면 한눈판 틈을 타고 도사리고 있던 고양이들이 고기를 채갔다.

눈이 멀쩡할 때 구 씨는 사람들 눈을 피해 고양이들에게 먹이를 주곤 했다. 이웃들이야 명절 때나 생일 때면 대처에서 자식들이 찾아오지만, 구 씨는 의지가지없는 혈혈단신이었다. 먹이를 주면 야옹거리며 다가오는 놈들이 그나마 반가웠다.

마당으로 나가 의자에 앉았다. 담배가 다 탔는지 손마디가 뜨거웠다. 바닥에 비벼 끄고 다시 한 가치 입에 물었다. 그러다 임자 폐암 걸려 죽어, 하며 남편이 구시렁거리겠지만, 내일 죽어도 하나 아쉬울 것 없는 인생이었다.

담배 연기를 뿜어내며 구 씨는 하늘을 올려다보았다. 밤이면 그렇게 별들이 장마철 빗물처럼 뿌려대더니, 구 씨 눈에는 그냥 서울 밤하늘이었다. 그러거나 말거나 구 씨는 담뱃불을 힘차게 빨았다.

## 2

구 씨의 고향은 이곳이 아니었다. 지리산 골짝에 게딱지처럼 붙은 작은 마을이었다. 날 때부터 팔자도 사나워 태평양 전쟁이 한창이던 때 태어난 데다 집안은 초근목피도 감지덕지할 빈농이었다. 그녀는 막내였는데, 딸이 태어나자 아버지는 차라리 홍역에라도 걸려 죽길 바랐다. 모진 게 목숨이라더니 잦은 병치레에 굶주리면서도 죽지 않고 살아났다.

해방이 되었지만 집안 살림은 마냥 그대로였다. 부칠 논밭이 없었던 아버지는 식솔들을 다 이끌고 농사 품팔이를 하며 연명했다. 위로 오빠 둘과 언니 둘이 있었는데, 구 씨와는 터울이 제법 있어 집에는 늘 혼자 남았다.

소학교엘 가고 조금 앞가림을 할 나이가 되자 다시 전쟁이 터졌다. 인민군이 들이닥친다는 소리에 아버지는 짐을 싸 부산으로 피란 갔다. 예서 총에 맞아 죽느니 사람 많은 부산엘 가면 풀칠은 하지 않겠냐며 아버지는 식솔들을 다독였다.

부산엘 가서도 적빈(赤貧)의 삶은 여전했다. 학교 공부는 언감생심 반 거렁뱅이가 되어 거리를 돌아다니며 구걸을 했다. 두 오빠는 징병을 당해 전쟁터로 끌려갔고, 머리가 큰 언니 둘도 먹고살 거리를 찾아 집을 나갔다.

식구가 줄었다고 살림이 나아질 리 없었다. 여름이면 비가 새고 겨울이면 칼바람이 부는 판잣집에서 세 식구는 죽지 못해 살았다. 전쟁이 끝나고도 세상은 어수선했고, 일찍 늙어버린 부모는 제대로 거동을 하지 못했다. 오빠는 모두 전쟁터에서 죽었고, 시신조차 돌아오지 못했다. 그녀가 나가 뭐라도 벌이를 해야 했다.

못 해본 일이 없었다. 자갈치 시장에서 어물을 떼와 머리에 이고 다니며 팔았고, 식당에서 음식을 나르며 손님 치다꺼리도 했다. 악착같이 돈을 벌어도 야속한 지폐는 손에 쥔 모래알처럼 숭숭 흘러나갔다. 집 나간 언니들에게도 소식은 없었다. 그래도 세월은 흘러 혼기가 찼다. 번듯한 사위라도 봐 뒷바라지를 기대하더니 부모는 어느 해 돌던 전염병에 가뭇없이 세상을 버리고 말았다.

구 씨는 이제 천애고아가 되었지만, 부모가 죽자 대신 돈이 조금씩 쌓였다. 그 돈으로 판자촌 아래 허름한 국밥집을 인수해 장사를 시작했다. 걸신들린 사람처럼 한번 움켜쥔 돈은 손아귀에 쥐고 놓지 않았다.

구 씨 국밥집을 들락거리던 노가다판 인부들 중 몇몇이 그녀에게 눈독을 들였다. 그치들 중 신실해 보이는 남자와 눈이 맞아 살림을 차렸다. 전쟁통에 혼자 부산으로 굴러온 사내였다. 곧 아이가 태어났다. 작명소엘 다녀온 남편이 돈 많이 버는 사람이 되라며 '부한(富漢)'이란 이름을 받아왔다. 김부한.

아들이 돈복을 타고났는지 국밥집은 장사가 잘되었다. 밤마다 현금을 세면서 부부는 미래를 꿈꾸었다. 아이도 자랐고, 통장의 돈도 불어났다. 그러나 너무 복에 겨웠던 것일까? 남편이 바람이 났다. 벌어둔 돈이 야금야금 나갔지만, 구 씨는 남편이 사업에 필요한 종잣돈이라고 한 말을 그대로 믿었다.

그러던 어느 날 이웃 건어물 가게 주인아지매가 걱정스런 표정으로 구 씨를 찾아왔다.

"보래이. 자네 남편 시방 큰일 날 짓을 하고 있꾸마. 사람이 어찌 그리 눈치가 없노?"

"뭔 소리래요?"

마침 가게엔 손님이 없었다.

"자네 남편 바람난 거 모리제?"

"바람이요?"

뜬금없는 소리였다. 구 씨는 설마 하며 실없는 웃음을 지었다.

"보래이. 바람도 바람이지만서도 상대가 누군지 아나?"

"누군데예?"

"저 자갈치 시장 바닥에서 한주먹 하는 양아치 놈의 깔치라 안카나? 시방은 모리고 있는 모양인디, 들키면 니 남편 칼침 맞는 거 일도 아닐끼다. 아무리 계집이 좋다지만, 우째 지 목심을 작두 위에 올리놓노!"

바람을 피운다는 말도 허황되었지만, 깡패 애인이랑 붙어 놀아난다는 말은 더욱 믿기 어려웠다. 평소 성실한 남편이 저지를 일이 아니었다. 손사래를 치자 아지매는 혀를 끌끌 차며 저녁에 구 씨를 끌고 나갔다. 밤을 새워 지켜본 남편의 행각은 아지매의 말 그대로였다.

하늘이 무너진다는 것이 이런 걸까? 떨리는 가슴을 달래며 집에 오니 남편이 먼저 와 있었다. 무슨 말로 남편의 비행을 따져야 할지 갈피를 잡을 수 없었다.

"여편네가 애도 팽개치고 어딜 쏘다니는 거야?"

남편이 오히려 큰소리를 쳤다.

"그런 당신은 밖에서 뭘 하는데요?"

"내가 놀러 다니나? 잘살아 보겠다고 발버둥치는 게 안 보여?"

방귀 뀐 놈이 성내는 꼴이었다. 바람을 핀 배신감보다는 겁 없이 폭력배의 여자를 건드린 남편에게 닥칠 후환이 더 두려웠다.

"내 다 봤소. 당신 목심이 몇 개요? 깡패 여자가 그리 좋소? 그러다 죽으면 내하고 부한이는 어찌 살라고!"

평소 조용하던 그녀의 입에서 칼바람 부는 언성이 튀어나오자 남편도 목을 움츠렸다. 그러나 곧 평정심을 되찾더니 외려 삿대질을 했다.

"개코같지도 않은 소릴 하고 자빠졌네. 그 여잔 동업하려고 상의차 만나는 거야? 당신 말대로 남편이 힘깨나 쓰잖아? 그 어깨에 올라타면 사업은 순풍을 만나는 거라니까. 알지도 못하면서 재수없게 고함을 치고 지랄은 지랄인가."

두 사람의 만나는 품새는 도저히 사업과는 거리가 멀었다. 의심은 회오리바람처럼 일었지만, 한편으로 남편을 믿고 싶은 실바람도 잦아들진 않았다.

"지발 정신 똑바로 차리소. 어떻게 일군 살림인데, 불여시 아가리에 처넣는단 말이요?"

남편은 그딴 걱정은 국밥 아궁이 불쏘시개로나 쓰라며 허세를 부렸다. 그나마 실낱같은 양심은 남아 있었는지 한동안 집안에 틀어박혀 바깥나들이 걸음을 줄였다. 구 씨는 가을 소나기처럼 저 풍랑이 훌쩍 지나가기만 바랬다.

그러나 제 버릇 개 줄까? 얼마간 잠잠하던 남편이 엉덩이를 들썩이더니 다시 바깥출입을 시작했다. 이왕 벌인 사업을 접을 순 없지 않냐는 말을 구 씨는 일단 액면 그대로 믿었다. 보채는 부한이를 달래며 홀로 보내는 밤이 길어졌다. 남편의 부재가 익숙해질 즈음 그예 평지풍파가 일어났다.

저녁 손님을 치르고 한창 설거지를 하는데 건어물 가게 아지매가 헐레벌떡 달려 들어왔다.

"구 씨야. 결국 터질 게 터졌다. 퍼뜩 나온나."

병원 응급실로 달려가 보니 남편은 산송장이 되어 있었다. 얼마나 두드려 맞았는지 얼굴을 알아보기 어려웠다. 갈비뼈부터 팔뼈, 다리뼈 성한 곳이 없었다. 제대로 살펴보기도 전에 남편은 수술실로 들어갔다.

"저러고도 안 죽은 게 신통하재. 우리 남편이 골목길 지나가다 구석에 처박혀 있던 저 사람을 못 알아봤시몬 진즉에 향불 올렸구마."

수술보증금을 내려면 통장에서 출금해야 하는데, 한밤중에 열린 은행문이 있을 리 없었다. 다급한 대로 그날 수입하고 건어물 아지매의 돈을 빌려 메꿨다. 자정이 다 되어 시작한 수술은 새벽을 지나 해가 뜰 무렵까지도 끝나지 않았다. 등에서 쌔근쌔근 잠든 아이를 추스르며, 이러다 정말 죽기라도 하면 어쩌지, 땅이 꺼지고 하늘이 내려앉아 다리 힘이 쭉 빠졌다. 죽은 아버지, 어머니와 오빠, 언니들 얼굴이 흐린 불꽃처럼 깜빡였다. 의자에 앉자니 눈물이 하염없이 흘러내렸다.

다행히 남편은 죽진 않았다. 그리 얻어맞고도 남편의 삶에 대한 집념은 꺾이지 않았다. 하지만 하늘은 목숨은 두고 갔지만, 남편의 몸뚱어리는 챙겨갔다. 매일 통증을 죽이는 진통제를 먹어야 했고, 구들장에 누워 꼼짝도 하지 못했다.

몸을 쓰지 못하자 남편은 신경질만 늘어갔다. 부한이가 옆에서 조금만 꼼지락거려도 듣기 싫다며 고함을 질렀다. 그 서슬에 아이가 울음을 터뜨렸다.

남편의 병구완 때문에 국밥집에 전처럼 신경을 쓰지 못했다. 단골은 조금씩 떨어져 나갔고 통증은 날로 깊어갔다. 진통제도 듣지 않았다.

어느 날 남편이 부르더니 돈을 요구했다.

"어데 쓸 데가 있어서요?"

이미 수술비에 병원비, 약값 등속으로 통장은 거의 바닥이 난 상태였다. 다시 돈을 모으려면 허리띠를 졸라매야 했다.

"해 떨어지면 내 친구가 식당으로 올 거야. 그 놈에게 돈을 앵기면 물건을 줄 테니 받아와. 행여 뜯어볼 생각은 말고!"

액수가 적지 않았다. 그러나 어쩌겠는가. 저 몸으로 사업 거래는 아니겠지만, 더 따져 물어볼 염도 나지 않았다. 저도 뼈를 찌르는 고통에 자리보전만 하고 사니 갑갑할 거라 싶어 한 번만 눈감아주기로 했다. 사채를 빌렸다.

건어물 아지매가 또 잔소리를 쏟아 부었다.

"니 사채 무서운 줄 모리나? 조그마한 눈뭉치가 눈덩이 되는 거 순식간이데이. 우짤라고 그런 짓을 하노."

"한 번 만인 걸요. 매일 갚아나가면 언젠가 없어지겠죠."

한참 딱한 눈길을 주던 아지매는 뭔가 말을 할 듯 말 듯 하다가 손사래를 치며 식당을 나갔다.

"한 번 물에 빠지몬, 다시 빠지는 거 두렵지 않은 법이데이."

아지매의 불길한 말은 곧 현실이 되었다. 한동안 잠잠하던 남편이 다시 돈을 요구했다. 남편의 눈에 뻗친 핏발을 보자 대거리할 용기마저 사라졌다. 혼을 어디 두고 온 사람처럼 남편은 헐떡이며 눈을 부라렸다.

그렇게 몇 차례 더 사채를 얻자 원금과 이자는 눈덩이처럼 불어났다.

돈을 융통할 곳이 없어지자 그 잘난 친구의 발길은 끊어졌다. 대신 사채꾼들이 쉼 없이 들이닥쳐 닦달했다.

어찌어찌 집에 들어가도 남편은 제정신이 아니었다. 어디서 힘이 나오는지 누워서도 삿대질, 발길질이 이어졌다. 허공을 가르는 주먹질이 지치지도 않았다.

남편은 아편과 마약으로 통증을 죽여 왔다. 몸에 내성이 생기자 마약의 순도는 점차 높아갔다.

"이 쌍년아! 니 년 몸이라도 팔아 돈을 벌어와. 내가 빠진 생지옥을 니 년이 알기나 해! 너 어디 샛서방 두고 내 죽기를 기다리는 거지? 니 년이 사람이가! 부한이 저것도 내 자식이 아니지?"

증오와 원한으로 쌓아 올린 남편의 저주와 발악은 구 씨를 이미 지옥 문턱 안으로 들어 넘겼다. 그러나 아무리 악다구니를 쳐도 없는 돈이 나올 리 없었다.

사채꾼들은 구 씨의 국밥집과 어렵사리 장만한 살림집을 앗아갔다.

그나마 있던 살림을 다 처분하고 내일이면 집에서 내쫓겨야 하는 그날 밤. 잠시 동네 이웃들과 인사를 하고 돌아와 보니 남편은 창틀에 목을 매 죽어 있었다. 혀를 쭉 빼물고 뒤룩뒤룩 뜬 두 눈에서는 회한의 눈물이 엉겨 있었다. 그렇게 남편은 말 한마디 남기지 않고 구 씨의 곁을 떠나갔다.

## 3

남편이 죽자 구 씨의 넋도 남편을 따라갔다. 부한이 곁에서 혁혁 몸부림쳐도 온몸에서 빠진 힘은 되돌아오지 않았다. 남은 빚 독촉을 하러 온 부랑배도 그녀의 꼴을 보더니 혀를 차며 돌아갔다. 보다 못한 건어물 아지매가 어찌어찌 손을 써서 간신히 빗물이나 피할 방 한 칸을 마련해주었다.

"니 이러다 죽는데이. 니 죽는 거야 그렇다 케도, 부한이는 무신 죄고. 부한이를 봐서라도 정신줄 놓으면 안 된다이."

시간이 약이라고, 몇 달 넋을 놓고 지내니 차츰 정신이 돌아왔다. 그 새 부한이는 살이 빠져 핼쑥했다. 정신이 번쩍 들었다. 남편이 남겨놓은 유일한 핏줄. 이놈 때문이라도 기운을 차려야 했다.

아주 예전의 생활로 돌아갔다. 아이를 들쳐 업고 할 수 있는 일이 많진 않았지만, 대신 곱절 이상으로 부지런히 몸을 놀렸다. 그렇게 세월이 흐르면서 시난고난 상처는 아물어 갔다. 부한이도 자라 곧 국민학교엘 입학할 나이가 되었다.

어느 날 건어물 아지매가 찾아왔다. 항상 도움을 받으면서도 인사치레도 못 했던 송구함이 되살아났다.

"어인 일이세요? 찾아뵙지도 못하고 송구하구먼요."

콧구멍만 한 단칸방 꼬라지를 눈살을 찌푸리며 보던 아지매가 입을 열었다.

"보게. 남편 잃은 지도 벌써 몇 년이고. 글케도 구 씨는 아직 젊은 몸이질 않나? 부한이도 점점 자라는데, 이리 살면 되것나?"

뭔가 하고 싶은 말이 있는 표정인데도 아지매는 말을 빙빙 돌렸다. 구 씨는 피식 웃으며 대답했다.

"다 지 팔자지예. 부모 잃고 형제자매 잃고 남편까지 잃었는데, 이제 뭘 더 바라겠나요."

"사람이 죽을 복이 없으면 살 복은 있다고 했다. 구 씨야, 자네 그 더러븐 팔자 고쳐볼 생각 없나?"

아지매는 중매 건을 들고 찾아온 것이었다. 구 씨는 헛웃음부터 나왔다. 애 딸리고 빚까지 진 년을 누가 좋아 데려갈 것인가? 하룻밤 풋사랑도 딴 나라 소식 같은 자신의 처지를 누구보다 그녀가 잘 알았다.

"어디 제정신 박힌 사람이면 이 년을 거들떠나 보겠어요?"

싫지는 않다는 뜻으로 받아들였는지 아지매가 구 씨의 손목을 잡았다.

"짚신도 다 짝이 있다 안 카나. 니도 찬밥 더운밥 가릴 처지도 아니고, 예서 좀 멀기는 한데, 서부 경남 섬마을에 사는 사람이 가끔 우리 가겔 찾아오는디, 그 사람도 혼자 된 지 꽤 됐지 아마. 자네서껀 나이 차인 좀 나지만, 사람은 참 괜찮더라. 니 사정 얘기했더니 빚도 갚아줄끼고, 애하고 몸만 오라 카더라. 보래이, 구 씨야. 이곳 부산 바닥이 고향도 아니고, 그간 겪은 이런저런 일 생각하몬 오만 정이 다 떨어졌을끼구만. 어떻노? 그쪽 삶이 아무래도 지금보단 낫지 않켔나?"

그래서 얼굴 한 번 본 적 없는 사내를 아지매의 말만 믿고 따라나섰다. 서로 재혼이긴 했지만, 조촐하게 동네 친지들을 모시고 소식을 알렸다. 20년 넘게 살아온 부산 땅. 이곳에서 부모도 잃고 오빠도 잃고 남편마저 잃었지만, 미운 정 고운 정 다 붙은 곳이었다.

중매를 선 아지매가 소매로 눈물을 훔치면서 위로했다.

"우짤끼고. 가거들랑 이곳 일은 다 이자뿔고 열심히 살그래이. 그래도 가끔 소식은 전해줄기제?"

구 씨를 데리고 간 새 남편은 키는 작달막해도 다부졌고, 생각도 건실했다. 하동 아래 큰 섬 남해군에서도 또 후미진 곳에 있는 섬이 그녀가 새로 살아갈 터전이었다. 코딱지만 한 섬이었어도 인구는 백 명이 넘었고, 아이들도 많아 작은 분교까지 있었다. 배를 타면 5분 남짓 되는 곳에 육지가 닿지만, 섬은 섬이라 불편함은 한 소쿠리였다.

부한이를 분교에 넣었는데, 분교에는 새 남편의 아이들이 벌써 다니고 있었다. 셋째와 막내인데도 나이 터울이 꽤 났다. 큰 애 둘은 바다 건너 중학교에 다녔는데, 하숙할 형편은 못 돼 아침저녁으로 배를 타고 등하교를 했다. 구 씨 밑으로 갑자기 자식이 다섯으로 불어났다. 거기다 섬은 같은 동성(同姓) 집안붙이들이 바글바글해 남편의 고만고만한 조카들도 여럿이었다. 그 올망졸망한 식솔들이 모두 구 씨의 손길만 쳐다보았다.

그 많은 아이의 아침밥을 해 먹이려면 새벽바람에 일어나야 했다. 부산에도 드문 냉장고 따위가 이곳에 있을 리 없었다. 남편이 잡아 온 어물이며 해초, 밭에 심어둔 푸성귀를 따 아침마다 무치고 삶아 밥과 반찬을 해댔다. 물이 귀해 빨랫감이 쌓여도 쟁여뒀다 비가 쏟아질 때를 기다려 삽시간에 해치웠다.

애들 도시락 챙기고 한숨 돌리면 다시 저녁 끼니 준비를 해야 했다. 챙겨야 할 어른들도 많아 구 씨는 부산서 식당을 할 때보다 더 바쁘게 움직여야 했다. 아이들이 늘어나자 남편은 마당 건너 대문 옆에 새로 집을 지었다. 말이 좋아 집이지 사람이 널브러져 잘 만한 한 칸 방이었는데, 그것도 솔아 얼기설기 이층방까지 올렸다. 이층집은 섬마을에 있는 유일한 다층집이었다. 당연히 건축허가를 받지 않았고, 어쩌다 오는 군청 직원들도 눈감아 주었다.

아이들 여럿이 국민학교를 졸업하고 중학교에 진학하자 따로 중학교 인근에 하숙집을 장만했다. 그래 일손을 좀 더나 싶었는데, 먹고살기 힘든 시절이었는데도 해마다 아이들은 돼지가 새끼 치듯 부지런히 나왔고, 쑥쑥 자라났다. 그러니 일감이 줄 리 없었다.

구 씨가 도맡은 일은 애들 돌보는 데만 그치지 않았다.

일손이 부족했지 일감이 부족한 시대가 아니었다. 일손을 덜어줄 농기계는 있어도 구경조차 할 수 없었고, 엄청나게 비싸 엄두도 내지 못했다. 농기계를 쓸 만큼 넓은 땅도 없었다. 모든 작업은 사람 손을 거쳤다. 밤이 이슥해지면 남편과 동네 사람들은 발동선을 타거나 거룻배를 끌고 바다로 나가 고기를 잡아 왔다. 낮에는 밭일이랑 장비 수선 등으로 바쁘니 배는 이른 새벽에 포구로 들어왔다. 발동선 소리가 들리면 부리나케 포구로 달려가야 했다. 잡은 어획물을 종류별로 나누고, 말릴 놈은 배를 따 내장을 빼낸 뒤 바닷물로 헹궈야 했다. 가끔 갯바위에 모여 낚시를 하기도 했는데, 주낙을 던져 문어며 낙지를 잡기도 했다. 이런 사소한 잡일은 모두 아낙네 몫이었고, 구 씨도 빠질 수 없었다.

몸이 열 개라도 견디기 어려운 날들이 화살처럼 지나갔다. 하루하루 피곤은 쌓였고, 몸은 조금씩 망가져 가고 있었다. 손과 발에 상채기가 가실 날이 없었다. 된장을 바르고 '아까징끼'를 칠하고 어쩌다 알코올로 소독을 하기도 하지만, 다 임시방편일 뿐이었다. 구 씨의 입에서 한숨과 신음이 그칠 날이 없었다.

그 와중에도 부부간에 금슬이 아주 없진 않았다. 나이 차가 났지만, 여전히 두 사람은 젊은 축에 속했다. 누우면 잠들기 바쁜 그때도 남편은 가끔 욕정이 치솟았다. 구 씨 역시 사내 몸을 받아본 지 오래여서 남편의 손길이 닿으면 몸이 달궈졌다.

옆방에서 아이들이 깨든 말든 부부는 둘만의 방에서 살을 부비며 몸을 섞었다. 방 사이 벽이 얇아 신음 소리가 건너가지 않을 리 없었다. 구 씨는 이런 것이 행복이려니 여겼다.

그 무렵 나라에서는 산아제한 정책을 펴 이 궁벽한 시골에도 피임기구들이 보급되었다. 구 씨는 다시 아이를 가질 생각은 없었다. 별별 아이들에게 시달리다 보니 애만 봐도 멀미가 났다. 부한이 하나만 잘 키우자 다짐했다.

남편은 콘돔 쓰는 걸 달가워하지 않았다. 콘돔을 손에 쥐어 주면 이딴 걸 왜 쓰냐며 팽개치고 그대로 밀고 들어왔다. 달거리 때와 겹치면 불안했다. 남편의 체액이 질 안으로 스며드는 느낌은 묘한 쾌감을 주긴 했지만, 불안감까지 씻어낼 순 없었다. 보건소에서 준 피임약을 먹긴 했는데 혹시나 하는 걱정이 늘 따라다녔다. 다행인지 불행인지 아이는 들어서지 않았다. 훗날 구 씨는 그때를 두고두고 후회했다.

## 4

세월은 인간에게 고통과 번민을 주지만 제 나름대로 질서가 있어 시나브로 흐르기 마련이었다. 아침저녁 밥상머리 전쟁을 치르고, 새벽에 부둣가에 나가 고기 손질에 코를 박고 어망을 감고 꿰고, 밭에 감자를 심고 푸성귀를 거두는 일이 다람쥐 쳇바퀴 돌 듯 이어지면서 차츰 이골이 났고 요령도 생겼다.

어쩌다 명절이 되면 남편은 그녀를 데리고 읍내 구경을 시켜 주었다. 시장에 가 귀걸이며 반지를 쥐어 주기도 했고, 전에는 먹어 본 적 없는 음식을 사 주기도 했다. 그런 작은 사치에도 눈물이 났다. 남편은 읍내 출입이 잦은 편이라 사람들이 남편에게 인사를 하기도 하고, 남편이 먼저 아는 척도 했다.

남편이 자신을 아내라 소개하면 왠지 기분이 뿌듯해지기도 했다. 누구나 거쳐 가는 여자의 삶을 자신도 사는구나 여겨졌다.

그렇게 명절이 가고 다시 오고, 늙은 사람은 죽어 북망산으로 가고 젊은 사람은 늦을세라 대처로 나가고, 이따금 사고가 나 사람이 죽기도 하면서 구 씨에게 이 섬은 점점 고향이 되어갔다.

부한이도 큰 탈 없이 잘 자랐다. 국민학교를 마치자 중학교엘 진학했고, 얼마 뒤 고등학교에 들어갔다. 부한이는 수산학교에 택하겠다고 우겼다. 위험하고 힘든 뱃일을 하겠다니 지레 놀란 구 씨가 말렸다. 이 지긋지긋한 섬에서 떠나 부산 같은 대도시에서 번듯하게 살길 바랐다. 자신의 유일한 혈육이 악머구리 같은 섬을 떠나지 못할 거란 예감은 생각만 해도 두통을 불러일으켰다.

피 한 방울 섞이지 않은 형과 누나들 틈바구니에서 부한이는 말수가 별로 없는 아이로 성장했다. 워낙 터울이 나 저쪽 애들도 귀여워하며 동생처럼 살갑게 대해 주는데도 숫기가 부족한 부한이는 겉돌았다. 따뜻한 혈육의 정이 그리운 만큼 형들과의 이물감이 커져갔다. 그리 말주변이 없는 구 씨로서는 위로하든 다독이든 뭐라 할 말이 없었다.

부한이가 고등학교를 진학할 나이가 되자 형이며 누나들은 모두 섬을 떠나 인근 도시로 나갔다. 아예 핏줄이 다른 사촌이며 육촌 되는 동생들이 있긴 했어도 예전처럼 아이들은 많이 태어나지 않았고, 이제는 구 씨가 돌봐야 할 이유도 없었다. 개미집 같이 북적였던 집안에 이제는 남편과 구 씨, 부한이만 덩그렇게 남았다.

수산학교를 가겠다는 뜻에 남편은 딱히 반대하지 않았다.

"아 지가 좋다믄 그래야제, 어쩔겨."

친자식이 아니라고 어찌 되든 나 몰라라 하는 건가 싶어 서운했다. 부한이는 죽은 아버지를 닮아 키도 컸고 이목구비도 훤칠했다. 벌써 키 작은 남편보다 목 하나는 더 자랐다. 어깨도 딱 벌어져 중학교 때부터 이웃 여학교 학생들이 꼬리를 치며 쫓아다녔다. 저러다 사고라도 치지 않을까 걱정했는데, 부한이는 계집애들 분 냄새엔 통 관심을 보이지 않았다.

결국 부한이의 고집이 이겨 섬에서도 제법 멀리 떨어진 해양고등학교에 입학했다. 학교는 기숙사 시설이 잘되어 통학할 필요가 없었고, 또 기술이나 자격증을 따면 졸업한 뒤 취업도 보장이 되었다. 실력을 인정받으면 대학교에도 보내준다니 구 씨로서는 이보다 반가울 수 없었다. 평생 어부나 하다 죽을까 걱정했던 자신이 우스웠다.

한 번 학교엘 들어가더니 부한이는 집안 출입을 거의 끊고 살았다. 설 때나 올까 방학이 되어도 이 핑계 저 핑계를 대며 집에 오지 않았다. 국민학교도 제대로 못 다닌 까막눈이니 남편 손을 빌려 편지를 보내면 어쩌다 답장이 왔다. 자기 뱃속에서 나온 자식인데도 점점 남의 자식 같은 단절감이 느껴지면 오금이 저려와 몸을 부르르 떨었다. 그저 탈 없이 잘 자라기만 바랄 뿐이었다.

어느 날인가 읍내 시장엘 다녀온 마을 아낙이 그녀를 보더니 호들갑을 떨었다.

"봐요, 구 씨. 내 읍내서 오다 그 집 아들내미 봤질 않았어."

뜬금없는 소리였다. 해양고등학교는 읍내와는 정반대 편에 있었다. 공일도 아닌데 어디서 아들을 봤단 말인가?

"헛 걸 봤것제."

의심스런 표정으로 아낙을 보니 아낙이 정색을 했다.

"아 내가 걜 몰라볼까. 버스 맨 앞자리엘 앉았는데, 옆으로 웬 오토바이가 부릉거리며 달려가잖여. 흘낏 보니 아 영락없는 부한이더만. 아주 능숙하게 몰던디. 물 찬 제비가 따로 없더라고. 언지 오토바일 사줬는가?"

오토바이라니 더욱 황당했다. 오토바이는커녕 자전거를 사준 적도 없었다. 남편이 몰래 사줬을까 싶었지만, 그렇게 오지랖이 넓은 사람이 아니었다. 사 주고서 공치사를 늘어놓을 위인도 아니었지만, 언질은 줄 사람이었다.

"아무래도 잘못 본 모양이요. 오토바이라니 금시초문인걸."

희떠운 소리로 치부하고 밭으로 가려는데, 미련이 남는지 아낙이 한 마디 더 거들었다.

"아 걔가 혼자가 아니더라고. 뒷자리에 떡하니 이쁜 시악씰 태우고 있더람시. 긴 생머릴 휘날리며 부한이 허릴 꼭 잡고 있더구먼. 여자 친군갑제?"

갑자기 다리가 휘청거렸다. 나 몰래 계집애를 사귀고 있더란 말인가? 그 아득한 옛날, 죽은 남편이 감쪽같이 조폭 애인과 바람이 났던 일이 떠올랐다. 공연히 불길했다.

구 씨는 고개를 내저으며 호미를 휘둘렀다.

"거 백지 택도 없는 소리 마씨오. 우리 부한이는 공부백끼 모르는 애여."

산기슭에 있는 밭으로 오르는 길을 접어들면서 조만간 부한이를 찾아가 봐야겠다고 다짐했다.

## 5

학교에 찾아가 보기도 전에 사고는 터졌다. 마을 이장이 달려오더니 부한이 오토바이를 몰다 뒤집혀 개골창에 꼬꾸라졌다는 소식을 전했다. 하늘이 노래졌다. 남편은 벌써 읍내에 일 보러 간다며 나간 뒤였다.

"많이 다쳤데요?"

"급히 온 소식이라 내도 잘 몰러. 어여 가보세."

이장이 배를 몰고 섬을 건넜다. 부한이는 읍내 병원이 아니라 삼천포에 있는 큰 병원으로 이송되었다 했다.

어찌 이럴 수가 있는가!

부한이의 몰골은 그 옛날 남편의 꼴과 똑같았다. 어떻게 굴렀는지 몸은 만신창이였고, 이미 열명길에 들어서고 있었다.

"하필이면 처박힌 개골창에 돌이 많았습니다. 그 정도라면 그나마 괜찮았을 텐데, 바위에 머리를 찧은 게 치명적이었어요. 헬멧이라도 썼어야지……."

담임이 연신 고개를 조아리며 중얼거렸지만, 구 씨의 귀에는 한마디도 들어오지 않았다. 남편을 보내더니 이젠 자식마저 보내는가? 눈물조차 흐르지 않았다.

"왜? 왜?"

많은 의문을 담은 외마디 소리만 연이어졌다.

"학교 선생님이 출퇴근하면서 타던 오토바인데, 애들이 어떻게 손을 썼는지 시동을 걸어 끌고 다녔던 모양입니다. 부한이가 그럴

애가 아닌데, 이상할 만큼 오토바이엔 사족을 못 썼다네요. 이대로 세상 밖으로 달아나고 싶다며 수업도 빼먹고 돌아다녔답니다. 어제부터 오토바이에 문제가 생겨 선생님도 창고에 넣어둔 걸 멋도 모르고 끌고 나갔다지 뭡니까. 브레이크 핸들이 고장 났으니 그냥 전속력으로 고꾸라진 거지요."

내 불행이 자식에게까지 전염된 것일까? 사지가 부들거렸다.

남편이 뒤늦게 달려왔지만 손 쓸 방법이 없기는 매한가지였다.

그리고 며칠 뒤 부한이는 지 애비를 따라 가버렸다.

"악상(惡喪)도 이런 악상이 오데 있노? 그나마 유일한 피붙이를 저리 보냈으니, 우찌 속이 제 속이겠노! 서럽다 인생이여, 오데 가냐 내 자슥아! 저승길이 멀다더니 대문 밖이 거기였네."

문상 온 동네 아낙들이 눈치도 없이 소가지를 긁어댔다.

학교 친구들은 눈물을 글썽였고, 교사들이 와 위로금이라며 봉투를 내밀었다.

죽은 아들의 손보다 더 하얀 봉투를 물끄러미 바라보다 고개를 든 구 씨가 물었다.

"그, 그 오토바인 오데 있는교?"

담임선생이 눈을 동그랗게 뜨며 말했다.

"어머니, 오토바이 주인에겐 아무 잘못도 없습니다. 누구보다 속상해 하고 있습니다."

주인을 문책하겠다는 뜻으로 받아들였는지 변명이 이어졌다.

"압니다. 못난 애 잘못이고, 자식 잘 갈무리 못한 지 잘못이지예. 지는 그 오토바이에 대해 여쭌깁니다."

오토바이는 일종의 증거물이라 경찰서에 있다고 했다. 같이 굴러떨어진 오토바이는 수리도 불가능해 곧 폐기될 것이라 했다.

"그거 지 주이소. 아들놈이 마지막 머물던 물건 아입니꺼. 이제 화장하몬 재만 남을 놈, 마지막 체온이나마 느끼게 해주이소."

그 재수 없는 물건으로 뭘 어쩌겠냐며 남편은 기겁을 했지만, 구 씨는 고집을 꺾지 않았다. 당신이 해양학교 가라 해 이런 사달이 났지 않았냐는 말없는 비난을 퍼붓자 남편도 입을 닫았다.

부한이의 몸은 바다로 돌아갔고, 대충 수리를 마친 오토바이가 대신 집으로 돌아왔다. 그날의 참상을 말하듯 오토바이의 안장은 흉하게 찢어져 있었다.

아들의 상처를 단속하듯 안장을 어루만지며 구 씨는 하염없이 눈물을 쏟았다.

## 6

바람이 차가워지자 안구가 뻑뻑해졌다. 눈을 끔뻑이면서 구 씨는 다시 담배를 찾았다. 이제 알던 이들은 모두 다 떠나고 가까운 벗이라고는 담배뿐이었다. 폐부로 스며든 담배는 그 많은 기억을 끄집어내 연기로 토해냈다. 구 씨의 눈에는 보이지 않는 연기는 잠시 그녀의 몸을 감싸다가 검은 하늘로 머리를 풀어헤치고 사라졌다.

남편이 죽자 집안에서는 작지만 끈질긴 분쟁이 일어났다. 평소 건강에는 그리 신경 쓰더니 정작 남편은 죽고 난 뒤 재산 문제에는 관심을 두지 않았다. 집이며 땅이 모두 남편 명의로 되어 있었는데, 그녀의 손에 떨어질 재산은 아무것도 없었다. 일찍 대처로 나간 네 남매는 어쩌다 섬엘 찾더니 남편이 죽자마자 득달같이 달려왔다. 장례도 치러야 했지만, 그 알량한 재산부터 눈앞에 얼른거리는

가 보았다. 그렇게 뼛골 빠지게 뒤치다꺼리를 했건만, 그들에게 구 씨는 친모는 아니었다.

이미 세상사를 먼 산 뜬구름으로 치부하던 구 씨에게 그런 다툼은 가슴에 새겨들 게 아니었다. 그저 어서 빨리 장례를 마치고 남편의 뒤를 따랐으면 바랄 게 없었다.

보다 못한 집안 어른이 핏대를 세우며 나섰다.

"이것들아! 니들이 사람이가 짐승이가? 멀쩡히 어마씨가 살아있는디 유산 다툼이 무신 망발이여? 아닌 말로 니들 키우느라 숙모가 얼매나 고생이 막심했냐? 이치를 따져도 법률로 따져도 여기 재산은 아내가 우선이여. 숙모께서 이 재산 들고 튀것냐? 내다 팔아 알사탕 사 드시것냐? 돌아가시몬 다 니들 몫이여. 팔아봤자 몇 푼 되지도 않을 재산 갖고 짐승 소릴 들어서야 쓰것냐고?"

그래서 집과 땅은 구 씨가 살아 있을 때까지 그대로 보존하기로 했다. 그깟 땅이며 집. 상여 타고 나가면 세상 인연도 끝인데, 무슨 미련을 둘까 싶었다.

그렇게 몇 해가 지난 어느 봄날이었다.

밭에서 잡초를 솎아주고 내려오는데 갑자기 눈앞이 어찔해졌다. 현기증이 도졌나 싶어 주춤거리며 앉았다. 잠시 쉬면 흐릿한 안개도 걷히려니 싶었다. 그런데 그게 아니었다. 희미한 세상은 도무지 맑아질 기미를 보이지 않았다.

구 씨는 엉금엉금 기어 집으로 돌아왔다.

병원에서 구 씨의 증세를 살펴본 의사의 말은 어정쩡했다. 하란 검사는 모두 받았다. 한 번 주사에 80만 원을 호가하는 약물도 여러 차례 투여했다. 주삿바늘이 동공을 찔렀을 때 세상 악운(惡運)이 끝까지 들러붙는다는 생각에 치를 떨었다. 그래서 동티가 났는지 백약이 무효였다. 시력은 점점 흐려졌고, 세상은 가물가물 멀어졌다.

- 데려가려면 퍼뜩 데려가지. 이 무신 행팬지…….

한숨도 원망도 나오지 않았다.

눈이 멀자 군청에서 요양보호사가 배정되었다. 이전에도 왔었지만 특별대운지 주중에는 매일 오전에 와 4시간을 돌봐주다 갔다. 그러나 가버리면 허방에 떨어진 늙은 개나 마찬가지였다. 하루가 열흘 같았고, 열흘이 하루 같았다. 몸에 익은 집안에서는 그런대로 운신했지만, 문밖을 나서면 아무리 손을 허우적거려도 걸음을 옮기기 무서웠다. 동네 사람이라도 지나가면 부축을 받지만, 어쩌다 떨어지는 행운이었다. 구 씨는 점점 똬리를 튼 뱀처럼 집안에만 머물렀다.

그렇게 짙어가는 어둠을 견디고 익히면서 목숨을 부지했다.

구차한 목숨이었다. 아까울 거 없는 세월이었다.

다 타들어 간 담배를 마루턱에 비벼 껐다.

숨이 턱턱 막혔다.

어디로든 마구 내달리다 길바닥에 굴러 땅 속으로 스몄으면 싶었다.

그렇게 스며들어 죽은 두 남편은 말고 아들은 꼭 만나고 싶었다.

부한이 그렇게 가고 싶었던 그곳은 어디였을까? 지금 게서 잘 살고 있을까?

갑자기 죽은 아들이 눈물 나게 그리웠다.

탈 없이 컸으면 이런 어미를 그냥 버려두지 않았을 것을.

멀쩡한 오토바이를 타고 쏜살처럼 날아와 이 어미를 꼭 껴안아 주었을 것을.

아! 아들의 따뜻했던 체온.

그 온기를 이젠 다시 만질 수 없게 되고 말았다.

- 부한아! 부한아! 니는 지금 오데 있느냐?

고개가 땅으로 떨어졌다. 오금이 저려 와 한참 숨을 골랐다.

이 세상에 억울하지 않은 삶이 어디 있을까만 구 씨에게는 너무 가혹했다.

그때 천지가 개벽하듯 번개가 번쩍였고 천둥이 꽂혔다.

그게 신호탄이었을까? 갑자기 구 씨의 몸에서 없던 힘이 불쑥 솟아났다.

신령이라도 서린 것처럼 두 발이 구 씨를 어딘가로 끌고 갔다.

마당을 지나 수돗가를 지나 헛간 앞으로 빨려 들어갔다.

문을 밀자 벼락같은 삐걱 소리가 손끝으로 전해졌다.

어둠에 잠겨 더듬거리던 손에 걸린 차가운 덩어리.

얼음장 같던 그것이 딱 사람의 체온만큼 조금씩 뜨거워졌다.

구 씨는 하염없이 원통(冤痛)을 담아 물건을 어루만졌다.

아들의 오토바이.

아들의 오토바이.

아들을 품에 안고 구 씨는 숨 죽여 흐느꼈다.

- 네 놈이 이것으로 환생했단 말이냐! 이 모진 놈. 이 모진 놈.

아들은 아무 대답도 하지 않았다.

구 씨의 어깨 위로 어둠이 점점 깊이 드리워졌다.

# 깨달음은 후회보다 먼저 온다

## 1

요즘 김기팔 씨에게는 고민이 많다.

더 괴로운 일은 어디다 털어놓을 데도 없기 때문이다. 마누라는 알까 봐 걱정이고, 친구들에게 말하기도 선뜻 내키지 않는 일인데다가 자식들에게도 말도 안 될 노릇이다. 그저 혼자 길을 가다 사람 눈에 띄지 않는 논두렁 밭두렁이 나오면 털썩 주저앉아 먼 하늘을 보며 고뇌에 찬 실눈을 뜰 뿐이다.

가을로 접어드는 시기, 아직 햇살은 따갑지만 선선한 바람이 이따금 불어 더위를 가셔 주었다. 농로 곁 산비탈을 따라 줄지어 선 밤나무 숲이 바람을 따라 서걱거리거나 밤송이를 툭툭 떨궈 놓았다.

산기슭 후미진 우묵배미 논에 심은 벼가 제대로 익었는지 가봐야 하지만, 한 번 주저앉으니 일어나고 싶은 염이 나오질 않았다. 담배라도 한 대 시원하게 빨면 속이 후련하련만 마누라 성화에 끊은 지도 오래되어 주머니에 담뱃갑이 있을 리 없었다. 혹시 아는 놈이라도 지나가지 않을까 싶어 눈길을 두리번거렸지만, 멧돼지 새끼 한 마리도 보이지 않았다.

논두렁 곁에 핀 수크령 줄기를 뽑아 질겅질겅 씹어보았다. 씁쓸한 단내만 올라올 뿐 당기는 흡연 욕구를 가셔내지는 못했다.

하늘엔 해가 중천을 향해 맹렬히 진군 중이었다. 뜬구름 몇 오리가 오락가락 갈피를 잡지 못한 채 서성거렸다. 꼭 제 마음 같았다.

빨리 벼를 수확해 농협 미곡처리장에 넘겨야 했지만, 마음만 부대낄 뿐 몸은 천근만근 무거워만 갔다. 부아를 이기지 못한 김기팔 씨는 밀짚모자로 얼굴을 덮으며 벌렁 논두렁에 누웠다. 한숨 자고 나면 이놈의 대책 없는 시름도 사라질 것 같았다.

## 2

김기팔 씨는 율촌 마을 토박이다. 한자로 써 율촌(栗村)이지만, 동네와 인근에서는 밤나무골이 더 익숙한 이름이다. 부모도 율촌 태생이었고, 그 역시 태어나 지금까지, 군 복무 기간 3년여를 빼면 줄곧 고향을 떠난 적이 없었다. 면사무소 소재지에 있는 초등학교와 중학교를 나와 읍내 상고를 마쳤다. 집안 형편상 대학은 꿈도 꿀 수 없었고, 고맙게도 공부도 열의도 받쳐주지 않았다.

바닷가에서 조금 떨어져 자리한 율촌은 여느 농촌에서나 볼 수 있는 풍경과 생업이 익숙한 시골이었다. 뒷산을 뒤덮다시피 한 밤나무 군락 때문에 예로부터 '밤나무골'로 불렸는데, 한때는 밤을 채취해 시장에 내놓아 쏠쏠한 가외 수입을 올리기도 했었다. 밤으로 빚은 막걸리는 이웃 고을까지 소문이 나 일부러 짬을 내 사러 오는 사람도 있었다.

그러나 지금은 다 옛말일 뿐, 인구가 속절없이 줄어드는 바람에 마을엔 나많은 노인들 아니면 대처 나갈 때를 놓치거나 엄두를 못 낸, 그도 아니면 대처로 나갔다가 벼락을 맞고 목을 움츠린 채 귀향한 떨거지 몇몇만 남은, 그저 그런 촌 동네가 되고 말았다. 밤나무에 밤이 송이송이 열려도 장대로 털어낼 손이 없어 제 풀에 떨어지길 기다릴 뿐이었다. 가끔 지나가던 행락객이 주워가긴 했지만,

대개는 그 자리에서 썩어나갔다.

사람이 늙으니 모든 것이 굼떠졌다. 산 중턱에 있는 농기구 창고도 발걸음이 무거운 노령 인구 때문에 마을 아래 평지에 새로 지어 쾡하니 낡아가고 있었다. 내 손에 어찌 흙을 묻히랴며 뼈 빠지게 농사짓는 부모 등에 얹혀 술추렴이나 해대는, 맛이 간 패거리를 보면서 김기팔 씨는 그래도 나처럼 고향을 지킨 사람이 없다며 자부심을 느꼈다.

말은 그렇게 해도 자식들까지 농투성이로 만들 순 없었다. 산 하나 건너 농촌에서 가진 것 없이 자란 마누라도 애들만은 자동차 배기가스 냄새 맡으며 사람답게 살게 하겠다면서 중학교를 마치자마자 버스로 한 시간은 족히 가야 하는 도시에 있는 고등학교로 진학시켰다. 학비며 하숙비, 생활비를 대느라 김기팔 씨의 허리와 무릎은 줄창 휘청거렸다.

율촌은 주민이라 봤자 개울이 이어지는 산 어귀를 따라 여기저기 흩어진 가옥에 사는 40여 호가 다였다. 짝을 먼저 떠나보내고 혼자 사는 할매와 할배부터 늙은 노년 부부, 건달이나 다름없는 놈팡이, 김기팔 씨처럼 겉늙은 중년의 사내들까지 얼추 50여 명이 다닥다닥 땅에 붙어 사는데, 사람이 죽은 뒤 비어버려 흉물이 되어가는 집이 벌써 열 채가 넘었다. 해가 떨어지면 잠시 마을회관에서 서성거리며 수군대다 귀가했고, 내일 농사를 위해 일찌감치 잠자리에 들어 9시 뉴스를 할 즈음이면 마을은 귀신 들린 곳처럼 귀기마저 감돌았다.

귀농하는 사람이 아주 없는 것은 아니었지만, 잠시 있다 떠나거나 집만 덩그마니 지어놓고 한 달에 한두 번 찾으니 언필칭 주민이라 부르기는 어려웠다. 대개 그러다 슬그머니 자취를 감추었고,

집은 오래 텅 비었다. 얼마 전에도 중년 남자 한 사람이 동네 앞머리에 땅을 사 집을 짓더니 주저앉아 살고 있는데, 텃밭을 가꾸네, 조경을 하네 하며 부산을 떨었다. 나름 적응하려고 애쓰는 눈치지만, 김기팔 씨가 보기에 얼마나 오래 시골의 무료함을 이겨낼까 내기를 하고 싶을 정도였다.

김기팔 씨 집안은 빈농까지는 아니지만 논 밭 서껀 댓 마지기씩을 부쳐 먹는 빈한한 처지였다. 일할 기력이 다 떨어진 부모부터 셋이나 퍼질러놓은 애들까지 건사하려니 죽으라고 일해도 손에 돈이 모이질 않았다. 헤프게 술을 마시거나 사치를 부린 적도 없건만 그놈의 돈은 항상 저만치 남의 집 문턱만 넘어 들었다.

봄과 여름철이면 논에 벼를 심어 가을에 거둬들였고, 쉴 틈도 없이 부리나케 논을 갈아엎어 밭을 만들어 시금치나 마늘을 심었다. 특용작물을 심어 목돈을 쥐어볼까 궁리도 하는데, 곁눈 팔다 거덜 나는 이웃을 본 뒤에는 냉큼 생각을 접었다. 그저 우물을 파도 한 우물만 파는 게 안전빵이라며 다람쥐 쳇바퀴 돌 듯 벼농사, 밭농사에만 매달렸다.

김기팔 씨라고 낭만이 없는 사람은 아니었다. 군대 시절 위문공연 온 댄서 아가씨들 허리를 휘감고 노래를 불러제껴 연대장 표창도 받아본 전력도 있었다. 고향 떠난 동네 친구가 명절 때 찾아오거나 이웃이나 읍에 사는 상고 동창 몇이 부르면 읍내에 나가 갈비를 뜯으며 소주잔도 기울였고, 기분 내키면 노래방에 가 퇴폐가요(?)를 열창하기도 했다.

하지만 그런 일은 일 년에 한두 번이 고작이었다. 뒷방에서 지내는 늙은 양친의 기침소리와 훔쳐갈 것도 없는 세간에 주제넘게 집 지키라며 기르는 멍멍이가 짓는 우격다짐이 그가 들을 수 있는 일상적인 가락이었다.

자식을 셋이나 쏟아내고 나더니 마누라는 그나마 싱숭생숭하던 밤일에는 아예 관심을 끊었다. 일찍 폐경기가 찾아온 탓도 있지만, 마누라는 당체 이른 바 '섹스'라는 데 흥미가 없었다. 신혼 때부터 그가 보채면 마지못해 가랑이를 벌렸고, 신음 한 번 내지 않고 그의 정자를 거두었다. 아이 셋이면 많다 할 순 없지만, 가뭄에 콩 나듯 했던 부부 생활에 셋도 대견한 숫자였다.

김기팔 씨는 사십을 훌쩍 지난 나이임에도 아직 양기가 뻗쳤다. 그놈이 매일 서지는 않았지만 일주일에 한두 번 그의 양물은 이러다 터지는 게 아닐까 싶을 정도로 팽팽하게 솟아올랐다. 그럴 때면 슬그머니 마누라의 엉덩이를 만지면 추파를 던지는데, 마누라는 어김없이 손을 탁치며 그의 기분을 작살냈다.

"아버님 어머님 듣것소. 다 늙어 웬 주책이야!"

그렇게 지청구를 들으면 이놈이 죽을 만도 한데 양물은 눈치도 없이 빳빳해 혼자 이부자리를 뒤척이며 밤을 새우기도 했다.

때로 술에 취한 동창 놈들이 별미가 땡긴다며 작부 있는 술집으로 자리를 옮긴 적도 있었다. 허나 김기팔 씨는 그런 외도에는 마음이 들썩이지 않았다. '사랑 없는 연애는 짐승이나 하는 짓이지!' 이런 웃기는 지론으로 애써 외면하곤 했다. 친구 놈이 깔아준 '야동'을 보면서 수음을 해보기도 했지만, 남우세스럽다는 자괴감에 얼굴을 붉히기도 했다.

한 마디로 그의 삶은 낙이랄 게 없는, 착잡하고 메마르며 불꽃이 일지 않는 희멀겋게 이어지는 나날이었다.

그런 그에게 마른하늘에 벽력같은 사태가 벌어졌다.

## 3

정필순은 김기팔 씨의 상고 후배였다. 네 살 차이가 나 함께 학교를 다니지는 않았지만, 그녀도 율촌 마을 출신이라 어릴 때부터 알고 지냈다. 몸집은 작았어도 말이 똑 부러지고 당찬 데가 있어 한 번 주장이 서면 고집을 꺾지 않았다.

어렸을 때는 동네에 계집애 사내 할 것 없이 골목마다 애들이 넘쳐 그의 눈에 그녀는 한 동네 사는 어린 계집아이 정도에 지나지 않았다. 그렇게 숫기가 있지도 않아 누구에게 추근거리는 성격도 아니어서 그저 소 닭 보듯 지냈다.

하지만 정필순은 달라 갯벌에 나가 해루질을 할 때도 동무들과 어울려 떠들썩하게 대장 노릇을 해댔다.

"오빠야. 일루 와라. 여기 조개들이 천지삐까리데이."

멀찍이 떨어져 있던 그를 보고 정필순이 억양 강한 사투리로 불러야 김기팔 씨는 쭈뼛거리며 엉거주춤 다가가곤 했다. 또래 남녀 애들은 밀물이 올라올 때까지 소쿠리마다 조개며 소라, 게 따위를 가득 채워 집으로 돌아갔는데, 그는 바구니가 다 안 찬 나이 어린 계집애에게 잡은 해물을 다 빼앗겼다. 어쩌다 이 꼴을 본 필순이 제 친구를 야단쳤다.

"니는 주딩이만 갖고 사나? 와 오빠야 걸 강도질이고?"

혼줄이 난 계집애가 눈을 흘기면 그는 뒤통수를 만지며 멋쩍게 웃었다.

그렇게 필순이는 다부진 구석이 넘쳐났다.

어영부영 상고를 마치자마자 김기팔 씨는 군대에 입대했다. 농촌이라 지역 방위로 빠질 수도 있었지만, 뭔가 새로운 경험이 그리웠던 그는 신검을 받아 현역 입대했고, 신기하게도 고향에서 제일 먼 곳인 최전방 부대에 배치되었다. 밤마다 들려오는 북한군의 대남방송을 자장가 삼아 들으며 경계 근무를 섰다.

언제 이놈의 복무 기간이 끝나나 싶더니 국방부의 시계는 잘도 돌아 만기 전역 날짜는 어김없이 찾아왔다. 배낭에 제대 선물을 잔뜩 채워 넣고 버스 타고 열차 타고 다시 버스를 타 고향으로 돌아왔다.

마을을 훑고 지나가는 군내 버스에서 내렸을 때 희한하게도 필순이가 가장 먼저 다가와 손을 흔들었다. 하얀 카라가 있는 군청색 교복에 단발머리를 찰랑이며 정필순이 정거장에서 서성거리고 있었다.

"니 왠일이고? 누구 기다리나?"

반갑게 깡충대는 그녀를 보며 의아한 표정으로 물었다.

"누군 누구겠노? 오빠야 기다리제. 아지매가 군대 마치고 오늘 온다카데. 그래서 기다렸다 아이가. 오빠야 전역 축하한데이. 뭐라 뭐라 캐도 나 밖에 없제?"

필순이 방긋거리며 그의 손을 잡았다.

못 보는 새 필순이는 제법 계집 티가 나는 여고생이 되어 있었다. 웃옷 밖으로 봉긋한 젖가슴이 선명했다. 손에서 전해지는 온기가 따뜻하다 못해 뜨겁게 느껴졌다. 하마터면 김기팔 씨는 필순이를 껴안을 뻔했다.

그때부터였을 것이다. 그가 필순이를 여자로 보게 된 것은. 제대하자마자 논에 나가 땀을 뻘뻘 흘리고 있노라면 어느새 필순이가 불쑥 나타났다. 동네에서 당번을 정해 새참을 준비해 날랐는데, 필순이는 자기가 걸릴 때마다 김기팔 씨가 일하는 곳만 찾았다. 자기만을 위해 준비한 새참은 아니지만, 동네 사람들과 둘러앉아 밥을 먹고 막걸리 사발을 들이킬 때마다 필순이 거동이 눈에 밟혔다. 억지로 눈을 먼 데 두었다.

그렇게 몇 해가 지나자 필순이도 졸업을 했다.

당연히 집안 농사일을 거들 거라 여겼더니, 필순이는 멀리 부산으로 가 직장을 다니겠다며 떼를 썼다.

"내 부기, 주산 다 잘한다 아이가. 보내도고."

부모가 혀를 찼지만, 주변머리 좋은 필순이는 벌써 입사 원서를 보내 부산에 있는 중소기업에 떡하니 합격한 상황이었다. 이리 되자 부모도 필순이의 성화를 이겨내지 못했다.

"오빠야, 가끔 놀러 오래이. 부산이 여기보다 재밌는 일이 많지 않것나?"

부산으로 떠나기 전날 필순이는 부러 찾아와 끈적한 눈길을 보내며 작별 인사를 했다.

내심 몇 년 더 있다가 필순이와 인연을 맺어야겠다고 벼르던 김기팔 씨는 닭 쫓던 개 지붕 쳐다보는 꼴이 될까 애태웠다. 그 넓은 부산 바닥에 살면 예쁘고 옹골찬 필순이를 부산 사내놈들이 그냥 나둘 리 없었다. 이참에 나도 부산 가 직장을 얻나 자신을 부추겨보기도 했지만, 그에게는 그럴 배짱은 없었다.

그렇게 맥 빠진 나날이 지나갔다.

취직한 그해 추석 필순이 집으로 돌아왔다. 돈을 얼마나 벌었는지 모르겠지만, 필순이는 부모님과 이웃사촌들의 선물을 바리바리 싸들고 문을 들어섰다. 김기팔 씨도 반가운 마음에 그녀 집으로 한달음에 달려갔는데, 아쉽게도 그에게 주는 선물은 준비되지 않았다.

"오빠야, 미안하데이. 내 깜빡했다 아이가."

필순이는 계면쩍게 웃었지만, 그가 보기에 그리 진심은 담겨 있지 않았다.

"우에 된 심판이고?"

서운한 마음에 진심에서 우러난 역정을 내보였다.

"화 내지 말라카이. 살다보믄 잊을 수도 있는기제."

의외로 대꾸가 매정했다.

잠깐 그를 보던 필순이의 눈이 쌔하게 돌아서자 그의 어깨에서는 기운이 다 빠져나갔다. 땅으로 꺼지는 게 이런 기분이구나 싶었다. 허방을 짚으며 집에 돌아오니 어머니가 아버지와 술상을 펴놓고 푸념을 늘어놓는 중이었다.

"아따 고 기집애 밉쌀스럽데이. 조신한 척은 혼자 다 하더이 정지 부뚜막엔 날름 먼지 올랐다 아이요."

어머니가 혀를 끌끌 차며 막걸리 사발을 기울였다.

"나무랄 거 뭐 있노. 대처 나가 지대로 된 사내 만났시몬 그기 다행이제."

아버지도 뒤끝이 안 좋은 듯 떨떠름하게 말을 받았다. 대답이 시답잖았는지 어머니가 막걸리 사발을 소반에 쾅 내리치며 언성을 높였다.

"그기 무신 지대로 된 사내여. 야 기팔이 니도 알제, 저 읍내 살던 강동진이?"

알고도 남았다. 강동진은 그의 상고 2년 후배였다. 성격이 거친 데다 말도 사나워 입학하기 전부터 꽤나 시끄러웠던 애였다. 게다가 말보다 행동이 앞서 읍내 어깨들에게 대들다가 두들겨 맞기도 했는데, 입술이 째지고 얼굴에 반창고를 붙이고도 조금도 기가 죽지 않았다.

그렇게 무서울 것 없이 살더니 어느 날 온 집안이 야반도주를 했다. 도주 소식은 군대 있을 때 들었는데, 군청 공사를 하청 받던 강동진의 아버지가 인부들에게 나눠줄 임금을 체불하다 문제가 될 것 같자 그날로 튀었다는 것이었다. 이후 그들 가족의 행방은 묘연해졌다.

"강동진이가 와요?"

갑자기 튀어나온 이름에 그는 어안이 벙벙해졌다.

다시 막걸리 사발을 들이켠 어머니가 탄식하듯 말했다.

"아 필순이 그년하고 강동진이가 부산에서 눈이 맞았다카데. 이번에 같이 오려 했는데, 저지른 죄가 있으니 차마 못 왔댄다. 아이고 데이고! 내 내심 그 년하고 니하고 짝을 맺으면 작히나 좋을까 싶어 잘해 줬더만 이기 무신 날벼락이고. 죽 쒀 개 줬네. 발씨발씨 투덜투덜……"

어머니의 술 푸념은 계속 이어졌지만, 김기팔 씨의 귀에는 하나도 들리지 않았다. 눈앞이 캄캄해진다는 게 이런 거구나 싶었다.

정신이 어질어질해 집을 뛰쳐나왔건만 갈 곳은 없었다. 모래를 한 웅큼 삼킨 것처럼 가슴이 답답하고 숨이 가빴다. 그 대찬 기질이 저렇게 터졌단 말인가? 둘이 어떻게 부산에서 만났는진 모르겠으나, 일부터 저지르고 보는 강동진의 성정이 그대로라면 무슨 사달이 벌어졌을지 짐작하고도 남았다.

정신을 차려보니 면사무소 앞마당이었다. 동네 구멍가게에 들어가 소주 됫병과 오징어 다리를 사들고 나왔다. 밤나무 숲에 들어가 소주를 퍼 넣은 김기팔 씨는 그예 마신 걸 다 토해내고 숲에서 뻗어버렸다.

좁은 마을에 소문은 살모사 독보다 더 빨리 퍼져나갔다. 둘이 사귄다는 말을 들은 필순이 부모가 펄쩍 뛰면서 반대했다. 그러자 기다렸다는 듯 필순이는 배를 어루만지며 여기 동진 씨 씨앗이 자라고 있다고 대들었다. 완전히 질린 부모는 동네 개망신 당하기 전에 빨리 식부터 올리라고 거꾸로 사정했다.

그래서 정필순과 강동진이 귀신 씨나락 까먹듯이 부랴부랴 혼인식을 올렸고, 기가 막히게도 율촌 마을로 들어와 신혼집을 차렸다. 동네에 땅이라고는 한 뼘도 없는 강동진은 필순이가 벌어놓은 돈을 주섬주섬 합쳐 논 몇 마지기를 샀고, 인구가 줄어 노는 땅을 부쳐 먹으며 어찌어찌 생계를 꾸려나갔다.

홧김에 저지른 오입에 좋은 일 없다지만, 허탈감과 배신감을 참을 수 없었던 김기팔 씨는 다음 해 어머니가 물고 온 혼처에 두말 없이 승낙했다. 그렇게 지금 마누라와 한 살림을 차렸다.

이렇게 본다면 김기팔 씨는 마누라가 나무토막임을 타박할 처지가 못 되었다. 마음 한 구석에서 필순이를 잊지 못했던 그가 마누라를 멀리 한 셈이었다.

둘이서 깨알 쏟아지게 헤헤거리는 모습을 멀리서 지켜보면서 김기팔 씨는 쓰라린 가슴을 쓰다듬어야 했다.

## 4

하루하루가 고통스러워도 세월은 하염없이 흘러갔다. 20년하고도 몇 해의 시간이 멈추지 않고 지나갔다. 세월이 모든 것을 녹인다고 하더니 김기팔 씨의 마음의 상처도 조금씩 바래져갔다. 어쩌다 옆구리에서 살점 하나를 도려낸 것 같은 허전함에 몸이 시릴 때도 있었지만, 애써 꾹 눌러 없는 척 자위했다.

처음에는 서먹서먹한 표정으로 그를 피하던 필순이도 차츰 무람없이 그를 대했다. 어쩌다 마주치면 마치 누나가 동생을 다독이듯 필순이가 그의 어깨를 토닥거렸다. 희열보다는 통증이 느껴졌지만, 싱끗 웃으며 인사말을 건넸다.

그렇게 또 세월이 흘러 늙고 오래오래 살다 병들어 죽었더라면 얼마나 좋았을까!

하늘은 두 사람의 행로가 편안하기를 바라지 않는 듯했다.

그러니까 재작년 가을 속이 안 좋아 종합검진을 받으러 간 필순이를 따라간 김에 덩달아 검진을 받은 강동진에게서 암세포가 발견되었다. 대장암 말기였고, 잘 해봐야 6개월이라는 시한부 선고가 내려졌다. 필순이는 단순한 소화불량이었는데, 그 길로 강동진에게는 열명길이 열렸다.

필순이는 그 특유의 억척스러움을 살려 어떻게 하든 강동진을 살리려 발버둥을 쳤다. 서울에 좋다고 알려진 병원을 때마다 데리고 가 치료를 받게 했다. 죽음이 코앞에 닥치자 동진이도 애써 희망을 버리지 않고 마지막 실낱같은 끈을 붙잡으려 들었다.

김기팔 씨는 가끔 면사무소 정류장에서 서울 가는 버스를 기다리는 두 사람을 보곤 했다. 강동진은 빼짝 해골처럼 여위었는데, 필순이의 몰골도 사납기는 마찬가지였다. 이미 김기팔 씨 인생은 해피엔딩이 아니었지만, 이런 피날레는 정말 '개떡'같았다. 속으로 내가 필순이 불행해지기를 바랐나 그런 자책감마저 솟구쳤다.

히포크라테스의 영혼을 제대로 물려받았는지 동진이는 의사의 판결대로 한 치도 어김없이 여섯 달 뒤에 죽었다.

부고가 오늘 오나 내일 오나 하던 때 필순이 그를 찾아왔다. 웃음기는 고사하고 핏기 하나 없는 얼굴을 보니 왠지 죄스러워 가슴이 서늘해졌다.

“오빠야가 한번 보자카네예.”

그때 ‘오빠야’는 김기팔이 아니라 강동진을 가리켰다. 한때는 자신을 부르던 호칭이 이제는 남편의 것이 되어버렸다. 이런 것을 두고 상전벽해, 격세지감이라 부르는가 보다고 그는 생각했다.

“내는 와?”

네 놈이 저주해 죽을병에 걸렸다고 악다구니라도 쓰려는 걸까? 내 대신 당신이 죽으라고 억지를 부리려는 걸까? 산신령에게 빌어 제발 살려 달라 축원해주소 애원이라도 하려는 걸까?

별 생각이 다 떠올랐다.

“내가 우찌 알것소. 죽을 사람 소원이니 쎄게 쎄게 가보시오.”

필순이는 따라오지 않았다. 동진이가 단둘이 만날 테니 오지 말라고 했단다. 칼이라도 품고 있는 게 아닐까 뜨끔했다.

출입문을 열고 거실로 들어갔다. 그렇게 긴 세월 한 동네에 살면서 필순의 살림집을 들어가기는 처음이었다. 집 사이 거리가 고작 백 발자국인데, 그 거리가 한 사람이 죽을 때가 되어서야 이어졌다.

문이 여러 개라 거실에서 서성거리자 인기척을 느꼈는지 안방인 듯한 문에서 모기 우는 듯한 소리가 들렸다.

“행님. 이리 들어오시오.”

기분 탓이겠지만 문은 기분 나쁘게도 찢어질 듯 삐걱거렸다.

동진이는 창가 쪽 침대에 누워 있었다. 방안이 어두워 한참이 지나서야 그를 어림할 수 있었다.

“여기요, 행님.”

동진이가 자신에게 ‘행님’이란 호칭을 쓴 적이 있는지 기억이 나지 않았다.

김기팔 씨는 주춤거리며 동진에게 다가갔다.

동진이 한 쪽 팔을 내밀었다. 미라 같은 그의 손가락이 애걸하듯 꿈틀거렸다.

그가 손을 잡자 동진이 눈물을 글썽이며 떨리는 목소리를 냈다.

"행님, 내가 나쁜 놈이었소. 암에 걸려 죽어도 싸지. 20년 전 부산에서 처음 필순이를 만났을 때 필순이는 행님 말만 늘어놓습디다. 둘이 사이가 좋은가보다 싶다가 나도 모르게 필순이를 내 걸로 만들어야겠다는 악심이 일어나지 뭐요. 매일 만나 환심을 사고 꼬드겼소. 그래서 결국 내 걸로 만들었지. 한번 몸을 주자 필순이는 자포자기했는지 내게 매달렸소. 무슨 애는 그리 빨리 들어서는지. 어차피 부산에서 할 일도 없던 처지라 필순이를 빌미로 고향에 가 땅이라도 빌어먹어야겠다는 계산이 섭디다. 그렇게 필순이를 잘 이용해 먹었소. 내가 진즉 깨달았어야 하는데, 이젠 후회해도 아무 소용이 없겠지요. 행님, 정말 미안합니다. 죽어서도 이 죄는 못 씻을 낍니더."

어느 정도 짐작했던 소리긴 했지만, 유쾌할 수는 없었다. 그렇다고 죽을 날 받아놓은 사람에게 야박한 말은 할 수 없었다. 미친개처럼 날뛰던 성깔은 눈을 씻고 봐도 찾아지지 않았다.

"어쩌겄나? 둘이 인연이었던 게지. 그 우사를 떨었으면 남보란 듯 잘 살아야제. 퍼뜩 털고 일어나소마."

위로가 될 리 없는 말을 건넸다. 동진이 무의미하게 웃더니 입을 열었다.

"행님, 내는 마 내일이나 모레면 죽지 싶소. 사는 게 욕되오. 내가 필순이에게 모진 짓을 하도 만이 해 살아도 면목이 없소. 발병하기 전까지 내가 읍내 술집 여자랑 살림을 차렸더랬소. 그때 필순이에게 참 못된 말 많이 했소. 그래도 날 끝까지 살리겠다고 애달파 하는 걸 보고 내 얼마나 땅을 치고 후회했는지 모르오……."

그 뒤로 말이 이어졌지만 너무 가늘어 잘 들리지 않았다. 김기팔 씨는 몸을 기울여 그의 입에 귀를 갔다 댔다. 그렇게 말은 이어졌고, 얼마 뒤 강동진은 기력이 다했는지 축 늘어졌다.

집을 나오자 대문 앞에서 필순이 그를 기다리고 있었다. 아직 겨울 기운이 남은 이른 봄이라 바깥 날씨는 차가웠다. 그가 손을 어깨에 대자 필순이의 어깨가 파르르 떨렸다.

둘은 말없이 헤어졌고, 다음 날 참회라도 하는 사람처럼 강동진은 세상을 떠났다.

## 5

필순이에 대해 이상한 흑심이 동한 것은 동진이 상을 치루고 한 해가 지난 올 봄이었다. 필순은 일이 끝나면 미친 사람처럼 밤마다 술을 마셔댔다. 고등학교를 마치고 취직한 딸이 이러다 엄마마저 죽는다며 한사코 만류했지만, 필순이는 귓등으로도 듣지 않았다.

김기팔 씨가 필순이 술로 몸이 망가진 것을 알게 된 것도 이 무렵이었다. 밤늦게 논에 물을 대고 귀갓길을 서두르는데 발에 뭔가가 채였다. 돌부리에 걸렸나 싶어 손전등을 켜보니 필순이 쓰러져 있었다. 토사물로 옷은 엉망이었다.

수건으로 대충 닦아낸 뒤 업고 집으로 갔다. 마침 딸애도 집에 없어 김기팔 씨는 새벽 어름에 필순이 깨어날 때까지 기다리다 집으로 돌아왔다.

그 날 이후 필순이도 정신을 차렸는지 술도 자제하면서 제 일에 전념했다.

어느 날 길가에서 필순이를 만났다.

"보래이. 또 술 생각이 나몬 냄 부르지 말고 내로 부르래이. 내 기꺼이 대작해 줄 기구만."

그러다 보니 가끔 필순이 그를 찾았고, 술잔을 주고받으며 농사 얘기, 애들 얘기를 나누면서 시간을 보냈다.

김기팔 씨는 둘 사이는 무엇으로도 채울 수 없는 빈 공간을 함께 나누는 처지라 여겼다. 견우와 직녀처럼, 결코 건널 수 없는 인고의 강을 사이에 두고 바라보며 감정을 삭여야 하는 운명이라 다짐했다.

그런데 함께 술을 마시는 횟수가 차곡차곡 쌓이면서 그의 머릿속은 복잡해지기 시작했다. 술을 자제하고 생기를 찾은 필순이는 살도 도톰하게 올랐고, 얼굴에 발간 홍조가 떠오르기 시작했다. 지난날의 그 발랄하고 유쾌했던 성격이 물위에서 헤엄쳤다. 술이 올라 농담이라도 던지면 부끄러운 듯 그의 어깨를 치면서 깔깔거렸다. 그 역시 기분이 좋아져 활짝 웃었다.

고민은 거기서부터 시작되었다.

브래지어를 쓰지 않는 필순이의 가슴은 웃을 때마다 옷 안에서 출렁거렸다. 한 여름 얇은 셔츠 하나만 입은 그녀의 가슴은 땀에 젖자 그 고운 윤곽을 그대로 드러냈다. 어렸을 때 그를 대하듯 편안해졌는지 술에 취한 필순이는 전혀 흉허물이 없었다. 그때부터 김기팔 씨는 자신도 주체할 수 없는 욕정에 사로잡혔다.

다시 별별 생각이 다 들었다.

마누라와 헤어지고 필순이와 결합한다? 되지도 않을 일이었다.

마누라는 순순히 받아들일 바에야 그의 등에 칼을 꽂을 것이었다. 그것을 떠나 있을 수도 있어서도 안 될 일임은 그가 잘 알았다. 그러나 그의 육체와 정신은 끊임없이 필순이를 원했다. 머릿속에 용암이라도 들이부은 듯 그는 혼란과 번민에서 벗어날 수 없었다.

'당분간, 아니 아주 오랫동안 만나지 말아야겠다.'

고민 끝에 내린 이 처방이 얼마나 오래갈지 알 수 없어도, 그게 최선이었다.

그렇게 두어 달 시간을 보냈고, 가을이 되자 벼를 수확한 뒤 논을 갈아엎어 시금치 씨를 파종했다. 시금치는 캘 때는 성가셔도 농약 뿌리고 가끔 잡초만 뜯어주면 지가 알아서 잘 자라는 효자 작물이었다.

논두렁에서 밀짚모자를 벗 삼아 한잠 자고 나니 해탈한 기분도 들었다.

그러던 어느 날 다시 겨울이 찾아오려는 무렵이었다.

결코 지워지지 않는 필순이에게서 연락이 왔다. 한번 보자는 것이었다. 이성은 만나면 안 된다고 멱살을 잡았지만, 세 치 혓바닥은 그의 이성을 쉽게 배신했다.

"알것고마."

죄인처럼 동네 사람 눈을 피해 읍내 후미진 술집에서 만났다.

두서없이 연결도 되지 않는 대화가 우주의 끝과 끝을 오가듯 빙빙 겉돌았다. 술을 마셔도 취하지 않았고, 다시 필순이의 봉긋한 젖가슴이 시야를 가득 채웠다.

"오빠야 사는 게 참 재미없다 그제?"

다시 호칭은 돌아왔지만, 과녁을 한참 벗어난 오발탄처럼 느껴졌다.

"와 그런 쓸데없는 말을 하노. 산 목심이니 우짜든동 열심히 살아야제."

전혀 설득력 없는 대답이 튀어나왔다.

"오빠야, 난 좀 외로워. 이젠 좋은 사람 만나 행복하게 살고 싶어. 그 난릴 떨어놓고 꿈이 너무 야무지제?"

그 말은 유혹이라기보다는 고백과 같은 것이었다. 김기팔 씨는 고해성사를 들은 신부처럼 처방을 내렸다.

"오데. 당연히 행복해야제. 니는 그럴 자격이 넘치도록 있다 아이가."

발병 직전 바람을 피워 필순이를 괴롭혔다는 강동진의 말이 떠올랐다. 그런 고통의 세월을 겪었다면 행복할 자격은 충분한 것처럼 보였다.

그때 필순이 건너 자리에서 손을 뻗어 그의 손을 잡았다. 낭떠러지에 매달린 사람이 풀뿌리라도 잡으려는 듯 눈빛이 결사적이었다. 뿌리치려고 했지만, 칠순의 의지가 더 강했다.

그때였다.

"이야, 거참 그림 기가 막히고마."

어디선가 귀에 익은 탄성 소리가 들렸다. 불에 댄 듯 화들짝 필순은 그의 손을 놓았다. 돌아보니 동네 선배인 장효춘이었다. 벌써 몇 잔 마셨는지 얼굴이 불콰했다. 족제비처럼 찢어진 눈으로 둘을 번갈아 쳐다보는 중이었다. 장효춘은 얼굴에 음침한 미소를 흘리면서 낯짝을 타고 흐르는 개기름을 닦았다.

필순은 얼굴을 벽 쪽으로 돌리더니 허둥지둥 가방을 챙겨 밖으로 나가버렸다. 그런 필순의 꽁무니를 장효춘의 게슴츠레한 눈길이 핥듯이 뒤쫓았다.

필순이 완전히 사라지자 장효춘이 필순의 자리에 걸터앉았다.

"지나가다 언놈 없나 싶어 슬쩍 문을 열었더니 둘이 보이데. 손을 꼭 쥐고 야, 완전히 이수일과 심순애더구먼. 눈물겨워 못 봐주것더라고."

김기팔 씨가 고개를 저으며 강하게 부인했다.

"오해하지 마소. 필순이가 답답해하길레 달래는 중일 뿐이었소."

이 말에 장효춘의 눈이 더욱 추접스러워졌다. 필순이 두고 간 소주잔을 들어 마시더니 몸을 후루루 떨었다.

"역시 계집 입술이 닿은 술잔이 맛이 기가 막히구먼."

장효춘은 아주 질이 나쁜 인간이었다. 동네에서 말썽 많은 술추렴꾼 중 한 사람이었다. 아니 무리를 이끄는 장본인이었다. 하릴없이 무위도식하며 건수 잡을 거 없나 혈안이 되어 돌아다녔다. 중학교만 근근이 마치고 군내 공사판을 기웃거리며 희떠운 짓을 저지르다가 어느 날 사라졌다. 한동안 보이지 않던 그가 다시 얼굴을 들이민 것이 몇 해 전이었다. 들리는 말에 다니던 회사 경리 직원에게 꼴사나운 짓을 저질러 교도소에 들어갔다 몇 년 콩밥을 먹고 출소했다고 했다.

이런 인간의 눈에 들키고 말았으니 막된 소문이 퍼질 것은 자명했다.

"정말 오해라니까요. 애가 불쌍해 달래던 것이었소."

그의 해명에는 관심이 없다는 듯 다시 술 한 잔을 털어 넣더니 장효춘이 뇌까렸다.

"이봐 기팔이. 내 눈은 못 속여여. 니 재 따먹고 싶제?"

터무니없는 개소리라 불 같이 화를 내며 대거리해야 했지만 입술만 달싹 거릴 뿐 목소리로 모아지지는 않았다. 그가 핵심을 찔렀다는 생각이었다.

효춘이 고개를 숙여 머리를 들이밀더니 속삭였다.

"잴 니 것으로 만들고 싶다모 지금처럼 뜨뜻미지근해서는 택도 없데이. 후배 놈이 갈팡질팡하는 꼴 못 봐 주것고마. 내한테 술 한 잔 거하게 쏘라마. 내 귀신도 울고 갈 묘책을 알려줄 기구마."

더 이상 추악한 소리를 듣고 있을 수는 없었다. 김기팔 씨는 과감하게 자리를 박차고 일어났다.

"헛소리 좀 그만 하시소마. 귀가 새카맣게 더러버졌네."

카운터에 가 계산을 하는데, 효춘의 구린내 풍기는 목소리가 따라왔다.

"솜털 같은 세월이여. 내는 언제나 기다리고 있을기고마."

## 6

장효춘이 장담한 날은 얼마 지나지 않아 찾아왔다.

콧구멍만한 동네에서 바람보다 더 빨리 소문은 퍼져나갔다.

얼마 전 면사무소 공터에 목각 연습장이 생겼다. 인구는 날로 떨어지는데 건물은 우후죽순처럼 자리를 늘려 각종 목각 기구와 설비를 갖춘 번듯한 건물이 들어섰다. 시설을 마냥 비워둘 수만은 없는지라 면장의 재촉에 못 이겨 마을 사람 몇몇이 일주일에 두어 번씩 목공과 판각 기술을 배우러 나갔는데, 거기서 정필순을 봤다는 것이었다.

그런 취미라도 가져 시름을 잊으려나 보다고 김기팔 씨는 생각했다. 다행히 장효춘의 허장성세도 조용한 걸로 봐서 다행이다 싶었다.

그렇게 몇 주가 지나자 목공 체험장에서 발원한 소문이 꼬리를 붙이더니 날개까지 달려 추문으로 번졌다. 마을 공판장에 앉아 잠시 쉬는데, 동네 늙은이 둘이 쑥덕거렸다.

"요즘 필순이 그 광물쟁이하고 죽이 척척 맞나벼. 저러다 배까지 맞추지."

배를 맞춘다는 말에 귀가 쫑긋 열렸다. 광물쟁이는 또 뭔가?

"할배. 그기 무신 소리요?"

그렇지 않아도 입이 근질근질한데 잘 만났다는 듯 할배가 그를 보더니 재게 입을 놀렸다.

"거 있잖여. 동구 앞 빈 땅에 집 지은 남자. 이름이 구태민인가 뭔가 하지. 그 작자가 얼마 전부텀 목공 체험장엘 오더란말씨. 심심헌께 목각 배우겠다는 건지 꽤나 열심히 들락거리더구먼. 근디 언제부텀인가 필순이 하고 둘이 딱 붙어 떨어지지 않더라 이 말씸이지. 듣자 허니 전국을 다니면서 광물을 채취해 성분 조사를 하는 기 직업인가 보더라마. 그렇게 정부에서 일감을 받아 며칠 출장을 다녀오면 돈을 솔찮게 만진다네. 구태민 씨도 혼자고 필순이도 남편 보낸 지 꽤 됐스이 둘이 정분이라도 나면 그 또한 아름다운 남녀상열지사가 아니것나 말씸이지."

할배는 뭘 상상하는지 싱글벙글이었지만, 그로서는 눈이 뒤집히는 소식이었다.

처음에는 강동진이더니 이젠 구태민인가 뭔가 하는 거지발싸개란 말인가!

당장이라도 체험장으로 달려가 실상을 확인하고 싶었다. 그러나 시간을 끌 것도 없이 두 연놈이 몸으로 확인시켜 주었다. 시금치가 잘 자라나 보러 경운기를 몰고 밤나무 숲 옆을 지나가는데 구석에

SUV 차량이 한 대 서 있었다. 운전석과 조수석에 앉은 사람이 얼핏 보였다. 햇살이 눈부셔 눈우산을 펼쳤더니 정필순과 안면이 있는 듯한 사내였다. 사내가 뭔가를 열심히 떠들며 필순이를 보는데, 필순이는 난처한 듯 앞을 보다가 그와 눈이 딱 마주치고 말았다.

잠시 토끼눈이 되어 그를 보던 필순이 조수석 문을 열고 뛰쳐나왔다.

"오빠야, 잘 만났데이. 저분이 목각에 대해 물을 게 있어 나오라캐서 나갔더니 자기 집으로 가자카데. 안 된다니까 이리로 데려온기라. 나 좀 태워도고."

그러더니 경운기 짐칸으로 뛰어올랐다.

구태민이 분명한 그 사내는 어안이 벙벙한 채 이 광경을 지켜보는 중이었다.

잠시 구태민을 노려보다가 김기팔 씨는 바로 핸들을 밀어 넣었다.

이런 일이 있고난 뒤 김기팔 씨는 읍내 술집에서 장효춘을 다시 만났다. 곁다리는 거두절미 잘라내고 두 사람 사이에는 쉽게 합의점이 들어앉았다.

"내 뭐라카더노. 니 다시 내로 찾는다 했제. 시상은 다 내 손바닥 위에 있어야."

승리감에 도취한 장효춘이 설레발을 늘어놓았지만, 김기팔 씨는 고양이 앞의 쥐처럼 공손이 머리만 조아릴 뿐이었다.

"알것소. 그래 이제 우짜믄 좋것소. 기가 막힌 묘책이 있다카지 않았소?"

장효춘이 음흉한 미소를 흘렸다.

"하모, 기가 막힌, 기똥찬 묘책이제. 자 일로 귀로 빌리자. 누가 들으면 안 되여."

주변을 살피면서 김기팔 씨가 몸을 숙였다. 장효춘이 혀로 입술을 한 차례 적시더니 악마의 비법을 전수했다.

"보래이. 여자가 열녀네 지조네 하며 나불대지만 한번 몸 주기가 어렵지 살 섞고 나면 일사천리 가랑이는 절로 벌어진다 아인가베. 긍께 무신 수로 써서라도 일단 자빠뜨려야 한다 이 말씸이지."

내심 경천동지할 묘안을 기대한 그로서는 실망스러웠다.

"아, 그걸 누가 모르오? 우찌 자빠뜨려야 한단 말인가요?"

악마의 목소리를 듣자 김기팔 씨도 악마의 제자가 되어갔다. 자빠뜨린 이후 벌어질 일은 머리에 들어오지 않았다.

"본께 정필순이 술이 꽤 씨더라. 그러니께 술로 실신시켜 자빠뜨리려다가는 니가 앞질러 자빠질끼 뻔하다 아이가."

"그렇것지요."

"그러니께 술 말고 다린 걸로 쓰러뜨려야 혀."

"그기 뭐시요?"

장효춘이 조심스럽게 주변을 둘러보더니 말했다.

"내가 대처에서 놀 때 알아둔 친구가 있는디 이 놈이 약효가 직빵인 수면제가 있어라. 요기 우리나라에서는 생산되지 않고 중국에서 디려오는 것인디, 콩알 만한 알약 하나 풀어 맥이면 고량주 열 병은 마신 사람이 된다잖여."

등줄기에 소름이 끼쳤다.

"보소 행님, 그러다 사람 잡소. 게다가 술집에서 고꾸라지면 사람 눈이 있는데 뭘 어쩔 수 있것소."

장효춘이 김기팔 씨를 다독였다.

"어허! 거참 성급허네. 처음부텀 고걸 멕이면 안 되제. 그보다 살쩌기 강도가 떨어지는 약이 있어야. 일단 고걸 자시면 넋시 나가뿌려 니 하자는 대로 다 따라한다 이 말씸이지."

김기팔 씨는 소주를 맥주 글라스에 따라 한숨에 마셨다. 아무래도 위험한 짓이었다. 이건 범죄가 아닌가?

"그거 말고 다른 묘책은 없는기요?"

장효춘이 정색을 했다.

"야, 이것저것 가리다가는 죽도 밥도 안 되여. 그렇게 어정쩡하게 재고 있다가는 구태민이 날름 정필순이 가로채 가지 아마."

그 말이 김기팔 씨의 전투 의욕을 상승시켰다.

"알것소. 그럼 그 약 좀 구해주시오."

이렇게 나오자 장효춘의 얼굴빛이 냉철해졌다.

"시상에 공짜가 어디 있다냐. 그기 쬐깐 비싸여."

술이 확 깼다. 이놈이 결국 돈을 노리고 벌이는 수작인가? 그러나 어차피 예상한 일이었다.

"얼만디요?"

"약한 건 세 알에 50만 원이고, 센 건 세 알에 70만 원이여. 약국에서 파는 수면제와는 차원이 다릉께 값은 묻지 말고 사둬. 나중에 또 필요할지 어찌 알것노. 이거 완전 원가여, 내 몫은 한 푼도 안 넣었어야."

용건이 끝난 장효춘이 술잔을 기울이며 휘파람을 불었다.

이미 불알을 잡힌 건 김기팔 씨였다. 김기팔 씨는 머릿속으로 자신이 숨겨둔 비상금의 액수를 헤아렸다.

"알것소. 돈을 주면 언제쯤 물건이 손에 들어옵니꺼? 현찰이지예?"

"하모. 이기 우찌 카드로 되것노. 일단 돈을 주면 일주일 안에 소포로 날아온다 아이가."

엎질러진 물이었다. 뒷수습보다는 장필순을 품 안에 안는 게 급선무였다.

"알것소. 돈은 내일 주리다."

그렇게 둘은 원만한 합의점을 찾았다. 장효춘이 소주 말고 양놈술 한 잔 하자고 떼를 써 김기팔 씨는 그를 읍내 유일한 룸쌀롱까지 데려갔다.

## 7

드디어 D-Day 날이 왔다.

돈을 쥐어주니 과연 일주일 뒤에 장효춘이 약을 가져왔다.

콩알만 하다더니 노란 알약은 눈에 잘 보이지 않을 정도로 작았고, 빨간 알약은 오이 씨 정도 되어 보였다.

"노란 기 일차 때 쓰는 기고, 빨간 기 대미를 장식할 때 쓰는 기라. 헷갈리면 큰일 난데이. 허긴 크기만 봐도 알것고마. 그냥 살짝 술잔에 떨구면 금시 녹는다대. 우찌 약속은 잡았는가?"

"야. 읍내 그때 그 술집에서 보자켔네예. 주저하지 않을까 싶었는데, 순순히 응하데예."

장효춘이 손장단을 치면서 쾌재를 불렀다.

"요시(좋았어)! 먹구름이 모였으니 이제 비만 오면 되것고마. 근디 이차로 모텔 같은 디는 안 되여. 거기엔 씨씨티비란 게 있어서 문제가 될 수 있다 이 말이제."

"내도 그 정도는 아네예. 동네 뒷산에 지금은 안 쓰는 농기구 창고가 있어야. 환기구만 달려 있어 불빛도 새어나가지 않고, 마을에서 뚝 떨어져 사람 발길은 얼씬도 안 하지예. 길도 잘 나 있고. 내 진즉에 가서 정리를 해놨으니 술 한 잔 더하기는 그만이지예. 근디 문제는 거기까지 어떻게 필순이를 데려간다요? 택시를 타고 갈 순 없고……."

그러자 장효춘이 자기 가슴을 탕탕 쳤다.

"아, 내가 있잖은가. 필순이가 약 먹고 허우적거리면 내게 연락혀여. 근처서 차로 대기하고 있을 기구만. 냉큼 태워 가는 것이제."

수작을 보니 이 사람은 이런 짓을 처음 해보는 게 아니었다. 이미 뭘 어떻게 해야 할지 요량이 다 서 있었다. 한편으론 섬뜩했지만, 한편으론 안심도 되었다.

"자 준비는 다 끝났슨께, 오늘도 편안하게 술 한 잔 마셔볼까."

장효춘도 염치는 있었는지 룸쌀롱 가자는 말은 나오지 않았다.

집으로 돌아오면서도 김기팔 씨는 과연 이게 잘하는 짓인지 혼란스러웠다.

장필순은 술을 잘도 받아마셨다. 곱창전골을 주문해 소맥으로 몇 잔 목을 축이더니 다음부터는 내리 소주만 마셨다. 벌써 맥주 한 병과 소주 세 병이 쓰러졌다. 저렇게 마시다가는 약도 필요 없을 것 같았다.

장필순은 구태민과 함께 배우는 목각 수업 이야기만 줄곧 쏟아내 김기팔 씨의 속을 뒤집어 놓았다. 목각인지 판각인지는 초등학교 공작 시간 때 가지고 논 고무판과 조각도가 다인 그로서는 무슨 소린지 귀에 하나도 들어오지 않았다. 김기팔 씨는 눈치껏 절주하면서 노란 알약을 넣을 기회만 노렸다.

막창구이가 들어오고 네 병째 소주를 주문했을 때 장필순이 화장실에 가겠다면서 자리에서 일어났다. 드디어 기회가 왔다. 마침 소주잔에 술도 반쯤 차 있었다. 김기팔 씨는 속주머니에 잘 갈무려 둔 노란 알약을 한 알 꺼냈다.

장효춘이 말처럼 알약은 소주에 들어가자마자 거짓말처럼 녹았다. 소주가 약간 노래 보였지만, 아마 기분 탓일 것이었다.

정필순이 들어왔다. 세수라도 했는지 얼굴이 해맑아졌다. 술이 살짝 깬 듯도 싶었다. 과연 술을 잘 마셨다. 대작했더라면 김기팔 씨는 진즉에 뻗었을 것이다.

자리에 앉자 술집 안이 더운지 필순이 손부채로 얼굴에 몇 번 바람을 보냈다. 반쯤 찬 술잔을 보더니 필순이 소주병을 들어 가득 채웠다. 김기팔 씨의 잔은 이미 꽉 차 있었다. 필순이 술잔을 들면서 건배라도 하듯 그의 술잔과 부딪쳤다. 필순은 그대로 소주 한 잔을 깨끗이 비워냈다. 그도 잔을 비웠지만, 눈길은 소주가 꼴깍 넘어가는 필순이의 목에 꽂혀 있었다.

술잔을 탁 놓으며 필순이 말했다.

"내는 말이여. 오빠야가 너무 너무 고마운기라. 오빠야가 아니었으면 난 벌써 죽었을지도 몰러. 날 많이 원망했을 텐디. 나도 오빠야가 좋았지만, 부산 가서 일이 그렇게 되니 어쩔 수 없지 뭐고. 오빠야는 너무 물러 터져서 박력이 없었거든. 네가 부산 가기 전에 날 잡았으면 난 그냥 율촌에 살았겠지. 오빠야 하고 결혼해서 애도 낳았을 테고, 그럼 이 꼴도 안 당했을 낀데……."

약효가 도는지 필순의 혀가 조금씩 꼬여갔다. 회한을 토하면서 필순의 눈언저리로 눈물이 조금씩 고여 갔다. 눈물을 보자 양심의 가책이 일었다. 그런데 다음 말이 그의 피를 거꾸로 돌게 만들었다.

필순이 물 한 잔을 마셨다.

"……그런데 이제 구태민 씨를 만났으니 정말 다행이지 뭐야. 오빠야하고는, 그 뭐야 처자가 있으니 어쩔 수 없잖아. 나는 바람피우는 남자가 제일 싫어. 끔찍해. 나 이제 그이하고 잘해보고 싶어. 그이도 날 좋아하고. 우리 딸도 자기가 잘 챙기겠데. 그려서 난 너무 행복해……."

다시 필순의 말이 꼬였다. 취한 탓인지 졸린 건지 약효가 도는 건지 필순의 고개가 까딱거렸다. 더 기다릴 이유가 없었다. 김기팔 씨가 필순의 팔목을 잡았다.

"필순아, 여긴 좀 답답하고마. 퍼뜩 나가고 집에 가서 한 잔 더 하제이. 어떻노?"

듣는지 마는지 필순은 연신 고개를 까딱였다. 전화를 하자 장효춘이 쏜살 같이 달려왔다. 부축하려는데 필순이 죽었다 살아난 예수처럼 벌떡 일어섰다. 손을 천정을 향해 쭉 뻗더니 외쳤다.

"자, 이제 집에 가서 한 잔 더해!"

그 서슬에 장효춘이 머쓱해 하며 한 발 뒤로 물러섰다. 손님 몇이 곁눈질을 했다.

필순이 당당하게 문밖을 나섰지만, 골목의 불빛을 만나자 다시 몸이 휘청댔다.

장효춘의 자가용은 도로변에 주차해 있었다. 계시처럼 주차등이 세상을 향해 깜빡였다. 주변의 눈을 의식했는지 장효춘은 급히 필순의 등을 밀어 차 안으로 내동댕이쳤다. 불금 때면 취한 여자들이 으레 있는지 사람들은 크게 괘의치 않았다. 김기팔 씨와 필순은 뒷좌석에 나란히 앉았다. 문이 닫히자 장효춘은 급히 차를 면으로 몰았다.

필순의 머리가 김기팔 씨의 어깨 위로 기울어졌다. 단발머리가 헝클어져 머리가닥이 김기팔 씨의 목을 간질였다. 얼마나 이렇게 한자리에 앉아 몸을 기대고 싶었는가? 하지만 차마 필순의 얼굴을 매만질 엄두는 나지 않았다. 쓰러지지 않게 필순을 부추기며 김기팔 씨는 정면만 응시했다.

20분도 채 되지 않아 차는 농기구 창고 앞에 멈추었다. 동네가 어두웠지만 누가 볼까 저어되는지 장효춘은 라이트를 켜지 않았다. 어찌 될지 몰라도 이미 화살은 쏘아졌다. 김기팔 씨는 필순을 안다시피 해서 차에서 빼냈다. 필순이 주위를 두리번거리다 물었다.

"오빠야, 여긴 어디고?"

혀 꼬부라진 소리가 웬지 타인의 목소리처럼 들렸다.

"술집이 문을 닫아 마을 뒤 농기구 창고에 왔다 아이가. 여기서 쪼매만 더하고 술이 깨면 내려가제이."

먼저 내린 장효춘이 열쇠를 받아 창고 문을 열었다. 매캐한 냄새가 밖으로 흘러나왔다. 청소를 했는데도 잔 먼지와 묵은 때까지 지우지는 못했다.

마을로 왔다는 소리에 안심이 되었는지 필순이 김기팔 씨의 손을 잡고 창고로 들어왔다. 장효춘이 술과 안주가 든 비닐봉투를 쥐어 주었다.

"재미 실컷 보거래이. 내는 망을 볼 텐께 끝나면 말혀."

장효춘이 의미 있는 눈인사를 찡긋 보내더니 어정거리며 밖으로 나간 뒤 문을 닫았다. 밖으로 나가는 불빛이 창고 안에 갇히자 갑자기 창고 안이 대낮처럼 밝아졌다. 형광등 불빛이 이렇게 눈부실 수도 있구나 하고 김기팔 씨는 생각했다.

필순을 앉힌 뒤 책상을 펴고 술과 안주를 차렸다.

술이 다 차기 무섭게 필순의 손이 성급하게 다가왔다. 술잔이 비자 필순은 직접 병을 들어 술잔을 채웠다. 저렇게 인사불성이 될 수도 있구나, 김기팔 씨는 더럭 겁이 났다. 연거푸 세 잔을 마신 필순이 웃으며 그에게 말을 건넸다.

"오늘 정말 술 많이 마신다 그쟈? 앞으론 같이 술 마시기도 힘들 테이 오늘 마음껏 취해보자, 오빠야. 지난 시간들이 술 속에 다 녹아버리는 것 같지 않나?"

필순이 빈 술잔을 내밀었다. 술병을 들었지만 따르기가 두려웠다. 대신 술잔을 빼앗았다.

"내도 한 잔 마시자꾸마. 니만 마시모 우짜노?"

용기를 내기 위해선지 시간을 모면하기 위해선지 김기팔 씨는 오래오래 술잔을 입에서 떼지 않았다. 필순이 술잔을 떼지 못하는 그를 보며 빙그레 웃었다.

"오빠야 그러다 술잔이 입에 붙어 안 떨어진데이."

"내는 술로 매매 마시는 편 아이가."

"사람 여전히 싱겁고만. 내도 술이 고프데이."

그에 필순은 술을 채웠고, 또 마셨다. 술도 술이지만 약 때문에 이미 주량을 한참 초과해 보였다. 그냥 같이 일어나고 싶었다. 아침에 술이 깨면 그저 다 없었던 일이 될 것 같았다. 어떻게 말을 꺼내나 눈치를 살피는데 창고 문이 스르르 열렸다.

장효춘이 머리만 쏙 내밀더니 눈빛으로 그를 윽박질렀다. 빨리 약을 타라는 압박이었다. 할 수 없이 빨간 약을 꺼냈다. 필순의 눈은 반쯤 감겨 있어 시야를 분간하지 못했다. 술잔 속에 알약을 넣어도 뭐가 뭔지 모를 것이었다.

약을 쥔 김기팔 씨의 손이 심하게 떨렸다. 장효춘은 연신 머리를 절레절레 흔들며 그를 재촉했다. 이빨을 꽉 깨문 그가 알약을 술잔에 던지듯 넣었다. 얼마나 우악스럽게 쥐었던지 알약은 반쯤 으스러져 있었고, 그중 일부만 술잔에 섞였다.

김기팔 씨의 손이 빠지자 술을 권하는 것으로 생각한 필순이 술잔을 잡았다.

"자 오빠야 이게 오늘의 마지막 술잔이데이. 난 너무 기분이 좋데이. 오빠야가 있어 기분이 날아갈 것 같치름 좋데이. 너무 너~~어~~무 고맙데이."

필순은 진짜 기분이 좋은지 한입에 술을 털어버렸다. 마지막 지켜야 할 마지노선이 무너지는 기분이 들었다.

족발을 새우젓 장에 찍어 먹고 입가를 닦더니 필순은 곧 힘없이 쓰러졌다. 웃옷의 단추가 풀려 필순의 젖가슴 살이 불빛 사이로 비춰졌다.

김기팔 씨는 두 눈을 질끈 감고 무릎걸음으로 필순이 곁으로 다가갔다. 허우적거리는 바람에 필순의 젖가슴이 더욱 밖으로 비어져 나왔다.

김기팔 씨의 손이 그 젖가슴을 향해 움직였다.

그때 필순이 숨을 거칠게 쉬며 말했다.

"오빠야, 나 많이 취했나 봐. 가제이. 우리 집엘랑 가제이. 오빠야랑 내캉 사는 집에 데려다 주래이……."

필순을 향하던 손이 멈췄다. 필순의 눈가에는 뭔가를 애타게 그리워하는 눈물이 흐르고 있었다.

김기팔 씨는 비로소 깨달았다. 필순이 찾는 오빠야는 그가 아니었다. 죽은 남편 강동진이었다. 아무리 밉고 원망스러워도 두 사람은 20년 넘게 함께 살아온 부부였다. 한때는 뜨겁게 사랑했고, 필순의 유일한 사랑이었다. 정신이 혼미해졌을 때 그녀의 머리를 온통 지배한 사람도 남편 강동진뿐이었다.

김기팔 씨는 자신이 너무나 부끄러워졌다. 이마에서 식은땀이 흘렀다. 그리고 죽기 전날 강동진이 마지막 숨을 몰아쉬며 하던 말이 떠올랐다.

- 행님, 내는 행님만 믿소. 필순인 아직 젊어. 혼자 살게 할 순 없지. 행님이야 이미 성가했쓰이 필순이를 맡길 순 없는 노릇 아이요. 잘 돌보다가 좋은 사람 있시모 맺아줘 꼭 행복하게 살게 해주소. 그 은혜는 내 죽어서도 잊지 않으리다……. -

김기팔 씨는 그때 고개를 끄덕이며 꼭 그러겠다고 맹세했었다.

그때 밖에서 고라니의 울음소리가 들려왔다. 흠칫 놀란 그는 엉덩이를 비비며 뒤로 물러났다. 이런 미친 짓을 하는 자신이 무섭고 부끄러워졌다. 입에서 괴성이 터져 나올 것 같았다.

억지로 몸을 일으켜 창고 문 밖으로 나왔다. 그제야 숨통이 열려 길게 숨을 몰아쉬었다.

몸을 잔뜩 움츠린 채 앉아 있던 장효춘이 그를 보더니 일어났다.

"그래, 벌써 재밀 다 본기가? 너무 빠른 거 아이가?"

장효춘이 김기팔 씨의 옷매무새를 살피더니 삐딱한 시선을 던졌다.

"뭐고? 아직도 안 따묵은 기가? 아 자식이 상을 차리줘도 못 처먹네? 니 시상이가?"

장효춘이 뭐라 뇌까리는지 그의 귀에는 하나도 들리지 않았다. 대신 장효춘의 멱살을 움켜잡고 쥐어짜듯 말했다.

"행님, 이거 사람 할 짓이 아니라예. 내 이제야 깨달았어예. 강동진이 하고 죽기 전날 한 약속. 내는 필순이를 행복하게 해줘야 할

의무가 있는기라예. 내는 아이고, 구태민인지 그 친구가 딱 맞아예. 내가 눈이 뒤집혀 그렇제 좋은 사람이 맞아여. 필순이 깨거든 퍼뜩 집에 데려다 주입시더."

기대에 가득 찼던 장효춘의 얼굴이 점점 일그러졌다.

"이 반푼이가 무신 개소리고. 니가 약 처묵었나? 야 임마, 니만 재미 보라고 내가 약 사오고 구루마 끌고 욕본 줄 아나? 내도 저년 전부텀 노렸어. 실팍한 엉덩짝을 봄시롱 침이 질질 흘렀단 말이여. 그래도 지 생각혀서 먼지 따묵으라 양보했더이 뭐 어째, 그냥 델부다 줘? 곰 좆 터는 소리하네. 언지부텀 성인군자여 뭐여. 니가 싫다모 나라도 따묵는다, 쌍!"

장효춘이 그를 밀치더니 창고 문을 열려고 했다. 놀란 김기팔 씨가 그의 허리춤을 잡자 주먹이 한 방 날아왔다. 얼굴을 정면으로 강타 당한 김기팔 씨는 비명도 지르지 못하고 나가자빠졌다. 코뼈가 부러졌는지 코피가 줄줄 흘러내렸다. 오금이 저려 일어날 수도 없었다.

"안 돼! 안 돼!"

이미 완강하게 닫힌 문은 그의 외침을 거부했다.

김기팔 씨는 코를 감싼 채 흐르는 눈물을 닦아내지 못했다.

## 여치 집에서 우는 매미 여자

- 매미: 〈동물〉 매미과에 속하는 곤충의 총칭이자 대표적인 여름벌레. 애벌레에서 매미가 되기까지 땅 속에서 보통 2년에서 5년을 살며, 지상에 나와서는 한 달 정도 살다 알을 낳고 죽는다. 암컷이 주로 우는데, 소리가 단조로워 금방 싫증을 느껴 밟아죽이고 싶어진다. 지능지수는 Zero에 가깝다고 전해진다.[25)]
- 매미: [명사] 죄수들의 은어로, 술집 접대부나 몸 파는 여자를 이르는 말.

1

안녕, 나는 머나먼 아프리카 모처에 있는 왕국 '루멀랜드'[26)]에 사는 '판도라 공주'라 해. 요즘 나는 늘그막에 아주 개고생 중이야. 내 밑에서 하녀처럼 일하던 쓰잘머리 없는 계집애 하나가 내랑 짬짜미가 되어 놀았는데, 이년이 엉뚱하게 개판을 치는 바람에, 내가 꼼짝없이 책임을 뒤집어쓰게 됐지 뭐야. 사람 하나 잘못 사귀었다가 이게 무슨 개망신이니.

나는 어릴 때부터 욕심이 많았지. 포성이 울리는 곳에서 태어난 탓인지 조용히 혼자 있는 것을 좋아했어. 지금도 그건 마찬가지야.

---

25) 위 기록은 실제 매미의 생태와 다를 수도 있다.
26) 이 이름은 최인훈의 소설 〈열하일기〉에 나오는 나라 이름을 빌려왔다.

"세 살 버릇 여든까지 간다"더니, 딱 나를 두고 하는 소리 같아. 예쁘게 올림머리를 하고, TV에 나오는 귀엽고 어린 배우들이 노닥거리는 드라마를 보는 게 유일한 나의 낙이야. 옆에 누가 있으면 정말 짜증난다니까. 이제 내 얘기를 할 테니 귀담아 들어줘.

난 귀찮은 건 딱 질색이야. 어릴 때부터 손에 물 한 번 안 묻히고 자란 게 나였어. 청소나 설거지 같은 일, 아주 어릴 때조차도 그런 일 한 적은 없어. 항상 집에 식모가 있었으니까. 엄마도 다 식모에게 떠맡기고 고고한 척 살았는데, 왜 내가 그딴 일에 손을 더럽혀야 해?

엄마 얘기부터 해볼까. 엄만 아빠의 둘째 부인이었지. 첫째 부인과 자식을 두었는지는 모르겠지만, 난 들은 적 없어. 엄마가 둘째 부인이란 사실도 아주 나중에야 알았으니까. 엄마는 남들 눈이 있을 때는 현모양처인 것처럼 가장했지. 아빠가 하는 일이라면 다 옳다고 믿는 척했고, 무슨 말이든 아빠를 두둔하는 모습을 보였었지. 심지어 여자 문제가 불거져도 집 밖에서 일어난 일이라며 바깥어른이 어련히 잘 알아 처신하셨겠냐며 관대함을 과시했지. 하지만 그건 말뿐이고, 식구들만 남으면 얼굴을 싹 바꿨지. 이건 왜 이랬냐, 저건 또 왜 저랬냐, 시시콜콜 따져 물었고, 여자 문제라면 귓가에 바람처럼만 스쳐가도 발톱을 날카롭게 세우고 표독하게 따져 물었지. 얼굴에 상처를 내지는 않았지만 - 그럼 현모양처의 이미지가 다 망가지니까 - 방석이나 실타래를 아빠에게 던지는 건 예삿일이었어. 그래서 아빠도 들통 나지 않으려고 잘 단속했는데, 그게 어디 뜻대로 되나. 귀신같이 여자들이 남긴 분 냄새를 맡더라니까? 형제들끼리는 엄마를 두고 '개코'라고 불렀으니, 말 다했지. 식구들뿐만 아니라 외부 사람들에게도 그렇게 자상한 편은 아니었어. 인자함을 표방했지만 못된 본성이 어딜 가나? 모질게 다구리 당한 경우도 한두 번이 아니었지. 직접 당한 사람이 자백했잖아.

나는 물론 엄마의 심정을 이해했어. 심청이 같은 효녀라서가 아니라 아빠가 다른 여자들에게 지분거리는 게 싫었거든. 어엿이 마누라를 두고도 한눈을 파는 게 사내라지만, 아빠까지 그런 짐승의 무리로 치부하자니 어찌나 울화가 끓던지. 그때부터 난 공연히 남의 마누라나 되어 서방 계집질에 속 태우는 못난 여자는 되지 않기로 작정했나봐. 차라리 내가 사내를 가지고 놀지 내가 놀림감이 될 생각은 추호도 없었거든. 그래서 난 지금도 혼자 살아. "난 국가와 결혼했다" 이 얼마나 멋진 소리야. '짐은 곧 국가'라고까지 실토할 수는 없지만, 모양새가 어떻든 모든 국민은 나의 신민(臣民)이면서 몸종인 셈이지. 나의 뜻을 거스른다면, 이는 곧 반역이고 배신이야. 그런 자라면 연놈을 불문하고 갈가리 찢어놔도 성이 차지 않지. 이건 아마 아빠가 나중에 부하의 총에 맞아 죽었기 때문에 생긴 외상일 수도 있겠지. 군인 출신이니 총에 맞아 죽는 거야 그렇다고 쳐. 그런데 새파란 계집애 품에 안겨 죽는 지지리 궁상은 또 뭐야. 죽기 전까지 나잇값도 못 하고 엽색 행각에 골몰했다는 소릴 듣고는 치를 떨었어.

아, 엄마 얘기하다가 딴 데로 샜네. 엄마는 아빠가 가져오는 골칫거리를 자식들을 들볶는 것으로 풀었어. 엄마는 굉장히 시샘이 많은 여자였는데, 아빠에게 직접 화풀이를 못하니 애꿎은 우리들만 괴롭히곤 했지. 너희들은 절대로 저런 남편 얻지 말라고, 또 막내에게는 네가 장가 가 저런 짓을 하면 팔다리를 분질러버리겠다고 악을 버럭버럭 썼어. 그리곤 자식들은 번듯하게 키웠다는 칭송을 듣고자 공부해라 놀지 마라 우리들을 다그쳤지. 정말 노이로제에 걸릴 지경이었다니까. 나는 한편으론 엄마를 이해하면서도 한편으론 너무 미워 죽을 지경이었지.

그러다 우리 집안에 엄청난 변화가 온 것은 내가 열 살 되는 해였어. 아마 늦봄이었던 걸로 기억해. 세상이 천지개벽을 해도 이런 일이 일어날 수 있을까? 우주의 기운이 온통 우리 집으로 몰린 것 같았지. 아빠가 민주화 열망이 하늘을 찔렀던 '루멀랜드' 수도로 탱크부대를 앞장 세워 쳐들어가 세상을 뒤집어놓은 거야. 그때는 어려 세상물정을 몰라 어리둥절했었는데, 이제 생각하니 혼란한 세상을 바로잡는 큰 거사에 나섰던 거지. 지금은 사람들이 이 일을 두고 쿠데타라느니 정변(政變)이라느니 무신의 난이라느니 구시렁거리지만, 참으로 배은망덕한 소리야. 누구 덕에 저희들이 보릿고개도 잊고 배불리 살고 있는지 까맣게 잊고 지껄이는 소리잖아. 아빠의 용단과 애국심이 없었더라면 지금도 우리는 굶주림에 허덕였을 텐데, 이 모든 부귀영화는 다 아빠가 주신 거잖아.

때문에 나는 이 나라의 모든 것은 다 아빠 것이고, 동시에 아빠가 내게 물려준 유산이라고 여겨. 내가 내 재산을 내 마음대로 굴리고 던지고 받는데 왜들 이리도 날 구박하는 거지? 더구나 이 유산을 찾으려고 내가 얼마나 고생 했는지 아무도 몰라? 다들 알잖아. 18년 동안 숨죽이며 살다가 세상에 나선 지 14년 만에 되찾은 재산이고 권력이야. 그동안 내가 얼마나 몰래 피눈물을 흘렸는지 하찮은 인간들은 짐작도 못하겠지. 그런데 감히 한 줌도 안 되는 천민들이 나를 이렇게 유폐시켜? 하늘의 응징을 어떻게 감당하려고 저러는지 모르겠어. 다시 권력을 되찾으면 내 천 배 만 배로 갚아줄 거야.

사실 마음 같아서는 나도 아빠처럼 계엄령을 발동해서 개지랄 떠는 불개미 떼들 싹 쓸어버리고 싶었지. 그랬는데, 말을 꺼냈더니 평소에 찍 소리도 못하던 환관 나부랭이들, 특히 남쪽 바닷가에서 올라온 아첨쟁이가 쌍심지를 켜고 반대하지 뭐야. 아무리 허접해보여도 옛날 백성이 아니라면서 말이야. 아, 정말 짜증 지대로였어. 진작 골로 보내는 건데.

각설하고 세상이 바뀌자 엄마의 처지도 환골탈태했지. 그 동안은 잘해봐야 '네로 장군의 부인' 정도였던 호칭이 그때부터 '황후마마'로 수직상승했지. 집안에서는 엄마의 교만한 웃음소리가 끊이질 않았어. 물론 밖에서야 겸손하고 다정다감한 국모(國母) 노릇을 알뜰히 했고 말이지. 그 덕분에 나도 이득을 얻긴 했지만 - 엄마의 외모를 빼닮은 게 그때는 정말 속상했는데 이렇게 큰 자산이 될 줄은 몰랐지. 엄마, 미안하고 고마워-, 대문 하나를 사이에 두고 표변하는 꼴을 보노라면 가증스럽기 짝이 없더라고.

아빠는 결국 멋대로 단 별 다섯 개 장군 계급장을 떼더니 황제가 되었어. 얼간이 네로 집안에 경사가 났지. '네로'는 저 먼 아시아에 있는 나라에서는 Park씨가 되는데, 그 나라에서 Park씨로 왕위에 오른 사람은, SilverTown의 제54대 계명왕이 마지막이었어. 천년하고도 반세기가 지나 아프리카에서 네로 Park 황제가 다시 배출되었으니 얼마나 감개무량했겠어. 더구나 계명왕 때는 나라가 찌그러들 대로 찌그러들어 망하기 일보직전이었는데, 그 몇 배의 판도를 장악한 왕이 되었으니 말이야. 덩달아 엄마의 콧대도 하늘 끝까지 치솟았지.

나도 신났어. 갑자기 등하교 길에 검은 차를 탄 사람들이 호위를 하며 데려다 주었고, 교장 선생님조차 내 앞에선 설설 기더라고. 이래서 왕 노릇하려고 다들 발악하는구나 싶었어. 물론 나도 엄마 흉내를 내서 다소곳한 태도로 신민들의 숭앙을 짜냈지. 그 애들

내 내숭은 까맣게 모르고, '그 아버지에 그 딸'이라며 아부를 떨더군. 원래 아랫것들은 아첨과 굴종에 인이 박힌 종자들이니, 그러려니 눈감아 주었지.

아빠는 정말 훌륭한 정치가였어. '루멀랜드'에서 오천년이나 깽판을 친 가난을 송두리째 뽑겠다면서 밤낮을 가리지 않고 뛰어다니셨지. 아빠의 집무실엔 밤늦도록 불이 꺼지지 않았고, 심복들과 함께 부국강병의 뜻을 이루고자 온몸을 불태우셨거든. 요즘 들으니 어떤 늙은 뱀장어가 저도 "이 한 몸 불사르겠다"며 기염을 토하는 모양인데, 가소롭도다. 흉내 낼 수 있는 걸 따라해야지. 삐쩍 골아서 장작은 고사하고 성냥개비도 안 되겠던데, 참 무엄한 인간이야. 밥 먹고 이쑤시개로 쓰기엔 안성맞춤이겠더라. 그래도 모르지, 그놈이 아바타가 되어 나를 곤욕에서 구해줄지도.

아빠의 위업이 차곡차곡 쌓이는 동안 나도 점점 성장했지. 원래 똑똑한 사람은 떡잎부터 다르잖아. 나도 딱 그 짝이었어. 반에선 늘 일등이었고, 대학도 남다른 성적으로 입학했지. 그게 다 아빠하고 엄마가 들쑤셔서 만든 공갈포 덕분인 걸 아니 진짜 미치고 팔짝 뛰겠더구먼. 근자에 내 하녀 가운데 한 년이 내 위세를 빌려 난장판을 만들었다던데, 딸년을 생으로 명문 여대에 입학시켰다가 치도곤을 맞곤 있다지. 미친 년. 하녀 주제에 감히 제 딸년을 출세시키려고 나를 팔아먹어. 물론 그 딸년에 대해서는 나도 좀 켕기는 데가 있어 심하게 말은 못 하겠어. 불쌍한 것. 홍길동의 심정이 어떤 줄 그 아이도 잘 알겠지. 여하간 내가 다시 권력을 찾으면 모두 바로잡아 줄 작정이야. 어미 년은 요절을 낼 거고. - 아니, 그래도 그 동안 시중을 든 일이 가상하니 사면시켜야지.

엄마가 팔자에도 없는 황후마마 노릇을 할 때, 솔직히 나는 심심했어. 그리고 약도 좀 올랐지. 엄마는 날마다 뉴스에 곱게 토속의상을 입고 환하게 웃으며 얼굴을 내미는데, 내 얘기는 아예 뻥긋도 않잖아. 아빠의 권세가 결국 누구에게로 전해지겠어. 장녀인 내게 넘어올 건 분명하잖아. SilverTown에도 여왕이 셋이나 있었다는데, 내가 여왕으로 등극하는 게 괴이한 일이랄 건 없지. 막내가 아들이지만, 내가 봐도 걔는 한참 떨빡해. 아빠가 야료를 부려 우격다짐으로 친위대에 입대시킬 정도라면 말 다했잖아. 둘째도 별 다를 거 없지. 말은 제대로 못하면서 걸핏하면 징징대기만 하고, 아! 정말 꼴불견이야.

좌우간 여왕이 되어 제대로 통치하려면 나도 준비를 해야 할 것 아냐. 아빤 아직 환갑도 치르지 않았으니, 못 해도 20년은 더 보위에 계실 거고, 그때면 나는 40대 쭈그렁탱이가 되어 있을 텐데, 그것도 속이 뒤집히는데, 엄마는 여전히 황후마마랍시고 행세하면 내가 설 자리가 없어지잖아. 게다가 대학을 졸업하니 유럽으로 유학을 가라네. 내가 언제 박사 되고, 교수되고 싶다고 했어. 싫다고 앙앙거렸지만 역부족, '울며 겨자 먹기'로 쫓겨나듯 비행기에 몸을 실었지. 그것도 엄마의 흉계였을 거야.

그런데 하늘의 기운은 역시 나를 에워싸고 있었지. 아마 주술사의 영험한 도력이 일궈낸 이적이었겠지만, 외국으로 나간 지 반년도 지나지 않아 엄마가 덜컥 세상을 떠났지 뭐야. 소식을 들었을 때 난 내가 꿈을 꾸는 줄 알았어. 오나가나 골칫덩어리들 빨갱이의 사주를 받은 Luna란 개자식이 저질렀다니 경악했지만, 위기 뒤에 으레 기회가 온다는 주술사의 말씀이 어김없이 실현되었구나 생각하니, 내가 얼마나 큰 귀인(貴人)을 하늘로부터 선물 받았는지 절절이 깨달았지.

그 길로 귀국길에 오른 나는 바로 아빠의 옆구리를 차지했지. 엄마가 있던 그 자리 말이야. 단숨에 나는 황후마마나 다름없는 '공주마마'가 되었지. 그 다섯 해 동안 난 정말 잘 나갔어. 이제 왕위를 물려받는 일만 남았지. 아빠의 'NewVill 운동'을 본받아 'NewMind 운동'을 벌이고, 그분을 모셔 모든 지침을 하달 받았지. 내 몸과 마음을 내준 분. 연세는 있었지만 육근(肉根)의 힘 하나만은 나를 밤마다 끝없는 열락의 길로 이끄셨지. 내게 여왕의 꿈을 심어 준 그분 주술사. 지금도 그분이 너무나 그리워. 꿈에라도 가끔은 찾아와주시지. 유명(幽明)의 길이 달라지면 속세의 일은 잊는 게 우주의 이치일까? 왜 그 덩실한 몸을 내게 보여주시지 않는 걸까? 그래도 그분의 사랑으로 빚어낸 고귀한 보배가 있으니, 더 욕심을 부리면 내가 나쁜 년이겠지.

그렇게 여왕의 꿈이 무르익어가던 때, 하늘은 또 다를 단련시킬 시련을 주셨지. 느닷없이 아빠가 암살을 당한 거야. 아무리 총으로 일어선 자 총으로 뒈진다지만, 이럴 수가! 아, 그 갈아 마셔도 시원치 않을 역도(逆徒). 그렇게 보살펴주고 온갖 권력을 누리게 해주었건만, 아빠의 가슴에 총부리를 겨누다니. 그게 인두겁을 쓴 사람이 할 짓인가? 개도 저를 길러준 주인은 물지 않는 법이거늘, 미물만도 못한 짐승을 길렀으니 누구를 원망하겠는가? 나는 마리 앙투아네트처럼 20여 년을 살던 내 집에서 쫓겨나야 했어. 그리고 시베리아 유형보다 쓰린 칩거의 삶을 살아야 했지.

별궁(別宮)에서도 시중을 드는 하녀와 몸종들이 없진 않았지만, 그게 어디 간에 기별이라도 갈 처우겠는가 말이야. 여전히 주술사는 나를 찾아와 위로해주고 포근히 감싸 주시면서 위로와 격려를 아끼지 않았지만, 그분의 기도에 부응하지 못한 나는 몸 둘 바를 몰랐지. 그분이 계시지 않았다면 나는 어떻게 그 기나긴 시련의 날들을 견뎠을까? 새삼 생각해도 몸서리가 쳐지네.

이제 얘기를 정리해야겠어. 그분께서 승천한 날은 내가 영원히 잊지 못해. 나의 반쪽이 먼저 하늘에 터 잡으러 가신 날이니 어찌 잊겠어. 또 그분은 나 외롭지 말라고 분신을 남겨두고 가셨어. 축복받을진저, 거룩한 분이시여. 나는 그분의 예언대로 여왕이 되었지. 그리고 재위한 지 4년째 되던 해, 갈아 마셔도 시원치 않을 역도(逆徒)들이 어리석은 신민들의 사주를 받아 터무니없는 이유로 나를 내쳤지. '비선실세'란 게 도대체 뭔 잠꼬대야? 비록 집을 떠나는 참변은 없었지만, 역도들의 무엄한 손에 의해 이런 봉변을 당하니, 치가 떨리고 피눈물이 쏟아졌어. 너희들은 SilverTown의 GoStop 제도를 아느냐? 만장일치가 아니면 의안은 통과되지 않는 게 만고의 원칙이거늘, 젓가락만도 못한 몇몇 졸개들이 패거리를 지어 나를 보위에서 끌어내리려 획책하는구나. 어림도 없는 일이야.

덕분에 시간은 많아지겠네. 차라리 잘 됐지. 그동안 내가 너무 오랫동안 자기관리에 소홀했어. 이 기회에 쉬면서 몸에 쌓인 사기(邪氣)도 빼내고, 영기(靈氣)를 주사해야지. 당분간 내 몸을 적셔줄 늙은 내시들 - 쌍방울이 부실해 걱정이지만, 좋은 약이 있어 충분히 벌충되지. 나는 왜 이리도 늙은 사람이 마음에 끌릴까? 왕내시(王內侍), 참 멋진 사내였는데……. - 은 끊어야겠지만, 말 그대로 잠시겠지. 길어야 석 달? 율학(律學)에 밝은 승지들이 조분조분 따지고 있으니, 아무런 죄 없는 내가 권좌에 복귀하는 것은 너무나 당연한 일이겠지. 하찮은 시녀가 물을 쏟았는데 나더러 치우고 꺼지라니, 이게 말이 되는 소리냐구! 내 너희 잡것들의 온갖 구멍에서 핏물이 쏟아져 나와 사돈의 팔촌까지 피칠갑을 만들어 주리라. 연좌제란 바로 너희들 같은 악머구리들에게나 어울리는 일이란다.

그리고 화장에 정성을 들이는 일도 빼놓으면 안 되지. 젊었을 때는 갸름하고 고왔던 얼굴이 나이가 드니, 이게 뭐야. 우글쭈글, 내 젊음이 사라지는 것만큼 덧없는 일이 어디 있을꼬. 장안의 좋다는 약물이란 약물은 다 들여와 쳐 바르고 짜 넣으니 날로 포동포동한 옛 모습을 되찾고는 있으나, 알몸을 거울에 비춰보면 나날이 피부가 시들어가고 윤기는 소진해가니, 누가 나를 보고 음심(淫心)을 통천(通天)할지 저어되는구나.

자, 넋두리는 이만하면 됐어. 지금 내가 잠시 더러운 '똥밭'을 밟고 있지만, 내일은 또 내일의 해가 떠오르는 법이야. 궐문 밖에서 이 엄동설한에 괴성(怪聲)과 교행(驕行)을 부리는 잡된 무리들의 작태도 자주 보니 귀여운 구석도 있네. 수라상이 들어왔어. 나는 다시 TV 드라마에 집중하겠노라. 올 연말 연기대상은 내가 좋아하는 아이돌 배우가 받아야 할 텐데, 당장 내 힘이 미치지 못하니, 그것이 개탄스러울 따름이노라.

아! 뭐야, 저 외침소리는. 정말 지겹네. 어서 물렀거라!

## 2

안녕하시오들. 나는 여왕께서 폐위되면 차기 황제로 즉위할 'Big Shot'이라 합니다. 물론 이 영상은 절대 외부로 공개되지 않을 것이니, 아무도 보고 들을 사람은 없을 거요. 사정이 여의치 못해 택한 방책이지만, 그게 또 좀 애석하기도 합니다. 이런 공자님 말씀은 많은 사람들이 경청해야 하는데, 쩝! 그러나 또 모르지요. 인생지사 새옹지마라, 지금 우리 당파가 폐족의 나락에 떨어져 있으나, 권토

중래할 날이 오리라고 나는 믿어요. 그러니 이 영상은 최소한 우리의 골수 당원들에게만은 때를 맞춰 공개할 심산이오.

우선 아방궁에 계신 '늙은 여우'에 대해 먼저 말하고 싶소이다. 정직하게 말한다면 나는 그 여우에게 처음부터 속지 않았어요. 내가 그 미친 늙은 '년'의 정체를 몰랐을 줄 아시오? 제 애비와 에미가 드리워놓은 영광의 빛 속에 파묻혀 자신이 여왕인 양 허우적대는, 정신 연령이 16살쯤에 멈춘 계집애의 해골 속을 들여다보지 못한 줄 아시오? 박수무당의 딸년 - 이 년 정체는 나중에야 알았지만 - 에게 현혹되어 저도 이해 못하는 헛소리를 늘어놓는 줄 몰랐을 것 같냐 말이오.

아니야, 아니야. 난 그냥 이 빌어먹을 세월이, 임기 5년이 후딱 지나가길 기다렸을 뿐입니다. 매미만도 못한 여왕이 개판을 치는 세상이 어서 빨리 끝나고, 내가 차기 황제로 낙점을 받아 차기 총통의 반열에 오르기를 기다렸던 것이지. 마치 SilverTown의 흥선대원군처럼 말이야. 그래서 그저 정신 나간 늙은 대통령이 마음껏 나라를 망치라고 놔두었어. 알고 보니 팀 플레이였더구먼. 그렇게 착실히 말아먹을수록 내 존재는 더욱 빛날 테니까. 그래서 약도 사주고 주사도 마음껏 놓으라고 두었지요. 나랏돈으로 해먹으라고 부추기기도 했어요. 그래야 들통이 날 거 아닙니까? 여왕도 대가리는 있는지 이래도 되냐고 묻더군. 내가 대답했어요. 폐하께옵서는 측천무후시옵니다. 천년 제국이 폐하의 손아귀에 있으니 누가 감히 폐하께 항거하겠냐고 말이지.

그 년은 그걸 다 믿더군. 하긴 얼굴에 분칠하고 머리에 머리핀 꽂고, 온갖 주사약에 취해 해롱대고 있었으니 알 턱이 없었겠지. 호호호!

자, 이제 내 얘기 좀 합시다. 한 번밖에 안 들려줄 테니까 두 귀 바짝 세우고 단단히 들어요. 아, 내가 누구냐고? 흠! 뭐라고 대답해야 하나. 이렇게 말해 둡시다. 나는 그냥 나고, 나는 또 누구도 될 수 있다고. 이렇게 말하면 이해가 됩니까? 듣다 보면 알겠지만 나로 수렴될 만한 인간들이 하나하나 떠오를 거요. 내가 태어난 곳은 바닷가고, 동시에 내가 태어난 곳은 깊은 산골 오지이기도 하오. 아니면 사하라 사막이 모래 강을 타고 내려오다 뿌리를 내린 곳이라고도 할 수 있어요.

알고 보면 나도 꽤 똑똑한 놈입니다. 요즘 뉴스 판을 달구는, 앞으로 읽으나 뒤로 읽으나 이름이 똑같은 놈 있지 않습니까. 그 아이가 소년 등과했다느니 최연소 합격자라느니 하며 추켜세우는데, 나도 그 자식 못지않게 일찍부터 육법전서 꿰차고 산 이력의 소유잡니다. 놈보다 뒤지지만 2땡 나이 때 총각 딱지 뗐다 이 말씀이요. 형조에서 요직이란 요직은 다 거쳤지요. 공안부 부장, 검찰총장, 법무부 장관, 국회의원, 심지어 전 국민의 사랑을 받는 인기 스포츠 '한국 쓰리쿠션 알까기 협회'의 총재까지 올랐어요. '은하수 연합' 사무총장도 한 번 해볼까 꿈을 꿨는데, 그건 이루지 못했지.

늘그막엔 도승지 직까지 맡아 수행했소. 늙으니 기억력도 감퇴해 룸살롱 '미르' 깔치 'Juliet' 이름도 까먹어 망신당하고, 얼빠진 여자 챙기느라고 체력이 많이 딸려 비아그라에 팔팔정까지 챙겨 먹으면서 버티려고 별 지랄을 다했지. 그런데 그거 잘 알아두슈. 비아그라 너무 자주 먹으면 나중에 내성이 생기는지 안 섭디다. 높은 산 오르는 것도 아닌데 숨만 차고, - 어떤 쓰레기가 비아그라가 고산병에 좋다 그래. 침대에서 30센티밖에 올라가지 않았는데도 도움이 안 되던 데 말씀이야. 하여간 곡괭이질 예닐곱 번 하면 자루가 툭! 부러지고 맙디다.

그건 그렇다 치고 나 젊은 시절엔 정말 후회 없이 살았어요. 공안 검사 할 때가 30대였는데, 그냥 불만만 많고 사사건건 정의나 따지는 빨갱이들, 철없는 대학생 애들 킬리만자로 산으로 끌고 와 두드려 패는 맛이 기가 막혔지. 북어 대가리 패는 것하고는 차원이 달라요. 눈탱이가 밤탱이가 되어 코피를 질질 흘리면서 악을 써대는 놈도 있고, 살려달라고 죽을죄를 졌다고 엉엉 우는 년도 있었지요. 대드는 놈은 콧대 꺾는 맛에 팰 때 신났고, 짜는 년은 더 비참하게 만드는 맛에 발길질이 한결 유연해지지요. 그때 체력이었으면 격투기에 나갔어도 마이크 타이슨 따위는 한 주먹 감밖에 안 됐을 거요.

엉? 그런 고된 일을 왜 직접 하느냐고? 그 즐거운 일을 왜 남에게 시켜. 나 심문할 때 고문 같은 거 형사들에게 시킨 적 한 번도 없소이다. 형사들, 개네들은 그냥 공무원일 뿐이거든. 뭐 '안두희'나 '이근안' 같은 별종도 있긴 했다지만, 그것들도 대개 한 따까리하고 난 뒤에는 영 밥맛없어 한답디다. 자기에게도 대학생 아들이 있다는 둥 조카애가 여대생이라는 둥 도무지 재수 없는 소리나 뇌까린단 말이야. 그런 허약한 놈들에게 뭘 믿고 그 일을 맡겨요. 무엇보다 내가 해야 자백을 받은 맛이 나지. 당신들은 진수성찬 차려놓고 자기가 안 먹고 남에게 양보하면 그게 만족스럽겠소? 뭐 여하간 그래서 난 남에게 고문 안 시켜. 조질 놈이 많으면 할 수 없지만 말이요. 참, 그런 좋던 시절이 그리워지네.

사실 연놈들이 혐의를 인정하든 말든 문제될 건 아무것도 없었어요. 내가 곧 법인데, 어떤 새끼가 시비를 걸어. 공소장 고치기야 손바닥 뒤집듯 쉬웠고, 판을 키우자 싶으면 몇 놈 더 끌고 와 고춧가루 풀고 물고문, 집게로 손발톱 뽑으며 전기고문하면서 도장 받으면 게임오버였지. 아시다시피 지난 황금시절은 긴급칙령의 시대였소. 4호부터는 고등군법회의에서 사형 선고까지 마음대로 때릴 수 있었잖소. 몇 놈 본보기로 목매단다고 하면, 새끼들 겁먹게 되어 있어요. 그게 실제로 집행된 건 본의가 아니었지만, 그 역시 법이 내린 심판 아니겠소. '악법도 법이다' 이거요. 어쩌다 고문이 과도해 죽여도 걱정할 필요가 없어요. 적당히 산에 묻어버리고, 나 몰라라 하면 경찰, 검찰이 알아서 수사 종결해 주거든. 생사람 죽였는데 기분이 좋을 린 없지. 그땐 술집 가서 쭉 빠진 계집애 두어 명 끼고 밤새 술 마시고 떡방아 즐기며 오입 하면 다음날 다 잊혀요. 그런 일 너무 마음에 두면 두고두고 건강에 안 좋아. 참, 그때가 세월 좋았지.

'두고두고'하니까 또 기분 나쁜 기억이 떠오르네. 여러 해 전 봄날 오전 8시 49분에 발생한 '바다'호 침몰 사고. 천 리 밖에서 일어난 일을 내가 무슨 재주로 손바닥 들여다보듯 알겠는가만, 보고서를 보니 과적이니 조타 실수니 고박 불량 등으로 복원력을 잃어 쓰러졌고, 가라앉았다는 거 아닙니까. 전문가들 분석을 믿어야지 달리 뭘 따지나. 이걸 두고 원인을 밝히라고 성화니, 다 밝혔는데 뭘 더 밝혀요. 아, 물론 생떼 같은 애들이 그렇게 많이 죽었으니 나도 가슴 아프고 일말의 책임감은 느낍니다. 처벌도 하고 보상도 하고 기억도 해야지. 그래야 같은 사고가 다시는 일어나지 않을 거 아닙니까.

하지만 사고란 게 어디 마음대로 되는 일이 아니잖아요. 지금껏 터진 사건들 좀 봐요. 원인 불명인 경우가 좀 많나. 당신들도 잘 알겠지만 '버뮤다 삼각지대' 미스터리쯤은 들어 봤지요? 아무런 까닭도 없이 비행기가 사라지고 배가 침몰하고, 흔적도 남기지 않았잖아요. 그에 비하면 '바다'호 사건은 원인이 명명백백해요. '바다'호를 인양하면 모든 게 드러난다지만, 그 큰 배를 끌어올리는 게 말처럼 쉽습니까? 더구나 아직 시신이 인양되지 못한 피해자들도 있어요. 그 시신을 인양해 유족들에게 고이 건네주려면 그만큼 조심에 조심을 해야잖습니까?

사고가 나고 오전 10시 이후부터 오후 5시 15분 중앙재난안전대책본부를 방문할 때까지 여왕께서 어떤 지시를 했고 동선이 어땠는지 밝히라고 아우성입니다. 나도 답답합니다. 내가 여왕 겨드랑이에 붙어 하루 종일 따라다니는 것도 아니고, 그걸 어떻게 일일이 다 챙기겠어요. 나는 이미 아방궁을 떠난 몸입니다. 거 홈페이지에 보니 상세히 나와 있더구먼. 보지도 못한 사람의 동정을 어떻게 말합니까? 가짜로 지어내기라도 하란 말이요. 그럼 정말 내가 나쁜 놈 되지. 나도 아방궁에 있으면서 여왕폐하의 거동이 이상하다 생각한 적이 없진 않았어요. 하지만 계집년이다 보니 말 못할 사정이 있나 보다 여겼지 그걸 어떻게 다 물어봅니까?

앞에서 말했다시피 여왕폐하는 그 직임을 수행하기에 적임자는 아니었어요. 그러나 이미 즉위한 황제를 그 정도 문제로 내쫓을 수는 없잖아요. 그래서 '세월이 약이다'란 속담이 있는 거요. 한 몇 년 두루뭉수리하게 지내게 하고, 신민들이 "미친 계집년 꼴도 보기 싫으니 당장 목을 베라"고 외치면 못 이기는 척 제대로 나라를 이끌 사람 - 그게 납니다 - 을 다음 황제로 뽑아 잘못을 바로잡는 게 최선이잖소. 지금 나라 전체에 독버섯처럼 번지는 혼란을 보세요. 이거 지금 여왕께서 저지른 거 아닙니다. 정체가 훤히 드러난 빨갱이들 짓이에요. 예전 같으면 확 그물질해서 킬리만자로 산으로 끌고 가 두들겨 패고 목을 따면 만사형통인데, 그러지도 못하고 정말 환장할 노릇 아닙니까? 대중들이란 그저 장도리로 옥수수를 다 뽑고 대못을 쾅쾅 박아서 옴짝달싹 못하게 묶어놔야지 조금만 자유를 주면 저희들이 뭐 대단한 존잴 줄 알고 주제넘게 설쳐요. 먹고 살만하니까 하는 짓이지. 그러니 좀 굶겨야 돼. 흠흠! 말이 좀 심했나? 요 부분은 나중에 다시 녹화하든가 편집합시다.

룸살롱 '미르' 깔치 'Juliet'을 아느냐고 물었소? 그 년 이름만 들어도 신물이 올라옵니다. 아, 이 대명천지에 그런 개차반 쌍년이 있을 줄 어찌 알았겠소. 늙어서 이게 무슨 망신살이야. 그래 청문회 때도 밝힌 것처럼 그 이름까지는 들어본 듯싶소. 허나 내 부모 무덤에 맹세코 만난 적 없는 사람이외다. 그런 야바위 빰칠 개 걸레 년이 여왕과 아방궁을 발칵 뒤집어놓은 걸 몰랐으니, 나도 참 낯 뜨겁긴 합니다. 그나마 이제라도 밝혀진 게 천만 다행이지요. 보아하니 그 년이 여왕폐하를 계속 호려서 천년만년 위세 좋게 떵떵거리며 살 계획이었던 모양인데, 내가 즉위하면 전부 '칙쇼'국 사도 탄광행이요. 이미 다 밝혀진 것처럼 그 년이 여왕폐하를 완전히 망쳐놓았어요. 내가 눈감아 준 건 재롱에 불과하더란 말이지. 완전히 내 머리 위에서 놀고 있었던 거 아니요. 앞뒤 이름이 같은 그 친구도 잘 몰랐을 거라 생각합니다.

그 친구는 사실 헛똑똑이라고 봐. 머리 하난 잘 굴리는 모양인데, 제가 판 함정에 제가 빠지는, 전형적인 놈이지. 경력이란 것도 좀 봐요. 소년 등과하면 뭘 하나, 저만 잘난 줄 알고 사람들 다 개무시하다 젊은 나이에 인생 종치게 생겼잖아? - 이미 종친 지 오래 됐나? - 솔직히 형조에서 대단한 경력을 쌓은 것도 아니야. 승진에 실패하고 낙척해 뒹굴다가 내가 발탁해서 들어온 건 사실이요. 'Juliet' 하고 걔 엄마가 절친이라 여왕께 소개해서 아방궁에도 들어오게 한 거지.

그랬더니 지렁이 소나기 만난 듯 살판 나가지고 마구 칼질 하다가 저렇게 쫄딱 망하게 생겼지 않소. 자고로 칼날은 칼자루 쥐고 있을 땐 유용하지만 뺐기면 제 배가 찔리는 요물이에요. 역시 연륜이 중요해. 칼자루 뺐기니까 잔뜩 겁먹고 시궁쥐처럼 도망 다니다 현상금 붙으니까 마지못해 기어 나오는 게, 그게 어디 불알 달린 놈이 할 짓입니까? 사내가 배짱이 그것밖에 안 돼 어디에 써먹겠소. 당당하게 나와서 모른다, 안 했다, 보고서 읽어봐라, 담당자에게 물어봐라 등등 탁탁 해명하면, 많은 사람들이 용기 있고 뱃심 좋다고 칭찬합니다.

이제 오늘 녹화의 핵심으로 들어갑시다. 지금 우리 패거리가 위기에 봉착한 건 사실이요. 국민들로부터 손가락질 당하고 얻어터져도 할 말 없게 생겼지요. 그러나 가만히 생각해보면 올 게 온 것뿐입니다. 그나마 지금 온 게 다행이라고 나는 생각합니다. 국민심판위원회 판결 결과가 내일 모레 갑자기 나오진 않을 게고, 시간만 끌면 승산은 충분히 있어요. 물론 손발 다 놓고 있으면 안 오지. 크게 벌린 건 크게 벌리고, 작게 벌린 건 작게 벌리면서 흩어진 세력을 규합하고 - 알고 보면 숨어서 활개 칠 날 기다리는 새끼들 많습니다 - , 딱 부러진 차기 황제를 네거리에 내놓으면 일이 술술 풀릴 겁니다. 더욱이 지금 민주시민돌격당 떨거지들 원님 덕에 나팔 분다고 빨갱이 선동에 놀아난 국민들이 움직여 만들어놓은 정국에서 제 이익만 챙기려고 눈이 벌개져 있어요. 예로부터 "보수는 부패로 망하고, 진보는 분열로 망한다"는 금언이 있지요? 전열을 조금만 흩트리면 저들이 알아서 찢어질 거요. 그리고 우리는 대동단결하는 거지. 물론 결정적인 한 방이 필요하긴 합니다.

그 한 방이 뭐냐고 묻습니까? 에이, 영업 비밀을 다 까발린 순 없지. 내가 제갈공명은 아니지만, 몇 수 앞은 읽을 만큼 바둑은 좀 둬요. 때가 되면 다 알게 될 게요. 영화는 전편을 다 봐야 흥미진진하고 결말이 속 시원한 법입니다. 예고편에서 반전, 결말, 범인 다 밝히면 누가 극장엘 오겠소. 잠자코 기다려 보시구려. 내 돈값할 날이 곧 옵니다. 내가 혜성처럼 등장해 정계의 좋아요 나라의 구세주로, 또 정의의 화신으로 군림할 날이 머지않았습니다. 그때가 오면 오늘 나 인터뷰한 것을 천우신조로 여길 거요. 내 한 자리 보장하지. 암!

## 3

안녕. 다시 '판도라 공주'야. 그 시절 얘기를 다시 해볼까 해.

내가 22살 꽃 다울 때의 추억들이지. 정말 세상을 내 품에 안은 것 같은 충만감 속에서 보낸 시절이었어.

엄마가 갑자기 세상을 떠났다는 얘기는 했지? 나는 외국에 있으면서 새벽에 그 소식을 들었지. 게슈타포 사람이었거나 아방궁 쪽 사람이었을 거야. 아주 다급한 목소리로 당장 짐을 싸 귀국해야 한다는 거였지. 하도 호들갑을 떨어서 '루멀랜드'에서 어떤 또라이가 쿠데타라도 일으킨 줄 알았다니까. 난 황제 네로 Park의 딸이야. 그런데 설명도 없이 다짜고짜 짐을 싸라니! 정말 예의도 없는 새끼구나 싶었지. 이래서 내가 사람 만나기를 싫어하는 거야.

여하간 엄마가 죽었대. 처음엔 믿기지 않더라고. 그럴 수가, 이렇게 간단히 내 꿈이 현실로 다가올 수 있나 싶어 뺨을 다 꼬집어보았다니까. 그래, 어쩌면 난 진즉부터 엄마가 세상에서 없어지기를 바랐던 지도 몰라. 엄마가 누리는 높깊은 명예와 눈부신 스포트라이트, 그리고 무한한 권력……. 이 모든 게 내가 아니고 엄마 것이라는 게 너무나 억울하고 분했지. 엄마의 민낯을 본 나로서는, 내가 엄마보다 열 배 백 배 더 잘할 수 있고, 아빠를 즐겁게 하면서 도울 수 있는데, 엄마는 자신의 가면만 포장하기 바빴지. 아빠는 권력을 지키기 위해 충직한 졸개도 새로 들이고 긴급조치도 발동하면서 혈투를 벌이고 있는데 말이지. 정말 아빠가 안쓰러웠어.

그때는 인터넷이란 게 없어 '루멀랜드'의 소식을 바로바로 들을 수 없었어. 그 무렵 아빠는 '영원한 제국'을 세우시고자 '메이지 빠가야로' 헌법도 만들고 의회 권력도 장악하면서 경제 개발에 전념하시던 중이었지. 그런데 꼭 이런 훌륭한 계획에 쌍심지를 켜고 재를 뿌리는 잡놈, 잡년들이 있잖아. '빠가야로 독재 철폐하라니!' 이런 배은망덕한 종자들. 누구 덕에 먹고 살만 해졌는데, 그딴 강아지 소리를 지껄여. 배추 값, 대파 값 오른 게 뭐 아빠 탓이야! 그래서 '루멀랜드' 사람들은 좀 굶겨야 한다니까. 그래서 그런 놈들을 옭아맬 밧줄을 장만하셨지. '긴급칙령' 말이야. 불순분자들을 싹 쓸어버릴 요긴한 도구였잖아? 지금 헌법에는 왜 그런 게 없는지 몰라. 그래서 '개헌'하자고 국회에서 제안했는데, 어떤 개 잡종 방송국에서 이상한 물건을 들이미는 바람에 무산되고 말았지. 어쩐지 그날 까마귀 한 놈이 극성스럽게 날더라니 말이야.

엄마가 Luna의 손에 죽기 10년 전쯤 얘기 좀 해볼까. 권력을 잡은 아빠는 경제를 살릴 방도를 마련하느라 불철주야 노심초사하셨지. 문제는 돈이었어. 그래서 아빠는 '칙쇼'국과의 외교관계를 복원하려고 했어. '루멀랜드'를 한동안 지배했던 훌륭한 나라지. 그들의 손아귀에서 벗어난 뒤 관계가 소원해졌는데, 외교관계 복원의 대가로 받을 돈으로 나라를 먹여 살릴 결심을 했지. 이봐, '곳간에서 인심난다'잖아. 돈 한 푼 없는데, 어떻게 신민을 배불리 먹일 수 있냐고. 농사를 지으려고 해도 농기구는 사야 하잖아. 그래서 당장 구차한 소리 않고 돈을 받아낼 수 있는 통로가 '칙쇼'국이었어. 40년 동안 잘도 우릴 지배하면서 들볶았으니, 돈 좀 내놔야지. 게다가 식민 통치 때 우릴 괴롭혔던 거 다 용서해주겠다잖아. 그래서 2억 달런가 3억 달런가를 배상금으로 받았어. 이거 굉장히 큰돈이라고. 사실 '칙쇼'국이 지배한 덕분에 경지 정리도 했고, 근대적인 행정조직도 짜놓았고, 철도와 도로, 항만까지 건설했고, 교육문화 시설도 갖췄고, 댐과 저수지도 둘러쳤고, '칙쇼'국 사람들이 우리한테 해준 게 좀 많아. 아빠도 가끔 그런 사실을 잊으면 안 된다고 일러주셨지. 그래서 아빠는 'New 또라이' 패거리 애들을 대거 기용하셔서 뒷배를 단단히 다지셨지. 사실 아빠는 'New 또라이'가 뭔지 알지도 못하지만……. 에그! 무식해서 너무 창피해. 아빠는 술만 쳐드셨다 하면 똘만이 박수부대 불러놓고 당신이 사하라 사막에서 말 달리며 '루멀랜드' 독립군 목을 베던 시절의 일화를 자랑스레 말씀하셨어. 일급일배(一級一杯). 한 놈 목을 딸 때마다 술 한 잔을 마셨다더라고. 그 얘길 들으면서 아빠에 대한 존경심도 더욱 커졌지.

그런데 종자돈 좀 마련해보겠다는데 왜 반대하고 데모하고 지랄들인 거야? 이 싸가지 없는 것들! 특히 대학생 놈들이 뭘 안다고 학교 담장을 뛰어넘어 거리에서 행패를 부려. 그러니까 어른들이 자식 교육 제대로 못 시킨 거지. 그 정도 돈도 감지덕지 아냐? 오히려 '칙쇼'국이 40년 잘도 통치하면서 들어간 비용 내놓으라면 군말없이 줘야하는 게 우리 아냐? 징용 가서 석탄 캐주고, 비행장 만들어 주고, 길 닦고, 그러다 몇 사람 죽었다 치자고. 덕분에 우리나라 사람들 탄광 기술, 도로 건설 기술, 중장비 운전 기술 다 배웠잖아? 교육비 한 푼도 안 내고 말이야. 또 젊고 예쁜 처녀들 끌고 가 '칙쇼'국 군인들이 돌아가며 따먹었다고 치자고. 이런 속담 알잖아? '나일 강에 배 지나간 자국' 말이야. 언젠가 한 번은 털릴 처녀막, '대아프리카공영권'을 공고히 하는 성전(聖戰)에 나가신 군인들에게 순결 좀 바친 게 자랑이지 욕할 일이냐고. 덕분에 처녀들 외국 여행도 하고, 견문도 넓히고, 가랑이도 넓히고, 방중술까지 익혔으니, 이건 일석이조(一石二鳥)가 아니라 삼조요 사조야. '칙쇼'국 애들이 외국 데려가면서 뱃삯을 받았어, 비행기 값을 달랬어. 먹을 거 입을 거 다 줬잖아? 좌우간 '루멀랜드' 빨갱이 새끼들은 은혜를 몰라. 모르는 정도가 아니라 은혜를 원수가 갚는 못된 악습이 있어. 데모라면 정말 지긋지긋해. 데모하는 빨갱이 인간들을 쥐 잡듯 잡아야 한다는 게 내 소신이야. 내 주변엔 그런 생각하는 사람들 많아. 그래서 내 집도 그런 사람들로만 포진시켰지.

말이 너무 길어졌네. 공연히 흥분되는군. 나는 바로 비행기를 타고 10시간 쯤 뒤에 귀국했지. 나라 전체가 초상집이 되었더군. 속으로야 쾌재를 불렀지만, 겉으로는 그래서는 안 되지. 그 정도 상식과 교양은 나도 갖추고 있는 몸이거든. 나는 누구보다 슬픈 표정으로 품격을 갖춰 울었고, 동생들을 다독였고, 아빠를 위로했어. 엄마가 죽으니 나만 좋은 게 아니더라고. 그 악머구리 같던 데모하는 놈들이 주춤거리며 뒤로 물러갔거든. 황후마마께서 시해당했는데, 더구나 추운나라 빨갱이들의 사주를 받은 Luna 그 개새끼가 비명에 죽게 했는데, 자식 같은 신민들이 울부짖으면서 애도해야지. 좌우간 빨갱이들은 다 죽여야 해. 추운나라에 사는 빨갱이만 아니지. '루멀랜드'에 똬리를 튼 얼치기 빨갱이들이 더 큰 문제야. 내가 만나보니 추운나라 지도자는 차원이 한참 높더군. 내가 '쿨가이' 위원장에게 보낸 '사랑의 편지'가 전달되지 못한 게 천추의 한이야. 그 분은 정말 레전드 급의 품위와 인품, 소신과 비전을 가지셨지. 아, 갑자기 주술사 분이 그리워지네.

드디어 나는 은둔의 공주에서 황후마마 급의 '공주마마'로 화려한 변신을 한 거야. 이젠 태자마마 - 주술사를 내가 부르던 애칭이야 - 와의 로맨스도 숨어서 몰래 할 필요가 없게 됐어. 나보다 위에 있는 사람은 아빠 단 한 사람. 권력을 지키기에도 바쁜 아빠가 내 일에까지 신경을 쓰진 못 했지. 그래서 태자마마와 함께, 아니 태자마마께서 시키시는 대로 열심히 전화도 돌리고, 재벌들도 부르고, 언론과 방송에서 장단을 맞추도록 채찍을 휘둘렀지. 다들 설설 기면서 내 말이면 끔벅 죽더군. 정말 짜릿한 나날이었어. 태자마마께서는 재단을 통해 거둬들인 돈 나라를 위해 신민을 위해 자~알 쓸 테니 걱정하지 말라면서 자금을 관리하셨지. 너무나 거룩한 분이시라 당연한 일을 두고 뭘 설명까지 하시냐고, 그러시면 내가 무안해진다고 말씀 드렸지. 태자마마께서는 따님도 여러 분 두셨지. 나보다 두 살 어린 따님이 계셨는데, 사람이 참 싹싹하고 계산속도 치밀하고 예뻐서 항상 단짝처럼 지냈어. 그 40년 지기를 지금 만날 수 없다니, 너무 속상해. 그 영혼이 맑은 여자를 감옥에 처넣다니, 너희들은 하늘이 내릴 벼락이 무섭지도 않다더냐! 보고 싶은 'Juliet'아. 잠시 룸살롱 '미르' 일은 잊고 몸조리 잘 하고 있으렴. 곧 내가 다시 권력을 되찾으면 너를 괴롭혔던 인간들, 모두 목 졸라 죽일 테니까.

엄마가 사라져준 건 고마운 일이었지만, 엄마를 죽인 놈들을 용서

하는 것과는 다른 문제지. 빨갱이들은 내 원수였어. 아니 아빠와 내 동생들의 원수이기도 했지. 우리 식구들 눈에서 피눈물이 나게 했던 원수들. 특히 북쪽나라의 원조 빨갱이들보다 더 얄미운 남쪽의 얼치기 빨갱이들. 이것들이 우리 엄마를 앗아간 거야. 그 인간들은 도저히 용서할 수 없었어. 엄마가 죽는 그 즈음하여 몇 달 전에 게슈타포에서 '사하라인민해방전선간첩 사건'을 날조해냈어. 대학생 애들이 데모하려고 임시로 만든 '애국청년궐기단 사건'을 들쑤시다 10년 전 '루멀랜드-칙쇼'국 굴욕외교 반대 데모 때 엮였던 종자들 몇 명이 다시 걸려든 거야. 하여간 '제 버릇 개 못 준다'니까 - 어째 꼭 나한테 하는 소리 같기도 하네? -. 옳다구나, 잘코사니! 게슈타포는 바로 궤도 수정을 했지. 사하라인민해방전선 관련자들을 빨갱이로 엮어 얼치기 빨갱이들을 솎아낼 태세를 갖춘 거지. 킬리만자로산으로 옭아매 와서 물고문, 전기 고문, 두들겨 패고 아가리를 찢고, 주리를 틀고, 계집들은 강간을 하며 실토를 받아냈어.

물론 그 땐 내가 외국에 있었던지라 초반 상황은 잘 몰랐어. 그런데 공주마마가 되니까 착착 보고가 들어오더군. 황제폐하의 긴급칙령 제2호에 의해 설치된 비상보통군법회의가 그 해 7월 8일부터 시작한 재판에서 주모자 여덟 놈들에게 사형을 선고했다지. 그리고 두 달 뒤인 9월 7일 2심 재판에서 판결은 확정되었지. 그래서 대법원 판결만 남겨두고 있다는 거야. 이놈들이 바로 우리 엄마를 비명에 죽게 만든 원흉이라고 나는 확신했어. 얼치기 빨갱이들, 엄마를 죽인 원수들. 불구대천지원수(不俱戴天之怨讐)! 너희들과 어찌 한 하늘 아래 살겠느냐! 내, 피의 보복으로 너희들을 응징하리라. 그래서 하늘 아래 황제 네로 Park께서 손수 제정하신 법의 준엄함을 보여주리라.

엄마의 장례가 끝나자 다시 배은망덕한 무리들이 소란을 피우기 시작했어. '메이지 빠가야로' 헌법 철폐를 들고 나오면서 데모가 기승을 부렸어. 그런 놈들은 사정없이 몽둥이찜질로 다스려야 하는데, 아빠도 엄마가 죽으니까 조금 물러터진 것 같아. 다음 해가 되자 아빠는 느닷없이 헌법 재신임 찬반투표를 실시하겠다잖아. 자신의 퇴위 문제도 함께 묻겠다는 거였어.

난 아빠가 살짝 돌아버린 줄 알았다니까. 왜 그런 소극적인 자세로 굴욕을 당하려는지 이해가 되지 않았어. 난 말렸지. 미친개에게는 몽둥이가 약인데, 신임을 할 권리를 주다니. 고양이에게 어물전 맡기는 꼴이라면서 따졌어. 그런데 아빠는 내 충정도 모르고 결국 2월 12일 국민투표에 붙인다고 공표했어. 나로서는 근심걱정이 이만저만 아니었는데, 아빠를 존경하고 신뢰하는 신민들이 많아 투표율 79.8%에 지지율 73.1%의 압도적인 지지로 '메이지 빠가야로' 헌법은 '만고의 참된 헌법'으로 확고하게 자리하게 된 거야.

이렇게 선거 결과가 흡족하게 나오자 아빠는 애국청년궐기단과 사하라인민해방전선에 관련된 폭도들을 형 집행정지로 풀어줄 황제특별조치를 취하려고 했지. 그 소식에 나는 아연실색했어. 어떻게 엄마의 원수를 살려주겠다는 거야. 저 하늘에서 울고 있을 엄마를 생각해봐. 그래 백번 양보해서 데모한 대학생 애들이야 철이 없어서 분수에 넘치는 짓을 했으니, 몇 대 두드려 패고 '다음부터 조심해!' 엄포를 준 뒤 풀어줄 수 있다고 치자고. 그러나 빨갱이는 아니지. 얼치기 빨갱이들, 엄마의 원수, 황족과 신민의 원수, 이런 놈들을 어떻게 풀어줘. 하늘이 울고 땅이 갈라질 일이었지.

나는 아빠에게 달려가 절대 용납할 수 없는 일이라고 눈물을 흘리며 간구했어. 애국청년궐기단 관련자들은 석방해도 좋다, 그렇지만 엄마의 원수들에게까지 관용은 부당하다. 반드시 일벌백계로 다스려야 한다고, 그렇지 않으면 내가 이 자리에서 혀를 깨물고 죽겠다고 발버둥을 쳤어. 그제야 아빠도 내 진심을 알았는지 생각을 고쳐먹었지. 사흘 뒤인 2월 15일 아빠는 애국청년궐기단 관련자들만 석방하는 자애로움을 보여주셨어.

대법원 항소 건이 잘 마무리되도록 나도 없는 시간을 짜내 용의주도하게 움직였어. 당시 대법원장은 '민대가리'라는 노인넨데 - 62살이었으니까 노인네 맞지? -, 친'칙쇼'파이자 궁내부 대신과 중추원 부의장을 지낸 '민바퀴벌레'이란 분의 아드님이시기도 했어. 그런 부친을 둔 분이라 아빠와도 죽이 잘 맞았지. 어련히 잘 처신할까 싶었지만, 만사불여튼튼이라고 - 이건 도승지를 지낸 분이 즐겨 쓰던 말이야 -, 특별히 불러 한 치의 온정도 베풀어서는 안 된다고 못을 박았지. 대법원장도 열심히 고개를 끄덕이더군. 깡마른 노인네가 고개를 까닥거리니 꼭 딱따구리가 나무를 쪼는 것 같아 귀엽더군. 후훗! 아무래도 난 늙은이를 너무 좋아하나 봐.

난 비분강개한 목소리로 외쳤어.

"왜 그 놈들을 아직도 죽이지 않는 거죠? 나는 그런 자들과 한 순간이라도 함께 숨을 쉴 수 없어요."

마침내 4월 8일 대법원 선고 공판이 열렸고, 당연하지만 만시지탄(晩時之歎)으로 항소는 이유 없음을 이유로 기각되었지. 마침내 엄마의 원한을 풀게 된 거야. 진짜 원수 Luna는 전해 12월 20일에 사형시켰지. 크리스마스를 코앞에 두고 뒈졌으니 약 좀 올랐을 거야. 깔깔깔! 나는 그날 엄마의 영정을 보면서 눈물을 뚝뚝 흘렸어.

이제 처단할 역적들의 죄상이 만천하에 확정되었으니, 목에 올가미를 걸 일만 남았지. 그런데 이것도 지지부진 시간을 끌려고 들잖아. 얼간이 몇몇이 아빠한테 충분한 경고가 되었을 테니 적당한 때를 봐서 사면해 주면 황제폐하의 관대함에 신민들이 기뻐할 거라면서 치근덕거렸어. 아빠는 또 마음이 흔들리려고 하더군. 그 꼴을 보고 나는 단호한 조처가 필요하다고 여겼지. 당장 비상계엄 사령관을 불렀어. 아빠가 간신배의 말에 속아 자꾸 흔들리니까 사형을 바로 집행하라고 명령했지. 꼴에 저도 사령관 계급장 달았다고 대거리를 하더군. 아무리 무도한 사형수라지만 어떻게 판결 하루 만에 형을 집행하느냐고 씨부렁거렸어. 내가 이래서 잘난 척하는 군발이를 싫어해. 까라면 까는 거지, 무슨 말이 많아. 난 이 나라의 공주마마야. 황제폐하께서 단호하지 못할 땐 공주마마라도 중심을 잡아야지. 그대로 집행하지 않으면 바로 해고하고 사자우리에 처넣겠다고 으르니까 겨우 파르르 떨면서 수긍하더군.

다음 날 새벽, 나는 정안수를 떠놓고 천지신명께 빌었어. 그 영혼들이 지옥 불에서 지글지글 튀겨지게 해 달라고, 얼치기 빨갱이들이 죄의 무서움을 깨닫게 해 달라고 말이야. 형 집행은 그 해 4월 9일 새벽 4시 30분부터 진행되었지. 한 놈 당 30분 정도 시간이 소요된다고 하더군. 8시 30분에야 끝난대. 난 뭘 그리 길게 끄느냐, 한꺼번에 다 목을 매달라고 말했지만, 처형장이 비좁아 불가능하다더군. 미리 '아우슈비츠'를 만들어두지 못한 게 한스러웠지. 앞으로도 죽일 빨갱이들이 한둘이 아닐 텐데 말이야.

나는 정안수 앞에서 한 놈씩 목을 매달 시간에 맞춰 춤을 추었어. 너울너울 나비처럼, 하늘하늘 발레리나처럼, 사뿐사뿐 무희들처럼, 카랑카랑 탱고 댄서들처럼, 알록달록 플라밍고 무희처럼, 아장아장 학예회 계집아이처럼, 훌쩍훌쩍 캥거루처럼, 덩실덩실 칼춤 추는 기생처럼, 그렇게 여덟 차례 춤을 추었어.

나는 그 순간 '이사도라 덩컨'이 되었지. 혼을 빼놓고 무아의 경지에 들어 마음껏 내 기쁨을, 내 열정을 발산시켰어. 온몸에서 땀이 비 오 듯 쏟아졌어. 나는 내 땀을 핥아마셨지. 원수들의 피를 빨아 마시는 기분으로 말이야. 내가 이겼어. 내가 엄마의 원수를 갚았어. 내가 아니었으면 이뤄질 수 없는 일이었어. 물론 이런 사실을 아무도 모르겠지. 나는 영원히 이 비밀을 나만의 즐거움으로 간직하고 살 거야. 그리고 언젠가 또 '이사도라 덩컨'처럼 춤 출 수 있는 날이 오기를 기다리며 살 거야. 그리고 그 날이 또 오더군. 그 얘긴 다음에 할게. 휴! 긴 얘기를 했더니 피곤하네. 이봐 동생, 대머리 내시야! 주사 아줌마 하고 기 치료 아줌마 오시라고 해.

나는 일수 아줌마들처럼 인생 푸념이나 늘어놓는 사람이 아니야. 난 영혼 없는 사람들과 달리 손톱만큼도 잘못이 없어. 나를 엮은 인간들, 하늘의 저주를 받을 거야. 난 밀회 따위는 안 해. 나는 하늘을 우러러 한 점 부끄러움도 없는, 사심 없이 살아온 사람이야.

아! 기분이 너무 꿀꿀해.

전번 해외 순방 때 사온 Dior 백 들고 새벽 2시에 뒷골목이나 한 바퀴 돌면서 기분전환이나 해야겠다.

# 구름도 무게가 있다

하늘을 올려다보면 각양각색의 구름이 떠다니는 걸 볼 수 있다. 뭉게구름, 새털구름, 양떼구름, 삿갓구름, 이름도 참 재미있다. 구름은 하늘을 떠다니니 중력의 영향을 받지 않는 것처럼 보인다. 즉 질량이 없다는 말이다. 그럼 정말 구름은 무게가 없는 것일까? 구름은 작은 물방울들이 모여 있는 것이니 – 그러니 비를 내리지 – 당연히 무게가 있을 것이다. 어느 날 유튜브를 보다가 재미난 사실을 알게 되었다. '과학드림'이라는 이름의 채널이었는데, 거기에 따르면 적운형(積雲形) 구름은 대개 가로, 세로, 높이가 각각 1킬로미터쯤 된다고 했다. 그리고 그 부피 안에는 물경 약 500톤의 물방울이 모여 있다고 했다. 이는 A300 같은 점보여객기 1대, 아프리카 코끼리 약 1백 마리, 거대 용각류 아파토사우루스 약 30마리에 해당하는 어마어마한 무게라는 것이다. 세상에! 하늘에 뜬 구름이 비행기며 코끼리, 공룡이었다니…….

## 1

세상에 나처럼 존재감이 없는 사람이 있을까?

예를 들어보자.

친구들과 어울리거나 피치 못할 모임 때문에 동석했을 때 내가 무슨 얘기를 꺼내면 몇몇이 아주 잠깐 눈만 주다가 누군가 말을 가로막고 나서면 모든 이목이 그쪽으로 쏠려 버린다. 그러면 슬그머니 나는 말을 그치게 되고, 있는 둥 없는 둥한 사람이 되어 버리는 것이다. 아니 이 정도면 다행이다. 어떤 때는 모임이 끝날 때까지 내게 말조차 걸지 않는다. 심지어 두루 돌아가며 소감을 한 마디씩 하거나 술자리 뒤 끝에 돌려가며 노래를 부를 때도 나를 빼놓기 일쑤였다.

이처럼 존재감이 없다는 것은 여럿이 섞여 있을 때 무시당하는 경우일 텐데 나는 나 혼자 있어도 사람들이 있는 줄을 모른다. 무슨 소리냐고? 이제 곧 알게 된다. 처음에 이런 경험은 나를 몹시 혼란스럽게 만들었는데, 세상에 익숙해지지 않는 일은 없다고 시간이 지나자 차츰 그러려니 여기게 되었다.

한 번은 이런 일이 있었다. 정말 내 존재감의 부재가 어느 정도인지 적나라하게 보여주는 딱 맞는 사례일 것이다.

그 날 나는 어느 치킨집에서 청승맞게 혼자 생맥주 3000cc를 시켜놓고 작은 잔에 부어 마시고 있었다. 주문을 해도 듣는 둥 마는 둥 잘 받아주지 않는 반응에 익숙한 나는 술집에 가면 으레 그 날 내가 마실 술을 한꺼번에 다 주문한다. 또 안주를 주문해도 무시하거나 잊어버리고 가져다주지 않기 때문에 역시 미리 오징어 몇 마리나 쥐포 몇 개를 구멍가게에서 사서 들어간다. 주머니에서 구운 오징어나 쥐포를 꺼내 먹어도 주인장은 모른다. 깜빡하고 계산을 안 하고 나온 적이 있는데 붙잡히지도 않았다. 돈 벌자고 눈이 벌건, 장사를 한다는 놈에게조차 이런 취급을 받으니 내 존재감의 한계는 무한대라고 해도 좋을 것이다.

주문한 양의 생맥주를 반쯤 마셔서 알딸딸한 상태였을 것이다.

내가 앉은 자리에서 통로를 사이에 두고 두 남녀가 술을 마시고 있었는데, 갑자기 언쟁을 시작했다. 보아하니 여자가 양다리를 걸쳤고 이에 대해 남자가 추궁을 하는 모양이었다. 그런데 뻔뻔하기

짝이 없는 여자는 일말의 부끄러움이나 죄책감도 없이 또박또박 말대꾸를 하면서 남자의 신경을 바짝 긁어내고 있었다. 결국 끓어오르는 분노를 참지 못한 남자는 벌떡 일어나더니 여자의 목을 조르기 시작했다. 그렇게 입을 잘 나불거리던 여자는 한 번 목이 조이자 찍 소리도 내지 못했다.

"야 이 년아, 말을 해봐. 응? 뭐라고 말을 해 보라고!"

여자가 얼굴이 벌게져서 아무 말도 않자 더욱 열을 받은 남자가 크게 소리를 질렀다. 안타깝게도 그 소리는 술집 주인이 크게 틀어놓은 음악 소리에 묻혔고, 주변에 손님이라곤 나밖에 없었다. 결국 여자의 몸이 축 늘어지더니 입에서 온갖 비릿한 내용물들이 쏟아져 나왔다. 얼마나 지저분했는지 나도 토할 뻔했다.

사람을 죽였다는 사실을 깨달은 남자는 좌우를 두리번거리더니, 곧 아무도 없다는 사실을 깨닫고는 재빨리 여자의 신원이 확인될 만한 신분증이 든 지갑을 빼냈다. 이어 수건을 꺼내 주변을 깨끗이 닦았다. 지문을 지우려는가 본데, 자식 수사물을 많이 본 모양이구나. 그리고는 나갈 듯하다가 다시 마음을 돌려먹었는지 되돌아오더니 아예 여자의 옷을 깡그리 벗겨버리는 것이 아닌가? 확실히 여자는 양다리를 걸쳐도 좋을 만큼 훌륭한 몸매를 가지고 있었다. 특히 젖가슴은 내가 이제껏 본 젖가슴 가운데 - 그렇다고 해서 물리게 젖가슴을 봤다는 뜻은 아니다. 하지만 나는 포르노 마니아이기 때문에 정말 최고의 젖가슴들을 두루 봤다고 자신할 수는 있다 - 가장 매혹적인 것이었다. 핑크빛이 감도는 유두는 한 남자가 독점하기에는 너무나 잘 빚어낸 조물주의 걸작이었다. 그것으로도 미덥지 않았는지 남자는 주머니에서 잭나이프를 꺼내 열 손가락을 모두 잘라가지고 갔다.

그 광경을 나는 처음부터 끝까지 다 목격했다. 그런데도 남자는 나를 알아채지 못했다. 정말 다행이 아닐 수 없지 않은가? 내게 실낱같은 존재감이라도 있었다면 나는 그 여자와 같은 운명의 길을 걸었을 것이다. 그렇게 남자가 피투성이 여자를 놔두고 나가고도 한참이 지났는데, 주인도 다른 손님도 나타나지 않았다. 특별히 할 일이 없었던 나는 주문한 맥주와 사 가지고 들어온 안주가 아까워 생맥주의 마지막 한 방울까지 다 마셔버릴 작정이었다.

그렇게 해서 얘기가 끝났다면 다소 싱거울 것이다.

마침내 술집 문을 닫을 때쯤 가게를 정리하던 술집 주인에 의해 시체가 발견되었다. 말로 표현할 수 없는 경악에 몸부림치던 주인은 부리나케 경찰에 신고를 했고, 앰뷸런스며 경찰차가 수십 대 들이닥치더니 요란을 떨었다. 한참 뒤 감식이 끝났는지 시체를 거두고 철수할 준비를 하는데, 그제야 내가 발견되었다.

눈썰미 지극한 형사가 바로 내 정체를 간파했다.

"어, 이 새끼 뭐야? 범인은 반드시 현장에 나타난다더니, 바로 그 짝인가?"

경찰서로 나를 연행해간 경찰은 당연히 나를 제일 용의자로 지목했다. 나는 무려 이틀 날밤을 지새우면서 경찰서의 삼엄한 분위기 속에서 시달림과 조리돌림을 당했다. 그리고 사흘 만에 나는 석방되었다. 아니 엄밀하게 말하자면 석방이라기보다는 제 발로 걸어 나왔다고 해야 맞다.

경찰서에 연행된 사십 팔 시간 동안 나는 삼십 분의 설렁설렁한 심문을 받은 뒤 사십칠 시간 삼십 분 동안 그냥 경찰서 복도 나무 의자에 방치되었다. 수많은 경찰과 방범대원, 전투경찰, 기자 나부랭이, 높으신 나리들께서 복도를 오갔지만 나를 거들떠보는 사람은 단 한 사람도 없었다.

살인 피의자라는 엄청난 혐의를 받고 있던 나는 곧 누군가 와서 나를 유치장에 처넣거나 죄질이 무거우니 바로 경찰서 뒷마당으로 끌고 가 즉결처형을 해주리라 믿고 꼼짝도 하지 않았다. 국법이 지엄하니 어찌 감히 허튼 수작을 부릴 수 있겠는가.

그러나 사십 팔 시간을 한 자리에서 앉아 있자니 오금이 저리기도 하지만 더욱 큰 문제는 배고픔과 목마름이다. 대학에 다닐 때 시위가 벌어지면 즐겨 부르던 운동가요 중에 '타는 목마름으로'가 있다. 남들이 목청껏 부르니 나도 따라 불렀지만, 그때는 큰 감흥은 없었다. 그러나 꼬박 이틀 물 한 모금, 밥 한 공기 먹지 못하니 타는 목마름과 더 타오르는 배고픔이 바로 이런 것이구나 하고 깊이 깨닫게 되었다. 그런데도 누구 하나 내게 음식이나 식수를 제공하지 않았다. 죄를 졌다면 처벌은 받아 온당하지만 이곳에서 굶어 죽거나 목말라 죽는다면 이는 누가 봐도 '개죽음'일 것이다.

사람은 스스로 살 길을 찾아야 한다는 큰 진리를 재확인하면서 나는 자리에서 일어나 힘겨운 걸음으로 경찰서를 빠져나와 편의점으로 향했다. 경찰서 입구에는 갓 입대했는지 군기가 바짝 든 의경이 두 눈을 부라리며 역모를 일으킨 역적이라도 얼쩡거리면 바로 색출하겠다는 결기로 출입하는 사람들을 노려보고 있었지만 나는 안중에도 없었다. 2리터짜리 광천수를 사고 김밥과 샌드위치를 받은 뒤 계산을 하면서 그제야 나는 엊그제 술집에서 생맥주 3000cc 값을 치르지 않았다는 사실을 기억했다.

2리터 물을 다 마시고 김밥과 샌드위치를 우적우적 씹어 먹은 나는 다시 경찰서로 들어갈 요량이었다. 그러나 배가 불러야 정의구현(正義具現)를 안다는 옛 선현의 말처럼, 허기와 갈증을 채우자 나는 아무 죄도 없이 - 살인사건의 현장과 범인을 보고서도 신고를 안 한 것이 죄라면 죄겠지만 - 사흘이나 옥고를 치른 부당한 처사에 울화가 치밀었다. 더구나 그자들이 그 잘난 미란다 원칙을 내 면전에서 읊어댄 것도 아니니 경찰서로 돌아갈 하등의 이유도 없다는 결론에 도달했다.

이렇게 해서 나는 경찰서로 향하던 발길을 돌려 술집을 향했다. 사건 현장이니 출입을 금한다는 노란 테이프가 덕지덕지 붙었고, 정복경찰도 두 명 떡 버티고 섰는데, 나는 무사통과였다. 생맥주 값을 내기 전까지 주인은 나를 알아보지 못했고, 술값을 받고서는 시큰둥하게 나를 내보냈다. 수고하시라고 경찰에게 깍듯이 인사를 했건만 싹 무시당했다. 이거 세상이 도대체 어떻게 돌아가는 거냐?

자, 이 정도면 내가 얼마나 존재감이 없는 사람인지는 더 설명할 필요는 없을 것이다.

앞의 일화에서도 충분히 느꼈겠지만 나는 정말 존재감이 없다. 그 덕분에 나는 자칫 엄청난 송사에 말릴 뻔한 액운을 무사히 피해 갈 수 있었다. 그러나 내 없는 존재감 때문에 겪은, 이제부터 얘기하려는 일에 비하면 이것은 얘깃거리조차 되지 않는다.

## 2

어느 구름이 잔뜩 낀 날의 오후였다.

얼마 전에 나는 무슨 일 때문에 중국에 여행을 갔다가 면세점에서 양주 한 병을 샀다. 해외여행을 다녀오면 으레 준비하는, 지인에게 줄 선물 때문은 아니었다. 그저 내 아지트에서 적적할 때 마실 만한 수준의 양주였으니 당연히 면세점에서 파는 양주 가운데 제일 싼 상품이었다. 나는 700ml짜리 Cutty Sark 한 병을 만 칠천 원인가를 주고 구입했다. 한 때 대서양을 주름잡았던 범선의 이름을 딴 Cutty Sark은 배와는 아무 관련 없이 스코틀랜드의 화가였던 맥베이(James McBey)에 의해 붙여진 술 이름이었다.

그런데 이 양주를 까 마셔보니 내 입맛에 마침맞았다. 젊고 예쁜데다 섹시하기까지 한 마녀 낸니(Nannie)가 입고 있던 짧은 속치마를 가리키는 말에서 유래한 술답게 부드러우면서 은근히 달콤한 뒷맛을 남겼는데, 갓 꽃망울 터뜨리기 시작한 어린 여자아이가 반라의 몸으로 몸을 씻고 있는 광경을 흘낏 엿보는 듯한 환상을 불러일으켰다. 그 뒤부터 나는 이 값싼 양주가 한 병에 몇 백 만원한다는 양주에 비길 바 없는 훌륭한 위스키며, 또 각각의 위스키 상품의 차이는 '처음처럼'과 '참이슬' 차이만도 못 된다는 사실을 믿게 되었다.

일없이 길을 가다가 갑자기 내린 소나기의 세례를 받은 나는 급히 비를 피할 장소를 찾게 되었다.

마침 그곳은 향락과 젊음의 거리로 이름난 어느 대학가의 한적한 뒷골목이었다. 때는 아직 오후 5시 어름이었지만 짙은 먹구름과 소나기 세례 때문인지 거리는 꽤 어두웠다. 우산도 없이 길을 나선 처지인지라 허둥거리던 나에게 마침내 작고 허름한 칵테일 바가 시야를 파고들었다. 검은색 판자로 벽을 치고 작은 창문 하나와 출입문이 나 있는 그곳은 나만큼이나 존재감이 없어보였다.

머리를 적신 빗물을 털어내면서 나는 바텐더에게 Cutty Sark을 주문했다. 가게에서 제일 싼 양주를 주문하자 바텐더는 일순 개똥을 씹은 표정을 지었다. 그러나 한 잔이 아니라 한 병을 주문하니 다소 표정이 누그러들었다.

술과 언더락스 잔, 그리고 간단한 안주를 던져주더니 바텐더는 곧 자기 일에 몰두했다. 나는 차분히 창가에 놓인 테이블에 몸을 얹고 비가 그치기를 기다리면서 술맛과 비 내리는 풍경을 즐겼다.

존재감이 없어 보이는 이 바의 처지도 나보다는 나은지 얼마 뒤 손님이 찾아왔다. 십여 분을 간격으로 세 명의 사내가 들어왔는데, 약속이나 한 듯 우산을 들고 있지 않았다. 실내를 휘 둘러보던 그들은 나와는 달리 테이블보다는 바텐더가 술잔을 훔치고 있는 자리를 선호했다. 묘하게도 세 사내는 자리를 하나씩 건너 앉았고, 첫 번째 엉덩이를 걸친 사내가 시킨 칵테일을 똑같이 주문했다.

세 사내가 다 모였을 때 우연찮게 세 사람은 서로를 향해 말문을 열기 시작했다.

워낙 존재감이 없었던 지라 그들은 나에 대해서는 전혀 관심을 두지 않았고, 원래 바텐더는 바에 딸린 액세서리 같은 것이 아닌가?

이렇게 해서 나는 마치 투명인간처럼 그 자리에 앉아 세 사내가 겪었다고 하는 희한한 경험담을 듣게 되었다. 지금부터 그 이야기를 하려고 한다.

자, 이쯤에서 나는 이 이야기의 중심에서 슬쩍 빠져나가기로 하겠다. 그게 훨씬 독자들이 이야기를 음미하는 데 도움이 될 것이니 말이다. 이야기가 끝난 뒤에 나는 다시 등장할 것이다. 그럼 그 때까지, 굳빠이!

난데없이 쏟아진 소나기는 잠시 스쳐지나가는 인연인가 싶었지만, 끝내 추적추적 꼬리를 거두지 않고 내렸다. 취우(驟雨)를 만났을 때 보이는 사람들의 반응은 다양하다. 한 방울이라도 덜 맞으려고 건물의 처마나 통로를 향해 질주하는 사람이 있다. 이런 사람들은 대개 상체는 안전할지 몰라도 바지는 엉망이 된다. 가끔 양복 뒤쪽이 튀는 흙탕물로 뒤덮이는 재앙을 면하지 못할 때도 있다.

또 하나는 그냥 맞는 낭만적인 부류다. 살짝 얼굴을 들고 세수를 하기도 하고, 옷깃을 올려 분위기를 잡기도 한다. "한 번 비에 젖은 사람은 다시는 비에 젖지 않는다"는 명구를 되씹으면서 천천히 빗방울 속을 유영하는 것이다.

어떤 이들은 비를 핑계로 술집을 찾기도 한다. 처음에는 비가 그칠 때까지란 단서를 달고 들어가지만 조금 취기가 돌면 비가 그치지 않기를 바라게 된다. 이런 사람들은 인생을 닥치는 대로 사는 부류라 사회적으로는 조금 위험한 존재들이다.

미친 여자의 휘날리는 머리채처럼 어지럽게 내리는 폭우를 피해 칵테일 바 〈써니(Sunny)〉에 들어온 세 사내는 상호와는 한참 등을 진 칙칙한 바 분위기에 꽤나 실망한 표정이었다. 그렇다고 다시 돌아나가자니 팬티까지 빗물로 적시겠다는 기세로 혀를 날름거리는 빗줄기가 두려웠다.

첫 번째로 입장한 사내는 키는 중치였지만 다소 비대했다. 얼굴은 흰 편인데, 요즘 잘 나가는 신수를 반영하듯 기름기가 좔좔 흘렀다. 바깥보다 더 어두운 실내 분위기 때문인지 얼굴을 살짝 찌푸렸다. 바텐더가 하얀 수건으로 글라스를 닦고 있는 것을 보더니 그쪽으로 다가가 바 앞 둥근 의지에 엉덩이를 깔았다. 엉덩이의 부피에 비해 의자의 절대면적이 부족해 사내는 몇 번이나 엉덩이를 뒤척였다.

"바텐더 양반이 제일 자신 있는 칵테일 한 잔 마셔봅시다."

뚱보는 짐짓 흥겨움을 가장한 목소리로 주문을 했다. 바텐더는 보면 기분이 좋아질 미소를 짓더니 입을 열었다.

"제가 만든 칵테일에 비난을 퍼부으시는 분을 아직 뵙지 못했지만, 오늘은 블러드 메어리(Blood Mary)를 권하고 싶군요. 보드카는 비에 젖은 몸을 따뜻하게 데워줄 것이고, 토마토 주스는 피로를 말끔히 씻어낼 거라 확신합니다."

사내는 이의 없이 블러드 메어리에 한 표를 던졌다.

선혈이 낭자한 블러드 메어리를 입에 대는 즈음 또 한 명의 사내가 출입문을 밀쳤다. 그는 키가 뻴쭘 커서 마치 소설에 나오는 키다리 아저씨 같은 인상이었다. 더구나 검은 색 상하의 양복이 더욱 그런 인상을 부추겼다. 하관도 길어 전체적으로 너그럽고 코믹한 인상을 풍겼다. 무엇이 즐거운지 그는 연신 제목을 알 수 없는 곡을 허밍으로 흥얼거리고 있었다.(나중에야 그 곡이 쇼팽의 전주곡 15번 빗방울인 것을 알았다.)

그는 뚱뚱한 사내의 한 자리 건너 앉더니 흘낏 뚱보가 마시는 칵테일을 훔쳐봤다. 그리고는 손가락을 튕기면서 바텐더를 불렀다.

"Noch einmal Dasselbe."

그 말에 옆에 앉아 블러드 메어리를 홀짝이던 뚱보가 그에게로 시선을 돌렸다. 확신하건대 그는 그 말의 뜻을 알지 못했지만, 그렇다고 물어볼 호기심이나 배짱은 없는 듯 보였다.

그런데 바텐더는 '내가 세상에 모르는 언어가 어디 있어!'라는 표정으로 가볍게 고개를 끄덕였다. 그 모습은 마치 암호를 서로 교환하는 스파이를 연상시켰다.

잠시 후 바텐더는 똑 같은 칵테일을 키 큰 친구 앞에 내놓았다. 여전히 그는 허밍을 그치지 않았다. 허밍의 톤이 조금 올라가는 중이었다.

순진해 보이는 뚱보가 칵테일을 보더니 기어이 인내심을 내팽개치고 말을 건넸다.

"여보슈. 술 이름은 다른데 내용물은 꽤 닮았습니다."

키 큰 사내가 자기보다 머리 하나는 아래에 있는 뚱보를 내려다보면서 눈웃음을 지었다.

"당연히 같은 술입지요. 제가 독일어로 '같은 것으로 하나 더'라고 주문을 했으니까요. 여기 바텐더 교양이 상당한데요. 이 따위 비루한 술집에서 썩긴 아까운 인재입니다그려."

황당한 답변에 머쓱해진 뚱보가 머리를 긁적이며 쓴 웃음을 지었다.

"아, 예. 그렇군요. 독일어를 잘 하시는가 봅니다. 제가 아는 건 그저 한자 나부랭이라서 그런 교양을 갖추지 못했네요."

다소 비아냥거리는 소리로 들릴 수도 있는 말이었지만 어투가 워낙 공손해 전혀 말 속의 뼈를 느낄 수는 없었다.

"아이쿠, 미안합니다. 독일에서 살 때 습관이 아직도 남아 있어서……."

꺽다리는 아하! 독일에서 사셨군요. 어디? 하는 맞장구를 기대했을 터인데 두 사람 사이의 대화는 그것으로 끊겼다. 뚱뚱한 사내는 두 손으로 잔을 잡더니 한층 조심스럽게 칵테일의 맛을 음미했다.

끊김의 여운이 채 가시기도 전 여흥을 북돋을 인물이 또 한 사람 등장했다.

그는 잔뜩 심통이 난 얼굴이었다. 적당한 체격이었지만, 얼굴은 지적이면서 날카로운 편이었다. 그 새 빗줄기가 더욱 거세졌는지 그의 어깨는 빗물로 흥건했고 계속 가슴 쪽으로 흘러내렸다. 다행히 얼굴은 신문지로 가려 비에 젖지 않았는데, 대신 상체와 얼굴에서 솟아오르는 열기 때문에 안경에는 서리가 잔뜩 끼어 있었다.

어디서부턴가 뭐 빠지게 뛰어온 모양이었다.

그 자 또한 두 사람이 이미 선점한 쪽으로 가더니 맨 끝자리에 앉았다. 눈썰미 좋은 바텐더가 휴지를 정중하게 건네자 별 표정 없이 받더니 안경을 벗고 조심조심 서리를 닦아냈다. 안경을 벗자 또 다른 얼굴이 등장했다. 옆으로 가늘게 찢어진 눈매는 교활함보다는 꾀돌이라는 인상을 더 강하게 풍겼다. 단정하게 빗은 머리가 빈틈이 없는 사람임을 강력하게 시사했다. 바텐더는 정말 눈썰미가 좋아 주문도 받지 않고 역시 같은 블러드 메어리를 내놓았다. 악녀라고는 하지만 메어리는 오늘 한꺼번에 세 사내가 자신의 몸을 탐닉하는 것을 허용했다. 어떻게 보면 그녀를 조금은 달리 해석할 여지도 있어 보였다.

이렇게 해서 세 사람은 우연히 한 자리에 모였다. 물론 세 사람은 생면부지(生面不知)의 관계였다. 거대한 인생의 수레바퀴가 돌고 돌다 이곳 바 〈써니〉에서 겹쳐진 것일 뿐이다. 김소월의 시 〈산유화(山有花)〉에 나오는 구절처럼 세 사람은 '저만치 혼자서' 적당한 거리를 두고 자리를 잡고 있었다.

입에 묻은 붉은 피를 닦아내며 창밖을 흘낏 훔쳐보던 마지막 안경잡이 사내가 언성을 조금 높이면서 원성을 쏟아냈다.

"참 나, 갑자기 웬 비가 이렇게 쏟아지나. 장마도 아니고. 예보나 했으면 우산이라도 들고 나오지. 하여간 기상청의 무능은 알아줘야 한다니까. 기분이 참 거시기 하구먼. 기후변화가 조만간 인류를 망치지."

사내는 누군가 대거리를 해달라는 투로 빈정거렸다. 그러자 첫 번째로 자리를 잡아 호스트 역을 맡게 된 뚱보가 말을 거들었다.

"날씨야 무슨 죄가 있겠습니까? 때가 되어 메마른 대지를 적시는 것일 뿐인데요. 포은 정몽주 선생의 시가 생각나네요. 물론 지금이 봄은 아니지만, '봄비가 가늘어 듣지도 않더니, 밤이 들자 은근히 소리가 들려오네. 눈 녹아 남쪽 시내에 물이 불었으리니, 새싹들도 훌쩍 자라났겠구나' 이렇게 생명을 깨어나게 하는 비인 것을 구태여 원망할 까닭이 없겠지요. 또 두보(杜甫)도 〈춘야희우(春夜喜雨)〉에서 '좋은 비가 때를 아니, 봄을 맞아 꽃이 활짝 피었다'고 노래했지요. 때로 비는 사람들이게 행운을 가져다주기도 합니다. 저는 비만 내리면 그렇게 기분이 좋을 수가 없어요. 아주 일 년 내내 비만 왔으면 좋겠습니다. 허허허!"

아닌 밤에 홍두깨 격의 답신이 날아오자 불만을 토로했던 사내가 어깨를 으쓱거렸다.

"아니, 이 양반 몰골은 뚱뚱한데 문자 속은 기특하오. 그리 비가 좋은 일을 한다면 오늘 같은 날 우장(雨裝) 없이 길을 나섰는데 폭우가 웬 말입니까? 내 선생이 말한 시는 잘 모르겠지만 이런 속담은 알지요. '가뭄 끝은 있어도 큰물 끝은 없다'고 말입니다. 홍수가 얼마나 무서운지 정녕 모르신단 말입니까?"

안경잡이 사내가 껌을 씹 듯 뇌까리며 면박을 주었다. 그러나 뚱보도 지지 않았다.

"그야 조상님의 지혜가 한 치도 틀릴 리 없겠지요. 옛날 중국의 순(舜)임금은 9년 동안 내린 비를 다스리려고 무던히 애를 쓰셨지요. 결국 우(禹)임금이 나서고야 이를 제압했긴 했지만 말입니다. 허나 인생이란 참으로 미묘합니다. 어떤 때는 불행으로 점철된 것처럼 보이지만 조물주란 게 마냥 그렇게 가혹하지는 않습디다. 이 비가 농작물을 다 떠내려가게 했을지는 몰라도 누군가에게는 행운의 파발마가 되었을지 어떻게 알겠습니까?"

그러자 키다리와 안경잡이 두 사내의 눈빛이 사뭇 다르게 변했다.

"노형은 뭐 비오는 날 돈벼락이라도 맞은 일이 있나 봅니다. 취향이야 사람마다 다르긴 하지만 이처럼 비를 사랑하는 분은 처음 보는군요."

칵테일 잔을 단숨에 쭉 비우더니 뚱보의 얼굴이 환호작약하며 빛났다.

"그럼요. 뭐 돈벼락이라 할 수는 없지만 비가 제게 불러다 준 행운은 고금에 견줄 사람이 없을 겁니다. 하루아침에 암울한 재앙이 천재일우의 행운으로 변했지요. 아니 노형들은 그런 일이 없었습니까? 불행한 줄만 알았는데, 그게 행운의 시작이었던 일 말입니다."

두 사람이 머쓱하게 뺨과 턱을 쓸어내렸다.

"글쎄요. 행운이란 게 어디 그렇게 자주 오나요. 노형에게 무슨 행운의 여신이 웃음꽃을 피웠는지는 모르겠지만, 다들 조금씩 행운은 있겠지요."

안경잡이 사내가 눙치면서 몸을 빼냈다. 그러나 키다리 사내의 반응은 사뭇 달랐다.

"형씨가 무슨 행운을 잡았는지 모르겠지만, 설마 나만 하겠나요. 그 일을 생각하면 지금도 자다가 일어나 바이올린을 켭니다. 그것도 파가니니의 카프리스 24번을요. 그것으로도 제 행운의 용량을 다 담진 못하지만요. 물론 발설할 수는 없지만……."

키다리는 입이 거의 귀 끝까지 찢어지며 너스레를 떨더니 정색을 하고는 말꼬리를 감추었다.

"그래요? 보아하니 다들 뭔가 좋은 일이 있긴 있었던 모양이군요. 좋습니다. 내가 어떤 사람이 근래 겪은 기막힌 행운에 대해 들려드리지요. 까짓 거 알려진다고 해도 무서울 거 없는 일이니,

그 친구도 이해할 겁니다."

두 사람은 '네 놈 얘기잖아!'란 표정을 입술 끝에 달고 있었지만 묵묵히 그를 쳐다보았다.

잠시 후 안경잡이 사내가 결심한 듯 침묵을 깼다.

"그래요? 어디 들어봅시다. 노형 얘기를 들어보고 정말 기상천외한 경험이란 생각이 들면 나도 내 얘기를, 아니 내 친구 얘기를 하나 들려드리지요. 아니라면 물론 없는 일이 되겠지만 말입니다."

그러자 키다리 사내도 지지 않겠다는 의지를 얼굴 가득 채우며 국기에 대한 맹서라도 하듯이 오른손을 심장 쪽에 댔다.

"나도 발뺌을 할 순 없겠군요. 두 분 얘기가 아무리 마른하늘에 치는 벼락같다고 해도 내 친구 얘기만큼 충격적이지는 않을 것 같습니다. 제일 시원찮은 얘기를 꺼낸 사람이 오늘 이 술값을 내면 어떨까요?"

"허허허! 이거 오늘 공짜 술 마시겠는 걸. 역시 나는 운이 따라준다니까!"

두 사람이 합창을 하듯 동시에 맞장구를 쳤다.

바텐더의 글라스를 닦는 소리가 더욱 쟁쟁하게 울려 퍼졌다. 다시 칵테일이 한 순배 돌았고, 세 사람은 저마다 자신의 행운에 대해 진술했다.

## 3

내가 옆에서 다 녹취하고 있는 줄도 모르고 뚱보와 키다리, 안경잡이, 이 세 사람이 떠든 얘기는 듣고 보니 참으로 기상천외했다. 사실 범죄에 가까웠다. 아니 범죄를 훌쩍 지나쳤다. 녹취 파일을 들고 경찰서로 달려가면 나는 '금세기의 모범시민상' 쯤은 거뜬히 받을 것이다. 하지만 이 세 사람이 가진 사회적 신분이나 그 뒷배를 봐주는 사람들의 권력을 고려할 때 시상식이 있기 전에 내 몸이 먼저 지리산 어딘가 묻힐 수도 있었다. 사후 명예가 무슨 소용인가? 아무리 없는 존재감이 나를 지켜준다고 해도 두 번이나 '개죽음'을 당할 자리에 내 몸을 뉘이기는 싫었다.

그래서 이 세 사람의 비리와 행운은 고이 모셔 두었다가 긴요할 때 적당한 값을 쳐서 뽑아 먹기로 결심했다.

다만 세 인간들 등쳐먹을 준비는 차차 하기로 하자. 그보다 나에게는 더 시급한 현안이 생겼다. 세 화상들 얘기를 듣다보니 색다른 아이디어가 떠올랐던 것이다.

앞에서 말한 것처럼 나는 정말 존재감이 바닥을 치는 사람이다. 그러면 나는 날 때부터 존재감이 없었던 사람이었나? 그럴 수야 없지.

사실 나도 한때는 존재감이 차고 넘치는 사람이었다. 요즘 뉴스를 보면 어느 나라 야당 대표의 범죄 혐의와 증거가 차고도 넘쳐 가발로 치부를 숨긴 대머리 검찰총장이 에스페란토 어로 작성한 - 세계인들이 모두 읽어야 하니까 - 공소장이 100만 페이지를 넘겼다는데, 내 존재감의 증거도 그에 못지않다. 누구보다 충만했고, 누구나 우러러보며 엄지를 치켜들 수준이다. 그런데 왜 지금은 폭망하고 말았는가?

그 생각을 하니 갑자기 눈물이 쏟아지려 한다.

Stella! 내 영원한 사랑이었던 Stella!

그녀가 내 곁을 떠나고 난 뒤부터 나의 존재감은 연기처럼 사라지고 말았다.

Stella는 내가 군대를 전역한 뒤 복학해 만난 여자다. 그녀의 미모를 질투하는 일부 덜 떨어진 계집애들은 성형외과 의사가 만든 성형 괴물이라 비아냥거리기도 했지만, 다 개수작이고 헛소리다. 내 여자후배 한 년이 Stella의 고등학교 졸업 때 사진이라며 내 얼굴에 들이밀었는데 - 누군진 모르겠지만, 정말 토악질이 나올 수준이긴 했다 - 가짜뉴스의 극치를 보여주는 증거물이라 일고의 가치도 없는 날조물이라 내 장담한다.

Stella는 내가 다니던 대학 재학생은 아니었다. 사실 근본도 알 수 없었고, 신원도 확인할 수 없는 정체불명의 메뚜기였는데, 워낙 눈에 띠는 옷차림새에다 미모가 침어낙안(沈魚落雁)의 수준이라 남녀를 불문하고 모르는 학생이 없었다. 얼마나 명성이 자자했는지 인근 대학은 당연하고 지방대를 다니던 학생조차 친구가 추켜올린 말을 듣고 상경해 강의실을 기웃거릴 정도였다.

그런 그녀가 어느 날부턴가 내 앞을 얼쩡거리며 교태를 부리기 시작했다. 이유가 기가 찼는데, 내가 '대통령'이 될 상이라서 반했다는 것이었다. 왕의 관상을 타고 났다는 사극을 본 적은 있지만, 대통령이 될 상이라니 포복절도할 근거였다.

뭐 이유야 황당해도 천하의 절색이 '나 잡아 잡숴' 하시는데 마다할 호걸이 어디 있겠는가? 더구나 나는 3년 동안 군대에서 목탁을 치며 금욕생활을 한 뒤끝이라 욕정은 하늘을 뚫고 은하계를 넘어 안드로메다에 이르기 직전이었다. 전에 다른 놈과 동거를 했다는 루머가 있어 찜찜하기는 했지만, 그런 미모의 여성이라면 육체가 온전한 것이 더 이상할 일이었다.

여하간 Stella와의 뜻밖의 조우 이후 내 삶은 극락의 블루오션을 헤엄치게 되었다. 그녀와 함께 팔짱을 끼고 홍대앞이든 대학로든 어디를 가도 모든 시선이 그녀를 거쳐 내게로 집중되었다. 특히 젊은 사내놈들은 '아니 저 새끼는 전생에 나라를 몇 번이나 구했기에 저런 슈퍼 울트라 초절 미녀와 대낮부터 모텔 방에서 떡을 친단 말인가?' 하는, 시샘과 의혹이 대충돌하는 눈빛을 감추지 않았다. TV 연예가중계에 나오진 않았어도 서울 시내에서 나를 모르는 사람은, 청맹과니 빼고 없었다.

그때 나는 얼마나 행복했고, 극한의 존재감을 과시했는가? 세상이 모두 내 손아귀에 있는 듯했고, 모든 사람들이 내 발 아래 있는 듯했다. 신흥종교의 교주보다 더 큰 존경과 관심을 나는 받았었다.

Stella와 함께 경남에 있는 관광 일번지 남해에 갔던 일은 지금도 잊히지 않는다. 남해는 관광에 미친 Stella의 버킷리스트 목록 선두를 장식한 꿈의 코스였다. 때마침 10월 초로 연휴가 연이어지는 때였다. KTX를 타고 진주에서 내린 우리는 멋진 스포츠카를 렌트해 남해로 향했다. 제일 먼저 찾은 곳은 한창 맥주축제가 벌어지는 '독일마을'이었다. 축제 현장은 출입이 통제되어 한참 아래 있는 대형 주차장에 차를 세우고 셔틀버스를 타야 했다.

축제장은 인산인해를 이루어 발 디딜 틈이 없었다. 경쾌한 요들송 소리와 맥주잔 많이 나르기 콘테스트, 독일식 소시지와 독일식 수제 맥주를 마시며 듣는 훈훈한 토크쇼와 마술쇼. 가장 행렬. 어디다 눈을 두어야 할지 모르는 요지경 속을 우리는 사람들 어깨에 부딪치며 걸어 다녔다.

미리 예약한 근처 펜션에서 일박한 뒤 다음날 우리는 남해에 갔다면 빠뜨릴 수 없는 금산엘 올랐다. 제2주차장에 차를 세우고 20여 분 산길을 걸어가니 보리암이 나타났다. 의상대사와 더불어 신라시대 세워진 사찰의 창건주 리스트를 양분한 원효대사의 가피력이 빚어낸 보리암. 멀리 아득한 남해 바다를 바라보며 서 있는 해수관음상. 많은 사람들이 손금이 사라져라 온몸을 조아리며 오체투지를 하고 있었다. 우리 역시 빌 소원이 한두 가지였겠는가. 다만 단 한 가지 소원만 들어준다니, Stella는 내가 대통령되기를 빌었고, 나는 Stella의 망상이 사라지고 현실을 직시하게 해 달라 빌었다. 난간에 기대 있노라면 저 아래 바다에서부터 바람을 타고 올라오는 해무(海霧)의 장관을 목도할 수 있었다. 온 세상이 하얀 구름으로 뒤덮여 한 치 앞도 분간할 수 없는 그 미궁의 도가니. 나와 Stella는 구름과 혼연일체가 되어 하늘로 날아올라 우화등선(羽化登仙)하는 환상에 사로잡혔다. 우리는 그렇게 구름이 되었다.

금산을 내려온 우리는 차를 몰고 노도(櫓島)로 향했다. 남해에 내려올 때부터 점찍어둔 장소였다. 노도에 전해지는 설화에 따르면 이곳은 조선 중기 때의 소설가 서포 김만중(1637~1692)이 장희빈을 두고 빈정대다가 숙종에게 미운털이 박혀 절도위리안치(絶島圍籬安置)라는 치도곤을 당하고 노도에 던져져 죽을 때까지 살던 곳이다. 거기서 김만중은 우리문학사 불세출의 한글소설 『구운몽』과 『사씨남정기』를 창작했다. 이런 사실을 우리는, 나는 정식 수강생으로 Stella는 불법 청강생으로 들었던 '한국문화사' 강의에서 알게 되었다. 그 수업은 전 세계가 그 권위를 인정하는 천재 학자 임종욱 박사님이 맡아 진행하셨는데, 박사님은 노도를 두고 '한국문학사 기적의 섬'이란 아주 온당한 평가를 내리셨다. 박사님을 끝없이 흠모하고 존경했던 우리가 어찌 남해에 와서 노도를 들르지 않을 수 있겠는가! 노도는 배를 타고 들어가야 하는데, 섬 안에는 '노도 문학의 섬'이라 해서 다양한 탐방 공간이 마련되어 있었다. 섬에는 펜션이 딱 하나 있는데, 이름도 멋진 '구운몽펜션'이다. 당연히 우리는 미리 예약했고, 섬을 일주한 뒤 그곳에서 하룻밤 묵었다.

마지막 날 우리가 찾은 곳은 다랭이마을이었다. 산이 많고 들이 비좁아 농사를 지을 땅이 턱없이 부족했던 남해 사람들의 생존의 지혜가 맺은 결실이 다랭이논, 다랭이밭이다. 이곳 말고 다른 지역에도 다랭이 논밭이 없는 건 아니지만, 바로 아래 푸른 바다가 탁 트이고, 뒤로 험한 산이 병풍처럼 두른 곳을 찾기란 쉽지 않다. 삿갓으로도 덮을 수 있다 해 '삿갓논'으로 불린 손바닥만한 땅까지 알뜰하게 챙겼던 층층 논밭이 오르간 건반처럼 펼쳐진 곳. 우리가 다랭이마을을 찾은 것은 그런 논밭 풍경에도 끌렸지만, 그곳에 있는 암수바위 때문이었다. 이 바위에 함께 손을 대면 영원히 헤어지지 않는다는 속설을 어디서 들었는지 Stella가 꼭 가자는 것이었다. 우리는 바위에 각자 손을 얹고 나머지 손은 꼭 쥔 채 '검은 머리 파뿌리' 되도록 해로동혈(偕老同穴)하자 굳게 맹세했다.

꽤나 장황하게 남해의 관광 명소를 소개했는데, 짜증이 치밀어 오르는 독자들도 분명 있겠지만, 다 까닭이 있어 미주알고주알 열거한 것이니 인내심을 가졌으면 좋겠다.

물론 거기서도 나의 존재감은 하늘을 찔렀다. 어디를 가도 남녀노소 할 것 없이 우리들의 다정한 모습에서 눈길을 떼지 못했다. Stella의 미모야 두 말을 얹을 필요가 없었고, 그녀의 허리를 감싸며 걸어가는 나는 십 리 밖에서 봐도 눈부신 광채를 발했다. 팔선녀를 후린 양소유가 부럽지 않았다. 누군가는 호가호위(狐假虎威)했다고 눈살을 찡그릴지 모르겠으나, 그만큼 나는 내 존재감에 대해 자신감이 넘쳤었다.

그랬는데, 이때의 남해 여행은 Stella와 내가 함께 한 마지막 여행이 되고 말았다. 서울에 올라오고 얼마 뒤 Stella는 느닷없이 이별을 통보했다. 더 이상 우리의 만남은 의미가 없다는 것이었다. 그것도 직접 만나 육성으로 들은 것도 아니고, 딸랑 문자 몇 줄이 다였다. 만우절도 아닌데 농담을 하나 싶어 전화를 걸었더니……놀랍게도……결번이었다. 문자가 온 게 몇 분 전인데 그새 전화를 끊었단 말인가? 문자 역시 수신불가 라는 통지문만 되돌아왔다. 검은 머리 파뿌리 어쩌고 한 말이 허공으로 채 흩어지기도 전이었다.

도저히 믿기지 않아 여기저기 수소문했다.

Stella는 강남에서도 손꼽히는 큰손 대부업자의 자식놈 품에 안겼다. 키가 크고 기골이 장대하며 신언서판(身言書判)이 야무지다는 평판은 그렇다 치고, Stella의 마음을 움직인 것은 '돈'이었다. 아니 돈으로 대변되는 모든 권력이었다.

Stella가 이런 속물인 줄은 몰랐다. 더구나 그놈 대부업자의 권속들은 뼛속까지 친일파였다. 고조부는 구한말 때 나라 팔아먹은 조약서에 이름을 올린 위인이었고, 증조부는 일본사관학교를 나와 만주에서 독립군을 학살했던 장교 출신이었으며, 조부는 일제 때 군수까지 지내며 치부하더니 해방이 되자 미군정 때 영어를 잘해 특채가 되어 적산가옥 수백 채와 수십 만 평 농지를 불하받았다. 그것이 밑천이 되어 어마어마한 현금을 확보했고, 애비를 이어 자식놈까지 돈더미 속에 파묻혀 산다는 것이었다. 부자가 모두 일본에서 유학해 박사 학위까지 받았다니 5대에 걸쳐 집안이 '천황폐하'의 황은(皇恩)을 뒤집어썼다. 증조부가 독립군 죽일 때 썼던 구구식 장총과 일본도를 가보로 받들어 지금도 응접실 가장 눈에 띄고 양지 바른 장소에 신주단지 모시듯 한다는 것이었다.

Stella가 이다지도 역사의식이 없는 맹탕인 줄도 몰랐지만, 돈과 권력이면 그리 쉽게 팬티를 내리고 브래지어 끈을 푸는 '갈보'라는 사실에는 경악했다. 이 쯤 되면 치를 떨고 침을 뱉은 뒤 싹 잊어버려야 했지만, 나는 그러지 못하고 배신과 외로움, 그리움에 눈이 뒤집혔다. 집으로 찾아가 하소연이든 악다구니라도 치고 싶었지만, 아방궁 같은 강남 저택은 경비가 삼엄해 근처만 지나가도 사냥개의 간식거리가 되고도 남았다. 결국 나는 Stella를 포기했고, 내 인생을 포기했고, 모든 희망을 접었다. 키에르케고르(1813~1855)는 자신의 저서『죽음에 이르는 병』에서 그 치명적인 병은 바로 '절망'이라고 했다. 그때부터, 내 존재감의 원천이었던 Stella가 사라지고 절망의 나락으로 굴러떨어진 뒤부터 나는 세상에서 가장 존재감 없는 사나이가 되고 말았다.

나는 존재감을 되찾고 싶었다. 있는 둥 없는 둥 해서 비웃음거리도 되지 못하는 인생이란 얼마나 비참한지 나는 그간 뼈저리게 느꼈다. Stella가 다시 내 품으로 돌아온다면 내 존재감도 다시 떡상할 것이다.

그러면 어떻게 Stella를 되찾을 수 있을까? 나는 내가 가진 최대 약점을 강점으로 활용하기로 했다. 존재감이 없어서 아무도 알아보지 못하니 내가 무슨 짓을 해도 사람들은 나를 거들떠보지도 못할 것이다. 먼저 경찰서로 가서 총기를 입수하기로 했다. 이미 여친을 목 졸라 죽인 사건에서 볼 수 있는 것처럼 나에 대한 관심은 삼십 분도 지속되지 않는다. 이후 나는 투명인간이 된다. 그러니 형사가 책상에 올려둔 권총 한 자루 들고 나온들 누가 눈치 채겠는가?

이어 대부업자의 저택에 잠입한다. 놈들도 출퇴근은 할 테니 자가용이 나올 때를 이용해 지나가는 행인이 잠시 볼 일이 생긴 것처럼 경호원 앞을 유유히 지나 집안으로 들어간다. 놈들이 회장님이라 부르는 대부업자 부자에게 경의를 표하느라 더더욱 나를 유심히 보지 못할 것이다. 저택은 그야말로 어마어마한 평수를 자랑할 테니 부자 놈이 돌아올 때까지 적당한 곳에 은신해 있도록 하자. 그냥 Stella를 데리고 나오면 되지 않냐 반문할지 모르겠는데, 이미 권력의 단물에 폭 젖은 그녀가 호락호락 따라 나올지도 의문이고, 화근은 확실히 제거하는 게 좋다. 자기 눈앞에서 자칭 시아버지와 남편이 하얼빈 역에서 안중근 의사의 총탄에 맞아 뒈진 이토 히로부미처럼 대가리가 산산조각 나 피를 흘리며 널브러진 꼴을 본다면 마음이 확실하게 돌아올 것이다. 어쨌거나 악질 친일파를 처단하는 일은 대의명분상으로도 칭송받을 의거(義擧)가 아니겠는가?

총소리를 듣고 경호원들이 달려오겠지만, 존재감 없는 나를 놈들은 당장은 발견하지 못할 게 뻔하다. 이미 나는 여러 차례의 경험으로 이를 증명 받았다. 내가 아무리 존재감이 없다고 한들 Stella는 나를 알아볼 것이고, 아무렇지도 않게 집을 빠져나가는 나를 경의의 눈으로 쳐다볼 것이다. 핸드폰 번호가 적힌 쪽지라도 손에 쥐어주면 나중에 연락을 취하겠지.

그렇게 재회한 우리는 함께 남해로 내려갈 것이다. Stella는 엄청난 유산을 물려받았을 테니 남해에서의 새 출발에 아무런 장애도 없을 것이고, 빈털터리로 쫓겨난다 해도 내 강점을 십분 활용하면 불법을 저지르지 않고도 몇 십 억 모으는 일은 벽에 껌 붙이기보다 쉬울 것이다 - 혹시 자식이 있나? 까짓것 같이 살면 그만이다 -

이렇게 된다면 남해는 우리의 마지막 여행지였지만, 최초의 정착지로 탈바꿈할 것이다.

나는 집으로 돌아와 여러 차례 도상 훈련을 실시했다. 권총을 빼돌리는 일은 누워서 떡 먹기보다 쉬웠다. 그 덕분에 총기를 분실한 경찰청은 벌집을 쑤신 듯 시끄러워졌고, 언론은 전쟁이라도 난 것 마냥 부산을 떨었지만, 곧 잠잠해졌다. 다만 해직을 당한 형사에게는 참 미안하다. 나중에 보상해야지.

대부업자 부자는 오전 8시에 마이바흐 승용차를 타고 시내에 있는 빌딩으로 출근했고, 특별한 일이 없으면 6시 경 귀가해 Stella와 저녁을 먹었다. 부자의 빌딩 사무실에 당당히 들어가 주간 일정표를 확인했으니 이번 주 중에 해치우면 물 흐르듯 모든 일은 순조롭게 진행될 것이다.

나는 군생활을 연대장 따깔이로 근무했기 때문에 권총에 대해서도 잘 안다. 경찰이 쓰는 총기와 다르긴 하지만, 사용법은 거기서 거기다. 시내에 있는 실탄 사격장에 가 같은 총기로 사격 연습까지 마쳤다. 뼛속까지 친일파 새끼들. 아주 고통스럽게 죽이고 싶긴 했지만, 그러다 안 죽기라도 하면 골치 아프다. 일발필살(一發必殺). 딱 한 발에 황천길로 보내는 게 깔끔하다.

자 이제 거사일만 기다리면 된다.

## 4

전날 밤 나는 대부업자의 저택 입구가 보이는 으슥한 곳에 진을 쳤다. 야식과 발열팩, 음료수 등도 준비했다. 어차피 가로등 아래서 있어도 다들 무심히 지나가겠지만, 혹시 CCTV라도 달렸으면 뒤탈이 있다. 호화 주택가에 숨을 데가 있나 싶겠지만, 오히려 은폐할 틈새가 많다는 것을 그때 알았다. 맞은편 집 후문이 있는 살짝 후미진 골목에서 날이 새기를 기다렸다. 무료한 시간을 때우려고 나는 핸드폰을 꺼내 유튜브를 틀었다. 문과 출신이지만 과학에 관심이 많던 나는 이리저리 채널을 돌리다가 'ScienceDream'이란 이름이 붙은 채널을 보게 되었다. 일단 구독부터 누르고(이건 국룰이다) 채널 안 콘텐츠 서핑을 시작했다. 그러다 '구름은 왜 땅으로 떨어지지 않을까?'란 제목의, 길이 7분 쯤 되는 영상을 발견했다. 문득 그 옛날 Stella와 함께 갔던 남해 금산 보리암에서 함께 본 풍경이 떠올랐다. 바다에서 거침없이 솟구쳐 오른 구름은 마치 거대한 하얀 해파리가 촉수를 넓게 펼치고 금산을 집어삼킬 듯 상승했다. 구름은 지극히 작은 물방울이 모여 있는 것이며, 가로-세로-높이가 각각 1킬로미터인 구름을 채운 물방울의 무게는 500여 톤에 이른다고 채널은 설명했다.

나는 내심 놀랐다. 구름을 이룬 물방울 하나는 정말 미미한 존재다. 그러나 그런 물방울이 모이면 500톤도 우습게 달성하다니, 티끌 모아 태산이란 이런 것을 두고 하는 말이리라. 그러나 그런 힘과 무게는 물방울이 모였을 때나 가능하다. 다들 잘났다고 뿔뿔이 흩어진다면 그저 사소한 힘없는 물방울 하나에 지나지 못할 것이다. 나와 Stella. 저렇게 멀리 그렇게 오랜 시간 각각의 물방울로 살아 아무런 존재감이 없는 하찮은 생명체에 불과했었다. 그러나 이제 우리가 합쳐진다면 그 옛날처럼 엄청난 존재감을 과시하겠지. 그런 상상을 하니 절로 웃음이 나왔다.

그러나 웃음은 일단 뒷날로 미뤄두자. 이번 일을 잘 마쳐야 웃음도 따라온다. 유튜브를 뒤적이며 있자니 시간은 잘도 가 밤이 이슥해졌고, 새벽이 온 뒤 해가 떴다. 정각 8시. 과연 두 놈은 마이바흐를 타고 시내로 출발했다. 경호원이 고개를 숙이며 경의를 표할 때 나는 슬쩍 놈들 앞을 지나 저택으로 들어갔다. 얼마나 한심한 놈들인지 지나면서 주머니에 든 권총이 놈의 불알 부위를 치고 지나갔는데도 숙인 고개는 들려지지 않았다. 이것들 전부 내시 출신인가?

골프채가 즐비한 거실 구석에 몸을 숨겼다. Stella가 나왔다. 꽤 시간이 지났어도 본성은 변하지 않는 법인지 의상은 여전히 화려함의 극치를 치달았다. 그녀의 얼굴에서 찬란한 빛이 뿜어져 나왔다. 감정이 복받쳐 하마터면 달려 나갈 뻔했다. Stella는 외출했다.

Stella가 나가자 그 큰 집에 개미 새끼 한 마리 얼쩡거리지 않았다. 애새끼도 없는가 보았다. 거실 한가운데 과연 구구식 장총과 일본도가 떡하니 장식되어 있었다. 문득 저 일본도로 두 놈의 목을 따면 어떨까 하는 유혹이 일었다. 하지만 나는 일본도를 써본 적도 없고, 어설프게 휘둘러 내 발등을 찌를 수도 있었다. 이럴 때 포기는 빠른 게 좋다. 나는 식당으로 가 냉장고에 있는 스테이크를 꺼내 유튜브에 나오는 대로 요리를 해 동페리뇽 와인을 곁들여 배부르게 먹었다. 나는 예절을 아는 사람이라 깨끗하게 설거지를 마치고 식기장에 넣어놓았다. 식당에는 괴이하게도 박제된 까마귀 한 마리가 떡하니 걸려 있었다. 저 까마귀 고기를 먹어 과거의 패악을 다 잊었구나, 하는 생각이 들었다.

밥을 먹으니 식곤증이 왔다. 나는 두 연놈이 발가벗고 뒹굴었을 호화판 침대에 들어가 늘어지게 한숨 때렸다. 철제로 프레임이 짜진 침대는 모두 순금이 발려져 있었다. 이 모든 게 우리 동포들의 피와 살을 저민 희생으로 만들었을 것이라 생각하니 더욱 적개심이 불타올랐다.

늘어지게 자고 일어나 나는 다시 골프채가 즐비한 거실 구석에 은신해 먹잇감들이 돌아오기를 기다렸다. 잠시 후 Stella가 먼저 귀가했다. 쇼핑이라도 했는지 양손 가득 명품 포장백이 주렁주렁 들려 있었다. 엄청난 사치를 보자 Stella가 과연 순순히 나를 따라

올까 은근히 걱정도 되었다. 그러나 걱정도 잠시 곧 6시가 되었고, 어김없이 두 놈이 탄 바이마흐의, 베이스에 가까운 엔진음이 들렸다. 나는 권총을 꺼내 실탄이 제대로 장전되어 있는지 확인했다. 모두 여섯 발. 한 놈에 세 발씩 대가리에 쑤셔 박으면 놈들은 꽥 소리도 못 지르고 뒈질 것이다.

놈들이 들어오고 경호원이 철수하면 뜨거운 총알 맛을 보여주려 했는데, 웬 빈대가 하나 따라붙었다. 꼴을 보아하니 비서쯤 되나 본데, 이놈이 쉽사리 떨어지질 않았다. 할 수 없이 이놈까지 죽여야 하나 고민했다. 친일파 밑에서 꿀 빠는 놈이라면 부역자라 볼 수 있으니 죽여 하등 죄송할 게 없는 놈이긴 했다.

그런데 놈은 아직 죽을 팔자는 아닌지 권총을 뽑을 즈음 알아서 물러갔다. 다시 나는 두개골마다 세 발의 납 총탄을 박아 넣을 수 있게 되었다.

잘난 두 부자는 소가죽으로 만든 소파에 앉아 뭔가를 상의했다. Stella는 보이지 않았다. 두 놈 입에서는 익숙하게 수 십 억 원 단위의 액수들이 흘러나왔다. 놈들이 가장 행복할 때 죽여주는 것도 최소한의 자비일 테니 나는 권총을 뽑아들고 놈들 곁으로 다가갔다. 가엽게도 놈들은 내가 접근하는 줄도 몰랐다. 먼저 애비 되는 놈 대가리에 한 방 먹였다. 놈은 눈을 똥그랗게 뜨더니 영문을 모르겠다는 표정으로 주변을 두리번거렸다. 나는 몸을 돌려 맞은편 아들 놈 대가리에도 한 방 쏘아붙였다. 뼛조각과 피가 사방으로 튀어 나갔다. 죽은 게 분명했지만, 총알을 아낄 계제가 아니어서 다시 두 방씩 확인 사살했다.

넓은 거실은 삽시간에 피와 골수, 뼛조각이 뒤엉킨 생지옥으로 변했다.

총소리를 듣고 Stella가 거실로 나왔다. 널브러진 두 놈과 권총을 든 나를 번갈아 쳐다보았다. 비명을 지르지 않을까 걱정했는데, 역시 Stella는 상황 판단이 빨랐다. 내 얼굴을 보자 바로 내게로 달려와 내 품에 안겼다.

"오! Richard. 왜 이제야 나타난 거죠. 이 날이 오기만 기다렸어요."

나는 총구에서 피어나는 연기를 휘파람으로 불어 날리면서 Stella를 안았다. 나도 이 날이 오기만 기다렸다. 나는 힘주어 Stella를 껴안았다.

잠시 감격에 겨워 재회의 기쁨을 즐기는데, 경호원들이 문을 박차고 들어왔다. 나는 Stella를 안은 채 놈들을 꼬나보았다. 어차피 놈들 눈엔 Stella밖에 보이지 않을 터였다.

그런데, 그런데 상황이 그렇게 전개되지 않았다.

권총을 뽑아든 놈들 중 하나가 나를 발견하더니 외쳤다.

"저 새끼가 회장님을 시해했구나. 내 분노의 총탄을 받아랏!"

외침을 듣더니 옆에 있던 또 한 놈도 내게 총구를 겨눴다.

"씨발 놈. 목숨이 몇 개길래 여기서 총질이야!"

어? 이게 무슨 말도 안 되는 코페르니쿠스적 전환인가? 놈들은 나를 발견하면 안 되었다.

아무 것도 모르는 Stella는 내 품에 안겨 뇌까렸다.

"오! Richard. 당신의 존재감을 이렇게 절실하게 느낀 적이 없어요."

이런 제길! 존재감을 찾길 간절히 바랐지만, 그 빌어먹을 존재감이 이렇게 빨리 돌아올 줄은 몰랐다.

놈들은 정확하게 내 심장을 향해 겨냥을 마쳤다. 내 권총에는 총알이 한 방도 없으니 응사도 못한다.

곧이어 놈들의 총구가 불을 뿜었다.

빵! 빵! / 빵! 빵!

윽!

나는 가슴을 움켜쥐면서 쓰러졌다.

이런 씨발!

존재감은 찾았지만, 대신 목숨을 잃는구나.

# 짧은 소설

# 수주대토가 남의 일만 아니었다

사람이 살다보면 가끔 행운이 연속해서 찾아오는 경우가 있다. 세상에 공짜란 없는 법이지만, 사소해도 행운이 겹치다 보면 그것이 관성이 되어 계속 요행을 바라게 된다. 인간은 그렇게 허술하다.

길을 가다 우연히 바닥에 떨어진 100원짜리 동전을 주워도 기분은 묘하게 좋아진다.(물론 단위가 만 원을 넘어가면 경찰서로 달려가야 하지만) 눈깔사탕 하나 사먹을 돈 밖에 되지 않아도 다음부터는 공연히 눈길이 길바닥을 더듬게 된다. 하지만 불로소득(不勞所得)이 과연 진짜 행운인 걸까? 여기 미생(尾生) 씨의 예를 보자.

며칠 전의 일이다.

그가 사는 K면에서 9시에 문을 여는 읍내 도서관에 닿으려면 8시 40분에 K면우체국 앞에 서는 J시발 버스를 타야 했다. 요즘 그는 15년 동안 준비한 방대한 분량의 책을 내려고 매일 아침부터 밤까지 도서관에 처박혀 교정에 열을 올리는 중이다. 그래서 특별한 일이 없으면 늘 이 버스를 타고 읍으로 들어왔다.

그 날도 미생 씨는 8시 30분께 집을 나섰다. 그런데 집 앞에서 K면과 S면을 지역구로 둔 군의원 J씨를 만났다. 얼마 전 치러진 지방선거에서 재선되고 함께 축하했던 사람이다. 큰 덩치지만 사람 좋아 보이는 얼굴로 그를 불렀다.

"오데 가시는 데예?"

"읍에 갑니다."

"그라모 타이소."

10여 분 동승하는 동안 두 사람은 이런저런 이야기를 나누었다. 미생 씨는 편하게 읍내 도서관까지 왔다. 덕분에 터미널에서 도서관까지 10여 분의 발품을 아꼈다. 고마운 일이라고 그는 여겼다.

다음 날 역시 미생 씨는 8시 30분 쯤 K면우체국 옆 CU편의점에서 버스를 기다렸다. 그때 소형차 한 대가 멈추더니 학생이 내려 편의점에 들어갔다. 그러려니 했는데, 운전하던 이가 그를 불렀다.

누군가 싶어 보니 읍내 독서모임에서 만나는 여자 분이었다. 그녀는 읍내 방송국 지부에서 근무하고 있었다.

"어디 가세요?"

"도서관 가는 데요."

"같이 타고 가실래요?"

"저야 좋죠!"

그녀를 만난 건 정말 운이 좋은 탓이었다. 보통 때는 더 일찍 집을 나서는데, 고등학교를 다니는 딸이 늑장을 부리는 통에 지금 지나가게 되었다는 것이었다. 그러니 오늘 처음 본 것도 당연했다. 이렇게 해서 그는 또 하루 편하게 땀 한 방울 안 흘리고 도서관에 왔다.

또 다음날. 8시 30분 어름에 편의점 앞에 서서 담배를 피우고 있는데, 웬 자가용이 앞에서 멈추었다. 차 유리가 내려가더니 누군가 말을 건넸다.

"행님! 오데 가시는데예?"

"아! 읍에 볼 일이 있어서……"

"퍼뜩 뒷자리에 타이소."

그는 이 근처 동네에 사는 후배였다. N군에 와서 알게 된 사이지만, 붙임성이 좋아 금방 형님 아우하게 되었다.

내년에 중학교에 입학할 아들놈하고 읍으로 놀러가는 중이라 했다.(이 날은 토요일이었다.) 미생 씨는 그와 학교 이야기며 근래 두 사람의 관심사를 가지고 이런저런 이야기를 나누었다. 도서관 앞에서 미생 씨는 손을 흔들어 고마운 뜻을 전했다.

K면에서 읍내 터미널까지 버스 요금은 1,450원이다. 돈이 크고 작아서가 아니라 여름 더위가 도움닫기를 하는 요즘, 아침 땡볕을 피해 시원하게 목적지까지 오는 일은 퍽이나 유쾌한 하루의 시작이다. 미생 씨의 마음에 뭔지 모를 파문이 일었다.

또 다음날이 왔다.

사흘 연속 뜻하지 않게 차를 얻어 타고 목적지엘 오다 보니, 그에게 묘한 기대감이 생겼다. 8시 30분에 어김없이 집을 나오면서 그는 벌써 사방을 두리번거리고 있었다. 세 번까지는 우연이었는데, 나흘째가 되자 그는 이 일을 필연으로 만들려고 작심했다.

편의점까지 오고, 버스를 기다리면서도 지나가는 자가용에 눈이 먼저 갔다. 몇 대 되지 않았지만, 미생 씨 앞에서 멈추는 차는 없었다. 어리석은 생각이라 자책하면서도 그는 시간을 묶어 두려고 담배를 꺼내 물었다.

두어 모금 빠는 동안 차는 한 대도 지나가지 않았다. 눈앞에서는 계속 몽롱한 기대감이 어른거렸다.

그러나 시간과 요행은 그의 편이 아니어서 자동차 대신 버스가 쏜살같이 달려왔다.

3분의 1도 피우지 못한 담배를 부랴부랴 끄고 버스를 향해 손을 흔들었다. 그래서 지극히 정상적으로 그는 터미널에 내렸고, 10여 분 걸어 도서관에 도착했다. 오랜 만에 이마에 땀방울이 맺혔다.

'수주대토'는 『한비자(韓非子)』에 나오는 우스개 이야기다. 송(宋)나라에 밭을 갈며 먹고사는 농부가 있었다. 어느 날 밭두둑을 달려가던 눈먼(?) 토끼가 그루터기에 부딪쳐 별세했고, 그 날 농부는 푸짐하게 토끼고기를 먹었다. 다음 날부터 농부는 밭갈이는 뒷전이고 그루터기 옆에 쭈그리고 앉아 또 토끼가 자살(?)하기를 기다렸다.

세상을 비관한 토끼가 그리 많을 순 없었으니, 그 해 농부는 농사를 망쳤고, 식구는 모두 굶어죽었다.

미생 씨는 도서관에 앉아 지난 사흘 동안 있었던 행운에 대해 생각했다. 세 사람이 그를 태워주려고 그의 앞을 지나간 것은 아니었다. 그저 기분 좋은 우연이 세 번 겹쳤을 뿐이었다. 작은 신세를 졌다 여기고 잊지 말았다가 나중에 갚아야지 다짐했어야 옳았다.

그런데 미생 씨는 연속되는 우연을 필연이라 여기고 안주하려 했다.

미생 씨는 크게 심호흡을 한 뒤, 집안 말아먹은 송나라의 농부는 되지 말자 다짐하면서 교정지를 펼쳤다.

# 선거 뒤에 오는 것

그녀를 마지막으로 만난 건 7년 전이었다. 나는 쭉 서울과 그 인근서 생활했는데, 기어이 도시 생활이 머리끝부터 발끝까지 지겨워질 때가 왔다. 마침 목돈이 생기자마자 나는 바로 짐을 싸 끔찍한 도시를 떠났다. 바다가 인접한 한적한 군(郡)이었다. 읍에서 적당히 떨어진 면소재지에 살만한 집을 하나 마련했다.

농촌 사람들은 대개 새로운 얼굴이 불쑥 자신의 삶에 틈입하는 것을 반기지 않는 편이다. 다행히 나는 제법 학력도 괜찮고 나름대로 전문직에 종사했던 터라 촌 동네에서도 그런대로 관심의 대상이 되었다. 이렇게 저렇게 사람들을 만나다가 작은 모임에 들어가게 되었다.

시골 사람이라 해서 지식에 대한 갈증이 덜한 것은 아니었다. 농사와 어업으로 평생을 산 사람들이 대부분이었지만, 그중에는 은퇴하고 귀촌한 도시인도 있었고, 나름대로 지식인임을 자부하는 사람 역시 눈에 띄었다. 자신들만의 불만을 토로하고 지적 허영을 채울 공간이 필요했다.

거기서 그녀를 만났다.

그녀는 나보다 네 살 아래였고, 날씬한 몸매에 순박하면서도 어딘가 뇌쇄적인 백치미를 담고 있었다. 단발머리여서 딱 내 취향이었고, 나이에 비해 꽤나 귀여운 편이었다. 그녀는 그곳에서는 꽤 괜찮은 평판과 활발한 활동을 해, 그 바닥에서는 알 만한 사람은 다 아는 셀럽이었다.

그녀는 도자기를 이용한 관광 기념품을 만들어, 판매도 하고 납품도 하는 일을 했다. 모임 때마다 그녀는 자신이 만들었다면서 앙증맞은 도자기 상품을 가져와 자랑 겸 나눠주었다. 화려한 네일아트를 한 손톱과 손가락 사이를 구르는 둥글고 긴 도자기들은 내게 묘한 상상을 불러일으켰다. 도자기에 먼지가 묻었다면서 침을 발라 닦아낼 때는 주변 사람들마저 넋 나간 표정으로 바뀌었다.

한 1년 모임에 나가다 보니 회원들의 신상에 대해 어느 정도 꿰게 되었는데, 그녀는 몇 해 전 이혼한 돌싱이었다. 아이는 남편이 데려갔다고 들었다. 나 역시 혼자 사는 몸이라 자연스럽게 눈이 자주 마주쳤다. 때마침 내가 살던 동네 언저리에 그녀의 공방이 있어 모임 때마다 그녀의 차를 타고 귀가하곤 했다. 20여 분 서로를 옆에 두고 이런저런 얘기를 나누면서 밤길을 달렸다. 차를 버리고 내려온 게 그때는 고마웠다.

그녀와 나에게는 공통 관심사가 하나 있었는데, 바로 별에 대한 애착이었다. 대학 전공은 완전히 달랐지만, 나는 학생 때부터 천문학에 관심이 많았다. 결심대로 공고에 들어갔다면 지금쯤 나는 나사(NASA)에서 인공위성을 설계하고 있을지도 모른다.

공기 맑은 시골은 별을 관찰하기에 더할 나위 없는 적지였다. 우리는 가끔 차를 언덕에 세우고 밤하늘의 별자리를 보면서 별들의 밝기, 거리 따위에 대해 말했다. 별자리나 항성, 위성 등속의 위치를 알려주는 앱을 깐 나는 스마트 폰을 하늘에 비추면서 별에 대해 아는 지식을 늘어놓으며 허세를 떨었다. 함께 스마트 폰을 보자니 몸이 밀착되었고, 그럴 때 언뜻언뜻 스치는 그녀의 어깨살의 감촉은 내 물건을 빼근하게 만들었다. 살이 닿자 그녀가 더 몸을 밀착시켰다.

“우리 나중에 크고 긴 망원경을 사서 육안으로 관찰해요. 목성이 그렇게 탐스럽다면서요?”

그녀가 주홍빛 가스 구름에 쌓인 목성을 말하면서 무얼 떠올리고 있는지 얼추 짐작이 갔다.

이 쯤 되면 다음 코스는 뻔하다. 결국 한 침대에 오르게 되었는데, 너저분한 내 집보다는 주로 그녀의 집을 이용했다. 그녀는 침대 위에서도 굉장히 뜨거웠다. 몸매에 자신이 있던 그녀는 잠자리를 가지면서 불도 끄지 않았다. 나는 매트에 누워 그녀의 출렁이는 젖가슴과 골반의 요동에 감탄했다.

가끔 그녀의 가게가 쉬는 날이면 군을 떠나 여행을 갔다. 명승지를 구경하고 맛집을 찾아다니며 한낮의 즐거움을 누렸어도 종착지는 색정을 자극하는 벽지와 불빛이 있는 모텔이었다. 나는 이 여자와 제2의 인생을 시작할 수도 있다는 기대감에 몸을 떨었다.

잘 나가던 둘의 관계에 금이 가게 된 것은 그 놈의 선거 때문이었다. 그 무렵 다른 일로 알게 된 사람이 있었는데, 한 번 보자 연락하더니 그 해 있었던 지방 선거에 출마한 사람의 선거 운동을 함께 돕자고 제안했다. 재미있는 경험이 되리라 여겨 별 생각 없이 동의했다. 출마자도 몇 번 대면한 사람이었고, 선거의 속살이 궁금하기도 했다. 워낙 독고다이였던 출마자는 공천 없이 무소속으로 나왔다.

두어 달 같이 지역 곳곳을 다니면서도 밤만 되면 그녀를 만나 또 다른 속살을 불태웠다. 그런데 그녀는 출마자에 대해 상당한 적의를 가지고 있었다. 들어보니 출마한 사람의 어머니가 예전에 그녀를 해코지한 모양이었다. 그녀는 선거란 항상 최선은 당연히 아니고 차악도 아닌 최악의 인물을 뽑는다며 냉소적으로 뇌까렸다.

그날 밤 그녀의 섹스는 희한하게도 더 격렬했다. 잡아먹을 듯이 내게 살을 비벼댔고, 본의였는지 모르겠지만 뺨까지 몇 대 맞았다.

그 쯤 되면 그녀의 불만을 귀담아 들어야 했는데, 무턱대고 그만두기도 어색해 나는 무시하고 계속 선거 운동에 나섰다.

당연히 출마한 사람은 시원찮은 득표율로 멀찌감치 낙선했다. 이어 기다렸다는 듯 그녀는 내게 결별을 선물했다. 여자의 충고를 한 귀로 흘린 대가를 톡톡히 치른 셈이었다. 밤마다 나의 말초신경을 뜨겁게 달구었던 그녀의 요염하고 현란한 섹스를 생각하면 잃은 충격이 너무 컸다. 모임에서도 나와야 했고, 거처도 사정이 생겨 다른 곳으로 옮겼다. 이후 나는 선거라면 치를 떨게 되었다.

어쩔 수 없이 한 지역에 사는 처지라 나는 가끔 그녀의 소식을 들었고, 어쩌다가 마주칠 때도 있었다. 사람은 버려도 섹스는 거를 수 없었는지 그녀의 남성 편력은 휴식이 없었다. 몇 명의 남자가 그녀를 거쳐 갔는데, 진지하기보다는 그저 여름날 잠깐 내리는 소나기였다. 해가 뜨니 축축했던 자리는 금방 메말라 버렸다. 마주쳐도 그저 눈웃음과 목 인사를 나누는 게 고작이었다.

그녀의 몸매는 여전히 눈부시게 아름다웠다. 지난 날 알몸을 흠뻑 적셨던 섹스의 추억이 내 몸을 옥죄었지만, 한 번 떨어진 꽃잎을 다시 가지에 붙일 길은 없었다.

세월이 흐르고 이런저런 세사에 얽히다 보니 번뇌도 별빛이 되어 그녀에 대한 미련이나 잡념도 차츰 사라졌다. 그러던 최근 실로 7년 만에 그녀의 연락을 받았다.

직접 통화하진 못했다. 집에 가 부재중 전화를 확인하니 그녀의 이름이 떡 걸려 있었다. 이 여자가 왜 전화를 했을까? 온갖 망상과 기대들이 뇌 세포를 짓눌렀다. 선택의 기로에 놓이면 나쁜 쪽을 우선하라는 내 나름의 개똥철학에 맞춰 나는 결국 연락하지 않았다. 새삼 미련의 농도가 짙어져 재회하자는 전화를 했을 리는 만무였다. 그러기에는 7년의 시간이 짧지 않았다.

그러다 얼마 뒤 놀랍게도 그녀가 올해 있는 선거에 출마했다는 기막힌 소식을 듣게 되었다. 선거에 대해 비난 일색이던 그녀가 몸소 선거에 뛰어든 것이었다. 더구나 출마한 선거구도 내가 사는 지역이었다. 왜 내게 전화했는지 까닭도 알게 되어, 나는 전화 대신 좋은 결과를 기대한다는, 진심과 '설마?'가 반반씩 섞인 문자를 보냈다. 그녀는 열심히 해 보겠다며 '^^' 표시가 깃든 답신을 내게 날렸다. '♡'였으면 더 좋았겠지만…….

그녀는 7년 전의 나보다 더 열심히 선거운동에 몰입했다. 집에 누워 있노라면 가끔 지나가는 선거 차량에서 그녀의 달뜬 목소리가 울려 퍼졌다. 지지를 호소하는 그녀의 목소리에서 나는 옷을 벗겨 달라던 예전 그녀의 자극적인 콧소리를 떠올렸다.

가끔 술자리에 나가면 그녀의 출마 얘기가 안주거리로 올랐다. 사람이 다부지니 군의원이 되면 잘 할 거라는 덕담도 있었지만, 대개는 몸뚱이로 의정활동 하냐는 비아냥거림이 판을 쳤다. 이어지는 화제는 개랑 자 봤는데, 요분질이 장난이 아니었다는 둥 누구와 벌건 대낮에 모텔로 들어가는 걸 봤다는 둥 거의 성폭력에 가까운 체험담과 목격담으로 채워졌다. 고기국물로 젖은 입술을 훔치는 사내들은 상상과 회한으로 침을 흘렸다. 반론이나 공감으로 한 몫 거들 수도 없던 나는 기분이 썩 좋지 않았다.

한동안 나는 술자리를 피했다.

멀리서 울리는 선거 로고송을 들으면서 그녀의 변신에 대해 생각했다. 남자에 대한 목마름이 선거라는 매개로 분출되었던 것일까? 평범하게 살기에는 그녀의 우월감과 성공 욕구는 너무 강했다.

"아이 성적 걱정하고, 반찬거리 고민하는 여자가 되고 싶어요."

언젠가 꿈이 뭐냐는 내 질문에 그녀는 이런 대답은 내놓았다. 우주라도 삼킬 만한 거창한 플랜을 예상했던 나는 내심 뜨악해졌다. 태양계를 벗어나는 최초의 사람이 되고 싶다는 계획보다 더 무망한 희망이었다. 결국 사람이란 이룰 수 없는 목표를 향해 맹목적으로 달려드는 어리석은 동물이었다. 그녀의 탈출을 막았던 그물이 이번 선거를 통해 뜯겨지기를 바랐다.

하지만 슬픈 예감은 어김없이 적중해서 그녀 역시 시원하게 낙선했다. 그녀의 몸매와 아양도 표심을 잡기에는 한계가 있었다. 그녀의 확신을 담은 목소리가 사라지자 씁쓸한 상실감이 찾아왔다.

며칠 뒤 나는 그녀에게 전화를 했다. 위로 이상의 감정은 없었고, 과연 받을까 싶었다. 바로 그녀의 목소리가 되받았다.

"애썼는데 안 됐군요."

그녀는 내 심심한 위로에 싱숭생숭했다.

"선거란 게 항상 최악을 뽑잖아요. 옛날 선생님 기분을 좀 알겠더군요."

"다행이군요. 언제 밥이나 한 번 먹읍시다."

"뭘 언제예요. 오늘 저녁 때 만나요. 우리 집에서. 어딘지 아시죠?"

그녀의 교태 가득한 음성이 내 귀를 핥자 손에 힘이 들어가서 하마터면 핸드폰을 으깨버릴 뻔했다.

# 오만과 비굴 사이, 그 촘촘한 간격

K는 읍내에 있는 도서관을 즐겨 이용했다.

도서관에는 열람실이 마련되어 있는데, 냉난방 시설도 잘 되어 있는데다 밤 10시까지 열어 편리하기 이를 데 없었다. 넓은 지역 사정상 더 많은 도서관이 있었으면 좋겠다는 아쉬움은 들었지만, 인구는 줄고 예산은 빠듯한 현실을 감안할 때 이마저도 고맙다 해야 했다.

글 쓰는 게 직업인 K는 지역에 내려왔을 때부터 도서관은 최애하는 장소였다. 주말을 제외하면 아주 붐비지는 않아 어느 때 가도 여분의 공간이 있었다. 학업에 몰두하는 학생부터 자격증 시험이나 취업을 준비하는 일반인까지 이용자는 다양했다.

그런 거기서 K는 재미지다고 할까 짜증난다고 할까 기괴한 인물을 만났다. 나이는 가늠하기 힘들었지만 많다기보다 어린 축에 속해 보였는데, K처럼 매일 출근했다.

다만 첫 인상부터 그는 별로 유쾌한 느낌이 들지 않았다. 두상은 말대가리처럼 큰 데다 훌러덩 벗겨진 머리는 헝클어져 있었고, 거무튀튀한 인상은 속절없이 험하고 심술궂어 보였다. 몰골이 참으로 흉악했다. 사람 만나자고 도서관에 간 것이 아닌 K는 괴이쩍어 하면서도 그러려니 관심은 두지 않았다.

그런데 그의 기행은 곧 드러났다. 학생들이 잠깐이라도 소곤거리거나 인사를 나누면 대번에 대갈일성이 터졌다.

"야, 이 새끼들아! 여기가 니네 집 안방이냐? 주둥아리 닥쳐!"

열람실 안을 쩌렁쩌렁 울리는, 분노와 멸시가 파도치는 그의 힐책은 꽤 긴 시간 이어졌다. 짧은 소곤거림에 비해 그의 언성과 욕설은 질적으로나 양적으로나 폭탄세례였다. 험악한 인상에 기가 질린 학생들은 찍 소리도 못하고 쪼그라들었다. 어처구니가 없기는 K도 마찬가지였지만, 나설 계제는 못 되었다. 따끔하지만 과도한 어른의 훈계라 치부하며 애써 외면했다.

그러나 그의 이런 식의 마무가내식 훈계와 욕설은 한 번에 그치지 않았다. 발자국 소리만 크게 나도 벌떡 일어나 삿대질과 비난이 드레스덴을 융단 폭격하듯 이어졌다. 삽시간에 열람실은 공포에 휩싸였다. 누군가 이 행패에 나설 법도 한데 모두 물을 끼얹은 듯 침묵했다. 자신도 몸을 사리고 있으니, K도 남 탓할 처지는 못 되었다.

그의 독선은 여기서 그치지 않았다.

한여름이 되자 에어컨이 돌아갔다. 시원한 냉기가 무더위와 습기를 말끔히 씻어냈다. 이런 편리함이 있으니 다들 도서관을 찾는 것이다. 그런데 곧 더위가 열람실을 휩쌌다. 에어컨이 고장 났나 싶어 계기판을 보니 누군가 꺼버렸다. 어이가 없어진 K는 다시 에어컨을 작동시켰다.

그런데 웬걸. 잠시 뒤 에어컨은 다시 숨을 죽였다. 뭐야 하고 보니 바로 욕설과 분노의 당사자 '거무튀튀한 험상맨'이 보무당당하게 버튼을 끄는 것이었다. 손가락은 계기판에 머물렀고 시선은 사방의 열람자들은 꼬나보았다.

다시 작동시키면 한 바탕 실랑이나 싸움판이 벌어질 판이었다. 잠시 후 용기(?)를 낸 K는 다소 손가락을 떨며 에어컨을 켰다.

점심을 먹고 와보니 아니나 다를까 에어컨은 꺼져 있었는데, 누구도 에어컨을 켤 엄두를 내지 못했다. 책을 잡다하게 펼쳐 둔 '험상맨'은 보이지 않았다. 계기판 아래 붙여 놓은 노란 종이에는 이런 글귀가 갈겨져 있었다.

-너희들은 덥냐? 나는 춥다. 집구석에 가 공부하든가!

'집구석'에 가야 할 인간은 이 자식이 아닌가? 에어컨 가동을 중지시킨 쾌거를 거둔 '험상맨'은 저녁이 되도록 나타나지 않았고, 열람실은 시나브로 찜통으로 바뀌어 갔다. 이런 일상이 지속되니 편리를 도모한 열람실은 한 폭군의, 난세의 소굴로 탈바꿈했다.

한 동안 등청하지 않아 안온했던 열람실에 그는 다시 나타났고, 에어컨을 돌리지 않아도 열람실은 한기가 가득했다.

그때 초등학교 꼬마 여자애 둘이 재잘재잘 잡담을 펼쳤다. 태평성대라고 착각하고 무모한 도전에 나선 꼬마 애들의 잡담에도 문제가 있었지만, 서슬 퍼런 '험상맨'이 가만있을 리 없었다. 당잘 치도곤이 날아올 테니 말려야겠구나 싶었는데, 한 발 늦었다. 한 달음에 달려온 폭군은 벌써 두 꼬마 애를 윽박지르고 있었다.

"야! 너희들 뭐 하는 것들이야! 이런 쌍놈의 것들이 있나. 얻어터지기 전에 주둥아리 닥치고 당장 꺼져!"

순식간에 파랗게 질린 두 아이는 허겁지겁 꼬리를 내린 채 열람실에서 사라졌나. 열람실은 이제 남극 대륙이 되었다.

머릿속에 책이 들어오지 않는 K는 담배라도 필까 싶어 문을 나섰다. 3층 열람실에서 계단을 타고 내려가는데 아까 본 꼬마 애 중 하나가 올라오고 있었다. 혼자가 아니었다. 열을 잔뜩 받은 한 남자가 뒤따르고 있었는데, 딱 보니 아이의 아버지일 듯했다.

'이제 일장 활극이 펼쳐지겠구나.'

'험상맨'이 된통 당하는 꼬라지를 꿀맛으로 지켜보고 싶은 충동을 가눌 길 없었다. 그러나 치기 어린 호기심에 혀를 차며 K는 도서관을 벗어났다.

열심히 불을 땐 뒤 열람실 문을 여는 K는 귀추가 궁금해 '험상맨'의 자리부터 흘겼다. 기대와 달리 그는 여전히 폭군의 포스를 뿜어내며 굳건히 권좌를 지키고 있었다.

'뭐야? 이렇게 싱겁게 판이 정리되었나?'

자리에 앉은 K는 여러 가지 추측을 섞으며 머리를 굴렸다. 이런저런 연고로 얽힌 이 좁은 지역에서 둘이 동향이라면, 학교 선후배거나 집안의 어른 동생, 같은 동네 사람이리라고 쉽게 짐작이 갔다. 꼬마 애의 아버지가 더 젊어 보였으니 그가 완패했음은 불문가지였다.

다른 도서관으로 자리를 옮겨야 하나 하는 비겁한 대안에 골몰하며 K는 눈치를 살폈다. 그런데 그때 한 용감한 순국열사(?)께서 분연히 자리를 박차더니 에어컨의 버튼을 눌렀다.

기다렸다는 듯이 달려 나간 '험상맨'이 일제 때 악질 순사처럼 순국열사의 멱살을 휘잡았다.

"이 새끼야? 넌 어른 말이 개똥으로 들리니. 어디서 배워먹은 버르장머리야. 맞아죽기 전에 꺼!"

혼이 나간 순국열사는 다리를 버둥거리며 캑캑거렸다. 이 기회에 민란(?)을 진압해 본때를 보이겠다 벼른 '험상맨'의 질풍노도 같은 악담이 이어졌다. 이래서 독재 타도는 쉽지 않은 일이었다.

그때---. 열람실 문이 삐꺽거리며 열렸다.

격분이 복 바쳐 오른 '험상맨'은 극대노한 인상 그대로 총구를 문 쪽으로 겨누었다.

문이 열리자 등장한 인물은, 놀랍게도 군수였다. 비쩍 마른 땅딸보인 군수는 몸피로 보면 그의 한 입 먹잇감이었다.

뒤이어 국장, 과장, 실장이 줄줄이 들어오자 '험상맨'의 분기탱천했던 얼굴은 봄 눈 녹듯 사르르 풀렸고, 양귀비의 교태 뺨 칠 눈웃음이 만면으로 번졌다.

멱살을 풀며 순국열사를 집어던진 그는 두 손을 공손하게 여미더니 허리라도 부러진 듯 군수를 향해 폴더 인사를 올렸다.

"아니 행님! 여긴 어인 행차시옵니까요?"

놈의 만행의 끝자락을 살짝 맛본 군수는 어정쩡하게 서 있다가 곧 굳어진 인상을 풀었다.

"아! 동상. 이 더운 날 군민과 학생들에게 애로가 없나 둘러보는 중이잖은가. 근디 여긴 와 이리 덥노?"

놈은 잽싸게 에어컨의 버튼을 누르며 만고천하의 충신인 양 슬픈 목소리로 충언을 올렸다.

"아 글쎄 저 새끼, 아니 저 아이가 자긴 춥다며 자꾸 에어컨을 끄지 뭡니까. 넌 공중도덕도 모르냐며 따끔하게 훈도하는 중이였습지요. 헤헤!"

군수는 쓰러진 순국열사를 살펴보다 고개를 들더니 다정하게 대꾸했다.

"그런가? 자기 편하사고 남들의 불편을 무시하면 안 되지. 잘하고 있네. 자, 그럼 여러분, 여긴 큰 문제가 없는 듯하니 다른 시설로 가봅시다."

마지막 희망은 그렇게 등을 돌렸다.

와르르 군수 일행이 다 빠져나갈 때까지 놈의 꺾인 허리는 펴질 줄 몰랐다.

잠시 후 사방이 쥐죽은 듯 조용해지자 놈이 숙였던 허리를 쭉 폈다. 노기로 뭉친 '험상맨'은 열람실 군상들을 꼬나보며 일갈했다.

"야 이 말종 새끼들아! 뭐 빌어먹을 구경이라도 났냐? 대가리 처박고 아가리 닥치고 있어!"

# 이래서 하나님을 만났다

K는 얼마 전까지 면에서 살다가 읍으로 이사를 했다. 이유는 여러 가지가 겹쳐서였다. 우선 동네 사람들이 너무 보수적이었다. 도대체 대화가 되지 않았다. 그들의 주장을 들으면 자신의 귀를 의심한 뒤 집에 와 귀를 씻어야 할 정도였다. 해명이나 설득은 그들이 받아들일 준비가 되지 않았으니 진즉에 포기했고, 대안으로 찾은 게 이 빌어먹을(?) 동네를 떠나자는 거였다. 똥이 더러워 피하지 무서워 피하나?

다음은 실패한 연애사 때문이었다. 홀아비인 K는 이웃 동네의 과부에게 은근히 마음을 두었다. 몇 번 추파를 던졌고, 처음에는 그녀의 호응도 나쁘진 않았다. 그러나 K가 너무 서둘렀던 탓일까? 어느 날 표변하더니 연락조차 끊어버렸다. 몸이 단 K는 온갖 궁리를 짜내 마음을 돌려보려 했지만, 결국 백약이 무효라는 결론에 이르렀다. 보지 못해 괴롭고 스치듯 만나도 괴로우니, 도리가 없었다. 절이 싫어하니 중이 떠나야지!

그러나 이건 긴 시간 쌓여온 번뇌였고, 이사를 재촉한 건 다른 까닭에서였다.

K는 읍에 나가 일을 봤는데, 차가 없는 그는 매일 아침 읍으로 가는 버스를 탔다. 버스는 아침 9시 쯤 해서 마을 정류장에 닿았다. 비나 오나 눈이 오나 그는 읍으로 가는 버스를 기다렸다.

두어 달 쯤 전이었을 것이다.

버스를 기다리는 사람은 K만은 아니었는데, 대개 얼굴을 아는 동네 사람들이었다. 그들은 병원을 찾거나 장을 보러 읍으로 향했다. 그런데 어느 날부턴가 낯선 사람이 나타났다. 중키에 몸이 통통한 여자였는데, 40대 중반 쯤 되어 보였다. 차림새가 여행객은 아니어서, 잠시 동네에 머무는 사람으로 생각했다.

그녀는 매일 같은 시간에 정류장에 나타났다. K도 청맹과니는 아니니 가끔 눈길이 갔고, 그녀 역시 촌사람 같지 않은 K의 행색이 신경 쓰였나 보다.

K는 먼저 말을 걸거나 아는 체하는 성격은 못되었다. 맹숭맹숭 있자니 여자가 먼저 말을 걸어왔다.

"저… 읍에 가세요?"

어투가 이 동네 사람은 아니었지만, 음성이 녹슨 톱이 갈리는 것처럼 들려 그리 정이 가는 목소리는 아니었다. K는 간단히 대답했다.

"예."

대답이 너무 짧았는지 여자가 뜨악해 하며 눈길을 돌렸다. 잠시 후 다시 K에게로 시선을 돌린 여자가 희한한 질문을 했다.

"혼자 사세요?"

단도직입적인 질문에 K는 잠시 당황했다. 자기 이마에 '홀아비'란 딱지가 붙은 것도 아닐 텐데, 다짜고짜 이런 노골적인 언사가 있나? 그래도 K는 정직한 사람이었다.

"예."

문답이 두 번 오가자 안면은 텄다고 판단했는지 질문이 대담해졌다.

"저는 요 앞 초등학교에 출근합니다. 남편 때문에 이 마을로 이사를 왔어요. 남편 하고 출근 시간이 안 맞아 버스를 타고 다니지요. 그런데요. 버스가 제 시간에 오지 않아 짜증스럽거든요. 게다가 학교 앞에 세워 달라 했는데, 번번이 그냥 지나가잖아요."

전혀 궁금하지도 않은 자신의 개인 민원을 여자는 아무렇지도 않게 늘어놓았다. 첫 인상부터 썩 좋지 않았던지라 K는 속으로 엄청 당황했다. 대꾸할 짬도 주지 않고 여자는 계속 떠들었다.

"그때마다 저는 버스회사에 전화를 해서 강력하게 항의하지요. 시민의 발이 되어야 할 버스가 시민의 발목을 잡으면 어떻하느냐고요. 정말 이 지역 운전기사들은 상식이 없어요. 걸핏하면 늦게 오고, 어떤 땐 아무리 기다려도 안 오는 겁니다. 제 생각에 우회도로로 그냥 내뺀 것 같아요……."

여자의 푸념과 원망, 정의감은 계속 불타올랐다.

"……시민들의 강력한 항의가 필요해요. 내 버스기사 버릇을 반드시 고쳐놓을 겁니다."

한 시간 정도 떨어진 J시에서 N군으로 들어오는 버스는 어지간하면 시간을 맞춰 닿지만, 상황에 따라 앞뒤로 5분이나 10분 정도 빠르거나 늦기도 했다. 가끔 여자의 말처럼 도착 시간 5분 전쯤 왔는데 끝내 버스가 오지 않아 한 시간을 기다려서야 다음 버스를 탄 적도 있기는 했다. 그러면 무골호인인 K도 열을 받아 저주에 가까운 말을 뇌까리지만, 그렇다고 버스회사에 항의하지는 않았다. 버스기사가 무슨 죄인가? K의 시민의식은 여자의 그것에 비하면 발꿈치 때만도 못해 낯이 뜨거워졌다.

문제는 여자의 시민의식이 그 수준을 넘어서지 않는다는 거였다. 아침에 볼 때마다 여자는 지연되는 버스에 대한 불만을 늘어놓았고, 이어 어김없이 버스회사에 전화해 항의한 자신의 무용담을 쉬지 않고 펼쳐놓았다.

듣기 좋은 풍월도 한두 번이라 했는데, 더구나 이런 넋두리는……. 귀에 딱지가 앉을 정도로 똑같은 소리를 듣자 K도 슬며시 짜증이 났다. 그러나 더 앞선 버스를 타자니 이르고, 다음 차를 타자니 늦었다. '울며 겨자 먹기'로 도살장 끌려가는 소처럼 K는 아침마다 여자가 도사리고 있는 정류장으로 나가야 했다.

그러던 어느 날 여자가 새로운 레퍼토리를 준비했다.

"저, 혼자 산다 그랬죠? 우리 교회에 예쁜 돌싱들 많거든요. 한번 만나보실래요? 혹시 교회 다니세요?"

맙소사! 여자에 굶주려 아사 직전인 K로서는 귀가 솔깃한 제안이었지만, 그 말의 속뜻에는 교회에 나오라는 얄팍한 수작이 숨어 있는 줄 아둔한 K도 금방 눈치 챘다. 잠시 갈등한 끝에 K는 자신의 소신을 밝혔다.

"저는 절에 다닙니다. 신심이 두텁진 않지만, 굳이 부처님 눈 밖에 나고 싶진 않네요……."

그러면서 K는 자신이 가끔, 아니 부처님 오신 날 즈음이나 방생 행사 때 마지못해 끌려 나가는 절에는 왜 그런 '예쁜 돌싱'이 없는지 속상했다.

K의 성의 없는 대답에 여자가 즉시 반응했다.

"하나님은 정말 계시죠. 그건 믿으셔야 해요. 지금도 저 위에서 우리를 굽어보고 계십니다. 그럼요."

여자의 손가락을 따라 잠깐 하늘을 올려다 본 K는 군말 없이 수긍했다.

"아, 예. 그렇죠."

대답이 긍정적이자 눈치 없는 여자는 힘이 난 듯 몰아붙였다.

"제가 다니는 교회는 J시에 있어요. 신도도 많고 목사님도 좋은 분이세요. 고향이 J시라 어릴 때부터 출석해 여기로 이사 와서도 주일 땐 거기로 나간답니다. 남편도 같이 가면 좋겠는데……."

보아 하니 남편은 신심이 많이 부족한 듯했다. K는 남편의 심정을 십분 이해했고, 만나면 위로하고 싶어졌다.

K도 교회를 다닌 적이 있었다. 고등학교 입학한 때였을 것이다. 중학교 때부터 친하게 지내던 친구가 같이 나가자고 해서 선뜻 응했다. 친구 따라 깜빵도 같이 가는데, 교회쯤이야!

그러나 몇 주 다녀보니 그의 정서와는 너무 맞지 않았다. 가장 충격적인 것은 이른 바 '통성기도'였다. 다들 고개를 숙이고 목 놓아 통곡하면서 뭔가를 외쳐대는데, 뜻도 모르려니와 그 소리가 너무 갈급해서 소름이 돋았다. 어떤 이는 교회 바닥에 드러누워 발버둥까지 쳤다. '사람이 저렇게 맹목적일 수 있구나!?'

그 이후 K는 교회와 발을 끊었고, 근처도 지나가지 않았다. 그랬더니 친구만이 아니라 교인들이 하루가 멀다 하고 '심방'이라며 집으로 찾아왔다. 떼로 몰려와 K를 가운데 두고 마루에 둘러앉아 '방탕에 빠진 우리 형제 K가 다시 주님의 종으로 성실해지기를 간구하나이다.' 어쩌고 하면서 죄인 취급을 했다. 옆에 있던 엄마의 눈이 휘둥그레졌다.

그 일 때문에 삼척까지 한 건 아니었지만, K도 고집을 굽히지는 않았다. 앓느니 죽는다는 각오로 이들의 십자포화를 감내했다. 과연 시간이 지나자 교인들의 발길은 뜸해졌는데, 덕분에 친구까지 잃어버렸다.

이런 전력이 있어 K는 교회에 대해 좋지 않은 인식을 가지게 되었고, 나이 든 지금도 변함은 없었다. '예쁜 돌싱'이 있다면야

못 갈 것도 없었지만, 거기 가서 매주 이 말본새만 번지르르한 여자를 봐야 한다니 오금부터 저려왔다. 좋은 사람을 매일 만나면 거긴 천국이지만, 싫은 사람을 계속 본다면 거긴 지옥이었다. 굳이 자기 손으로 지옥문을 열고 싶지는 않았다.

그래도 여자가 뿜어내는 무언의 압박 아우라는 견디기 쉽지 않았다. 할 수 없이 차선책으로 한 시간 뒤 버스를 탔지만, 루틴이 깨지니 뭔가 몸이 하루 종일 찌뿌드드했고, 내가 왜 이래야 하나 자괴감이 늘 K를 괴롭혔다. 그래서 대승적인 결단을 내려 5년 넘게 살아온 동네를 떠나기로 작심한 것이다.

읍으로 들어오니 살맛이 났다. 밤 8시면 끊어지는 버스 때문에 초조할 필요도 없었고, 만 원 넘게 나오는 어쩌다 타는 택시비도 아낄 수 있었다. 집에 와 점심을 먹으니 외식비도 대폭 줄었다. 이거야말로 일석삼조, 꿩 먹고 알 먹고, 도랑 치고 가재 잡고, 님도 보고 뽕도 따고……까지는 아닌가? 무엇보다 만나기 거북한 여자가 사라지니 십 년 묵은 체증이 내려가는 듯했다.

이런 이유로 사람을 피하다니, 하나님이 아신다면 벼락을 내리시겠지만, 아니 하나님! 하나님도 한번 겪어보시면 제 심정 이해하실 겁니다요.

어쨌거나 K는 시간이 넘쳐나 더 많은 일을 할 수 있었고, 능률도 높아졌다. 다만 아침, 점심, 저녁을 모두 집에서 해결하니 밥거리, 반찬거리를 사러 읍내 도매유통센터를 자주 들르게 되었다. 하나로 마트보다 값이 더 싸 - 대용량을 사야 하는 건 문제였지만, 모든 걸 만족시킬 수는 없는 일이었다. - 실용적이었고, 게다가 집에서도 가까웠다.

그렇게 자주 센터를 들르게 되니 그곳 계산원들과도 안면을 트게 되었다. 작업반 사람들은 대개 남자였지만, 계산대를 지키는 축은 모두 여자들이었다. 아주 어린 이역만리 외국에서 온 처녀들을 빼면 계산원은 대개 40대 안팎의 나이로 보였다. 그러다 그중 한 여자를 눈여겨보게 되었다.

제 눈에 안경이라고 그녀는 면 동네에서 K를 보기 좋게 걷어찼던 여자와 많이 닮았다. 짧은 단발머리에 동글동글한 얼굴, 깨끗한 피부, 아담한 키까지 거의 판박이였다. 여자도 컵라면을 사면 나무 젓가락을 챙겨주는 등 친절했다.

한 번 뜨거운 맛을 본 K는 신중에 신중을 거듭했다. 우선 여자가 솔로인지부터 파악해야 했는데, 이 일은 쉽게 답을 찾았다. 어느 날 센터에 가 그녀 앞에서 어물어물 계산을 하고 있자니 누군가 어깨를 툭 쳤다. 돌아보니 읍에서 오래 전부터 알고 지내던 여성이었다. 그녀는 관광해설사로 일하고 있었다. 남편과도 잘 알았다.

"어머! 선생님 여긴 웬 일이세요?"

성격이 밝은 그녀가 호들갑을 떨며 반가워했다.

"아, 예. 읍으로 이사를 왔습니다."

현문우답 같은 대꾸는 한 귀로 흘려보내고 해설사가 덥석 손을 잡았다.

"너~~무 잘 됐다. 뭐 여쭙고 싶은 게 있어도 멀리 계셔서 불편했는데, 이젠 자주 뵙겠는걸요."

그렇게 깔깔거리더니 눈길이 계산하는 여자에게로 옮겨갔고, 또 비명에 가까운 탄성이 터져 나왔다.

"넌 또 웬일이니. 여기서 일해?"

여자가 계면쩍게 웃으며 말했다.

"그래. 오랜만이다."

둘은 여고 동창이라고 했다. 해설사께서 역할에 맞게 그들 둘을 소개시켰다.

"이 분은 K 선생님이라고 아주 똑똑한 분이셔. 얘는 제 친군데, 예쁘죠? 얼굴 값한다고 일찍 시집가더니 몇 해 전에 찢어졌어요. 못 믿을 놈이라고 내가 그렇게 반대했건만……, 꼬시다, 꼬셔."

해설사께서 눈을 흘기며 여자의 어깨를 매섭게 때렸다.

K도 얼떨결에 인사를 했다. 해설사가 두 사람을 번갈아보더니 좋아라 쾌재를 부르며 손뼉을 쳤다.

"잘 됐다. 둘 다 솔로잖아. 제가 두 분을 위해 뚜쟁이가 되어 드리죠. 호호호!"

뚜쟁이가 되고자 잔뜩 벼르는데, 안타깝게도 다음 계산을 기다리는 사람들이 원성을 쏟아냈다.

"계산 줄은 막으면서 무슨 얼어 죽을 뚜쟁이 노릇이야!"

묵직한 바리톤 음성에 토라진 해설사가 가재미눈을 뜨고 상대를 보더니 금방 꼬리를 내렸다.

"아이고, 아재 아인교. 지~송~합~니~더."

그 자리에서 오작교를 건너지는 못했지만, 해설사는 직무에 충실해 그 날 계산대 여자가 일과를 끝낸 뒤 따로 둘을 불러내 정식으로 소개를 시켜주었다.

이때부터 K의 연애사에 황금시대가 펼쳐졌다.

이후 두 사람은 몇 차례 만났고, 인근 관광지로 놀러가기도 하면서 연분을 도탑게 쌓았다. 숨길 것도 없었고, 밀당을 하기에 세상 물정 다 아는 사이였기에 여자는 K의 집을 무람없이 출입하게 되었다.

둘이 첫 날 밤을 보내는 날, 여자의 속옷을 벗기는 K의 손끝은 떨렸고, 여자도 부끄러운 듯 K를 살짝 밀어냈다. 하지만 이미 뜨겁게 달궈진 두 사람은 이내 알몸이 되어 침대 위에서 뒹굴었다. 둘은 속궁합도 잘 맞았다. 기분 좋은 신음소리가 여자의 입에서 터져 나왔고, K의 굳센 몸은 그녀를 파고들었다.

세 차례나 이어진 방사를 마친 뒤 K는 노곤한 피로감을 느끼면서 여자의 젖가슴을 쓰다듬으며 잠들었다.

꿈결에서도 여자와 몸을 섞는 중이었는데, K는 여자가 갑자기 이상한 소리를 내는 바람에 잠에서 깨어났다.

여자는 알몸으로 침대 위에서 무릎을 꿇은 채 두 손을 모으고 있었다. 어딘가 익숙한 모습이었다.

"뭐 하는 거야?"

여자는 미동도 않은 채 대답했다.

"기도하는 중이에요. 하나님께 이 사람을 우리 교회로 이끌어 달라고요."

여러 차례 만나면서도 K는 여자가 교인인 줄은 몰랐다. 여자가 티를 내지도 않았지만, 눈썰미 없는 K가 헐겁게 놓쳤을 수도 있었다.

'맙소사! 내가 좋아하는 여자가 예수쟁이라니!'

그러나 어쩌겠는가? 이 여자와라면 요단강 아니라 황천을 건넌들 어떠리. K는 눈에서 어른거리는 절간의 부처님 상을 애써 외면했다.

"알았으니, 이리 와. 당신 몸 안의 하나님 좀 만나봐야겠다."

여자가 방글방글 웃으며 이불 속으로 들어왔다.

여자의 젖가슴과 사타구니를 어루만지며 키스한 뒤 K가 물었다.

"어느 교회를 다니는데……, 그 정돈 나도 알아야지."

여자가 들뜬 목소리로 대꾸했다.

"J시에 있는 C교회예요. 멀긴 하지만, 사람들이 참 좋아요. 특히요 앞 면에 사는 언니는 신심도 깊고 너무 좋은 분이죠. 괜찮은 남자를 만났다며 곧 소개해 준다 했는데, 그 분께는 미안하네요……."

순간 여자의 엉덩이께로 가던 K의 손에서 힘이 쫙 빠졌다.

- 인생은 도돌이표라더니, 여기서 그 여자와 하나님을 다시 만날 줄이야…….

# 창밖의 여자, 창안의 여자

겨울을 재촉하는 비가 개고 난 뒤 아침, 구름이 흐르는 하늘은 더 없이 맑았다. 가을비 그친 뒤면 기온이 뚝 떨어지는데, 오늘, 햇살은 따뜻했다. 쌀쌀한 날씨에 목이라도 움츠릴까 싶어 약간 두툼한 코트를 걸치고 나온 K는 멋쩍게 웃음을 흘렸다.

남해안에서 섬으로 이뤄진 N군에 그가 정착한 지도 어느덧 10년의 세월이 흘렀다. 그 동안 이런저런 사연으로 읍부터 면까지 여러 지역에 터전을 잡고 살았다. 그러다 지금 사는 면에 뿌리를 내리게 된 지도 벌써 5년째였다.

예전 N군의 인구가 10만 명을 훨씬 넘어 잘 나갔을 때는 이 면의 면소재지에도 다방이 두 개나 있어 성업했다는데, 지금은 쇠락일로를 거듭해 다방은 희미한 간판 자국으로만 남았다. 지금 K가 월세로 사는 집도 번지수를 확인할 땐 '구 장미다방'이란 후렴구가 붙는다.

농사를 짓는 것도 아니고 직장을 다니는 것도 아닌 프리랜서인 K의 일과는 대중이 없다. 의뢰가 들어오면 바짝 일하다가 다음 일감 때까지는 무료와 여유를 즐기며 지낸다. 아내와도 헤어지고 아이들도 대학에 들어가 떠나버려 한갓지기는 한데 대신 외로움이 빈자리를 채웠다. 죽을 때까지 N군에서 살 작정으로 내려왔기에 이곳 사람으로 적당한 여자가 있으면 새 출발할 요량으로 여기저기 눈독(?)을 들이지만, 기대만큼 성과는 없다.

K는 비온 뒤 촉촉하고 냉기가 도는 날씨를 아주 좋아한다. 어젯밤은 바람이 제법 극성을 부려 창문이 아주 호들갑을 떨었다. 유리창이 깨져 날벼락을 맞지 않을까 걱정했는데, 항상 그렇듯 아침에 일어나니 멀쩡했다. 게으름을 피우며 늦잠을 자려다가 창에서 쏟아지는 햇살이 너무 눈부셔 몸을 일으켰다. 산책이나 다녀온 뒤 늦은 아침을 먹어볼까?

보통 자전거를 타고 갯벌을 매립한 바닷가 도로까지 한 바퀴 둘러오는 게 일상이지만, 오늘은 걸어서 동네를 둘러볼 마음이 일었다. 멀리 산성이 보이는 산 아래 어귀까지 걸어보는 일정을 떠올렸다. 초등학교 옆 쉼터까지 걸어갔다 오면 시나브로 오전 시간은 때울 것 같았다. 비 온 뒤끝이라 날씨가 고약할 듯해 이르지만 옷장에서 코트를 꺼내 걸쳤다. 나프탈렌 냄새가 배여 살짝 코를 간지럽혔다.

바다로 달려가는 개천에는 물이 제법 가멸찼다. 평소 때는 건천(乾川)이었다가 이렇게 비가 한 바탕 쏟아지면 넓지 않은 수로를 타고 물줄기가 거칠어졌다. 저 정도면 이무기가 거슬러 올라 용으로 승천할 법도 해 보였다.

몇 달 전까지만 해도 K는 이 코스를 한 주에 두세 번씩 꼭 오르내렸다. 주택가를 지나 논밭이 펼쳐지고 개울도 흐르는 데다 학교가 있어 제법 눈요기가 즐거웠다. 학교 앞 쉼터에는 수령이 3백 년도 넘었다는 당산나무가 우람한 몸피와 드넓은 그늘을 자랑하며 나그네를 맞았다. 거기 나무로 만든 긴 벤치에 누워 무성한 녹음과 배경으로 깔린 푸른 하늘을 만끽하노라면 시간이 절로 흘러갔다.

오늘도 그런 낙을 기대하며 개울 길을 따라 걸어 쉼터에 닿았다. 그런데 K는 쉼터 앞 공터에서 낯선 풍경과 마주했다. 길가를 따라 만든 주차장 곁에 산뜻한 카페가 들어서 있었다. K의 기억에 그 자리는 마을 사람들이 농기구나 곡물 따위를 넣어두던 돌 창고였다. 이제는 집집마다 경운기가 있어 웬만한 농기구는 집에서 챙겨 나왔고, 일을 끝내면 가지고 돌아가곤 해 텅 빈 채로 늙어가고 있었다.

그 돌 창고가 허름한 모양새를 털어내고 카페로 탈바꿈했던 것이다. 이끼가 끼고 먼지로 얼룩졌던 돌 벽이 원래의 화강암이 지닌, 희고 단단한 질감을 그대로 드러냈다. 입구는 짙은 고동색 목재로 마감한 반투명 격자무늬 창이 들어섰고, 양편으로 상당히 넓고 시원한 통유리 창문이 자리했다. 창문 아래로는 작은 화단이 곁들여져 코스모스가 붉고 희고 분홍인 꽃망울을 터뜨린 채 바람에 자지러졌다. 바닥에는 보랏빛 노란빛 팬지가 올망졸망 어깨춤을 추었다.

입구 위로 '창(窓) 밖'이란 카페 이름이 눈길을 끌었다.

K는 고개를 갸우뚱거렸다. 이곳은 인적이 많지도 않을뿐더러 관광할 만한 명소가 있는 곳도 아니었다. 덩치가 만만찮은 돌 창고를 리모델링하자면 꽤나 공을 들였을 텐데 과연 손님이 있을까 의아했다. 말년을 보내려는 노부부가 수입과 관계없이 소일거리로 차리기엔 손이 많이 갔을 테고, 카페에 어울리는 메뉴를 갖추자면 번거로움이 뒤따를 터였다.

그러거나 말거나, 갓 내린 커피 한 잔이 그리워진 K는 문을 열고 들어갔다. 알알한 커피 향과 함께 밝으면서 톡톡 튀는 음악이 안개가 스미듯 사람을 맞았다. 몇 소절 들었어도 슈베르트의 피아노 트리오 제1번 B플랫 장조 D.898번의 1악장 알레그로 모데라토임을 알 수 있었다. 비 내린 날 아침에 듣기에 이만큼 궁합이 맞는 음악은 없다.

카페 안은 온통 하얀 색이었다. 돔 형태로 다듬은 천정은 궁륭(穹窿)을 연상시켰는데, 궁륭의 파스텔 톤 울트라마린 블루가 벽을 바른 퍼머넌트 화이트와 자연스런 그러데이션으로 이어졌다. 밝은 색감의 원목으로 만든 테이블과 의자가 벽을 둘렀고, 가운데는 제법 둥글고 육중한 원탁 테이블이 자리해 시선을 모았다. 그리고 그 너머 커피머신과 쿠키 박스 등이 놓인, 긴 아일랜드 탁자가 홀과 경계를 나누었다. 하얀 벽에는 적당한 거리를 두고 그림들이 걸렸다. 검은색 액자를 틀로 삼은, 농촌 풍경을 담은 그림들이었다. 짙은 채도의 바탕 아래 맑은 원색을 적절하게 가미해 모리스 드 블라맹크(Maurice de Vlaminck, 1876~1958)의 화풍을 연상시켰다.

주인이 보이지 않아 K는 커피는 뒤로 미루고 그림부터 감상하기로 했다. 30호에서 50호 정도 되는 캔버스에 유화로 그린 작품들 속 풍경은 한눈에 봐도 N군의 경치였다. 이 지역을 잘 아는 화가의 솜씨였다. 취미로 그림을 그리는 K는 남해의 웬만한 화가는 얼추 알았다. 그러나 이런 화풍은 낯설었다.

그렇게 호기심을 채우며 걸어가는데 탁자 뒤로 등을 진 그녀가 보였다. 살짝 허리를 굽힌 채 그녀는 캔버스를 얹은 이젤을 마주하며 앉아 뭔가에 열중하고 있었다. 머리에는 무지갯빛 스카프를 썼고, 검은색 앞치마를 둘렀다. 그녀는 그림을 그리는 사람이었고, 벽면을 장식한 작품은 그녀가 잉태하고 출산한 산물이었다.

잠시 머뭇거리다 그만 의자를 차고 말았다. 소음에 그녀가 시선을 돌렸다. 정체를 모르겠다는 듯 잠시 실눈을 뜨고 K를 바라보던 그녀가 곧 화들짝 놀라며 자리에서 일어섰다.

"아! 죄송해요. 손님이 오신 줄 몰랐어요."

스카프를 풀자 조금 긴 단발머리가 스르르 흘러내렸다. 청바지에 편안한 흰색 셔츠를 입었다. K는 자신이 카페에 들어온 목적을 까맣게 잊었다.

앞치마를 말면서 그녀가 물었다.

"뭐 드실래요?"

이곳에서는 듣기 힘든 서울 말씨였다. 말씨가 아니더라도 그녀의 인상은 도회풍이었다. K는 더듬거리며 따뜻한 아메리카노를 주문하고 창가 자리에 앉았다.

창문 멀리 휘영청 당산나무가 보이고, 그 너머로 몇 채 집에 보였다. 가장 앞에 있는 집에 그녀가 산다. 짧은 단발에 동그란 얼굴을 가진 키 작은 그녀.

K는 한동안 그 집에서 눈길을 거두지 못했다.

그녀가 커피 잔을 탁자에 놓았다. 맞은편에 앉더니 보조개가 곱게 핀 얼굴에 웃음을 담으며 말했다.

"워낙 이곳은 손님이 없어요. 더구나 오전 중에는. 선생님도 처음 뵙는 분이네요. 이 마을에 사시나요?"

K가 미처 대답을 못하자 "그럼, 커피 드세요. 제 그림을 보셔도 좋아요." 하더니 자기 자리로 갔다.

K는 아무 말도 못하고 창밖과 창안을 번갈아 보았다. 당산나무가 알겠다는 듯 고개를 끄덕였다.

잠시 후 K는 코트에서 수첩을 꺼내 한 편의 시를 쓰기 시작했다.

## 고백
### -그녀의 집 당산나무 아래서

당신이 지나다니는 길목 앞에
꽃신 한 켤레 걸어두겠습니다
그곳에는 아주 오래된 고목이 있어
큰 그늘을 드리우고 있지요
수없이 많은 고백을 들었을 나무기에
사람의 작은 몸짓 하나로도
그 마음을 알아 줄 겁니다
당신은 짐작이나 할까요?
고목 아래 꽃신을 걸어두는 심정을……
사람을 땅 위에서
단단하게 걸어 다니게 하는
신, 꽃신
그리고, 당신

# 화석으로라도 남고자 했던……

동굴 밖으로 나왔을 때도 비는 계속 퍼부었다. 하늘은 음울한 먹구름으로 뒤덮였고, 굵은 빗방울은 어둠 속에서도 붉은 빛을 띠었다. 이따금 세상을 할퀼 듯한 천둥과 번개가 나무 우듬지로 떨어져 소름을 돋우었다. 그들 바로 앞에서 산산이 쪼개진 나무 파편이 쏟아졌다. 잠시 불길에 휘감긴 조각들은 땅에 떨어지자 흙탕물 속에서 삭아들었다.

번개가 남긴 섬광을 받아 잠깐씩 드러나는 사위는 지옥도를 펼친 듯 낯설고 으스스했다. 바람만 지독할 뿐 움직이는 생물체라고는 아무 것도 없었다. 콸콸 흐르는 더럽고 오염된 개골창만 꿈틀거렸다. 여자가 헬멧을 쓴 채 공포에 떨며 두려운 눈빛으로 주변을 두리번거렸다.

"이대로 나가도 괜찮을까?"

여자는 등에 진 산소통을 추스르며 방진복과 연결된 파이프가 제대로 고정되었는지 확인했다. 동굴 속에서 교체한 산소통이 묵직하게 느껴졌다. 고압으로 압축한 산소가 충전된 특수합금 재질의 산소통은 호흡만 잘 조절하면 24시간은 버틸 터였다. 그러나 이것은 그들에게 남겨진 마지막 생명줄이었다.

옆에 서서 다른 방향을 살피던 남자가 여자의 어깨를 툭 치면서 대꾸했다.

"동굴 속이 마냥 안전할 순 없어. 산소통도 바닥났잖아. 충전

시설을 빨리 찾아야 돼."

아주 자신 있는 목소리는 아니었다. 동굴에 들어오기 전까지 두 사람은 자동차를 타고 이동했다. 안전 설비를 갖춘 자동차는 성분조차 알 수 없는 독성 화학 물질과 방사능으로 오염된 빗물, 외부공기를 차단해 주었다. 내부는 공기 순환 장치까지 갖춰져 둘에게는 최후의 보루였다. 그러나 열흘이 지나자 동력을 공급하던 배터리가 바닥났다. 이때를 대비해 절약 모드로 움직였지만, 게이지의 눈금이 떨어지는 것을 피할 방법은 없었다. 또 식량과 식수는 어떻게 하나?

위험을 무릅쓰고 이동할 것인가, 방진복을 입고 차 안에 머물 것인가, 둘 중 하나를 선택해야 했다. 차 안에 머물면 며칠은 더 버티겠지만, 이후는 속수무책이었다. 분명 이 도시 어딘가 재난 대피 시설이 있을 터였다. 전자 장비들이 먹통이 된 지금은 두 발과 감각에만 의존해 시설까지 가야 했다. 운이 좋으면 먼저 대피해 있는 생존자들과 조우할 수도 있었다. 두 사람은 식량으로 쓸 시럽 캡슐과 차 안에 있던 산소통을 모두 짊어졌다. 펌프에 남은 식수도 옮겨 채웠다.

도심으로 진입하자 도로는 핵폭발에 이은 지진 때문에 무너진 잔해들로 가득 차 소형 운반 기구도 가동이 불가능했다. 남은 산소통은 여섯 개. 두 사람에게는 최대 사흘 치 분량이었다.

차에서 나오기 전 남자는 방충(防衝) 유리 너머 외부를 살폈다. 진즉부터 하늘은 화산재와 출처를 알 수 없는 먼지로 뒤덮여 일광을 가렸고, 끈적임이 심한 빗발이 그치지 않았다. 거기다 다이너마이트 발파 소리처럼 이어지는 천둥과 번개가 내는 굉음이 지축을 뒤흔들었다.

빗물은 세상의 유기체들을 천천히 녹였다. 어떤 화학물질이 섞였는지 알 수 없는 빗물은 어지간한 단백질 화합물은 다 삭혀버렸다. 빗물은 뜨겁기조차 했다. 섭씨 5백 도 열기까지 견디는 방진차량이 멀쩡한 것으로 볼 때 온도는 그 미만이겠지만, 굵직한 나무까지 흐늘거리는 것으로 보아 생명체라면 살았든 죽었든 흔적마저 지워질 터였다.

도심 안을 이틀 동안 뒤졌지만 대피 시설은 물론 충전 탱크도 발견하지 못했다. 독성 빗물은 방진복이 막는다 해도 산소가 바닥나고 캡슐이 소진되면 죽음이 닥칠 게 뻔했다. 그때 도심 공원 안에서 인공 동굴을 보았고, 안으로 스며들었다. 꼼짝 않고 대안을 궁리하면서 산소 소비량도 극소화할 요량이었다.

행사용 장비를 보관했을 법한 동굴이었다. 두 사람은 폭신한 긴 소파에 앉았다. 긴장과 피로에 지친 몸이 땅 밑으로 꺼질 것처럼 가라앉았다. 아무리 머리를 짜내도 살 길은 열리지 않았다. 최대한 호흡을 자제했지만 잔여 량을 알려주는 게이지의 눈금은 행복했던 시간만큼이나 빠르게 소실되었다.

남자와 여자는 서로 손을 잡았다. 방진 장갑이 두터워 체온은 느낄 수는 없어도 의지와 희망까지 막아내지는 않았다.

"우리가 지구 위에 남은 마지막 인류인 걸까?"

여자가 넋두리처럼 메마른 목소리로 통신선을 통해 웅얼거렸다. 대재앙이 터지고 파괴의 회오리가 지나간 뒤부터 둘은 사람을 보지 못했다. 처음에는 거대한 폭음과 억센 폭풍, 그리고 맹렬한 열기, 땅의 거침없는 균열이 악마의 발톱처럼 세상을 갈기갈기 찢어놓았다. 핵공격 경보는 경보의 구실을 못했다. 사이렌의 여음이 지워지기도 전에 도시는 거대한 불구덩이 속에서 짓이겨졌다. 훨씬 강력하고 선별적인 공격 수단이 있었음에도 불가역적인 핵무기를 쓴 까닭은 피해 규모가 무제한적인데다 대응을 선제적으로 봉쇄하려는 목적으로 보였다. 날아오는 핵탄두 미사일을 요격하는 시스템이 가동했지만, 이를 회피하며 빠르게 기동하는 항법이 대부분의 요격을 뚫어냈다.

피격당한 블록에서도 즉각적인 반격이 이루어졌다. 최첨단 인공지능이 장착된 능동 반격 시스템은 나노(10억분의 1) 초의 속도로 확장된 규모의 무장과 위력, 범위로 원점을 향해 핵 미사일을 발사했다. 양진영의 연쇄적인 보복 공격은 기하급수적인 파괴와 붕궤를 수반했다. 핵무기와는 비교할 수도 없는 파괴력을 가진 무기들까지 공격 수단에 추가되자 파괴는 지표만이 아니라 지하까지 미쳐 하부 지각을 넘어 상부 맨틀의 질서까지 와해시켰다. 지구상 모든 지진대와 화산대의 장약을 건드린 충격은 지구 표면을 쑥대밭으로 만들었고, 그 피해는 도발 당사자인 인류뿐만 아니라 지구상 모든 생명체의 멸절까지 불러왔다.

기원후 22세기에 접어든 지구는 지난 두 세기가 빚어놓은 온갖 물질적, 정치적, 과학적 혜택을 과도하게 누렸다. 동양의 '태평성대'와 서양의 '파라다이스'를 겹쳐놓은 대풍요의 시대가 도래했다. 2백 개에 이르던 정치적 자율집단(국가)은 진즉에 '유럽 연합'처럼 통합되어 대륙별로 몇 개의 큰 블록이 형성되었다. 세계는 이성적이고 합리적으로 운영되었고, 어떤 불균형이나 편파성, 차별과 억압도 용인되지 않았다. '최대다수의 최대행복'을 넘어서 '인류전체의 균형복지'가 실현되었다. 파국이 오기 전까지 적어도 몇 십 년 동안은 그래 보였다. 인류의 무절제하고 무한정인 욕망의 실현 추세에는 가속도가 붙었지만 제동장치는 없었다. 브레이크 없는 자동차가 무제한의 속도로 달릴 때 벌어질 참사는 불 보듯 분명했는데, 아무도 눈 여겨 보지는 않았다.

나라가 무너져도 직간하는 충신은 나오듯 끔찍한 재앙을 예고한 지성은 존재했었다. 욕망과 소비라는 거대한 댐은 방류량을 적절히 조절하지 않으면 인류를 쓸어버리게 될 것이라 경고했다. 아울러 이미 비등점을 넘어선 종말의 시나리오를 막기 위해 치밀하고 대대적인 방어 정책을 당장 시행해야 한다고 촉구했다.

그러나 극소수의 간절한 외침은 아무런 반향도 일으키지 못했다. 도덕의 붕괴와 부패의 만연, 욕망의 극대화가 다다를 종착점은 결국 '소돔과 고모라'였다. 그리고 그 발화점은 외부 요인이 아닌 인간 스스로 불러들인 재앙에서 비롯되었다.

인류의 종말은 재레드 다이아몬드가 『문명의 붕괴』에서 예언한 대로 실현되었다. 전지구적 기후 변화가 심화되자 식량 증산을 위한 환경 파괴가 뒤따랐다. 유전자 조작은 당연했고, 우량 교배에 따른 식육 가공품이 무분별하게 생산되었다. 통합은 일정 부분 성공적이었지만 이를 부정하거나 불만을 가진 세력이 조성되어 잠재적인 위험 요소로 성장했다. 블록 사이 우호적인 이웃은 협력하면서 평화 무드를 형성했지만, 내부적인 불안 요소가 커지자 적대적이었던 이웃은 바로 공격 태세로 전환했다. 마치 태양계 행성들이 일직선상에 늘어선 것처럼 여러 위험 요인들이 별개로 출몰할 때는 피할 수 있었던 파국이 어느 순간 집약되면서 치명적인 충돌로 폭발했다.

종말의 불길한 장송곡이 시작되었을 때 두 사람은 같은 건물에 있었다. 그들의 스승이 세운 국제 비영리 민간단체인 '종말을 넘어 존재로(Beyond Doomsday Toward Existence)' 선임연구원으로 언젠가 멸절의 시간이 닥쳤을 때 이를 막거나 벗어날 과학적인 기술을 개발하는 중이었다. 때 이른 종말의 날은 휴일이었고, 건물 안에는 스승을 포함해 셋밖에 없었다.

건물이 능동방어 시스템을 가동시키자 세 사람은 안전 구역으로 대피했다. 그러나 스승은 대피할 골든타임을 놓쳐 심각한 부상을 입었다. 두 사람은 과학자였지 의사는 아니었다. 스승이 부상과 싸우는 한 달 사이 스크린으로 본 지구는 아비규환의 지옥으로 급격히 변해갔다. 숨을 거두면서 스승은 즉시 방호차량에 탑승해 안전 지역을 찾을 것을 명령했다.

"여기 앉아 파국을 기다릴 순 없다. 곧 이곳도 오염된다. 나가거라. 생존자를 만난다면 함께 살아갈 길을 찾아라. 그러나 불행하게도 너희 둘이 마지막 인류라면 어떻게 하든 살아남아 새 인류의 아담과 이브가 되어야 한다."

그렇게 빠져나와 열흘이 지났다. 생존자는 고사하고 시신조차 발견하지 못했다. 독성화합물질과 고열에 인류는 아무도 살아남지 못했다. 죽음의 그림자가 사방을 에워싼 지금 두 사람이 생존할 수 있는 한계도 썰물처럼 빠져나가고 있었다.

남자가 도시의 폐허 속으로 발을 디디자 여자도 조심스럽게 뒤를 따랐다. 24시간 내에 안전 지역을 찾지 못하면 그들도 끝장이었다.

방진복은 아직 외부의 위협을 잘 막아냈다. 시험 생산한 방진복이라 어디까지 버텨줄지 불안했다. 운명은 하늘에 맡길 수밖에 없었다.

"멸절에서 유일하게 버틸 수 있는 동물이 바퀴벌레라지?"

여자가 실오라기 같은 기대감을 품으며 물었다.

"사람들이 재미로 하는 소리야. 이 아수라장에서 살아남는 게 있다면 아마 미생물일걸. 지하 수천 미터 해저에서 뿜어져 나오는 열수구(熱水口)에는 광합성이 아닌 화학합성으로 대사 생명 작용을 유지하는 미생물이 있대. 이를 '호열성 고세균'이라 부른다더군. 이 끔찍한 멸종의 시대가 끝나고 다시 생명이 번성한다면 그 놈들에게나 기대해야 할 거야."

여자의 불안감을 털어주려고 웃으며 전하는 남자의 말은 길어졌다. 시간이 흐르면 고열과 독성에 찌든 죽음의 땅도 정화될 것이었다. '시간'이라 말했지만, 그런 낙원은 최소한 몇 십 만 년 뒤에나 올 터였다. 그때까지 재앙을 견뎌낼 고등 생명체는 없었다.

"미생물이라면 좋겠어." 여자가 중얼거렸다.

휴대용 전등이 깜빡거렸다. 이것도 방전을 향해 달리는 중이었다.

굽이진 골목길을 빠져나오자 저만치 큰 건물이 보였다. 오염된 검붉은 빗물 속에서도 그것은 심해 해파리처럼 하얀 빛을 내고 있었다. 둘은 막연한 희망을 길어 올리면서 발걸음에 힘을 실었다. 저곳에는 산소 탱크가 있을까? 재난 대비 시설이 있을까? 아니면 생존자가? 빗물이 드리운 검게 젖은 장막 안, 두 사람은 산소를 급격히 소모하면서 전진했다.

건물에 닿았을 때 건물의 이마쯤에 큼지막하게 건물의 명칭이 박혀 있었다.

-○○자연사박물관-

앞쪽 두 글자는 무엇에 얻어맞았는지 찢겨나갔다. 오아시스인 줄 알고 헐떡이면서 이른 곳이 사막임이 확인되자 더욱 갈증이 일었다.

"어쨌거나 들어가 보자. 도마뱀의 자생 능력이라도 얻을지 모르잖아."

여자가 맥이 빠져 고개를 숙인 남자에게 격려하듯 말했다.

들어서자마자 마주한 홀에는 거대한 가공물(?)이 버티고 있었다. 남자가 손에 든 전등의 스위치를 켰다.

그것은 공룡의 육중한 전신 골격이었다. 키는 10미터가 넘어 보였고, 길이는 20미터도 더 되어보였다. 그런 위압적인 공룡 화석이 온전한 모습으로 전시되어 있었다.

남자가 안내판으로 전등을 비추었다.

브라키오사우루스(Brachiosaurus) : 중생대 쥐라기 후기, 약 1억 5천 3백만 년 전 북아메리카 블록에서 살았던 용각류 공룡. 2002년 당시 미국 와이오밍에서 원형의 80%에 가까운 화석으로 발굴된 것을 보존처리와 조립작업을 거쳐 전시 중.

"소행성 충돌로 공룡이 멸종한 때보다 거의 1억 년 전에 살았던 놈이군. 이제 우리도 곧 이놈 뒤를 따라가겠구나."

남자가 눈을 게슴츠레 뜨고 여자를 보면서 탄식했다.

한동안 말이 없이 무표정하게 공룡을 아래위로 번갈아보던 여자가 넋이 나간 채 얼굴을 돌리면서 대답했다.

"그렇겠지. 그런데 우린 얘처럼 멋진 화석도 남기지 못할 테니 너무나 슬퍼."

# 작가의 글

최근에 발표했거나 쓴 중단편소설 14편과 짧은 소설 6편을 한데 모아 내놓는다. 올해 쓴 작품도 있고, 몇 년 전부터 발표한 소설도 있다. 10년 전인 2015년 내가 살고 있는 남해의 여러 지역을 배경으로 쓴 소설 25편을 모은 『남해, 바다가 준 선물』(도서출판 문) 이후 두 번째 단편집이다. 늘 그렇지만 이번 책을 내면서도 마음속에 여러 가지 생각들이 오간다.

책은 세 파트로 나뉘어 있다.

그 중 가장 애착이 가는 것은 10편의 중단편을 모았고, 따로 프롤로그와 에필로그까지 붙인 연작소설 '피가 흐르는 강'이다. 따로 제목을 만들 만큼 내게는 각별하다. 이 소설들을 감싼 일관된 주제는 근현대 우리 민족이 겪은 불행, 특히 부당한 권력이나 공권력의 방치, 무능력에 의해 희생당하고 소외된 사람들의 고통과 그 화해의 모색이다.

소설을 쓰면서 나는 가능하면 객관적인 태도와 감정을 유지하고자 했지만, 그 비극의 강도와 여진이 너무 억세고 또 가해자들의 태도가 너무 당당하거나 비열해서 분노와 해원(解冤)의 마음을 숨기지 못한 부분도 있어 보인다. 자료를 조사하면서 나는 다시 한 번 '신(神)'의 부재를 절감했다. 진정한 의미의 응징과 처벌은 한 번도 내려진 적이 없었다.

10편의 작품이 다룬 비극적인 사건의 얼개는 이렇다.

- 우리가 다시 만나는 날 - 동학농민혁명(1894년)
- 露西亞 女人 - 고려인강제이주사건(1937년)
- 나비가 되어 훨훨 - 위안부강제납치사건(태평양전쟁 중)
- 동상을 쪼는 까마귀 - 제주4·3학살사건(1948년~1954년)
- 가시는 걸음걸음 놓인 그 꽃을 - 여순항쟁 및 민중학살(1948년~1955년)
- 자수는 개에게나 줘라 - 국민방위군사건(1950년~1951년)
- 4:03~12:03 - 보도연맹학살사건(1950년)
- 도청 밖, 도청 안 - 광주민주화운동(1980년)
- 딸들이여, 아들이여! - 이태원참사(2022년)
- Memory Shopping Company - 윤석열반민주정권(2022년~2025년)

나름대로 우리 근현대사가 낳은 끔찍한 순간들을 사실과 허구를 조합해 표현하려 했는데, 평가가 어떨지는 독자에게 맡긴다. 이 중에는 사실을 비유적으로 접근해 풀어놓은 경우도 더러 있고, 사건이 얽혀 있는 작품도 있다. 또 몇몇 작품은 내가 살고 있는 남해를 배경으로 삼아 전개하기도 했다. 남해에 살면서 보고 듣고 겪은 과거사의 흔적들은 근현대사 비극의 큰 울타리 안에서 함께 진행된 고통이고, 내가 사는 향리의 아픔과 갈등 역시 그 범주의 한 공간을 차지한다고 판단했기 때문이다.

올해 2025년은 개인을 넘어 우리 공동체와 국가 전체가 일찍이 경험한 바 없는 충격과 위기, 이를 극복하는, 거대한 역사의 수레바퀴 안에 놓였다. 몇몇 불온하고 왜곡된 망상을 가진 인간들이 권력을 쥐면 공고하게 쌓아올린 투쟁의 산물도 얼마나 쉽게 무너지는지 절절하게 보았다. 그리고 그런 세력의 근원이 갑작스럽게 어제 오늘 맹아(萌芽)한 것이 아니라 긴 역사 시간 속에서 우리가 제거하지 못한 악의 뿌리에 기인한다는 사실도 생생하게 목격했다. 아울러 악의 세력이 준동해도 결국 민중의 힘을 이겨내지 못한다는 사실도 확인할 수 있었다.

나로서는 그런 파란의 소용돌이 속을 사는 한 축으로서 문학은 과연 무엇을 해야 하는지, 할 수 있는지 성찰하는 시간이기도 했다. 아직도 피가 흐르는 강은 정화되지 않았다. 그 피 값이 빨리 청산되어 맑은 물이 흐르는 강가에서 세상과 하늘을 보게 되기를 기다린다.

나로서는 모든 작품이 하나하나 다 소중하다. 이제 풀어놓은 물고기들은 바다에서 헤엄칠 뿐 나의 손길은 떠났다. 잘 자라 생태계의 일원이 되기를 바란다.

책을 낼 때마다 늘 신세를 지는 보고사 김흥국 사장님과 직원 여러분들께 감사의 말씀 드린다. 또 남해와 세상에 사는 수많은 벗들에게도 이 책이 의미 있는 독서를 제공해주기를 바란다. 그리고 가족들에게도 사랑의 마음을 전한다.

2025년 11월 24일

임종욱 쓰다.

## 임종욱

1962년 경북 예천 출생
동국대학교 국어국문학과 및 동대학원 박사과정 졸업
문학박사, 작가, 고전연구자, 현 경남소설가협회 부회장
2012년 제3회 김만중문학상 대상을 받고 남해로 내려와 연구와 창작을 병행하고 있다.
2021년 경남문협 주관 올해의 소설문학작품상을 받았다.
소설에 『남해는 잠들지 않는다』, 『남해: 바다가 준 선물』, 『죽는 자는 누구인가』, 『불멸의 대다라』 등이 있다.

**피가 흐르는 강**

2026년 1월 16일 초판 1쇄 펴냄

**지은이** 임종욱
**펴낸이** 김흥국
**펴낸곳** 보고사

**책임편집** 이찬형
**표지디자인** 김규범

**등록** 1990년 12월 13일 제6-0429호
**주소** 경기도 파주시 회동길 337-15 보고사
**전화** 031-955-9797
**팩스** 02-922-6990
**메일** bogosabooks@naver.com
http://www.bogosabooks.co.kr

ISBN 979-11-6587-966-2 03810
ⓒ 임종욱, 2026

**정가** 27,000원
사전 동의 없는 무단 전재 및 복제를 금합니다.
잘못 만들어진 책은 바꾸어 드립니다.